EEN LEVEN NA JOU

Eveneens van Jojo Moyes:
Verboden vruchten
Passie en parelmoer
Zee van verlangen
Walvisbaai
Nachtmuziek
De laatste liefdesbrief
Voor jou
Vier plus één
Portret van een vrouw
Een week in Parijs

Jojo Moyes

Een leven na jou

De Fontein

MIX
Papier van verantwoorde herkomst
FSC® C014496

Eerste druk januari 2016
Tweede druk februari 2016
Derde druk juni 2016
Vierde druk juli 2016
Vijfde druk juli 2016
Zesde druk augustus 2016
Zevende druk september 2016

Oorspronkelijke titel *After You*
Oorspronkelijke uitgever Penguin Michael Joseph, part of the Penguin Random House Group of companies whose addresses can be found at Global.PenguinRandomHouse.com.

Vertaling Anna Livestro
Omslagontwerp Villa Grafica, Jochem Bolleman
Omslagillustratie Villa Grafica, Jochem Bolleman
Auteursfoto omslag © Stine Heilmann
Opmaak binnenwerk ZetSpiegel, Best
ISBN 978 90 261 3955 0
ISBN e-book 978 90 261 3956 7
NUR 302

www.uitgeverijdefontein.nl

Voor mijn oma, Betty McKee

1

De grote man aan de andere kant van de bar transpireert enorm. Hij zit over zijn dubbele whisky gebogen, maar kijkt om de zo veel minuten op naar de deur. Een fijn waas van zweetdruppeltjes glinstert in het tl-licht. Zijn adem blaast hij, vermomd als zucht, langzaam en onzeker uit, en dan stort hij zich weer op zijn drankje.

'Hé. Hallo?'

Ik kijk op van de glazen die ik aan het poleren ben.

'Mag ik er nog zo eentje?'

Ik wil tegen hem zeggen dat me dat niet zo'n goed plan lijkt, dat het toch niks helpt, dat hij wel genoeg heeft gehad. Maar het is een enorme kerel, en over een kwartier sluiten we, en volgens de richtlijnen van het bedrijf is het niet aan mij om het hem te weigeren, en dus loop ik naar hem toe, pak zijn glas, en hou het tegen de maatschenker.

Hij knikt naar de fles. 'Een dubbele,' zegt hij en hij haalt zijn spekkige hand over zijn klamme gezicht.

'Dat is dan zeven pond twintig, alstublieft.'

Het is dinsdagavond, kwart voor elf, en de Shamrock and Clover, de Ierse pub op East City Airport die ongeveer even Iers is als Mahatma Gandhi, is er klaar mee voor vandaag. De bar sluit tien minuten nadat het laatste vliegtuig opstijgt, en op dit moment ben ik hier alleen met een tamelijk gedreven jongen met een laptop, de kakelende vrouwen aan tafel twee en de man met de dubbele Jameson in beide handen, die zitten te wachten op de SC107 naar Stockholm, of de DB224 naar München – die laatste vlucht heeft veertig minuten vertraging.

Ik ben al sinds vanmiddag aan het werk, aangezien Carly buikpijn had en afgetaaid is naar huis. Het maakt me niet uit. Ik vind het niet erg om tot laat te werken. Zachtjes meeneuriënd met *Celtic Pipes of the Emerald Isle, deel III*, loop ik naar het tafeltje van de twee vrouwen om hun glazen op te halen. Ze zitten ingespannen te kijken naar een filmpje op een telefoon. Hun lach is door de drank gesmeerd.

'Mijn kleindochter. Vijf dagen oud,' zegt de blonde vrouw, en ik pak haar glas van tafel.

'Schattig,' zeg ik met een glimlach. Alle baby's lijken op krentenbollen, als je het mij vraagt.

'Ze woont in Zweden. Ben ik nog nooit geweest. Maar ik zal toch moeten als ik mijn eerste kleinkind wil zien, of niet soms?'

'We drinken op haar gezondheid.' Ze barsten al weer in lachen uit. 'Proost je met ons mee? Kom op, je kunt toch wel even vijf minuten relaxen. Anders krijgen we deze fles nooit leeg.'

'Oeps! We moeten gaan. Kom mee, Dor.' Aangespoord door een scherm pakken ze hun spullen bij elkaar, en misschien ben ik de enige die het opvalt dat ze een beetje wankelen als ze zich opmaken voor de wandeling naar de douane. Ik zet hun glazen op de bar, kijk even door de ruimte of er nog iets anders is dat afgewassen moet worden.

'Ben je nou nooit in de verleiding?' vraagt de kleinste van de twee vrouwen, die terugloopt voor haar sjaal.

'Pardon?'

'Om aan het eind van je dienst gewoon op een willekeurig vliegtuig te stappen? Dat zou ik wel hebben,' ze lacht weer, 'altijd.'

Ik zet de professionele glimlach op die van alles kan betekenen en draai me om naar de bar.

Om me heen sluiten de *duty-free* winkels hun deuren voor de avond. De stalen rolluiken schuiven met veel lawaai voor de veel te dure handtassen en de Toblerones die je cadeau doet als je echt niks beters weet. Violet, de Congolese schoonmaakster, duwt haar wagentje mijn kant op, traag heupwiegend, en haar rubberen zolen piepen op het glanzende marmoleum.

'Goeienavond, schatje.'

'Goeienavond, Violet.'

'Je hebt hier zo laat niets te zoeken, kindje. Je moet thuis zijn, bij je geliefden.'

Elke avond zegt ze precies hetzelfde tegen me. 'Ik ga zo,' antwoord ik dan altijd. Ze knikt tevreden en loopt door.

Gedreven Laptopjongen en Zweterige Whiskyman zijn weg. Ik stapel de glazen, maak de kas op en controleer alles twee keer tot de kassarol overeenkomt met de inhoud van de geldlade. Dan noteer ik alles in het kasboek, check de bierpompen, schrijf op wat we moeten bijbestellen. Pas dan zie ik dat de jas van die grote kerel nog over zijn barkruk hangt. Ik loop eropaf en werp een blik op de monitor. De vlucht naar München is nu aan het boarden, mocht ik de aanvechting hebben om hem achterna te rennen met zijn jas. Ik kijk nog eens, en loop dan langzaam naar het herentoilet.

'Hallo? Is daar iemand?'

De stem die daarop reageert, klinkt gesmoord, met een licht randje hysterie. Ik duw de deur open.

De grote kerel in pak hangt over de wasbak en plenst water over zijn gezicht. Hij ziet lijkbleek. 'Hebben ze mijn vlucht omgeroepen?'

'Hij staat pas net op de borden. U hebt nog wel een paar minuten.' Ik wil weglopen, maar iets houdt me tegen.

De man staart me aan, zijn ogen twee kleine bange kooltjes. 'Ik kan niet.' Hij pakt een papieren handdoekje en bet zijn gezicht. 'Ik kan er niet naartoe.'

Ik wacht.

'Ik moet eigenlijk naar München voor een afspraak met mijn nieuwe baas, maar ik kan het niet. Ik heb niet de moed gehad hem te zeggen dat ik niet durf te vliegen.' Hij schudt zijn hoofd. 'Ik ben doodsbang.'

Ik laat de deur achter me dichtvallen. 'Wat voor nieuwe baan hebt u?'

Hij kijkt verbaasd. 'Eh... auto-onderdelen. Ik ben de nieuwe senior regiomanager, haakje openen, Onderdelen, haakje sluiten, voor Hunts Motors.'

'Klinkt als een belangrijke baan,' zeg ik. 'U hebt... haakjes.'

'Ik heb er heel lang naar toegewerkt.' Hij slikt. 'Daarom wil ik ook niet in een vuurbol ten onder gaan. Ik wil echt niet doodgaan in een vliegende bol vuur.'

Ik ben half in de verleiding om hem erop te wijzen dat die bol vuur niet door de lucht vliegt, maar uit de lucht valt, maar ik vermoed dat dat niet echt zal helpen. Hij plenst weer wat water over zijn gezicht en ik geef hem nog een papieren handdoekje.

'Dank je wel.' Hij slaakt een bevende zucht, gaat rechtop staan en probeert tot bedaren te komen. 'Je hebt vast nog nooit een volwassen kerel zich zo zien aanstellen, hè?'

'Een keer of vier per dag.'

Hij kijkt verbaasd.

'Ik moet een keer of vier per dag iemand van het herentoilet vissen. En meestal is het vanwege vliegangst.'

Hij knippert met zijn ogen.

'Maar weet u, zoals ik altijd tegen iedereen zeg, er is nog nooit een vliegtuig neergestort dat van dit vliegveld is vertrokken.'

Zijn nek schiet terug in zijn kraag. 'Echt niet?'

'Niet één.'

'Zelfs geen... minicrash op de startbaan?'

Ik haal mijn schouders op. 'Het is hier eerlijk gezegd nogal een saaie boel. Mensen vliegen weg, gaan ergens heen, en een paar dagen later komen ze weer terug.' Ik leun tegen de deur om hem op een kier te houden. Deze wc's worden er tegen de avond niet frisser op. 'En trouwens, ik denk zelf dat er wel ergere dingen zijn die je kunnen overkomen.'

'Tja. Dat is ook zo.' Hij denkt er even over na en werpt me zijdelings een blik toe. 'Vier per dag?'

'Soms wel meer. Maar als u het niet erg vindt, moet ik nu echt weer aan het werk. Mensen krijgen verkeerde ideeën als ik de hele tijd op het herentoilet zit.'

Hij glimlacht en heel even zie ik hoe hij onder andere omstandigheden zou zijn. Van nature een uitbundig type. Vrolijk. Een man die de top heeft bereikt binnen de Europese auto-onderdelenmarkt. 'Ik geloof dat ze uw vlucht omroepen.'

'Dus jij denkt dat het wel goed komt?'

'Ik denk dat het wel goed komt. Het is een heel veilige luchtvaartmaatschappij. En het is maar een paar uurtjes uit uw leven. Kijk, de SK491 is vijf minuten geleden geland. Als u nu naar uw gate loopt, ziet u het cabinepersoneel kletsen en lachen, op weg naar huis. Voor hen zijn dit soort vluchten net zoiets als een busritje. Sommigen maken twee, drie, vier vluchten per dag. En ze zijn niet op hun achterhoofd gevallen. Als het niet veilig was, zouden ze toch zeker niet aan boord gaan?'

'Een busritje,' herhaalt hij.

'Waarschijnlijk een heel stuk veiliger dan een busritje.'

'Nou, dat is het al snel.' Hij trekt zijn wenkbrauwen op. 'Met al die gekken op de weg.'

Ik knik.

Hij trekt zijn das recht. 'En het is echt een heel belangrijke baan.'

'Het zou zonde zijn de afspraak mis te lopen om zoiets kleins. Als u eenmaal daarboven bent, gaat het wel weer.'

'Misschien. Dank je...'

'Louisa.'

'Dank je, Louisa. Je bent een aardige meid.' Hij bekijkt me eens goed. 'Zeg, zou jij... Heb je anders zin om een keer samen een borrel te drinken?'

'Ik geloof dat ze uw vlucht weer omroepen, meneer,' zeg ik, en ik hou de deur open zodat hij erlangs kan.

Hij knikt om zijn gêne te verhullen, en doorzoekt zijn zakken omstandig. 'Oké. Goed. Nou... dan ga ik maar.'

'Veel plezier met uw haakjes.'

Twee minuten nadat hij vertrokken is, ontdek ik dat hij wc nummer drie helemaal ondergekotst heeft.

Om kwart over een kom ik thuis. Ik mijd mijn eigen blik in de spiegelende lift en laat mezelf mijn stille flat binnen. Ik trek mijn pyjamabroek en capuchontrui aan, doe de ijskast open, haal er een fles witte wijn uit en schenk een glas in. Hij smaakt zo zuur dat mijn mond ervan vertrekt. Ik bestudeer het etiket en realiseer me dat ik hem gisteravond opengetrokken heb, maar vergeten ben de dop er weer op te schroeven, en besluit dat je maar niet te lang moet stilstaan bij dit soort dingen. Ik plof in de stoel met het glas in mijn hand.

Op de schoorsteenmantel staan twee kaarten. Een ervan is van mijn ouders, die me een fijne verjaardag toewensen. De 'beste wensen' van mijn moeder voelen als een steekwond. De andere kaart is van mijn zusje, die oppert dat zij en Thom het weekend langskomen. Hij is van zes maanden geleden. Op mijn telefoon staan twee voicemails. Het ene bericht is van de tandarts, het andere niet.

Hoi Louisa. Jared, hier. We hebben elkaar in de Dirty Duck leren kennen? Of, leren kennen, we hebben er gezoend (verstomd, ongemakkelijk lachje). *Het was... nou ja... ik vond het leuk. Dus ik dacht, misschien kunnen we nog eens afspreken? Je hebt mijn nummer...*

Als er niets meer in de fles zit, overweeg ik om er nog eentje te gaan kopen, maar ik wil niet meer naar buiten. Ik heb geen zin in de grapjes die Samir van de avondwinkel over mijn eindeloze stroom flessen pinot grigio maakt. Ik heb geen zin om met iemand te praten. Ineens voel ik me moe tot op het bot, maar het is zo'n soort piekerende uitputting die me uit mijn slaap zou houden als ik nu naar bed zou gaan. Ik denk even aan Jared en aan het feit dat hij vreemd gevormde nagels had. Vind ik dat een probleem, rare nagels? Ik staar naar de kale muren van de zitkamer en ineens weet ik wat ik nodig heb: frisse lucht. Ik doe het raam in de gang open en klim wiebelig de brandtrap op tot ik op het dak sta.

Toen ik hier voor het eerst kwam, negen maanden geleden, liet de makelaar me zien dat de vorige huurders een klein daktuintje hadden aangelegd, met wat plantenbakken en een klein bankje. 'Het is natuurlijk niet officieel van jou,' zei hij, 'maar je hebt alleen via jouw appartement toegang tot dit terras. Ik vind het gaaf. Je zou hier zelfs een feestje kunnen geven!'

Ik staarde hem aan en vroeg me af of ik eruitzag als iemand die feestjes gaf.

Die planten zijn allang verlept en doodgegaan. Kennelijk ben ik niet zo zorgzaam. Ik sta op het dak en staar naar een donker Londen met knipperlichtjes, daarbeneden. Om me heen leven, ademen, eten, ruziën ongeveer een miljoen mensen. Een miljoen levens, compleet afgescheiden van het mijne. Het is een vreemd soort rust.

De straatlantaarns glinsteren terwijl de geluiden van de stad door de nachtelijke lucht opstijgen. Draaiende motoren, dichtslaande deuren. Een paar kilometer naar het zuiden klinkt het verre geronk van een politiehelikopter, die met zijn lichtbundel speurt naar een of andere verdwenen boef in een parkje. Ergens in de verte klinkt een sirene. Altijd weer die sirenes. 'Je zult je hier meteen thuis voelen,' had de makelaar gezegd. Ik was bijna in de lach geschoten. De stad voelt nog steeds even vreemd. Maar ja, het voelt tegenwoordig overal vreemd.

Ik aarzel en stap dan op het muurtje langs de dakrand, met mijn armen opzij, als een enigszins beschonken koorddanseres. Voetje voor voetje schuifel ik over het beton. Het briesje bezorgt me kippenvel op mijn armen. Toen ik hier pas kwam wonen, toen ik het er echt zwaar mee had, daagde ik mezelf weleens uit om van de ene naar de andere kant van mijn appartementengebouw te lopen. Als ik dan aan de overkant was, lachte ik. *Zie je? Hier ben ik – ik leef nog – op het randje. Ik doe precies wat je me hebt opgedragen!*

Het is een geheime gewoonte geworden, ik, de skyline van de stad, het troostrijke donker, de anonimiteit, en de wetenschap dat niemand weet dat ik hierboven ben. Ik kijk op, voel de wind, hoor daarbeneden mensen lachen, het breken van een fles, het verkeer dat in de richting van het centrum slingert, en ik kijk naar de eindeloze stroom rode achterlichten, een ader van auto's. Alleen tussen drie en vijf uur 's ochtends is het relatief rustig. Dan zijn de dronkenlappen naar bed, hebben de koks uit de restaurants hun witte koksbuizen uitgetrokken, en de pubs hun deuren gebarricadeerd. De stilte van die uren wordt maar sporadisch doorbroken door de nachtelijke tankauto's, de Joodse bakker die verderop in de straat opengaat, de stapels kranten die met een zachte plof op de stoep landen vanuit bestelbusjes. Ik ken de subtielste bewegingen van de stad, want ik slaap niet meer.

Ergens daarbeneden is een feest gaande in de White Horse. Allemaal hipsters en mensen uit East End, en buiten staat een stelletje ruzie te maken. Aan de andere kant van de stad raapt het ziekenhuis de brokstukken op: de zieken en gewonden en de mensen die het vandaag nog maar net gered hebben. Hierboven is alleen maar lucht, het donker, en ergens vliegt het vrachttoestel van FedEx van LHR naar Beijing, en talloze reizigers, zoals de Whiskyman, op weg naar een nieuwe ervaring.

'Achttien maanden. Achttien hele maanden. Wanneer is het dan eindelijk genoeg?' zeg ik tegen de duisternis. En daar heb je het – ik voel het weer koken, die onverwachte woede. Ik zet nog twee stappen en kijk even omlaag naar mijn voeten. 'Dit voelt namelijk niet als leven. Het voelt nergens meer naar.'

Twee stappen. Nog twee. Ik loop vanavond door tot de hoek.

'Je hebt me verdomme helemaal geen leven gegeven, of wel soms? Helemaal niet. Je hebt alleen mijn oude leven kapotgemaakt. Vermorzeld. Wat moet ik met wat er nog van over is? Wanneer voelt het ooit weer...' Ik strek mijn armen uit en voel de koele lucht op mijn huid terwijl het tot me doordringt dat ik weer huil. 'Je bent een klootzak, Will,' fluister ik. 'Waarom ben je bij me weggegaan, klootzak!'

Het verdriet welt weer op als een plotselinge vloedgolf, intens, overweldigend. En net als ik voel dat hij me overspoelt, zegt een stem vanuit de schaduw: 'Ik zou daar niet blijven staan, als ik jou was.'

Ik draai me om en zie een flits van een klein, bleek gezicht bij de brandtrap, en grote, donkere ogen. Van schrik glijdt mijn voet van het muurtje en hangt mijn gewicht ineens aan de verkeerde kant, en ik val. Mijn hart maakt een duikeling, een fractie van een seconde later gevolgd door mijn lichaam. En dan, als in een nachtmerrie, val ik gewichtloos de afgrond van de avond in, met mijn benen maaiend boven mijn hoofd terwijl ik een gil hoor die goed van mezelf zou kunnen zijn –

Knal

En dan is alles zwart.

2

'Hoe heet je, meisje?'

Een brace om mijn nek.

Een hand die mijn hoofd onderzoekt, zachtjes, snel.

Ik leef. Best verrassend.

'Goed zo. Doe je ogen maar open. Kijk me eens aan. Kijk me aan. Kun je me vertellen hoe je heet?'

Ik wil spreken, mijn mond opendoen, maar mijn stem klinkt verstomd en kraamt onzin uit. Volgens mij heb ik mijn tong doorgebeten. Ik proef bloed. Het is warm en het smaakt naar ijzer. Ik kan me niet bewegen.

'We gaan je nu op een immobilisatieplank leggen, goed? Dat voelt misschien even vervelend, maar ik geef je wat morfine, dan is de pijn beter te verdragen.' De stem van de man is kalm, neutraal, alsof het de gewoonste zaak van de wereld is om op het beton te liggen, starend naar de donkere lucht. Ik wil lachen. Ik wil hem zeggen hoe krankzinnig het is dat ik hier lig. Maar ik ben voor hem gewoon de zoveelste patiënt in een joggingbroek en bovendien werkt niets meer zoals het hoort te werken.

Het gezicht van de man verdwijnt uit beeld. Een vrouw in een neonkleurig jack en met donker krulhaar in een staart komt over me heen hangen en schijnt ineens met een klein zaklampje in mijn ogen. Ze staart me aan met een soort afstandelijke interesse, alsof ik een specimen ben in plaats van een mens.

'Moet ze in een zak?'

Ik wil iets zeggen maar raak afgeleid door de pijn in mijn benen. 'Jezus,' zeg ik, maar ik weet niet zeker of ik het ook hardop zeg.

'Diverse botbreuken. Pupillen normale reflex. Bloeddruk negentig over zestig. Ze heeft mazzel dat ze op dat zonnescherm terecht is gekomen. En vervolgens op dat bankje. Ongelofelijk, toch? Maar die blauwe plekken bevallen me niet.' Koude lucht op mijn middenrif, de lichte aanraking van warme vingers. 'Inwendige bloedingen?'

'Hebben we een tweede team nodig?'

'Wilt u alstublieft aan de kant gaan, meneer? Helemaal aan de kant?'

Een mannenstem: 'Ik wilde gewoon even roken, en toen viel ze verdomme op mijn balkon. Ze landde bijna boven op me.'

'Nou, wat wilt u nog meer – dan hebt u dus enorm geluk gehad. Want dat is niet gebeurd.'

'Ik ben me kapot geschrokken. Je verwacht toch niet dat mensen uit de lucht komen vallen. Moet je mijn stoel zien. Die komt uit de Conran Shop. Achthonderd pond… denkt u dat ik die van de verzekering kan claimen?'

Een korte stilte.

'U kunt doen wat u wilt, meneer. Ik zou haar ook de schoonmaakkosten in rekening brengen voor al dat bloed op uw balkon. Wat zegt u daarvan?'

De blik van de man glijdt naar zijn collega. De tijd glipt weg, en ik glip mee. Ben ik van een dak gevallen? Mijn gezicht is koud en ik besef dat ik aan het beven ben.

'Ze raakt in shock, Sam.'

Ergens beneden me wordt de deur van een bestelbusje opengeschoven. En dan komt de plank onder me in beweging en heel even *de pijn de pijn de pijn* – En dan wordt alles weer zwart.

Een sirene en kolkend blauw licht. Altijd sirenes in Londen. We rijden. Neonlicht glijdt schokkerig door de ambulance en het verlicht het onverwacht overvolle interieur en de man in het groene uniform die iets in zijn telefoon tikt voor hij zich omdraait om het infuus boven mijn hoofd bij te stellen. De pijn is minder – morfine? – maar met het bewustzijn komt ook de groeiende angst. Binnen in me wordt langzaam een gigantische airbag opgeblazen, die beetje bij beetje al het andere uitschakelt. *O nee, o nee.*

'Pah-don?'

Ik moet het twee keer zeggen voor de man, die met zijn arm tegen de achterkant van de wagen geleund zit, me hoort. Hij draait zich om en buigt zich tot boven mijn gezicht. Hij ruikt naar citroen en heeft een stukje overgeslagen bij het scheren. 'Alles oké?'

'Bem ig –'

De man buigt nog wat verder over me heen. 'Sorry. Kan je niet verstaan met die sirene. We zijn al bijna bij het ziekenhuis.' Hij legt zijn hand op de mijne. Hij voelt droog en warm en geruststellend aan. Ineens ben ik bang dat hij besluit om me los te laten. 'Nog even volhouden. Donna, hoe laat komen we aan?'

Ik kan de woorden niet zeggen. Mijn tong vult mijn hele mond. Mijn gedachten zijn warrig, overlappen elkaar. Heb ik mijn armen nu bewogen toen ze me oppakten? Ik heb mijn rechterhand opgetild, toch?

'Bem ig ferlamd?' fluister ik.

'Verlamd?' De man aarzelt, houdt mijn blik even vast, draait zich dan om en kijkt naar mijn benen. 'Kan je met je tenen wiebelen?'

Ik probeer me te herinneren hoe ik mijn voeten moet bewegen. Het kost me heel wat meer concentratie dan eerst. De man steekt zijn hand uit en raakt mijn tenen heel licht aan, alsof hij me eraan wil herinneren waar ze ook alweer zaten. 'Probeer nog eens. Zo ja.'

De pijn schiet door allebei mijn benen. Adem die stokt, iets wat op een snik lijkt. Van mij.

'Je bent niet verlamd. Pijn is goed. Ik kan het niet met zekerheid zeggen, maar ik geloof niet dat je letsel aan je ruggengraat hebt. Wel aan je heup, en nog zo het een en ander.'

Hij kijkt me weer aan. Vriendelijke ogen. Hij begrijpt kennelijk dat ik overtuigd moet worden. Ik voel zijn hand dicht op de mijne. Nog nooit heb ik de aanraking van een ander mens zo nodig gehad.

'Echt. Ik weet vrij zeker dat je niet verlamd bent.'

'O, gofsijfank.' Ik hoor mijn stem als van heel veraf. Mijn ogen staan vol tranen. 'Lame nie lof, afjeblief,' fluister ik.

Hij brengt zijn gezicht nog dichterbij. 'Ik laat je niet los.'

Ik wil iets zeggen, maar zijn gezicht vervaagt en ik ben weer weg.

Achteraf vertellen ze me dat ik twee verdiepingen omlaaggevallen ben, dwars door een zonnescherm dat mijn val brak voor ik op de super-de-luxe oversized tuinstoel van canvas en gevlochten plastic van de heer Antony Gardiner terechtkwam, een advocaat gespecialiseerd in auteursrecht en een buurman die ik nog nooit heb gezien. Mijn heup is in twee stukken gebroken en twee van mijn ribben en mijn sleutelbeen gingen dwars doormidden. Ik heb twee vingers van mijn linkerhand gebroken en een middenvoetsbeentje dat door de huid van mijn voet stak, zodat een van de coassistenten flauwviel. Mijn röntgenfoto's schijnen nogal fascinerend te zijn.

Ik hoor steeds maar de stem van de ambulancebroeder die me behandelde: 'Je weet nooit wat er gebeurt als je van grote hoogte valt.' Kennelijk heb ik veel geluk gehad. Dat zeggen ze tenminste steeds en dan wachten ze glimlachend af, alsof ik met een grote grijns hoor te reageren, of een tapdansje, misschien. Ik heb helemaal niet het gevoel dat ik geluk heb gehad. Ik heb überhaupt geen gevoel. Ik dommel of lig wakker, soms is het uitzicht boven me dat van de felle lichten van een operatiekamer, en dan weer dat van een stille kamer. Het gezicht van een zuster. Flarden van gesprekken.

Heb je gezien wat een troep die oude vrouw in D4 ervan heeft gemaakt? Leuk einde van je dienst, of niet?

Jij werkt toch in het Princess Elizabeth? Zeg maar tegen ze dat wij heus wel weten hoe we een Eerste Hulp moeten runnen.

Rust maar lekker uit, Louisa. Wij zorgen overal voor. Rust jij maar gewoon uit.

De morfine maakt me slaperig. Ze hebben de dosis opgevoerd en het bezorgt me een welkome, koud druppelende vergetelheid.

Als ik mijn ogen open, zie ik mijn moeder aan mijn voeteneind.

'Ze is wakker. Bernard, ze is wakker. Moeten we de zuster roepen?'

Ze heeft haar haar geverfd, denk ik vaag. En dan: *O. Het is mijn moeder. Maar mijn moeder praat niet meer met me.*

'God zij dank. God zij dank.' Mijn moeder raakt het kruisje om haar hals even aan. Het doet me aan iemand denken, maar ik weet niet wie. Ze buigt zich over me en streelt mijn wang. Om de een of andere reden springen daardoor meteen de tranen in mijn ogen. 'Ach, mijn kleine meisje.' Ze leunt helemaal over me heen, alsof ze me voor nog meer beschadiging wil behoeden. Ik ruik haar parfum, even vertrouwd als mijn eigen geur. 'Ach, Lou.' Ze bet mijn tranen met een tissue. 'Ik kreeg de schrik van mijn leven toen ze belden. Heb je pijn? Heb je iets nodig? Lig je goed? Wat kan ik voor je doen?'

Ze praat zo snel dat ik niet kan antwoorden.

'We zijn meteen gekomen. Treena zorgt voor opa. Hij doet je de groeten. Tenminste, hij maakte geluid, weet je wel, maar we weten allemaal wat het betekent. Ach, schat, hoe kan dit nu toch? Hoe haalde je het in je hoofd?'

Ze zit blijkbaar niet op een antwoord te wachten. Het enige wat ik hoef te doen is hier liggen.

Mijn moeder bet afwisselend haar eigen ogen en de mijne. 'Je bent nog altijd mijn dochter. En… en ik zou het niet verdragen als er iets met jou gebeurde en wij waren niet… nou ja, je weet wel.'

'Gnnng –' Ik slik de woorden in. Mijn tong voelt heel raar. Het klinkt alsof ik dronken ben. 'Ik heb nooit –'

'Ik weet het. Maar je hebt het me wel heel moeilijk gemaakt, Lou. Ik kon niet –'

'Niet nu, schat.' Pa raakt haar schouder even aan.

Ze kijkt in de verte en pakt mijn hand. 'Toen we het telefoontje kregen. O. Ik dacht – ik weet niet…' Ze snuft weer met haar zakdoek tegen haar mond gedrukt. 'Goddank is er niks gebeurd, Bernard.'

'Tuurlijk. Dat kind is toch van rubber?'

Pa hangt over me heen. De laatste keer dat we belden was twee maanden geleden, maar ik heb hem al anderhalf jaar niet meer gezien, sinds ik uit mijn geboortestad weggegaan ben. Hij lijkt gigantisch groot en vertrouwd, en ongelofelijk moe.

'Sjorry,' fluister ik. Ik weet niet wat ik anders moet zeggen.
'Doe niet zo raar. We zijn gewoon blij dat het goed gaat. Al zie je eruit als iemand die zes rondes tegen Mike Tyson in de ring heeft gestaan. Heb je jezelf al eens in de spiegel bekeken sinds je hier ligt?'
Ik schud mijn hoofd.
'Misschien... moet je dat ook nog maar even uitstellen. Weet je nog toen Terry Nicholls over zijn stuur vloog voor de buurtwinkel? Nou, als je zijn snor wegdenkt is dat ongeveer hoe je eruitziet. Sterker nog,' hij bestudeert mijn gezicht nog wat meer, 'nu ik het toch over een snor heb...'
'Bernard.'
'We nemen morgen wel een pincet mee. Maar goed, als je nog eens een keer wilt leren vliegen, hou het dan voortaan bij de luchthaven, afgesproken? Springen en flapperen met je armen werkt duidelijk niet.'
Ik probeer te glimlachen.
Ze staan nu allebei over me heen gebogen, hun gezichten bezorgd, gespannen. Mijn ouders.
'Ze is mager geworden, Bernard. Zie je niet hoe mager ze is?'
Pa komt nog wat dichterbij en ik zie dat zijn ogen een beetje nat zijn, zijn glimlach iets minder vastgebakken dan normaal. 'Ach... Ze is beeldschoon, schat. Geloof me. Je bent verdomme beeldschoon.' Hij knijpt in mijn hand, brengt hem dan naar zijn mond en kust hem. Mijn vader heeft nog nooit van mijn leven zoiets gedaan.
Op dat moment besef ik dat zij dachten dat ik dood zou gaan en zomaar ineens barst er een snik uit me los. Ik doe mijn ogen dicht om mijn hete tranen tegen te houden en voel zijn grote, door hout opgeruwde hand om de mijne.
'We zijn er, lieverd. Het komt goed. Alles komt goed.'

Twee weken lang reizen ze elke dag negentig kilometer op en neer. Met de vroege trein komen ze naar Londen. Daarna komen ze om de paar dagen. Pa krijgt speciaal toestemming van zijn werk, want ma reist niet in haar eentje. Per slot van rekening woont er allerlei tuig in Londen. Dat merkt ze meer dan eens op, altijd met een steelse blik achter zich, alsof er een of andere griezel met een mes de afdeling op geslopen is. Treena blijft thuis om op opa te passen. Als mijn moeder dat zegt, heeft haar stem iets scherps, waar ik uit concludeer dat Treena dat niet vrijwillig heeft aangeboden.

Mijn moeder neemt eten van thuis voor me mee sinds de dag dat we met z'n allen naar mijn lunch zaten te staren en geen idee hadden waar we naar keken. 'En ook nog op van die plastic blaadjes, Bernard. Net als in de gevangenis.' Ze prikte er treurig in met een vork, en rook toen even. Sindsdien neemt ze altijd gigantische sandwiches mee van witbrood met dikke plakken ham of kaas, en zelfgemaakte soep in thermosflessen. 'Herkenbaar voedsel,' zegt ze, als ze me als een baby voert. Mijn tong neemt langzaamaan weer zijn normale grootte aan. Tijdens mijn landing schijn ik hem bijna doorgebeten te hebben. Dat is heel normaal, zeggen ze.

Ik onderga twee operaties om mijn heup weer bij elkaar te krijgen, en mijn linkervoet en linkerarm zitten tot de gewrichten in het gips. Keith, een van de verpleegkundig assistenten, vraagt of hij zijn handtekening op mijn gips mag zetten – hij beweert dat het ongeluk brengt om het wit te laten – en zet er zo'n ranzige opmerking op dat Eveline, de Filipijnse zuster, er een pleister overheen plakt voor de specialist langskomt. Als hij me naar de röntgenafdeling duwt, of naar de apotheek, vertelt hij me de roddels uit het ziekenhuis. Ik hoef niets te weten over de patiënten die hier langzaam een gruwelijke dood sterven, een schijnbaar oneindig aantal, maar hij vindt het fijn om het erover te hebben. Ik vraag me weleens af wat hij andere mensen over mij vertelt. Ik ben het meisje dat van een gebouw van vijf verdiepingen viel en het overleefde. Wat ziekenhuisstatus betreft, sta ik daarmee blijkbaar nogal een eind boven de darmverkleving op afdeling C, en Die Stommeling Die Haar Duim Doorknipte Met Een Snoeischaar.

Het is ongelofelijk hoe snel je gehospitaliseerd raakt. Ik word wakker, laat de hulp van het handjevol mensen dat ik inmiddels herken over me heen komen, probeer de juiste antwoorden te geven aan de medisch specialisten, en wacht tot mijn ouders komen. Mijn ouders hebben het druk met kleine taakjes in mijn kamer en zijn, geheel tegen hun aard, eerbiedig als de dokters in de buurt zijn. Pa verontschuldigt zich regelmatig voor het feit dat ik niet echt soepel opveerde na de val, tot ma hem, vrij hard, tegen zijn enkel schopt.

Als de dokters langs geweest zijn loopt mijn moeder meestal een rondje door de winkeltjes beneden, en als ze terugkomt roept ze zachtjes van alles over het aantal fastfoodrestaurants dat je daar hebt. 'Die kerel met dat ene been van de hartafdeling, Bernard. Die zit zich daar gewoon vol te stouwen met cheeseburgers en frites. Niet te geloven.'

Pa zit met het regionale dagblad in de stoel aan mijn voeteneind. De eerste week zocht hij steeds naar berichtjes over mijn ongeluk. Ik probeer hem aan zijn verstand te krijgen dat in dit deel van de stad zelfs een dubbele moord nauwelijks de rubriek 'Kort nieuws' haalt, terwijl verleden week de krant in Stortfold opende met: WINKELWAGENTJES AAN VERKEERDE KANT VAN PARKEERPLAATS GESTALD. De week ervoor was het: SCHOOLJONGENS BEDROEFD OVER STAAT EENDENVIJVER. Dus mijn vader gelooft me niet.

De vrijdag na mijn laatste heupoperatie brengt mijn moeder me een badjas die me een maat te groot is, en een grote bruinpapieren zak met broodjes eiersalade. Ik hoef niet te vragen wat erin zit: de zwavelgeur vult de kamer zodra ze haar tas opendoet. Mijn vader wappert met zijn hand voor zijn neus. 'Straks denken de zusters nog dat ik bezig geweest ben, Josie,' zegt hij, en hij zwaait de deur open en dicht.

'Eieren zijn goed voor haar. Krijgt ze kracht van. Ze is veel te mager. En trouwens, jij mag niks zeggen. Jij gaf de hond nog steeds de schuld van jouw vieze luchtjes toen hij al twee jaar dood was.'

'Dat doe ik omwille van de romantiek, schat.'

Op fluistertoon zegt ma: 'Treena vertelde dat haar laatste scharrel altijd de deken over haar hoofd trok als hij een wind had gelaten. Dat geloof je toch niet!'

Pa kijkt me aan en zegt: 'Als ik een wind laat, wil je moeder niet eens meer in hetzelfde postcodegebied blijven.'

Er hangt spanning in de lucht, ook al staan ze te lachen. Ik voel het. Als je hele wereld tot vier muren gekrompen is, raak je heel gevoelig voor de kleinste veranderingen in de sfeer. Het zit hem in de manier waarop de specialisten een fractie van me wegdraaien als ze de röntgenfoto's bekijken, en in hoe de zusters hun mond afdekken als ze het hebben over een patiënt verderop die net is overleden.

'Wat is er aan de hand?' vraag ik.

Ze kijken elkaar ongemakkelijk aan.

'Nou...' Ma gaat bij me op bed zitten. 'De dokter zei... de specialist zei... dat het niet duidelijk is hoe je bent gevallen.'

Ik bijt in een van de broodjes ei. Inmiddels kan ik weer dingen met mijn linkerhand oppakken. 'O, dat. Ik was afgeleid.'

'Terwijl je over het dak liep?'

Ik kauw een poosje door.

'Kan het soms zijn dat je aan het slaapwandelen was, liefje?'

'Pa – ik heb nog nooit van mijn leven geslaapwandeld.'

'Jawel. Die ene keer toen je dertien was en naar beneden liep in je slaap en de helft van Treena's verjaardagstaart hebt opgegeten.'

'Eh. Ik geloof niet dat ik toen echt sliep.'

'En dan is er nog je bloedalcoholgehalte. Ze zeiden... dat je had gedronken. Heel veel, zelfs.'

'Ik had een zware avond gehad op het werk. Dus ik heb een of twee glaasjes gehad voor ik het dak op ging voor wat frisse lucht. En toen werd ik afgeleid door een stem.'

'Je hoorde een *stem.*'

'Ik stond op het dak om me heen te kijken. Dat doe ik wel vaker. En toen was er een meisjesstem achter me. Daar schrok ik zo van dat ik uit balans raakte.'

'Een meisje?'

'Ik heb alleen haar stem gehoord.'

Pa leunt voorover. 'Weet je zeker dat er echt een meisje was? Heb je je haar niet ingebeeld, misschien?'

'Pa, mijn heup is niet in orde, maar met mijn hoofd is niets aan de hand.'

'Dus volgens jou was het wel echt een ongeluk,' zegt hij.

Ik stop met eten. Ze kijken elkaar schuldbewust aan.

'Wat? Denken jullie... denken jullie soms dat ik gesprongen ben?'

'Dat zeggen we helemaal niet.' Pa krabt zich op zijn hoofd. 'Het punt is alleen – nou ja – het is allemaal zo misgelopen sinds... en we hebben je al zo lang niet gezien… en we waren nogal verbaasd dat je op het dak van een gebouw hebt gelopen, midden in de nacht. Vroeger had je altijd hoogtevrees.'

'Vroeger was ik verloofd met een man die het normaal vond om te berekenen hoeveel calorieën hij verbrandde in zijn slaap. Jezus. Is dat waarom jullie zo aardig voor me zijn? Omdat jullie dachten dat ik me van kant wilde maken?'

'Hij stelde ons gewoon allerlei vragen…'

'Wie?'

'Die man, die psychiater. Ze willen alleen zeker weten dat het goed met je gaat, schat. We weten toch dat het niet zo heel goed gaat sinds – nou ja, je weet wel – sinds –'

'De psychiater?'

'Ze hebben je op een wachtlijst gezet. Gewoon, om een beetje te praten. En we hebben een lang gesprek gehad met de dokters en je komt met ons mee naar huis. Tijdens je herstel. Je kunt niet in je eentje in dat appartement van je blijven. Het is –'

'Jullie zijn in mijn appartement geweest?'

'Nou ja, ik moest je spullen halen.'

Er valt een lange stilte. Ik denk aan hoe ze in de deuropening hebben gestaan, mijn moeders handen stijf om haar tas geklemd terwijl ze het ongewassen beddengoed in zich opnam, en de rij lege wijnflessen op de schoorsteenmantel, en de half opgegeten chocoladereep in de ijskast, waar verder niets in lag. Ik zie voor me hoe ze elkaar hoofdschuddend hebben aangekeken. *Weet je wel zeker dat dit het goede huis is, Bernard?*

'Je moet nu bij je familie zijn. Tot je het weer alleen kunt.'

Ik wil zeggen dat ik het prima red in mijn eigen huis, wat zij er ook van mogen denken. Ik wil weer aan het werk, en dan naar huis, en verder niet nadenken tot mijn volgende dienst. Ik wil zeggen dat ik niet mee kan naar Stortfold, waar ik weer *dat ene meisje* ben, *dat meisje dat*. Ik wil het gewicht van mijn moeders zorgvuldig verhulde misprijzen niet voelen, en van mijn vaders opgewekte, vastberaden 'Het is allemaal in orde, er is helemaal niks aan het handje' alsof er inderdaad niets mis is, als je dat maar vaak genoeg zegt. Ik wil niet elke dag langs Wills huis lopen, terugdenkend aan de rol die ik heb gespeeld, dat ene dat er altijd zal zijn.

Maar dat zeg ik allemaal niet. Want ik ben ineens heel moe, en alles doet pijn, en ik ben het vechten beu.

Twee weken later brengt pa me thuis in zijn werkbusje. Er is maar plek voor twee, voorin, dus blijft ma thuis om het huis in orde te brengen, en terwijl de snelweg onder ons door schiet voel ik dat mijn maag gespannen samentrekt.

De vrolijke straten van mijn geboortestad voelen vreemd. Ik bekijk ze met een afstandelijke, analytische blik, en zie hoe klein alles lijkt, hoe aftands, hoe *suikerzoet.* Ik besef dat Will het zo gezien moet hebben toen hij thuiskwam na zijn ongeluk, en druk die gedachte meteen de kop in. Als we onze straat in rijden, zak ik een beetje onderuit in mijn stoel. Ik heb geen zin in beleefde gesprekjes met de buren, geen zin om uitleg te geven. Ik wil niet veroordeeld worden voor wat ik heb gedaan.

'Gaat het?' vraagt pa, alsof hij wel ongeveer kan raden wat er door me heen gaat.

'Ja, best.'

'Goed zo, meisje.' Hij legt zijn hand even op mijn schouder.

Ma wacht in de deuropening als we parkeren. Ik vermoed dat ze al een halfuur voor het raam heeft gestaan. Pa zet een van mijn tassen op de stoep, komt dan terug om mij de bus uit te helpen en slingert mijn andere tas over zijn schouder.

Ik zet mijn wandelstok behoedzaam op de stoeptegels en voel de gordijnen achter me verschuiven als ik langzaam het pad op loop. *Moet je kijken*, hoor ik ze bijna fluisteren. *Wat heeft die nou weer uitgevreten?*

Pa duwt me de goede kant op en houdt mijn voeten scherp in de gaten, alsof die ineens uit kunnen schieten, ergens naartoe waar ze niet naartoe moeten. 'Alles oké?' vraagt hij steeds maar. 'Niet te snel, hè?'

Ik zie opa achter ma in de gang drentelen, in zijn geruite overhemd en zijn nette blauwe trui. Er is hier niets veranderd. Nog steeds hetzelfde behang. De vloerbedekking in de gang is nog hetzelfde. In de sleetse wol zitten strepen van waar ma vanochtend heeft gestofzuigd. Ik zie mijn oude blauwe capuchonjack aan de kapstok hangen. Anderhalf jaar. Ik heb het gevoel alsof ik tien jaar weg geweest ben.

'Rustig aan,' zegt ma, met haar handen tegen elkaar gedrukt. 'Je gaat te snel, Bernard.'

'Nog langzamer en het is maanwandelen.'

'Pas op voor die traptreden. Moet je niet achter haar staan, Bernard, als ze het stoepje op loopt? Voor het geval ze achterovervalt?'

'Ik weet echt wel waar de treden zijn,' zeg ik met opeengeklemde kaken. 'Ik heb hier ook zesentwintig jaar gewoond, weet je nog.'

'Pas op dat ze niet blijft haken aan dat uitsteeksel, Bernard. Straks breekt ze ook haar andere heup nog.'

O god, denk ik. *Was het voor jou ook zo, Will? Dag in, dag uit?*

En dan wurmt mijn zus zich langs mijn moeder. 'Godallemachtig, ma. Kom, hinkepoot. Je maakt nog een kermisattractie van dit huis.'

Treena schuift haar schouder onder mijn oksel en kijkt even om voor een woedende blik naar de buren, met opgetrokken wenkbrauwen, alsof ze wil zeggen: *Is het interessant?* Ik hoor de gordijnen bijna dichtgetrokken worden.

'Stelletje ramptoeristen. Maar goed. Loop eens door. Ik heb Thomas beloofd dat hij je littekens mocht zien voor hij naar de jeugdclub gaat. Mijn god, hoeveel ben je afgevallen? Je tietjes lijken wel een stel mandarijnen in een paar sokken.'

Het valt me niet mee om tegelijk te lachen en te lopen. Thomas rent op me af voor een knuffel, zodat ik moet blijven staan met een hand tegen de muur voor steun.

'Hebben ze je echt helemaal opengesneden en weer aan elkaar genaaid?' vraagt hij. Zijn hoofd komt tot mijn borst. Hij mist vier voortanden. 'Opa zegt dat ze waarschijnlijk de verkeerde stukken op de verkeerde plek teruggezet hebben. En dat je het verschil niet eens ziet.'

'Bernard!'

'Het was een geintje.'

'Louisa.' Opa's stem klinkt emotioneel en aarzelend. Hij steekt een bevende arm uit, knuffelt me, en ik knuffel hem terug. Dan laat hij los, grijpt me verbazingwekkend stevig bij de armen met zijn oude handen en kijkt me aan met een zogenaamd boze frons.

'Ik weet het, papa. Maar ze is weer thuis,' zegt ma.

'Je slaapt in je oude kamer,' zegt pa. 'Ik vrees dat we daar Transformer-behang hebben opgehangen voor Thomas. Je hebt hoop ik geen bezwaar tegen hier en daar een Autobot en een Predacon?'

'Ik heb wormen in mijn kont gehad,' zegt Thomas. 'Mama zegt dat ik het er niet met anderen over mag hebben. En dat ik mijn vingers niet in mijn –'

'Godallemachtig,' zegt ma.

'Welkom thuis, Lou,' zegt pa, en hij laat prompt mijn tas op mijn voet vallen.

3

Achteraf gezien heb ik de eerste negen maanden na Wills dood in een soort waas geleefd. Ik ben meteen naar Parijs gegaan, en daarna ben ik gewoon nooit meer thuisgekomen, duizelig van de vrijheid en de dromen die Will in me losgemaakt had. Ik ben gaan werken in een bar waar veel expats kwamen die mijn Frans, waar ik slecht in was, maar steeds beter in werd, geen probleem vonden. Ik huurde een piepklein kamertje in het 16e arrondissement, boven een Arabisch restaurant, en daar lag ik wakker, luisterend naar de geluiden van de late drinkers en de vroege bestelwagens, en elke dag weer had ik het gevoel dat ik het leven van iemand anders leidde.

In die eerste maanden was het alsof ik een laag van mijn huid kwijt was – ik voelde alles veel intenser. Ik werd lachend of huilend wakker, en zag de wereld alsof er een filter weggehaald was. Ik at nieuwe dingen, liep door onbekende straten, sprak met mensen in een taal die de mijne niet was. Soms had ik het gevoel dat hij om me heen hing, alsof ik alles door zijn ogen zag, zijn stem in mijn oor hoorde.

Moet je dat eens zien, Clark!

Ik zei toch dat je het hier geweldig zou vinden.

Eet dit eens! Proef dan! Toe!

Ik voelde me verloren zonder onze dagelijkse dingetjes. Het duurde weken voor mijn handen niet meer zo nutteloos aanvoelden, zonder het dagelijkse contact met zijn lichaam: het zachte overhemd dat ik dichtknoopte, de warme bewegingloze handen die ik voorzichtig waste, het zijdeachtige haar dat ik nog steeds tussen mijn vingers kon voelen. Ik miste zijn stem, zijn abrupte lach, die je echt moest verdienen, het gevoel van zijn lippen op mijn vingers, hoe zijn oogleden langzaam dichtvielen als hij bijna sliep. Mijn moeder, nog steeds vol ontzetting over de rol die ik had gespeeld, zei tegen me dat ze weliswaar nog steeds van me hield, maar dat ze deze Louisa niet kon rijmen met de dochter die ze had opgevoed. Dus met het verlies van mijn familie en het verlies van de man van wie ik hield, waren alle banden doorgesneden en wist ik niet meer wie ik was. Ik had het gevoel alsof ik wegdreef, los van alles, naar een onbekend universum.

Dus speelde ik dat ik een nieuw leven had. Ik sloot losjes vriendschappen met andere reizigers, Amerikaanse toeristen die in de voetsporen van hun literaire helden traden en die zeker wisten dat ze nooit meer zouden teruggaan naar hun geboorteland, rijke jonge bankiers, dagjesmensen, een voortdurend veranderende groep mensen die kwamen en weer gingen, op de vlucht voor hun andere levens. Ik glimlachte en ik kletste en ik werkte, en ik hield me voor dat dit was wat hij voor me had gewild. Dat dat toch op zijn minst een troost moest zijn.

De winter liet zijn greep op de stad los en de lente was prachtig. En toen werd ik op een ochtend wakker en besefte ineens dat mijn liefde voor de stad voorbij was. Ik voel me in elk geval niet Parisienne genoeg om te willen blijven. De verhalen van de expats had ik allemaal al eens gehoord, de Parijzenaren leken ineens niet meer zo aardig – althans, het viel me meerdere keren per dag op, op talloze verschillende manieren, dat ik er nooit echt bij zou horen. De stad, al was ze nog zo fascinerend, voelde als een chique couturejurk die ik ooit in een opwelling had gekocht, maar die me eigenlijk niet paste. Ik nam ontslag en ging op reis door Europa.

In die twee maanden voelde ik me onbeholpener dan ooit. Ik was bijna altijd eenzaam. Ik vond het verschrikkelijk dat ik niet wist waar ik 's avonds zou slapen, zat de hele tijd in de stress over vertrektijden van treinen en over wisselkoersen, en ik maakte moeilijk vrienden omdat ik niemand vertrouwde. En trouwens, wat had ik een ander te bieden? Als mensen me naar mijn leven vroegen, gaf ik alleen heel oppervlakkige details. Alles wat belangrijk of interessant was, kon ik met niemand delen. En zonder iemand om mee te praten, voelden alle dingen die ik zag – of het nu de Trevifontein was of een Amsterdamse gracht – als een hokje dat ik kon afvinken. De laatste week heb ik op een strand in Griekenland gelegen dat me te sterk deed denken aan een strand waar ik met Will was geweest, niet zo lang daarvoor. En uiteindelijk, na een week op het zand waarin ik steeds gebruinde kerels moest afwimpelen, die kennelijk allemaal Dimitri heetten, en waarin ik mezelf probeerde wijs te maken dat ik het heel leuk had, gaf ik de moed op en keerde terug naar Parijs. Vooral omdat het toen pas tot me doordrong dat ik nergens anders naartoe kon.

Ik heb er eerst twee weken doorgebracht op de bank van een meisje met wie ik in de bar had gewerkt, en probeerde te besluiten wat ik nu eens zou ga doen. Ik dacht aan een gesprek met Will over carrières en schreef een aantal hogescholen aan over modeopleidingen, maar ik kon hun geen eerder werk laten zien, zodat ze me beleefd afwezen. De plek op een opleiding die ik oorspronkelijk toegewezen had gekregen toen Will net overleden was, was naar iemand anders gegaan, omdat ik mijn inschrijving niet op tijd had uitgesteld. Ik zou het volgend jaar nog eens kunnen proberen, zei de medewerkster, maar uit haar toon kon ik opmaken dat ze wist dat ik dat niet zou doen.

Ik keek op internet naar banensites en zag dat ik, ondanks al mijn ervaring, nog steeds onvoldoende papieren had voor het soort werk waar ik misschien interesse in had. En toen, per toeval, net toen ik me afvroeg wat ik in hemelsnaam eens zou gaan doen, belde Michael Lawler, Wills notaris, me op om te zeggen dat het tijd was om eens iets te doen met het geld dat Will me had nagelaten. Dat was het excuus dat ik nodig had om te verhuizen. Hij hielp me bij de onderhandelingen over een angstaanjagend duur appartementje aan de rand van de Square Mile, dat ik voornamelijk kocht omdat ik me herinnerde dat Will het ooit over de wijnbar op de hoek had gehad, zodat ik me een beetje dicht bij hem voelde; er was weinig over voor de inrichting. Zes weken later kwam ik terug naar Engeland, nam een baantje bij de Shamrock and Clover, ging naar bed met een kerel die Phil heette en die ik nooit meer zou zien en wachtte af tot ik weer het gevoel zou krijgen dat ik weer echt leefde.

Negen maanden later zat ik daar nog steeds op te wachten.

De eerste week dat ik weer thuis was, ben ik niet veel naar buiten gegaan. Alles deed pijn, en ik was snel moe, dus was het gemakkelijker om in bed te blijven liggen soezen, geholpen door mijn extra sterke pijnstillers. Ik maakte mezelf wijs dat ik eerst maar eens moest zorgen dat mijn lichaam beter werd. Gek genoeg deed het me goed om weer in mijn ouderlijk huis te zijn. Voor het eerst sinds ik er wegging, kon ik weer langer dan vier uur achter elkaar doorslapen; het was er zo klein dat er altijd een muur in de buurt was waar ik steun kon vinden. Ma gaf me te eten, opa hield me gezelschap (Treena was weer naar de universiteit, en had Thom meegenomen), en ik keek overdag veel televisie, me verwonderend over de eindeloze hoeveelheid reclame voor leningen en trapliften, en de mindere goden onder de celebrities die ik niet eens kende, omdat ik bijna een jaar in het buitenland was geweest. Het was alsof ik in een cocon leefde, die ik deelde met een gigantisch taboe.

Onderwerpen die dit wankele evenwicht zouden kunnen verstoren, werden niet aangesneden. Als ik bijvoorbeeld overdag het shownieuws had gezien, zei ik 's avonds aan tafel iets als: 'Die Shayna West!' En pa en ma grepen het onderwerp dankbaar aan en beweerden dat het een sloerie was, of dat haar haar altijd zo leuk zat, of dat ze haar verdiende loon had gekregen. We bespraken *Cash in the Attic* ('Ik vraag me altijd al af of die victoriaanse bloempot van je moeder nog iets waard is… dat lelijke ouwe ding.') en *Ideal Homes in the Country* ('Ik zou nog geen hond wassen in die badkamer'). Ik dacht niet verder dan de volgende maaltijd, de basale moeilijkheden van het me aankleden, mijn tanden poetsen en wat voor kleine taakjes mijn moeder me dan ook maar toewees ('Weet je, schat, als ik straks weg ben, kun jij mooi je wasgoed sorteren, dan kunnen jouw spullen ook mee met de gekleurde was').

Maar als een langzaam opzettende vloed wilde de buitenwereld toch per se binnendringen. Ik hoorde dat de buren mijn moeder aan de tand voelden toen ze de was ophing. 'Dus jullie Lou is weer thuis?' Gevolgd door mijn moeders ongebruikelijk afgemeten 'Klopt.' Ik begon de kamers te mijden van waaruit ik het kasteel kon zien. Maar ik wist dat het er stond, dat de mensen daarbinnen leefden, levende verbindingen met Will. Ik vroeg me weleens af wat er met hen was gebeurd; toen ik in Parijs was, kreeg ik een brief doorgestuurd van mevrouw Traynor, die me heel formeel bedankte voor alles wat ik voor haar zoon had gedaan. 'Ik ben me ervan bewust dat je alles hebt gedaan wat in je vermogen lag.' Maar dat was het. Die familie was de ene dag nog mijn hele leven, en de volgende een vage herinnering uit een tijd waar ik niet meer aan wilde denken. Nu, doordat onze straat elke avond een paar uur in de schaduw van het kasteel ondergedompeld werd, voelde ik de aanwezigheid van de Traynors als een tik op mijn vingers.

Ik was al twee weken thuis toen het tot me doordrong dat pa en ma nooit meer naar hun gezelligheidsvereniging gingen. 'Het is toch dinsdag?' vroeg ik de derde week toen we aan tafel zaten. 'Moeten jullie niet eens gaan?'

Ze keken elkaar even aan. 'O, nee. We blijven lekker hier,' zei pa, kauwend op een hap karbonade.

'Ik red me wel, hoor,' zei ik. 'Het gaat al een stuk beter. En ik kijk gewoon lekker tv.' Stiekem verlangde ik ernaar om alleen in de kamer te zijn, zonder dat iemand me in de gaten hield. Ze lieten me bijna nooit langer dan een halfuur alleen, sinds ik weer thuis was. 'Echt. Ga maar lekker. Maak je om mij maar niet druk.'

'We... we gaan nooit meer naar de club,' zei ma, terwijl ze een aardappel doormidden sneed.

'Mensen... hadden allerlei praatjes. Over wat er was gebeurd.' Pa haalde zijn schouders op. 'Dus het was uiteindelijk beter om gewoon maar niet meer te gaan.' De stilte die daarop volgde duurde zes hele minuten.

En er waren nog andere, concretere dingen die me herinnerden aan het leven dat ik achter me gelaten had. Herinneringen die flinterdunne hardloopbroekjes droegen met bijzonder absorberend vermogen.

Toen Patrick voor de vierde ochtend langs ons huis kwam joggen, dacht ik dat het misschien geen toeval was. Ik had zijn stem al de eerste dag gehoord en was slaperig naar het raam gelopen om door de vitrage te gluren. En daar stond hij zijn hamstrings te stretchen, terwijl hij met een blond meisje met een paardenstaart aan het praten was; zij droeg dezelfde kleur lycra, zo strak dat ik zo ongeveer kon zien wat ze die ochtend als ontbijt had gehad. Ze leken net een stel olympische atleten die hun bobslee hadden gemist.

Ik stond een stukje bij het raam vandaan, voor het geval hij opkeek en me zag staan, en ze waren binnen een minuut weer weg, de straat door rennend, met rechte ruggen, pompende benen, als een glimmend turquoise paardenspan.

Twee dagen later stond ik me aan te kleden toen ik ze hoorde. Patrick zei heel hard iets over veel koolhydraten eten, en die keer wierp het meisje een achterdochtige blik op mijn huis, alsof ze zich afvroeg waarom ze precies twee keer achter elkaar op precies dezelfde plek stopten.

De derde dag zat ik in de voorkamer met opa toen ze kwamen. 'We kunnen oefenen met sprintjes trekken,' zei Patrick met luide stem. 'Weet je wat, als jij nou tot de derde lantaarnpaal rent en weer terug, dan neem ik je tijd op. Interval van twee minuten. Go!'

Opa sloeg zijn ogen veelbetekenend ten hemel.

'Doet hij dit al sinds ik weer terug ben?'

Opa's ogen rolden zo ongeveer door tot zijn achterhoofd.

Ik keek door de vitrage naar Patrick die daar naar zijn stopwatch stond te kijken, met zijn beste kant naar mijn raam toe. Hij droeg een zwarte fleecetrui met een ritsje en een bijpassende korte broek van lycra, en terwijl hij daar zo stond, op maar een paar meter aan de andere kant van het gordijn, kon ik hem bestuderen, stilletjes verbijsterd dat dit iemand was waar ik zo lang van had gehouden, althans, dat dacht ik.

'Doorgaan!' schreeuwde hij, opkijkend van zijn stopwatch. En als een gehoorzaam jachthondje raakte het meisje de lantaarnpaal naast hem aan en stoof weer weg. 'Tweeënveertig achtendertig,' zei hij goedkeurend toen ze terug was, hijgend. 'Daar kun je nog wel een halve seconde af schaven, denk ik.'

'Dat is allemaal voor jou bedoeld,' zei mijn moeder, die binnenkwam met twee bekers.

'Ik vroeg het me al af.'

'Ik kwam zijn moeder tegen in de supermarkt en die vroeg of je weer terug was, en toen zei ik ja. Kijk me niet zo aan – ik kon toch moeilijk liegen tegen dat mens.' Ze knikte naar het raam. 'Die daar heeft haar borsten laten opvullen. Ze gaan flink over de tong, hier in Stortfold. Het schijnt dat je er een kop thee op kunt neerzetten.' Ze kwam even voor me staan. 'Je weet toch dat ze verloofd zijn?'

Ik wachtte op de pijnlijke steek, maar die was zo zwak dat het evengoed darmgas had kunnen zijn. 'Ze lijken me... goed bij elkaar te passen.'

Mijn moeder bleef even naar hem staan kijken. 'Hij is geen kwaaie jongen, Lou. Jij bent gewoon... veranderd.' Ze gaf me mijn beker en draaide zich weer om.

Uiteindelijk, op de ochtend dat hij zich op de stoep voor ons huis begon op te drukken, deed ik de voordeur open en liep naar buiten. Ik leunde tegen de portiek met mijn armen over elkaar tot hij opkeek. 'Ik zou daar niet te lang zo bezig blijven. De hond van de buren is nogal dol op dat stukje stoep.'

'Lou!' riep hij uit, alsof ik de laatste was die hij daar, voor mijn huis, had verwacht. Het huis waar hij in de zeven jaar dat we bij elkaar waren meerdere keren per week was geweest. 'Nou ja zeg... wat een verrassing dat je weer terug bent. Ik dacht dat jij de wijde wereld aan het veroveren was.'

Zijn verloofde, die naast hem push-ups deed, keek op, en keek toen weer naar de stoep. Misschien verbeelde ik het me maar, maar het leek of ze haar billen nog steviger bij elkaar kneep. Ze bewoog verwoed op en neer. Op en neer. Ik maakte me een beetje zorgen om het welzijn van haar nieuwe boezem.

Hij sprong op. 'Dit is Caroline, mijn verloofde.' Hij bleef mij strak aankijken, misschien omdat hij een reactie verwachtte. 'We zijn in training voor de komende Ironman. We hebben er samen al twee gedaan.'

'Wat... romantisch,' zei ik.

'Nou ja, Caroline en ik vinden het goed om samen dingen te doen.'

'Ik zie het, ja,' antwoordde ik. 'En jullie hebben bij elkaar passende outfits!'

'O. Ja. Teamkleuren.'

Het bleef even stil.

Ik stompte in de lucht. 'Zet hem op, team!'

Caroline veerde op en begon haar verkrampte kuitspieren te rekken. Ze zag eruit als een ooievaar, met dat been zo naar achteren gestoken. Ze gaf me een knikje. Met nog minder hoffelijkheid zou ze niet wegkomen.

'Je bent afgevallen,' zei hij.

'Ach ja, een dieet van infusen met zoutoplossing, hè, dan krijg je dat.'

'Ik hoorde al dat je... een ongeluk hebt gehad.' Hij hield zijn hoofd meelevend schuin.

'Hier blijft ook niets geheim.'

'Maar goed. Ik ben blij dat het goed met je gaat.' Hij haalde zijn neus op en keek de straat uit. 'Je moet een zwaar jaar achter de rug hebben. Gezien wat je hebt gedaan, en zo.'

Daar had je het. Ik probeerde mijn adem onder controle te houden. Caroline weigerde pertinent om me aan te kijken, en strekte haar been uit om haar hamstring te rekken. Toen zei ik: 'Enfin... gefeliciteerd met je aanstaande huwelijk.'

Hij bekeek zijn aanstaande vol trots, en ging op in zijn bewondering voor haar pezige been. 'Ach, het is precies zoals ze altijd zeggen – als je de ware tegenkomt, dan weet je het meteen.' Hij schonk me een zogenaamd verontschuldigende glimlach. En dat deed wat mij betreft de deur dicht.

'Vast. En je hebt natuurlijk een lekker potje voor de bruiloft – dure boel, hè?'

Ze keken me allebei aan.

'Dat verhaal over mij dat je aan de krant hebt verkocht. Wat heeft dat nou opgeleverd, Pat? Een paar duizend? Treena heeft nooit kunnen achterhalen hoeveel het nou precies was. Maar ik denk dat Wills dood op zijn minst goed was voor een paar bij elkaar passende hardloopoutfits, toch?'

Uit de manier waarop Caroline hem ineens aankeek kon ik opmaken dat hij dit specifieke deel van zijn verleden nog niet met haar had gedeeld.

Hij staarde me aan terwijl twee speldenprikjes kleur op zijn wangen steeds groter werden. 'Daar had ik niets mee te maken.'

'Tuurlijk niet. Nou, leuk je weer eens te zien, Pat. En veel succes met de bruiloft, Caroline! Je bent ongetwijfeld de... strakste bruid ooit!' Ik draaide me om en liep langzaam naar binnen. Daar deed ik de deur achter me dicht en ging er met bonzend hart tegenaan staan tot ik zeker wist dat ze doorgerend waren.

'Eikel,' zei opa toen ik de zitkamer weer in kwam hinken. En nog een keer, met een misprijzende blik op het raam: 'Eikel.' En toen grinnikte hij.

Ik staarde hem aan. En totaal onverwacht begon ik ook te lachen, voor het eerst sinds ik weet niet hoelang.

'Heb je nou al besloten wat je gaat doen? Als je weer beter bent?'

Ik lag op bed. Treena belde terwijl ze stond te wachten bij de voetbalclub van Thomas tot hij naar buiten kwam. Ik staarde naar het plafond, waar Thomas de hele Melkweg op geplakt had met van die opgloeiende sterren, die je niet meer kon verwijderen zonder het halve plafond mee te nemen.

'Niet echt.'

'Je moet toch echt iets gaan doen. Je kunt daar niet eeuwig op je achterwerk blijven zitten.'

'Ik blijf niet op mijn achterwerk zitten. En trouwens, ik heb nog steeds last van mijn heup. De fysio zegt dat ik beter kan blijven liggen.'

'Pa en ma vragen zich af wat er nu gaat gebeuren. In Stortfold is geen werk.'

'Dat weet ik ook wel.'

'Maar je bent zo stuurloos. Je lijkt helemaal nergens meer interesse in te hebben.'

'Treen, ik ben net van een gebouw gevallen. Ik ben aan het revalideren.'

'En daarvoor was je een beetje zinloos aan het reizen. Je zult de boel toch ooit een keer op een rijtje moeten krijgen. Als je niet gaat studeren, dan zal je toch echt iets anders moeten bedenken dat je met je leven wilt doen.

'Ik zeg het maar gewoon. En trouwens, als je wel in Stortfold blijft, moet je het appartement in de verhuur doen. Pa en ma kunnen je niet eeuwig financieel ondersteunen.'

'En dat uit de mond van de vrouw die de afgelopen acht jaar door de Bank van Pa en Ma onderhouden is.'

'Ik volg een voltijdsstudie. Dat is iets heel anders. Maar goed, ik heb je bankafschriften doorgenomen toen je in het ziekenhuis lag, en ik heb al je rekeningen betaald. Je hebt nog ongeveer vijftienhonderd pond over, inclusief ziekengeld. Trouwens, wat waren al die trans-Atlantische telefoontjes? Weet je hoe duur die zijn?'

'Gaat je geen moer aan.'

'Ik heb een lijst gemaakt van makelaars in de buurt die woningen verhuren. En ik dacht dat we misschien samen weer eens naar studies konden kijken. Misschien is er wel iemand gestopt met die opleiding die je eerst wilde doen.'

'Treen, ik word moe van je.'

'Het heeft geen nut om maar wat rond te hangen. Je voelt je vanzelf beter als je wat richting aan je leven geeft.'

Het was misschien irritant, maar het had ook wel wat geruststellends dat mijn zus zo aan mijn kop zeurde. Verder durfde niemand dat. Het leek wel of mijn ouders dachten dat er iets heel erg mis met me was, en dat ik met handschoentjes aangevat moest worden. Mijn moeder legde mijn schone was keurig opgevouwen aan het voeteneind van mijn bed en maakte drie keer per dag eten voor me klaar. En telkens als ik zag dat ze naar me keek, glimlachte ze ongemakkelijk om alles te bedekken wat we niet tegen elkaar wilden zeggen. Pa bracht me naar mijn afspraken met de fysio, zat naast me op de bank televisie te kijken en stak niet eens de draak met me. Treena was de enige die me behandelde zoals ze altijd al had gedaan.

'Je weet wat ik ga zeggen, hè?'

Ik draaide me op mijn zij en kromp ineen van de pijn.

'Ik weet het, en hou je mond maar.'

'Je weet wat Will gezegd zou hebben. Jullie hadden een afspraak. Daar moet je je aan houden.'

'Oké. Zo is het wel genoeg, Treen. Ik ga ophangen.'

'Prima. Thom komt net de kleedkamer uit. Ik zie je vrijdag!' zei ze, alsof we het net over muziek hadden gehad, of vakantiebestemmingen, of zeep.

En ik staarde weer naar het plafond.

Jullie hadden een afspraak.

Ja, en moet je zien wat daarvan terechtgekomen is.

Treena mocht dan tegen me zeuren, in de weken dat ik thuis was, was ik toch wat vooruitgegaan. Ik kon inmiddels zonder de stok, die me het gevoel gaf dat ik negenentachtig was en die ik zo ongeveer overal waar ik was geweest was vergeten. Ik ging meestal met opa een stukje wandelen in het park, op ma's verzoek. De dokter had hem opgedragen om elke dag wat te bewegen, maar ze was een keer achter hem aan gelopen en toen was ze erachter gekomen dat hij gewoon een grote zak uitgebakken spekzwoerdjes kocht bij de winkel om de hoek, en dat hij dan langzaam al etend terugliep naar huis.

We liepen in een heel rustig tempo, allebei hinkend, en allebei zonder doel.

Ma opperde dat we een rondje om het kasteel konden doen, 'om eens wat anders te zien', maar ik negeerde haar, en elke ochtend als het hek achter ons dichtviel, knikte opa beslist in de richting van het park. Niet alleen omdat het dichterbij was, of dichter bij het wedkantoor. Ik denk dat hij wel wist dat ik er nog niet naar terug wilde. Ik was er nog niet aan toe. Ik wist niet of ik er ooit wel weer aan toe zou zijn.

We deden twee bedaarde rondjes om de eendenvijver en gingen op het bankje in het waterige lentezonnetje zitten kijken naar de peuters en hun ouders die de dikke eenden kwamen voeren en de pubers die er kwamen om te roken, te gillen en elkaar op hun kop te slaan; de hulpeloze oorlogstactieken van jeugdige hofmakerij. We kuierden naar zijn bookmaker zodat opa drie pond kon verliezen aan een weddenschap op een paard genaamd Wag The Dog. En vervolgens, als hij zijn wedformulier verfrommeld had en in de prullenbak had gegooid, beloofde ik dat ik een jamdonut voor hem zou kopen bij de supermarkt.

'O vet,' zei hij toen we bij de gebaksafdeling stonden.

Ik keek hem fronsend aan.

'O vet,' herhaalde hij, naar de donuts wijzend, en hij lachte.

'O. Yep. Dat zullen we tegen mama zeggen. *Low fat* donuts.'

Ma zei dat hij lacherig werd van zijn nieuwe medicatie. Volgens mij zijn er wel ergere dingen.

Opa stond nog steeds te giebelen om zijn eigen grap toen we aansloten in de rij voor de kassa. Ik bleef naar de grond kijken, en zocht in mijn zakken naar kleingeld. Ik overwoog of ik pa dat weekend zou helpen met de tuin. Dus duurde het even voor het tot me doordrong wat mensen om me heen aan het fluisteren waren.

'Het komt door het schuldgevoel. Ze zeggen dat ze van een flat gesprongen is.'

'Geen wonder. Ik zou ook niet meer met mezelf kunnen leven.'

'Het verbaast me dat ze hier haar gezicht nog durft te laten zien.'

Ik bleef bewegingloos staan.

'Die arme Josie Clark is er nog altijd zo overstuur van. Ze gaat elke week biechten, terwijl die vrouw zo smetteloos is als een waslijn vol schoon goed.'

Opa wees naar de donuts en zei tegen het meisje bij de kassa. 'O fat.'

Ze glimlachte beleefd. 'Zesentachtig pence, alstublieft.'

'Met de familie Traynor is het ook nooit meer goed gekomen.'

'Nou ja, het heeft natuurlijk ook hun leven verwoest.'

'Zesentachtig pence, alstublieft.'

Het duurde een paar seconden voor ik doorhad dat de caissière me afwachtend aankeek. Ik haalde een handvol munten uit mijn zak. Mijn vingers telden ze onhandig uit.

'Niet te geloven eigenlijk dat Josie haar de zorg voor haar opa toevertrouwt.'

'Je denkt toch niet dat ze...'

'Nou ja, je weet het niet. Ze heeft het al een keer eerder gedaan, dus...'

Mijn wangen waren vuurrood. Mijn geld viel kletterend neer bij de kassa. Opa zei steeds maar: 'O VET, O VET, O VET,' tegen het verwonderde meisje, die de grap maar niet leek te begrijpen. Ik trok aan zijn mouw. 'Kom, opa, we moeten gaan.'

'O vet,' hield hij vol.

'Aha,' zei ze, en ze glimlachte vriendelijk.

'Opa, *toe* nou.' Ik voelde me warm en duizelig, alsof ik zou kunnen flauwvallen. Misschien stonden ze nog steeds te roddelen, maar dat wist ik niet zeker want ik hoorde alleen mijn hoofd gonzen.

'Dag, dag,' zei hij.

'Dag hoor,' zei het meisje.

'Fijn,' zei opa toen we de zon weer in liepen. En daarna, met een blik op mij: 'Waarom huilen?'

Dit is het probleem van betrokken raken bij een catastrofale gebeurtenis die je leven op zijn kop zet. Je denkt dat de catastrofale gebeurtenis die je leven op zijn kop zet hetgeen is waar je mee moet leren leven: de flashbacks, de slapeloze nachten, het eindeloze herkauwen van de gebeurtenissen, steeds maar weer die vraag of je wel de juiste keuze hebt gemaakt, of je wel hebt gezegd wat je had moeten zeggen, of je ervoor had kunnen zorgen dat het anders was afgelopen, of je het zelfs maar een fractie anders zou hebben gedaan.

Mijn moeder had me verteld dat het mijn leven voor altijd zou beïnvloeden als ik tot het eind bij Will zou blijven, en ik dacht dat ze het over de psychische invloed had. Ik dacht dat ze het had over het schuldgevoel waar ik mee moest leren leven, het verdriet, de slapeloosheid, de rare, ongepaste woede-uitbarstingen, de eindeloze interne dialogen met iemand die er niet eens meer was. Maar nu zag ik dat het niet alleen maar bij mij lag: in een digitale wereld zou ik voor eeuwig dat meisje blijven. Zelfs al zou het me lukken de hele geschiedenis uit mijn geheugen te wissen, ik zou mezelf nooit meer los kunnen maken van Wills dood. Mijn naam zou aan de zijne verbonden blijven zolang er pixels en computerschermen bestaan. Mensen zouden een oordeel over me vormen op basis van heel oppervlakkige kennis – en soms zelfs zonder enige kennis – en daar kon ik helemaal niets aan veranderen.

Ik liet mijn haar in een bob knippen. Ik ging me anders kleden, en stopte alles wat me ooit deed opvallen in zakken die ik achter in mijn kledingkast propte. Ik mat mezelf Treena's uniform van spijkerbroeken en onopvallende T-shirts aan. Als ik tegenwoordig iets las over een bankbediende die een fortuin had gestolen, een vrouw die haar kind had vermoord, het verdwenen zusje, zat ik daar niet om te huiveren zoals eerst, maar vroeg ik me af wat het verhaal erachter was dat ze niet afdrukten.

Ik voelde me op een vreemde manier verwant aan die mensen. Ik was besmet. De wereld om me heen wist het. En erger nog, het begon ook tot mijzelf door te dringen.

Wat er nog over was van mijn donkere haar propte ik in een beanie, ik zette mijn zonnebril op en toen ik buiten liep deed ik ontzettend mijn best om niet te hinken, al kreeg ik kramp in mijn kaken van concentratie.

Ik liep langs het groepje zingende kleuters in de hoek. En langs de stille genealogiehobbyisten die op zoek waren naar bevestiging dat ze inderdaad heel verre familie waren van koning Richard de Derde, en ging in een andere hoek zitten met de mappen vol regionale dagbladen. Die van augustus 2009 had ik zo gevonden. Ik haalde diep adem en sloeg de map zomaar ergens open, en bekeek de koppen.

MAN MAAKT EINDE AAN LEVEN IN ZWITSERSE KLINIEK

De familie Traynor vraagt om privacy in 'moeilijke tijd'

De 35-jarige zoon van Steven Traynor, beheerder van Stortfold Castle, heeft een einde aan zijn leven gemaakt in Dignitas, het controversiële centrum voor vrijwillige levensbeëindiging. De heer Traynor was volledig verlamd na een verkeersongeluk in 2007. Naar verluidt is hij afgereisd naar de kliniek met zijn familie en zijn verzorgster, Louisa Clark, 27, ook afkomstig uit Stortfold.

De politie onderzoekt de omstandigheden rondom zijn dood. Volgens bronnen is het niet uitgesloten dat de betrokkenen worden vervolgd.

De ouders van Louisa Clark, Bernard en Josephine Clark, woonachtig aan Renfrew Road, weigerden commentaar te geven.

Camilla Traynor, kantonrechter, heeft ontslag genomen na de zelfmoord van haar zoon. Een plaatselijke bron zegt dat haar positie 'onhoudbaar' was geworden, gezien de acties van de familie.

En daar stond het, Wills gezicht op een korrelige krantenfoto. Die licht sardonische glimlach, de directe blik. Het benam me, heel even, de adem.

Met de dood van de heer Traynor komt een eind aan een succesvolle carrière in de City, waar hij bekendstond als een genadeloze op- en verkoper van bedrijven, en als iemand met een neus voor koopjes op dat gebied. Zijn collega's stonden gisteren in de rij om eer te betonen aan de man die zij omschreven als –

Ik sloeg de krant dicht. Toen ik zeker wist dat ik mijn gezicht weer onder controle had, keek ik op. Om me heen gonsde het in de bibliotheek van de activiteit. De kleuters zongen door, met chaotische en dwalende piepstemmetjes, hun moeders klapten vertederd mee. De bibliothecaresse was sotto voce in discussie met een collega over het beste recept voor een Thaise curry. De man naast me liet zijn vinger langs een oud kiesregister glijden, al mompelend: 'Fisher, Fitzgibbon, Fitzwilliam...'

Ik had niets gedaan. Het was al ruim anderhalf jaar geleden en ik had helemaal niets gedaan, behalve drank verkopen in twee verschillende landen en verdrinken in zelfmedelijden. En nu, na vier weken in het huis waar ik was opgegroeid, voelde ik dat Stortfold me weer op wilde slokken, me sussend met het idee dat ik het hier prima zou hebben. Het zou allemaal wel goed komen. Goed, ik zou hier geen grote avonturen beleven, en het zou wel een beetje pijnlijk zijn zolang de mensen om me heen moesten wennen aan het feit dat ik er weer was, maar er waren wel ergere dingen dan bij je familie wonen, waar men van je hield en waar je je geborgen voelde. Veilig.

Ik keek naar de stapel kranten voor me. De meest recente krantenkop was:

STRIJD OVER PARKEERPLEK VOOR GEHANDICAPTEN VOOR HET POSTKANTOOR

Ik dacht aan pa die zittend op mijn ziekenhuisbed tevergeefs had gezocht naar een berichtje over een bijzonder ongeluk.

Ik heb je teleurgesteld, Will. Ik heb je verschrikkelijk teleurgesteld.

Je kon het geschreeuw helemaal aan het andere eind van de straat horen, toen ik eindelijk weer naar huis ging. Ik deed de deur open en werd begroet door het gejammer van Thomas. Mijn zusje stond hem in een hoek van de kamer onder uit de zak te geven, zwaaiend met haar vinger. Mama stond over opa gebogen met een afwasteiltje vol water en een schuurspons, terwijl opa haar beleefd wegwimpelde.

'Wat is er aan de hand?'

Ma stapte opzij en nu pas kon ik opa's gezicht goed zien. Hij had nieuwe, gitzwarte wenkbrauwen en een dikke, zwarte, enigszins ongelijke snor.

'Onuitwisbare inkt,' zei ma. 'Voortaan mag opa nooit meer een dutje doen als hij alleen met Thomas in de kamer is.'

'Het moet afgelopen zijn met overal op tekenen,' tierde Treena. 'Alleen op papier, oké? Niet op muren, niet op gezichten, niet op de hond van mevrouw Reynolds. En niet op mijn broek.'

'Maar ik heb er alleen de dagen van de week op geschreven.'

'Ik zit niet te wachten op maandag-dinsdag-woensdag-broeken!' schreeuwde ze. 'En als dat wel zo was, zou ik het op prijs stellen als je "woensdag" goed spelde!'

'Zit hem niet zo op zijn huid, Treena,' zei ma, en ze deed een stap naar achteren om te zien of het schrobben enig effect had. 'Het had een stuk erger kunnen zijn.'

In ons kleine huis klonken mijn vaders voetstappen op de trap als een heel nadrukkelijke donderslag. Hij kwam de voorkamer in, zijn schouders gebogen van frustratie, en zijn haar aan één kant overeind staand. 'Kan een man op zijn vrije dag niet eens een dutje doen in zijn eigen huis? Het lijkt hier potdomme wel een gekkenhuis.'

We keken hem allemaal aan.

'Wat? Wat heb ik gezegd?'

'Bernard…'

'O, kom op zeg. Onze Lou denkt heus niet dat ik het over *haar* heb.'

'O, mijn lieve god.' Ma sloeg haar handen voor haar gezicht.

Mijn zusje begon Thomas de kamer uit te werken. 'O jee,' zei ze zachtjes. 'Ik zou maken dat ik wegkwam, Thomas. Want als je opa je te pakken krijgt...'

'Wat?' vroeg pa fronsend. 'Wat is er aan de hand?'

Opa begon ineens te lachen. Hij stak een bevend vingertje op.

Het was bijna te grappig. Thomas had pa's hele gezicht ingekleurd met blauwe stift. Zijn ogen staken als twee kruisbessen af tegen een zee van kobalt. 'Wat nou?'

Thomas' stem klonk luid protesterend toen hij de gang in verdween. 'We keken *Avatar*! Hij zei dat hij het helemaal niet erg zou vinden om een avatar te zijn.'

Pa's ogen werden nog groter. Hij beende naar de spiegel boven de schoorsteenmantel.

Het bleef even stil. 'O mijn god.'

'Bernard, wil je de naam van de Heer niet ijdel gebruiken, alsjeblieft.'

'Hij heeft me verdomme helemaal blauw gemaakt, Josie. Dan mag ik met die naam doen wat ik wil. Is dit onuitwisbare inkt? THOMMO? IS DIT ONUITWISBARE INKT?'

'We krijgen het er wel weer af, pa.' Mijn zusje trok de tuindeur achter zich dicht. Je kon Thomas nog net horen protesteren.

'Ik moet morgen toezicht houden als er een nieuw hekwerk om het kasteel wordt geplaatst. Er komen aannemers langs. Hoe moet ik in godsnaam met die kerels aan tafel zitten als ik *blauw* ben?' Pa spuugde in zijn hand en begon over zijn gezicht te wrijven. Het maakte een heel lichte veeg, en er kwam vooral inkt op zijn handpalm. 'Het gaat er niet af. Josie, *het gaat er niet af!*'

Ma verlegde haar aandacht van opa naar pa en ging hem met de schuurspons te lijf. 'Blijf nou even stilzitten, Bernard. Ik doe mijn best.'

Treena pakte haar laptoptas. 'Ik zoek wel even op internet. Er is vast wel iets aan te doen. Tandpasta, of nagellakremover, of bleek, of –'

'Mooi niet dat je bleek op mijn gezicht gaat smeren!' tierde pa. Opa, met zijn nieuwe piratensnor, zat te giechelen in zijn hoekje.

Ik wurmde me voorzichtig langs hen.

Ma hield pa's gezicht vast met haar linkerhand terwijl ze stond te schrobben. Ze draaide zich om alsof ze me net pas zag. 'Lou! Ik heb helemaal niet gevraagd – Gaat het, schat? Heb je lekker gewandeld?' Iedereen stopte abrupt om naar mij te glimlachen. Een glimlach die zei: *Alles goed hier, hoor, Lou. Maak je maar geen zorgen.* Ik haatte die glimlach.

'Ja, best.'

Dat was wat iedereen wilde horen. Ma stortte zich weer op pa. 'Geweldig. Dat is toch geweldig, Bernard?'

'Zeker. Goed nieuws.'

'Als jij even je witte was sorteert, doe ik die straks met pa's spullen in de machine.'

'Weet je,' zei ik. 'Dat hoeft niet. Ik heb zitten denken. Het is tijd dat ik weer naar huis ga.'

Niemand zei iets. Ma keek pa even aan. Opa giechelde weer en sloeg zijn hand voor zijn mond.

'Oké,' zei pa met zo veel waardigheid als een man van middelbare leeftijd met een bosbessengezicht kan opbrengen. 'Als je weer terug wilt naar dat appartement, Louisa, dan kan dat, maar onder één voorwaarde...'

4

'Ik ben Natasha en ik ben drie jaar geleden mijn man kwijtgeraakt aan kanker.'

Op een vochtige maandagavond zaten de leden van de En Nu Verder-groep in een kring op oranje bureaustoelen in de zaal van de Pinkstergemeente, met Marc, de leider. Hij was een lange, besnorde man, wiens hele wezen een soort uitgeputte melancholie uitstraalde. Er was nog één lege stoel.

'Ik ben Fred. Mijn vrouw Jilly is in september overleden. Ze was vierenzeventig.'

'Sunil. Mijn tweelingbroer is twee jaar geleden aan leukemie overleden.'

'William. Dode vader, halfjaar terug. Beetje dom, dit, eerlijk gezegd, want toen hij nog leefde konden we niet met elkaar opschieten. Ik vraag me steeds af wat ik hier eigenlijk doe.'

Rouw had een eigenaardig luchtje. Het rook naar een bedompte, slecht geventileerde kerkzaal en goedkope theezakjes.

Het rook naar eenpersoonsmaaltijden en sigaretten die iemand ineengedoken tegen de kou opgerookt had. Het rook naar volgespoten haar en oksels, kleine praktische triomfen tegen een moeras van wanhoop. Die geur alleen al zei me dat ik hier niet thuishoorde, wat ik pa ook had beloofd.

Het voelde als bedrog. Bovendien leken ze allemaal zo… *verdrietig.*

Ik schoof ongemakkelijk op mijn stoel, en Marc kreeg me in het vizier. Hij glimlachte geruststellend. *We weten er alles van*, zei die glimlach. *We hebben het allemaal ook meegemaakt.*

Ik geloof er niks van, antwoordde ik woordloos.

'Sorry. Het spijt me dat ik te laat ben.' De deur ging open en liet een golf warme lucht binnen, en de lege stoel werd ingenomen door een puber met ragebol die zijn benen opvouwde alsof ze te lang waren voor de ruimte die hun toebedeeld was.

'Jake. Je hebt vorige week gemist. Alles oké?'

'Sorry. Pa had het uit de hand laten lopen op zijn werk en hij kon me niet brengen.'

'Maakt niet uit. Fijn dat je er nu bent. Je weet waar het drinken staat.'

De jongen keek de zaal rond vanonder zijn lange pony en aarzelde even toen zijn blik op mijn groene glitterrok viel. Ik trok mijn tas op schoot in een poging hem te verhullen, en hij keek weg.

'Hallo, jongen. Ik ben Daphne. Mijn man heeft zich van het leven beroofd. Ik geloof niet dat het kwam omdat ik zo aan zijn kop zeurde!' Het verdriet spatte af van het halve lachje van de vrouw. Ze raakte haar zorgvuldig gekapte haar even aan en keek verlegen naar haar knieën. 'We waren gelukkig. Echt.'

De jongen had zijn handen onder zijn dijen gestoken. 'Jake. Moeder. Twee jaar geleden. Ik kom hier nu al een jaar omdat mijn vader er niet mee om kan gaan, en ik moet er met iemand over kunnen praten.'

'Hoe gaat het deze week met je vader, Jake?' vroeg Marc.

'Best goed. Ik bedoel, vrijdagavond heeft hij een vrouw mee naar huis genomen, maar toen is hij daarna niet op de bank gaan zitten huilen. Dus dat is tenminste iets.'

'Jakes vader heeft zijn eigen manier om met het verdriet om te gaan,' zei Marc mijn kant op.

'Hij duikt met iedereen het bed in,' zei Jake. 'Meer eigenlijk niet.'

'Was ik nog maar jong,' zei Fred spijtig. Hij droeg een overhemd met das, het soort man dat zich kaal voelt zonder. 'Het lijkt me een geweldige manier om over Jilly's dood heen te komen.'

'Mijn nicht heeft een kerel opgepikt op de begrafenis van mijn tante,' zei een vrouw in de hoek die Leanne heette, of zo; ik kon het me niet meer precies herinneren. Ze was klein en rond en had chocoladebruin haar met een dikke pony.

'Letterlijk op de begrafenis?'

'Ze vertelde dat ze na de broodjes naar een motel zijn gegaan.' Ze haalde haar schouders op. 'Je emoties staan dan op scherp, denk ik.'

Ik was hier helemaal verkeerd. Dat zag ik nu wel. Steels pakte ik mijn boeltje op, en ik vroeg me af of ik moest aankondigen dat ik wegging of dat ik het gewoon maar op een lopen moest zetten.

Toen keek Marc mij ineens aan.

Ik staarde hem met een uitgestreken gezicht aan.

Hij trok zijn wenkbrauwen op.

'O. Ik? Ik wilde eigenlijk net weggaan. Ik denk dat ik... ik bedoel, ik geloof niet dat ik –'

'Ach kindje, iedereen wil meteen weg als ze hier voor het eerst komen.'

'Ik wilde zelfs de tweede en derde keer nog weg.'

'Dat was vanwege de koekjes. Ik zeg steeds tegen Marc dat we betere moeten kopen.'

'Vertel ons maar gewoon je verhaal in het kort, als je wilt. Maak je geen zorgen. Je bent hier met vrienden.'

Ze zaten allemaal te wachten. Ik kon niet weg. Ik zakte ineen in mijn stoel. 'Eh, oké. Nou, ik heet dus Louisa, en de man waar ik... van hield... is overleden op zijn vijfendertigste.'

Er werd hier en daar meelevend geknikt.

'Te jong. Wanneer is het gebeurd, Louisa?'

'Twintig maanden geleden. En een week. En twee dagen.'

'Drie jaar, twee weken en twee dagen.' Natasha keek me glimlachend aan vanaf de andere kant van de kamer.

Er werd zachtjes en vol medelijden gemompeld. Daphne, die naast me zat, stak een mollige hand vol ringen uit en gaf een klopje op mijn been.

'We hebben het er hier al vaak gehad over waarom het zo moeilijk is als iemand jong overlijdt,' zei Marc. 'Hoelang waren jullie bij elkaar?'

'Eh. We... Nou, net geen halfjaar.'
Een paar nauwelijks verholen verbaasde blikken.
'Dat is – vrij kort,' zei een stem.
'Louisa's pijn is even gerechtvaardigd,' zei Marc gladjes. 'En hoe is hij verscheiden?'
'Ver-wat?'
'Doodgegaan,' zei Fred behulpzaam.
'O. Hij – eh – hij heeft zelfmoord gepleegd.'
'Dat was vast een enorme schok.'
'Niet echt. Ik wist dat hij het gepland had.'
Er blijkt een vreemd soort stilte te zijn die valt als je een zaal vol mensen die denken dat ze alles al weten over de dood van een geliefde iets vertelt wat ze nog niet weten.
Ik haalde diep adem. 'Hij wist al dat hij het wilde doen voor ik hem leerde kennen. Ik heb geprobeerd om het hem uit zijn hoofd te praten, maar dat is niet gelukt. Dus heb ik ermee ingestemd, omdat ik van hem hield, en dat leek me toen heel logisch. Maar inmiddels vind ik het een stuk minder logisch. Daarom ben ik nu hier.'
'De dood is nooit logisch,' zei Daphne.
'Behalve als je een boeddhist bent,' zei Natasha. 'Ik probeer steeds boeddhistisch te denken, hoewel ik dan wel weer bang ben dat Olaf terugkomt als muis of zo, en dat ik hem vergiftig.' Ze slaakte een zucht. 'En ik moet echt nodig muizengif strooien. We hebben een verschrikkelijke plaag bij ons in het gebouw.'
'Je komt er nooit meer vanaf. Het zijn net vlooien,' zei Sunil. 'Voor elke muis die je ziet, zitten er honderden achter de plinten.'
'Ik zou goed nadenken voor ik iets deed, Natasha,' zei Daphne. 'Wat nou als er honderden kleine Olafjes rondrennen. Misschien zit mijn Alan er ook wel tussen. Straks vergiftig je ze allebei nog.'
'Nou ja,' zei Fred, 'boeddhistisch gezien komt hij dan gewoon weer terug als iets anders, toch?'
'Ik zou het vreselijk vinden om als vlieg terug te komen,' zei William. 'Zo'n akelig harig beest.' Hij huiverde.
'Ik ben geen massamoordenaar hoor,' zei Natasha. 'Zo klinkt het net of ik andermans overleden echtgenoten omleg.'
'Nou ja, die muis kan best iemands man zijn. Ook al is het Olaf niet.'

'Laten we even teruggaan naar de essentie van deze sessie,' zei Marc, terwijl hij over zijn slaap wreef. 'Louisa, het is heel dapper van je dat je ons je verhaal komt vertellen. Waarom vertel je niet wat meer over hoe jij en – hoe heette hij? – hoe jullie elkaar hebben leren kennen. Alles wordt hier in vertrouwen gedeeld. We hebben allemaal gezworen dat onze verhalen binnen deze muren blijven.'

Op dat moment ving ik toevallig Jakes blik. Hij keek van mij naar Daphne en schudde nauwelijks merkbaar zijn hoofd.

'Ik kende hem van mijn werk,' zei ik. 'Hij heette... Bill.'

Ondanks mijn belofte aan pa was ik niet van plan om nog een keer naar de En Nu Verder-groep te gaan. Maar mijn terugkeer naar mijn werk was zo afschuwelijk dat ik tegen het eind van de dag niet in mijn eentje naar mijn lege huis wilde.

'Je bent er weer!' Carly had een kop koffie op de bar gezet, het geld van de zakenman aangenomen en mij een knuffel gegeven, terwijl ze ondertussen de muntjes op de juiste plek in de la liet vallen, in een vloeiende beweging. 'Wat is er in godsnaam met je gebeurd? Tim zei alleen dat je een ongeluk hebt gehad. Zoals hij het vertelde, wist ik niet eens of je nog wel terug zou komen.'

'Lang verhaal.' Ik staarde haar aan. 'Eh...wat heb je aan?'

Op maandagochtend, om negen uur, zag het op de luchthaven blauwgrijs van de mannen die laptops aan het opladen waren, op hun iPhones zaten te staren, en de financiële katernen lazen of discreet in hun koptelefoontjes over de aandelenmarkt zaten te praten. 'Ja, nou ja. Het is allemaal een beetje anders geworden, toen jij er niet was.'

Ik draaide me om en zag een zakenpief aan de verkeerde kant van de bar staan. Ik keek hem verbaasd aan en zette mijn tas neer. 'Eh – als u hier even wilt wachten, dan zal ik u zo meteen bedienen.'

'Je bent vast Louise.' Hij schudde mijn hand nadrukkelijk, maar zonder warmte. 'Ik ben de nieuwe barmanager. Richard Percival.' Ik nam zijn gladde kapsel, zijn pak, zijn lichtblauwe overhemd in me op en vroeg me af wat voor soort bars hij managede.

'Aangenaam.'

'Jij bent degene die twee maanden vrij heeft gehad.'

'Ja. Nou ja, ik –'

Hij liep naar de flessencarrousel en checkte de flessen. 'Het lijkt me goed dat je weet dat ik geen fan ben van mensen die zich eindeloos ziek melden.'

Mijn nek trok zich een paar centimeter terug in mijn kraag.

'Ik geef het maar even aan, Louise. Ik ben niet zo'n manager die maar van alles door de vingers ziet. Ik weet dat vrije tijd bij veel bedrijven wordt gezien als iets waar het personeel recht op heeft, maar niet in de bedrijven waar ik werk.'

'Geloof me, de afgelopen negen weken had ik liever gewerkt.'

Hij inspecteerde de onderkant van een tap en wreef er peinzend over met zijn duim.

Ik haalde diep adem voor ik weer iets zei. 'Ik ben van een gebouw gevallen. Misschien wilt u een paar van mijn littekens zien? Om u gerust te stellen dat ik het niet nog een keertje doe.'

Hij staarde me aan. 'Je hoeft niet zo sarcastisch te doen. Ik zeg niet dat je weer een keer een ongeluk krijgt, ik zeg alleen dat jouw aantal ziektedagen verhoudingsgewijs ongewoon hoog is voor iemand die nog maar zo kort voor dit bedrijf werkt. Dat is het enige waar ik je even op wilde wijzen. Dat we dat wel hebben gezien.'

Hij droeg manchetknopen in de vorm van kleine raceauto's.

'Die boodschap is overgekomen, meneer Percival,' zei ik. 'Ik zal mijn best doen om in de toekomst geen bijna-dodelijk ongeluk meer te krijgen.'

'Je hebt een uniform nodig. Geef me vijf minuten, dan haal ik er eentje voor je uit het magazijn. Wat is je maat? Tweeënveertig? Vierenveertig?'

Ik staarde hem aan. 'Veertig.'

Hij trok beide wenkbrauwen op. Ik eentje. Toen hij naar zijn kantoortje liep, boog Carly over de koffiemachine en wierp een lief lachje zijn kant op. 'On-ge-lo-fe-lij-ke eikel,' zei ze uit haar mondhoek.

Daar had ze geen ongelijk in. Vanaf het moment dat ik weer terug was, zat Richard Percival, om mijn vader te citeren, 'boven op me, alsof ik een kruk was'. Hij mat na wat ik afmat, controleerde elke millimeter van de bar op kruimels, liep de toiletten in en uit om te kijken of alles nog wel hygiënisch was, en hij liet ons pas naar huis gaan als hij waar we bij stonden de kas had opgemaakt en alles tot de laatste penny klopte.

Ik had geen tijd meer om met de klanten te kletsen, om vertrektijden voor ze op te zoeken, verloren paspoorten terug te bezorgen, te mijmeren over de vliegtuigen die we door de grote ramen zagen opstijgen. Ik had niet eens tijd om me te ergeren aan *Celtic Pipes of the Emerald Isle, deel III*. Als een klant stond te wachten om geholpen te worden, verscheen Richard vaak als bij toverslag na tien seconden uit zijn kantoor en begon dan op luide toon en bij herhaling zijn excuses aan te bieden omdat we hem *zo lang* hadden laten wachten. Carly en ik, die het meestal druk hadden met andere klanten, wisselden dan heimelijk blikken vol gelatenheid en weerzin.

Hij zat de halve dag in bespreking met vertegenwoordigers, en de rest van de tijd hing hij aan de telefoon met het Hoofdkantoor, blatend over Bezoekersaantallen en Klantomzetten. We werden aangespoord om bij elke transactie nog wat extra's te verkopen, en we werden apart genomen voor een standje als we dat een keer vergaten. En dat was allemaal al erg genoeg.

Maar dan had je nog dat uniform.

Carly kwam het damestoilet in toen ik me daar net had omgekleed en kwam naast me voor de spiegel staan. 'We zien eruit als een stel idioten,' zei ze.

Omdat hij niet tevreden was met een donkere rok en een witte bloes had een of ander marketinggenie ergens boven aan de ladder van het bedrijf bedacht dat de sfeer van de Shamrock and Cloverketen er enorm op vooruit zou gaan als we ons authentiek Iers zouden kleden. En die authentiek Ierse kleding was duidelijk ontworpen door iemand die dacht dat nu, op dit moment, de zakenvrouwen en kassameisjes in Dublin pirouettes draaiden in geborduurde overgooiers, met kniekousen en balletschoentjes met linten, en dat alles in glimmend smaragdgroen. Met bijbehorende krullenpruik.

'Jezus. Als mijn vriendje me zo zou zien, zou hij me meteen dumpen.' Carly stak een sigaret op en klom op de wasbak om het rookalarm onklaar te maken. 'Hoewel hij me misschien eerst nog een keer zou nemen. De viezerik.'

'Wat moeten de mannen eigenlijk aan?' Ik trok mijn korte rok onder het uniform weg en hield Carly's aansteker nerveus in de gaten, me afvragend hoe licht ontvlambaar ik was.

'Kijk maar naar buiten. Richard is de enige man. En hij moet dat overhemd met het groene logo aan. Het arme schaap.'

'Meer niet? Geen elfenmuiltjes? Of een kaboutermutsje?'

'Nee, verrassend genoeg niet. Alleen de meisjes moeten er als pornofeetjes bij lopen.'

'Ik lijk net Dolly Parton in haar jonge jaren, met die pruik.'

'Pak een rooie. Want die mazzel hebben we: er is keus uit drie kleuren.'

Ergens buiten hoorden we Richard roepen. Mijn maag kromp ineen als in een reflex als ik zijn stem hoorde.

'Maar ik blijf hier dus echt niet. Ik doe een Riverdance'je en dan ben ik hier weg,' zei Carly. 'Hij kan die verdomde *shamrocks* van hem in zijn zakelijke reet steken.' Ze huppelde sarcastisch het damestoilet uit. De rest van de dag kreeg ik steeds elektrische schokjes, zo statisch was het uniform.

De En Nu Verder-groep eindigde om halftien. Ik liep de klamme zomeravond in, uitgeput door de gecombineerde beproeving van mijn werk en de gebeurtenissen van die avond. Ik trok mijn jasje uit, veel te warm, en ineens had ik het gevoel dat nu ik mezelf blootgegeven had in een zaal vol onbekenden, het dragen van een zogenaamd Iers uniform, dat eerlijk gezegd een tikje te krap zat, niet zo veel uitmaakte.

Ik had niet over Will kunnen praten – niet zoals zij over hun geliefden spraken, alsof die nog onderdeel van hun leven waren, alsof ze gewoon in de zaal naast ons zaten.

– O ja, dat deed mijn Jilly ook altijd.

– Ik kan de voicemailberichten van mijn broer niet wissen. Ik moet zijn stem kunnen horen, anders ben ik bang dat ik nog vergeet hoe hij klonk.

– Soms is het net of ik hem hoor, in de andere kamer.

Ik kon Wills naam niet eens uitspreken. En als ik luisterde naar hun verhalen over familiebanden, huwelijken van dertig jaar, gedeelde huizen, levens, kinderen, voelde ik me zo nep. Ik was zes maanden iemands verzorgster geweest. Ik had van hem gehouden en toegezien hoe hij een eind aan zijn leven had gemaakt. Hoe zouden deze vreemden ooit kunnen begrijpen wat Will en ik voor elkaar waren geweest in die tijd? Hoe kon ik hun uitleggen dat we elkaar zo snel doorhadden, de grapjes van een half woord, de harde waarheden en de pijnlijke geheimen? Hoe kon ik duidelijk maken dat die paar maanden totaal veranderd hadden hoe ik tegen dingen aan keek? Dat hij mijn wereld zo volkomen op zijn kop had gezet dat niets meer leek te kloppen nu hij er niet meer was?

En trouwens, wat had het eigenlijk voor zin om je verdriet steeds maar weer onder de loep te nemen? Het was als steeds maar weer een wond openhalen die je niet wilde laten genezen. Ik wist precies waar ik deelgenoot van was geweest. Ik wist welke rol ik had gespeeld. Wat had het voor nut om dat steeds maar te herkauwen?

Volgende week ging ik niet, dat wist ik nu al. Ik zou mijn vader wel een smoes vertellen.

Ik liep langzaam over de parkeerplaats en zocht in mijn tas naar mijn sleutels terwijl ik bedacht dat ik in elk geval niet weer een avond in mijn eentje voor de buis had gezeten, in angst hoe ik de komende twaalf uur voor ik weer naar mijn werk kon moest doorkomen.

'Hij heette niet echt Bill, hè?'

Jake was naast me komen lopen.

'Nee.'

'Daphne is een soort eenmanstelevisiekanaal. Ze bedoelt het goed, maar ze heeft jouw verhaal rondgebazuind in haar vriendenkring voor je "knaagdierreïncarnatie" kunt zeggen.'

'Nog bedankt voor de tip.'

Hij keek me grijnzend aan en knikte naar mijn lurex bloes. 'Leuke kleren trouwens. Echt heel geschikt voor een rouwverwerkingspraatgroep.' Hij bleef even staan om zijn veter vast te maken.

Ik stopte ook. Ik aarzelde, maar zei toen: 'Het spijt me van je moeder.'

Zijn gezicht stond ernstig. 'Dat mag je niet zeggen. Het is net als in de gevangenis – daar mag je ook nooit vragen waarom iemand vastzit.'

'Echt? O, sorry. Ik wist niet dat –'

'Dat was een geintje. Tot volgende week.'

Een man die tegen een motor aan geleund stond stak zijn hand op om hem te groeten. Hij kwam op Jake afgelopen en knuffelde hem stevig, waarna hij hem een kus op zijn wang gaf. Ik bleef staan kijken, vooral omdat het zo ongebruikelijk was dat je een man zijn zoon zo in het openbaar zag omhelzen als die zoon geen kleine jongen meer was.

'Hoe ging het?'

'O, gewoon.' Jake gebaarde naar mij. 'O, dit is... Louisa. Ze is nieuw.'

De man keek me aan door half toegeknepen oogleden. Hij was lang en had brede schouders. Een neus die misschien een keer gebroken was geweest gaf hem het lichtgebutste uiterlijk van een voormalige bokser.

Ik knikte een beleefde groet. 'Leuk je te ontmoeten, Jake. Tot ziens, hè.' Ik stak een hand op en begon naar mijn auto te lopen. Maar toen ik langs de man liep, bleef hij me aankijken, en ik voelde dat ik begon te blozen, zo intens was zijn blik.

'Jij bent dat meisje,' zei hij.

O nee, dacht ik en ik vertraagde ineens mijn pas. *Niet hier ook al.*

Ik staarde even naar de grond en haalde diep adem. Toen draaide ik me weer om en keek hen allebei aan. 'Oké. Zoals ik net al duidelijk heb gemaakt aan de groep: mijn vriend heeft het voor zichzelf besloten. Niet dat ik het daar nou zo graag meteen over wil hebben met iemand die ik helemaal niet ken.'

Jakes vader bleef me aankijken door die samengeknepen ogen. Hij bracht een hand naar zijn hoofd.

'Ik snap best dat niemand het begrijpt. Maar zo is het nu eenmaal gegaan. Ik vind niet dat ik de hele tijd over mijn keuzes in discussie hoef. En ik ben heel moe, en het was nogal een rotdag, dus ik denk dat ik nu maar naar huis ga.'

Hij hield zijn hoofd een beetje schuin. En toen zei hij: 'Ik heb geen idee waar je het allemaal over hebt.'

Ik fronste.

'Je hinkt. Ik zie dat je een beetje hinkt. Jij woont toch bij dat enorme nieuwbouwproject in de buurt, of niet? Jij bent dat meisje dat van het dak gevallen is. Maart. April.'

En ineens herkende ik hem. 'O – jij was –'

'De ambulancebroeder. We waren het team dat jou heeft meegenomen. Ik vroeg me al af wat er met je was gebeurd.'

Ik zakte bijna door mijn hoeven van opluchting. Ik bekeek zijn gezicht, zijn haar, zijn armen, en herinnerde me ineens heel precies hoe geruststellend hij was geweest, het geluid van de sirene, de vage geur van citroen. En ik slaakte een zucht. 'Het gaat goed. Tenminste. Niet supergoed. Mijn heup is naar de knoppen en mijn nieuwe baas is een ongelofelijke zakkenwasser en – nou ja, je weet wel – ik zit in een rouwverwerkingsgroep in een bedompt zaaltje in een kerk met mensen die ontzettend, ontzettend...'

'Verdrietig zijn,' zei Jake behulpzaam.

'Die heup komt wel weer goed. Hij staat duidelijk niet je danscarrière in de weg.'

Mijn lach klonk als het gesnater van een gans.

'O. Nee. Dit is... Die kleren heb ik te danken aan die zakkenwasser van een baas. Dit is niet mijn normale kloffie. Maar goed. Bedankt. Wow...' Ik breng mijn hand naar mijn hoofd. 'Dit is zo raar. Jij hebt me gered.'

'Goed je te zien. We zien niet vaak hoe het afliep.'

'Je was geweldig. Het was... Je was zo vriendelijk. Dat weet ik nog wel.'

'*De nada.*'

Ik staarde hem aan.

'*De nada.* Spaans. "Het was niets."'

'O, oké. Dan neem ik het terug, als het niets was.'

Hij glimlachte en stak zijn enorme hand op.

Achteraf snap ik ook niet waarom ik het zei. 'Hé.'

Hij draaide zich weer naar me om. 'Ik heet Sam, geen hé.'

'Sam. Ik ben niet gesprongen.'

'Oké.'

'Nee, echt niet. Ik bedoel, ik weet dat ik net uit een rouwverwerkingsclubje kom en zo, maar het is... Ik zou niet... Ik zou nooit springen.'

Hij keek me aan met een blik waaruit ik opmaakte dat hij alles al had gezien en gehoord.

'Goed om te weten.'

We staarden elkaar even aan. Toen stak hij zijn hand weer op. 'Leuk je weer te hebben gezien, Louisa.'

Hij zette een helm op en Jake ging achter hem op de motor zitten. Ik keek ze na toen ze van de parkeerplaats reden. En omdat ik nog stond te kijken zag ik Jakes overdreven gerol met zijn ogen toen hij zijn eigen helm opzette. En toen herinnerde ik me wat hij tijdens de bijeenkomst had gezegd.

De dwangmatige neuker.

'Stomme koe,' zei ik tegen mezelf, en ik hinkte over het asfalt naar waar mijn auto zachtjes stond te koken in de warme avond.

5

Ik woonde aan de rand van de City. Voor het geval dat ik daaraan twijfelde lag er aan de overkant van de straat een krater zo groot als een kantoorgebouw, waar een projectontwikkelaar borden omheen had gezet met daarop de tekst FARTHINGATE – WAAR DE CITY BEGINT. We woonden precies op het punt waar de glanzende glazen tempels voor Vrouwe Financia tegen de groezelige oude bakstenen gebouwen met erkerramen aan botsten waar je afhaalcurry kon kopen en waar je supermarktjes had die vierentwintig uur per dag open waren, en stripclubs, en taxibedrijfjes. Allemaal van die bedrijfjes die er pertinent niet weg leken te willen. Mijn gebouw stond midden tussen die architectonische overblijfselen uit een andere tijd. Het was een soort pakhuis met glas-in-loodramen dat uitkeek op de onophoudelijke aanvallen van glas en staal, zich afvragend hoelang het nog zou overleven. Misschien nog even, als het werd gered door hipsters die er een sapzaak in wilden beginnen, of een pop-upwinkelervaring wilden bieden. Ik kende er niemand behalve Samir, die de buurtsuper runde, en de vrouw van de bagelzaak, die me lachend begroette maar die kennelijk geen Engels sprak.

Die anonimiteit beviel me meestal prima. Ik was hier per slot van rekening gekomen om aan mijn geschiedenis te ontsnappen.

Weg van dat gevoel dat iedereen alles van me wist. En de City was me aan het veranderen. Ik kende mijn eigen kleine stukje ervan, de ritmes en de risico's. Ik had geleerd dat als je geld gaf aan de dronkenlap bij het busstation, hij acht weken lang voor je appartementengebouw kwam zitten, en dat hij je kwaad de huid volschold voor alle keren dat je hem geen pond had gegeven. Ik had geleerd dat het verstandig was om mijn sleutels stevig vast te houden als ik 's avonds door de buurt liep. Dat het beter was om niet naar het groepje jongens te kijken dat op een kluitje voor de Kebab Korner stond als ik 's avonds nog even een fles wijn ging kopen. Het voortdurende geronk van de politiehelikopters verontrustte me niet meer.

Ik zou het hier wel redden. En trouwens, ik wist als geen ander dat er wel ergere dingen waren.

'Hi.'

'Hé, Lou. Kan je weer niet slapen?'

'Het is hier pas iets over tienen.'

'Wat is er aan de hand?'

Nathan, Wills voormalige fysiotherapeut, werkte nu al negen maanden in New York voor een CEO van middelbare leeftijd die beroemd was op Wall Street, een herenhuis van vier verdiepingen en een spieraandoening had. Het was een soort gewoonte geworden om hem te bellen als ik niet kon slapen. Het was fijn om te weten dat er ergens iemand was, daar in de donkere wereld, die het begreep, ook al voelden zijn nieuwtjes soms als speldenprikken – *verder heeft iedereen de draad weer opgepakt. Iedereen heeft iets bereikt.*

'Hoe is het in de Big Apple?'

'Niet slecht?' Zijn lijzige Australische accent maakte van elk antwoord een vraag.

Ik lag op de bank en legde mijn voeten op de armleuning. 'Kijk, daar heb ik dus niks aan.'

'Oké. Nou, ik heb opslag gekregen, dus dat was cool. Over een paar weken vlieg ik naar huis om mijn ouwelui te zien. Dus dat is fijn. Ze zijn dolgelukkig want mijn zus krijgt een kind. O, en ik heb een heel lekker wijf ontmoet in een bar op Sixth Avenue en we hadden het heel leuk samen, dus ik heb haar mee uit gevraagd. En toen ik haar vertelde wat voor werk ik deed, zei ze dat ze helaas alleen uitgaat met mannen die een pak dragen naar hun werk.' Hij lachte.

Ik glimlachte ook. 'Dus je verplegersuniform telt niet?'

'Blijkbaar niet. Maar ze zei wel dat ze voor een echte arts misschien een uitzondering zou maken.' Hij lachte weer. Nathan was uit berusting gehouwen. 'Prima. Zulke meisjes gaan toch allemaal moeilijk doen als je niet met ze naar de juiste restaurants gaat en zo. Dan kan het maar beter meteen duidelijk zijn, toch? Hoe is het met jou?'

Ik haalde mijn schouders op. 'Gaat wel wat beter. Denk ik.'

'Slaap je nog steeds in zijn T-shirt?'

'Nee. Zijn geur is eraf. En eerlijk gezegd werd het een beetje een onsmakelijk geval. Ik heb hem gewassen en in tissuepapier verpakt. En ik heb zijn trui nog, voor als ik een slechte dag heb.'

'Altijd goed om iets te hebben om op terug te kunnen vallen.'

'En ik ben naar de rouwverwerkingsgroep geweest.'

'Hoe was het?'

'Klote. Ik voelde me daar zo nep.'

Nathan wachtte af.

Ik verlegde het kussen onder mijn hoofd. 'Heb ik het me allemaal maar verbeeld, Nathan? Ik denk weleens dat ik wat er tussen Will en mij is gebeurd veel groter heb gemaakt in mijn hoofd. Hoe kan ik anders zo veel van iemand zijn gaan houden in zo weinig tijd? En al die dingen die ik over ons tweeën denk – voelden we ons echt zoals ik het me herinner? Hoe langer het geleden is, hoe meer die zes maanden een soort rare... droom lijken.'

Nathan wachtte even voor hij antwoordde. 'Je hebt het je niet ingebeeld, *mate*.'

Ik wreef in mijn ogen. 'Ben ik de enige die hem nog steeds mist?'

Weer een korte stilte.

'*Nah*. Hij was een goeie vent. Een geweldige vent.'

Dat was een van de dingen die ik het fijnst vond aan Nathan. Hij vond het niet erg als het lang stil bleef aan de telefoon. Ik ging rechtop zitten en snoot mijn neus. 'Maar goed, ik denk niet dat ik er nog een keer naartoe ga. Het is niet zo mijn ding.'

'Probeer het gewoon, Lou. Je kunt zoiets niet beoordelen na één keer.'

'Je lijkt mijn vader wel.'

'Nou, dat is ook een heel verstandige vent.'

Ik schrok toen er aangebeld werd. Niemand belde ooit bij me aan, behalve mevrouw Mellis van nummer twaalf, als de postbode onze post omgewisseld had. Ik betwijfelde of die nog wakker was op dit tijdstip. En ik had in elk geval niet haar tijdschrift over elizabethaanse poppen ontvangen.

Er werd weer aangebeld. En een derde keer, schril en aanhoudend.

'Ik moet ophangen. Er is iemand aan de deur.'

'Hou je haaks, *mate*. Het komt wel goed.'

Ik legde de telefoon neer en stond voorzichtig op. Er woonden geen vrienden in de buurt. Ik wist nog niet hoe je vrienden moest maken als je ergens pas was komen wonen en je het grootste deel van de tijd werkte. En als mijn ouders een interventie hadden gepland en me weer mee naar Stortfold wilden nemen, hadden ze dat overdag gepland, tussen de spits door, want ze reden allebei niet graag in het donker.

Ik wachtte af en vroeg me af of degene die aanbelde vanzelf zou inzien dat hij de verkeerde deur had en weer weg zou gaan. Maar de bel klonk nog eens, onaangenaam en eindeloos, alsof de beller er inmiddels tegenaan leunde.

Ik stond op en liep naar de deur. 'Wie is daar?'

'Ik moet met je praten.'

Een meisjesstem. Ik tuurde door het kijkgat. Ze keek naar haar voeten, zodat ik alleen lang kastanjebruin haar zag en een ruim bemeten bomberjack. Ze wiegde licht heen en weer en wreef over haar neus. Dronken?

'Ik denk dat je het verkeerde appartement hebt.'

'Ben jij Louisa Clark?'

Ik bleef even stil. 'Hoe weet je hoe ik heet?'

'Ik moet met je praten. Kan je niet gewoon even opendoen?'

'Het is bijna halfelf 's avonds.'

'Precies. Daarom blijf ik ook liever niet hier op de overloop staan.'

Ik woonde hier lang genoeg om te weten dat ik niet moest opendoen voor vreemden. In dit deel van de stad was het niet ongebruikelijk dat er af en toe een junk aanbelde in de hoop dat je wat geld voor hem had. Maar dit was een meisje dat beschaafd klonk. En jong. Te jong om een van die journalisten te zijn die zich zo nu en dan vastbeten in het verhaal van een aantrekkelijk voormalig zakenwonder dat had besloten een eind aan zijn leven te maken. Te jong om zo laat nog op straat te zijn. Ik hield mijn hoofd schuin en probeerde te kijken of er nog iemand anders op de overloop stond. Maar de gang was verder leeg. 'Wil je me misschien zeggen waar dit over gaat?'

'Niet hier, nee.'

Ik deed de deur open maar liet hem op de ketting, zodat we elkaar nu aankeken. 'Je zult me toch echt iets meer informatie moeten geven.'

Ze was hooguit zestien en had nog van die zachte molligheid op haar wangen die je hebt als je jong bent. Lange, magere benen in een strakke zwarte spijkerbroek. Vegen eyeliner in een mooi gezichtje. 'Dus… wie ben je?' vroeg ik.

'Lily. Lily Houghton-Miller. Luister,' zei ze en ze tilde haar kin een paar centimeter omhoog. 'Ik moet met je praten over mijn vader.'

'Ik denk dat je de verkeerde hebt. Ik ken niemand die Houghton-Miller heet. Je moet vast een andere Louisa Clark hebben.'

Ik wilde de deur alweer dichtdoen, maar ze zette de neus van haar schoen ertussen. Ik keek ernaar, en toen weer langzaam naar haar.

'*Hij* heet niet zo,' zei ze, alsof ik dom was. En toen ze weer sprak, stonden haar ogen zowel intens als onderzoekend: 'Zijn naam is Will Traynor.'

Lily Houghton-Miller stond midden in mijn zitkamer en bekeek me met de afstandelijke interesse van een wetenschapper die een nieuw soort mestkever bestudeert. 'Wow. Wat heb jij nou aan?'

'Ik – ik werk in een Ierse pub.'

'Als paaldanseres?' Kennelijk boeide ik haar niet meer, en ze draaide langzaam om haar as terwijl ze de kamer in zich opnam. 'Woon je echt hier? Waar zijn je meubels?'

'Ik woon hier nog maar net.'

'Een bank, een tv, twee dozen met boeken?' Ze knikte in de richting van de bank, waar ik nog van slag op adem kwam, en probeerde te begrijpen wat zij me net had verteld.

Ik stond op. 'Ik ga iets te drinken pakken. Wil je ook iets?'
'Een cola. Tenzij je wijn hebt.'
'Hoe oud ben jij eigenlijk?'
'Waarom wil je dat weten?'
'Ik snap het niet...' Ik liep naar het keukenblok. 'Will had helemaal geen kinderen. Dat zou ik hebben geweten.' Ik keek haar fronsend aan, plotseling achterdochtig. 'Is dit soms een geintje of zo?'
'Een geintje?'
'Will en ik hebben... veel gepraat. Hij zou het me hebben verteld.'
'Ja. Nou, niet dus. En ik moet met iemand over hem praten die niet steeds uit haar dak gaat als ik zijn naam noem, zoals de rest van mijn familie.'
Ze pakte het kaartje van mijn moeder op en zette het weer neer. 'Dus dit is bepaald geen geintje. Ik bedoel, kom op, mijn echte vader is een of andere zielige vent in een rolstoel. Nee, *dat* is lollig.'
Ik gaf haar een glas water. 'Maar wie... wie is je familie dan? Ik bedoel, wie is je moeder?'
'Heb je sigaretten?' Ze begon door de kamer te ijsberen, pakte dingen op, voor zover er dingen stonden, en zette ze weer neer. Toen ik mijn hoofd schudde, zei ze: 'Mijn moeder heet Tanya. Tanya Miller. Ze is getrouwd met mijn stiefvader, en die heet Francis Domme Fucker Houghton.'
'Leuke naam.'
Ze zette het water neer, haalde een pakje sigaretten uit haar bomberjack en stak er eentje op. Ik wilde zeggen dat ze in mijn huis niet mocht roken, maar ik was te geschokt, dus liep ik naar het raam en zette het open.
Ik kon mijn ogen niet van haar afhouden. Nu ik beter keek, zag ik misschien wat trekjes van Will. In haar blauwe ogen, die wat karamelkleurige huid. In de manier waarop ze haar kin in de lucht stak voor ze iets zei, haar onverzettelijke blik. Of zag ik alleen wat ik wilde zien? Ze staarde uit het raam naar de straat.
'Lily, voor we verdergaan, moet ik je iets –'
'Ik weet dat hij dood is,' zei ze. Ze nam een felle trek en blies de rook naar het midden van de kamer. 'Ik bedoel, zo ben ik er ook achter gekomen. Er was een of andere documentaire op tv over

euthanasie, en toen werd zijn naam genoemd, en mama ging helemaal door het lint, zomaar ineens, en toen rende ze naar de badkamer en de Fucker ging haar achterna, dus toen heb ik ze natuurlijk afgeluisterd bij de deur. Maar het enige wat mijn moeder ooit over mijn echte vader heeft gezegd is dat hij een klootzak was die mij niet wilde kennen.'

'Will was geen klootzak.'

Ze haalde haar schouders op. 'Zo klonk het anders wel. Maar goed, toen ik haar dingen wilde vragen, werd ze volkomen hysterisch en zei ze dat ik alles over hem wist wat ik moest weten en dat Francis de Fucker een betere vader voor me was geweest dan Will Traynor ooit had kunnen zijn en dat ik mijn mond er verder over moest houden.'

Ik nam een slok van mijn water. Ik had nog nooit zo'n behoefte gehad aan wijn. 'En wat heb je toen gedaan?'

Ze nam nog een hijs van haar sigaret. 'Ik heb hem gegoogeld, natuurlijk. En zo kwam ik bij jou.'

Ik wilde alleen zijn om te kunnen verwerken wat ze me had verteld. Het was te overweldigend. Ik wist niet wat ik aan moest met het bitse meisje dat door mijn zitkamer ijsbeerde en de lucht om haar heen deed knetteren.

'Dus hij heeft echt *helemaal* nooit iets over mij gezegd?'

Ik staarde naar haar schoenen: ballerina's, zwaar gehavend, alsof ze te lang door de straten van Londen hadden geschuifeld. Ik had het gevoel alsof ik erin geluisd werd. 'Hoe oud ben jij, Lily?'

'Zestien. Lijk ik dan op zijn minst op hem? Ik heb een foto op Google Afbeeldingen gezien, maar ik dacht, misschien heb jij een echte foto.' Ze keek de kamer rond. 'Zitten al je foto's in dozen?'

Ze had de verhuisdozen in de hoek zien staan, en ik vroeg me af of ze in staat was om daarin te gaan grasduinen. In de doos die ze het eerst zou aanpakken, zat Wills trui, wist ik bijna zeker. En ineens sloeg de paniek toe. 'Eh, Lily. Dit is allemaal... nogal wat om te verwerken. En als jij bent wie je zegt dat je bent, dan – dan hebben we veel te bepraten. Maar het is nu bijna elf uur en dit is niet het moment. Waar woon je?'

'St John's Wood.'

'Nou, eh... je ouders zullen zich wel afvragen waar je bent. Als ik je nou eens mijn telefoonnummer geef, dan –'

'Ik kan echt niet naar huis, hoor.' Ze draaide zich om naar het raam en tikte de as af met een geoefende vinger. 'Strikt genomen hoor ik hier niet te zijn. Ik hoor op school te zitten. Ik zit door de week op een kostschool. Daar zullen ze wel uit hun dak gaan omdat ik er niet ben.' Ze haalde haar mobieltje tevoorschijn, trok een grimas toen ze het schermpje zag en stopte hem vervolgens weer in haar zak.

'Nou ja, ik... ik weet niet precies wat ik kan doen, behalve –'

'Ik dacht, misschien kan ik hier slapen? Alleen vannacht? En dat je me dan nog wat over hem kan vertellen?'

'*Hier* slapen? Nee. Nee. Het spijt me, maar dat kan echt niet. Ik ken je helemaal niet.'

'Maar je kende mijn vader. Zei je nou dat je denkt dat hij helemaal niet van mij afwist?'

'Je moet echt naar huis. Luister, we bellen je ouders even. Dan kunnen die je komen halen. Laten we dat nu maar doen en dan zal ik –'

Ze staarde me aan. 'Ik dacht dat jij me wel zou helpen.'

'Ik ga je ook helpen, Lily. Maar dit is niet de manier om –'

'Je gelooft me niet, hè?'

'Ik – ik heb geen idee wat ik moet –'

'Jij wilt me helemaal niet helpen. Je wilt helemaal niks voor me doen. Wat heb je me nou helemaal over mijn vader verteld? Niks. Wat heb je gedaan om me te helpen? Niks. Nou, bedankt.'

'Wacht even! Dat is niet eerlijk – je bent hier net –'

Maar het meisje gooide haar peuk uit het raam en liep langs me de kamer uit.

'En nu? Wat ga je nu doen?'

'Ach, wat kan *jou* dat schelen?' zei ze, en nog voor ik iets kon zeggen, sloeg de voordeur dicht en was ze verdwenen.

Ik zat bijna een vol uur heel stil op mijn bank en probeerde te verwerken wat er net was gebeurd. Lily's stem galmde nog na in mijn oren. Ik bleef maar denken aan wat ze me vertelde, en probeerde het me te herinneren boven het gegons in mijn oren uit.

Mijn vader... Zijn naam is Will Traynor.

Lily's moeder had haar blijkbaar verteld dat Will niets met haar te maken wilde hebben. Maar hij zou het zeker aan mij verteld hebben. Wij hadden geen geheimen voor elkaar. Waren wij dan niet de twee mensen die alles tegen elkaar konden zeggen? Heel even sloeg de twijfel toe: was Will niet zo eerlijk tegen me geweest als ik altijd had gedacht? Was hij echt in staat om gewoon een hele dochter uit zijn bewustzijn te vlakken?

Mijn gedachten zaten in een kringetje achter elkaar aan. Ik pakte mijn laptop, ging in kleermakerszit op de bank zitten en typte: 'Lily Hawton Miller' in de zoekmachine, en toen daar niets uit kwam, probeerde ik allerlei andere manieren om de naam te spellen, en uiteindelijk kwam ik bij 'Lily Houghton-Miller' uit, wat een paar uitslagen van hockeywedstrijden opleverde van een school genaamd Upton Tilton, in Shropshire. Ik klikte op een paar van de afbeeldingen en toen ik inzoomde, stond ze daar, een meisje met een uitgestreken gezicht tussen de lachende hockeysters. *Lily Houghton-Miller weerde zich dapper in de defensie, maar het mocht niet baten.* De foto was twee jaar oud. Kostschool. Ze zei dat ze nu eigenlijk op school had moeten zijn. Maar dat wilde nog steeds niet zeggen dat ze op een of andere manier aan Will verbonden was, of dat haar moeder de waarheid had verteld over haar afkomst.

Ik veranderde mijn zoekopdracht in alleen de woorden 'Houghton-Miller', wat een kort berichtje opleverde over Francis en Tanya Houghton-Miller die een diner voor bankiers bijwoonden in het Savoy, en een aanvraag voor een bouwvergunning voor een wijnkelder onder een huis in St John's Wood.

Ik leunde achterover, en gaf toen 'Tanya Miller' als zoekopdracht, en 'William Traynor'. Toen dat niets opleverde, probeerde ik het nog eens met 'Will Traynor' en ineens zat ik op een Facebook-discussie van alumni van de universiteit van Durham, waarin verschillende vrouwen, die allemaal een naam hadden die op -ella eindigde – Estella, Fenella, Arabella – het over Wills dood hadden.

Ik kon het niet geloven toen ik het op het nieuws hoorde. Uitgerekend hij! RIP Will.

Niemand komt er zonder kleerscheuren van af in het leven. Weet je nog dat Rory Appleton om het leven kwam op de Turks- en Caicoseilanden, bij een speedbootongeluk?

Studeerde hij geen geografie? Rood haar?

Nee, bestuurskunde.

Volgens mij heb ik nog met Rory gezoend op het nullenbal. Enorme tong.

Geen grapjes, Fenella, dat is ongepast. Die arme man is dood.

Was Will Traynor niet die ene die het hele derde jaar iets had met Tanya Miller?

Ik zou niet weten waarom het ongepast is om te zeggen dat ik ooit met iemand heb gezoend alleen omdat hij toevallig overleden is.

Ik zeg niet dat je de geschiedenis moet herschrijven. Maar straks leest zijn vrouw dit, en die wil misschien helemaal niet weten dat haar geliefde ooit zijn tong heeft gedeeld met een of ander wicht van Facebook.

Zij weet toch zeker ook wel dat hij een gigantische tong had. Ik bedoel, zij is met hem getrouwd.

Was Rory Appleton getrouwd, dan?

Hier heb je de link naar een artikel dat ik op het internet heb gevonden. Tanya is met een of andere bankier getrouwd. Ik dacht altijd dat ze met Will zou trouwen. Het was zo'n prachtig stel.

Ik klikte de link aan, wat een foto van een broodmagere blonde vrouw opleverde met een kunstzinnige slordige lage knot, die glimlachend op de stoep van de burgerlijke stand stond naast een oudere man met donker haar. Een stukje bij hen vandaan, aan de rand van de foto, stond een klein meisje met een jurk van witte tule en een boze blik. Ze leek absoluut op de Lily Houghton-Miller die ik had ontmoet. Maar de foto was van zeven jaar geleden, en het had eerlijk gezegd elk willekeurig chagrijnig bruidsmeisje met lang, lichtbruin haar kunnen zijn.

Ik las de discussie nog een keer en klapte mijn laptop dicht. Wat moest ik doen? Als ze echt Wills dochter was, moest ik dan de school bellen? Ik wist vrij zeker dat er regels waren over vreemden die in contact probeerden te komen met tienermeisjes.

En als het nu een of andere ingewikkelde truc was? Will was rijk, en het was niet ondenkbaar dat iemand een ingewikkeld plan had bedacht om geld van zijn familie los te peuteren. Toen pa's vriend Chalky overleed aan een hartaanval, kwamen er zeventien mannen naar de wake om tegen zijn vrouw te zeggen dat hij hun nog geld verschuldigd was van het gokken.

Ik besloot dat ik me erbuiten zou houden. Als ik dit verkeerd aanpakte, lag er te veel pijn en ellende op de loer.

Maar toen ik in bed lag, was het Lily's stem die ik hoorde echoën door mijn stille appartement.

Mijn vader… Zijn naam is Will Traynor.

6

'Sorry, mijn wekker ging niet af.' Ik stormde langs Richard, hing mijn jas aan het haakje en trok mijn synthetische rok weer over mijn dijen.

'Drie kwartier te laat. Dit is onacceptabel.'

Het was halfnegen 's ochtends. Ik zag dat wij de enige twee mensen in de bar waren.

Carly was weg. Ze had niet eens de moeite genomen om het Richard in zijn gezicht te zeggen. Ze had gewoon een sms gestuurd waarin ze hem mededeelde dat ze het uniform eind van de week wel zou afgeven, en dat ze nog twee weken vakantie tegoed had en dat ze in plaats daarvan nu ontslag nam. 'Als ze de moeite had genomen om het personeelshandboek te lezen,' had hij woedend gezegd, 'zou ze hebben geweten dat het volstrekt onacceptabel is om ontslag te nemen in plaats van vakantiedagen op te nemen. Hier staat het, in paragraaf drie, zo klaar als een klontje, maar ja, ze had het duidelijk niet gelezen. De brutaliteit!'

En nu doorliep hij de 'geëigende procedure' om vervanging te zoeken. Wat inhield dat ik in mijn eentje was totdat die geëigende procedure iets had opgeleverd. Alleen met Richard.

'Het spijt me. Er was... thuis iets gebeurd.'

Ik was om halfacht wakker geschrokken, en wist de eerste paar minuten niet in welk land ik was, of hoe ik heette, en ik had roerloos op bed liggen denken aan de gebeurtenissen van de vorige avond.

'Een goede medewerker neemt zijn privéleven niet mee naar de werkplek,' preekte Richard, en hij wurmde zich langs me met zijn klembord. Ik keek hem na en vroeg me af of hij wel een privéleven had. Hij was in elk geval nooit thuis, zo leek het.

'Ja, en een goede werkgever laat zijn medewerkers niet in een uniform werken dat nog te ordinair is voor een stripclub,' mompelde ik terwijl ik mijn code in de kassa intikte en met mijn linkerhand de zoom van mijn lurex jurkje omlaagtrok.

Hij draaide zich snel om en liep weer terug naar de bar. 'Wat zei je?'

'Niks.'

'Jawel.'

'Ik zei dat ik het zal onthouden voor de volgende keer. En ontzettend bedankt dat je me eraan herinnerd hebt.' Ik schonk hem een zoete glimlach.

Hij keek me een paar seconden langer aan dan nodig, zodat we ons allebei ongemakkelijk voelden. En toen zei hij: 'De schoonmaakster is weer ziek. Dus je moet eerst het herentoilet schoonmaken voor je in de bar kunt beginnen.'

Zijn blik was ongenaakbaar, alsof hij me uitdaagde om er iets van te zeggen. Ik dacht eraan dat ik het me niet kon veroorloven dit baantje kwijt te raken. Ik slikte. 'Oké.'

'O, en het derde toilet is nogal een smeerboel.'

'Geweldig,' zei ik.

Hij draaide zich om op zijn glimmend gepoetste schoenen en liep weer naar zijn kantoortje. Ik stuurde onzichtbare voodoopijlen naar zijn achterhoofd tot hij de deur achter zich dichtdeed.

'De En Nu Verder-bijeenkomst gaat deze week over schuldgevoel, hoe schuldig we ons als achterblijver kunnen voelen omdat wij er nog zijn, omdat we misschien niet genoeg hebben gedaan... Vaak weerhoudt dat ons ervan de draad van ons leven weer op te pakken.'

Marc wachtte tot de trommel met koekjes rondgegaan was en leunde toen voorover op zijn plastic stoeltje, met zijn handen ineengeslagen voor zich. Hij negeerde de misprijzende geluiden omdat er geen lekkere koekjes in de trommel zaten.

'Ik was altijd zo ongeduldig met Jilly,' doorbrak Fred de stilte. 'Toen ze dement werd, bedoel ik. Ze zette vieze borden terug in de keukenkastjes en die vond ik dan dagen later en… Ik schaam me dat ik het zeg, maar ik heb wel een paar keer tegen haar staan schreeuwen.' Hij wreef in zijn oog. 'Ze was daarvoor altijd zo'n trotse huisvrouw. Dat was nog het ergste.'

'Je hebt heel lang met Jilly's dementie moeten leven, Fred. Je zou bovenmenselijk zijn als je niet een keer iets lelijks had geroepen.'

'Ik zou gek worden van vieze borden,' zei Daphne. 'Ik denk dat ik ook iets akeligs had gezegd.'

'Maar ze kon er niets aan doen.' Fred ging rechtop op zijn stoel zitten. 'Ik moet heel vaak denken aan die borden. Kon ik het maar terugdraaien. Dan zou ik ze afwassen zonder er iets van te zeggen. Dan zou ik haar een dikke knuffel geven.'

'Ik fantaseer over mannen in de metro,' zei Natasha. 'Soms wissel ik een blik met iemand als ik de roltrap naar beneden neem. Gewoon een willekeurige vent. En nog voor ik op het perron ben, heb ik in mijn hoofd een hele relatie met hem bij elkaar verzonnen. Je weet wel, dat hij de trap afrent omdat hij gewoon weet dat er iets magisch tussen ons is, en dat we elkaar tussen die hele massa mensen die de Piccadilly Line naar hun werk willen nemen staan aan te kijken, en dan wat gaan drinken, en voor je het weet…'

'Klinkt als een film van Richard Curtis,' zei William.

'Hou ik van, films van Richard Curtis,' zei Sunil. 'Vooral die over die actrice en die man in die broek.'

'Shepherd's Bush,' zei Daphne.

Het bleef even stil. 'Volgens mij heet hij *Notting Hill*, Daphne,' zei Marc.

'Daphnes versie spreekt me meer aan. Wat is er nou?' vroeg William snuivend. 'Mag er niet meer gelachen worden?'

'Dus in mijn hoofd gaan we al trouwen,' zei Natasha. 'En dan staan we voor het altaar, en dan denk ik, waar ben ik nou mee bezig? Olaf is pas drie jaar dood, en ik fantaseer al over andere mannen.'

Marc leunde achterover in zijn stoel. 'Vind je dat dan niet natuurlijk, na drie jaar alleen te zijn geweest? Om te fantaseren over andere relaties?'

'Maar als ik echt van Olaf heb gehouden, zou ik toch niet aan een ander denken?'

'We leven niet meer in het victoriaanse tijdperk,' zei William. 'Je hoeft niet meer tot je dood in rouwkleding rond te lopen.'

'Als ik zelf dood was, zou ik het verschrikkelijk vinden als Olaf verliefd werd op iemand anders.'

'Dat zou je dan helemaal niet weten,' merkte William op. 'Want dan was je dood.'

'En jij, Louisa?' Marc had gemerkt dat ik me stilhield. 'Heb jij last van schuldgevoelens?'

'Kunnen we – mag iemand anders?'

'Ik ben katholiek,' zei Daphne. 'Ik voel me overal schuldig over. Dat komt door de nonnen.'

'Wat vind je zo moeilijk aan dit onderwerp, Louisa?'

Ik nam een slok koffie. Ik voelde alle ogen op me gericht. *Kom op*, maande ik mezelf. Ik slikte. 'Dat ik hem er niet van heb kunnen weerhouden,' zeg ik. 'Ik denk weleens, als ik nou slimmer was geweest, of... als ik het allemaal anders aangepakt had... of als ik meer – ik weet het niet. Meer weet-ik-veel.'

'Je voelt je schuldig over Bills dood omdat je vindt dat je hem had moeten tegenhouden?'

Ik trok aan een los draadje. Toen ik het in mijn hand hield leek er ook iets los te springen in mijn hoofd. 'Ik voel me ook schuldig dat ik een leven lijd dat zo veel minder is dan wat ik aan hem heb beloofd. En over het feit dat hij in feite mijn appartement heeft betaald, terwijl mijn zusje zich waarschijnlijk nooit een eigen huis zal kunnen veroorloven. En omdat ik er niet eens graag woon, want ik heb het gevoel dat het niet van mij is, en het voelt niet goed om het leuk in te richten omdat ik het alleen maar associeer met het feit dat W– Bill dood is en dat ik daar op de een of andere manier van heb geprofiteerd.'

Er viel een korte stilte.
'Over dat huis hoef je je niet schuldig te voelen,' zei Daphne.
'Ik zou willen dat iemand mij een appartement naliet,' zei Sunil.
'Maar het is een soort sprookje, of niet? Man gaat dood, iedereen leert er iets van, gaat verder met zijn leven, maakt er iets geweldigs van doordat hij er niet meer is.' Ik sprak nu zonder na te denken. 'Nou, dat heb ik dus allemaal niet gedaan. Ik heb in alle opzichten gefaald.'
'Mijn vader huilt elke keer nadat hij met iemand anders dan mijn moeder naar bed is geweest,' flapte Jake er handenwrijvend uit. Hij staarde ons aan vanonder zijn pony. 'Hij verleidt vrouwen en dan gaat hij er lekker zielig over zitten doen. Alsof het oké is om het te doen, zolang hij zich er achteraf maar flink schuldig over voelt.'
'Je vindt dat hij misbruik maakt van zijn schuldgevoel?'
'Ik vind dat je seks moet hebben en blij moet zijn dat je zo veel seks hebt –'
'Ik zou me niet schuldig voelen als ik veel seks had,' zei Fred.
'Of je behandelt die vrouwen als mensen en je zorgt dat je niets hebt om je schuldig over te voelen, of je gaat met niemand naar bed en je koestert de herinnering aan mijn moeder tot je echt klaar bent voor een volgende stap.'
Zijn stem brak bij 'koestert' en zijn kaak verstrakte. We waren inmiddels gewend aan gezichten die ineens verstrakten, en we hadden de stilzwijgende afspraak als groep om weg te kijken tot mogelijke tranen geweken waren.
Marcs stem klonk vriendelijk: 'Heb je je vader al eens verteld hoe jij erover denkt, Jake?'
'We hebben het niet over mama. Het gaat goed met hem zolang we het er niet over hebben, snap je.'
'Dat is nogal een last voor jou om in je eentje te dragen.'
'Ja, nou ja... daarom ben ik ook hier, toch?'
Het bleef weer stil.
'Jake, neem nog een koekje, schat,' zei Daphne en we lieten de trommel weer rondgaan en waren gek genoeg gerustgesteld, al begreep niemand waarom, toen Jake er uiteindelijk eentje nam.
Ik dacht steeds maar aan Lily. Sunils verhaal over hoe hij moest

huilen bij de broodafdeling van een supermarkt drong nauwelijks tot me door en het lukte me nog net meelevend te kijken bij Fred die Jilly's verjaardag wilde vieren met een bos folieballonnen. De hele geschiedenis met Lily hield me nu al dagen bezig als een levendige, surrealistische droom.

Hoe was het mogelijk dat Will een dochter had?

'Wat kijk je blij.'

Jakes vader stond tegen zijn motor geleund toen ik de parkeerplaats overstak.

Ik bleef voor hem staan. 'We doen daar aan rouwverwerking. Dus je kunt moeilijk verwachten dat ik tapdansend naar buiten kom.'

'Goed punt.'

'Maar dat is het niet. Ik bedoel, het heeft niks met mijzelf te maken,' zei ik. 'Het... heeft te maken met een puber.'

Hij keek langs me heen en zag Jake achter me aan komen. 'O, aha. In dat geval leef ik met je mee. Je lijkt me alleen te jong om een puber te hebben, als ik het zeggen mag.'

'O. Nee. Niet van mij! Het... het is allemaal nogal ingewikkeld.'

'Ik zou je dolgraag advies geven, maar ik weet niet waar het over gaat.' Hij deed een stap naar voren en gaf Jake een knuffel, die de jongen nors onderging. 'Alles goed, jongen?'

'Best.'

'Best,' zei Sam. 'Nou, je hoort het. De universele reactie van pubers op alles. Op oorlog, het winnen van de loterij, wereldroem. Alles is "best".'

'Je hoefde me niet op te halen. Ik ga naar Jools.'

'Zal ik je even brengen?'

'Ze woont daar, man. In dat gebouw.' Jake wees. 'Ik geloof dat ik dat wel kan lopen.'

Sams gezichtsuitdrukking bleef uitgestreken. 'Als je me de volgende keer even een sms'je stuurt dat ik niet hiernaartoe hoef te komen en op je hoef te wachten?'

Jake haalde zijn schouders op en liep weg, zijn rugzak bungelde over zijn schouder. We keken hem zwijgend na.

'Dan zie ik je later, ja, Jake?'

Jake stak een hand op zonder achterom te kijken.
'Oké,' zei ik. 'Nu voel ik me wel wat beter.'
Sam schudde heel licht met zijn hoofd. Hij keek zijn zoon na, alsof hij hem niet los wilde laten. 'Er zijn dagen dat hij er meer last van heeft dan normaal.' En toen keek hij me aan. 'Heb je zin om ergens koffie te drinken, Louisa? Zodat ik me nu niet de grootste loser ter wereld voel? Je heet toch Louisa, hè?'
Ik dacht aan wat Jake die avond tijdens de sessie had gezegd: 'Op vrijdag nam mijn pa een of ander gestoord wijf mee, ene Maggie. Dat mens is helemaal geobsedeerd door hem. Toen hij ging douchen vroeg ze steeds maar of hij het weleens over haar heeft.'
De dwangmatige neuker. Maar hij was best aardig, en hij had me bij elkaar geraapt in de ambulance en het alternatief was weer een avond alleen thuis, me afvragend wat Lily Houghton-Miller allemaal dacht. 'Als we het maar niet over pubers hoeven te hebben.'
'Kunnen we het misschien over je outfit hebben?'
Ik keek omlaag naar mijn groene lurex jurkje en mijn Ierse dansschoenen. 'Onder geen beding.'
'Ik kon het proberen,' zei hij, en hij stapte op zijn motor.

We zaten voor een bijna lege bar, vlak bij mijn appartement. Hij dronk zwarte koffie, ik vruchtensap.
Ik had nu de tijd om hem stiekem te bestuderen, nu ik niet steeds opzij hoefde te gaan voor auto's op een parkeerplaats, of vastgebonden op een brancard lag. Er zat een litteken op zijn neus en zijn ogen rimpelden op een manier waaruit je kon opmaken dat er bijna geen menselijk gedrag was of hij had het gezien, en was er misschien licht door geamuseerd. Hij was lang en breed, grovere trekken dan die van Will, en toch bewoog hij zich met een vriendelijk soort ingetogenheid, alsof hij zichzelf had aangeleerd om niet van alles kapot te maken met zijn grote lijf. Hij vond het duidelijk prettiger om te luisteren dan te praten, of misschien kwam dat wel doordat ik het zo gek vond om alleen met een man te zijn dat ik aan het ratelen was. Ik had het over mijn baantje in de bar, maakte hem aan het lachen met verhalen over Richard Percival en de gruwelen van mijn uniform, over hoe raar het was om weer een poosje thuis te wonen, en mijn vaders foute grappen, mijn opa en

zijn donuts, en mijn neefjes ongewone gebruik van een blauwe stift. Maar terwijl ik aan het woord was, was ik me, zoals zo vaak, bewust van wat ik allemaal niet zei: over Will, over het onwerkelijke dat me de vorige avond was overkomen, over mezelf. Bij Will had ik nooit hoeven letten op wat ik allemaal zei: met hem praten ging even moeiteloos als ademhalen. Maar nu kon ik helemaal niet meer over mezelf praten.

Hij zat daar maar te knikken en te kijken naar het voorbijrazende verkeer, en nipte van zijn koffie alsof het de normaalste zaak van de wereld was dat hij tijd doorbracht met een koortsachtig rebbelende vreemde in een kort jurkje van groene glitterstof.

'En, hoe is het met je heup?' vroeg hij toen ik eindelijk uitgepraat was.

'Gaat best. Maar het zou fijn zijn als ik niet meer met mijn been sleepte.'

'Het komt wel goed, als je fysiotherapie blijft doen.' Heel even hoorde ik weer die stem van achter in de ambulance. Kalm, onverstoord, geruststellend. 'En je andere verwondingen?'

Ik keek omlaag naar mezelf, alsof ik ze door mijn kleren kon zien. 'Nou, los van het feit dat ik eruitzie alsof iemand met rode balpen streepjes over me heeft zitten tekenen, mag ik niet klagen.'

Sam knikte. 'Je hebt mazzel gehad. Het was een behoorlijke smak.'

En daar had je het weer. Die misselijkmakende maagkramp. De lucht onder mijn voeten. *Je weet nooit wat er gebeurt als je van grote hoogte valt.* 'Ik wilde mezelf niet –'

'Dat zei je, ja.'

'Maar ik heb het idee dat niemand me gelooft.'

We wisselden een ongemakkelijke glimlach en heel even vroeg ik me af of hij het soms ook niet geloofde.

'Dus... ga je wel vaker op stap met mensen die van een gebouw af gevallen zijn?'

Hij schudde zijn hoofd en staarde naar de weg. 'Ik raap alleen de brokstukken bij elkaar. Maar ik ben blij dat in jouw geval alles netjes in elkaar paste.'

We zaten er nog een poosje zwijgend bij. Ik dacht steeds aan wat ik allemaal zou moeten zeggen, maar ik was al zo lang niet alleen geweest met een man – tenminste, niet nuchter – dat ik steeds toch niet durfde, en mijn mond ging almaar open en dicht als die van een goudvis.

'Wil je nog vertellen van die puber?' vroeg Sam.

Het was een opluchting om het aan iemand uit te leggen. Ik vertelde hem over dat er laat aangebeld werd, over onze bizarre ontmoeting en waar ik via Facebook achter gekomen was, en dat ze was weggerend nog voor ik kon bedenken wat ik in vredesnaam met haar aan moest.

'Wow. En dat is die man waar jij voor hebt gezorgd?' vroeg hij toen ik uitverteld was. 'Dat is...' Hij schudde zijn hoofd heel licht. 'Denk je dat het waar is, wat ze zegt?'

'Ze lijkt wel een beetje op hem. Maar ik weet het niet zeker. Zoek ik naar dingen die er niet zijn? Zie ik gewoon wat ik wil zien? Dat zou kunnen. De helft van de tijd denk ik hoe geweldig het zou zijn als er nog iets van hem over is, en de andere helft van de tijd denk ik dat ik echt overal in trap. En dan is er nog een soort tussenlaag – zo van: wat nou als dit zijn dochter is, dan is het toch niet eerlijk dat hij haar nooit heeft ontmoet? En hoe moeten zijn ouders daarmee omgaan? En wat nou als hij zich had bedacht als hij haar had leren kennen? Wat als dat het was geweest wat hem ervan had weerhouden om...' Mijn stem stierf weg.

Sam leunde achterover in zijn stoel en zijn voorhoofd rimpelde op. 'En die man is dus de reden dat jij bij de groep zit?'

'Ja.'

Ik voelde dat hij me bestudeerde, misschien omdat hij een nieuwe inschatting maakte van wat Will voor me had betekend.

'Ik weet niet wat ik moet doen,' zei ik. 'Ik weet niet of ik naar haar op zoek moet, of dat ik de zaak maar beter kan laten rusten.'

Hij keek naar de straat en dacht na. En toen zei hij: 'Wat zou hij zelf hebben gedaan?'

En toen wist ik het helemaal niet meer. Ik staarde die grote man met zijn directe blik, zijn stoppelbaardje en zijn zachte, vaardige handen aan, en al mijn gedachten verdampten.

'Gaat het?'

Ik nam een enorme slok van mijn drankje en probeerde te verhullen wat met grote letters op mijn gezicht te lezen stond. Ineens, al wist ik niet precies waarom, wilde ik huilen. Het was me te veel. Die rare avond die me zo uit het lood had geslagen. Het feit dat Will weer opgedoemd was, altijd aanwezig, in elk gesprek. Ik zag ineens zijn gezicht voor me, die ironisch opgetrokken wenkbrauw, alsof hij wilde zeggen: *Wat voer je nou weer in je schild, Clark?*

'Het is gewoon... een lange dag geweest. Vind je het erg als ik...?'

Sam schoof zijn stoel naar achteren en stond op. 'Nee. Nee, ga maar. Sorry, ik dacht niet –'

'Dit was heel leuk. Maar –'

'Geen punt. Lange dag. En dat rouwgedoe. Ik snap het. Nee, nee – laat maar,' zei hij toen ik op zoek ging naar mijn portemonnee. 'Echt. Een sinaasappelsap kan er nog wel vanaf.'

Ik wilde het liefst naar mijn auto rennen, ondanks mijn slepende been. De hele weg ernaartoe voelde ik zijn ogen branden.

Ik parkeerde mijn auto en slaakte een zucht die ik voor mijn gevoel de hele weg vanaf de bar had ingehouden. Ik keek even naar de buurtsuper, en toen naar mijn appartement, en besloot dat ik geen zin had om verstandig te zijn. Wat ik wilde was wijn, een paar flinke glazen, tot ik mezelf kon overtuigen om niet steeds achterom te kijken. Of misschien om helemaal nergens meer naar te kijken.

Mijn heup deed pijn toen ik uit de auto stapte. Sinds Richard er was, deed hij de hele tijd pijn; de fysiotherapeut in het ziekenhuis had gezegd dat ik niet te veel moest staan, maar het idee dat ik dat tegen Richard zou moeten zeggen vervulde me van angst.

Aha. Dus je wilt in een bar werken maar je wilt wel het liefst de hele dag zitten, bedoel je?

Die ik-ben-klaar-voor-het-grotere-werk-melkmuil van hem. Dat zorgvuldig non-descripte kapsel. Dat air van vermoeide superioriteit, terwijl hij nog geen twee jaar ouder was dan ik. Ik deed mijn ogen dicht en probeerde de knoop in mijn maag te laten verdwijnen.

'Alleen deze, graag,' zei ik terwijl ik een fles koude sauvignon blanc op de toonbank zette.

'Heb je een feestje?'

'Wat?'

'Een verkleedfeestje. Je gaat als – niks zeggen,' Samir streek over zijn kin, 'Sneeuwwitje?'

'Precies,' zei ik.

'Ik zou daar maar voorzichtig mee zijn. Al die loze calorieën. Drink liever wodka. Dat is een gezond drankje. Misschien met wat citroen. Dat zeg ik altijd tegen Ginny van de overkant. Je weet toch dat ze als stripper werkt? Die moeten op hun figuur letten.'

'Dieetadvies. Fijn.'

'Het komt allemaal door de suiker. Je moet voorzichtig zijn met suiker. Minder vet heeft geen zin als je nog steeds veel suiker eet, snap je? En dat zijn een heleboel loze calorieën. In die fles. En die chemische suikers zijn het ergst. Die zorgen voor een dikke pens.'

Hij sloeg de wijn aan en gaf me mijn wisselgeld.

'Wat eet je daar, Samir?'

'Instantnoedels, baconsmaak. Lekker, man.'

Ik was in gedachten verzonken – ergens in de donkere holte tussen mijn pijnlijke bekken, mijn existentiële, werkgerelateerde wanhoop en een vreemd verlangen naar instantnoedels met baconsmaak – toen ik haar zag. Ze zat op de grond in de portiek van mijn gebouw, met haar armen om haar knieën. Ik nam mijn wisselgeld aan van Samir en stak half lopend, half rennend de straat over. 'Lily?'

Ze keek langzaam op.

Ze sprak met dubbele tong en had bloeddoorlopen ogen, alsof ze had gehuild. 'Niemand liet me binnen. Ik heb overal aangebeld maar niemand wilde me binnenlaten.'

Ik worstelde met de deur en hield hem open met mijn tas voor ik naast haar neerhurkte. 'Wat is er gebeurd?'

'Ik wilde alleen maar slapen,' zei ze, in haar ogen wrijvend. 'Ik ben zo ontzettend moe. Ik wilde met de taxi naar huis, maar ik had helemaal geen geld.'

Ik ving de zure stank van alcohol op. 'Ben je dronken?'

'Weet ik niet.' Ze keek me verbaasd aan, haar hoofd een beetje schuin. Ik vroeg me af of het alleen alcohol was. 'Als ik niet dronken ben, dan ben jij een kabouter.' Ze klopte op haar zakken. 'O kijk – kijk eens wat ik heb!' Ze hield een half opgerookt shagje op, maar zelfs ik kon ruiken dat daar niet alleen tabak in zat. 'Laten we roken, Lily,' zei ze. 'O nee. Jij bent Louisa. Ik ben Lily.' Ze giechelde en haalde met veel moeite een aansteker uit haar zak en probeerde het stickie aan de verkeerde kant op te steken.

'Oké. Tijd om naar huis te gaan.' Ik pakte haar het ding af en haar vage protesten negerend vertrapte ik het stevig. 'Ik ga nu een taxi voor je bellen.'

'Maar ik heb geen –'

'Lily!'

Ik keek op. Aan de overkant stond een jongeman met zijn handen in de zakken van zijn spijkerbroek naar ons te kijken. Lily keek op en wendde toen haar blik af.

'Wie is dat?' vroeg ik.

Ze staarde naar haar voeten.

'Lily. Kom.' Zijn stem had iets bezitterigs. Hij stond daar met zijn benen wijd, alsof hij zelfs van die afstand verwachtte dat ze hem zou gehoorzamen. Iets aan hem gaf me meteen een ongemakkelijk gevoel.

Niemand verroerde zich.

'Is dat je vriendje? Wil je met hem praten?' vroeg ik zachtjes.

Toen ze antwoordde, kon ik haar eerst niet verstaan en moest ik dichterbij gaan zitten en vragen of ze het nog een keer kon zeggen.

'Zorg dat hij weggaat.' Ze deed haar ogen dicht en keerde haar gezicht naar de deur. 'Alsjeblieft.'

Hij begon over te steken. Ik stond op en probeerde zo autoritair mogelijk te klinken. 'Je kunt nu wel gaan. Lily gaat met mij mee naar binnen.'

Halverwege de straat bleef hij staan.

Ik hield zijn blik vast. 'Je kunt haar een andere keer spreken, oké?'

Ik hield mijn hand op de bel en zei iets tegen een denkbeeldige, stevige vriend met een kort lontje. 'Dave, wil je me even komen helpen? Bedankt.'

De jongeman keek op een manier die moest zeggen dat het hiermee niet gedaan was. Toen draaide hij zich om, haalde zijn telefoon uit zijn zak en begon op zachte, dringende toon met iemand te praten terwijl hij wegliep, de toeterende taxi die voor hem moest uitwijken negerend. Hij keek nog heel even achterom, naar ons.

Ik slaakte een zucht, iets beveriger dan ik had verwacht, stak mijn handen onder haar oksels, en weinig elegant en zachtjes vloekend wist ik Lily Houghton-Miller de hal in te slepen.

Die avond sliep ze bij mij thuis. Ik wist niet wat ik anders met haar moest. In de badkamer gaf ze twee keer over, gebarend dat ik weg moest toen ik probeerde haar haar naar achteren te houden. Ze weigerde me het telefoonnummer van haar ouders te geven, of misschien kon ze het zich niet meer herinneren, en er zat een codeslot op haar telefoon.

Ik maakte haar schoon, hielp haar in een oude joggingbroek en T-shirt en nam haar mee naar de zitkamer.

'Je hebt opgeruimd!' riep ze uit, alsof ik het speciaal voor haar had gedaan. Ik haalde een glas water voor haar en legde haar op haar zij op de bank, al wist ik vrij zeker dat ze niets meer in zich had om over te geven.

Toen ik haar hoofd optilde om er een kussen onder te leggen, deed ze haar ogen open, alsof ze me nu pas herkende. 'Sorry.' Ze zei het zo zachtjes dat ik niet eens zeker wist of ze het wel had gezegd. Haar ogen stonden vol tranen.

Ik sloeg een deken over haar heen en keek naar haar toen ze in slaap viel – haar bleke gezicht, de blauwe kringen onder haar ogen, de wenkbrauwen die dezelfde lijn hadden als die van Will, diezelfde sproetjes op haar neus.

Toen pas kwam het bij me op om de deur van mijn appartement op slot te draaien. Ik nam de sleutels met me mee naar mijn slaapkamer en legde ze onder mijn kussen, al wist ik niet of dat was voor het geval ze iets wilde stelen of om te voorkomen dat ze ervandoor ging. Ik lag wakker, mijn hoofd nog vol van het geluid van sirenes en de luchthaven en de gezichten van de rouwenden in de kerk, en de intense, alwetende blik van de jongen aan de overkant van de straat, en de wetenschap dat er iemand die ik totaal niet kende bij mij in huis lag te slapen. En de hele tijd was er dat stemmetje in mijn hoofd dat zei: 'Waar ben je in vredesnaam mee bezig?'

Maar wat had ik anders moeten doen? Uiteindelijk, toen de vogels begonnen te zingen, en de bestelbus van de bakkerij beneden zijn spullen kwam leveren, kwamen mijn gedachten tot rust en viel ik in slaap.

7

Ik rook koffie. Het duurde even voor het bij me opkwam waarom het in mijn huis naar koffie rook, en toen het antwoord tot me doordrong schoot ik overeind en sprong uit bed, terwijl ik mijn capuchontrui over mijn hoofd trok.

Ze zat in kleermakerszit op de bank te roken en ze gebruikte een van mijn goede bekers als asbak. De televisie stond aan – een of ander manisch kinderprogramma met in felle kleuren geklede presentatoren die kennelijk aan de xtc waren – en op de schoorsteenmantel stonden twee piepschuimen bekers.

'O, hoi. De rechter is van jou,' zei ze, en ze keek me even aan. 'Ik wist niet wat je lekker vindt, dus ik heb maar een Americano voor je gehaald.'

Ik knipperde met mijn ogen en trok mijn neus op vanwege de sigarettenrook. Ik liep de kamer door en zette een raam open. Ik keek op de klok. 'Is het echt zo laat?'

'Ja. De koffie is waarschijnlijk koud. Ik wist niet of ik je wakker moest maken.'

'Ik ben vandaag vrij,' zei ik, terwijl ik de koffie pakte. Nog warm zat. Dankbaar nam ik een slok. Toen staarde ik naar het bekertje. 'Wacht even. Hoe kom je hier dan aan? Ik had de deur op slot gedaan.'

'Ik heb de brandtrap genomen,' zei ze. 'Ik had geen geld, dus ik heb tegen de man van de bakkerij gezegd voor wie het was en hij zei dat je later wel kon betalen. O, en je bent hem ook nog iets verschuldigd voor twee bagels met gerookte zalm en roomkaas.'

'O ja?' Ik wilde boos op haar worden, maar ik had ineens heel erge trek.

Ze volgde mijn blik. 'O. Die heb ik opgegeten.' Ze blies een ring van rook de kamer in. 'Je had niks in de ijskast. Daar moet je echt eens wat aan doen.'

De Lily van vanochtend was een heel ander iemand dan het meisje dat ik gisteravond van straat had gehaald, en het was bijna niet te geloven dat ze één en dezelfde waren. Ik liep mijn slaapkamer weer in om me aan te kleden en luisterde naar de geluiden van de televisie en hoorde haar de keuken in sloffen om iets te drinken te halen.

'Hé dingetje... Louisa. Kan je me misschien wat geld lenen?' riep ze.

'Als je het nodig hebt om weer zo knetterlam te worden, dan niet, nee.'

Ze liep mijn slaapkamer in zonder te kloppen. Snel trok ik mijn trui voor mijn borst. 'En mag ik hier vannacht ook slapen?'

'Ik moet je moeder spreken, Lily.'

'Hoezo?'

'Ik moet iets meer weten over wat er precies aan de hand is.'

Ze stond in de deuropening. 'Dus je gelooft me niet.'

Ik gebaarde dat ze zich om moest draaien zodat ik mijn beha aan kon trekken. 'Ik geloof je wel. Maar dat is de deal. Jij wilt iets van mij, dus ik moet eerst iets meer van jou weten.'

Net toen ik mijn T-shirt over mijn hoofd trok, draaide ze zich weer om. 'Wat jij wil. Ik moet toch nog terug om kleren te halen.'

'Hoezo? Waar heb je eigenlijk geslapen de afgelopen tijd?'

Ze liep weg alsof ze me niet had gehoord en snoof aan haar oksel. 'Mag ik jouw douche gebruiken? Ik stink.'

Een uur later reden we naar St John's Wood. Ik was kapot, zowel door de gebeurtenissen van de vorige avond als door de vreemde energie die Lily naast me uitstraalde. Ze bewoog voortdurend, rookte een eindeloze hoeveelheid sigaretten en liet vervolgens zo'n beladen stilte vallen dat ik het gewicht van haar gedachten bijna kon voelen.

'Wie was dat, die jongen van gisteravond?' Ik bleef voor me kijken en probeerde neutraal te klinken.

'Gewoon, iemand.'

'Je zei dat hij je vriendje was.'

'Dan was hij dus mijn vriendje.' Haar stem verhardde, haar gezicht betrok. Toen we dichter bij het huis van haar ouders kwamen sloeg ze haar armen over elkaar, trok haar knieën op tot haar kin en zette een uitdagende blik op, alsof ze al in een stille strijd verwikkeld was. Ik had me afgevraagd of ze me de waarheid had verteld over St John's Wood, maar ze gebaarde naar een brede bomenlaan en zei dat ik de derde links moest nemen. We sloegen het soort laan in waar diplomaten of Amerikaanse bankiers wonen, het soort laan waar niemand ooit in of uit lijkt te komen. Ik parkeerde de auto en staarde naar de hoge witgestuukte huizen, de zorgvuldig getrimde taxushagen, en de onberispelijke erkers.

'Woon jij *hier*?'

Ze sloeg het portier zo hard achter zich dicht dat mijn autootje ervan natrilde. 'Ik woon hier niet. *Zij* wonen hier.'

Ze liet zichzelf binnen en ik liep ongemakkelijk achter haar aan. Ik voelde me een indringer. We stonden in een ruime hal met een hoog plafond, een parketvloer en een gigantische vergulde spiegel aan de muur. In de lijst van de spiegel was een hele zwik uitnodigingen op geschept papier gestoken. Ze vochten er om ruimte. Een vaas met schitterend geschikte bloemen stond op een klein antiek tafeltje. De lucht was licht geparfumeerd.

Van boven klonk wat commotie, kinderstemmen misschien – het was slecht te horen.

'Mijn halfbroertjes,' zei Lily misprijzend, en ze liep door naar de keuken, kennelijk in de verwachting dat ik zou volgen. De keuken was gigantisch, en modernistisch grijs, met een eindeloos, champignonkleurig, glimmend aanrecht. Alles wat hier stond was schreeuwend duur, van het Dualit-broodrooster tot en met het koffiezetapparaat, dat enorm groot en gecompliceerd genoeg was voor een plekje in een Milanese koffiezaak. Lily deed de deur van de ijskast open en bekeek de inhoud, om er uiteindelijk een doos verse ananasstukjes uit te halen, die ze met haar vingers begon te eten.

'Lily?' Een stem van boven, dringend, van een vrouw. 'Lily, ben jij dat?' Het geluid van voetstappen die snel de trap af holden.

Lily sloeg haar ogen ten hemel.

Er verscheen een blonde vrouw in de deuropening. Ze staarde eerst naar mij en toen naar Lily, die lusteloos een stukje ananas in haar mond liet vallen. De vrouw liep op haar af en griste de doos uit haar handen. 'Waar heb jij in *godsnaam* uitgehangen? De school is in alle staten. Papa is de hele buurt rondgereden. We dachten dat je vermoord was! Waar *was* je?'

'Hij is mijn vader niet.'

'Niet zo brutaal, jongedame. Je kunt niet zomaar binnen komen lopen alsof er niets aan de hand is! Heb je enig idee wat je allemaal voor ellende hebt veroorzaakt? Ik ben de halve nacht op geweest vanwege Jack, en ik kon niet slapen, zo bezorgd was ik dat er iets met je was gebeurd. Ik moest ons tripje naar oma Houghton afzeggen, omdat we niet wisten waar jij was.'

Lily staarde haar koeltjes aan. 'Ik snap niet waarom je je zo druk maakt. Het maakt je anders nooit een biet uit waar ik ben.'

De vrouw verstijfde van woede. Ze was dun, het soort dun dat je wordt van modieuze diëten of dwangmatig sporten, haar haar was zo duur gekapt en gekleurd dat het leek of er nooit een kapper bij in de buurt was geweest en ik nam aan dat de spijkerbroek die ze droeg van een flitsende designer was. Maar haar gezicht, al was het nog zo bruin, verraadde haar: ze was doodmoe.

Ze draaide zich naar mij om. 'Heeft ze bij jou gelogeerd?'

'Nou, ja, maar –'

Ze monsterde me van top tot teen, en kennelijk was ze niet erg gecharmeerd van wat ze zag. 'Heb jij enig idee wat je ons daarmee hebt aangedaan? Weet je wel hoe oud ze is? Wat moet jij trouwens überhaupt met zo'n jong kind, verdomme! Hoe oud ben je wel niet, dertig?'

'Nee, ik ben –'

'Is dat het?' vroeg ze aan haar dochter. 'Heb je een relatie met dit mens?'

'O mam, doe even *normaal.*' Lily pakte de doos met ananasstukjes weer op en prikte erin met haar wijsvinger. 'Het is niet wat jij denkt. Zij kon er allemaal niks aan doen.' Ze stak het laatste stukje in haar mond, zweeg even om te kauwen, misschien voor het dramatische effect, en zei toen: 'Zij is de vrouw die voor mijn vader heeft gezorgd. Mijn echte vader.'

Tanya Houghton-Miller zakte in de eindeloze hoeveelheid kussens van haar crèmekleurige bank en roerde in haar koffie. Ik zat op het randje van de bank tegenover haar te staren naar de grote dyptique-kaarsen en de artistiek neergelegde nummers van het tijdschrift *Interiors*. Ik was een beetje bang dat mijn koffie in mijn schoot zou klotsen als ik verder naar achteren zou gaan zitten.

'Hoe ken je mijn dochter?' vroeg ze vermoeid. Aan haar ringvinger zaten de twee grootste diamanten die ik ooit had gezien.

'Ik ken haar helemaal niet. Ze stond ineens bij me voor de deur. Ik had geen idee wie ze was.'

Ze liet het even op zich inwerken. 'En jij hebt voor Will Traynor gezorgd?'

'Ja. Tot zijn dood.'

Er viel een korte stilte waarin we allebei het plafond bestudeerden – boven onze hoofden was net iets kapotgevallen. 'Mijn zoons.' Ze slaakte een zucht. 'Ze hebben wat gedragsproblemen.'

'Zijn ze van uw...?'

'Ze zijn niet van Will, als dat je vraag is.'

We zaten er in stilte bij. Althans, als je het woedende gekrijs van boven niet meetelde. Er volgde nog een doffe plof, en toen bleef het griezelig rustig. 'De weekendnanny,' zei ze.

'Mevrouw Houghton-Miller,' zei ik. 'Is het waar? Is Lily echt Wills dochter?'

Ze tilde haar kin een stukje omhoog. 'Ja.'

Ik voelde me ineens heel trillerig en zette mijn koffiekopje neer. 'Ik begrijp het niet. Ik begrijp niet dat –'

'Het is heel simpel. Will en ik hadden iets tijdens ons laatste studiejaar. Ik was uiteraard compleet verliefd op hem. Dat waren we allemaal. Hoewel het niet helemaal eenrichtingsverkeer was – als je begrijpt wat ik bedoel.' Ze glimlachte half en wachtte, alsof ze dacht dat ik nu iets zou zeggen.

Ik kon het niet geloven. Hoe kon Will me niet verteld hebben dat hij een dochter had? Na alles wat we samen hadden meegemaakt?

Tanya praatte door op haar lijzige toon: 'Maar goed. We waren het succespaar binnen onze groep. Gala's, punteren, weekendjes weg, je kent het wel. Will en ik – nou ja, we waren altijd samen.' Ze vertelde het verhaal alsof het voor haar nog vers was en alsof het iets was wat ze steeds maar weer herleefde in haar gedachten. 'En toen, op ons eindgala, moest ik weg om mijn vriendin Lisa te helpen, want die had zich in de nesten gewerkt, en toen ik terugkwam, was Will weg. Geen idee waar hij was. Dus heb ik eindeloos op hem staan wachten, en alle wagens kwamen om iedereen naar huis te brengen, en uiteindelijk kwam er een meisje dat ik niet eens goed kende en zij vertelde me dat Will weggegaan was met Stephanie Loudon. Jij zult haar niet kennen, maar ze had al eeuwen een oogje op hem. Eerst kon ik het niet geloven, maar ik ben toch maar naar haar huis gereden, en daar stonden ze te kussen, bij haar voor de deur, alsof het ze niet kon schelen wie ze daar kon zien. En toen ik de auto uit stapte en hem ermee confronteerde, had hij niet eens het fatsoen om zich te schamen. Hij zei alleen dat het geen zin had om emotioneel te worden en dat we elkaar na de universiteit toch nooit meer zouden zien.

'En toen was het studiejaar voorbij, en dat was natuurlijk een hele opluchting, want wie wil het meisje zijn dat door Will Traynor is gedumpt? Maar het was moeilijk om eroverheen te komen omdat het zo abrupt geëindigd was. Toen we uit Durham weggingen en hij in de City ging werken, heb ik hem geschreven om te vragen of hij op zijn minst een keer wilde afspreken voor een borrel, want ik wilde weten wat er in vredesnaam misgegaan was. Want wat mij betrof waren we ontzettend gelukkig samen. En toen liet hij zijn secretaresse een *kaartje* sturen met de tekst dat het haar enorm speet maar dat Wills agenda volkomen volgeboekt was en dat hij nu echt geen tijd had en dat hij me het beste wenste. "Het beste".' Ze trok een grimas.

Ik kromp inwendig ineen. Al wilde ik haar verhaal nog zo graag als onzin van de hand doen, deze versie van Will kwam me gruwelijk bekend voor. Will had zelf bruut eerlijk op zijn vroegere leven teruggekeken en bekend hoe slecht hij de vrouwen in zijn leven had behandeld toen hij nog jong was. (Zijn letterlijke woorden waren: 'Ik was een ongelofelijke hufter.')

Tanya was nog steeds aan het woord. 'En toen, een maand of twee later, ontdekte ik dat ik zwanger was. Ik was al heel ver heen, want ik was altijd heel onregelmatig ongesteld en het was niet tot me doorgedrongen dat ik al twee menstruaties had gemist. Dus besloot ik om het te houden en heb ik Lily gekregen. Maar' – op dit moment tilde ze haar kin weer op, alsof ze zichzelf wilde verdedigen – 'het had geen zin het hem te vertellen. Niet na alles wat hij had gezegd en gedaan.'

Mijn koffie was koud. 'Geen zin om het hem te vertellen?'

'Hij had min of meer laten weten dat hij niets met me te maken wilde hebben. Hij zou waarschijnlijk doen alsof ik het expres zo had geregeld, om hem erin te luizen of zo.'

Mijn mond hing open. Ik deed hem weer dicht. 'Maar – maar vond u niet dat hij het recht had om het te weten? Mevrouw Houghton-Miller? Denkt u niet dat hij zijn kind misschien had willen ontmoeten? Ondanks wat er tussen u beiden was gebeurd?'

Ze zette haar kopje neer.

'Ze is *zestien*,' zei ik. 'Ze was dus veertien, vijftien toen hij overleed. Dat is ontzettend lang –'

'En al die tijd heeft ze Francis gehad. Hij was haar vader. En hij is goed voor haar geweest. We waren een gezin. Zijn een gezin.'

'Ik begrijp het niet –'

'Will *verdiende* het niet om haar te kennen.'

De woorden bleven tussen ons in de lucht hangen.

'Hij was een klootzak, oké? Will Traynor was een egoïstische klootzak.' Ze duwde een haarlok uit haar gezicht. 'Ik wist uiteraard niet wat hem was overkomen. Dat was een enorme schok. Maar ik kan met mijn hand op mijn hart zeggen dat het niet uitgemaakt had.'

Het duurde even voor ik weer kon praten. 'Het had alles uitgemaakt. Voor hem.'

Ze keek me fel aan.

'Will heeft zelf een eind aan zijn leven gemaakt,' zei ik, en mijn stem brak een beetje. 'Will heeft een eind aan zijn leven gemaakt omdat hij niets meer had om voor te leven. Als hij had geweten dat hij een dochter had –'

Ze stond op. 'O nee. Dat hoef jij mij niet in de schoenen te schuiven, dame. Ik ben op geen enkele manier verantwoordelijk voor de zelfmoord van die man. Hoe durf je mij hier te komen veroordelen. Als jij ook maar half zo veel had meegemaakt als wat ik heb moeten meemaken... Nee. Will Traynor was een vreselijke man.'

'Will Traynor was de geweldigste man die ik ooit heb ontmoet.'

Ze bekeek me van top tot teen. 'Ja, nou ja, ik kan me voorstellen dat dat in jouw geval waarschijnlijk ook zo is.'

Ik geloof niet dat ik ooit zo snel zo'n hekel aan iemand heb gehad.

Ik stond op om weg te gaan, toen een stem de stilte verbrak. 'Dus mijn vader wist echt niet dat ik er was.'

Lily stond heel stil in de deuropening. Tanya Houghton-Miller trok wit weg. Toen herstelde ze zich. 'Ik wilde je alleen maar pijn besparen, Lily. Ik kende Will heel goed en ik wilde niet dat jij en ik de vernedering zouden moeten doorstaan als ik hem zou vragen of hij deel wilde uitmaken van een relatie waar hij geen zin in had.' Ze streek haar haar glad. 'En je moet echt eens ophouden met dat luistervinkje spelen. Dat is een afschuwelijke gewoonte. Je weet bovendien helemaal niet of je het goed interpreteert, wat je hoort.'

Ik kon het niet meer aanhoren en liep naar de deur. Boven begon een jongetje te schreeuwen. Er vloog een plastic vrachtwagen naar beneden, die ergens in de hal aan diggelen viel. Een gespannen gezicht – een Filipijnse? – staarde me aan over de trapleuning. Ik begon de trap af te lopen.

'Waar ga je heen?'

'Het spijt me, Lily. We... Misschien dat we elkaar later nog weleens spreken.'

'Maar je hebt me nog bijna niets verteld over mijn vader.'

'Hij was jouw vader niet,' zei Tanya Houghton-Miller. 'Francis heeft meer voor jou gedaan toen je klein was dan Will ooit zou hebben gedaan.'

'Francis is niet mijn *vader*,' brulde Lily.

Weer werd er iets de trap af gegooid en een vrouwenstem riep iets in een taal die ik niet verstond. Een speelgoedmachinegeweer loste blikkerige schoten in de lucht. Tanya bracht haar handen naar haar hoofd. 'Ik kan dit allemaal niet aan. Ik kan het gewoon niet aan.'

Lily haalde me in bij de deur. 'Mag ik bij jou slapen?'

'Wat?'

'In je flat? Ik kan hier niet blijven.'

'Lily, ik denk niet dat –'

'Alleen vannacht. Alsjeblieft.'

'Ga je gang. Neem haar gerust nog maar een paar dagen mee. Ze is zulk prettig gezelschap.' Tanya zwaaide met haar hand. 'Beleefd. Behulpzaam. Liefdevol. Gewoon een dot van een meisje!' Haar gezicht verhardde. 'En laat dan vooral even weten hoe het bevalt. Je weet al dat ze drinkt? En dat ze in huis rookt? En dat ze geschorst is van school? Dat heeft ze je allemaal al wel verteld, neem ik aan?'

Lily keek bijna verveeld, alsof ze dit allemaal al ettelijke keren had gehoord.

'Ze heeft niet de moeite genomen naar haar examens te komen. We hebben alles voor haar gedaan. Therapeuten, de allerbeste scholen, privéleraren. Francis heeft haar altijd als zijn eigen kind behandeld. En zij doet niets anders dan verwijten. Mijn man heeft het momenteel heel zwaar op de bank, en de jongens zijn moeilijk, en ze doet nooit eens wat voor ons. Nooit gedaan.'

'Hoe *weet* jij dat nou? Ik zit mijn halve leven al met nanny's. Toen de jongens werden geboren, heb je me naar een kostschool gestuurd.'

'Ik kon jullie niet allemaal tegelijk aan! Ik heb gedaan wat ik kon!'

'Je hebt gedaan waar je *zin* in had en dat was opnieuw beginnen met een perfect gezinnetje, zonder mij.' Lily draaide zich weer om naar mij. 'Alsjeblieft? Voor een poosje, meer niet? Ik beloof dat ik je niet voor de voeten zal lopen. Ik zal echt heel behulpzaam zijn.'

Ik had nee moeten zeggen. Dat wist ik best. Maar ik was zo kwaad op dat mens. En heel even had ik het gevoel dat ik namens Will moest optreden, dat ik datgene moest doen wat hij niet meer kon doen. 'Goed dan,' zei ik, terwijl er een enorme kluit lego langs mijn oor suisde en in kleine, kleurige blokjes uiteenspatte voor mijn voeten. 'Pak snel je spullen. Ik wacht buiten.'

De rest van de dag ging in een waas voorbij. We haalden mijn dozen uit de logeerkamer, stapelden die op in mijn slaapkamer en richtten het kamertje voor haar in. Althans, we zorgden ervoor dat het minder op een opslagruime leek, hingen het rolgordijn op, want daar was ik nooit aan toegekomen, en zetten er een lamp neer en een van mijn nachtkastjes. Ik kocht een stretcher, die we samen de trap op droegen, en een kledingrek voor de paar spullen die ze had meegenomen, een nieuwe dekbedhoes en kussenslopen. Ze vond het blijkbaar leuk om een doel te hebben, en het idee dat ze introk bij iemand die ze nauwelijks kende leek haar totaal niet te deren. Ik keek toe terwijl ze die avond haar spulletjes in de logeerkamer uitstalde en voelde me wonderlijk verdrietig. Hoe ongelukkig moest een meisje zijn om al die luxe achter te willen laten voor een piepklein kamertje met een stretcher en een wankel kledingrek?

Ik kookte pasta, me ervan bewust hoe vreemd het was dat er iemand anders was om voor te koken, en we keken samen televisie. Om halfnegen ging haar telefoon en ze vroeg me om een stuk papier en een pen. 'Hier,' zei ze terwijl ze iets opschreef. 'Dit is het mobiele nummer van mijn moeder. Ze wil ook jouw nummer en adres. Voor noodgevallen.'

Ik vroeg me af hoelang zij dacht dat Lily hier zou blijven.

Om tien uur was ik uitgeput en zei tegen haar dat ik naar bed ging. Zij zat nog in kleermakerszit op de bank voor de televisie, ondertussen met iemand te chatten op haar kleine laptopje. 'Maak het niet te laat, oké?' Het klonk zo nep als ik het zei, alsof ik speelde dat ik volwassen was.

Haar blik was nog stevig op de buis gericht.

'Lily?'

Ze keek op, alsof het nu pas tot haar doordrong dat ik ook in de kamer was. 'O ja, wat ik je nog wilde zeggen. Ik was daarboven.'

'Waarboven?'

'Op het dak. Toen je viel. Ik heb de ambulance gebeld.'

Ineens zag ik haar gezicht voor me, die grote ogen, die huid, zo licht in het donker. 'Maar wat deed je daar dan?'

'Ik had je adres gevonden. Toen iedereen thuis knettergek geworden was, wilde ik gewoon eerst eens zien hoe jij was voor ik met je zou gaan praten. Ik zag dat ik via de brandtrap het dak op kon, en je lichten waren aan. Ik zat eigenlijk alleen maar te wachten. Maar toen kwam jij naar boven, en toen ging je raar doen op de rand van het dak, en toen dacht ik, als ik nu iets zeg, schrik jij je dood.'

'Wat ook gebeurde.'

'Ja, maar dat was niet de bedoeling. Ik dacht dat ik je had vermoord.' Ze lachte gespannen.

We bleven even zitten.

'Iedereen denkt dat ik zelfmoord wilde plegen.'

Ze draaide zich met een ruk naar me om. 'Echt?'

'Hm-hm.'

Daar dacht ze even over na. 'Vanwege wat er met mijn vader is gebeurd?'

'Ja.'

'Mis je hem?'

'Iedere dag.'

Ze bleef stil. Uiteindelijk vroeg ze: 'Wanneer heb je weer een vrije dag?'

'Zondag. Hoezo?' vroeg ik en ik moest moeite doen om me los te maken van mijn gedachten.

'Kunnen we dan naar jouw stad gaan?'

'Je wilt naar Stortfold?'

'Ik wil zien waar hij gewoond heeft.'

8

Ik had niet tegen mijn ouders gezegd dat we kwamen. Ik wist niet precies hoe ik het moest brengen. We parkeerden voor ons huis en ik bleef even zitten, me ervan bewust, terwijl zij naar buiten keek, hoe klein en aftands het huis van mijn ouders leek, vergeleken met dat van de hare. Ze had geopperd om bloemen mee te nemen toen ik tegen haar zei dat mijn moeder erop zou staan dat we bleven lunchen, en ze was boos toen ik zei dat we wel een bosje anjers zouden scoren bij een pompstation, ook al had ze mijn moeder nog nooit ontmoet.

Ik was naar de supermarkt aan de andere kant van Stortfold gereden, waar ze een enorm boeket had laten samenstellen van fresia's, pioenrozen en ranonkels. Dat ik moest betalen.

'Blijf even hier,' zei ik toen ze uit wilde stappen. 'Ik ga eerst zelf even uitleggen hoe het zit, voor je naar binnen gaat.'

'Maar –'

'Geloof me,' zei ik. 'Ze hebben even een minuutje nodig om het idee te verwerken.'

Ik liep het kleine tuinpad op en klopte aan. Ik hoorde de televisie in de zitkamer en zag opa voor me, die naar de paardenrennen zat te kijken, zijn mond stil meebewegend met de paardenbenen. De taferelen en geluiden van thuis. Ik dacht aan alle maanden dat ik was weggebleven, omdat ik niet meer wist of ik nog wel welkom was, en dat ik niet wilde denken aan hoe het voelde om dit pad op te lopen, de wasverzachtergeur van mijn moeders knuffel, mijn vaders bulderlach in de verte.

Pa deed open en zijn wenkbrauwen schoten verbaasd omhoog. 'Lou! We verwachtten je helemaal niet... of wel?' Hij deed een stap naar voren en sloeg zijn armen om me heen.

Het drong tot me door dat ik het fijn vond om mijn familie weer terug te hebben. 'Hoi, pa.'

Hij wachtte op de drempel, met zijn armen uitgestrekt. In de gang hing de geur van gebraden kip. 'Nou, kom je nog binnen, of gaan we picknicken op de stoep?'

'Ik moet je eerst iets vertellen.'

'Je bent je baan kwijt.'

'Nee, ik ben niet mijn baan kw–'

'Je hebt nog een tattoo laten zetten.'

'Weet jij dan dat ik een tattoo heb?'

'Ik ben je vader. Ik weet alles wat jij en je zus hebben uitgevreten sinds jullie drie zijn.' Hij boog naar me over. 'Ik mocht er nooit een van je moeder.'

'Nee, pa, ik heb niet nog een tattoo.' Ik haalde diep adem. 'Ik... ik heb Wills dochter.'

Pa bleef stokstijf stilstaan. Ma verscheen achter hem, met haar schort voor. 'Lou!' Ze zag de blik op mijn vaders gezicht. 'Wat? Wat is er aan de hand?'

'Ze zegt dat ze Wills dochter heeft.'

'Wills *wat*?' gilde ma.

Pa was lijkbleek geworden. Hij greep zich vast aan de radiator achter hem.

'Wat?' vroeg ik nerveus. 'Wat is er?'

'Je – je wilt toch niet zeggen dat je zijn... je weet wel... zijn kleine zwemmertjes hebt laten invriezen?'

Ik trok een gezicht. 'Ze zit in de auto. Ze is zestien.'

'O, godzijdank. O, Josie, godzijdank. Je bent tegenwoordig zo... Ik weet nooit wat –' Hij herstelde zich. 'Maar wacht even, Wills *dochter*, zei je? Je hebt nooit verteld dat hij –'

'Ik wist het niet. Niemand wist het.'

Ma gluurde om hem heen naar de auto, waar Lily zat te doen alsof ze geen idee had dat we het over haar hadden.

'Nou, dan zou ik haar maar mee naar binnen nemen,' zei ma, met haar hand in haar nek. 'De kip is groot zat. Daar hebben we wel genoeg aan met zijn allen, als ik nog wat extra aardappelen klaarmaak.' Ze schudde haar hoofd verwonderd. 'Wills *dochter*. Allemachtig, Lou. Jij zit echt vol verrassingen.' Ze zwaaide naar Lily, die onzeker terugzwaaide. 'Kom binnen, kindje!'

Pa stak zijn hand op als groet en mompelde toen zachtjes: 'Weet meneer Traynor het al?'

'Nog niet.'

Pa wreef over zijn borst. 'Verder nog iets?'

'Hoe bedoel je?'

'Heb je me nog meer te vertellen? Los van het feit dat je van gebouwen springt en verloren kinderen mee naar huis sleept. Ga je soms bij het circus, of wil je misschien een kind adopteren uit Kazachstan of zo?'

'Nee, geen van die dingen, dat beloof ik. Nog niet, tenminste.'

'Nou, de hemel zij dank. Hoe laat is het? Volgens mij is het tijd voor een borrel.'

'En waar zit je op school, Lily?'

'Op een kleine kostschool in Shropshire. Niemand heeft er ooit van gehoord. Er zitten vooral zwakzinnige chique Engelsen en verre familieleden van de Moldavische koninklijke familie op.'

We zaten op een kluitje om onze eettafel in de voorkamer, met zijn zevenen, knie aan knie, terwijl zes van ons vurig hoopten dat er niemand naar de wc hoefde, want dan moesten we allemaal opstaan om de tafel vijftien centimeter richting de bank te verschuiven.

'Kostschool? Snoepwinkeltjes en nachtelijke feestjes zeker? Het is vast geweldig.'

'Niet echt. Het snoepwinkeltje hebben ze vorig jaar gesloten omdat de helft van de meisjes een eetstoornis heeft en die aten zich misselijk aan de Snickers.'

'Lily's moeder woont in St John's Wood,' zei ik. 'En Lily logeert een paar dagen bij mij om... om het een en ander te weten te komen over de andere kant van haar familie.'

'De familie Traynor woont hier al generaties lang.'
'Echt? Kent u ze?'
Ma verstijfde. 'Nou, niet als zodanig...'
'Wat voor huis hebben ze?'
Ma's gezicht betrok. 'Dat kun je beter aan Lou vragen. Zij is daar... heel veel geweest.'
Lily wachtte af.
Pa zei: 'Ik werk voor meneer Traynor. Hij runt het landgoed.'
'Opa!' riep opa uit, en hij lachte. Lily keek naar hem, en keek toen weer naar mij. Ik glimlachte, ook al voelde ik me alleen al bij het horen van de naam van meneer Traynor vreemd uit het lood geslagen.
'Precies, papa,' zei ma. 'Dan is hij inderdaad Lily's opa. Net zoals jij een opa bent. Nog iemand wat aardappelen?'
'Opa,' herhaalde Lily zachtjes, duidelijk in haar nopjes.
'We zullen ze bellen en... het ze vertellen,' zei ik. 'En als je wilt kunnen we voor we weggaan nog even langs hun huis rijden. Zodat je een beetje een indruk krijgt.'
Mijn zusje zat er tijdens het hele gesprek zwijgend bij. Lily was naast Thom gezet, waarschijnlijk in een poging om hem te inspireren tot beter gedrag, hoewel de kans nog steeds groot was dat hij een gesprek zou beginnen over darmparasieten. Treena keek naar Lily. Ze was achterdochtiger dan mijn ouders, die gewoon alles wat ik hun vertelde voor zoete koek slikten. Ze riep me ter verantwoording toen pa de tuin aan Lily liet zien en stelde alle vragen die wild door mijn eigen hoofd fladderden, als een opgesloten duif. Hoe kon ik zeker weten dat ze was wie ze beweerde te zijn? Wat wilde ze eigenlijk? En toen de belangrijkste vraag: *Waarom zou haar eigen moeder het in vredesnaam goedvinden dat ze bij jou komt wonen?*
'Dus hoelang blijft ze?' vroeg ze aan tafel, terwijl pa aan Lily uitlegde hoe je met eikenhout moet omgaan.
'Daar hebben we het niet echt over gehad.'
Ze trok een gezicht dat me zowel vertelde dat ik een stomkop was als dat haar dat totaal niet verbaasde.
'Ze is nu twee nachten bij me, Treen. En ze is nog zo jong.'
'Dat is precies mijn punt. Wat weet jij nou van het zorgen voor kinderen?'

'Nou, een kind is ze natuurlijk ook weer niet.'

'Ze is nog *erger* dan een kind. Pubers zijn peuters met hormonen – oud genoeg om van alles te willen, maar gezond verstand, ho maar. Je hebt geen idee wat voor problemen ze zich op de hals kan halen. Ik kan gewoon niet geloven dat je dit doet.'

Ik gaf haar de juskom. '"Hallo Lou. Wat goed van je dat je je baan hebt weten te behouden in zo'n moeilijke markt. Gefeliciteerd dat je bent hersteld van dat vreselijke ongeluk. Zo fijn om je weer te zien."'

Ze gaf me het zout aan en mompelde: 'Je kunt niet *en* dit doen *en* je...'

'En mijn wat?'

'En je depressie aanpakken.'

'Ik *heb* helemaal geen depressie,' siste ik. 'Ik ben niet depressief, Treena. Godallemachtig, ik ben niet van een gebouw gesprongen.'

'Je bent al eeuwen jezelf niet meer. Niet sinds dat gedoe met Will.'

'Wat moet ik doen om je te overtuigen? Ik heb een vaste baan. Ik doe mijn fysio-oefeningen om mijn heup weer in het gareel te krijgen en ik ga naar die verdomde rouwverwerkingsgroep om mijn hoofd in het gareel te krijgen. Volgens mij doe ik het dus vrij aardig.' De hele tafel zat nu naar me te luisteren. 'Sterker nog – ik zal jullie eens wat vertellen. O ja. Lily was erbij. Zij heeft me zien vallen. Het blijkt dat zij degene was die de ambulance heeft gebeld.'

Al mijn familieleden keken me aan. 'Het is echt zo. Ze heeft me zien vallen. Ik ben niet gesprongen. Lily, ik zit net aan mijn zusje te vertellen dat jij erbij was toen ik viel. Toch? Zien jullie nou? Ik zei toch dat ik een meisjesstem hoorde. Ik was niet gek. Zij heeft het allemaal gezien. Ik ben uitgegleden, toch?'

Lily keek op van haar bord en kauwde door. Ze was nauwelijks gestopt met eten sinds ze weer was gaan zitten. 'Yep. Ze was echt totaal niet van plan zich van kant te maken.'

Ma en pa wisselden een blik. Mijn moeder slaakte een zucht, sloeg discreet een kruis en glimlachte. Mijn zusje trok haar wenkbrauwen op, wat zo goed als een verontschuldiging was. Ik voelde me heel even heel blij.

'Ze stond gewoon wat voor zich uit te schreeuwen.' Lily bracht haar vork naar haar mond. 'En ze was heel, heel erg dronken.'

Het bleef even stil.

'O,' zei mijn vader. 'Nou, dat is dan –'

'Dat is... goed,' zei ma.

'Wat een lekkere kip,' zei Lily. 'Mag ik nog wat?'

We bleven tot laat in de middag, deels omdat mijn moeder ons meer eten aanbood telkens als ik van tafel wilde, en deels omdat de situatie minder vreemd en moeilijk leek nu Lily ook met andere mensen praatte. Pa en ik gingen achter in de tuin zitten op de twee strandstoelen die op de een of andere manier niet waren gaan rotten in de winter (hoewel je er maar het beste heel stil op kon blijven zitten, voor de zekerheid).

'Wist je dat je zus *De vrouwelijke eunuch* heeft gelezen? En een of ander oud rotwerkje dat *Kamers voor vrouwen* heet, of zoiets. Nu beweert ze dat je moeder een schoolvoorbeeld is van de onderdrukte vrouw en dat het feit dat je moeder het daar niet mee eens is aantoont hoe onderdrukt ze precies is. Ze wil haar wijsmaken dat ik zou moeten koken en schoonmaken en doet net alsof ik een soort van holbewoner ben. Maar als ik het waag iets terug te zeggen, zegt ze steeds dat ik mijn "voorrecht eens onder de loep moet nemen". Mijn voorrecht onder de loep nemen! Ik zou het graag doen, als ik wist waar je moeder het opgeborgen had.'

'Volgens mij gaat het prima met ma,' zei ik. Ik nam een slok van mijn thee en voelde me een beetje schuldig toen ik hoorde dat mijn moeder aan de afwas stond.

Hij keek me aan van opzij. 'Ze heeft haar benen al drie weken niet geschoren. Drie weken, Lou! Eerlijk gezegd word ik er helemaal eng van als ik ze aanraak. Ik slaap al twee nachten op de bank. Ik weet niet, Lou. Waarom zijn mensen nooit meer tevreden met hoe dingen nu eenmaal zijn? Je moeder was gelukkig, ik was gelukkig. We kennen onze rol. Ik ben degene met de harige benen, zij is degene met de huishoudhandschoenen. Zo simpel is het.'

Verderop in de tuin was Lily Thom aan het leren fluiten met een dikke grasstengel. Hij hield hem tussen zijn duimen, maar het kan zijn dat het ontbreken van vier voortanden niet hielp, want er kwamen alleen ruftgeluiden en een lichte spuugsproei uit zijn mond.

We zaten er een poosje gezellig te zwijgen en te luisteren naar het grasfluiten en naar opa die meefloot, en de hond van de buren die stond te janken omdat hij naar binnen wilde. Ik was blij om thuis te zijn.

'Hoe is het eigenlijk met meneer Traynor?' vroeg ik.

'O, geweldig. Wist je dat hij weer vader wordt?'

Ik draaide me voorzichtig om in mijn stoel. 'Dat meen je niet.'

'Niet met mevrouw Traynor. Die is meteen weggegaan nadat... je weet wel. Nee, met dat meisje met het rode haar, ik weet niet meer hoe ze heet.'

'Della,' herinnerde ik me ineens.

'Die, ja. Ze schijnen elkaar al heel lang te kennen, maar dat babygedoe is volgens mij voor hen allebei een beetje een verrassing.' Pa opende nog een blikje bier. 'Maar hij is goedgemutst, hoor. Het zal wel fijn voor hem zijn dat hij weer een nieuwe zoon of dochter krijgt. Heeft hij iets om zich op te concentreren.'

Ergens wilde ik hem veroordelen. Maar ik kon me ook heel goed voorstellen dat je de behoefte had om iets goeds te laten voortkomen uit wat er was gebeurd, dat je ernaar verlangde om je ervan los te worstelen, met welke middelen dan ook.

'Ze zijn alleen nog bij elkaar vanwege mij,' had Will me meer dan eens verteld.

'Wat denk je dat hij van Lily zal vinden?'

'Ik heb geen idee, liefje.' Pa dacht even na. 'Ik denk dat hij er wel blij mee zal zijn. Het is toch of hij iets van zijn zoon terug heeft, hè?'

'En mevrouw Traynor, wat zou die ervan vinden?'

'Geen idee, schat. Ik weet niet eens waar die tegenwoordig woont.'

'Lily is... nogal een lastpak.'

Pa barstte in lachen uit. 'O, echt? Jij en Treena hebben je moeder en mij jarenlang knettergek gemaakt met jullie tot laat uitgaan en jullie vriendjes en jullie gebroken harten. Hoog tijd dat jullie ook eens zoiets op je bord krijgen.' Hij nam een slok van zijn bier en grinnikte nog eens. 'Het is goed nieuws, liefje. Ik ben blij dat je niet meer in je eentje in dat appartement van je zit.'

Thoms grasspriet maakte lawaai. Hij straalde en stak hem in de lucht. Wij staken onze duimen omhoog om hem te feliciteren.

'Pa.'

Hij keek me aan.

'Je weet toch wel dat het echt goed met me gaat, hè.'

'Ja, schat.' Hij stompte me zachtjes tegen mijn schouder. 'Maar het is mijn taak om me zorgen te maken. Ik zal me zorgen blijven maken tot ik te oud ben om nog uit mijn stoel te komen.' Hij keek omlaag naar de strandstoel. 'Wat trouwens weleens eerder kon gebeuren dan ik zou willen.'

We gingen iets voor vijven weg. Ik zag in de achteruitkijkspiegel dat Treena de enige van de familie was die niet zwaaide. Ze stond daar met haar armen over elkaar en haar hoofd bewoog langzaam van links naar rechts terwijl ze ons nakeek.

Toen we thuiskwamen, verdween Lily het dak op. Ik was er zelf niet meer geweest sinds het ongeluk. Ik maakte mezelf wijs dat het geen zin had om het te proberen gezien het weer, dat de brandtrap waarschijnlijk te glad was vanwege de regen en dat ik me schuldig zou voelen bij de aanblik van al die dode planten, maar eigenlijk was ik bang. Alleen al bij het idee dat ik naar boven zou gaan begon mijn hart harder te slaan; er was niets voor nodig om me het gevoel voor de geest te halen dat de wereld onder mijn voeten verdween, alsof er een kleed onder me vandaan getrokken werd.

Ik keek naar haar terwijl ze uit het raam klom en riep omhoog dat ze over twintig minuten weer naar beneden moest komen. Na vijfentwintig minuten werd ik nerveus. Ik riep uit het raam, maar hoorde alleen het geluid van het verkeer. Na vijfendertig minuten klom ik zachtjes vloekend het raam uit, de brandtrap op.

Het was een warme zomeravond en de warmte sloeg van het asfalt op het dak. Beneden ons bleek uit het verkeer dat het een luie zondag was, met traag verkeer, open ramen, schallende muziek, de verre houtskoolgeur van barbecues op andere dakterrassen en jongelui die rondhingen op straathoeken.

Lily zat op een omgekeerde bloempot en keek uit over de City. Ik stond met mijn rug naar de watertank en probeerde de paniekreflex te onderdrukken telkens als ze vooroverleunde in de richting van de dakrand.

Het was een vergissing om hier te komen. Ik voelde het asfalt zachtjes slagzij maken onder mijn voeten, als het dek van een schip. Mijn lichaam wist precies hoe het voelde om op dat randje te staan; hoe het piepkleine verschil tussen het solide leven en de sprong die aan alles een eind zou maken kon worden afgemeten in de allerkleinste eenheden, in grammen, in millimeters, in graden, en die wetenschap gaf me kippenvel en een waas van zweet achter in mijn nek.

'Kom je beneden, Lily?'

'Al je planten zijn dood.' Ze plukte aan de dode blaadjes van een verdorde struik.

'Ja, nou ja. Ik ben al maanden niet meer hierboven geweest.'

'Je moet planten niet laten doodgaan. Dat is wreed.'

Ik keek haar scherp aan om te zien of ze een grapje maakte, maar blijkbaar was dat niet het geval. Ze boog zich, brak een takje af en bestudeerde het verdroogde binnenste. 'Hoe heb je mijn vader leren kennen?'

Ik greep de hoek van de watertank, in een poging het trillen van mijn benen te stoppen. 'Ik heb gewoon gesolliciteerd als zijn verzorgster. En toen kreeg ik de baan.'

'Ook al had je geen medische training.'

'Ja.'

Hier dacht ze even over na en ze schoot de dode tak de lucht in. Toen stond ze op, liep naar de andere kant van het terras en bleef staan, met haar handen op haar heupen, haar benen een stukje uit elkaar, als een magere amazone. 'Hij was knap, hè?'

Het dak zwaaide heen en weer. Ik moest naar beneden. 'Ik kan dit gesprek niet hier voeren, Lily.'

'Ben je zo bang?'

'Ik ga gewoon liever naar beneden. Alsjeblieft.'

Ze hield haar hoofd schuin en keek naar me, alsof ze probeerde te bepalen of ze moest doen wat ik van haar vroeg. Ze deed een stap in de richting van de muur en trok haar voet op alsof ze op de rand wilde springen, net lang genoeg om bij mij het klamme zweet te laten uitbreken. Toen draaide ze zich om, grijnsde, stak haar sigaret tussen haar tanden en stak het dak over naar de brandtrap. 'Je valt er heus niet nog een keer af, gekkie. Niemand heeft zo veel ongeluk.'

'Dat zal wel, maar ik heb even geen zin om dat op de proef te stellen.'

Een paar minuten later, toen mijn benen eindelijk gehoorzaamden aan mijn hersenen, liepen we de twee ijzeren trappen af. We bleven voor mijn raam staan toen ik me realiseerde dat ik te erg beefde om erdoor naar binnen te klimmen, en ik ging op een traptrede zitten. Lily rolde met haar ogen en wachtte af. Toen ze eindelijk begreep dat ik me niet kon verroeren, kwam ze naast me zitten. We waren misschien maar een meter lager dan net, maar nu ik mijn gang door het raam kon zien en aan weerszijden een reling had, begon ik weer normaal te ademen.

'Weet je wat jij nodig hebt?' zei ze, en ze hield haar shagje voor me op.

'Wil je me nu serieus zeggen dat ik maar stoned moet worden? Op vierhoog? Je weet dat ik niet zo lang geleden van een dak gevallen ben, hè?'

'Je ontspant ervan.'

En toen ik hem niet van haar aannam: 'O, kom op, zeg. Ben jij nou serieus de meest rechtschapen persoon in heel Londen?'

'Ik kom niet uit Londen.'

Achteraf kon ik niet begrijpen dat ik me zo had laten manipuleren door een meisje van zestien. Maar Lily was als het coolste meisje van de klas waar je indruk op wilde maken. Voor ze nog iets zei, pakte ik het ding uit haar hand en nam voorzichtig een trekje, waarna ik mijn best deed om niet te hoesten toen ik de rook achter in mijn keel voelde. 'En trouwens, je bent zestien,' mompelde ik. 'Jij hoort dit helemaal niet te doen. En waar haalt iemand zoals jij deze troep trouwens vandaan?'

Lily gluurde over de reling. 'Was je gek op hem?'

'Gek op wie, op je vader? Eerst niet.'

'Omdat hij in een rolstoel zat.'

Omdat hij Daniel Day-Lewis in My Left Foot *nadeed, en ik me te pletter schrok*, wilde ik zeggen, maar dan zou ik te veel moeten uitleggen. 'Nee, die rolstoel was nog het minst interessante aan hem.

Ik viel niet op hem omdat hij... heel boos was. En een beetje intimiderend. En die twee dingen maakten hem bepaald niet aantrekkelijk.'

'Lijk ik op hem? Ik heb hem gegoogeld, maar ik weet het niet.'

'Een beetje. Jullie hebben dezelfde huidskleur. En je ogen, misschien.'

'Volgens mijn moeder was hij superknap en was hij daarom zo'n klootzak. Onder andere. Als ik haar op de zenuwen werk zegt ze altijd dat ik precies op hem lijk. "O god, je bent precies Will Traynor." Ze noemt hem altijd Will Traynor. Nooit "je vader". Ze doet heel hardnekkig alsof die Fucker mijn vader is, ook al is hij dat overduidelijk niet. Ze schijnt te denken dat we vanzelf een gezin worden als zij maar blijft doen alsof dat zo is.'

Ik nam nog een trekje. Ik voelde me licht in het hoofd worden. Los van een feestje, ooit, in een bar in Parijs, was het jaren geleden dat ik een joint had gerookt. 'Zal ik je eens wat zeggen? Ik denk dat ik dit lekkerder zou vinden als er niet een kleine kans was dat ik van deze brandtrap val.'

Ze nam hem van me over. 'Jezusmina. Jij moet echt nodig eens een beetje lol trappen.' Ze inhaleerde diep en legde haar hoofd in haar nek. 'Heeft hij je verteld hoe hij zich voelde? Ik bedoel, zijn echte gevoelens?' Ze inhaleerde nog eens en gaf hem weer aan mij. Het leek geen enkele invloed op haar te hebben.

'Ja.'

'Hadden jullie weleens ruzie?'

'Heel vaak. Maar we hebben ook veel gelachen.'

'Was hij ook gek op jou?'

'Gek op mij... Ik weet niet of "gek" wel het juiste woord is.'

Mijn mond bewoog zwijgend, op zoek naar woorden die ik niet kon vinden. Hoe kon ik dit meisje uitleggen wat Will en ik voor elkaar waren geweest, dat ik het gevoel had dat geen mens in de wereld me ooit zo had begrepen als hij, en dat het ook nooit meer zou gebeuren? Hoe kon zij ooit snappen dat hem verliezen voelde alsof iemand een gat in me had geschoten, een pijnlijke, constante herinnering, een afwezigheid die ik nooit meer zou kunnen vullen?

Ze staarde me aan. 'Ja dus! Mijn vader was gek op je!' Ze begon te giebelen. En het klonk ook zo volkomen belachelijk, in verhouding tot wat Will en ik voor elkaar waren geweest, dat ik onwillekeurig met haar meelachte.

'Mijn pa vond je een lekker ding. Hoe belachelijk is dat!' hikte ze. 'O mijn god! Als dingen anders gelopen waren, was jij dus mijn STIEFMOEDER geweest!'

We staarden elkaar zogenaamd vol afschuw aan en op de een of andere manier zwol dit feit tussen ons aan tot er zich een bubbel van vrolijkheid in mijn borst vastzette. Ik begon te lachen, zo'n lach die grenst aan het hysterische, waar je buikpijn van krijgt, en die maar doorgaat als je iemand weer aankijkt.

'Deden jullie het ook?'

Toen was het klaar.

'Oké. Dit gesprek krijgt nu een wat vreemde wending.'

Lily trok een gezicht. 'Die hele relatie van jullie klinkt als een vreemde wending.'

'Dat was het niet. Het... het...'

Ineens werd het me te veel: het dak, de vragen, de joint, de herinneringen aan Will. Het leek wel alsof we hem opriepen tussen ons, zomaar, uit de lucht: zijn glimlach, zijn huid, hoe zijn gezicht tegen het mijne voelde, en ik wist niet of ik dat wel wilde. Ik liet mijn hoofd wat tussen mijn knieën zakken. *Ademhalen*, zei ik tegen mezelf.

'Louisa?'

'Wat is er?'

'Was hij de hele tijd al van plan geweest om daarheen te gaan? Naar Dignitas?'

Ik knikte. Ik herhaalde het woord in stilte en probeerde de opkomende paniek zo de kop in te drukken. In. Uit. *Gewoon ademhalen.*

'Heb je geprobeerd hem op andere gedachten te brengen?

'Will was... koppig.'

'Hebben jullie er ruzie over gemaakt?'

Ik slikte. 'Tot op de laatste dag.'

De laatste dag. Waarom zei ik dat nou? Ik deed mijn ogen dicht.

Toen ik ze eindelijk weer opende, zat ze naar me te kijken.

'Was je bij hem toen hij overleed?'

Onze blikken hielden elkaar gevangen. *Jonge mensen zijn doodeng*, dacht ik. *Ze kennen geen grenzen. Ze zijn nergens bang voor.* Ik zag de volgende vraag al op haar lippen gevormd worden, het vage zoekende in haar blik.

Uiteindelijk keek ze naar de grond. 'Wanneer ga je zijn ouders over mij vertellen?'

Mijn hart kromp ineen. 'Deze week. Ik zal ze deze week bellen.'

Ze knikte en wendde haar gezicht af zodat ik niet kon zien hoe ze keek. Ze nam nog een trek. En toen gooide ze de joint ineens tussen de spijlen van de brandtrapreling, stond op en klom zonder omkijken naar binnen. Ik wachtte tot ik het idee had dat ik weer op mijn benen kon staan en ging haar toen achterna, het raam door.

9

Ik belde op dinsdag, tijdens mijn lunchpauze, toen het vrijwel leeg was in de bar vanwege stakingen bij zowel de Franse als de Duitse luchtverkeersleiding. Ik wachtte tot Richard naar de groothandel was vertrokken en ging toen de hal in, tot voorbij de laatste damestoiletten voor de douane, en ik zocht in mijn telefoon naar het nummer dat ik niet had kunnen wissen.

De telefoon ging drie, vier keer over en heel even voelde ik de overweldigende drang om op GESPREK BEËINDIGEN te drukken. Maar toen werd er opgenomen door een man, zijn stem kortaf, vertrouwd. 'Hallo?'

'Meneer Traynor? U – u spreekt met Lou.'

'Lou?'

'Louisa Clark.'

Een korte stilte. Ik hoorde dat hij door herinneringen werd overdonderd bij het horen van mijn naam en voelde me gek genoeg schuldig. De laatste keer dat ik hem had gezien was bij Wills graf, een vroegoude man, die regelmatig zijn schouders rechtte terwijl hij bijna bezweek onder het gewicht van zijn verdriet.

'Louisa. Allemachtig, zeg… Dat is ook… Hoe gaat het met je?'

Ik deed een paar stappen opzij om Violet met haar karretje door te laten. Ze schonk me een alwetende glimlach en trok haar paarse tulband recht met haar vrije hand. Ik zag dat ze kleine Engelse vlaggetjes op haar nagels had.

'Het gaat goed, dank u. En met u?'

'O – gewoon. Eigenlijk ook best goed. De omstandigheden zijn een beetje anders dan toen wij elkaar voor het laatst zagen, maar verder is het… ach, je weet…'

Door dat tijdelijke en atypische inzakken van zijn anders zo opgewekte gedrag begon ik bijna te aarzelen. Ik haalde diep adem. 'Meneer Traynor, ik bel u omdat ik u ergens over moet spreken.'

'Ik dacht dat Michael Lawler alle financiële zaken zou afwikkelen.' Zijn toon sloeg nauwelijks merkbaar om.

'Het heeft niet met geld te maken.' Ik deed mijn ogen dicht. 'Meneer Traynor, er belde onlangs iemand bij me aan, en het is iemand die u denk ik zou moeten ontmoeten.'

Een vrouw botste tegen me aan met haar rolkoffertje en bood woordeloos haar excuses aan.

'Oké, ik weet niet hoe ik het anders moet brengen, dus ik zeg het u maar gewoon. Will blijkt een dochter te hebben en zij stond ineens bij mij op de stoep. Ze wil u ontzettend graag ontmoeten.'

Dit keer bleef het heel lang stil.

'Meneer Traynor?'

'Neem me niet kwalijk. Zou je misschien nog eens kunnen zeggen wat je net zei?'

'Will had een dochter. Dat wist hij zelf ook niet. De moeder is een oud vriendinnetje van hem, van de universiteit, en die had besloten om het hem nooit te vertellen. Maar hij had dus een dochter en die heeft mij opgezocht en ze wil u ontzettend graag ontmoeten. Ze is zestien. Lily heet ze.'

'Lily?'

'Ja. Ik heb haar moeder gesproken en het verhaal lijkt te kloppen. Miller heet ze. Tanya Miller.'

'Ik – ik kan me haar niet herinneren. Maar ja, Will had ook zo ontzettend veel vriendinnen.'

Weer een lange stilte. Toen hij weer sprak, klonk zijn stem haperend. 'Dus Will had… een dochter?'

'Ja. Uw kleindochter.'

'En je – en je denkt dat zij echt zijn dochter is?'

'Ik heb haar moeder ontmoet en te oordelen naar het verhaal dat zij me vertelde denk ik dat ze inderdaad zijn dochter is, ja.'

'O. Allemachtig.'

Ik hoorde een stem op de achtergrond: 'Steven? *Steven? Gaat het wel?*'

Weer een stilte.

'Meneer Traynor?'

'Neem me niet kwalijk. Het is alleen... Ik ben een beetje...'

Ik bracht mijn hand naar mijn hoofd. 'Het is een enorme schok. Ik weet het. Het spijt me. Ik wist niet wat de beste manier was om het u te vertellen. Ik wilde ook niet zomaar bij u op de stoep staan, voor het geval...'

'Nee. Nee, excuses zijn niet nodig. Dit is goed nieuws. Uitzonderlijk nieuws. Een *kleindochter*.'

'Wat is er aan de hand? Waarom zit je daar zo?' De stem op de achtergrond klonk bezorgd.

Ik hoorde dat hij zijn hand over de hoorn legde en toen: 'Het gaat prima, lieveling, Echt. Ik – ik leg het je zo uit.'

Nog meer verstomd gepraat. En toen weer tegen mij, ineens met onzekere stem: 'Louisa?'

'Ja?'

'Je bent er honderd procent zeker van? Ik bedoel, het is gewoon zo –'

'Ik ben er echt vrij zeker van, meneer Traynor. Ik wil het u graag uitleggen, maar ze is zestien en ze barst van de levenslust en ze... nou ja, ze wil gewoon heel graag meer weten over de familie waar ze tot voor kort niets van wist.'

'Allemachtig. Mijn hemel... Louisa?'

'Ik ben er nog.'

Toen hij weer iets zei, merkte ik dat mijn ogen, zomaar ineens, vol tranen stonden.

'Hoe kan ik haar zien? Waar spreken we af met... Lily?'

We reden er de zaterdag erop naartoe. Lily durfde niet alleen te gaan, maar dat zei ze niet met zo veel woorden. Ze zei alleen dat het beter was als ik alles aan meneer Traynor uitlegde, omdat 'oude mensen beter zijn in dingen met elkaar bespreken'.

We reden er in stilte heen. Ik was bijna misselijk van de zenuwen omdat ik dat huis weer in moest, maar dat kon ik natuurlijk niet aan mijn passagier vertellen. Lily zei niets.

Geloofde hij je?

Ja, had ik tegen haar gezegd. Volgens mij wel. Hoewel het misschien verstandig was om een bloedonderzoek te laten doen, gewoon, om iedereen gerust te stellen.

Vroeg hij er zelf om, om mij te zien, of heb jij het geopperd?

Ik kon het me niet herinneren. In mijn hoofd was een soort ruis losgebarsten omdat ik hem weer had gesproken.

Wat als ik niet aan zijn verwachtingen voldoe?

Volgens mij had hij helemaal geen verwachtingen. Hij had net ontdekt dat hij een kleinkind had.

Lily stond vrijdagavond op de stoep, al verwachtte ik haar pas zaterdagochtend. Ze vertelde dat ze heel erge ruzie had gehad met haar moeder en dat Francis de Fucker tegen haar had gezegd dat ze eens een beetje volwassen moest worden. Ze snoof. 'En dat van de man die het normaal vindt om een hele kamer te wijden aan een *speelgoedtreintje*.'

Ik had gezegd dat ze best mocht blijven slapen, op voorwaarde dat (a) haar moeder zou bevestigen dat ze wist waar Lily was, (b) ze niet dronk en (c) ze niet bij mij in huis zou roken. Wat betekende dat zij, toen ik in bad zat, de straat overstak naar Samirs winkel om daar met hem te kletsen en twee sigaretten te roken, maar het leek me kinderachtig om daarover in discussie te gaan. Tanya Houghton-Miller klaagde bijna twintig minuten over hoe zwaar alles toch was en zei wel vier keer dat ik Lily waarschijnlijk toch binnen achtenveertig uur weer naar huis zou sturen en hing pas op toen er op de achtergrond een kind begon te krijsen. Ik luisterde naar Lily's gerommel in mijn keukentje en naar de muziek waar ik niets van begreep, die de paar meubels in mijn zitkamer deed trillen.

Oké, Will, zei ik in stilte tegen hem. *Als je dit in gedachten had toen je me een heel nieuw leven wilde opdringen, dan moet ik toegeven: deze zag ik niet aankomen.*

De volgende ochtend liep ik de logeerkamer in om Lily wakker te maken. Maar ze was al wakker en zat met haar armen om haar knieën geslagen te roken bij mijn open raam. Er lag een hele bende kleren op het bed, alsof ze tientallen verschillende outfits uitgeprobeerd had, maar alles had afgekeurd.

Ze keek me kwaad aan met een blik van: *Waag het eens om er iets van te zeggen*. Ineens zag ik Will voor me, die zich in zijn rolstoel omdraaide bij het raam met een woedende en gekwelde blik, en heel even stokte mijn adem.

'We gaan over een halfuur weg,' zei ik.

Iets voor elf uur waren we aan de rand van het stadje. Met de zomer waren ook de hordes toeristen teruggekeerd naar de smalle straatjes van Stortfold, als vluchten bont uitgedoste grondzwaluwen, hun reisgidsen en ijsjes stevig in de hand, doelloos scharrelend langs de cafeetjes en de seizoenswinkels vol met onderzetters met afbeeldingen van het kasteel en kalenders die eenmaal thuis snel in een la verdwenen en waar nooit meer naar omgekeken werd. Ik reed langzaam langs het kasteel in de lange stoet National Trust-verkeer en keek vol verbazing naar de opvouwbare regenjassen, de houtje-touwtjejassen en de zonnehoedjes die elk jaar weer hetzelfde bleven. Dit jaar vierde men de vijfhonderdste verjaardag van het kasteel. Waar we ook keken, overal hingen posters met aankondigingen van feestelijkheden in verband met die verjaardag: Morrisdansers, varkens aan het spit, dansfeesten...

Ik parkeerde aan de voorkant van het huis, blij dat we de aanbouw waar ik zo veel tijd met Will had doorgebracht niet hoefden te zien. We zaten in de auto en luisterden naar de natikkende motor. Ik zag dat Lily bijna al haar nagels afgebeten had. 'Gaat het?'

Ze haalde haar schouders op.

'Zullen we maar naar binnen gaan?'

Ze staarde naar haar voeten. 'Wat nou als hij me niet aardig vindt?'

'Waarom zou hij je niet aardig vinden?'

'Niemand vindt mij aardig.'

'Dat slaat nergens op.'

'Op school mag niemand me. Mijn ouders kunnen niet wachten tot ze van me af zijn.' Ze beet verwoed op het hoekje van de enige overgebleven duimnagel. 'Wat voor moeder laat haar dochter anders zomaar in het schimmelige appartement van iemand logeren die ze niet eens kent?'

Ik haalde diep adem. ‘Meneer Traynor is een aardige man. En ik had je hier niet mee naartoe genomen als ik dacht dat het niet goed zou gaan.’

‘Als hij me nou niet mag, hè, kunnen we dan gewoon gaan? Zo snel mogelijk, bedoel ik?’

‘Natuurlijk.’

‘Ik merk het meteen. Gewoon door hoe hij naar me kijkt.’

‘Als het nodig is, sprinten we meteen weer naar buiten.’

Ze glimlachte weifelend.

‘Oké,’ zei ik, en ik deed mijn best om niet te laten merken dat ik bijna net zo gespannen was als zij. ‘We gaan erheen.’

Ik bleef op de stoep staan en keek naar Lily zodat ik niet te veel stil hoefde te staan bij waar ik was. De deur ging langzaam open en daar stond hij, nog steeds in het korenblauwe overhemd dat ik me nog herinnerde van twee zomers geleden, maar met een ander, korter kapsel, misschien in een vergeefse poging om het verouderende effect van diep verdriet tegen te gaan. Hij deed zijn mond open alsof hij iets wilde zeggen, maar alweer was vergeten wat. Toen keek hij Lily aan, en zijn ogen werden wat groter. ‘Lily?’

Ze knikte.

Hij keek haar ingespannen aan. Niemand verroerde een vin. En toen klemde hij zijn lippen op elkaar en stonden zijn ogen ineens vol tranen. Hij nam haar in zijn armen. ‘Ach kindje. Ach hemel. O, wat is het ontzettend fijn om je te ontmoeten. Ach hemel.’

Hij liet zijn grijze hoofd op het hare rusten. Ik vroeg me heel even af of ze zich van hem zou losmaken: Lily was niet zo van het lichamelijke contact. Maar ik zag dat ze haar handen heel voorzichtig om zijn middel legde en zijn overhemd vastgreep, waarbij haar knokkels wit werden. Ze deed haar ogen dicht en liet zich door hem vasthouden. Ze bleven zo een eeuwigheid staan, zo leek het, de oude man en zijn kleindochter, roerloos op de stoep.

Hij helde wat achterover en er liepen tranen over zijn wangen. ‘Laat me je eens bekijken. Kom, laat eens kijken.’

Ze keek even naar mij, gegeneerd en blij tegelijk.

‘Ja. Ja, ik zie het. Kijk nou toch! Kijk nou toch!’ Zijn gezicht draaide met een ruk mijn kant op. ‘Wat lijkt ze op hem, hè?’

Ik knikte.

Zij keek hem ook aan, op zoek naar sporen van haar vader, misschien. Toen ze omlaag keek, hielden ze nog steeds elkaars hand vast.

Tot dat moment had ik me niet gerealiseerd dat ik huilde. Het was puur uit opluchting om meneer Traynors vermoeide oude gezicht, de vreugde dat hij weer iets terug had van wat hij dacht kwijt te zijn, het volkomen onverwachte geluk dat ze elkaar hadden gevonden. En terwijl zij naar hem teruglachte – een voorzichtige, lieve lach van herkenning – werden mijn zenuwen en alle twijfels die ik had over Lily Houghton-Miller verbannen.

Het was nog geen twee jaar geleden, maar Granta House was behoorlijk veranderd sinds ik er voor het laatst binnen was geweest. Weg met die enorme antieke kasten, de snuisterijendoosjes op gepolitoerde mahonie tafeltjes, de zware gordijnen. Er stonden nog een paar mooie antieke stukken, dat wel, maar verder was alles wit of felgekleurd – nieuwe gordijnen van Sanderson, geel als de zon, en lichte kleden op de oude houten vloeren, moderne schilderijen in rechte lijsten. Della Layton, de oorzaak van deze verandering, waggelde langzaam op ons af en haar lach leek wat geforceerd. Ik deed onwillekeurig een stap naar achteren toen zij dichterbij kwam: zo'n ontzettend zwangere vrouw had iets schokkends – die enorme buik, bijna obsceen, zo groot.

'Hallo, jij bent vast Louisa. Wat leuk je te ontmoeten.'

Haar glanzende rode haar werd bij elkaar gehouden door een clip, haar lichtblauwe linnen bloes was opgerold om haar licht gezwollen polsen. Onwillekeurig viel mijn oog op de enorme diamanten ring die in haar ringvinger sneed en ik vroeg me met een vage steek af hoe de afgelopen maanden voor mevrouw Traynor waren geweest.

'Gefeliciteerd,' zei ik, gebarend naar haar buik. Ik wilde iets anders zeggen, maar ik wist nooit of het wel fatsoenlijk was om te zeggen dat een hoogzwangere vrouw 'flink' was, of 'valt best mee', 'keurig', of wat voor andere eufemismen mensen ook leken te gebruiken om te verhullen wat ze eigenlijk wilden zeggen, namelijk iets als: 'Allejezus!'

'Dank je. Het was een verrassing, maar een heel welkome verrassing.' Haar blik dwaalde van mij naar meneer Traynor en Lily. Hij had nog altijd een van haar handen met allebei de zijne vast en klopte er zo'n beetje op, en hij stond haar te vertellen over het huis en dat het al vele generaties in de familie was. 'Heeft iedereen trek in thee?' vroeg ze. En toen, nogmaals: 'Steven? Thee?'

'Heerlijk, schat. Graag. Lily, drink jij thee?'

'Zou ik misschien wat sap mogen? Of gewoon wat water?' vroeg Lily glimlachend.

'Ik help u wel,' zei ik tegen Della. Meneer Traynor was de voorvaderen aan het aanwijzen op de portretten aan de muur, met zijn hand op Lily's elleboog, en hij merkte op dat haar neus zo veel weg had van die daar, en de kleur van haar haren van die daar.

Della keek even naar ze en ik meende iets van misnoegen over haar gezicht te zien glijden. Ze zag dat ik naar haar keek en glimlachte kordaat, alsof ze zich schaamde dat haar gevoelens zo duidelijk zichtbaar waren. 'Dat zou heel fijn zijn. Dank je.'

We bewogen ons langs elkaar in de keuken, pakten melk, suiker, een theepot, en wisselden beleefdheden uit over koekjes. Ik boog om de kopjes uit de kast te pakken omdat Della zo laag niet meer kon reiken en zette ze op het aanrecht. Nieuwe kopjes, zag ik. Een modern, geometrisch patroon in plaats van de sleetse porseleinen bloemenkopjes waar haar voorgangster de voorkeur aan gaf, stuk voor stuk zorgvuldig beschilderd met kruiden en bloemen en hun Latijnse namen. Alle sporen van de achtendertig dienstjaren van mevrouw Traynor waren hier snel en genadeloos uitgewist.

'Het huis is... mooi, zo. Anders,' zei ik.

'Ja. Steven is veel van zijn meubels kwijtgeraakt bij de scheiding. Dus we moesten het interieur een beetje aanpassen.' Ze pakte het theebusje. 'Hij moest dingen meegeven die al generaties in zijn familie waren. Ze heeft natuurlijk gepakt wat ze pakken kon.'

Ze keek me even aan, alsof ze probeerde in te schatten of ik een bondgenote was.

'Ik heb mevrouw... Camilla niet meer gesproken sinds Will...' zei ik, en ik voelde me gek genoeg vrij trouweloos.

'Maar goed. Steven vertelde dat dat meisje ineens bij jou op de stoep stond?' Haar glimlach was afgemeten.

'Ja. Een hele verrassing. Maar ik heb Lily's moeder ontmoet en ze... Het was duidelijk dat ze een poosje heel close geweest is met Will.'

Della legde een hand in haar onderrug en draaide zich om naar de waterkoker. Volgens ma gaf Della leiding aan een klein advocatenkantoor, een stad verderop. 'Wel vreemd, een vrouw die tegen haar dertigste nog niet getrouwd is,' had ze snuivend gezegd, en toen, na een snelle blik mijn kant op: 'Veertig. Ik bedoel veertig.'

'Wat wil ze, denk je?'

'Pardon?'

'Wat denk je dat ze wil? Dat meisje?'

Ik kon Lily horen in de gang. Ze stelde vragen, kinderlijk en geïnteresseerd, en ik wilde haar ineens in bescherming nemen. 'Ik denk niet dat ze iets *wil.* Ze heeft gewoon pas ontdekt dat ze een vader heeft waar ze nooit iets van wist, en nu wil ze zijn familie leren kennen. *Haar* familie.'

Della verwarmde de theepot voor en gooide het warme water eruit, mat de theeblaadjes af (losse thee, zag ik, precies zoals mevrouw Traynor). Ze schonk het warme water langzaam op en paste op dat ze geen water over zichzelf heen spatte. 'Ik hou al heel lang van Steven. Hij... hij heeft een ontzettend zware tijd gehad. Het zou...' ze keek me niet aan terwijl ze het zei, '...heel moeilijk voor hem zijn als Lily zijn leven op dit moment overhoopgooide.'

'Ik geloof niet dat Lily iemands leven overhoop wil gooien,' zei ik voorzichtig. 'Maar ik geloof wel dat ze het recht heeft om haar eigen grootvader te leren kennen.'

'Uiteraard,' zei ze gladjes, en die automatische glimlach schoot meteen weer op zijn plek. Op dat moment wist ik dat ik gezakt was voor een soort van test en ik wist ook dat het me niets kon schelen. En toen, nadat ze nog een keer zacht mompelend haar dienblad had gecontroleerd, pakte Della het op, aanvaardde mijn aanbod om de taart en de theepot mee te nemen en liep ermee naar de salon.

Meneer Traynor zat achterover in zijn gemakkelijke stoel en een brede glimlach doorkliefde zijn afhangende gezicht. Tijdens de thee had hij bijna onophoudelijk met Lily gepraat. Hij stelde haar vragen over haar moeder, waar ze woonde, waar ze op school zat (ze vertelde hem niet over haar problemen op school), wat ze lekkerder vond: vruchtentaart of chocoladetaart ('Chocola? Ik ook!') of gemberkoekjes (nee) en of ze van cricket hield (niet echt – 'Nou, daar moeten we dan eens verandering in brengen!'). Hij leek gerustgesteld door haar, door de gelijkenis tussen haar en zijn zoon. Het had hem dan ook waarschijnlijk niks kunnen schelen als ze verkondigd had dat haar moeder een Braziliaanse stripper was.

Ik zag dat hij steeds even Lily's kant op keek als zij aan het woord was, dat hij haar profiel bestudeerde, alsof hij daar Will ook in terugzag. En af en toe zag ik een flard melancholie over zijn gezicht trekken. Ik vermoedde dat hij dacht wat ikzelf ook dacht: aan het nieuwe verdriet dat zijn zoon haar nooit zou kennen. Vervolgens vermande hij zich bijna zichtbaar, dwong zich om iets rechter te gaan zitten en glimlachte hartelijk.

Hij was een halfuur met haar over het landgoed gaan wandelen, en toen ze terugkwamen riep hij uit dat Lily de weg uit het labyrint had gevonden. 'Het lukte haar in één keer! Dat moet iets genetisch zijn.'

Lily glimlachte zo breed dat je zou denken dat ze een prijs had gewonnen.

'En, Louisa? Wat speelt er allemaal in jouw leven?'

'Het gaat goed met me, dank u.'

'Werk je nog… als verzorgster?'

'Nee. Ik – ik heb wat gereisd en nu werk ik op een luchthaven.'

'O! Mooi zo! British Airways, mag ik hopen?'

Ik voelde mijn wangen rood worden.

'Een managementfunctie?'

'Ik werk in een bar. Op de luchthaven.'

Hij aarzelde, een fractie van een seconde maar, en knikte stellig. 'Er zijn altijd bars nodig. Op luchthavens al helemaal. Ik neem altijd een dubbele whisky voor ik aan boord stap, nietwaar, schat?'

'Zeker,' antwoordde Della.

'En het zal ook vast heel interessant zijn om al die mensen te zien die daar dagelijks vertrekken. Spannend.'

'Ik heb nog wel wat andere dingen in de pijplijn.'

'Natuurlijk. Mooi, mooi…'

Er viel een korte stilte.

'Wanneer bent u uitgerekend?' vroeg ik om de aandacht van mij af te leiden.

'Volgende maand,' zei Della, en ze legde haar handen op haar enorme buik. 'Het wordt een meisje.'

'Wat leuk. Hoe gaan jullie haar noemen?'

Ze wisselden de blikken die aanstaande ouders altijd wisselen als ze een naam hebben gekozen die ze nog met niemand willen delen.

'O... nog geen idee.'

'Het voelt hoogst wonderlijk. Om weer vader te worden, op mijn leeftijd. Kan het me bijna niet voorstellen. Luiers verschonen en dat soort dingen, weet je wel?' Hij keek even naar Della en voegde er ter geruststelling aan toe: 'Maar het is fantastisch. Ik ben een zeer gelukkig mens. Wij prijzen ons allebei gelukkig, nietwaar, Della?'

Ze schonk hem een glimlach.

'Ik geloof het graag,' zei ik. 'Hoe is het met Georgina?'

Misschien was ik de enige die zag dat meneer Traynors uitdrukking een fractie veranderde. 'O, goed hoor. Nog steeds in Australië.'

'Aha.'

'Ze is een paar maanden geleden nog in het land geweest... maar ze was voornamelijk bij haar moeder. Ze had het zo druk.'

'Natuurlijk.'

'Volgens mij heeft ze een vriend. Ik meen me te herinneren dat iemand me dat verteld heeft. Dus dat is... dat is leuk.'

Della raakte zijn hand even aan.

'Wie is Georgina?' vroeg Lily, die een koekje aan het eten was.

'Wills jongere zusje,' zei meneer Traynor, zich naar haar omdraaiend. 'Je tante! Jazeker! Je lijkt zelfs een beetje op haar, toen zij zo jong was als jij.'

'Mag ik een foto van haar zien?'

'Ik zal er even eentje zoeken.' Meneer Traynor wreef langs zijn gezicht. 'Waar heb ik die afstudeerfoto ook alweer?'

'In je studeerkamer,' zei Della. 'Blijf maar zitten, lieveling. Ik haal hem wel. Het is goed voor me om in beweging te blijven.' Ze hees zich op van de bank en liep moeizaam de kamer uit. Lily wilde per se met haar mee. 'Ik wil graag de rest van de foto's zien. Ik wil zien op wie ik lijk.'

Meneer Traynor keek hen na, nog steeds met een glimlach. We dronken zwijgend van onze thee. Toen zei hij: 'Heb je haar al gesproken... Camilla?'

'Ik weet niet waar ze woont. Ik wilde u om haar adres vragen. Want Lily wil haar natuurlijk ook ontmoeten.'

'Ze heeft het zwaar gehad. Tenminste, dat zegt George. We hebben elkaar eigenlijk nooit meer gesproken. Het ligt allemaal een beetje moeilijk, vanwege...' Hij knikte in de richting van de deur en slaakte een nauwelijks hoorbare zucht.

'Wilt u het haar anders zelf vertellen? Van Lily?'

'O, nee. O... Nee. Ik – ik geloof niet dat zij dat zou...' Hij haalde een hand over zijn voorhoofd. 'Het is waarschijnlijk beter als jij het doet.'

Hij noteerde haar adres en haar telefoonnummer op een stukje papier en gaf dat aan mij. 'Het is nogal een eind weg,' merkte hij op en hij glimlachte verontschuldigend. 'Ik denk dat ze een nieuwe start wilde. Doe je haar mijn hartelijke groeten? Het is wonderlijk... om eindelijk een kleinkind te hebben, gezien de omstandigheden.' Hij vervolgde met zachte stem: 'En gek genoeg is Camilla de enige die echt kan begrijpen hoe ik me op dit moment voel.'

Ieder ander zou ik op dat moment een knuffel hebben gegeven, maar we waren allebei Engels en hij was ooit zo ongeveer mijn baas geweest, dus bleven we alleen ongemakkelijk naar elkaar glimlachen. En misschien wensten we allebei wel dat we ergens anders waren.

Meneer Traynor ging weer rechtop in zijn stoel zitten. 'Maar toch ben ik een gezegend mens. Een nieuwe start, op mijn leeftijd. Ik weet niet of ik het wel verdien.'

'Ik geloof niet dat geluk een kwestie is van wat je wel en niet verdient.'

'En jij? Ik weet dat je heel dol was op Will...'

'Hij heeft nog geen concurrentie.' Ik was me bewust van de brok in mijn keel. Toen ik hem weggewerkt had, zat meneer Traynor nog steeds naar me te kijken.

'Mijn zoon was een ontzettend levendige man, Louisa. Dat hoef ik jou niet te vertellen.'

'Maar dat is precies het punt.'

Hij wachtte af.

'Hij was er zo veel beter in dan wij allemaal.'

'Het komt wel goed met jou, Louisa. We komen er allemaal wel. Ieder op zijn eigen manier.' Hij raakte mijn elleboog even aan en keek me aan met een lieve blik.

Toen Della weer terugkwam, begon ze het blad vol te laden en stapelde ze de kopjes demonstratief op; een duidelijk signaal.

Toen Lily binnenkwam met een ingelijste foto stond ik op en zei: 'We moesten maar weer eens gaan.'

'Ze lijkt echt op mij, vind je ook niet? Vind je niet dat we een beetje dezelfde ogen hebben? Denk je dat ze mij zou willen spreken? Heeft ze e-mail?'

'Ze wil je vast spreken,' zei meneer Traynor. 'Maar als je het niet erg vindt, wil ik het haar zelf eerst vertellen, Lily. Het is voor ons allemaal nogal groot nieuws om te verwerken. Geef haar een paar dagen om aan het idee te wennen.'

'Oké. Hé, wanneer mag ik komen logeren?'

Rechts van me hoorde ik het gekletter van Della die bijna een kopje liet vallen. Ze boog zich licht voorover en zette het rechtop op het blaadje.

'Logeren?' Meneer Traynor neeg wat naar voren, alsof hij haar niet goed had verstaan.

'Nou ja. U bent mijn opa. Ik dacht dat ik hier misschien de rest van de zomer zou kunnen logeren? Om u te leren kennen. We hebben veel in te halen.' Haar gezicht straalde vol verwachting.

Meneer Traynor keek naar Della, wier gezichtsuitdrukking hem het zwijgen oplegde.

'Het zou heel leuk zijn als je een keertje komt,' zei Della, met het blad voor zich uit, 'maar we hebben nu andere dingen aan ons hoofd.'

'Het is Della's eerste kindje, snap je. Ik denk dat zij liever –'

'Ik wil alleen zijn met Steven. En met de baby.'

'Ik kan toch helpen. Ik ben heel goed met baby's,' zei Lily. 'Ik paste vroeger altijd op mijn broertjes toen die nog klein waren. En die waren vreselijk. Echt heel nare baby's. Ze krijsten echt de hele tijd.'

Meneer Traynor keek naar Della. 'Ik geloof zonder meer dat je er geweldig goed in bent, lieve Lily,' zei hij, 'maar het punt is, dit is niet zo'n geschikt moment.'

'Maar jullie hebben superveel ruimte! Ik kan toch wel in een van de logeerkamers slapen? Jullie merken niets van me. Ik ben echt heel goed met luiers en zo en ik kan oppassen, zodat jullie uit kunnen. Ik zou toch...' Lily's stem stierf weg. Ze keek afwachtend van de een naar de ander.

'Lily...' zei ik bij de deur, waar ik slecht op mijn gemak stond te wachten.

'Jullie willen me hier niet hebben.'

Meneer Traynor deed een stap naar voren. 'Lily, lief kind. Dat is niet het –'

Ze dook weg. 'U vindt het een leuk idee dat u een kleindochter hebt, maar u wilt me niet echt in uw leven. U wilt – u wilt me alleen maar op *bezoek*.'

'Het is een kwestie van timing, Lily,' zei Della kalm. 'Het punt is – nou ja, ik heb ontzettend lang gewacht op Steven – jouw grootvader – en deze tijd met onze baby is heel kostbaar voor ons.'

'En ik ben dat niet.'

'Dat is het punt helemaal niet.' Meneer Traynor deed weer een stap in haar richting.

Ze wimpelde hem weg. 'Godsamme, jullie zijn allemaal precies hetzelfde. Jullie en jullie perfecte gezinnetjes waar niemand bij mag. Niemand heeft ruimte voor mij.'

'Ach, toe zeg. Laten we niet zo dramatisch doen over –' begon Della.

'Sodemieter op!' spuwde Lily. En terwijl Della terugdeinsde en meneer Traynors ogen groot werden van schrik, rende ze weg en liet ik hen achter in de stille salon om achter haar aan te rennen.

10

Ik stuurde Nathan een mailtje. Zijn antwoord luidde:

Lou, slik je soms zware medicijnen ofzo? WTF?

Ik stuurde hem een tweede mailtje, gaf hem iets meer details, en zijn gebruikelijke gelijkmoedigheid leek weer teruggekeerd.

Tjonge, die ouwe vos. Wel verrassend.

Ik had veel nagedacht over Sam en ik had er spijt van dat ik me zo snel uit de voeten had gemaakt. Achteraf leek het me wat overmatig emotioneel en raar om zo bij hem weg te rennen. Ik leek waarschijnlijk precies zo iemand die ik beweerde niet te zijn. Ik nam me voor om de volgende keer dat ik hem bij de En Nu Verder-groep zou zien me heel kalm te gedragen. Dat ik hem misschien alleen zou groeten met een raadselachtige, niet-depressieve glimlach.

Ik hoorde twee dagen niets van Lily. Ik was deels bezorgd, maar ook wel een klein beetje opgelucht door deze korte periode van rust. Ik vroeg me af of ze, nu ze geen sprookjesachtige ideeën meer had over Wills familie, misschien eerder geneigd was om de banden met haar eigen gezin aan te halen. Toen vroeg ik me af of meneer

Traynor haar rechtstreeks zou bellen om de boel glad te strijken. En ik vroeg me af waar Lily was en of haar afwezigheid soms iets te maken had met de jongen die aan de overkant naar haar had staan kijken toen ze in mijn portiek zat. Er was iets met hem – en met de manier waarop Lily mijn vragen over hem ontweek – wat me niet lekker zat.

Mijn werk sleepte zich voort. Er was een nieuwe collega begonnen: Vera. Een grimmig Litouws meisje, dat alle taken in de bar uitvoerde met een vreemd half glimlachje, alsof ze wist dat ze vlak in de buurt een bom had neergelegd. Als Richard buiten gehoorsafstand was, noemde ze alle mannen 'vieze, vieze beesten'.

Richard hield tegenwoordig elke ochtend een 'motiverend' praatje, waarna het de bedoeling was dat wij onze arm in de lucht staken en 'YEAH!' riepen, waarbij steevast mijn krullenpruik van mijn hoofd schoof, en hij fronste alsof het wees op een zwakke plek in mijn persoonlijkheid in plaats van een normaal kenmerk van een nylon haarstuk dat het niet op mijn hoofd wilde blijven zitten. Vera's pruik bleef wel onbeweeglijk op zijn plek. Misschien was hij ook wel bang voor haar.

Toen ik op een avond thuiskwam, ging ik het internet op om onderzoek te doen naar problemen van pubers, op zoek naar manieren om de schade die het afgelopen weekend had aangericht te herstellen. Er was veel te vinden over plotselinge aanvallen van acne, maar niets over wat je moest doen als je een zestienjarige die je nauwelijks kende had voorgesteld aan de familie van haar overleden dwarslaesievader. Om halfelf gaf ik het op en staarde de slaapkamer rond, waar de helft van mijn kleren nog altijd in dozen zat. Ik beloofde mezelf dat dit de week was waarin ik daar verandering in ging brengen, en toen, nadat ik mezelf nog eens op het hart had gedrukt dat ik dat *echt* zou doen, viel ik in slaap.

Om halfdrie 's nachts werd ik wakker van het geluid van iemand die mijn voordeur probeerde te forceren. Ik strompelde uit bed, greep een mop vast en keek toen met bonkend hart door het gaatje in de deur. 'Ik bel de politie!' gilde ik. 'Wat wil je?'

'Ik ben het, Lily. Duh.' Ze viel binnen toen ik de deur opentrok, half lachend, stinkend naar sigaretten, mascaravegen om haar ogen.

Ik sloeg mijn badjas om me heen en deed de deur achter haar op slot. 'Jezus, Lily. Het is midden in de nacht.'

'Heb je zin om te gaan dansen? Ik dacht, we kunnen wel gaan dansen. Ik ben dol op dansen. Nou nee, dat is niet helemaal waar. Tenminste, ik hou wel van dansen, maar daar kom ik niet voor. Mama liet me niet meer binnen. Ze hebben de sloten vervangen. Dat geloof je toch niet?'

Ik was half in de verleiding om te zeggen dat ik dat, gezien het feit dat ik er om zes uur weer uit moest, best kon geloven.

Lily zakte tegen de muur. 'Ze deed die verdomde deur niet eens meer open. Ze schreeuwde gewoon door de brievenbus. Alsof ik een soort... zwerver was. Dus ik dacht... dan kom ik hier slapen. Of we gaan dansen...' Ze zwierde langs me, liet haar sleutels op de grond vallen en liep naar mijn muziekinstallatie, waar ze het volume tot oorverdovend niveau opschroefde. 'Kom, dansen. Louisa! Kom, *bust some moves!* Je bent altijd zo treurig! Laat het gaan! Kom op!'

Ik wrikte mijn hand los en stormde naar de installatie om het geluid uit te zetten, nog net voor het eerste woedende gebonk van beneden klonk. Toen ik me omdraaide, was Lily naar de logeerkamer verdwenen, waar ze uiteindelijk met haar gezicht omlaag op de stretcher viel.

'O. Mijn. God. Dit bed is *zooo* waardeloos.'

'Lily? Je kunt hier niet zomaar binnenkomen en – Godallemachtig.'

'Heel even maar,' klonk het gesmoorde antwoord. 'Echt letterlijk een tussenstop. En dan ga ik dansen. Wij gaan dansen.'

'Lily, ik moet morgen werken.'

'Ik hou van je, Louisa. Heb ik dat al een keer gezegd? Ik hou echt heel veel van je. Jij bent de enige die...'

'Je kunt hier niet komen crashen alsof –'

'Hm... discodutje...'

Ze verroerde zich niet.

Ik raakte haar schouder aan. 'Lily... Lily?'

Ze snurkte licht.

Ik zuchtte, wachtte een paar minuten en trok toen voorzichtig haar platgetrapte schoenen uit en haalde haar zakken leeg (sigaretten, mobieltje, een verfrommeld briefje van vijf) en nam de inhoud mee naar mijn kamer. Ik legde haar weer op haar zij en uiteindelijk, om drie uur, in de wetenschap dat ik toch niet meer zou slapen uit angst dat zij zou stikken in haar slaap, ging ik op een stoel bij haar zitten, om haar in de gaten te houden.

Lily's gezicht was vredig. De achterdochtige boze blik en de manische, veel te gretige lach waren verstild tot iets bovenaards en moois, zo met haar haar in een waaier om haar schouders. Al gedroeg ze zich nog zo onuitstaanbaar, toch kon ik niet kwaad op haar zijn. Ik dacht steeds aan de pijn op haar gezicht, afgelopen zondag. Lily was mijn tegenpool. Als ze pijn had, dan koesterde ze dat niet en hield ze het niet binnen. Ze sloeg om zich heen, werd dronken en deed God-weet-wat in een poging het te vergeten. Ze leek meer op haar vader dan ik eerst dacht.

Wat had jij hiermee gedaan, Will? vroeg ik hem in stilte.

Maar zoals ik geen idee had gehad hoe ik hem moest helpen, zo wist ik ook niet wat ik voor haar kon doen. Ik wist niet hoe ik dit kon oplossen.

Ik dacht aan de woorden van mijn zus: *Jij kunt dit helemaal niet aan.* En heel even, in die stille momenten voor het ochtend werd, haatte ik haar, want ze had gelijk.

We ontwikkelden een soort routine, waarbij Lily om de paar dagen langskwam. Ik wist nooit welke Lily ik voor de deur zou aantreffen: de manische, opgewekte Lily, die met me wilde stappen of bij een of ander restaurant wilde gaan eten, of naar de waanzinnig mooie kat wilde kijken die beneden op een muurtje zat, of met me wilde dansen in mijn zitkamer op de muziek van een of ander bandje dat ze net had ontdekt. Of de stille, achterdochtige Lily, die zwijgend een groet knikte als ze binnenkwam, om vervolgens op de bank te gaan liggen met de televisie aan. Soms vroeg ze ineens van alles over Will – van welke televisieprogramma's hield hij? (Hij keek nauwelijks tv; hij hield meer van films.) Wat was zijn lievelingsfruit? (Pitloze druiven. Rode.) Wanneer had ik hem voor het laatst zien lachen? (Hij lachte niet veel. Maar zijn glimlach… die zag ik nog zo voor me, een zeldzame blik op zijn witte tanden, de rimpeltjes om zijn ogen.) Ik wist nooit zeker of ze tevreden was met mijn antwoorden.

En dan, om de tien dagen of zo, had je de dronken Lily, of erger (ik wist het nooit zeker), die midden in de nacht op mijn deur stond te bonzen en mijn protesten over het tijdstip en dat ik moest slapen negeerde, zich langs me wurmde met haar mascara op haar wangen, op één schoen soms, en die buiten westen op de kleine stretcher lag en niet wakker wilde worden als ik 's ochtends naar mijn werk ging.

Ze leek geen hobby's te hebben en maar weinig vrienden. Ze sprak allerlei mensen aan op straat en vroeg om gunsten met de schaamteloze onbekommerdheid van een verwilderd kind. Maar ze nam thuis nooit de telefoon op en ze leek ervan uit te gaan dat iedereen die ze ontmoette haar niet mocht.

Gezien het feit dat de meeste kostscholen zomervakantie hadden, vroeg ik waar ze uithing als ze niet bij mij thuis was, of bij haar moeder. 'Bij Martin,' zei ze na een korte stilte. Toen ik haar vroeg of dat haar vriend was, trok ze het gezicht dat alle pubers trekken als een volwassene iets zegt wat niet alleen spectaculair stompzinnig is maar nog weerzinwekkend ook.

Soms was ze kwaad, soms onbeschoft. Maar ik kon haar nooit weigeren. Al gedroeg ze zich nog zo chaotisch, toch had ik het gevoel dat mijn huis voor haar een toevluchtsoord was. Ik begon naar clous te zoeken: ik wilde haar telefoon op berichtjes checken (maar ja, codeslot), controleerde of er drugs in haar zakken zaten (niks, op die ene joint na) en één keer, tien minuten nadat ze binnen was gekomen, met een betraand gezicht en dronken, stond ze naar de auto voor mijn gebouw te staren die drie kwartier lang bleef toeteren. Uiteindelijk ging een van mijn buren naar beneden en bonkte zo hard tegen het raampje van de auto dat de bestuurder weggereden was.

'Ik oordeel niet, maar het lijkt me geen goed idee om zo veel te drinken dat je niet meer weet wat je doet, Lily,' zei ik op een ochtend toen ik koffie voor ons aan het zetten was. Lily was inmiddels zo vaak bij me dat ik de manier waarop ik leefde had moeten aanpassen: ik deed boodschappen voor twee, ruimde de rommel op die ik niet zelf had gemaakt, zette koffie en thee voor twee en dacht eraan om de deur van de wc op slot te doen om uitroepen te voorkomen als: '*Oh my God, gadver!*'

'Echt wel dat je oordeelt. Dat is precies wat je doet als je zegt dat het je "geen goed idee" lijkt.'

'Ik meen het.'

'Zeg ik tegen jou hoe jij je leven moet leiden? Zeg ik tegen jou dat dit appartement deprimerend is en dat je je kleedt als iemand die eigenlijk niet meer wil leven, los van dat uniform, waarin je eruitziet als een weerzinwekkend porno-elfje? Nee toch? Nee. Ik zeg er niets van, dus laat me met rust.'

Toen wilde ik het haar vertellen. Ik wilde haar vertellen wat mij negen jaar geleden was overkomen, op een avond dat ik te veel gedronken had. Dat mijn zusje me midden in de nacht thuisgebracht had, zonder schoenen en stilletjes huilend. Maar zoals ze deed bij bijna al mijn onthullingen, zou ze het verhaal ongetwijfeld met kinderlijke hoon aanhoren en ik had dit verhaal nog maar aan één ander iemand kunnen vertellen. En hij was er niet meer. 'Het is ook niet eerlijk van je dat je me midden in de nacht wakker maakt als ik vroeg op moet voor mijn werk.'

'Dan geef je me toch een sleutel? Dan hoef ik je namelijk niet wakker te maken.'

Ze schonk me weer die lieve glimlach. Hij was zeldzaam en schitterend, en hij leek zo op die van Will dat ik haar inderdaad een sleutel gaf. Maar toen ik hem overhandigde, wist ik al wat mijn zusje ervan zou zeggen.

Ik sprak meneer Traynor twee keer in die periode. Hij wilde graag weten of het goed ging met Lily en zat in over wat zij met haar leven deed. 'Ik bedoel, ze is duidelijk een slim meisje. Het is geen goed idee dat ze al op haar zestiende met school stopt. Wat zeggen haar ouders daarover?'

'Ik geloof niet dat ze veel contact hebben.'

'Zal ik eens met ze praten? Denk je dat ze geld nodig heeft om te gaan studeren? Ik moet eerlijk zeggen dat de financiën iets minder zijn sinds de scheiding, maar Will heeft wel wat nagelaten. Dus ik dacht dat dat misschien… een goed doel voor dat geld zou zijn.' Met zachte stem liet hij daarop volgen: 'Het is waarschijnlijk beter als we het hier nog niet met Della over hebben. Ik wil niet dat zij het verkeerd opvat.'

Ik weerstond de verleiding te vragen wat dan de juiste opvatting was.

'Louisa, denk je dat jij Lily kunt overhalen om nog eens terug te komen? Ik moet steeds aan haar denken. Ik zou graag willen dat we het nog eens probeerden, met z'n allen. Ik weet zeker dat Della haar ook graag beter zou leren kennen.'

Ik dacht aan hoe Della keek toen we op onze tenen om elkaar heen liepen in de keuken en vroeg me af of meneer Traynor daar expres blind voor was, of dat hij gewoon een eeuwige optimist was.

'Ik zal het proberen,' beloofde ik.

Er hangt een eigenaardig soort stilte in een huis als je alleen thuis bent tijdens een warm zomerweekend. Ik had vroege dienst, was al om vier uur klaar, kwam om vijf uur thuis, uitgeput en stiekem blij dat ik mijn huis in elk geval een paar uur voor mezelf had. Ik nam een douche, at wat geroosterd brood, keek eens op het internet of er nog baantjes waren die meer dan het minimumloon opleverden of die niet uitgingen van een nulurencontract en zat toen in de zitkamer, met alle ramen open in de hoop dat het een beetje zou doorwaaien, te luisteren naar de geluiden van de stad die met de warme lucht binnendreven.

Over het algemeen was ik redelijk tevreden met mijn leven. Ik had inmiddels genoeg groepstherapiesessies bijgewoond om te weten dat het belangrijk was om blij te zijn met kleine dingen. Ik was gezond. Ik had mijn familie weer terug. Ik had werk. Ik had dan misschien geen vrede met Wills dood, maar ik had tenminste het gevoel dat ik misschien onder de schaduw daarvan vandaan zou kunnen kruipen.

En toch.

Op avonden als deze, als het beneden op straat vol was met wandelende stelletjes en lachende mensen bij de pubs, die plannen maakten om uit eten te gaan of te gaan stappen, voelde ik toch pijn vanbinnen. Dan was er een oergevoel dat me zei dat ik hier niet goed zat, dat ik iets miste.

En op zulke momenten voelde ik me het meest alleen gelaten.

Ik ruimde een beetje op, waste mijn uniform, en toen, net toen ik wegzakte in een soort stille melancholie, ging de bel. Ik stond op en nam vermoeid de hoorn van de intercom, in de verwachting dat het een koerier van UPS zou zijn of een pizza Hawaii die naar het verkeerde adres gestuurd was. Maar in plaats daarvan hoorde ik een mannenstem.

'Louisa?'

'Wie is dit?' vroeg ik, al wist ik meteen wie het was.

'Sam. Sam de Ambulanceman. Ik was klaar met mijn werk en reed langs en toen dacht ik... Nou ja, je ging er laatst zo snel weer vandoor, ik dacht, ik kom eens kijken hoe het met je gaat.'

'Veertien dagen later? Voor hetzelfde geld was ik inmiddels opgegeten door katten.'

'Ik gok dat dat niet is gebeurd.'

'Ik heb geen katten, vandaar.' Een korte stilte. 'Maar het gaat goed met me, Sam de Ambulanceman. Bedankt.'

'Mooi... dat doet me deugd.'

Ik deed een stap naar achteren zodat ik hem in korrelig zwartwit kon zien op het kleine intercomschermpje. Hij droeg een motorjack in plaats van zijn ambulance-uniform en leunde met één hand tegen de muur. Hij haalde zijn hand nu weg en draaide zich om naar de weg. Ik zag dat hij zuchtte en door dat kleine gebaar begon ik ineens weer te praten: 'En... wat zijn je plannen?'

'Ik heb niet echt een plan. Ik probeer iemand te versieren via een intercom, maar het lukt niet echt.'

Ik lachte te snel. Te hard. 'Dat heb ik eeuwen geleden al opgegeven,' zei ik, 'het is echt supermoeilijk om zo iemand mee te krijgen voor een borrel.'

Ik zag hem lachen. Ik keek mijn stille appartement rond. En zonder nadenken zei ik: 'Blijf daar. Ik kom eraan.'

Ik was van plan om zelf met de auto te gaan, maar toen hij een extra helm voor me ophield, leek het me tuttig om te staan op mijn eigen vervoersmiddel. Ik propte mijn sleutels in mijn zak en wachtte tot hij gebaarde dat ik achterop kon stappen.

'Je werkt op een ambulance. En toch rijd je motor.'

'Ik weet het. Maar zij is de enige zonde die ik nog bedrijf.' Hij grijnsde vuil. Onverwacht voelde ik vanbinnen iets opveren. 'Voel je je dan niet veilig bij me?'

Die vraag liet zich op geen enkele manier netjes beantwoorden. Ik bleef hem aankijken en stapte toen achterop. Als hij iets gevaarlijks deed, had hij de vaardigheden om me daarna weer op te lappen.

'Wat moet ik doen?' vroeg ik toen ik de helm over mijn hoofd had getrokken. 'Ik heb nog nooit achter op zo'n ding gezeten.'

'Hou je maar vast aan die stang op het zadel en beweeg gewoon mee met de motor. Je moet mij niet vastgrijpen. Als je het niet fijn vindt, tik je me maar tegen mijn schouder en dan stop ik.'

'Waar gaan we heen?'

'Ben je goed in inrichten?'

'Hopeloos, hoezo?'

Hij zette de motor aan. 'Ik wilde je mijn nieuwe huis laten zien.'

En daar gingen we, meanderend tussen de auto's en vrachtwagens, de borden volgend naar de snelweg. Ik moest mijn ogen dichtdoen, me tegen hem aan drukken en hopen dat hij me niet kon horen gillen.

We reden helemaal naar de rand van de stad, waar de tuinen steeds groter werden en vervolgens overgingen in weilanden en de huizen geen nummers meer hadden, maar namen. We reden door een dorp dat niet veel verschilde van het dorp ervoor en Sam ging langzamer rijden toen hij bij een hek kwam, om vervolgens de motor af te zetten, en te gebaren dat ik moest afstappen. Ik zette mijn helm af terwijl mijn hart nog bonkte in mijn oren en ik probeerde mijn zweterige haar los te woelen met mijn vingers, die nog verkrampt waren van het vastgrijpen van de zadelstang.

Sam deed het hek open en maakte een zwaaigebaar. De helft van het veld achter het hek bestond uit gras, de andere helft uit een slordige hoop bakstenen en cementblokken. In de hoek, achter de bouwplaats, afgeschermd door een hoge heg, stond een treincoupé, met daarnaast een kippenren waarin een aantal kippen ons vol verwachting aan stonden te kijken.

'Mijn huis!'

'Leuk!' Ik keek om me heen. 'Eh... waar is het?'

Sam liep het gras over. 'Daar. Dat is de fundering. Ben ik dik drie maanden mee bezig geweest.'

'Woon je hier ook echt?'

'Yep.'

Ik staarde naar de betonnen vloer. Toen keek ik hem aan, en iets in zijn gezicht deed me inslikken wat ik eigenlijk wilde zeggen. 'En... blijf je daar de hele avond zo staan, of krijg ik nog een rondleiding?'

Door de avondzon overgoten en omgeven door de geur van gras en lavendel en het lome gezoem van de bijen liepen we van het ene stuk beton naar het andere en wees Sam waar de ramen en deuren zouden komen. 'Dit is de badkamer.'

'Beetje tochtig.'

'Ja, daar moet ik nog wel iets aan doen. Pas op. Daar zit geen deur. Je staat nu in de douche.'

Hij stapte over een stapel cementblokken op een ander stuk cement en stak zijn hand uit zodat ik er ook veilig overheen kon stappen. 'En hier is de zitkamer. Dus als je daar uit het raam kijkt,' hij maakte een vierkantje met zijn vingers, 'kijk je zo het platteland op.'

Ik keek naar het zinderende landschap in de verte. Ik had het gevoel alsof we duizenden kilometers bij de stad vandaan waren in plaats van tien. Ik haalde diep adem en genoot van hoe onverwacht dit allemaal was. 'Het is heel aardig, maar volgens mij staat je bank zo niet goed,' zei ik. 'Je hebt er twee nodig. Een hier, en misschien een daar. En ik neem aan dat je daar ook een raam hebt?'

'O ja, overal glas, dat moet.'

'Hm. En ik zou nog maar eens goed nadenken over je bergruimte.'

Het bizarre was, na een paar minuten zo rond te lopen en te praten, dat ik het huis echt voor me zag. Ik volgde de lijn van Sams handen terwijl hij gebaarde in de richting van onzichtbare open haarden, met zijn verbeelding trappen bouwde, onzichtbare plafonds tekende. Ik kon de hoge ramen zien, de trapleuning die een vriend van hem uit oud eikenhout zou snijden.

'Het wordt schitterend,' zei ik, toen we de laatste slaapkamer hadden verzonnen.

'Over een jaar of tien, maar, ja, ik hoop het.'

Ik staarde het veld over, naar de moestuin, de kippenren, luisterend naar de zingende vogels. 'Ik moet je wel zeggen, dit is niet wat ik verwachtte. Ben je niet in de verleiding om er bouwvakkers bij te halen?'

'Dat zal uiteindelijk ook wel gebeuren. Maar ik vind het fijn om te doen. Het is goed voor de ziel, een huis bouwen.' Hij haalde zijn schouders op. 'Als je de hele dag bezig bent om steekwonden te verzorgen en overmoedige fietsers op te lappen, of de vrouwen van mannen die in hen een boksbal zien, of de kinderen die chronische astma hebben van de vochtige omgeving...'

'...en domme mokkels die van daken vallen.'

'Die ook.' Hij wees naar de betonmolen. 'Ik doe dit zodat ik met al die andere dingen kan leven. Biertje?' Hij klom de antieke treincoupé in en gebaarde dat ik ook moest komen.

Het leek vanbinnen niet meer op een trein. Er was een kleine, onberispelijke keuken en een L-vormige beklede bank aan het eind, hoewel het er nog wel rook naar bijenwas en passagiers in tweed kleding. 'Ik hou niet van stacaravans,' zei hij bij wijze van verklaring. Hij wees naar de bank. 'Zit.' Hij pakte een koud biertje uit de ijskast, haalde de dop van het flesje en overhandigde het aan mij. Voor zichzelf zette hij water op.

'Drink je niet?'

Hij schudde zijn hoofd. 'Toen ik dit werk een paar jaar deed, merkte ik ineens dat ik thuis een borrel nodig had om te kunnen ontspannen. En dat werden er twee. En toen lukte het pas na een stuk of drie borrels.' Hij deed het blik met thee open en liet een zakje in zijn beker vallen. 'En toen ik... iemand verloor die me dierbaar was, besloot ik: *of* stoppen met drinken, *of* nooit meer stoppen met drinken.' Hij keek me niet aan toen hij het zei maar bleef door de coupé lopen, een grote, maar gek genoeg toch gracieuze aanwezigheid in de smalle ruimte. 'Ik neem heus nog weleens een biertje, maar vanavond niet. Ik moet je straks nog naar huis brengen.'

Zulke opmerkingen zorgden ervoor dat het minder raar was om in een treincoupé te zitten met een man die ik eigenlijk niet kende. Hoe bleef je gereserveerd bij iemand die je gebroken, deels ontklede lichaam had verzorgd? Hoe kon je je gespannen voelen bij een man die je al had verteld dat hij van plan was je straks weer naar huis te brengen? Het was alsof er dankzij de manier waarop we elkaar voor het eerst hadden ontmoet niet die ongemakkelijke obstakels waren die er anders altijd zijn als je iemand leert kennen. Hij had me in mijn ondergoed gezien. Man, hij had zelfs onder mijn huid kunnen kijken. En dus voelde ik me bij Sam veel meer op mijn gemak dan bij anderen.

De coupé deed me denken aan zo'n woonwagen van zigeuners waar ik als kind over had gelezen, waar alles een eigen plek had, orde in een beperkte ruimte. Het was er gezellig, maar strak, en onmiskenbaar mannelijk. Er hing een prettige geur van zondoorstoofd hout, zeep en spek. Een nieuwe start, vermoedde ik. Ik vroeg me af wat er was gebeurd met het huis waar hij en Jake eerst woonden. 'Dus... eh... wat vindt Jake ervan?'

Hij ging met zijn thee aan de andere kant van de bank zitten. 'Hij vond het eerst krankzinnig. Maar nu vindt hij het eigenlijk wel leuk. Hij zorgt voor de dieren als ik dienst heb. In ruil daarvoor heb ik hem beloofd dat ik hem leer motorrijden op het veld, als hij straks zeventien is.' Hij hief zijn beker. 'God sta me bij.'

Ik hief mijn biertje als antwoord.

Misschien kwam het door het onverwachte genoegen om op een warme vrijdagavond op stap te zijn met een man die je blik vasthield als hij met je praatte en die het soort haar had waar je eigenlijk best met je vingers door zou willen woelen. Maar dat kon ook best aan het tweede biertje liggen. Hoe dan ook, ik had het eigenlijk wel naar mijn zin. Het werd een beetje warm in de coupé, dus we gingen buiten zitten op twee klapstoeltjes en ik keek naar de kippen die door het gras scharrelden, wat heel rustgevend was, en luisterde naar Sams verhalen over heel dikke patiënten die ze met vier teams uit hun huizen moesten takelen, en jonge bendeleden die elkaar nog te lijf gingen als ze achter in zijn wagen gehecht werden. Tijdens het praten keek ik steeds tersluiks naar hem, naar hoe hij zijn beker vasthield, zijn onverwachte glimlach waarbij drie perfecte lijnen van zijn ooghoeken uitstraalden alsof ze daar met grote precisie getekend waren.

Hij vertelde me over zijn ouders: zijn vader was een gepensioneerde brandweerman, zijn moeder een nachtclubzangeres die haar carrière had opgegeven voor haar kinderen. ('Ik denk dat je outfit me daarom zo aansprak. Ik voel me op mijn gemak bij glitter.') Hij noemde zijn overleden vrouw nooit bij naam, maar vertelde wel dat zijn moeder zich zorgen maakte over het blijvende gebrek aan een vrouw in Jakes leven. 'Ze komt hem één keer per maand halen en neemt hem dan mee naar haar huis in Cardiff zodat zij en haar zussen hem kunnen vertroetelen en bijvoeren en ervoor zorgen dat hij genoeg sokken heeft.' Hij plantte zijn ellebogen op zijn knieën. 'Hij klaagt erover, maar stiekem vindt hij het geweldig.'

Ik vertelde hem over de terugkeer van Lily en hij kromp ineen bij mijn verhaal over haar ontmoeting met de familie Traynor. Ik vertelde hem over haar verbluffende stemmingen, haar grillige gedrag, en hij knikte, alsof dit te verwachten viel. Toen ik hem over Lily's moeder vertelde, schudde hij zijn hoofd.

'Ze zijn dan wel rijk, maar dat maakt ze nog geen betere ouders,' zei hij. 'Als ze in de bijstand had gezeten, zou die moeder waarschijnlijk een bezoekje hebben gekregen van jeugdzorg.' Hij hief zijn beker. 'Het is heel aardig van je dat je dit doet, Louisa Clark.'

'Ik weet alleen niet of ik het wel goed aanpak.'

'Dat gevoel heeft iedereen als het om pubers gaat,' antwoordde hij. 'Volgens mij is dat juist de bedoeling.'

Ik kon deze Sam, die zo op zijn gemak was in zijn huis, en voor zijn kippen zorgde, moeilijk verenigen met de huilende rokkenjager waar we tijdens de En Nu Verder-sessies over te horen kregen. Maar ik wist maar al te goed dat de façade die je aan de wereld presenteerde heel anders kon zijn dan hoe je vanbinnen was. Ik wist hoe onbegrijpelijk je je kon gedragen als je zo veel verdriet had. 'Ik vind je treinwagon echt prachtig,' zei ik. 'En je onzichtbare huis.'

'Dan hoop ik dat je nog eens langskomt.'

De dwangmatige neuker. Als dit was hoe hij al die vrouwen versierde, dacht ik een tikje spijtig, mijn hemel, wat deed hij dat dan goed. Het was een verleidelijke cocktail: de beschaafde, rouwende vader, de zeldzame glimlach, de manier waarop hij met één hand een kip kon oppakken, en dat die kip daar nog gelukzalig bij keek ook. Ik was niet van plan om een van zijn gestoorde vriendinnetjes te worden, zoals ik steeds tegen mezelf zei. Maar het was wel heel leuk om mild te flirten met een aantrekkelijke man. Het was fijn om eens iets anders te voelen dan spanning of ingehouden woede, de twee emoties die mijn leven tegenwoordig leken te beheersen. De enige andere ontmoetingen die ik de afgelopen maanden had gehad met de andere sekse waren door drank ingegeven en waren geëindigd met een taxi naar huis en tranen van zelfwalging in de douche.

Wat vind jij, Will? Is dit oké?

Het was donker aan het worden en we keken naar de kippen die verontwaardigd in hun ren stonden te tokken.

Sam keek naar ze. Hij leunde achterover in zijn stoel. 'Ik begrijp waarom je je zo voelt, Louisa Clark, en dat je ergens in je hoofd een heel ander gesprek voert terwijl je met mij praat.'

Ik wilde iets snedigs terugzeggen. Maar hij had gelijk en ik kon niets bedenken.

'Jij en ik, we hebben allebei iets waar we het niet over willen hebben.'

'Jij bent ook direct.'

'En nu voel je je ongemakkelijk door mij.'

'Nee.' Ik keek hem even aan. 'Nou ja, misschien een beetje.'

Achter ons vloog een kraai op met veel lawaai. Zijn klapwieken deed de stille lucht trillen. Ik vocht tegen de drang om mijn haar glad te strijken en nam in plaats daarvan een laatste slok bier. 'Oké, goed. Dan komt hier de grote vraag. Hoelang duurt het denk je voor je over de dood van iemand heen bent? Iemand waar je echt van hebt gehouden, bedoel ik.'

Ik weet niet waarom ik het hem vroeg. Het was bijna onbarmhartig recht voor z'n raap, gezien zijn omstandigheden. Misschien was ik wel bang dat de dwangmatige neuker in hem anders om de hoek kwam kijken.

Sam keek verbaasd. 'Wow. Nou...' hij keek in zijn beker en toen naar de schemering over de velden, '...ik weet niet of je daar ooit wel overheen komt.'

'Vrolijke gedachte.'

'Nee. Ik meen het. Ik heb er heel veel over nagedacht. Je leert ermee leven, en met hem of haar. Want ze blijven bij je, ook al zijn ze geen mensen van vlees en bloed meer. Je voelt niet meer dat verpletterende verdriet van in het begin, het soort waar je door overspoeld wordt en waardoor je steeds op de verkeerde plekken in janken uitbarst en waardoor je onredelijk kwaad wordt op al die dwazen die nog wel leven, terwijl degene waar jij van houdt er niet meer is. Je gaat om een gat heen leven. Ik weet niet. Het is alsof je... een donut bent in plaats van een bolletje.'

Uit zijn gezicht sprak zo veel verdriet dat ik me ineens schuldig voelde. 'Een donut.'

'Stomme vergelijking,' zei hij met een vaag lachje.

'Ik bedoelde niet dat –'

Hij schudde zijn hoofd. Hij keek naar het gras tussen zijn voeten en keek toen opzij naar mij. 'Kom. Dan breng ik je thuis.'

We liepen over het veld naar zijn motor. De lucht was koeler en ik sloeg mijn armen voor mijn borst. Hij zag het en gaf me zijn jasje, en drong aan toen ik zei dat het wel ging. Het jasje voelde fijn zwaar en heel mannelijk. Ik probeerde de geur ervan niet op te snuiven.

'Zeg, versier je al je patiënten op deze manier?'

'Alleen degenen die nog leven.'

Ik schoot in de lach. Onverwacht, en harder dan de bedoeling was.

'We mogen eigenlijk geen patiënten mee uit vragen.' Hij hield de reservehelm voor me op. 'Maar ik dacht, jij bent geen patiënt meer van mij.'

Ik nam de helm aan. 'En dit is ook niet echt een date.'

'O nee?' Hij knikte veelbetekenend toen ik achterop stapte. 'Oké.'

11

Toen ik die week bij de En Nu Verder-bijeenkomst kwam, was Jake er niet. Terwijl Daphne het erover had dat ze geen potjes meer open kreeg zonder man in haar keuken en Sunil vertelde over de problemen van het verdelen van de paar spullen van zijn broer over de rest van zijn broers en zussen, zat ik te wachten tot de zware rode deuren aan het eind van de kerkzaal open zouden gaan. Ik maakte mezelf wijs dat ik me zorgen maakte over zijn welzijn en dat hij ergens op een veilige plek moest komen uitspreken hoe ongelukkig hij was met het gedrag van zijn vader. Ik hield mezelf voor dat ik echt niet hoopte dat ik Sam die avond nog zou zien, tegen zijn motor aan geleund.

'En tegen welke kleine dingen loop jij aan, Louisa?'

Misschien was Jake wel klaar met de groep, dacht ik. Misschien had hij besloten dat hij ons niet meer nodig had. En dat was het dan, dus. Dan zou ik hen allebei nooit meer terugzien.

'Louisa? Welke dagelijkse dingetjes? Er is vast wel iets.'

Ik dacht steeds maar aan dat veld, de kleine kamer in de treinwagon, de manier waarop Sam over het gras was gelopen met een kip onder zijn arm, alsof hij een kostbaar pakje droeg. De veren op haar borst waren zo ontzettend zacht.

Daphne gaf me een por. 'We hadden het over de kleine dingen in ons dagelijks leven die je aan je verlies doen denken.'

'Ik mis de seks,' zei Natasha.

'Dat is geen klein dingetje,' antwoordde William.

'Dan kende jij mijn man niet,' zei Natasha, en ze lachte snuivend. 'Ah, nee, dat is een heel foute grap. Sorry. Ik weet niet wat me bezielde.'

'Het is een goeie grap,' zei Marc bemoedigend.

'Olaf was prima geschapen. Ruim geschapen, zelfs.' Natasha's ogen schoten over ons heen. Toen niemand iets zei, hield ze haar handen zo'n dertig centimeter van elkaar en knikte nadrukkelijk. 'We waren heel gelukkig.'

Er viel een korte stilte.

'Mooi,' zei Marc. 'Goed om te horen.'

'Ik wil niet dat iedereen denkt... ik bedoel, ik wil niet dat mensen daaraan denken als ze aan mijn man denken. Dat hij een kleine –'

'Ik weet zeker dat niemand zo over je man denkt.'

'Ik wel, als je nog even doorgaat,' zei William.

'Ik wil überhaupt niet dat jullie aan de penis van mijn man denken,' zei Natasha. 'Sterker nog, ik verbied jullie om aan de penis van mijn man te denken.'

'Hou er dan ook over op!' zei William.

'Kunnen we het nu niet meer over piemels hebben?' vroeg Daphne. 'Ik word er een beetje naar van. De nonnen sloegen ons met linialen als we zelfs maar het woord "onderstel" gebruikten.'

De wanhoop klonk door in Marcs stem. 'Kunnen we het nu weer hebben over symbolen van verlies? Louisa, jij zou ons iets vertellen over de kleine dingen waar jij je verlies aan merkt.'

Ik zat daar en probeerde te negeren dat Natasha haar handen weer opgestoken had en in stilte een onwaarschijnlijke lengte aangaf.

'Ik geloof dat ik het mis om iemand te hebben om dingen mee te bespreken,' zei ik voorzichtig.

Er werd instemmend gemompeld.

'Ik bedoel, ik ben niet iemand met een gigantische vriendenkring. Ik was jaren met mijn vorige vriend en we... we gingen nooit veel uit. En toen kwam... Bill. En wij praatten de hele tijd. Over muziek, en mensen, en de dingen die we hadden gedaan en nog wilden doen, en ik maakte me nooit druk of ik misschien het verkeerde zei, of iemand tegen de schenen schopte, want hij snapte me gewoon, weet je wel? En nu ben ik naar Londen verhuisd en nu ben ik eigenlijk alleen, los van mijn familie. En met hen praten is altijd... lastig.'

'Ja man,' zei Sunil.

'En nu speelt er iets waar ik het echt heel graag met hem over zou willen hebben. Ik praat wel met hem in mijn hoofd, maar dat is niet hetzelfde. Ik mis de... mogelijkheid om gewoon te zeggen: "Hé, wat vind jij hier nou van?" En dat ik dan zeker weet dat hij waarschijnlijk zou weten wat er moest gebeuren.'

De groep zweeg even.

'Je kunt ook met ons praten, Louisa,' zei Marc.

'Het is... heel lastig.'

'Het is altijd lastig,' zei Leanne.

Ik keek naar hun gezichten, vriendelijk en afwachtend, en totaal niet in staat om ook maar iets te begrijpen van wat ik hun te vertellen had. Niet *echt*.

Daphne trok haar zijden sjaal recht. 'Wat Louisa nodig heeft is een andere man om mee te praten. Natuurlijk. Je bent jong en knap. Je vindt wel weer iemand,' zei ze. 'En jij ook, Natasha. Ga er weer opuit. Voor mij is het te laat, maar jullie twee zouden niet in deze bedompte zaal moeten zitten – het spijt me, Marc, maar het is zo. Jullie moeten uit dansen gaan, lol maken.'

Natasha en ik wisselden een blik. Zij had duidelijk evenveel zin om uit dansen te gaan als ik.

Ineens dacht ik aan Sam de Ambulanceman en meteen zette ik die gedachte weer van me af.

'En als je ooit nog een andere penis wilt, dan heb ik vast nog wel ergens een gaatje,' zei William.

'Oké, allemaal, laten we het hebben over testamenten,' zei Marc. 'Hebben die bij iemand van jullie tot verrassingen geleid?'

Om kwart over negen kwam ik uitgeteld thuis en trof Lily daar in haar pyjama op de bank, voor de televisie. 'Hoelang ben jij al hier?'

'Sinds het ontbijt.'

'Gaat het?'

'Hm.'

Haar gezicht was zo bleek dat ze *of* ziek was, *of* uitgeput.

‘Voel je je niet lekker?’
Ze at popcorn uit een schaal en haalde haar vingers traag door de korrels op de bodem. ‘Ik had gewoon nergens zin in, vandaag.’
Lily’s telefoon piepte. Ze staarde lusteloos naar het berichtje dat binnengekomen was en schoof hem toen onder een kussentje.
‘Gaat het echt wel goed?’ vroeg ik een minuut later.
‘Best.’
Ze zag er niet best uit.
‘Kan ik iets voor je doen?’
‘Ik zei toch dat het goed ging?’

Lily bleef die avond binnen. Toen ik de volgende dag naar mijn werk ging, belde meneer Traynor om te vragen of hij haar kon spreken. Ze lag nog steeds op de bank en keek me uitdrukkingsloos aan toen ik zei wie ik aan de telefoon had en uiteindelijk stak ze met tegenzin haar hand uit. Ik stond erbij terwijl ze naar hem luisterde. Ik kon niet verstaan wat hij zei, maar ik hoorde wel de toon waarop hij sprak: vriendelijk, geruststellend, sussend. Toen hij uitgesproken was liet ze een korte stilte vallen en zei uiteindelijk: ‘Oké, best.’
‘Ga je daar nog een keer langs?’ vroeg ik toen ze me de telefoon teruggaf.
‘Hij wil in Londen afspreken.’
‘Nou, dat is toch leuk.’
‘Maar hij kan nu helaas niet zo ver weg bij dat mens, voor het geval ze weeën krijgt.’
‘Wil je anders dat ik je daar weer heen breng?’
‘Nee.’
Ze trok haar knieën op tot haar kin, pakte de afstandsbediening en begon te zappen.
‘Wil je erover praten?’ vroeg ik na een minuut.
Ze reageerde niet, en even later begreep ik dat we uitgepraat waren.

Op donderdag ging ik mijn slaapkamer in, deed de deur achter me dicht en belde mijn zus. We spraken elkaar een paar keer per week. Het was gemakkelijker nu ik niet meer van mijn ouders vervreemd was, wat als een mijnenveld tussen ons in had gelegen.

'Vind jij dat normaal?'

'Pa vertelde me dat ik een keer twee weken niks tegen hem heb gezegd toen ik zestien was. Ik gromde alleen af en toe wat. Maar ik herinner me dat ik toen helemaal niet zo ongelukkig was.'

'Ze gromt niet eens. Ze ligt er alleen ellendig bij.'

'Dat doen alle pubers. Dat is hun standaardinstelling. Je moet je juist zorgen maken over de vrolijke pubers – die hebben waarschijnlijk stiekem een gigantische eetstoornis of ze stelen lippenstiften bij Boots.'

'Ze ligt al drie dagen op de bank.'

'Ja, en?'

'Volgens mij is er iets aan de hand.'

'Dat kind is zestien. Haar vader wist niet van haar bestaan af en heeft het loodje gelegd voor ze hem kon ontmoeten. Haar moeder is getrouwd met iemand die ze de Fucker noemt, ze heeft twee kleine terrorbroertjes en ze hebben thuis de sloten vervangen. Ik zou waarschijnlijk een jaar niet van de bank af komen als ik haar was.' Treena nam luidruchtig een slok van haar thee. 'Bovendien woont ze bij iemand die in strakke groene glitterlycra naar de bar gaat en die dat haar carrière noemt.'

'Lurex. Het is lurex.'

'Whatever. Wanneer ga je nou eens een echte baan zoeken?'

'Binnenkort. Ik moet eerst deze situatie onder controle krijgen.'

'Deze situatie.'

'Ze is ontzettend down. Ik heb met haar te doen.'

'Weet je waar ik nou down van word? Dat jij jezelf altijd maar belooft dat je iets van je leven gaat maken, om je vervolgens op te offeren voor elke zwerfkat die op je pad komt.'

'Will was geen zwerfkat.'

'Maar Lily wel. Je *kent* dat kind helemaal niet, Lou. Je moet je op je eigen leven concentreren. Je cv rondsturen, netwerken, bepalen wat je sterke punten zijn, en niet weer een smoes verzinnen om je leven in de wacht te zetten.'

Ik staarde naar de lucht boven de stad. In de kamer naast me hoorde ik de televisie pruttelen, en toen hoorde ik Lily opstaan, naar de ijskast lopen en weer neerploffen. Zachtjes zei ik: 'Wat moet ik dan doen, Treen? Het kind van de man waar je van hield staat ineens bij je voor de deur en iedereen lijkt zo ongeveer alle verantwoordelijkheid voor haar bij jou neer te leggen. Zou jij haar dan de rug toekeren?'

Mijn zus bleef even stil. Dat was een zeldzame gebeurtenis en ik voelde me geroepen om door te praten. 'Dus stel dat Thom over acht jaar mot met je krijgt, om wat voor reden dan ook – en stel dat hij verder helemaal niemand heeft en dat hij dreigde te ontsporen – zou jij het dan zo geweldig vinden als de enige bij wie hij nog aanklopte om hulp hem de deur wees, omdat hij alleen maar lastig was? Zo van: "Daar is de deur, ik heb het te druk met mijn eigen leven"?' Ik legde mijn hoofd tegen de muur. 'Ik probeer te doen wat moet gebeuren, Treen. Steun me daar nou eens een keer in.'

Niks.

'Ik voel me hier beter bij, oké? Ik voel me beter als ik iets voor haar doe.'

Mijn zus bleef zo lang stil dat ik me afvroeg of ze soms opgehangen had. 'Treen?'

'Goed dan. Ik herinner me nog dat ik bij sociale psychologie heb gelezen dat pubers te veel face-to-facecontact uitputtend vinden.'

'Moet ik dan door de deur met haar praten?' Het zou fijn zijn om eens een keer met mijn zus te praten zonder dat ze vermoeid ging zuchten als iemand die iets moest uitleggen aan een randdebiel.

'Nee, muts. Wat dat betekent, is dat je haar alleen aan het praten krijgt als je samen iets doet, naast elkaar, niet tegenover elkaar.'

Toen ik vrijdagavond op weg naar huis ging, stopte ik bij de bouwmarkt. Eenmaal thuis sleepte ik de zware tassen de vier trappen op en liet mezelf binnen. Lily lag er precies zo bij als ik had verwacht: languit voor de televisie. 'Wat heb je daar?' vroeg ze.

'Verf. Het kan hier wel een likje gebruiken. Je zegt steeds dat ik de boel hier moet aanpakken, dus ik dacht, ik moet maar eens af van die saaie magnoliakleur.'

Ze kon er geen weerstand aan bieden. Ik deed alsof ik druk was met theezetten, maar keek vanuit mijn ooghoek naar haar. Ze rekte zich uit, om vervolgens naar de tassen te lopen om de blikken met verf te inspecteren. 'Dit is bijna even saai. Dit is gewoon lichtgrijs.'

'Ze zeiden daar dat grijs helemaal in is. Ik breng het wel weer terug als jij denkt dat het niets wordt.'

Ze bekeek de blikken. 'Nee. Dit is wel oké.'

'Ik dacht, ik doe de logeerkamer twee crèmekleurige muren en een grijze. Wat vind jij?' Terwijl ik sprak, pakte ik de kwasten en verfrollers uit. Ik trok een oud shirt en een korte broek aan en vroeg of zij misschien muziek wilde aanzetten.

'Wat voor muziek?'

'Kies jij maar.' Ik schoof een stoel aan de kant en legde een paar stukken beschermend plastic langs de muur. 'Volgens je vader was ik een barbaar op muziekgebied.'

Ze zei niets, maar ik wist dat ik haar aandacht had. Ik maakte een verfblik open en begon te roeren. 'Hij heeft me meegenomen naar mijn eerste concert ooit. Klassiek, geen popconcert. Ik ging alleen maar mee omdat hij dan tenminste eens het huis uit kwam. Hij ging niet graag de deur uit, in die tijd. Hij deed een overhemd aan en een net jasje en dat was voor het eerst sinds ik hem kende dat hij er uitzag als...' Ik weet nog dat mijn hart een sprongetje maakte toen ik de man tevoorschijn had zien komen die hij was geweest voor zijn ongeluk. Ik slikte. 'Maar goed. Ik dacht dat het ongelofelijk saai zou worden, maar ik heb de tweede helft zitten janken als een klein kind. Ik had nog nooit zoiets prachtigs gehoord.'

Stilte.

'Wat was het? Wat hebben jullie toen gehoord?'

'Weet ik niet meer precies. Sibelius? Kan dat kloppen?'

Ze haalde haar schouders op. Ik begon te schilderen en ze kwam naast me staan. Ze pakte een kwast op. Ze zei eerst niets, maar toen leek ze op te gaan in het repetitieve van het verven. Ze zorgde er ook voor dat ze niet op de grond knoeide, trok het plastic recht en streek haar kwast goed af aan de rand van de pot. We zeiden niets, op wat gemompelde verzoekjes na: 'Wil je me dat kleinere kwastje even aangeven?', 'Denk je dat het er bij de tweede laag nog steeds doorheen komt?' Samen klaarden we de muur in een halfuur.

'En, wat vind je ervan?' vroeg ik toen ik het stond te bewonderen. 'Denk je dat we er nog eentje kunnen doen?'

Ze verschoof het plastic en begon aan de volgende muur. Ze had een of ander indiebandje opgezet waar ik nog nooit van had gehoord, vrolijk, best aangenaam. Ik begon weer te schilderen, negeerde de pijn in mijn schouder en onderdrukte de neiging om te gapen.

'Je moet een paar posters kopen.'

'Je hebt gelijk.'

'Thuis heb ik een enorme poster van een Kandinsky. Hij past niet echt bij mijn kamer. Jij mag hem wel hebben als je wilt?'

'Nou, graag.'

Ze werkte sneller en ging in een noodtempo over de muur, maar werkte heel voorzichtig om het raam heen.

'Hé, ik zat te denken,' zei ik, 'we moeten eigenlijk Wills moeder ook spreken. Je grootmoeder. Vind je het goed als ik haar schrijf?'

Ze zei niets. Ze hurkte neer alsof ze opging in het netjes afwerken van de muur bij de plint. Toen stond ze op. 'Lijkt ze op hem?'

'Op wie?'

'Mevrouw Traynor, lijkt ze op meneer Traynor?'

Ik stapte van de kist die ik als trapje gebruikte af en veegde mijn kwast af aan de rand van het blik. 'Ze is... anders.'

'Je bedoelt, het is een rotwijf.'

'Ze is geen rotwijf. Ze is alleen... Het duurt even voor je haar leert kennen, dat is alles.'

'Je bedoelt, ze is een rotwijf en ze gaat mij niet mogen.'

'Dat zeg ik helemaal niet, Lily. Maar het is wel iemand die niet snel haar emoties toont.'

Lily zuchtte en legde haar kwast neer. 'Ik ben echt de enige ooit die ontdekt dat ze grootouders heeft waar ze niks van afwist en dat die me dan helemaal niet eens leuk vinden.'

We staarden elkaar aan. En ineens begonnen we zomaar te lachen.

Ik deed het deksel op het verfblik. 'Kom,' zei ik, 'dan gaan we hier weg.'

'Waarheen?'

'Jij zegt toch altijd dat ik meer lol moet hebben. Dus zeg jij het maar.'

Ik trok een paar bloesjes uit een van mijn verhuisdozen totdat Lily eindelijk aangaf dat er eentje acceptabel was en ik liet me door haar meenemen naar een piepkleine club in een achterafstraatje in West End, waar de uitsmijters haar bij naam kenden en niemand ook maar een seconde leek te denken dat ze nog geen achttien was.

'Muziek uit de nineties! Uit de goede oude tijd!' zei ze opgewekt en ik dacht maar niet na over het feit dat ik in haar ogen in feite een geriatrisch geval was.

We dansten tot ik over mijn verlegenheid heen was, het zweet door onze kleren heen kwam, ons haar in slierten van ons hoofd stond en mijn heup zo veel pijn deed dat ik me afvroeg of ik komende week nog wel zou kunnen staan, in de bar. We dansten alsof we niet anders konden. Allemachtig, wat voelde dat goed. Ik was vergeten hoe fijn het voelde om gewoon te leven; om op te gaan in muziek, in een groep mensen, hoe het was om je te verliezen in een grote, organische mensenmassa op een pulserende beat. In die paar donkere, stampende uurtjes liet ik alles los en mijn problemen dreven weg als heliumballonnen: mijn verschrikkelijke baan, mijn zeur van een baas, het feit dat ik nooit een stap vooruitkwam. Ik werd een ding, levend, blij. Ik keek over de mensen heen naar Lily, haar ogen dicht en haar haar dat om haar hoofd vloog, met die wonderlijke mengeling van concentratie en vrijheid die mensen hebben als ze zich verliezen in het ritme. Toen deed ze haar ogen open en ik wilde wel boos zijn omdat ze een flesje in haar hand hield waar duidelijk geen cola in zat, maar in plaats daarvan beantwoordde ik haar glimlach – een brede, euforische grijns – en bedacht ik me hoe vreemd het was dat een kind dat helemaal in de war was en zichzelf nauwelijks kende me zo veel kon leren over hoe je moest leven.

Om ons heen bruiste en kolkte Londen, ook al was het al twee uur 's nachts. We bleven even staan zodat Lily een selfie van ons kon nemen voor een theater, een bord met Chinese letters en een man die als beer verkleed was (blijkbaar moest je tegenwoordig overal fotografisch bewijs van hebben), en zwierven toen door de drukke straten op zoek naar een nachtbus langs de kebabwinkels die nog open waren, de boerende dronkenlappen, de pooiers en de hordes gillende meisjes. Mijn heup klopte van de pijn en het zweet was afgekoeld, wat onaangenaam aanvoelde onder mijn vochtige kleren, maar toch voelde ik me nog steeds vol energie, alsof iemand mijn aan-knop weer had gevonden.

'God weet hoe we nu thuis moeten komen,' zei Lily opgewekt.

En toen hoorde ik hem roepen.

'Lou!' Het was Sam die uit het raampje leunde, aan de bestuurderskant van een ambulance. Ik tilde mijn hand op om hem te groeten, maar hij nam een U-bocht en reed naar ons toe. 'Waar gaan jullie heen?'

'Naar huis. Als we tenminste nog een bus vinden.'

'Stap in. Toe dan. Ik zal het niet doorvertellen, als jullie ook je mond houden.' Hij keek naar de vrouw naast hem. 'Ach, kom op, Don. Ze is een patiënte. Gebroken heup. Die kan je niet dat hele eind naar huis laten lopen.'

Lily vond deze onverwachte wending geweldig. En de deur ging open en de vrouw, in haar ambulance-uniform en met rollende ogen, gebaarde dat we in moesten stappen. 'We worden nog ontslagen, Sam,' mopperde ze en tegen ons zei ze dat we op de brancard moesten gaan zitten. 'Hoi, ik ben Donna. Nee wacht – ik ken jou! Jij bent degene die...'

'...van een dak af gevallen is. Yep.'

Lily trok me naar zich toe voor een 'ambulanceselfie' en ik deed net alsof ik niet zag dat Donna weer met haar ogen rolde.

'Zeg, waar zijn jullie geweest?' riep Sam naar achteren.

'Uit dansen,' antwoordde Lily. 'Ik probeer ervoor te zorgen dat Louisa niet steeds zo'n saaie ouwe tut is. Hé, mag de sirene aan?'

'Nee. Waar waren jullie dan? Ik ben trouwens ook een saaie ouwe tut. Want wat je ook antwoordt, ik ken het toch niet.'

'In de Twenty-two,' zei Lily. 'Achter Tottenham Court Road?'

'Daar hebben we die noodtracheotomie gedaan, Sam.'

'Dat weet ik nog. Zo te zien hebben jullie een leuke avond gehad.' Hij ving mijn blik in de spiegel en ik verschoot licht van kleur. Ineens was ik blij dat ik uit dansen was geweest, want zo leek ik misschien heel iemand anders dan een tragische barmeid die van het dak valt om ook eens een uitje te hebben.

'Het was geweldig,' zei ik stralend.

Toen keek hij naar het computerscherm op zijn dashboard. 'O wat fijn, we hebben een code Groen bij Spencer's.'

'Maar we waren net klaar?' zei Donna. 'Waarom doet Lennie dit toch altijd? Die kerel is een sadist.'

'Er is verder niemand beschikbaar.'

'Wat is er aan de hand?'

'We zijn opgeroepen. Ik moet jullie waarschijnlijk ergens afzetten. Maar het is dicht bij je huis. Goed?'

'Spencer's,' zei Donna met een diepe zucht. 'Hartstikke leuk. Hou je vast, meisjes.'

De sirene ging aan. En daar gingen we, zigzaggend door het Londense verkeer, met het loeiende zwaailicht boven onze hoofden en een Lily die verrukte kreten slaakte.

Elke doordeweekse avond, vertelde Donna ons terwijl wij ons vastgrepen aan de handvatten, kregen ze een melding van Spencer's, waar ze de mensen die tegen sluitingstijd niet meer overeind konden komen weg moesten halen, of gezichten moesten hechten van jonge mannen die na zes biertjes onverstandig oorlogszuchtig waren geworden. 'Die jonge gastjes zouden eigenlijk vrolijk in het leven moeten staan, maar in plaats daarvan zetten ze al hun geld om in drank om zich bewusteloos te zuipen. Week in, week uit.'

We waren er binnen een paar minuten en de ambulance minderde vaart om de dronkenlappen die naar buiten kwamen te omzeilen. Op de reclameborden voor de donkere ramen van de nachtclub stond: 'Voor 22.00 uur: dames gratis drank!' Ondanks de vrijgezellenfeestjes, het gefluit en geroep en de uitbundige kleren, hing er in de overvolle straten van dit uitgaansgebied niet bepaald een feestsfeer. Het voelde er eerder gespannen en explosief. Ik staarde bedachtzaam naar buiten.

Sam deed de achterportieren open en pakte zijn tas. 'Blijf zitten,' zei hij, en hij stapte zelf uit.

Er kwam een agent op hem af die iets mompelde en we zagen dat ze naar een jongen liepen die op de stoep zat, met een wond bij zijn slaap waar het bloed uit gutste. Sam hurkte naast hem neer, terwijl de agent zijn best deed om de dronken ramptoeristen, de 'behulpzame' vrienden en de weeklagende meisjes op een afstandje te houden. Het leek wel of hij midden tussen de goedgeklede figuranten uit *The Walking Dead* zat, die allemaal gedachteloos op hun benen stonden te zwaaien en te kreunen, met hier en daar een bloedneus en iemand die omviel.

'Ik heb zo de pest aan dit soort klussen,' zei Donna, die haar tas met in plastic verpakte medische hulpmiddelen controleerde terwijl wij toekeken. 'Geef mij maar een bevalling of een lieve oude oma met cardiomyopathie. O shit, daar gaat hij.'

Sam hield het hoofd van de jongen schuin om de wond te kunnen bekijken, maar een andere jongen, met zijn haren goed in de gel en de kraag van zijn overhemd doorweekt van het bloed, greep hem bij de schouder. 'Hé man, ik moet de ambulance in!'

Sam draaide zich langzaam om naar de jonge dronkenlap. Terwijl hij sprak vlogen de bloedspetters en de spuugdruppels in het rond. 'Even weg, vriend, oké? Laat mij mijn werk doen.'

De jongen had te veel gedronken om voor rede vatbaar te zijn. Hij keek achterom naar zijn vrienden en boog zich toen voorover om Sam in zijn gezicht te zeggen: 'Wat denk jij wel? Ik ga niet weg.'

Sam negeerde hem en ging verder met het verzorgen van het gezicht van de andere jongen.

'Hé! Hé man! Ik moet naar het ziekenhuis.' Hij duwde tegen Sams schouder. 'Hé!'

Sam bleef even heel stil op zijn hurken zitten. Toen kwam hij langzaam overeind en draaide zich om, zodat hij neus aan neus stond met de dronken jongen. 'Ik zal het je uitleggen in taal die je begrijpt. Jij blijft bij die wagen uit de buurt, oké? Klaar. Dus bespaar je de energie, ga weer lekker naar je vrienden, leg wat ijs op je wond en ga er morgenochtend mee naar je huisarts.'

'Jij hebt helemaal *niks* over mij te zeggen, ja. Ik betaal jouw salaris. Mijn fucking neus is gebroken.'

Terwijl Sam hem recht in de ogen keek, haalde de jongen een hand uit om ermee tegen Sams borst te slaan. Sam keek ernaar.

'O-o,' zei Donna naast me.

'Jij hebt helemaal niks over mij te zeggen!' De jongen keek minachtend. 'Helemaal niks! Wie denk je wel dat je bent?'

Donna sprong de ambulance uit en holde naar een agent. Ze fluisterde hem iets in het oor en ik zag hen allemaal naar Sam kijken. Donna keek smekend. De jongen stond nog steeds te vloeken en te tieren en bleef maar tegen Sams borst slaan. 'Dus jij doet eerst iets aan *mijn* neus voor je met die eikel verdergaat.'

Sam trok zijn kraag recht. Hij keek inmiddels gevaarlijk kalm.

En net toen ik me realiseerde dat ik mijn adem inhield, kwam de agent tussen hen in staan. Donna's hand lag op Sams mouw en ze trok hem weer mee naar de jongen op de stoep. De agent zei iets in zijn radio, met zijn hand op de schouder van de dronkenlap. De jongen keerde zich met een ruk om en tufte op Sams jasje. 'Fuck jou, man.'

Er viel een korte, geschokte stilte. Sam verstrakte.

'Sam! Kom, help even, oké? Ik heb je nodig.' Donna duwde hem voor zich uit. Toen zag ik Sams gezicht. Zijn ogen glinsterden koud en hard als diamanten.

'Kom op,' zei Donna terwijl ze de half bewusteloze jongen in de ambulance legden. 'Wegwezen hier.'

Hij reed zwijgend weg, en Lily en ik zaten voorin naast hem, op een kluitje. Donna maakte zijn jas schoon terwijl hij voor zich uit keek, zijn stoppelkaak aangespannen.

'Het kon erger,' zei Donna opgewekt. 'Verleden maand heeft er eentje in mijn haar gekotst. En nog expres ook, die klootzak. Hij stak zijn vingers in zijn keel en kwam achter me staan, alleen maar omdat ik hem niet naar huis wilde brengen. Alsof ik verdomme een taxichauffeur ben.'

Ze stond op en gebaarde naar het flesje met energydrink dat ze voorin had liggen. 'Het is zo'n verspilling. Als je nagaat wat we hadden kunnen doen in plaats van een stel irritante...' Ze nam een slok en keek toen naar de praktisch bewusteloze jongen. 'Ik snap echt niet wat er in hun hoofden omgaat.'

'Niet zo veel,' zei Sam.

'Ja, nou ja, we moeten deze hier goed aan de riem houden.' Donna gaf een klopje op Sams schouder. 'Verleden jaar heeft hij een officiële waarschuwing gekregen.'

Sam keek me zijdelings aan met een onnozele blik. 'We moesten een meisje oppikken van Commercial Street. Haar gezicht lag in puin. Huiselijk geweld. Toen ik haar op de brancard tilde, kwam haar vriendje de pub uit vliegen om nog eens goed op haar los te gaan. Ik kon me niet inhouden.'

'Heb je hem een ram verkocht?'

'Wel meer dan eentje,' zei Donna bozig.

'Jij hebt niet gezien hoe het kind eraan toe was, Don.'

Donna ging verzitten en trok een gezicht naar mij. 'In elk geval, deze hier kan zich niet nog zoiets veroorloven, want dan heeft hij geen baan meer.'

'Bedankt,' zei ik, toen hij ons uitliet. 'Voor de lift, bedoel ik.'

'Ik kon je moeilijk achterlaten in dat openluchtgekkenhuis,' antwoordde hij.

Hij keek me heel even aan. Toen trok Donna het portier dicht en reden ze richting ziekenhuis met hun gehavende menselijke vrachtje.

'Echt wel dat jij verliefd op hem bent,' zei Lily terwijl we de ambulance nakeken.

Ik was haar helemaal vergeten. Ik slaakte een zucht en haalde mijn sleutels uit mijn zak. 'Hij doet het met alles en iedereen.'

'Nou en? Ik zou het ook met hem doen,' zei Lily terwijl ik de deur voor haar openhield. 'Ik bedoel, als ik oud was. En een beetje sneu. Zoals jij.'

'Ik geloof niet dat ik al toe ben aan een relatie, Lily.'

Ze liep achter me, dus ik wist het niet zeker, maar ik zou zweren dat ze het hele eind naar boven gezichten naar me trok, achter mijn rug.

12

Ik stuurde een briefje aan mevrouw Traynor. Ik vertelde haar niet over Lily, maar schreef alleen dat ik hoopte dat ze het goed maakte, dat ik terug was van mijn reizen en dat ik over een paar weken bij haar in de buurt zou zijn met een vriendin, en dat ik graag even bij haar op bezoek zou willen komen, als het schikte. Toen ik de brief in de brievenbus liet ploffen, voelde ik me vreemd opgewonden.

Pa had me aan de telefoon verteld dat ze binnen een paar weken na Wills dood uit hun huis, Granta House, getrokken was. Hij zei dat het personeel van het landgoed geschokt was geweest, maar ik dacht aan die keer dat ik meneer Traynor met Della op straat had gezien, de vrouw met wie hij nu een kind kreeg, en ik vroeg me af hoe oprecht die schok was. In zo'n klein stadje blijft maar weinig geheim.

'Ze heeft het heel zwaar gehad,' zei pa. 'En ze was nog niet weg, of die vrouw met dat rode haar trok bij hem in. Die zag haar kans schoon. Leuke oude kerel, nog al zijn haar, groot huis, die blijft natuurlijk niet lang alleen. Nu we het daar toch over hebben, Lou. Zou jij – zou jij misschien een keer iets tegen je moeder willen zeggen over haar oksels? Als ze de boel nog even door laat groeien, kan ze er vlechtjes in maken.'

Ik dacht aan mevrouw Traynor en probeerde me in te denken

hoe ze zou reageren op het nieuws over Lily. Ik herinnerde me de blijdschap en het ongeloof op het gezicht van meneer Traynor toen die haar voor het eerst zag. Zou Lily misschien iets van haar pijn kunnen wegnemen? Soms zag ik Lily lachen om iets op tv, of gewoon in gedachten verzonken uit het raam kijken, en dan zag ik Will zo duidelijk in haar trekken terug – de precieze hoek van haar neus, die bijna Slavische jukbeenderen – en dan vergat ik om adem te halen. (Op zo'n moment zei ze vaak boos: 'Kijk niet zo eng naar me, Louisa. Ik word bang van je.')

Lily kwam twee weken bij me logeren. Tanya Houghton-Miller had gebeld om te zeggen dat ze met het gezin op vakantie gingen en dat Lily niet mee wilde. 'En om je de waarheid te zeggen, gezien haar gedrag heb ik daar geen probleem mee. Ik word doodmoe van haar.'

Ik wees haar erop dat aangezien Lily nauwelijks thuis was en Tanya de sloten van haar voordeur had laten vervangen, de kans niet zo groot was dat er daar iemand doodmoe van Lily werd, tenzij ze steeds op de ramen tikte en een klaagzang aanhief. Er viel een korte stilte.

'Als jij later zelf kinderen hebt, snap je misschien een beetje waar ik het over heb, Louisa.' Jaja, de troefkaart van alle ouders. Ik kon het me natuurlijk *onmogelijk* indenken.

Ze bood me geld voor Lily's onderhoud tijdens hun afwezigheid. Ik schepte er enig plezier in om tegen haar te zeggen dat dat absoluut niet nodig was, ook al kostte Lily me eerlijk gezegd meer dan ik had gedacht. Het bleek dat Lily geen genoegen nam met mijn normale avondeten: witte bonen in tomatensaus op toast of broodjes kaas. Ze vroeg me om geld en kwam dan terug met duur brood, exotisch fruit, Griekse yoghurt, biologische kip – de gebruikelijke ingrediënten in de keuken van de gegoede klasse. Ik dacht aan Tanya's huis, hoe Lily er bij de gigantische ijskast had gestaan en gedachteloos partjes verse ananas in haar mond had gestopt.

'En nog iets,' vroeg ik. 'Wie is Martin?'

Ze bleef even stil. 'Martin is mijn voormalige partner. Lily wil hem kennelijk per se zien, al weet ze maar al te goed dat ik dat niet leuk vind.'

'Zou ik zijn nummer mogen? Ik wil namelijk weten waar ze uithangt. Als jullie er niet zijn, bedoel ik.'

'Martins nummer? Wat moet ik met Martins nummer?' zei ze schril en ze hing op.

Sinds ik Lily had leren kennen, was er iets veranderd. Niet alleen had ik me weten aan te passen aan de explosie van pubertroep in mijn eerst vrijwel lege appartement, ik vond het inmiddels echt leuk dat Lily in mijn leven was. Dat ik iemand had om mee te eten, om mee op de bank te zitten en commentaar te leveren op wat we ook maar zagen op televisie, of om mijn pokerface te tonen als ze me een van haar maaksels voorzette: 'Hoe moet ik nou weten dat je aardappelen moet koken voor een aardappelsalade? Het is toch een *salade*!'

Op mijn werk luisterde ik tegenwoordig naar de vaders aan de bar die hun kinderen nog even welterusten wensten voor ze wegvlogen voor zaken – 'Lief zijn voor mama, Luke… O, echt? Wat knap van jou!' – en naar de voogdijruzies tijdens gedempte telefoongesprekken: 'Ik heb helemaal niet gezegd dat ik hem dan van school zou halen. Ik ben dan in Barcelona, dat wist je toch? Wel waar… Nee, nee, je luistert niet naar wat ik zeg.'

Ik kon niet geloven dat je iemand op de wereld kon zetten, van haar hield, haar opvoedde, en dat je dan als ze zestien was kon beweren dat je zo moe van haar was, dat je de sloten liet vervangen om haar buiten de deur te houden. Iemand van zestien was toch nog een kind, in feite. En ondanks haar pose kon ik het kind in Lily wel degelijk zien: in de dingen waar ze opgewonden over was en hoe ze ineens enthousiast kon doen. In hoe ze kon mokken en hoe ze voor de spiegel in de badkamer verschillende gezichtsuitdrukkingen oefende en zo abrupt, onschuldig in slaap kon vallen.

Ik dacht aan mijn zusje en haar ongecompliceerde liefde voor Thom. Ik dacht aan mijn ouders, die ons altijd zo aanmoedigden en zich zorgen maakten over Treena en mij, en ons steunden, al waren we allang volwassen. En op die momenten voelde ik Wills afwezigheid in Lily's leven als in mijn eigen leven. *Je had hier moeten zijn, Will,* zei ik in stilte tegen hem, *ze had jou heel hard nodig.*

Ik vroeg een dag vrij – schandalig, volgens Richard. ('Je bent pas vijf weken terug. Ik zie echt niet in waarom je dan alweer zo nodig weg moet.') Ik glimlachte, maakte een buiging als een dankbaar Iers dansmarieke, en toen ik die avond thuiskwam, trof ik Lily die de muren van de slaapkamer een wel heel felle kleur groen aan het verven was. 'Je zei toch dat je de boel wilde opvrolijken,' zei ze toen mijn mond ervan openviel. 'Maak je geen zorgen, ik heb de verf zelf betaald.'

Ik trok mijn pruik van mijn hoofd en deed mijn spijkerbroek aan. 'Als je maar zorgt dat je vanavond klaar bent, want ik heb morgen vrij genomen. En dan ga ik je een paar dingen laten zien waar je vader van hield.'

Ze stopte en er druppelde jadegroen op de vloerbedekking. 'Wat voor dingen?'

'Dat zul je wel zien.'

We zaten de hele dag in de auto met als soundtrack een playlist van Lily's iPod, die het ene moment een hartverscheurende klaagzang over liefde en verlies liet horen en het volgende een hymne vol haat jegens de mensheid waar je trommelvliezen van scheurden. Op de snelweg leerde ik de kunst om mentaal boven het kabaal uit te stijgen en me op de weg te concentreren, terwijl Lily naast me zat mee te knikken op de maat en af en toe een drumsolo liet horen op het dashboard. Fijn dat ze het naar haar zin had, dacht ik. En had je nou echt allebei je trommelvliezen nodig?

We begonnen in Stortfold en bekeken alle plekken waar ik vroeger altijd met Will zat te eten, de picknickplekken in de velden buiten het stadje, de bankjes bij het kasteel waar hij graag zat, en Lily was zo fatsoenlijk om niet verveeld te kijken. En eerlijk is eerlijk: hoe enthousiast kan je worden over een stel weilanden? Dus ging ik zitten en vertelde ik haar dat Will nauwelijks nog de deur uit ging toen ik hem leerde kennen. En dat ik hem door een mengeling van listen en pure wilskracht mee naar buiten had weten te krijgen. 'Je vader vond het verschrikkelijk om afhankelijk te zijn van een ander,' zei ik. 'En als wij eropuit gingen was hij niet alleen afhankelijk van iemand anders, maar het was ook nog zo zichtbaar dat hij afhankelijk was.'

'Ook al was jij het.'

'Ook al was ik het.'

Ze dacht even na. 'Ik zou het ook vreselijk vinden als mensen me zo zagen. Ik wil nog niet eens met nat haar naar buiten.'

We bezochten de galerie waar hij me had proberen uit te leggen wat het verschil was tussen 'goede' en 'slechte' moderne kunst (ik zag het verschil nog steeds niet), en zij trok een gezicht bij bijna alles wat er aan de muur hing. We keken even naar binnen bij de wijnhandel waar hij me allerlei wijnen had laten proeven (*Nee, Lily,* geen *wijnproeverij vandaag*) en liepen toen naar de tattooshop waar hij me had overgehaald een tatoeage te laten zetten. Ze vroeg me of ik haar geld kon lenen zodat zij er ook een kon nemen (en ik kon wel huilen van opluchting toen de man zei dat hij geen tatoeages zette bij mensen van onder de achttien). Vervolgens vroeg ze of ze mijn kleine hommeltje mocht zien. Het was een van de weinige keren dat ik echt indruk op haar leek te maken. Ze lachte keihard toen ik haar vertelde wat Will zelf had gekozen: zijn uiterste houdbaarheidsdatum.

'Jullie hebben precies hetzelfde gruwelijke gevoel voor humor,' zei ik, en ze moest moeite doen om niet heel blij te kijken.

Op dat moment vertelde de eigenaar van de shop, die ons had horen praten, dat hij een foto had. 'Ik bewaar foto's van al mijn werk,' zei hij onder zijn zwaar in de wax gezette hangsnor. 'Ik hou het graag allemaal bij. Zeg nog eens wat de datum was?'

We stonden er zwijgend bij terwijl hij door zijn geplastificeerde map bladerde. En daar was het, van bijna twee jaar geleden, een close-up van het zwart-witte plaatje, keurig met inkt op Wills karamelkleurige huid aangebracht. Ik stond naar de foto te staren terwijl het vertrouwde ervan me de adem benam. Het klein zwart-witte blokje dat ik met een zachte washand had gewassen en had afgedroogd, waar ik zonnebrandcrème op had gesmeerd en met mijn hoofd op had gelegen. Ik had het anders even aangeraakt, maar Lily was me voor en haar vingers met de afgekloven nagels streken zachtjes over de afbeelding van haar vaders huid. 'Ik neem er denk ik ook eentje,' zei ze. 'Zoals die van hem, bedoel ik. Als ik oud genoeg ben.'

'Hoe is het met hem?'

Lily en ik draaiden ons om. De tattooman zat op zijn stoel en wreef over zijn zwaar gekleurde onderarm. 'Ik herinner me hem nog wel. We krijgen hier niet veel mensen in een rolstoel.' Hij grijnsde. 'Het is wel een type, hè?'

Er schoot een brok in mijn keel.

'Hij is dood,' zei Lily plompverloren. 'Mijn vader. Hij is dood.'

De man schrok. 'Sorry, kindje. Dat wist ik niet.'

'Mag ik deze houden?' Lily was de foto van Wills tatoeage al uit de map aan het wurmen.

'Tuurlijk,' zei hij snel. 'Neem maar mee, hoor. Laat maar gewoon in het hoesje. Voor als het regent.'

'Dank u,' zei ze en ze stak de map onder haar arm. En terwijl de man nog een keer stamelde dat het hem speet, liepen we de winkel uit.

We gingen lunchen – gebakken eieren met spek – en zaten er zwijgend bij. Omdat ik wel voelde dat de stemming aan het omslaan was, begon ik te praten. Ik vertelde Lily wat ik van Wills romantische historie wist, over zijn carrière, dat hij zo'n man was wiens goedkeuring je dolgraag wilde, of het nu was door iets te doen wat indruk op hem maakte of door hem aan het lachen te krijgen met een dom grapje. Ik vertelde haar hoe hij was toen ik hem ontmoette en hoe hij was veranderd, zachter geworden was, weer plezier kreeg in kleine dingen, ook al was de draak met mij steken vaak de bron van dat plezier. 'Ik was bijvoorbeeld niet zo avontuurlijk op het gebied van eten. Mijn moeder heeft tien gerechten die ze kan koken en die wisselt ze al vijfentwintig jaar af. En in geen van die gerechten zit quinoa. Of citroengras. Of guacamole. Terwijl jouw vader alles at.'

'En jij nu ook?'

'Guacamole eet ik nog steeds af en toe. Eigenlijk voor hem.'

'Vind je het dan niet lekker?'

'Het smaakt wel oké, hoor. Maar ik vind nog steeds dat het lijkt op iets wat je uit je neus hebt gesnoten.'

Ik vertelde haar over zijn vroegere vriendin en dat we hadden gedanst op haar bruiloft, ik op Wills schoot, terwijl zijn gemotoriseerde rolstoel rondjes draaide op de dansvloer, en ze moest zo hard lachen dat haar drinken door haar neus spoot. 'Dat meen je niet! Op haar bruiloft?' In de veel te warme beslotenheid van het kleine eettentje schilderde ik een zo levendig mogelijk beeld van haar vader. En misschien kwam het doordat we niet thuis waren, waar alles moeilijk lag, of doordat haar ouders niet in het land waren, of misschien ook wel doordat iemand haar eindelijk eens iets ongecompliceerds en grappigs over hem vertelde, dat ze lachte en vragen stelde en vaak knikte alsof mijn antwoorden haar vermoedens bevestigden. *Ja, ja, zo was hij. Ja, misschien ben ik ook wel zo.*

En terwijl we tot laat in de middag doorkletsten en onze thee koud lieten worden op tafel en de vermoeide serveerster nog maar eens aanbood om de restjes toast, waar we al twee uur over deden, af te ruimen, drong er nog iets anders tot me door: dit was voor het eerst dat ik zonder verdriet over Will kon vertellen.

'En jij?'

'Hoe bedoel je, en ik?' Ik stak het laatste korstje in mijn mond, met een blik op de serveerster, die dit zag als uitnodiging om weer naar ons tafeltje te komen.

'Wat is er met jou gebeurd nadat mijn vader overleed? Ik bedoel, toen je met hem was, deed je veel meer – ook al zat hij dan aan die rolstoel vast – dan nu.'

Het brood in mijn mond voelde plakkerig. Ik moest mijn best doen om het door te slikken. Toen ik de hap eindelijk weggewerkt had, zei ik: 'Ik doe van alles. Ik heb het gewoon druk gehad. Met werk. Ik bedoel, als je zulke rare diensten draait is het nogal lastig om plannen te maken.'

Ze trok haar wenkbrauwen een fractie op maar ze zei niets.

'En ik heb nog steeds veel last van mijn heup, dus bergbeklimmen zit er nog even niet in.'

Lily roerde in haar thee.

'Er gebeurt van alles in mijn leven. Ik bedoel, van een dak vallen is niet bepaald saai. Dat brengt genoeg opwinding voor een heel jaar!'

'Maar je *doet* niks, of wel soms?'

We zaten er even zwijgend bij. Ik haalde diep adem in een poging het plotselinge gegons in mijn oren te onderdrukken. De serveerster kwam tussen ons in staan, pakte licht triomfantelijk onze lege borden op en liep ermee naar de keuken.

'Hé,' zei ik. 'Heb ik je al verteld van die keer dat ik met je vader naar de paardenrennen ben geweest?'

Het was een kwestie van perfecte timing dat mijn auto oververhit raakte op de snelweg, vijfenzestig kilometer voor Londen. Lily was er verbazingwekkend kalm onder. Sterker nog, ze was nieuwsgierig: 'Ik heb nog nooit in een auto met pech gezeten. Ik wist niet eens dat dat tegenwoordig nog gebeurde.'

Bij deze mededeling viel mijn mond open (mijn vader bad regelmatig hardop tegen zijn oude bestelbusje, beloofde het premiumbenzine, regelmatige checks op de bandenspanning en eindeloze hoeveelheden liefde, als het hem maar weer thuis zou brengen). Toen vertelde ze me dat haar ouders elk jaar hun Mercedes inruilden. Dat was meestal vanwege de schade die haar halfbroertjes in het leren interieur hadden aangericht, voegde ze eraan toe.

We stonden aan de kant van de snelweg te wachten op de pechhulp en we voelden mijn kleine autootje trillen terwijl de vrachtwagens voorbijraasden. Toen besloten we dat het waarschijnlijk veiliger zou zijn om de auto uit te gaan, en we klommen de berm in en gingen in het gras zitten kijken, terwijl de middagzon aan warmte inboette en aan de andere kant van de fly-over onderging.

'Wie is die Martin eigenlijk?' vroeg ik toen we waren uitgepraat over de autopech.

Lily plukte aan het gras naast haar. 'Martin Steele? Dat is de man met wie ik opgegroeid ben.'

'Ik dacht dat Francis dat was?'

'Nee, Francis de Fucker kwam pas in beeld toen ik zeven was.'

'Hé Lily, misschien moet je hem maar niet meer zo noemen.'

Ze wierp me zijdelings een blik toe. 'Oké. Je hebt gelijk, denk ik.' Ze ging achterover in het gras liggen en glimlachte zoet. 'Ik zal hem voortaan Francis de Copulator noemen.'

'Laten we het dan maar op Fucker houden. Waarom ga je nog steeds bij hem langs?'

'Bij Martin? Hij is de enige vader die ik me kan herinneren. Mijn moeder kreeg wat met hem toen ik nog heel jong was. Hij is muzikant. Heel creatief. Hij las me altijd voor en verzon liedjes voor me, van die dingen. Ik ben gewoon...' Ze hield op met praten.

'Wat is er dan gebeurd? Tussen hem en je moeder?'

Lily haalde een pakje sigaretten uit haar tas en stak er eentje op. Ze inhaleerde en blies een lange rookpluim uit, waarbij haar kaak bijna uit de kom schoot. 'Op een dag kwam ik uit school met de au pair en toen zei mama dat hij weg was. Ze vertelde dat ze vonden dat het beter was als hij wegging omdat ze het niet meer gezellig hadden samen.' Ze nam nog een trek. 'Hij was blijkbaar niet geïnteresseerd in haar persoonlijke groei, of hij deelde haar ideeën voor de toekomst niet. Zulk soort bullshit. Volgens mij was ze Francis gewoon al tegengekomen en wist ze dat Martin haar nooit zou geven wat zij allemaal wilde.'

'Namelijk?'

'Geld. En een groot huis. En de kans om de hele dag te shoppen en met haar vriendinnen te roddelen en hun chakra's te laten reinigen of zoiets. Francis verdient bakken met geld bij de bank, waar hij privatebankingdingen doet met al zijn privatebankingvriendjes.' Ze keek me aan. 'Dus in feite was Martin de ene dag nog mijn vader – ik bedoel, ik heb hem altijd papa genoemd, tot de dag dat hij wegging – en de volgende dag niet meer. Hij bracht me altijd naar de crèche en naar school en alles – en dan is zij hem ineens zat en hup, hij is gewoon... weg. Het is haar huis, dus hij moest weg. Zomaar. En ik mag hem niet meer zien, niet eens meer met hem praten zelfs, want dan ben ik "alleen maar van alles weer aan het oprakelen" en dan "doe ik moeilijk". En zij heeft natuurlijk "zo veel pijn en verdriet".' Lily kon Tanya's stem griezelig goed imiteren. 'En toen ik een keer echt kwaad op haar werd, zei ze dat het nergens op sloeg om er zo boos over te doen omdat hij niet eens mijn echte vader was. Leuke manier om daarachter te komen, hè?'

Ik staarde haar aan.

'En toen stond Francis ineens voor de deur, met zijn veel te grote bossen bloemen en zijn zogenaamde familie-uitjes, waarbij ik bij een oppas werd gedumpt terwijl zij in een of ander kindvriendelijk luxe hotel lagen te rollebollen. En een halfjaar later neemt ze me mee naar de Pizza Express. Ik denk eerst nog dat ze me wil verrassen en dat Martin misschien zelfs wel weer terugkomt, maar ze zegt dat zij en Francis gaan trouwen en dat hij een geweldige vader voor me zal zijn en dat ik "heel veel van hem moet houden".'

Lily blies een kringel rook de lucht in en keek hem na terwijl hij steeds groter werd en toen oploste.

'Maar dat deed je niet.'

'Ik haatte hem.' Ze keek weer opzij. 'Je voelt het als iemand je hooguit tolereert. Al ben je nog zo klein. Hij zat helemaal niet op me te wachten, hij wilde mijn moeder. Ik begrijp het ergens wel – wie zit er nou te wachten op het kind van een andere vent? Dus toen ze de tweeling kregen hebben ze mij naar kostschool gestuurd. Hop. Klaar.'

De tranen stonden in haar ogen en ik wilde haar vastpakken, maar ze had haar armen om haar knieën geslagen en staarde recht voor zich uit. We zaten er een paar minuten zwijgend bij terwijl het steeds drukker werd op de weg en de zon steeds verder onderging.

'Ik heb hem weer gevonden.'

Ik keek haar aan.

'Martin. Toen ik elf was. Ik hoorde mijn kindermeisje tegen een ander kindermeisje zeggen dat ze me niet mocht vertellen dat hij langsgekomen was. Dus toen heb ik gezegd dat ze me moest vertellen waar hij woonde, omdat ik anders tegen mijn moeder zou zeggen dat zij dingen jatte. Ik heb het adres opgezocht en het bleek nog geen kwartier lopen bij ons huis vandaan te zijn. Pyecroft Road – ken je dat?'

Ik schudde mijn hoofd. 'Was hij blij om je weer te zien?'

Ze aarzelde. 'Heel erg blij. Hij moest zelfs bijna huilen. Hij zei dat hij me heel erg gemist had en dat het vreselijk was om me nooit meer te kunnen zien en dat ik altijd langs mocht komen. Maar hij had inmiddels een andere vrouw en ze hadden een baby. En als je bij iemand op de stoep staat en ze hebben een baby, een echt gezin, zeg maar, dan snap je ook wel dat jij er niet meer echt bij hoort.'

'Dat heeft vast niemand zo –'

'Ja, nou ja. Maar goed, hij is superaardig, maar ik heb tegen hem gezegd dat ik hem niet meer wil zien. Het is gewoon te vreemd. En ik heb tegen hem gezegd: "Ik ben niet eens je echte dochter." Maar toch belt hij me nog heel vaak. Zo suf.' Lily schudde haar hoofd verwoed. We bleven een poosje zo zitten en zij keek omhoog naar de lucht. 'Weet je wat me nou echt dwarszit?'

Ik wachtte.

'Toen ze trouwde heeft ze mijn achternaam veranderd. Mijn eigen naam, en geen mens die me ooit heeft gevraagd wat ik daar zelf van vond.' Haar stem brak een beetje. 'Ik wilde helemaal geen Houghton-Miller heten.'

'O Lily.'

Ze veegde haar gezicht even snel af met haar handpalm, alsof ze het gênant vond om te huilen. Ze nam een trek van haar sigaret, drukte hem toen uit in het gras en haalde haar neus op. 'Terwijl mijn moeder en de Copulator tegenwoordig *alleen* maar ruzie hebben. Het zal me niet verbazen als zij ook uit elkaar gaan. Als dat gebeurt gaan we ongetwijfeld weer verhuizen en dan krijgen we weer allemaal een andere naam, maar niemand mag er natuurlijk iets van zeggen omdat het *haar* zo'n verdriet doet en omdat we allemaal "emotioneel vooruit moeten kijken" of wat dan ook. En over twee jaar is er weer een andere Fucker en dan heten mijn broertjes Houghton-Miller-Branson, of Ozymandias, of Dikkedoei of zo.' Ze schoot half in de lach. 'Gelukkig ben ik dan allang het huis uit. Niet dat het haar opvalt.'

'Denk je nou echt dat je zo weinig voor haar betekent?'

Lily draaide haar hoofd met een ruk naar me om en keek me aan met een blik die veel te wijs was voor haar leeftijd en die mijn hart brak: 'Ik denk dat ze heus wel van me houdt, maar ze houdt meer van zichzelf. Hoe zou ze anders kunnen doen wat ze doet?'

13

De baby van meneer Traynor werd de volgende dag geboren. Mijn telefoon ging om halfzeven 's ochtends en heel even was ik bang dat er iets verschrikkelijks was gebeurd. Maar het was een ademloze en huilerige meneer Traynor die het nog moeilijk kon bevatten en uitriep: 'Het is een meisje! Acht pond en een ons! En ze is helemaal gezond!' Hij vertelde me hoe mooi ze was en dat ze zo op Will leek, als baby, en dat ik absoluut moest komen kijken. En toen vroeg hij me om Lily wakker te maken, wat ik deed, en ik keek naar haar, slaperig en stilletjes, terwijl hij haar het nieuws vertelde dat ze 'een... een... (het duurde even voor het tot ze doordrong) een tante had!'

'Oké,' zei ze uiteindelijk. En toen, na nog even naar hem geluisterd te hebben: 'Ja... tuurlijk.'

Ze hing op en gaf de telefoon aan me terug. We keken elkaar even aan en toen liep ze weer terug, in haar verkreukelde T-shirt, trok de deur stevig achter zich dicht en ging weer naar bed.

De gladde kerels van de ziektekostenverzekering waren, zo schatte ik om kwart voor elf, nog één rondje verwijderd van een vliegverbod, en ik vroeg me af of ik hen daarop moest wijzen toen er een vertrouwd reflecterend jack voor de bar kwam staan.

'Hier heeft niemand medische hulp nodig.' Ik liep langzaam naar hem toe. 'Tenminste, nog niet.'

'Die outfit, ik kan er geen genoeg van krijgen. Waarom weet ik ook niet.'

Sam klom op een kruk en leunde met zijn ellebogen op de toog. 'Die pruik is ook heel… fascinerend.'

Ik trok aan mijn lurex jurkje. 'Statische elektriciteit aanmaken is mijn superkracht. Koffie?'

'Graag, maar ik kan niet blijven hangen.' Hij keek op zijn portofoon en stak hem weer in zijn jaszak.

Ik maakte een Americano voor hem en deed mijn best niet te laten blijken dat ik blij was om hem te zien. 'Hoe wist je waar ik werkte?'

'We hadden een melding bij gate veertien. Vermoedelijke hartaanval. Jake herinnerde me eraan dat jij op de luchthaven werkte en nou ja, zo moeilijk was het niet om je op te sporen…'

De zakenmannen waren zachter gaan praten. Het was me al opgevallen dat Sam zo'n man was waar andere mannen stil van werden. 'Donna is even in de *duty-free* aan het kijken. Handtassen.'

'Ik neem aan dat jullie je patiënt al wel hebben bekeken?'

Hij grijnsde. 'Nee. Ik wilde eerst even een bak koffie doen en daarna vragen hoe ik bij gate veertien moet komen.'

'Grappig hoor. En, heb je zijn leven gered?'

'Ik heb haar wat aspirine gegeven en uitgelegd dat vier dubbele espresso's drinken voor tien uur 's ochtends geen goed plan is. Maar ik vind het wel vleiend dat jij denkt dat ik zo'n spannende werkdag heb.'

Ik schoot in de lach en gaf hem zijn koffie. Dankbaar nam hij een slok. 'Hé, wat ik me afvroeg… Heb je binnenkort nog een keer zin in een niet-date?'

'Met of zonder ambulance?'

'Zonder, absoluut.'

'Mogen we het dan hebben over probleempubers?' Ik merkte ineens dat ik een lok krulhaar van mijn nylon pruik om mijn vingers aan het draaien was. Allemachtig. Ik speelde met mijn haar en het was niet eens mijn echte haar. Ik liet mijn hand zakken.

'We kunnen het overal over hebben. Wat je maar wilt.'

'Wat had je in gedachten?'

Hij bleef zo lang stil dat ik ervan bloosde. 'Eten? Bij mij thuis? Vanavond? Je hoeft niet in de eetkamer te zitten als het regent, dat beloof ik.'

'Deal.'

'Ik haal je om halfacht op.'

Hij klokte zijn koffiekopje leeg en op dat moment verscheen Richard. Hij keek eerst naar Sam en toen naar mij. Ik stond nog steeds tegen de bar geleund, een paar centimeter bij hem vandaan. 'Is er iets aan de hand?' vroeg hij.

'Helemaal niets,' zei Sam. Toen hij opstond, bleek hij een kop groter dan Richard.

Er schoten een paar gedachten over Richards gezicht. Ik kon ze gemakkelijk aflezen: *Wat doet die ambulanceman hier? Waarom is Louisa niet aan het werk? Ik heb zin om Louisa een uitbrander te geven omdat ze staat te niksen, maar die kerel is zo groot en er hangt hier een sfeer die ik niet helemaal begrijp en ik ben een beetje bang voor hem.* Ik moest bijna hardop lachen.

'Dus. Vanavond.' Sam knikte naar me. 'Hou die pruik vooral op. Licht ontvlambaar vind ik je het leukst.'

Een van de zakenmannen, die nogal met zichzelf ingenomen was, leunde achterover in zijn stoel, zodat zijn buik tegen de naden van zijn overhemd drukte. 'Krijgen we dan nu het lesje over hoeveel alcohol we eigenlijk mogen?'

De andere twee lachten.

'Nee hoor, heren, drinkt u rustig door,' zei Sam saluerend. 'Dan zie ik u over een jaar of twee wel weer.'

Ik keek hem na terwijl hij naar de vertrekhal liep en Donna zich bij de kiosk bij hem voegde. Toen ik me omdraaide naar de bar, stond Richard naar mij te kijken. 'Ik moet je zeggen dat ik het niet kan goedkeuren dat je je sociale leven en je werk niet uit elkaar kunt houden,' zei hij.

'Prima. Dan zal ik hem de volgende keer zeggen dat hij niet moet uitrukken als er een hartaanval is bij gate veertien.'

Richards kaak verkrampte. 'En wat hij net zei. Over dat je die pruik straks op moet houden. Die pruik is eigendom van Shamrock and Clover Irish Themed Bars Inc. Dus die mag je buiten werktijden helemaal niet op.'

Ik kon er niks aan doen. Ik schoot onbedaarlijk in de lach. 'O nee, joh?'

Hij verkleurde een beetje, dat moet ik hem nageven. 'Dat is bedrijfsbeleid. Het is een uniform.'

'Verdorie,' zei ik. 'Dan zal ik voortaan mijn eigen Ierse dansmariekepruiken moeten kopen. Hé, Richard!' riep ik hem na terwijl hij boos naar zijn kantoortje liep. 'Dat betekent hopelijk ook dat jij niet met mevrouw Percival aan de jig mag in je poloshirt?'

Toen ik thuiskwam was er geen spoor van Lily te bekennen, op het pak cornflakes op het aanrecht na, en, vreemd genoeg, een hoopje modder midden in de gang. Ik probeerde haar te bellen, maar ze nam niet op en ik vroeg me af hoe je ooit een balans kon vinden tussen Overbezorgde Ouder, Normaal Bezorgde Ouder en Tanya Houghton-Miller. En toen sprong ik onder de douche en maakte me klaar voor mijn date, die absoluut, maar dan ook absoluut geen date was.

Het regende. Toen we bij Sams veldje aankwamen gingen de sluizen helemaal open en we raakten allebei doorweekt van het kleine eindje rennen van zijn motor naar de treinwagon. Ik stond uit te druipen terwijl hij de deur achter me dichtdeed en ik wist weer hoe onplezierig het voelt om natte sokken te hebben.

Hij veegde de druppels van zijn hoofd. 'Blijf staan. Je kunt niet in die natte kleren gaan zitten.'

'Dat klinkt als het begin van een ontzettend foute pornofilm,' zei ik. Hij bleef heel stil staan en ik realiseerde me dat ik dat hardop had gezegd. Ik glimlachte een beetje scheef.

'Oké,' zei hij, en hij trok zijn wenkbrauwen op.

Toen verdween hij naar het andere eind van de wagon en kwam even later terug met een trui en iets wat leek op een joggingbroek.

'Jakes joggingbroek. Frisgewassen. Alleen niets voor een pornoster.' Hij gaf het aan. 'Mijn kamer is daarachter, als je je wilt omkleden. En anders is daar de badkamer, als je het liever daar doet.'

Ik liep naar zijn slaapkamer en deed de deur achter me dicht. Boven mijn hoofd sloeg de regen tegen het dak. Je kon niet meer naar buiten kijken door de eindeloze stroom water die langs het raam liep. Ik vroeg me af of ik het gordijntje dicht moest trekken, maar bedacht me dat er toch niemand was die me zou zien behalve de kippen, en die zaten op een kluitje te schuilen en schudden chagrijnig de druppels uit hun veren. Ik trok mijn doorweekte bloes en spijkerbroek uit en droogde me af met de handdoek die hij me met de kleren had meegegeven. Voor de lol liet ik me even in mijn blootje aan de kippen zien, iets, bedacht ik later, wat Lily zou doen. Ze leken niet erg onder de indruk. Ik drukte de handdoek tegen mijn gezicht en snoof er schuldbewust aan, alsof ik een verboden drug inhaleerde. Hij was frisgewassen, maar toch rook hij onmiskenbaar mannelijk. Zo'n geur had ik sinds Will niet meer geroken. Ik raakte er even door van mijn stuk en legde hem snel neer.

Het tweepersoonsbed vulde bijna de hele ruimte. Een smalle kast tegenover het bed fungeerde als garderobekast en in de hoek stonden twee paar werklaarzen keurig naast elkaar. Op het nachtkastje lag een boek en daarnaast stond een foto van Sam met een lachende vrouw die haar blonde haar in een nonchalante knot had opgestoken. Ze had haar arm om zijn schouders geslagen en keek grijnzend naar de camera. Ze was geen supermodel, maar die lach had iets onweerstaanbaars. Ze leek iemand die dat veel deed: lachen. Ze was een vrouwelijke versie van Jake. Ik was ineens verschrikkelijk verdrietig voor hen en moest wegkijken voor ik ook nog mijn eigen verdriet voelde. Soms was het net alsof we allemaal door de ellende moesten waden en niet aan anderen wilden toegeven hoe diep we onder water stonden, of dat we bijna verdronken. Ik vroeg me heel even af of Sams tegenzin om het over zijn vrouw te hebben net zoiets was als mijn eigen tegenzin. Je wist: als die doos eenmaal openging, als je ook maar een fractie van je verdriet liet blijken, dan kon het binnen de kortste keren uitgroeien tot een enorme wolk die als een schaduw boven het gesprek bleef hangen.

Ik riep mezelf tot de orde en haalde diep adem. 'Zorg nu maar gewoon dat je een leuke avond hebt,' mompelde ik en ik dacht aan de woorden van de En Nu Verder-groep: 'Gun jezelf momenten van geluk.'

Ik veegde de uitgelopen mascara onder mijn ogen weg en zag in de kleine spiegel dat er aan mijn haar niet veel meer te redden viel.

Toen trok ik Sams enorme sweater over mijn hoofd en probeerde er niet aan te denken hoe vreemd intiem het was om de kleren van een man te dragen. Vervolgens schoot ik in Jakes joggingbroek en staarde naar mijn spiegelbeeld.

Wat vind jij, Will? Gewoon een gezellige avond. Dat hoeft toch verder niks te betekenen?

Sam grijnsde toen ik tevoorschijn kwam en de mouwen van zijn trui oprolde. 'Je lijkt wel twaalf.'

Ik ging naar de badkamer, wrong mijn spijkerbroek, bloes en sokken uit in de wastafel en hing ze over het douchegordijn.

'Wat eten we?'

'Nou, ik had eigenlijk een salade gepland, maar het is nu geen saladeweer meer. Ik verzin wel wat.'

Op het fornuis stond een pan water te koken. De ramen besloegen ervan. 'Je eet toch wel pasta?'

'Ik eet alles.'

'Heel goed.'

Hij trok een fles wijn open en schonk een glas voor me in terwijl hij gebaarde dat ik op het bankje moest gaan zitten. Hij had het tafeltje gedekt voor twee personen, en toen ik ernaar keek, voelde ik een lichte rilling. Het was oké om gewoon van een moment, van iets leuks te genieten. Ik was uit geweest en had gedanst. Ik had gepotloodvent voor een stel kippen. En nu zou ik gezellig eten met een man die voor me wilde koken. Dat was toch vooruitgang, of niet?

Misschien voelde Sam iets van mijn inwendige strijd, want hij wachtte tot ik mijn eerste slokje had genomen en zei toen, terwijl hij in een pan roerde: 'Was dat de baas waar je het over had? Die man van vandaag?'

De wijn was heerlijk. Ik nam nog een slok. Ik durfde niet te drinken als Lily bij me was: ik was bang dat ik dan mijn schild zou laten zakken. 'Yep.'

'Ik ken dat type. Misschien is het een troost dat hij binnen vijf jaar ofwel een maagzweer heeft, of zo'n hoge bloeddruk dat hij er impotent van wordt.'

Ik moest lachen. 'Ja, dat vind ik vreemd genoeg allebei heel troostrijk.'

Toen hij eindelijk ging zitten zette hij me een kom dampende pasta voor. 'Proost,' zei hij, en hij hief een glas water. 'En vertel me dan nu maar eens wat er met dat meisje van je aan de hand is.'

O, het was zo'n opluchting om met iemand te kunnen praten. Ik was helemaal niet gewend dat mensen ook echt naar me luisterden – in de bar zaten alleen maar mensen die graag naar hun eigen stem luisterden – dus het was een opbaring, dit gesprek met Sam. Hij viel me niet in de rede, zei niet wat hij vond, of wat ik moest doen. Hij luisterde en knikte en schonk me nog wat wijn bij, en zei uiteindelijk, toen het buiten allang donker was: 'Je hebt je een enorme verantwoordelijkheid op de hals gehaald.'

Ik leunde achterover op het bankje en legde mijn voeten op het andere bankje. 'Ik geloof niet dat ik iets te kiezen heb. Ik vraag me steeds af wat jij al zei: wat zou Will willen dat ik deed?' Ik nam nog een slok. 'Maar het is zwaarder dan ik had gedacht. Ik dacht, ik breng haar gewoon naar haar oma en opa en iedereen vindt het geweldig en ze leefden nog lang en gelukkig, zoals in die herenigingsprogramma's op tv.'

Hij bestudeerde zijn handen. Ik bestudeerde hem.

'Je vindt het gestoord van me dat ik me erin meng.'

'Nee. Er zijn te veel mensen die hun eigen geluk najagen zonder stil te staan bij wat ze aanrichten. Je wilt niet weten hoeveel kinderen ik in het weekend van straat raap, dronken, stoned als een garnaal, enzovoort. De ouders hebben het te druk met zichzelf, of zijn überhaupt niet meer in beeld, dus die kinderen leven in een vacuüm en maken verkeerde keuzes.'

'Is het tegenwoordig erger dan vroeger?'

'Wie zal het zeggen? Ik weet alleen dat ik tegenwoordig veel kinderen zie die in de prak zitten. En dat de psychiatrische afdeling van het ziekenhuis een ellenlange wachtlijst heeft voor jonge mensen.' Hij glimlachte wrang. 'Ik stap even van mijn zeepkist, want de kippen moeten op stok.'

Ik wilde hem vragen hoe het kon dat iemand die zo wijs leek zo achteloos met de gevoelens van zijn eigen zoon omsprong. Maar dat leek me iets te confronterend, en hij praatte tenminste, en hij had heel lekker voor me gekookt... Ik liet me afleiden door de aanblik van de kippen die een voor een hun hok in verdwenen en toen hij weer terugkwam en een beetje buitenlucht met zich meebracht, was het moment alweer gepasseerd.

Hij schonk me nog meer wijn in en ik dronk het op. Ik liet mezelf opgaan in de gezelligheid van de kleine treinwagon en het gevoel van een goedgevulde maag, en ik luisterde naar Sams verhalen. Hij vertelde dat hij soms midden in de nacht de hand van oude mensen vasthield die liever niet te moeilijk wilden doen, en over managementdoelstellingen waar iedereen moedeloos van werd, en dat hij het gevoel had dat hij zo niet het werk kon doen waar hij voor opgeleid was. Ik luisterde, ging op in een wereld die heel ver van de mijne stond en keek naar zijn handen die cirkels tekenden in de lucht, naar hoe hij beschaamd glimlachte als hij vond dat hij zichzelf te serieus nam. Ik keek naar zijn handen.

Ik bloosde een beetje toen ik me realiseerde waar mijn gedachten naar afdreven en nam snel nog een slok om het te verbloemen. 'Waar is Jake vanavond?'

'Ik heb hem nauwelijks gezien. Ik denk bij zijn vriendin.' Hij keek spijtig. 'Ze heeft zo'n echt *Waltons*-gezin, met een miljoen broertjes en zusjes en een moeder die de hele dag thuis is. Daar is hij vaak.' Hij nam nog een slok van zijn water. 'En Lily, waar is die?'

'Geen idee. Ik heb haar twee sms'jes gestuurd, maar ze heeft niet de moeite genomen om te reageren.'

Zijn aanwezigheid alleen al. Het leek wel alsof hij twee keer zo groot en twee keer zo levendig was als andere mannen. Mijn gedachten bleven maar afdwalen en werden op golven meegevoerd naar zijn ogen, die hij een beetje samenkneep als hij luisterde, alsof hij zeker wilde weten dat hij me honderd procent begreep... De lichte stoppelbaard, de vorm van zijn schouders onder de zachte wol van zijn trui. Mijn blik bleef maar afglijden naar zijn handen, die op tafel lagen, de vingers die afwezig op het tafelblad trommelden. Wat een goede handen. Ik weet nog hoe voorzichtig hij mijn hoofd had vastgehouden en hoe ik me aan hem had vastgegrepen in de ambulance, alsof hij mijn enige ankerpunt was. Hij keek me aan en glimlachte, en er smolt iets vanbinnen. Was dat nou echt zo erg? Als ik mijn ogen maar openhield.

'Zin in koffie, Louisa?'

Hij keek me altijd zo aan. Ik schudde mijn hoofd.

'Wil je anders –'

Voor ik er verder over na kon denken, leunde ik over het tafeltje, pakte hem bij zijn achterhoofd en kuste hem. Hij aarzelde even, maar gaf toen mee en kuste me terug. Ik geloof dat een van ons op een gegeven moment een wijnglas omvergooide, maar ik kon niet meer stoppen. Ik wilde hem eeuwig blijven kussen. Ik zette alle gedachten over wat dit was, wat dit kon betekenen, wat voor ellende ik me nu weer op de hals haalde van me af. *Kom op, leef!* hield ik mezelf voor. En ik kuste hem tot alle rede uit mijn poriën weggesijpeld was en ik alleen nog maar een hartslag was die alleen klopte voor wat ik met hem wilde doen.

Hij trok zich als eerste terug, licht verdwaasd. 'Louisa –'

Er kletterde een mes of een vork op de grond. Ik stond op en hij trok me tegen zich aan. En ineens botsten we links en rechts overal tegenop in de kleine treincoupé, een en al handen en lippen en, o god, hoe hij rook en smaakte en voelde. Het was alsof er een piepklein vuurwerk binnen in me afging dat delen die ik dood waande weer tot leven wekte. Hij tilde me op en ik sloeg mijn armen en benen om zijn enorme spiermassa's heen. Ik kuste zijn gezicht, zijn oor, terwijl ik met mijn vingers door zijn zachte, donkere haar ging. En toen zette hij me weer op de grond en stonden we heel dicht bij elkaar. Hij keek me strak aan en in zijn ogen lag een onuitgesproken vraag.

Ik ademde moeizaam. 'Ik ben al niet meer uit de kleren gegaan voor iemand sinds… het ongeluk,' zei ik.

'Geeft niks. Ik heb een medische achtergrond.'

'Ik meen het. Ik zie er niet uit.' Ineens kon ik wel huilen, gek genoeg.

'Zal ik je even een beter gevoel geven?'

'Dat is de slechte tekst sinds –'

Hij tilde zijn shirt op en toonde me een paars litteken van een centimeter of vijf op zijn buik. 'Hier. Neergestoken door een Australiër die een beetje in de war was, vier jaar geleden. En hier.' Hij draaide zich om en toonde me een enorme groen met gele plek over zijn onderrug. 'Een trap van een dronkenlap, afgelopen zaterdag. Een vrouw.' Hij stak zijn hand uit. 'Gebroken vinger. Kwam klem te zitten in de brancard toen we een veel te zware patiënt moesten optillen. En... o ja – hier.' Hij toonde me zijn heup, waar een korte, zilverkleurige rafellijn overheen liep, waar je de hechtingen nog langs zag lopen. 'Vleeswond met onbekende oorzaak, verleden jaar opgelopen tijdens een gevecht in een kroeg in Hackney. De politie heeft de dader nooit kunnen achterhalen.'

Ik keek naar zijn solide lijf, het handjevol littekens. 'En die daar?' vroeg ik terwijl ik voorzichtig aan een kleiner litteken voelde aan de zijkant van zijn buik. Zijn huid voelde warm aan.

'Die? O. Blindedarm. Toen ik negen was.'

Ik staarde naar zijn torso en toen naar zijn gezicht. Toen hield ik zijn blik vast en trok de trui over mijn hoofd. Ik huiverde onwillekeurig, maar ik wist niet of het nu kwam door de koelere lucht, of door de zenuwen. Hij deed een stap dichterbij, zo dichtbij dat we elkaar bijna aanraakten, en hij liet voorzichtig zijn vinger over de lijn op mijn heup glijden. 'Deze herinner ik me nog. Ik weet nog dat ik hier de breuk kon voelen.' Zachtjes gleed zijn vinger door over mijn blote buik, zodat mijn spieren zich aanspanden. 'En daar. Je had zo'n paarse vlek op je huid. Ik was bang dat je inwendige bloedingen had.' Hij legde zijn hand erop. Hij voelde warm en mijn adem stokte.

'Nooit gedacht dat de woorden "inwendige bloedingen" zo opwindend zouden kunnen klinken.'

'O, wacht maar, ik begin net.'

Hij nam me langzaam mee naar zijn bed. Ik ging zitten en keek hem aan terwijl hij bij me knielde en zijn handen over mijn benen liet glijden. 'En hier.' Hij pakte mijn rechtervoet met het felrode litteken over de wreef. Teder ging hij er met zijn duim overheen. 'Daar. Gebroken. Open vleeswond. Die zal wel pijn gedaan hebben.'

'Wat weet je nog veel.'

'De meeste mensen zou ik niet meer herkennen als ik ze de volgende dag tegenkwam op straat. Maar jij, Louisa, nou ja, jij bent me bijgebleven.' Hij boog zijn hoofd en kuste me op mijn voet, liet zijn handen weer naar boven glijden en zette ze naast me neer, zodat hij boven me uittorende. 'Maar niks doet meer pijn, toch?'

Ik schudde zwijgend mijn hoofd. Het kon me niet meer schelen. Het kon me niet schelen dat hij een dwangmatige neuker was of dat hij spelletjes speelde. Ik was zo overweldigd door hoe graag ik hem wilde, dat het me niet eens zou kunnen schelen als hij mijn andere heup zou breken.

Hij bewoog over me heen, centimeter voor centimeter, als een golf, en ik ging op mijn rug liggen, plat op bed. Bij elke beweging werd mijn ademhaling oppervlakkiger, tot het uiteindelijk het enige was wat ik nog kon horen in de stilte. Hij bekeek me, maar sloot toen zijn ogen en kuste me langzaam en teder. Hij kuste me en liet zijn gewicht op me vallen en ik voelde alleen nog machteloze lust en hoe hard zijn lichaam aanvoelde op het mijne. We kusten, zijn lippen in mijn hals, zijn huid op mijn huid, tot ik er draaierig van werd, tot ik onwillekeurig mijn rug kromde, met mijn benen om hem heen geslagen.

'O mijn god,' zei ik toen we weer even naar adem hapten. 'Was je maar niet zo volkomen ongeschikt voor me.'

Zijn wenkbrauwen schoten omhoog. 'Dat is – eh – lief gezegd?'

'Je gaat straks toch niet huilen, hè?'

Hij knipperde met zijn ogen. 'Eh... nee.'

'En wees gerust, ik ben geen rare stalker. Ik ga je straks echt niet achtervolgen. Of Jake vragen of hij me van alles over je wil vertellen als jij staat te douchen.'

'Dat is... fijn om te weten.'

En toen we die regels hadden afgesproken, kroop ik boven op hem en kuste hem tot ik helemaal vergeten was waar ik het net nog over had.

Anderhalf uur later lag ik op mijn rug en staarde ik confuus naar het lage plafond. Mijn huid tintelde, mijn botten zongen nog na en ik had pijn op plekken waarvan ik niet wist dat ze pijn konden doen. En toen had een wonderlijk vredig gevoel zich meester gemaakt van me, alsof mijn binnenste gesmolten was en tot een nieuwe vorm gestold was. Ik wist alleen niet of ik ooit nog op zou kunnen staan.

Je weet nooit wat er gebeurt als je van grote hoogte valt.

Dat was ik toch zeker niet. Ik bloosde als ik alleen al terugdacht aan wat er twintig minuten eerder was gebeurd. *Heb ik echt – en heb ik...* De herinneringen zaten elkaar vurig op de hielen. Zulke seks had ik nog nooit gehad. Niet in de zeven jaar met Patrick. Het was alsof je een broodje kaas vergeleek met… met wat, eigenlijk? De ongelofelijkste haute cuisine? Een gigantische biefstuk? Ik giechelde onwillekeurig en sloeg mijn hand voor mijn mond. Ik voelde me een heel ander mens.

Sam was naast me in slaap gedommeld en ik draaide mijn hoofd om naar hem te kunnen kijken. *O mijn god*, dacht ik, en ik keek vol bewondering naar de zijkant van zijn gezicht, zijn lippen – ik kon onmogelijk naar hem kijken zonder hem aan te willen raken. Ik vroeg me af of ik iets dichterbij kon gaan liggen met mijn eigen gezicht zodat ik hem kon –

'Hé,' zei hij zachtjes, en zijn ogen stonden scheel van de slaap.

…en toen drong het tot me door.

O god, ik ben er ook zo eentje.

We kleedden ons bijna zwijgend aan. Sam bood aan om thee voor me te zetten, maar ik zei dat ik maar beter naar huis kon gaan om te kijken of Lily alweer thuis was. 'Omdat haar familie op vakantie is en zo.' Ik haalde mijn vingers door mijn warrig geworden haar.

'Tuurlijk. O. Je wilt *nu* weg?'

'Ja… graag.'

Ik haalde mijn kleren uit de badkamer en voelde me onbeholpen en in één klap nuchter. Ik kon hem niet laten merken dat ik zo van mijn stuk was. Ik concentreerde me uit alle macht om weer afstand van hem te nemen en dat voelde raar. Toen ik de badkamer uit kwam, was hij al aangekleed en had hij de afwas gedaan. Ik probeerde hem niet aan te kijken. Dat was gemakkelijker.

'Zou ik deze kleren misschien even mogen lenen? De mijne zijn nog nat.'

'Tuurlijk. Dan kun je ze gewoon… nou ja.' Hij rommelde wat in een la en stak een plastic tas naar me uit.

Ik pakte hem aan en we bleven even staan in de donkere ruimte. 'Het was een… leuke avond.'

'"Leuk".' Hij keek me aan alsof hij probeerde te begrijpen wat er aan de hand was. 'Oké.'

Terwijl we door de natte avond reden moest ik me inhouden om niet mijn wang tegen zijn rug aan te leggen. Hij wilde me per se een leren jasje lenen, ook al had ik gezegd dat dat echt niet nodig was. Toen we eenmaal een paar kilometer hadden gereden, was ik blij dat ik het aanhad. Om kwart over elf waren we weer terug bij mijn huis, al keek ik nog eens goed toen ik de klok zag. Ik had het gevoel alsof het een heel leven geleden was dat hij me had opgehaald.

Ik stapte af en begon zijn jas uit te trekken. Maar hij duwde met zijn hak zijn standaard omlaag. 'Het is al laat. Dus laat me je op zijn minst even naar boven brengen.'

Ik aarzelde. 'Oké. Als je wacht, dan kan ik je je kleren weer teruggeven.'

Ik probeerde onverschillig te klinken. Hij haalde zijn schouders op en liep met me mee naar binnen.

Toen we het trappenhuis uit kwamen, werden we op de gang begroet door stampende muziek. Ik wist meteen waar het vandaan kwam. Ik hinkte snel de gang door, bleef voor mijn deur staan en deed hem langzaam open. Lily stond midden in de hal met in de ene hand een sigaret en in de andere een glas wijn. Ze droeg een gele bloemenjurk die ik in een vintage boetiekje had gekocht, toen het me nog wat kon schelen hoe ik eruitzag. Ik staarde – en het kan zijn dat ik struikelde op het moment dat ik zag wat ze nog meer aanhad: ik voelde dat Sam mijn arm vastgreep.

'Mooie stappertjes, Louisa!'

Lily wees naar haar tenen. Ze droeg mijn groene glitterschoenen. 'Waarom doe je deze nooit eens aan? Je hebt de meest waanzinnige outfits en het enige wat je dag in, dag uit draagt is een spijkerbroek en een T-shirtje. Zooo saai!'

Ze liep mijn slaapkamer weer in en kwam even later naar buiten met een goudkleurige jumpsuit uit de jaren zeventig die ik altijd droeg met bruine laarzen. 'Ik bedoel, moet je dit zien! Ik heb echt heel erg last van jumpsuitjaloezie.'

'Trek uit,' zei ik toen ik weer iets kon uitbrengen.

'Wat?'

'Die maillot. Trek hem onmiddellijk uit.' Mijn stem klonk gesmoord en onherkenbaar.

Lily keek omlaag naar de zwart met geel gestreepte maillot. 'Nee maar echt, je hebt een hele vintagewinkel in huis. Biba, DVF. Dat paarse Chanel-achtige ding. Weet je wel wat al die troep waard is?'

'Trek uit!'

Misschien voelde hij hoe ik ineens verstijfde, maar Sam begon me voor zich uit te duwen. 'Kom, als wij eens doorlopen naar de zitkamer, dan –'

'Ik ga nergens heen tot zij die maillot uit heeft getrokken.'

Lily trok een gezicht. 'Jezus. Je hoeft er niet zo spastisch over te doen.'

Trillend van woede keek ik toe terwijl Lily mijn hommelmaillot omlaagtrok en met haar benen begon te schoppen toen ze hem niet van haar voeten kreeg.

'Niet kapotmaken!'

'Het is maar een maillot, mens.'

'Het is niet *maar* een maillot. Het was een... cadeau.'

'Maar dan is het nog steeds maar een maillot,' mompelde ze.

Toen ze hem eindelijk uit had, liet ze hem in een zwart met geel hoopje op de grond liggen. In de slaapkamer hoorde ik het rammelen van kleerhangers, terwijl ze de rest van mijn kleren vermoedelijk snel op hun plek hing.

Even later kwam Lily de zitkamer in. In haar beha en onderbroek. Ze wachtte tot ze zeker wist dat ze onze aandacht had en trok toen langzaam en ostentatief een kort jurkje over haar hoofd, waar ze haar slanke, bleke heupen in wurmde. Toen schonk ze me een zoete glimlach. 'Ik ga stappen. Je hoeft niet op te blijven. Leuk u weer te zien, meneer...'

'Fielding,' zei Sam.

'Meneer Fielding.' Ze lachte weer naar me. Een lach die helemaal geen lach was. En met een klap van de deur was ze verdwenen.

Ik slaakte een bibberende zucht en liep toen de gang in om de maillot van de grond te rapen. Ik ging op de bank zitten, trok hem recht en streek hem glad tot ik zeker wist dat er geen haaltjes en schroeiplekken van haar sigaret in zaten.

Sam kwam naast me zitten. 'Gaat het?' vroeg hij.

'Je vindt me vast gestoord,' zei ik uiteindelijk, 'maar het was een –'

'Je hoeft het niet uit te leggen.'

'Ik was een heel ander mens, toen. Het betekende dat… Ik was… Hij gaf me…' Mijn stem brak.

Daar zaten we, in mijn stille appartement. Ik wist dat ik iets moest zeggen, maar ik had geen idee wat, en er zat een enorme brok in mijn keel.

Ik trok Sams jas uit en hield hem op. 'Het is goed zo,' zei ik. 'Je hoeft niet te blijven.'

Ik voelde zijn blik op me, maar ik keek niet op van de vloer.

'Dan laat ik je verder maar.'

En toen, voor ik nog iets kon zeggen, was hij weg.

14

Ik kwam die week te laat bij de En Nu Verder-bijeenkomst. Lily, die misschien in plaats van excuses een beker koffie voor me achtergelaten had, had daarna achtereenvolgens groene verf op de vloer in de gang gemorst, een beker ijs op het aanrecht laten smelten, mijn huissleutels meegenomen, met mijn autosleutel eraan, want ze kon haar eigen sleutels niet vinden, en mijn pruik geleend voor een avondje uit, zonder het mij eerst te vragen. Ik had hem in haar kamer van de grond moeten vissen. Toen ik hem opzette, leek het wel alsof een oude Engelse schapendoes iets heel vies boven op mijn hoofd had gedaan.

Tegen de tijd dat ik bij de kerkzaal aankwam, zat iedereen al. Natasha schoof netjes een plaatsje op zodat ik op het plastic stoeltje naast haar kon gaan zitten.

'Vanavond gaan we het hebben over dingen waaruit blijkt dat we vooruitgang boeken,' zei Marc, die een beker thee in zijn handen had. 'Het hoeven geen grote dingen te zijn – niet een nieuwe relatie, of kleren weggooien of zo. Gewoon, kleine dingetjes waardoor we zien dat er licht is aan het eind van de tunnel. Het zal je verbazen hoeveel van dat soort dingen er zijn zonder dat je ze ooit opmerkt, of die je weigert onder ogen te zien omdat je je schuldig voelt dat je doorgaat met leven.'

'Ik heb me ingeschreven bij een datingsite,' zei Fred. 'Het heet Ouder en Wijzer.'

Er klonk een zacht gemompel van verbazing en goedkeuring.

'Dat is heel bemoedigend, Fred.' Marc nam een slok thee. 'Wat hoop je daar te vinden? Wat gezelschap? Ik herinner me dat je zei dat je het miste om met iemand te wandelen op zondagmiddag. Gingen jullie niet altijd samen de eenden voeren, jij en je vrouw?'

'O nee, ik doe het voor de internetseks.'

Marc verslikte zich. Het bleef even stil terwijl iemand hem een papieren zakdoek gaf om de thee mee van zijn broek te vegen.

'Internetseks. Dat doet iedereen toch? Ik heb me ook nog bij een paar andere sites aangemeld.' Fred hield zijn hand op en telde op zijn vingers. 'Ouderenwijzer.com, die is voor jonge vrouwen die op oudere mannen vallen, en dan Suikeroompjes.com, voor jongere vrouwen die op oudere mannen met geld vallen en, eh... Hot Studs.' Hij zweeg. 'Die hebben geen specifieke doelgroep.'

Het bleef nog steeds stil.

'Goed dat je zo optimistisch bent, Fred,' zei Natasha.

'En jij, Louisa?'

'Eh...' Ik aarzelde, aangezien Jake recht voor me zat, maar dacht toen: *Ach, wat kan mij het ook schelen*, en zei: 'Ik had dit weekend een date.'

Er klonk een zacht goedkeurend geloei. Ik kon niet terugdenken aan die avond zonder diep te blozen.

'En, hoe ging het?'

'Het was... verrassend.'

'Ze is met iemand het bed in gedoken. Ze is absoluut met iemand het bed in gedoken,' zei Natasha.

'Ze gloeit helemaal,' zei William.

'En, had hij nog speciale trucs in huis?' wilde Fred weten. 'Nog tips?'

'En lukte het om niet te veel over Bill na te denken?'

'Niet zo veel dat het me ervan weerhield... Ik had zo'n zin om iets te doen waardoor ik...' Ik haalde mijn schouders op. '...ik wilde gewoon weer eens het gevoel hebben dat ik leef.'

Bij dat woord werd er instemmend geknikt. Het was wat we allemaal wilden, uiteindelijk: van ons verdriet bevrijd worden. Weg uit deze onderwereld van de doden, met de helft van ons hart onder de zoden of opgesloten in een kleine porseleinen urn. Het was fijn om eens iets positiefs te kunnen zeggen.

Marc knikte ook ter aanmoediging. 'Dat klinkt heel gezond.'

Sunil vertelde dat hij weer naar muziek was gaan luisteren en Natasha zei dat ze een paar foto's van haar man van de zitkamer naar de slaapkamer had verhuisd, 'zodat ik niet de hele tijd over hem hoef te praten als er iemand op bezoek komt.' Daphne was gestopt met stiekem, in de kast, ruiken aan de overhemden van haar man. 'Eerlijk gezegd kon ik hem toch al niet meer echt ruiken. Het was meer een gewoonte geworden.'

'En jij, Jake?'

Hij keek ongelukkig. 'Ik ga vaker uit, misschien?'

'Heb je het al met je vader over je gevoelens gehad?'

'Nee.'

Ik probeerde niet naar hem te kijken terwijl hij aan het woord was. Ik voelde me vreselijk ongemakkelijk, aangezien ik niet wist wat hij precies wist.

'Ik geloof dat er iemand is die hij leuk vindt.'

'Waar hij het mee doet?' zei Fred.

'Nee, ik bedoel, er is iemand die hij *echt* leuk vindt.'

Ik voelde dat ik begon te blozen en poetste een onzichtbare vlek op mijn schoen weg in een poging mijn gezicht te verbergen.

'Waarom denk je dat, Jake?'

'Hij had het laatst over haar bij het ontbijt. Hij zei dat hij maar eens moest ophouden met het oppikken van willekeurige vrouwen. Dat hij iemand had ontmoet en dat hij misschien wilde proberen om er echt werk van te maken.'

Ik had nu echt een kop als een boei. Niet te geloven dat het de anderen helemaal niet opviel.

'Dus je denkt dat hij er eindelijk achter is dat je met vluchtige relaties niet echt iets opschiet? Misschien had hij wel eerst een paar andere partners nodig voor hij weer echt verliefd kon worden.'

'Een paar? Heel veel, zal je bedoelen,' zei William. 'Astronomische aantallen.'

'Jake? Wat betekent dit voor jou?' vroeg Marc.

'Ik vind het een beetje raar. Ik bedoel, ik mis mijn moeder, maar het is denk ik wel goed als hij doorgaat met zijn leven.'

Ik probeerde me in te denken wat Sam tegen hem had gezegd. Had hij mijn naam genoemd? Ik zag voor me hoe ze met zijn tweeën in de keuken van de kleine treinwagon een eerlijk gesprek voerden met een kop thee en toast erbij. Mijn wangen waren vuurrood. Ik wist niet of ik wel wilde dat Sam zo vroeg al van allerlei dingen over ons aannam. Ik had misschien duidelijker moeten zeggen dat die avond niet betekende dat we al meteen een relatie hadden. Het was te vroeg. En het was ook te vroeg om Jake er openlijk over te horen praten.

'En heb je haar al ontmoet?' vroeg Natasha. 'Mag je haar?'

Jake keek naar de grond. 'Ja, nou ja, dat was dus wat er vrij klote aan was.'

Ik keek op.

'Hij had haar zondag uitgenodigd voor de lunch en het was een complete nachtmerrie. Ze had zo'n loeistrak topje aan en ze legde de hele tijd haar arm om me heen, alsof ze me kende. En ze lachte veel te hard en toen mijn pa even in de tuin stond, keek ze me met van die grote ronde ogen aan en zei ze: "En hoe is het dan met *jou*?" Met haar hoofd zo irritant schuin.'

'O ja, het *schuine hoofd*,' zei William, en er werd weer instemmend gemompeld. Iedereen kende het schuine hoofd.

'En als mijn pa erbij was zat ze alleen maar te giechelen en met haar haar te spelen alsof ze een puber was, terwijl ze duidelijk al *minstens* dertig was.' Hij trok vol walging zijn neus op.

'Dertig!' zei Daphne, en ze keek even opzij. 'Wat gruwelijk!'

'Dan had ik nog liever die ene die me de hele tijd vroeg wat mijn vader allemaal uitspookte. Die deed tenminste niet net alsof ze mijn beste vriendin was.'

Wat hij verder nog allemaal zei, kon ik nauwelijks horen. Ik hoorde alleen het gegons in mijn oren, dat al het andere geluid smoorde. Hoe kon ik zo stom zijn? Ik herinnerde me ineens hoe Jake met zijn ogen had gerold toen hij voor het eerst had gezien dat Sam met me stond te flirten. Dat was het waarschuwingsteken, meteen al, en ik was zo stom geweest om er geen acht op te slaan.

Ik voelde me warm en trillerig. Ik kon daar niet blijven. Ik wilde niet meer luisteren. 'O, eh… ik bedenk me ineens dat ik een afspraak heb,' mompelde ik, en ik pakte mijn tas en schoot uit mijn stoel. 'Sorry.'

'Gaat het wel, Louisa?' vroeg Marc.

'Ja, helemaal top. Ik moet hollen.' Ik sprintte naar de deur, met mijn neplach zo stevig op zijn plek dat het pijn deed.

Daar stond hij. Natuurlijk stond hij er. Hij had net zijn motor op de parkeerplaats gezet en was bezig zijn helm af te doen. Ik kwam de kerk uit en bleef boven aan het bordes staan en keek of er een weg naar mijn auto was waarbij ik niet langs hem zou hoeven, maar helaas. Het fysieke deel van mijn hersenen registreerde zijn vorm voor de rest van mijn synapsen ook meededen: een golf blijdschap, een flits van herinneringen aan hoe zijn handen op mijn huid voelden. En toen die gierende woede, het pulserende bloed van de vernedering.

'Hoi,' zei hij toen hij me in de smiezen kreeg, met zijn gladde lachje, en die rimpeltjes om zijn ogen. Die lul van een charmeur.

Ik vertraagde mijn pas heel even, waardoor hij aan mijn gezicht kon zien hoe hij me gekwetst had. Het kon me niet schelen. Ik voelde me ineens net Lily. Ik had geen zin om dit mijn probleem te laten worden. Ik was niet degene die met de een na de ander het bed in dook.

'Knap gedaan, hoor, ongelofelijke klootzak,' bitste ik, en toen holde ik langs hem heen naar mijn auto, voor de snik in mijn keel hoorbaar werd.

Vanaf dat moment werd die week alleen nog maar erger; alsof hij reageerde op een of ander kwaadaardig hondenfluitje. Richard begon op steeds meer slakken zout te leggen, klaagde dat we niet genoeg glimlachten, dat we onvoldoende 'vrolijke kletspraatjes' hielden met de gasten, zodat ze liever naar de Wings in the Air Bar and Grill gingen. Het werd slecht weer en de lucht werd loodgrijs. Vluchten liepen vertraging op door tropische regenstormen en dus vulde de luchthaven zich met chagrijnige passagiers, en toen gingen ook nog eens de bagageverwerkers in staking. Perfecte timing. 'Wat had je dan gedacht? Mercurius staat retrograad,' zei Vera fel en ze keek woest naar een klant die om minder schuim op zijn cappuccino vroeg.

Thuis kwam Lily binnen onder haar eigen donderwolk. Ze zat in mijn zitkamer aan haar mobieltje gekluisterd, maar wat ze daarop bekeek schonk haar duidelijk weinig plezier. Ze staarde de hele tijd uit het raam zoals haar vader altijd had gedaan, alsof ze evenzeer gevangenzat als hij toen. Ik had geprobeerd om haar uit te leggen dat die zwart met gele maillot een cadeau van Will was, en dat hij me ontzettend dierbaar was, niet vanwege de kleur of de kwaliteit, maar omdat –

'Ja, ja. Whatever,' zei ze.

Drie nachten lang sliep ik nauwelijks. Ik lag naar het plafond te staren, opgestookt door een withete woede die zich in mijn borst had genesteld en die daar niet meer weg wilde. Ik was zo kwaad op Sam. Maar ik was nog veel bozer op mezelf. Hij stuurde me twee keer een sms:

??

Alsof hij van de prins geen kwaad wist, om gek van te worden. Ik had die klassieke fout gemaakt die vrouwen altijd maken. Alles negeren wat de man zegt of doet en liever alleen luisteren naar je eigen aanhoudende tromroffel: *Met mij wordt alles anders*. Ik had *hem* gekust. Ik had het allemaal veroorzaakt. Dus had ik het alleen maar aan mezelf te wijten.

Ik probeerde mezelf wijs te maken dat ik net op tijd de dans was ontsprongen. Met kleine innerlijke uitroeptekens hield ik mezelf voor dat ik er maar beter nu achter kon komen dan over een halfjaar! Ik probeerde het te zien door Marcs ogen: het was goed dat ik verderging met mijn leven! Dit was allemaal levenservaring! En de seks was in elk geval prima geweest! En toen kwamen die verdomde dikke tranen weer uit mijn ogen rollen, zodat ik die moest dichtknijpen en mezelf een uitbrander moest geven: dat krijg je er nou van als je iemand te dichtbij laat komen.

Depressie, zoals we in de groep hadden geleerd, houdt erg van een vacuüm. Dus is het veel beter om dingen te doen, of in elk geval dingen te plannen. Soms voel je je per ongeluk gelukkig door alleen al de illusie van geluk. Omdat ik het spuugzat was om steeds als ik thuiskwam Lily op haar rug op mijn bank aan te treffen, en het even spuugzat was om te doen alsof dat me niet irriteerde, zei ik vrijdagavond tegen haar dat we de volgende dag bij mevrouw Traynor op bezoek zouden gaan.

'Maar jij zei dat ze helemaal niet op je brief heeft gereageerd.'

'Misschien heeft ze die wel nooit ontvangen. Hoe dan ook, meneer Traynor zal zijn familie ook ooit over jou vertellen en dus kunnen we maar beter eerst bij haar langs.'

Ze zei niets. Ik vatte het op als stilzwijgende instemming en liet haar verder met rust.

Die avond ging ik door alle kleding heen die Lily uit de verhuisdoos had gevist, de kleren waar ik niet meer naar omgekeken had sinds ik twee jaar eerder naar Parijs was vertrokken. Het had geen zin meer om ze aan te trekken. Ik had me niet meer dat meisje gevoeld sinds Will dood was.

Maar nu voelde ik dat ik iets aan moest wat noch een spijkbroek was, noch een groen Iers dansmariekekostuum. Ik vond een donkerblauwe mini-jurk waar ik ooit verrukt van was en die me sober genoeg leek voor een enigszins formeel bezoek, streek hem en legde hem apart. Ik zei tegen Lily dat we om negen uur zouden vertrekken en ging naar bed. Het was doodvermoeiend om met iemand in een huis te wonen die het bovenmenselijk inspannend vond om antwoorden te geven die uit meer dan een grom bestonden.

Tien minuten nadat ik mijn slaapkamerdeur had dichtgetrokken, werd er een handgeschreven briefje onderdoor geschoven.

Lieve Louisa,
Het spijt me dat ik je kleren heb geleend. En bedankt voor alles.
Ik weet dat ik soms supervervelend ben.
Sorry
Lily xxx

PS Je moet die kleren echt gaan dragen. Echt ZO VEEL beter dan die shit die je nu aanhebt.

Ik deed de deur open en daar stond Lily, met een bloedserieus gezicht. Ze deed een stap naar voren en gaf me een korte, maar stevige knuffel, zo stevig dat mijn ribben pijn deden. Toen draaide ze zich om en verdween zonder een woord te zeggen naar de zitkamer.

De dag begon lichter en ons humeur knapte ook een beetje op. We reden in een paar uur naar een piepklein dorpje in Oxfordshire. Zo'n oord met ommuurde tuinen en mosterdkleurige, zondoorstoofde huizen. Onderweg had ik over van alles gekeuveld, voornamelijk om mijn zenuwen over deze ontmoeting met mevrouw Traynor te maskeren. Wat vooral zo moeilijk is aan praten met pubers, had ik ontdekt, was dat je hoe dan ook overkwam als een oude tante op een bruiloft. Wat je ook zei.

'Wat vind je eigenlijk leuk om te doen als je niet naar school hoeft?'

Ze haalde haar schouders op.

'Maar je had toch wel hobby's vroeger?'

Ze noemde een duizelingwekkende lijst op: paardrijden, lacrosse, hockey, piano, atletiek, tennis op regionaal niveau.

'Dat allemaal? En je wilde niet één ding blijven doen?'

Ze snoof en haalde tegelijk haar schouders op, en legde toen haar voeten op het dashboard om aan te geven dat dit onderwerp afgesloten was.

'Je vader was dol op reizen,' merkte ik een paar kilometer verder op.

'Dat zei je al.'

'Hij heeft een keer verteld dat hij overal al geweest was, behalve in Noord-Korea. En in Disneyland. Hij kon verhalen vertellen over plekken waar ik zelfs nog nooit van had gehoord.'

'Mensen van mijn leeftijd gaan niet meer op reis om dingen te ontdekken. Alles is al ontdekt. En mensen die in hun tussenjaar gaan backpacken zijn ongehoord vervelend. Al dat gezeik over een of ander leuk kroegje dat ze hebben ontdekt in Ko Pang Yan, of dat ze waanzinnige drugs hebben gescoord in het Birmese regenwoud.'

'Je hoeft toch ook niet te gaan backpacken.'

'Ja, maar als je eenmaal een Mandarin Oriental Hotel vanbinnen hebt gezien, ken je ze allemaal.' Ze geeuwde. 'Ik heb ooit hier in de buurt op school gezeten,' zei ze even later, met een blik naar buiten. 'De enige school waar ik het echt leuk vond.' Ze bleef even stil. 'Ik had er een vriendin. Holly heette ze.'

'Waarom ben je daar weggegaan?'

'Mama had het in haar hoofd gehaald dat het geen "goede school" was. Ze zei dat ze niet hoog genoeg op een of andere ranglijst stonden. Het was maar een doodgewoon kostschooltje. Niet academisch genoeg. Dus toen hebben ze me ervanaf gehaald. Daarna had ik geen zin meer om vrienden te maken. Wat heeft het voor nut, als ze je zo weer van school halen?'

'Heb je contact gehouden met Holly?'

'Niet echt. Het heeft niet zo veel zin als je elkaar toch niet kunt zien.'

Ik herinnerde me vaag hoe intens meisjesvriendschappen konden zijn op die leeftijd. Bijna meer een passie dan een vriendschap. 'Wat ga je doen, denk je? Ik bedoel, als je niet meer teruggaat naar school.'

'Ik kijk liever niet vooruit.'

'Maar je moet toch iets met je leven, Lily.'

Ze deed haar ogen even dicht, haalde haar voeten toen van het dashboard en trok een stukje paarse lak van haar duimnagel. 'Ik weet het niet, Louisa. Misschien volg ik jouw waanzinnig inspirerende voorbeeld wel en ga ik ook allemaal van die opwindende dingen doen.'

Ik haalde drie keer diep adem om te voorkomen dat ik de auto midden op de snelweg stil zou zetten. Zenuwen, hield ik mezelf voor. Ze was gewoon gespannen. En toen zette ik Radio 2 aan, keihard, gewoon om haar te irriteren. Ik liet hem de rest van de rit aanstaan.

Met behulp van iemand die zijn hond uitliet vonden we Four Acres Lane en we parkeerden voor Fox's Cottage, een bescheiden, witgeschilderd huisje met een rieten dak. Om de ijzeren poort aan het begin van het tuinpad slingerden zich rode rozen en zachtgekleurde bloemen vochten om ruimte in keurig onderhouden borders. Op de oprit stond een kleine hatchback.

'Ze is er niet op vooruitgegaan,' zei Lily, naar buiten glurend.

'Ik vind het mooi.'

'Het is een schoenendoos.'

Ik zat te luisteren naar de tikkende motor. 'Luister, Lily. Voor we naar binnen gaan. Verwacht er niet te veel van,' zei ik. 'Mevrouw Traynor is nogal formeel. Ze verschuilt zich achter haar goede manieren. Ik vermoed dat ze je zal toespreken als een schooljuffrouw. Ik bedoel, ik denk niet dat ze je zal omhelzen zoals meneer Traynor dat deed.'

'Mijn grootvader is een hypocriete zak.' Lily snoof. 'Die doet net alsof hij je helemaal geweldig vindt, maar hij zit gewoon bij dat mens onder de plak.'

'En heb het vooral niet over dat mens.'

'Het heeft geen zin om me anders voor te doen dan ik ben,' zei Lily koppig.

We bleven even zo zitten. Ik realiseerde me dat we geen van beiden als eerste naar de voordeur wilden lopen. 'Zal ik proberen om haar nog een keer te bellen?' vroeg ik terwijl ik mijn telefoon ophield. Ik had haar die ochtend al twee keer gebeld maar hij was meteen op voicemail gesprongen.

'Je moet het haar niet meteen vertellen,' zei ze ineens. 'Wie ik ben, bedoel ik. Ik wil gewoon... Ik wil eerst zien hoe zij is. Voor we het haar vertellen.'

'Goed,' zei ik, en ik ontdooide een beetje. En voor ik nog iets kon zeggen stapte Lily uit en liep naar de poort, haar handen tot vuisten gebald, als een boxer die de ring in ging.

Mevrouw Traynor was grijs geworden. Haar kapsel, dat eerst nog donkerbruin geverfd was, was nu wit en kort, waardoor ze er veel ouder uitzag dan ze eigenlijk was. Het leek wel alsof ze heel erg ziek geweest was. Ze was minstens vijf kilo lichter dan de laatste keer dat ik haar zag en ze had leverkleurige holten onder haar ogen. Uit de verwarring waarmee ze Lily aankeek maakte ik op dat ze nooit bezoek kreeg. En toen zag ze mij, en haar blik werd nog verbaasder. 'Louisa?'

'Hallo, mevrouw Traynor.' Ik deed een stap naar voren en stak een hand uit. 'We waren in de buurt. Ik weet niet of u mijn brief hebt gekregen? Ik dacht, ik ga langs om even dag te zeggen...'

Mijn stem – vals en onnatuurlijk opgewekt – stierf weg. De laatste keer dat ze mij had gezien was toen ik haar hielp de kamer van haar overleden zoon uit te ruimen. De keer daarvoor was de keer dat hij zijn laatste adem uitblies. Ik zag dat ze nu aan allebei die keren terugdacht. 'We stonden net uw tuin te bewonderen.'

'David Austin-rozen,' zei Lily.

Mevrouw Traynor keek naar haar alsof ze haar voor het eerst zag. Haar glimlach was broos en aarzelend. 'Ja. Ja, dat klopt. Wat goed van jou. Het is... Het spijt me. Ik krijg bijna nooit bezoek. Wat was je naam, zei je?'

'Dit is Lily,' zei ik. Lily schudde mevrouw Traynors hand en bestudeerde haar ingespannen.

We stonden daar even op haar stoep en eindelijk, alsof ze geen keus had, draaide mevrouw Traynor zich om en duwde de deur open. 'Kom dan maar even binnen.'

Het was een piepkleine cottage en het plafond was zo laag dat ik zelfs moest duiken toen ik van de hal naar de keuken liep. Ik wachtte terwijl mevrouw Traynor thee aan het zetten was en zag Lily rusteloos door de kleine zitkamer lopen en tussen de paar glanzend gepoetste antieke meubelstukken door laveren die ik me nog herinnerde uit mijn tijd in Granta House. Ze pakte steeds van alles op, en legde het weer terug.

'En... hoe is het met jou?' Mevrouw Traynors stem klonk vlak, alsof ze niet echt antwoord wilde op die vraag.

'O, heel goed, dank u.'

Lange stilte.

'Het is een snoezig dorpje.'

'Ja. Nou ja. Ik kon moeilijk in Stortfold blijven...' Ze schonk heet water in de theepot en ik dacht onwillekeurig aan Della die zo moeizaam door mevrouw Traynors oude keuken sjokte.

'Kent u hier in de buurt veel mensen?'

'Nee.' Ze sprak het uit alsof dat nu juist de reden was waarom ze hier was gaan wonen. 'Zou jij misschien het melkkannetje willen meenemen? Hij past niet meer op het bladje.'

Er volgde een pijnlijk moeizame conversatie van een halfuur. Mevrouw Traynor, die de kunst van de hogere sociale klasse om alle menselijke interactie te reguleren als geen ander verstond, was kennelijk het vermogen te communiceren verloren. Ze leek er maar half bij als ik iets zei. Ze stelde een vraag en herhaalde die tien minuten later nog eens, alsof ze het antwoord niet had opgeslagen. Ik vroeg me af of ze soms aan de antidepressiva was. Lily wierp haar steelse blikken toe en haar eigen gedachten schoten zichtbaar over haar gezicht. En ik zat ertussenin, met een maag die steeds meer in de knoop schoot, in afwachting van wat komen ging.

Ik kletste maar door in de stilte, over mijn vreselijke baantje, de dingen die ik in Frankrijk had gedaan, dat mijn ouders het goed maakten, dank u – alles om een eind te maken aan die gruwelijke, beklemmende stilte die zich meester maakte van de kleine kamer als ik maar even niets zei. Mevrouw Traynors verdriet hing boven het huisje als een dichte mist. Meneer Traynor leek al zo uitgeput van verdriet, maar mevrouw Traynor was er helemaal door opgeslokt. Er was bijna niets meer over van de kordate, trotse vrouw die ik had gekend.

'Wat brengt je naar deze contreien?' vroeg ze, eindelijk.

'Eh... ik ga vrienden bezoeken,' zei ik.

'En hoe kennen jullie elkaar?'

'Ik... ik kende Lily's vader.'

'Wat leuk,' zei mevrouw Traynor en we glimlachten ongemakkelijk. Ik keek naar Lily en wachtte af of zij iets zou zeggen, maar ze was verstijfd, alsof zij ook overweldigd was nu ze met eigen ogen kon zien hoeveel pijn deze vrouw had.

We dronken een tweede kopje thee, zeiden voor de derde, misschien wel vierde keer hoe mooi haar tuin was, en ik had het gevoel dat onze aanwezigheid van haar een bovenmenselijke inspanning vereiste. Ze zat absoluut niet op ons te wachten. Ze was natuurlijk veel te beleefd om dat te zeggen, maar het was duidelijk dat ze alleen wilde zijn. Het zat in elk gebaar – elke geforceerde glimlach, elke poging om het gesprek te blijven volgen. Ik vermoedde dat ze, als we straks weg zouden zijn, op een stoel zou gaan zitten om er niet meer vanaf te komen, of dat ze misschien naar boven zou schuifelen en in bed zou kruipen.

Toen pas viel het me op: de totale afwezigheid van foto's. Terwijl Granta House van onder tot boven vol gestaan had met zilveren lijstjes met foto's van haar kinderen, van hun gezin, paarden, skivakanties, verre voorouders, stond er hier in haar cottage helemaal niets. Er was een klein bronzen beeldje van een paard, een aquarel van hyacinten, maar nergens mensen. Ik ging verzitten en vroeg me af of ik ze soms over het hoofd gezien had en dat ze ergens op een bijzettafeltje of in een vensterbank stonden. Maar nee: de cottage was gruwelijk onpersoonlijk. Ik dacht aan mijn eigen huis, en hoe ik er niets eigens van had weten te maken of er zelfs maar iets huiselijks aan had kunnen geven. En ineens voelde ik me loodzwaar en ongelofelijk verdrietig.

Wat heb je ons allemaal aangedaan, Will?

'Ik denk dat we moeten gaan, Louisa,' zei Lily met een nadrukkelijke blik op de klok. 'Je zei dat je de drukte op de weg voor wilde zijn.'

Ik staarde haar aan. 'Maar –'

'Je zei toch dat we niet te lang konden blijven.' Haar stem klonk hoog en helder.

'O. Ja. De files zijn zo vervelend.' Mevrouw Traynor stond op uit haar stoel.

Ik wierp Lily een woedende blik toe en wilde weer protesteren, maar toen ging de telefoon. Mevrouw Traynor kromp ineen, alsof het een onbekend geluid was voor haar. Ze keek ons een voor een aan, alsof ze zich afvroeg of ze op moest nemen. En toen, misschien omdat ze zich realiseerde dat ze het in onze aanwezigheid niet kon negeren, excuseerde ze zich en liep de andere kamer in, waar we haar hoorden opnemen.

'Wat doe je nou?' vroeg ik aan Lily.

'Het voelt gewoon niet goed,' zei ze verdrietig.

'Maar we kunnen toch niet weg zonder het haar te vertellen.'

'Ik kan dit nu niet. Het is allemaal zo...'

'Ik weet best dat het eng is. Maar kijk nou hoe ze is, Lily. Ik denk dat het haar misschien goeddoet als je het haar wel vertelt. Denk jij niet?'

Lily keek geschrokken.

'Dat ze me wat vertelt?'

Ik draaide mijn hoofd met een ruk om. Mevrouw Traynor stond

bewegingloos bij de deur naar het kleine halletje. 'Wat moet je me vertellen?'

Lily keek naar mij en toen weer naar mevrouw Traynor. Ik voelde de tijd om ons heen tot stilstand komen. Ze slikte en stak haar kin een stukje omhoog. 'Dat ik uw kleindochter ben.'

Een korte stilte.

'Mijn... wat?'

'Ik ben de dochter van Will Traynor.'

Haar woorden klonken na in het kleine kamertje. Mevrouw Traynors blik gleed naar de mijne, alsof ze wilde controleren dat dit niet een of andere zieke grap was.

'Maar... dat kan helemaal niet.'

Lily deinsde terug.

'Mevrouw Traynor, ik weet dat dit een vreselijke schok voor u moet zijn...' begon ik.

Ze hoorde me niet. Ze keek Lily scherp aan. 'Hoe kan mijn zoon nou een dochter hebben gehad zonder dat ik daar iets van wist?'

'Omdat mijn moeder het aan niemand had verteld,' fluisterde Lily.

'Al die tijd? Hoe is het mogelijk dat je al die tijd verborgen gehouden bent voor mij?' Mevrouw Traynor wendde zich tot mij. 'En jij wist dit wel?'

Ik slikte. 'Daar heb ik u over geschreven. Lily heeft mij opgezocht. Ze wilde meer weten over haar familie. Mevrouw Traynor, we willen u niet nog meer pijn doen. Maar Lily zou zo graag haar grootouders leren kennen en bij meneer Traynor is het niet bepaald goed gegaan, en...'

'Maar Will zou toch iets gezegd hebben.' Ze schudde haar hoofd. 'Dat weet ik zeker. Hij was mijn *zoon*.'

'Ik wil wel bloedonderzoek laten doen als u me niet gelooft,' zei Lily en ze sloeg haar armen over elkaar. 'Maar ik wil niets van u hebben. En ik hoef ook niet bij u te logeren of zo. Ik heb mijn eigen geld, als u daar soms bang voor bent.'

'Ik weet niet wat ik...' begon mevrouw Traynor.

'U hoeft niet zo bang te kijken. Ik ben niet een of andere besmettelijke ziekte. Ik ben gewoon uw *kleindochter*. Jezus.'

Mevrouw Traynor zakte langzaam in een stoel. Een paar tellen later bracht ze een trillende hand naar haar hoofd.

'Mevrouw Traynor, gaat het wel?'

'Ik geloof niet dat ik...' Mevrouw Traynor sloot haar ogen. Ze leek zich ergens diep in zichzelf te hebben teruggetrokken.

'Lily, ik denk dat we beter kunnen gaan. Mevrouw Traynor, ik zal mijn telefoonnummer voor u opschrijven. We komen wel terug als u dit nieuws hebt laten bezinken.'

'Vergeet het maar, ik kom hier echt nooit meer. Ze denkt dat ik lieg. Jezus. Wat een familie.'

Lily staarde ons allebei vol ongeloof aan en beende toen het kamertje uit, waarbij ze een walnoothouten tafeltje omverliep. Ik boog me, raapte het op en zette de kleine zilveren doosjes die erop stonden voorzichtig op hun plek.

Mevrouw Traynor was wit weggetrokken van de schok.

'Het spijt me, mevrouw Traynor,' zei ik. 'Ik heb echt geprobeerd u te pakken te krijgen voor we hier kwamen.'

Ik hoorde het autoportier dichtslaan.

Mevrouw Traynor haalde diep adem. 'Ik lees geen post als ik niet weet waar het vandaan komt. Ik heb brieven gekregen. Verschrikkelijke brieven. Mensen schreven me dat ik... Ik reageer bijna nergens meer op... Ze schrijven toch nooit iets wat ik wil weten.' Ze zag er verbijsterd en oud en breekbaar uit.

'Het spijt me. Het spijt me echt ontzettend.' Ik pakte mijn tas op en vluchtte het huis uit.

'Niks zeggen,' zei Lily toen ik in de auto stapte. 'Echt, helemaal niks. Oké?'

'Waarom heb je dat nou gedaan?' Ik zat achter het stuur met de sleutels in mijn hand. 'Waarom moest je het nou zo saboteren?'

'Ik zag meteen wat ze van me vond, bij haar eerste blik al.'

'Ze is een moeder die nog rouwt om haar zoon. We hebben haar een enorme schok bezorgd. En dan ga jij zo tegen haar tekeer? Waarom heb je je niet koest gehouden en haar de kans gegeven alles rustig te verwerken? Waarom moet jij altijd iedereen van je af duwen?'

'Ach, wat weet jij nou van mij, mens.'

'Ik weet dat jij je relatie verpest met iedereen die ook maar een beetje bij je in de buurt dreigt te komen.'

'O mijn *god*, gaat het weer over die domme maillot? Alsof jij verstand hebt van dit soort dingen. Jij zit je hele leven alleen in dat verschrikkelijke appartement van je, waar nooit iemand op bezoek komt. Je ouders vinden je duidelijk een loser. En je hebt niet eens het lef om ontslag te nemen bij dat sneue werk van je.'

'Jij hebt geen idee hoe moeilijk het tegenwoordig is om aan werk te komen, dus je hoeft me niet –'

'Jij bent een *loser*. Nee, erger nog, je bent een loser die denkt dat ze andere mensen de les kan lezen. Wie geeft jou daar het recht toe? Jij hebt naast mijn vader gezeten en gezien dat hij doodging en je hebt niks gedaan. Niks! Dus jij lijkt me nou niet degene die mij moet vertellen hoe ik me moet gedragen.'

De stilte in de auto was hard en breekbaar als glas. Ik staarde naar het stuur. Ik wachtte tot ik er zeker van was dat ik weer normaal kon ademhalen.

Toen startte ik de auto en zwijgend legden we de tweehonderd kilometer naar huis af.

15

De paar dagen die daarop volgden zag ik Lily nauwelijks en dat vond ik prima. Als ik uit mijn werk kwam bleek uit het spoor van kruimels en de lege bekers dat ze er wel geweest was. Een paar keer kwam ik binnen en hing er een vreemde verstoorde sfeer, alsof er iets was gebeurd waar ik mijn vinger niet achter kon krijgen. Maar er miste niks en er was niets in het oog springend veranderd, dus schreef ik het toe aan het feit dat het vreemd was om je huis te delen met iemand met wie je het niet kon vinden. Voor het eerst durfde ik toe te geven dat ik het alleen-zijn miste.

Ik belde mijn zus en ze was zo fatsoenlijk om niet te zeggen: *Ik zei het toch.* Tenminste, ze zei het hooguit één keer.

'Het ergste van het ouderschap,' zei ze alsof ik ook iemands ouder was, 'je moet zogenaamd sereen, alwetend en genadig zijn en je moet elke situatie het hoofd kunnen bieden. Maar als Thom weleens brutaal is, of ik ben moe, dan wil ik gewoon de deur in zijn gezicht gooien of mijn tong naar hem uitsteken en zeggen dat hij een lul is.'

En dat beschreef vrij goed hoe ik me voelde.

Mijn werk was nu zo afschuwelijk dat ik musicalnummers moest zingen in de auto om de rit naar de luchthaven überhaupt te kunnen maken.

En dan had je Sam nog.

Aan wie ik niet meer dacht.

'S Ochtends dacht ik niet aan hem, als ik mijn naakte lichaam in de badkamerspiegel zag. Dan herinnerde ik me helemaal niet hoe zijn vingers over mijn huid gegleden waren en mijn rode littekens niet zozeer onzichtbaar waren als wel een deel van een gedeelde geschiedenis – of hoe ik me, een korte avond lang, weer roekeloos en vol leven had gevoeld. Ik dacht niet aan hem als ik de stelletjes over hun boardingpasses gebogen zag staan, op weg naar een of ander romantisch avontuur – of gewoon dampende seks – op bestemmingen ver weg van hier. Ik dacht niet aan hem als ik naar en van mijn werk reed, of als er een ambulance voorbijloeide. Wat trouwens ongelofelijk vaak gebeurde. En ik dacht helemaal niet aan hem als ik 's avonds in mijn eentje op de bank zat te staren naar een of ander televisiedrama waar ik de plot niet meer van had kunnen navertellen. Ik denk dat ik eruitzag als het allereenzaamste porno-elfje ter wereld.

Nathan had gebeld en een boodschap voor me ingesproken. Of ik hem wilde terugbellen. Ik wist niet of ik wel in staat was om al weer een aflevering over zijn opwindende leven in New York aan te horen en ik zette het op mijn ongeschreven to-dolijstje van dingen die ik nooit zou doen. Tanya sms'te me om te zeggen dat de familie Houghton-Miller drie dagen eerder thuis was, want er was iets op het werk van haar man. Richard belde om te zeggen dat ik van maandag tot en met vrijdag de late dienst had: 'En kom alsjeblieft niet te laat, Louisa. Mag ik je eraan herinneren dat je je laatste waarschuwing hebt gehad?'

Ik deed het enige wat ik kon bedenken: ik ging naar huis. Ik reed naar Stortfold met de muziek zo keihard aan dat ik niet alleen met mijn gedachten kon zijn. Ik was dankbaar dat ik mijn ouders nog had. Ik voelde me bijna als aan een navelstreng naar huis getrokken, naar de troost van een traditioneel gezin en de ouderwetse zondagse lunch.

'Lunch?' vroeg mijn vader met zijn armen over zijn buik geslagen en zijn kaak in een verontwaardigde stand. 'Nee joh, daar doen we niet meer aan. Want de lunch is een typisch voorbeeld van onderdrukking door de man.'

Opa zat spijtig in zijn hoekje te knikken.

'Nee, nee, er wordt niet meer gekookt voor de lunch. We eten tegenwoordig gewoon brood met de lunch. Of soep. Soep is kennelijk wel toegestaan binnen het feminisme.'

Treena, die aan de eettafel zat te studeren, rolde met haar ogen. 'Ma volgt op zondagochtend een poëziecursus voor vrouwen. Ze is niet ineens een soort Andrea Dworkin geworden of zo.'

'Zie je nou, Lou? Ik moet tegenwoordig alles over het feminisme weten, en die vent, die Andrew Dworkin, heeft me verdomme van mijn zondagse lunch beroofd.'

'Doe niet zo dramatisch, pa.'

'Hoezo is dit dramatisch? Zondagen zijn voor het *gezin*. De zondagse lunch met het gezin, dat hoort!'

'Ma's hele leven heeft altijd om het gezin gedraaid. Waarom gun je haar niet een beetje tijd voor haarzelf?'

Pa wees met zijn opgevouwen krant naar Treena. 'Dit is allemaal jouw schuld. Jullie moedertje en ik waren prima gelukkig samen totdat jij haar wijsmaakte dat ze dat niet was.'

Opa knikte instemmend.

'Het loopt hier helemaal uit de hand. Ik kan de tv niet meer aanzetten of ze zegt "seksistisch" over de yoghurtreclame. Dit is seksistisch, dat is seksistisch. Toen ik een keer de *Sun* mee naar huis nam voor het sportkatern, gooide zij het ding in het vuur vanwege de blote borsten op pagina drie. Ik weet nooit meer waar ik aan toe ben.'

'Ze heeft een cursus van twee uur,' zei Treena kalm en zonder op te kijken van haar boeken. 'Op zondag.'

'Niet om lullig te doen, pa,' zei ik, 'maar wat zijn dat voor dingen aan het eind van je armen?'

'Wat?' vroeg mijn vader. 'Wat bedoel je?'

'Je handen,' zei ik. 'Die kan je best eens laten wapperen.'

Hij keek me fronsend aan.

'Dus jij zou ook best de lunch kunnen klaarmaken. Als verrassing voor ma als ze terugkomt van haar poëziecursus?'

Pa zette grote ogen op. 'De lunch klaarmaken? Ik? We zijn bijna dertig jaar getrouwd, Louisa. Ik kook niet, verdomme. Ik verdien het geld en je moeder doet de lunch. Dat was de deal! Daar heb ik voor getekend! Waar moet het heen met de wereld als ik een schort voordoe en aardappelen moet schillen op mijn vrije zondag? Dat is toch oneerlijk!'

'Dat heet het moderne leven, pa.'

'Het moderne leven. Aan jou heb ik ook al niks,' zei hij verontwaardigd. 'Ik durf te wedden dat die vervloekte meneer Traynor echt nog wel zijn zondagse lunch krijgt. Die meid van hem is niet zo'n feministe.'

'Ah, maar die heeft dan ook een kasteel. En een kasteel wint het nog altijd van het feminisme, pa.'

Treena en ik begonnen te lachen.

'Zal ik jullie eens wat zeggen. Dit is precies de reden waarom jullie allebei nog geen vriendje hebben.'

'Ooo! Rode kaart!' We staken allebei onze rechterhand op. Hij wapperde met zijn krant door de lucht en liep boos de tuin in.

Treena keek me grijnzend aan. 'Ik had nog willen opperen dat wij wel konden koken, maar ik weet niet of ik daar nu nog wel zin in heb.'

'Ik weet niet. Ik vind ook dat er een eind moet komen aan de mannelijke onderdrukking. Naar de pub dan maar?'

'Prima plan. Ik stuur ma wel even een sms'je.'

Het bleek dat mijn moeder op vijfenzestigjarige leeftijd uit haar schulp was gekropen. Eerst nog schuchter als een heremietkreeft, maar inmiddels steeds enthousiaster. Jarenlang was ze niet alleen de deur uit gegaan, was ze tevreden geweest met haar kleine domein, ons huis met zijn drieënhalve slaapkamer. Maar in de weken dat ze in Londen had gezeten, toen ik in de kreukels lag, was ze gedwongen om te breken met haar vaste routine en dat had een sluimerende nieuwsgierigheid naar het leven buiten Stortfold in haar aangewakkerd. Ze was begonnen om wat van de feministische teksten door te bladeren die Treena op de universiteit had moeten bestuderen en deze twee alchemistische gebeurtenissen hadden tot een soort van openbaring geleid bij mijn moeder. Ze had *De tweede sekse* en *Het ritsloze nummer* verslonden, gevolgd door *De vrouw als eunuch*. En na het lezen van *Ruimte voor vrouwen* was ze zo geschokt door de parallellen die ze erin zag met haar eigen leven dat ze drie dagen lang had geweigerd om te koken, tot ze erachter kwam dat opa pakken donuts aan het hamsteren was.

'Ik blijf maar denken aan wat jouw Will zei,' zei ze toen we bij de pub op het terras zaten te kijken naar Thom die af en toe tegen de andere kinderen in het springkasteel op vloog. 'Je krijgt maar één leven – dat zei hij toch tegen je?' Ze droeg zoals altijd haar blauwe jurk met korte mouwen, maar ze had haar haar opgestoken en zag er wonderbaarlijk jeugdig uit. 'Dus ik wil er gewoon zo veel mogelijk uit halen. Eens wat leren. Een keer de huishoudhandschoenen uittrekken.'

'Pa is behoorlijk pissig,' zei ik.

'Niet zulke taal, graag.'

'We hebben het over een boterham,' zei mijn zus. 'Hij hoeft niet veertig dagen door de Gobiwoestijn te trekken op zoek naar eten.'

'En die cursus duurt maar tien weken. Hij overleeft het heus wel,' zei mijn moeder stellig. Toen leunde ze achterover en keek ons eens goed aan. 'Wat gezellig zo! Ik geloof niet dat wij met zijn drietjes iets hebben gedaan sinds… nou ja, sinds jullie nog op school zaten en we op zaterdag naar de stad gingen.'

'En Treena maar klagen dat alle winkels zo saai waren.'

'Ja, omdat Lou zo dol was op winkels met tweedehandskleding, waar het naar andermans oksel rook.'

'Fijn dat je weer je oude lievelingskleren aanhebt.' Ma keek me bewonderend aan. Ik had een felgeel T-shirt aan in de hoop dat ik er blijer uit zou zien dan ik me voelde.

Ze informeerden naar Lily, en ik vertelde dat die weer wat vaker bij haar moeder was en dat ze nogal lastig was geweest, en mijn moeder en zus wisselden een blik alsof ze al hadden gedacht dat ik dat zou zeggen. Ik vertelde ze niet over mevrouw Traynor.

'Dat gedoe met Lily was een heel vreemde situatie. Wat is dat voor een moeder, dat ze haar dochter aan jou overlaat.'

'Dat bedoelt ma trouwens heel aardig, hoor,' zei Treena.

'Maar Lou, schat, die baan van jou. Ik vind het helemaal geen fijn idee dat je in zo'n bar rondhopst in een kort jurkje. Het klinkt net als… hoe heet het ook weer?'

'Hooters,' zei Treena.

'Het is niet net zoiets als Hooters. Het is een luchthaven. Mijn *hooters* zijn keurig netjes verstopt onder mijn bloes.'

'Nee, niemand komt ooit aan jouw hooters,' zei Treena.

'Maar je draagt een seksistisch pakje om mensen hun drankjes te serveren. Als je dat wilt doen, doe het dan in… weet ik veel, in Disneyland Parijs. Als je nou Minnie was, of Winnie de Poeh, dan hoefde je ook je benen niet zo te laten zien.'

'Je wordt al bijna dertig,' zei mijn zus. 'Minnie, Winnie of Snollie, kies maar.'

'Nou ja,' zei ik toen de serveerster onze kip en frites kwam brengen, 'daar heb ik over nagedacht en ja, jullie hebben gelijk. Ik ga me vanaf nu op mijn carrière concentreren.'

'Kun je dat nog eens zeggen?' Mijn zus schoof wat van haar frites op Thoms bord. Het was lawaaiiger geworden op het terras.

'Ik ga me op mijn carrière concentreren,' zei ik wat harder.

'Nee, ik bedoel over dat ik gelijk had. Dat heb ik sinds 1997 al niet meer gehoord, volgens mij. Thom, nu niet meer op het springkasteel, schat. Dan word je misselijk.'

We bleven het grootste deel van de middag zitten en negeerden de boze sms'jes van pa die wilde weten wat we allemaal aan het doen waren. Ik had nog nooit met mijn moeder en zusje als grote mensen zitten praten, zonder flauwe grappen te maken of ons aan de anderen te ergeren. We merkten dat we verbazingwekkend geïnteresseerd waren in elkaars leven en meningen, alsof we nu pas inzagen dat we allemaal wel meer waren dan onze vaste rol van *de knappe kop*, *de chaoot* en *degene die het hele huishouden trekt*.

Het was een vreemde gewaarwording, mijn familie te zien als echte mensen.

'Ma,' zei ik toen Thom klaar was met zijn kip en wegrende om te gaan spelen, en zo'n vijf minuten voor hij overgaf in het springkasteel en voor de rest van de middag uitgeschakeld was, 'heb jij er ooit spijt van dat je nooit gewerkt hebt?'

'Nee. Ik vond het heerlijk om moeder te zijn. Echt waar. Maar het is gek… alles wat er in de afgelopen twee jaar is gebeurd, heeft me wel aan het denken gezet.'

Ik wachtte.

'Ik heb van alles gelezen over al die vrouwen – die onverschrokken types die zo veel verschil hebben gemaakt voor hoe mensen nu denken en leven. En dan kijk ik naar wat ik zelf heb gedaan en dan denk ik, nou ja, zou het iemand opvallen als ik er niet was.'

Ze zei het zo neutraal dat ik niet wist of ze daar nu verdrietiger om was dan ze wilde laten blijken. 'Het zou ons behoorlijk opvallen, ma,' zei ik.

'Maar ik heb niet echt ergens mijn stempel opgedrukt, bedoel ik. Ik weet niet. Ik ben altijd tevreden geweest. Maar het is net alsof ik de afgelopen dertig jaar iets heb gedaan wat volgens alles wat ik lees en op televisie zie helemaal niet de moeite waard was.'

Mijn zus en ik staarden elkaar aan.

'Voor ons was het heel erg de moeite waard, ma.'

'Jullie zijn lieve meiden.'

'Ik meen het. Jij...' Ik moest ineens aan Tanya Houghton-Miller denken, '...door jou voelden wij ons veilig. En geliefd. Ik vond het fijn dat je er altijd was als we thuiskwamen.'

Ma legde haar hand op de mijne. 'Het gaat goed met me, hoor. Ik ben zo trots op jullie allebei, op hoe jullie door het leven gaan. Echt waar. Maar ik moet gewoon een paar dingen voor mezelf op een rijtje krijgen. Het lezen vind ik geweldig. Mevrouw Deans van de bibliotheek haalt van alles in huis waarvan ze denkt dat het mij interesseert. Dus ik ga me nu met de Amerikaanse newwavefeministes bezighouden. Heel boeiend, al die theorieën van hen.' Ze vouwde haar servet keurig op. 'Maar het zou fijn zijn als ze niet steeds zo'n ruzie met elkaar maakten. Ik heb eigenlijk zin om ze met hun koppen tegen elkaar te slaan.'

'En... hars je echt je benen nog steeds niet?'

Ik was te ver gegaan. Mijn moeder ging op slot en keek me koeltjes aan. 'Het duurt soms even voor je inziet wat onderdrukking is. Ik heb het tegen je vader gezegd, en zeg het nu ook tegen jullie: de dag dat hij naar een schoonheidssalon gaat en zijn benen laat insmeren met hete was om dat eraf te laten trekken door zo'n mokkel van eenentwintig, laat ik mijn benen ook weer harsen.'

De zon boven Stortfold ging langzaam onder, als smeltende boter. Ik was veel langer gebleven dan ik van plan was. Ik nam afscheid van mijn familie, stapte in mijn auto en reed naar huis. Ik voelde me geaard, gestut. Na de emotionele turbulentie van de afgelopen week was het fijn om weer wat normaals om je heen te hebben. En mijn zusje, dat nooit zwakte toonde, had toegegeven dat ze vermoedde dat ze wel altijd alleen zou blijven en mijn moeders stellige 'Maar je bent zo'n prachtig meisje' weggewuifd.

'Maar ik ben een alleenstaande moeder,' zei ze. 'En wat nog veel erger is, ik kan niet flirten. Al zou Louisa achter zo'n gast staan met tekstborden, dan nog zou ik niet weten hoe het moest. En de enige mannen die ik de afgelopen twee jaar heb leren kennen zijn *of* bang voor Thom, *of* ze willen maar één ding.'

'O, toch niet –' begon mijn moeder.

'Gratis boekhoudkundig advies.'

Nu ik zo van buitenaf naar haar keek, had ik ineens met haar te doen. Ze had gelijk: ik had, geheel tegen de verwachtingen in, allerlei mooie dingen op een presenteerblaadje gekregen: een eigen huis, een toekomst zonder enige verantwoordelijkheid, en het enige wat me tegenhield om daarvan te genieten was ik zelf. Het feit dat zij niet verbitterd was over ons lot was behoorlijk indrukwekkend. Voor ik wegging, gaf ik haar een knuffel. Daar schrok ze een beetje van en ze voelde eerst even aan haar rug of ik er soms een briefje met GEEF ME EEN SCHOP VOOR MIJN KONT op geplakt had. Maar toen knuffelde ze toch terug.

'Kom eens bij me logeren,' zei ik. 'Nee, echt. Kom logeren. Dan gaan we dansen in een club waar ik weleens ben geweest. Dan past ma wel op Thom.'

Mijn zus schoot in de lach en deed mijn portier dicht terwijl ik de motor startte. 'Ja hoor. Jij, dansen? Echt niet.' En toen ik wegreed stond ze nog steeds te lachen.

Zes dagen later kwam ik thuis na een late dienst en trof ik een nachtclub aan in mijn eigen huis. Toen ik de trap op liep hoorde ik in plaats van de gebruikelijke stilte mensen lachen en onregelmatig beukende muziek. Ik bleef even aarzelend voor mijn eigen voordeur staan, in mijn vermoeidheid denkend dat het niet kon kloppen, en stak toen mijn sleutel in het slot.

De wietlucht sloeg me in het gezicht, zo sterk dat ik als in een reflex mijn adem inhield. Ik liep langzaam naar de zitkamer, deed de deur open en nam vol ongeloof in me op wat ik daar zag. In de schaars verlichte ruimte lag Lily op mijn bank, met haar rokje opgetrokken tot vlak onder haar billen en met een slecht gerolde joint op weg naar haar mond. Er hingen twee jongens tegen de bank aan, als eilanden te midden van de lege alcoholblikjes, chipszakken en plastic bakken met afhaaleten. Er zaten ook nog twee meisjes van Lily's leeftijd op de vloer; eentje droeg een staart en keek me met opgetrokken wenkbrauwen aan, alsof ze wilde weten wat ik daar deed. Uit de boxen denderde muziek. Uit het aantal bierblikjes en uitpuilende asbakken bleek dat het een lange avond was geweest.

'O,' zei Lily overdreven. 'Haiiiii.'

'Waar ben je mee bezig?'

'Ja, we waren wezen stappen en toen hebben we de laatste bus gemist, dus ik dacht, je vindt het vast wel goed als we hier komen crashen. Toch?'

Ik was zo verbijsterd dat ik nauwelijks een woord kon uitbrengen. 'Nee,' zei ik kortaf. 'Dat vind ik helemaal niet goed.'

'O-o.' Ze liet een kakelend lachje horen.

Ik liet mijn tas met een plof op de grond vallen. Ik staarde om me heen naar de vuilnisbelt die ooit mijn zitkamer was. 'Het feestje is voorbij. Ik geef jullie vijf minuten om de troep op te ruimen en te vertrekken.'

'O god. Ik wist het wel. Je gaat hier zeker dom over doen, hè? Gadver. Ik *wist* het.' Ze wierp zich weer melodramatisch achterover op de bank. Ze sprak met dubbele tong en haar bewegingen waren trager door – wat? De drugs? Ik wachtte af. Heel even keken de jongens me strak aan, en ik zag dat ze probeerden in te schatten of ze inderdaad moesten opstaan, of gewoon konden blijven zitten.

Een van de meisjes zoog hoorbaar lucht door haar tanden.

'Vier minuten,' zei ik langzaam. 'Ik zou maar opschieten.'

Misschien gaf mijn verontwaardigde woede me enig overwicht. Misschien waren ze eigenlijk minder stoer dan ze eruitzagen. Een voor een stonden ze op en sleepten ze zich naar de open voordeur. Toen de laatste jongen wegging, tilde hij demonstratief zijn hand op en liet een blikje op de grond vallen, zodat het bier tegen de muur opspatte en over de vloer stroomde. Ik schopte de deur achter hem dicht en raapte het blikje op. 'Hoe haal jij dit in godsnaam in je bolle hoofd?'

'Jezus, ik heb hier gewoon gezeten met een paar vrienden, mens.'

'Dit is jouw huis niet, Lily. Je kunt hier niet met allerlei mensen rondhangen als jij daar zin in hebt...' Een plotselinge flashback: dat vreemde gevoel dat er iets niet klopte toen ik verleden week een keer thuis kwam. 'Godallemachtig. Dit doe je wel vaker, of niet soms? Verleden week. Toen had je hier ook mensen en toen ben je weggegaan voor ik thuiskwam.'

Lily stond op en wankelde op haar benen. Ze trok haar rok omlaag en haalde haar hand door de klitten in haar haar. Haar eyeliner was uitgelopen en in haar nek zat iets wat evengoed een blauwe plek als een zuigzoen had kunnen zijn. 'Jezus. Waarom doe je toch altijd overal zo moeilijk over? Het waren gewoon een paar mensen, meer niet.'

'In *mijn* huis.'

'Nou ja, wat kan het voor kwaad. Er staan hier nauwelijks meubels en er staat hier niks persoonlijks. Je hebt niet eens wat aan de muur hangen. Het is meer een soort... garage. Een garage zonder auto. Een pompstation is nog gezelliger.'

'Wat ik met mijn huis doe is niet jouw zaak.'

Ze boerde en wapperde met haar hand voor haar mond. 'Getver. Kebabstank.' Ze slofte naar de keuken, waar ze drie kastjes opentrok voor ze een glas vond. Ze vulde het met water en dronk het in één teug leeg. 'En je hebt niet eens een normale televisie. Ik wist niet dat ze die kleine maatjes nog verkochten.'

Ik begon de blikjes op te rapen en duwde ze in een plastic tas. 'Wie waren dat eigenlijk?'

'Vrienden.' Ze klonk geïrriteerd. 'Mensen die ik ken van het stappen.'

'Dus je kent ze uit de club?'

'Ja. Van het stappen. Bla bla bla. Zit je nou expres dom te doen? Ja, het waren gewoon vrienden die ik in een club heb leren kennen. Dat doen normale mensen, namelijk. Die hebben vrienden waar ze mee op stap gaan.'

Ze smeet het glas in de afwasteil – ik hoorde het barsten – en beende verongelijkt de keuken uit.

Ik staarde naar haar, en ineens zakte de moed me in de schoenen. Ik liep snel naar mijn slaapkamer en trok aan mijn bovenste la. Ik rommelde door mijn sokken op zoek naar het kleine sieradendoosje waar de ketting en trouwring van mijn oma in zaten. Ik schrok en haalde diep adem, en maakte mezelf wijs dat ik het niet kon vinden omdat ik zo panisch was. Het lag er heus nog wel. Ik begon de la leeg te halen en controleerde alles grondig voor ik het op bed legde.

'Zijn ze hierbinnen geweest?' schreeuwde ik.

Lily verscheen in de deuropening. 'Wat?'

'Die vrienden van je. Zijn die in mijn slaapkamer geweest? Waar zijn mijn sieraden?'

Lily leek wat bij haar positieven te komen. 'Sieraden?'

'O nee. O nee.' Ik trok al mijn laden open en gooide de inhoud op de grond. 'Waar is het? En waar is mijn geld voor noodgevallen?' Ik draaide me naar haar om. 'Wie waren dat? Hoe heetten die lui?'

Lily was heel stil.

'Lily!'

'Ik – ik weet het niet.'

'Hoezo, je weet het niet? Het waren je vrienden, zei je.'

'Nou ja... stapvrienden. Mitch. En... Lise en – ik weet het niet meer.'

Ik rende naar de deur, schoot de overloop over en holde de vier trappen af. Tegen de tijd dat ik bij de voordeur was, was er niemand meer in de hal of op straat en zag ik alleen een late bus richting Waterloo langzaam voorbijrijden, verlicht, midden op de donkere weg.

Ik stond hijgend in de deuropening. Toen deed ik mijn ogen dicht, vechtend tegen de tranen, en liet mijn handen op mijn knieën vallen terwijl het tot me doordrong wat ik kwijtgeraakt was: mijn oma's ring, het fijne gouden kettinkje met het hangertje dat ze altijd had gedragen toen ik klein was. Ik wist nu al dat ik ze nooit meer terug zou zien. Er was al zo weinig te erven in mijn familie en nu was ook dit weg.

Langzaam liep ik de trap weer op.

Lily stond in de gang toen ik de deur opendeed. 'Het spijt me echt heel erg,' zei ze zachtjes. 'Ik had geen idee dat ze jouw spullen zouden stelen.'

'Ga weg, Lily,' zei ik.

'Ze leken echt heel aardig. Ik... ik had moeten...'

'Ik heb dertien uur gewerkt. Ik moet nu uitzoeken wat er weg is en dan wil ik slapen. Je moeder is weer terug van vakantie. Ga alsjeblieft naar huis.'

'Maar ik –'

'Nee. Het is genoeg geweest.' Ik ging langzaam rechtop staan en nam even de tijd om op adem te komen. 'Zal ik je eens zeggen wat een groot verschil is tussen jou en je vader? Zelfs toen hij op zijn allerongelukkigst was, zou hij nooit iemand zo behandelen.'

Ze keek me aan alsof ik haar een klap in haar gezicht had gegeven. Het kon me niet schelen.

'Ik trek dit niet meer, Lily.' Ik haalde een briefje van twintig uit mijn portemonnee en gaf het aan haar. 'Hier. Voor de taxi.'

Ze keek ernaar, keek mij toen weer aan en slikte. Ze haalde haar hand door haar haar en liep langzaam terug naar de zitkamer.

Ik trok mijn jack uit en keek naar mijn spiegelbeeld in de kleine spiegel boven mijn ladekast. Ik zag er bleek, uitgeput, verslagen uit. 'En laat de sleutels hier.'

Het bleef even stil. Ik hoorde de sleutelbos op het aanrecht kletteren en toen, met een klik, ging de voordeur dicht en was ze weg.

16

Ik heb het verkloot, Will.

Ik trok mijn knieën op tot mijn borst. Ik probeerde te bedenken wat hij zou hebben gezegd als hij me zo zou zien, maar ik kon zijn stem niet meer in mijn hoofd horen en dat maakte me nog verdrietiger dan ik al was.

Wat moet ik nou doen?

Ik begreep dat ik niet kon blijven wonen in het appartement dat ik met Wills erfenis had gekocht. Het voelde alsof het door mijn eigen falen doordrenkt was, alsof het een bonus was die ik niet had verdiend. Hoe kon je je thuis maken van een huis dat je op zo'n foute manier in de schoot geworpen was? Ik zou het verkopen en het geld ergens in investeren. Maar waar moest ik dan heen?

Ik dacht aan mijn baan, mijn maag die automatisch vertrok als ik Keltische panfluit hoorde, al was het maar op tv, hoe Richard me altijd het gevoel gaf dat ik waardeloos en dom was.

Ik dacht aan Lily en voelde hoe vreemd zwaar de stilte was die je voelde als je zeker wist dat er behalve jijzelf niemand anders in je huis zou komen. Ik vroeg me af waar ze nu was en zette die gedachte van me af.

Het hield langzaam, bijna verontschuldigend op met regenen, alsof het weer toegaf dat het niet wist wat het bezield had. Ik kleedde me aan, stofzuigde mijn huis en zette de vuilniszakken met de restanten van het feestje buiten. Ik liep naar de bloemenmarkt, vooral om iets te doen te hebben. 'Het is altijd beter om eropuit te gaan,' had Marc gezegd. Misschien voelde ik me beter in de drukte op Columbia Road, met zijn felgekleurde bloemen en trage stromen winkelende mensen. Ik zette een glimlach op en bezorgde Samir de schrik van zijn leven toen ik een appel bij hem kocht ('Ben je soms aan de drugs of zo?'). Daarna liep ik de bloemenzee in.

Ik kocht een koffie in een klein koffietentje en keek door het beslagen raam naar de markt, en negeerde het feit dat ik de enige was die daar in zijn eentje zat. Toen liep ik de hele verregende markt af en snoof de klamme, bedwelmende geuren van de lelies op, bewonderde de pioenen en rozen, de glazige druppels nog op hun blaadjes, en ik kocht een bos dahlia's. Ik had de hele tijd het gevoel alsof ik aan het acteren was en een rol speelde in een reclame: *Single meisje leeft het gedroomde Londense leven.*

Ik liep weer naar huis, met mijn dahlia's rustend in mijn ene arm, deed mijn best om niet te hinken en probeerde steeds om de woorden *Wie hou je hier nu precies voor de gek?* de kop in te drukken.

De avond sleepte zich voort, zoals eenzame avonden zich voort kunnen slepen. Ik had alles opgeruimd, de sigarettenpeuken uit mijn toiletpot gevist, wat tv-gekeken, mijn uniform gewassen. Ik had het bad vol laten lopen met schuim en stapte er na vijf minuten alweer uit, bang om alleen te zijn met mijn gedachten. Mijn moeder of zusje kon ik niet bellen: ik wist dat zij dwars door mijn gelukkige façade heen zouden prikken.

Uiteindelijk haalde ik de brief uit mijn nachtkastje. De brief die Will me had laten bezorgen in Parijs, in de tijd dat ik nog vol hoop was. Ik streek de ingesleten vouwen voorzichtig glad. In dat eerste jaar waren er perioden dat ik hem elke avond las, in een poging om hem weer levend naast me te zien – ik was bang dat het zijn kracht als talisman zou verliezen en dat de woorden na een poos geen betekenis meer zouden hebben. Maar nu had ik ze toch echt nodig.

De computertekst, die me even dierbaar was als een handgeschreven brief; er hing nog een restje van zijn energie in die geprinte woorden:

Je zult je eerst een poosje minder op je gemak voelen in je nieuwe wereld. Het voelt altijd vreemd om uit je comfortzone te stappen… Je hebt een bepaalde honger, Clark. En onverschrokkenheid. Je had het alleen weggestopt, zoals de meeste mensen.

Leef maar liever gewoon een mooi leven.
Leef!

Ik las de woorden van een man die ooit in me geloofde, legde mijn hoofd op mijn knieën en begon, eindelijk, te huilen.

De telefoon ging over, te hard, te dicht bij mijn hoofd, en ik schoot overeind. Ik graaide ernaar en zag hoe laat het was. Twee uur 's nachts. De vertrouwde, automatische angst. 'Lily?'

'Hè? Lou?'

Nathans diepe, lijzige stem rolde door de telefoonlijn.

'Het is midden in de nacht, Nathan.'

'O, man. Ik weet nooit hoe het zit met dat tijdverschil. Sorry. Zal ik ophangen?'

Ik wreef over mijn gezicht. 'Nee. Nee… Het is fijn om je even te horen.' Ik deed mijn leeslampje aan. 'Hoe is het?'

'Goed! Ik ben weer terug in New York.'

'Fijn.'

'Ja, het was geweldig om mijn ouwelui weer te zien, maar na een paar weken wilde ik toch graag weer terug. Deze stad is echt *epic*.'

Ik forceerde een glimlach; wie weet kon hij hem horen. 'Mooi zo, Nathan. Ik ben blij voor je.'

'Heb je het nog naar je zin in die pub van je?'

'Gaat wel.'

'Je… je hebt niet zin in eens wat anders?'

'Nou ja, als het niet zo leuk is, zeg je bij jezelf: "Het kon slechter. Ik hoef tenminste geen hondenpoep op te ruimen voor mijn vak," weet je wel? Op dit moment zou ik liever hondenpoep opruimen, eerlijk gezegd.'

'Dan heb ik een voorstel voor je.'

'Net als veel van mijn klanten, Nathan. En het antwoord is altijd nee.'

'Ha. Nou ja. Er is hier een vacature bij het gezin waar ik bij inwoon. En jij was de eerste waar ik aan dacht.'

De vrouw van meneer Gopnik, legde hij uit, was niet zo'n typische Wall Street-echtgenote. Ze was niet van 'de lunches en het shoppen'; ze was een Poolse emigrante, die aan lichte depressies leed. Ze was eenzaam en de huishoudelijke hulp – een vrouw uit Guatemala – zei nog geen twee woorden tegen haar.

Meneer Gopnik was op zoek naar iemand die hij kon vertrouwen om zijn vrouw gezelschap te houden en om te helpen met de kinderen en die kon bijspringen als ze op reis gingen. 'Hij wil een soort gezinssecretaresse. Iemand die vrolijk en betrouwbaar is. En iemand die niet uit de school klapt over hun privéleven.'

'Weet hij –'

'Ik heb hem meteen bij onze eerste ontmoeting over Will verteld, maar hij had mijn achtergrond al gecheckt. Hij vond het geen punt. Integendeel. Hij zei dat hij onder de indruk was van het feit dat wij Wills wens gehonoreerd hadden en dat we ons verhaal nooit aan de pers hadden verkocht.' Nathan bleef even stil. 'Ik snap het inmiddels. Op dit niveau hechten mensen meer aan vertrouwen en discretie dan aan wat dan ook, Lou. Ik bedoel, je moet natuurlijk geen domkop zijn en je moet je werk goed doen, maar, ja, dat is wel het allerbelangrijkste.'

Mijn hoofd tolde, als in een op hol geslagen kermisattractie. Ik hield de telefoon voor me uit en bracht hem weer naar mijn oor. 'Is dit... Slaap ik soms nog?'

'Het is geen makkie. Het zijn lange dagen en het is hard werken. Maar ik zal je wel zeggen, *mate*, ik heb hier de tijd van mijn leven.'

Ik haalde mijn hand door mijn haar. Ik dacht aan de bar met zijn hooghartige zakenlui en Richards priemende blik. Ik dacht aan mijn appartement en de muren die elke avond weer op me afkwamen. 'Ik weet het niet. Dit is... ik bedoel, het is allemaal heel –'

'Het is werk, Lou.' Nathan begon zachter te praten. 'Met kost en inwoning. Het is *New York*. Luister. We hebben het hier over een man die echt dingen voor elkaar kan krijgen. Als je hard werkt, zorgt hij goed voor je. Hij is slim en hij is rechtvaardig. Kom gewoon hiernaartoe en laat hem zien wat je waard bent. Je zult kansen krijgen waar je nooit van hebt durven dromen. Ik meen het. Je wordt hier geen nanny. Zie het als een toegangspoort.'

'Ik weet niet...'

'Is er een kerel die je niet wilt achterlaten?'

Ik aarzelde. 'Nee. Maar er spelen zo veel dingen... Ik ben niet echt...' Het was te veel om uit te leggen om twee uur 's nachts.

'Ik weet dat je kapot was van wat er is gebeurd. Dat waren we allemaal. Maar je moet verder met je leven.'

'Zeg nou niet dat hij dat had gewild.'

'Oké,' zei hij. We luisterden allebei terwijl hij het toch zei, geluidloos.

Ik probeerde mijn gedachten op een rijtje te zetten. 'Zou ik naar New York moeten komen voor een sollicitatiegesprek?'

'Ze zitten deze zomer in de Hamptons, dus hij is op zoek naar iemand die in september kan beginnen. Dat is over zes weken. Als je geïnteresseerd bent, wil hij het sollicitatiegesprek via Skype voeren en dan regelt hij het papierwerk en dan kijken we dan verder. Er zijn nog andere kandidaten, want het is een geweldige baan. Maar Mr G vertrouwt mij, Lou. Als ik zeg dat je goed bent, dan heb je een streepje voor. Dus, zal ik zeggen dat je wilt? Ja? Je wilt toch zeker wel, hè?'

Mijn antwoord kwam nog voor ik erover na had gedacht. 'Eh... ja. Ja.'

'Geweldig! E-mail me maar als je nog vragen hebt. En ik stuur je wat foto's.'

'Nathan?'

'Ik moet hangen, Lou. De baas belt me net.'

'Bedankt. Dat je aan me hebt gedacht.'

Het duurde heel even voor hij reageerde: 'Ik zou niet weten met wie ik liever zou willen werken, *mate*.'

Toen hij had opgehangen, kon ik de slaap niet meer vatten en ik vroeg me af of ik me het hele gesprek maar had ingebeeld. Mijn hoofd gonsde van de gigantische ommezwaai die misschien voor me lag als dat niet het geval was. Om vier uur kwam ik overeind en mailde Nathan een paar vragen, die hij meteen beantwoordde.

Dit gezin is oké. Rijke mensen zijn nooit helemaal normaal (!) maar dit zijn goeie lui. Nauwelijks drama.

Je zou je eigen kamer en badkamer krijgen. We delen een keukentje met de huishoudster. Die is best aardig. Wat ouder. Erg op zichzelf.

Gewone werkdagen. Acht – hoogstens tien – uur per dag. En je hebt vrije tijd. Misschien kan je zelfs een beetje Pools leren!

Het was al licht toen ik eindelijk weer in slaap viel, met een hoofd vol appartementen en levendige straten in Manhattan. Toen ik wakker werd, stond er nog een mailtje op me te wachten.

Beste mevrouw Clark,

Nathan vertelde me dat u misschien interesse hebt om voor ons gezin te komen werken. Bent u dinsdagavond om 17.00 uur GMT (12.00 uur mijn tijd) beschikbaar?

Hoogachtend,

Leonard M. Gopnik

Ik bleef er een dikke twintig minuten naar staren; het bewijs dat ik het niet had gedroomd. Toen stond ik op en ging douchen. Ik maakte een bak sterke koffie en typte mijn antwoord. Het kon geen kwaad om dat sollicitatiegesprek te doen, hield ik mezelf voor. Die baan zou ik toch niet krijgen. Er waren zo veel superprofessionele mensen in New York waar hij uit kon kiezen. Maar het was op zijn minst een goede oefening. En ik had het gevoel dat ik eindelijk eens iets deed, dat ik voortgang boekte.

Voor ik naar mijn werk ging, pakte ik Wills brief voorzichtig van mijn nachtkastje. Ik drukte hem tegen mijn mond, vouwde hem toen behoedzaam op en legde hem terug in de la.

'Dank je wel,' zei ik in stilte tegen hem.

Die week hadden we een wat uitgedunde versie van de En Nu Verder-groep. Natasha was op vakantie, net als Jake, wat me opluchtte, maar om een reden die ik niet kon verklaren ook een beetje teleurstelde. Het onderwerp van de avond was 'Als ik de klok kon terugdraaien'.

Ik luisterde naar Fred, die wenste dat hij minder tijd aan zijn werk had besteed, en toen naar Sunil, die zijn broer graag beter had willen leren kennen ('Je gaat er gewoon van uit dat ze er altijd zullen zijn, weet je wel? En dan opeens zijn ze er niet meer.'), en ik vroeg me af of het zin had dat ik er die avond bij was.

Een paar keer had ik het gevoel dat ik echt iets had aan de groep. Maar veel vaker zat ik tussen mensen waar ik niets mee gemeen had en die de paar uurtjes dat ze eindelijk onder de mensen waren vulden met gezeur. Ik was chagrijnig en moe, mijn heup deed pijn van het zitten op het plastic stoeltje en ik vond dat een aflevering van *EastEnders* me evenveel inzicht zou bieden in mijn geestesgesteldheid. Bovendien waren de koekjes echt niet te eten.

Leanne, een alleenstaande moeder, had het erover dat ze twee dagen voor haar oudere zus stierf ruzie met haar had gemaakt over een trainingsbroek. 'Ik beschuldigde haar ervan dat ze hem had gejat, want ze jatte mijn spullen altijd. Ze zei van niet, maar ja, ze zei altijd dat ze het niet had gedaan.'

Marc wachtte af. Ik vroeg me af of ik soms pijnstillers in mijn tas had.

'En toen, nou ja, toen werd ze aangereden door die bus en de volgende keer dat ik haar zag was in het mortuarium. En raad eens wat ik in mijn kledingkast vond toen ik op zoek was naar iets donkers voor haar begrafenis?'

'Je trainingsbroek,' zei Fred.

'Het is moeilijk als er dingen niet uitgepraat zijn,' zei Marc. 'Voor onze eigen geestelijke gezondheid is het beter als we de bredere context in de gaten blijven houden.'

'Je kunt best van iemand houden *en* haar de huid vol schelden omdat ze je trainingsbroek jat,' zei William.

Die dag had ik geen zin om iets te zeggen. Ik zat er alleen maar omdat ik de stilte in mijn huis niet trok. Ineens had ik het donkerbruine vermoeden dat ik best zo iemand kon worden die zo snakte naar menselijk contact dat ze met wildvreemde mensen een gesprek begon in de trein, of tien minuten emmerde voor ze een keuze maakte in winkels, gewoon om met het winkelpersoneel te kunnen kletsen. Ik ging zo op in de vraag of het symptomatisch was dat ik het met Samir had gehad over mijn nieuwe steunverband, dat ik niet meekreeg dat Daphne vertelde dat ze wenste dat ze die bewuste dag een uur eerder thuisgekomen was. Ik zag ineens dat ze zachtjes zat te huilen.

'Daphne?'

'Het spijt me, jongens. Het punt is, ik heb al zo veel tijd besteed aan al die "wat als"-vragen. Wat nou als ik die dag niet had staan kletsen bij de mevrouw van de bloemenkraam. Wat nou als ik dat stomme grootboek had gelaten voor wat het was en als ik die dag eerder van mijn werk was gegaan. Wat nou als ik op tijd thuis was geweest... misschien dat ik hem er dan van had kunnen overtuigen dat hij niet moest doen wat hij heeft gedaan. Misschien was er dan iets waarmee ik hem had kunnen overtuigen dat het leven de moeite waard was.'

Marc leunde naar voren met een doos tissues en ik zette die voorzichtig op Daphnes schoot. 'Had Alan al eens eerder geprobeerd om zich van het leven te beroven, Daphne?'

Ze knikte en snoot haar neus. 'O ja. Een paar keer. Hij had al vanaf heel jonge leeftijd wat hij "de blues" noemde. En ik liet hem niet graag alleen als het weer zover was want dan was het... alsof hij je niet hoorde. Het maakte niet uit, wat je ook zei. Dus dan meldde ik me vaak ziek om bij hem te kunnen blijven. Zodat hij wat vrolijkheid om zich heen had, snap je? Of om een lekker broodje voor hem te maken. Naast hem op de bank te zitten. Alles om hem te laten weten dat ik er was. Ik denk weleens dat ik daarom nooit promotie heb gemaakt op het werk, terwijl de rest van de meiden dat wel kreeg. Ik moest zo vaak vrij nemen.'

'Depressie is iets heel moeilijks. En niet alleen voor degene die eraan lijdt.'

'Gebruikte hij medicijnen?'

'O nee. Maar het was ook niets... hoe zeg je dat? Niks chemisch.'

'Weet je het zeker? Ik bedoel, depressies bleven vroeger vaak ongediagnostiseerd, en –'

Daphne keek op. 'Hij was homoseksueel.' Ze sprak het woord met zijn vijf volledige, duidelijk van elkaar te onderscheiden lettergrepen uit en keek ons recht in de ogen, wat rood aangelopen, alsof ze wilde zeggen: *En waag het eens om daarop te reageren.* 'Ik heb het nog nooit aan iemand verteld. Maar hij was homoseksueel en ik denk dat hij eronder leed dat hij homoseksueel was. En hij was zo'n lieve man en hij zou mij nooit willen kwetsen, dus hij zou nooit... nou ja... iets geks gedaan hebben. Hij wilde me niet te schande maken.'

'Waarom denk je dat hij gay was, Daphne?'

'Omdat ik blaadjes heb gevonden toen ik op zoek was naar een stropdas. Van dat soort blaadjes. Mannen die dingen doen met andere mannen. In zijn la. En ik denk niet dat je zulke blaadjes koopt als je er niet ook zo eentje bent.'

Fred verstijfde. 'Absoluut niet, nee.'

'Ik heb het er nooit met hem over gehad,' zei Daphne. 'Ik heb ze gewoon weer teruggelegd. Maar alles viel wel ineens op zijn plek. Hij was nooit zo van van dattum. Maar ik dacht gewoon dat ik geluk had, want ik was er ook niet dol op. Dat komt door de nonnen. Als je die mag geloven is alles vies. Dus toen ik met een lieve man trouwde die me niet om de vijf minuten besprong, waande ik me de gelukkigste vrouw op aarde. Ik bedoel, ik had wel graag kinderen gewild. Dat was leuk geweest. Maar...' ze zuchtte, '...we praatten nooit over dat soort dingen. Dat deed je niet in die tijd. Nu heb ik daar spijt van. Achteraf gezien denk ik steeds, wat ontzettend zonde.'

'Denk je dat het had uitgemaakt als jullie er wel eerlijk over zouden hebben gesproken?'

'Ach, de tijden zijn veranderd, toch? Tegenwoordig is het geen punt meer om homoseksueel te zijn. De man van de stomerij is het ook en die vertelt iedereen over zijn vriendje. Ik zou er verdriet om hebben gehad dat ik mijn man kwijt was, maar als hij ongelukkig was omdat hij zich gevangen voelde, dan had ik hem laten gaan.

Echt waar. Ik zou nooit iemand gevangen willen houden. Ik wilde alleen maar dat hij wat gelukkiger zou zijn.'

Haar gezicht vertrok en ik sloeg mijn arm om haar heen. Haar haar rook naar haarlak en lamsstoof.

'Toe maar, meid,' zei Fred, en hij stond op en klopte haar wat ongemakkelijk op de schouder. 'Ik weet zeker dat hij wel wist dat jij het beste met hem voorhad.'

'Denk je dat echt, Fred?' Haar stem trilde.

Fred knikte stellig. 'O ja. En je hebt helemaal gelijk. Het was in die tijd heel anders. Het is niet jouw schuld.'

'Heel dapper dat je dat verhaal hebt willen delen, Daphne. Dank je wel.' Marc glimlachte meelevend. 'En ik heb enorme bewondering voor hoe je jezelf bij de kladden hebt gepakt en doorgegaan bent met je leven. Soms vereist het alleen al bovenmenselijk veel kracht om 's ochtends uit je bed te komen.'

Ik keek omlaag en zag dat Daphne mijn hand vasthield. Ik voelde haar mollige vingers tussen de mijne. Ik gaf er een kneepje in. En voor ik er erg in had, begon ik te praten. 'Ik heb ook iets gedaan wat ik graag zou willen terugdraaien.'

Zes gezichten draaiden mijn kant op. 'Ik heb Wills dochter ontmoet. Ze stormde ineens mijn leven in, zomaar, en ik dacht dat ik me daardoor beter zou voelen over zijn dood, maar het was juist –'

Ze staarden me aan. Fred trok een gezicht.

'Wat is er?'

'Wie is Will?' vroeg Fred.

'Je zei dat hij Bill heette.'

Ik zakte een beetje onderuit op mijn stoel. 'Will is Bill. Ik vond het zo raar om zijn echte naam te gebruiken.' Er klonk collectieve verbazing.

Maar Daphne klopte me op mijn hand. 'Geeft niks, kindje. Het is maar een naam. In de vorige groep zat een vrouw die alles had verzonnen. Die beweerde dat haar kind overleden was aan leukemie, maar het bleek dat ze nog geen goudvis had.'

'Het is goed, Louisa. Je kunt het ons wel vertellen.' Marc gaf me zijn Wel Heel Meelevende Blik. Ik lachte half terug om hem te laten blijken dat de boodschap overgekomen was. *Wat maakt het ook uit*, dacht ik. *Mijn leven is echt geen grotere puinhoop dan dat van hen.*

Dus vertelde ik dat Lily ineens bij me op de stoep stond en dat ik dacht dat ik haar leven op de rit zou kunnen krijgen en dat ik een hereniging kon regelen en dat iedereen daarna weer gelukkig zou zijn. En dat ik me voor mijn kop sloeg dat ik zo naïef was. 'Ik heb het gevoel alsof ik Will – en alle anderen – al weer tekort heb gedaan,' zei ik. 'En nu is ze weg en ik vraag me steeds maar af hoe ik het anders had kunnen aanpakken. Maar de waarheid is dat ik het zelf niet aankon. Ik was niet sterk genoeg om ervoor te zorgen dat het allemaal weer goed kwam.'

'Maar je spullen! Ze hebben je mooie spullen gestolen!' Daphnes andere mollige hand greep de mijne vast. 'Je had het volste recht om heel boos te zijn!'

'Dat ze geen vader heeft, is geen excuus om zich zo te misdragen,' vond Sunil.

'Ik vind het heel aardig van je dat ze überhaupt bij je mocht logeren. Ik weet niet of ik daar zelf zin in zou hebben gehad,' zei Daphne.

'In hoeverre zou haar vader het anders hebben gedaan, denk je, Louisa?' Marc schonk nog een kop koffie voor zichzelf in.

Ineens wenste ik dat we sterkedrank bij de hand hadden. 'Dat weet ik niet,' zei ik. 'Maar hij kon altijd alles zo goed regelen. Ook al kon hij zijn armen en benen niet meer bewegen, toch had je het gevoel dat hij alles aankon. Hij zou haar wel tot de orde hebben kunnen roepen. Hij had haar op de een of andere manier weer op het rechte pad gekregen.'

'Weet je zeker dat je hem nu niet idealiseert? Idealiseren is het thema van week acht,' zei Fred. 'Ik schilder Jilly ook steeds af als een soort heilige, of niet, Marc? Dan vergeet ik dat ze altijd haar kousen over het douchegordijn hing en dat ik daar helemaal gestoord van werd.'

'Haar vader zou misschien ook wel geen idee hebben gehad hoe hij haar zou moeten helpen. Dat weet je niet. Misschien zouden ze wel een bloedhekel aan elkaar hebben gehad.'

'Zo te horen is het een moeilijke tante,' zei Marc. 'En je hebt haar waarschijnlijk genoeg kansen geboden. Maar... weet je, Louisa, soms moeten we onszelf beschermen als we verder willen met ons leven. En dat heb je misschien diep vanbinnen wel begrepen. Als

Lily alleen maar chaos en negativiteit in je leven bracht, dan was dit misschien de enige keuze.'

'O ja.' De kring zat druk te knikken. 'Wees mild voor jezelf. Je bent maar een mens.' Ze waren zo lief voor me en zo geruststellend, ze wilden me zo graag opfleuren.

Ik zou er nog bijna in trappen ook.

Op dinsdag vroeg ik aan Vera of ik tien minuten weg kon (en mompelde iets vaags over Vrouwenzaken en ze knikte, alsof ze wilde zeggen dat het Leven van de Vrouw bepaald niet over rozen gaat; ze zou me straks nog wel iets vertellen over haar vleesboom). Ik holde snel naar de rustigste damestoiletten – de enige plek waar Richard me zeker niet zou zien – met mijn laptop in mijn tas. Ik gooide een bloes over mijn uniform, zette de laptop bij de wastafels, logde in voor de dertig minuten gratis wifi die je op de luchthaven kreeg en nam plaats voor het scherm. Meneer Gopnik belde precies om vijf uur via Skype. Ik had mijn Ierse krullenpruik nog maar net van mijn hoofd getrokken.

Al had ik niets anders van Leonard Gopnik gezien dan zijn pixelgezicht, ik kon zo zien dat hij rijk was. Hij had prachtig geknipt peper-en-zoutkleurig haar en hij keek met een natuurlijk soort gezag in de camera terwijl hij niet om de zaken heen draaide. En er hing een Oude Meester in een vergulde lijst achter hem, dat was natuurlijk ook een clou.

Hij vroeg helemaal niet naar mijn opleiding, mijn kwalificaties, mijn cv of waarom ik het gesprek voerde naast een handendroger. Hij keek omlaag naar wat papieren en informeerde toen naar mijn relatie met de familie Traynor.

'Goed! Tenminste, ik weet zeker dat ze me wel een referentie willen geven. Ik heb hen allebei laatst nog gesproken, om een bepaalde reden. We kunnen het goed met elkaar vinden, ondanks de – ondanks de omstandigheden van...'

'De omstandigheden waardoor er een eind kwam aan uw dienstverband.' Hij had een diepe, besliste stem. 'Ja, Nathan heeft me de situatie uitgelegd. Dat is nogal iets om bij betrokken te raken.'

'Ja, dat is zo,' zei ik na een korte, ongemakkelijke stilte. 'Maar ik voelde me bevoorrecht. Dat ik deel uit mocht maken van Wills leven.'

Daar dacht hij even over na. 'En wat hebt u daarna gedaan?'

'Ik, eh, ik heb wat gereisd. Door Europa. En dat was... boeiend. Reizen is fijn. Je leert dingen in een ander licht te bezien. Uiteraard.' Ik probeerde te glimlachen. 'En nu werk ik op de luchthaven, maar dat is niet echt –' Terwijl ik verder praatte ging achter me een deur open en er kwam een vrouw met een rolkoffer binnen. Ik verplaatste mijn laptop een beetje en hoopte dat hij haar niet kon horen toen ze het toilet in ging. 'Het is niet echt wat ik op de lange termijn zou willen.' *Niet te hard plassen alsjeblieft*, smeekte ik haar in stilte.

Hij stelde me een paar vragen over mijn huidige verantwoordelijkheden en salaris. Ik deed net of ik niet hoorde dat er doorgetrokken werd en bleef strak voor me uit kijken, zonder te letten op de vrouw die weer naar buiten kwam.

'En wat zou u willen –' Terwijl meneer Gopnik aan zijn vraag begon, stak zij haar handen over me heen om haar handen in de droger te stoppen. Het gaf een oorverdovend kabaal. Hij fronste. 'Eén seconde, meneer Gopnik.' Ik legde mijn duim op wat hopelijk de microfoon was. 'Pardon,' riep ik tegen de vrouw. 'U kunt deze niet gebruiken. Hij is... kapot.'

Ze keek me aan, wreef haar perfect gemanicuurde handen tegen elkaar en draaide zich weer om naar de machine. 'Welnee. Er hangt helemaal geen bordje bij met "Defect".'

'Hij is doorgebrand. Zomaar. Vreselijk, echt heel gevaarlijk.'

Ze keek me strak aan, wierp vervolgens een achterdochtige blik op de handendroger, trok haar handen eruit, pakte haar koffertje en liep weg. Ik zette de stoel voor de deur zodat er niet nog iemand binnen kon komen en zette mijn laptop weer rechtop zodat meneer Gopnik me weer kon zien. 'Het spijt me vreselijk. Ik moet dit op mijn werk doen en het is hier een beetje...'

Hij was bezig zijn papieren te bestuderen. 'Nathan vertelde dat u onlangs een ongeluk hebt gehad.'

Ik slikte. 'Dat klopt. Maar het gaat alweer veel beter. Ik kan weer alles. Althans, ik loop een heel klein beetje mank, maar meer niet.'

'Dat overkomt de beste,' zei hij met een lachje. Ik lachte terug. Iemand probeerde binnen te komen. Ik leunde met mijn hele gewicht tegen de deur.

'Wat was nu eigenlijk het moeilijkst?' vroeg meneer Gopnik.

'Pardon?'

'Wat vond u het moeilijkst aan het werken voor William Traynor? Zo te horen was het nogal een uitdaging.'

Ik aarzelde. Het was ineens heel stil in de toiletten. 'Hem loslaten,' antwoordde ik. En ineens moest ik vechten tegen de tranen.

Duizenden kilometers verderop staarde Leonard Gopnik me aan. Ik moest ontzettend mijn best doen om niet in mijn ogen te wrijven. 'U hoort nog van mijn secretaresse, mevrouw Clark. Dank u voor uw tijd.' Hij knikte, en toen bevroor zijn gezicht en ging het scherm op zwart. En ik wist dat ik het al weer had verknald.

Die avond, op weg naar huis, besloot ik om verder niet over het sollicitatiegesprek na te denken. In plaats daarvan herhaalde ik Marcs woorden in mijn hoofd, bij wijze van mantra. Ik dacht aan alles wat Lily had uitgevreten, de ongenode gasten, de diefstal, de drugs, de eindeloze late avonden, het lenen van mijn spullen, en bekeek ze door het prisma van mijn groepsleider. Lily was chaos, wanorde, een meisje dat nam en niets teruggaf. Ze was jong en biologisch aan Will verbonden, maar dat wilde nog niet zeggen dat ik alle verantwoordelijkheid voor haar op me hoefde te nemen of dat ik alle ellende hoefde te pikken die ze met zich meebracht.

Ik voelde me wat beter. Echt. Ik dacht aan nog iets anders dat Marc had gezegd: dat de weg uit het verdriet niet in een rechte lijn omhoogliep. Dat je pieken en dalen had. Vandaag was gewoon een slechte dag geweest, een dal waar ik doorheen moest.

Ik ging mijn huis binnen en liet mijn tas vallen, dankbaar, ineens, voor het gewone genoegen om thuis te komen in een huis dat nog precies zo was als ik het had achtergelaten. Ik nam me voor om er wat tijd overheen te laten gaan en haar dan wel eens te sms'en. Ik zou ervoor zorgen dat onze afspraken voortaan gestructureerd zouden verlopen. Eerst zou ik mijn energie stoppen in het vinden van een nieuwe baan. Ik zou nu eerst maar eens aan mezelf denken, voor de verandering. Ik zou mezelf laten helen. Daar liet ik het bij, want ik begon al als Tanya Houghton-Miller te klinken.

Ik keek naar de brandtrap. Stap één was om dat stomme dak weer op te gaan. Ik zou naar boven klimmen zonder in paniek te raken en dan zou ik daar een heel halfuur blijven zitten. Gewoon ademhalen. Ik mocht dat deel van mijn huis niet meer zo'n belachelijke macht laten hebben over mijn fantasie.

Ik trok mijn uniform uit en schoot een korte broek aan en voor wat zelfvertrouwen deed ik Wills lichtgewicht kasjmier trui aan. De trui die ik uit zijn huis had meegenomen omdat de zachte wol zo troostrijk aanvoelde op mijn huid. Ik liep langzaam de gang door en zette het raam wagenwijd open. Het waren maar twee ijzeren trappetjes. En dan was ik boven.

'Er gebeurt heus niks,' zei ik hardop en ik haalde diep adem. Mijn benen voelden vreemd hol aan terwijl ik de brandtrap op ging, maar ik hield mezelf streng voor dat het maar een gevoel was, de echo van een angst van vroeger. Ik zou hem overwinnen, zoals ik al het andere zou overwinnen. Ik kon Wills stem horen.

Kom op, Clark. Eén trede tegelijk.

Ik hield me met beide handen stevig aan de leuningen vast en liep naar boven. Ik keek niet omlaag. Ik stond mezelf niet toe om erbij stil te staan hoe hoog het was, of dat het lichte briesje me deed denken aan die keer dat het misging, of bij de pijn in mijn heup die maar niet overging. Ik dacht aan Sam en de woede die daarbij loskwam stuwde me voort. Ik hoefde geen slachtoffer te zijn, degene die alles maar *overkwam*.

Dat hield ik mezelf allemaal voor en met trillende benen lukte het me ook de tweede trap op te komen. Onelegant klom ik over het lage muurtje, ondertussen bang dat ik door mijn hoeven zou gaan, en ik liet me op handen en knieën op het dak vallen. Ik voelde me slap en klam. Ik bleef zo zitten, met mijn ogen dicht, terwijl ik het feit dat ik op het dak was op me liet inwerken. Ik had het gehaald. Ik was de meester van mijn eigen lot. Ik zou daar net zo lang blijven tot het weer normaal voelde.

Ik veerde naar achteren tot ik op mijn hielen zat, zocht de stevigheid van de muur om me heen en leunde achterover. Toen slaakte ik een lange, diepe zucht. Het voelde oké. Er bewoog niets. Het was me gelukt. En toen deed ik mijn ogen open en mijn adem stokte.

Het dak was één grote bloemenzee. De dode potten die ik maandenlang had genegeerd stonden vol met rode en paarse bloemen die over de randen tuimelden als kleine fonteinen van kleur. Uit twee nieuwe plantenbakken kwamen wolken kleine blauwe bladjes en in een sierpot stond een Japanse esdoorn naast een van de bankjes; de bladeren huiverden zachtjes.

In het zonnige hoekje bij de zuidelijke muur stonden twee kweekzakken bij de regenton. Er bungelden kleine rode cherrytomaatjes uit. Verderop lag er nog eentje op het bitumen waar sierlijke groene blaadjes uit tevoorschijn kwamen. Ik liep er langzaam opaf en snoof de geur van jasmijn op. Toen ging ik zitten terwijl ik me vastgreep aan het gietijzeren bankje. Ik zakte neer op een kussen dat ik herkende uit mijn zitkamer.

Ik staarde vol ongeloof naar de kleine oase van kalmte en schoonheid op mijn eerst zo kale dakterras. Ik herinnerde me nog dat Lily een dode tak uit een van de potten trok en me in alle ernst meedeelde dat het misdadig was je planten te laten doodgaan en hoe ze langs haar neus weg 'David Austin-rozen' had gezegd in de tuin van mevrouw Traynor. En toen dacht ik aan de onverklaarbare hoopjes modder in mijn gang.

En ik liet mijn hoofd in mijn handen zakken.

17

Ik stuurde Lily twee keer een sms. De eerste was om haar te bedanken voor wat ze op mijn dakterras had gedaan.

Het is schitterend. Wat jammer dat je het me niet hebt verteld.

Een dag later sms'te ik dat het me speet dat het zo was gelopen tussen ons en dat ik mijn best zou doen haar vragen over Will te beantwoorden, mocht ze ooit nog eens wat willen weten. Ik voegde eraan toe dat ik hoopte dat ze bij meneer Traynor en de nieuwe baby op bezoek zou gaan, omdat ik wist dat het belangrijk was om contact te houden met je familie.

Ze reageerde niet. Wat me niet verbaasde.

De twee daaropvolgende dagen ging ik steeds even naar het dakterras, als iemand die niet van een losse tand kon afblijven. Ik gaf de planten water en voelde me langzaam steeds schuldiger. Ik liep tussen de schilderachtige bloemen en stelde me voor hoe zij in gestolen uurtjes hier in de weer was en zakken compost en terracotta potten de trap op sleepte als ik aan het werk was. Maar dan dacht ik steeds weer aan hoe het was als we samen waren en dan kwam ik er niet uit. Wat had ik kunnen doen? Ik kon er niet voor zorgen dat de familie Traynor haar zou accepteren op de manier waarop zij geaccepteerd wilde worden. Ik kon haar niet gelukkiger maken. En de enige die dat misschien wel had gekund was er niet meer.

Er stond een motor voor mijn appartementengebouw geparkeerd. Ik deed de auto op slot en hinkte de straat over om een pak melk te halen. Ik was uitgeput van mijn dienst. Het miezerde een beetje en ik hield mijn hoofd gebogen tegen de regen. Toen ik opkeek, zag ik een bekend uniform bij de ingang van mijn huis staan en mijn hart maakte een sprongetje.

Ik stak weer over, recht tegenover hem, en zocht in mijn tas naar mijn sleutels. Waarom werden je vingers toch altijd cocktailworstjes op momenten van stress?

'Louisa.'

Mijn huissleutels waren onvindbaar. Ik doorzocht mijn tas nog eens, liet een kam, propjes zakdoek en kleingeld vallen en vloekte. Ik klopte op mijn zakken en probeerde te bedenken waar ze zouden kunnen zijn.

'Louisa.'

Toen sloeg de misselijkheid toe, want ineens wist ik het: ze zaten in de zak van de spijkerbroek die ik had uitgetrokken vlak voor ik naar mijn werk ging. *Fijn.*

'Meen je dit nou? Ga je me gewoon negeren? Is dat de bedoeling?'

Ik haalde diep adem en keek hem aan terwijl ik mijn schouders wat rechtte. 'Sam.'

Hij zag er ook moe uit en zijn kin was grijs van de stoppels. Misschien was hij ook net klaar met zijn dienst. Het was niet verstandig om op dat soort dingen te letten. Ik concentreerde me op een punt net naast zijn linkerschouder.

'Kunnen we praten?'

'Volgens mij heeft dat geen zin.'

'Geen zin?'

'De boodschap is me heus wel duidelijk, hoor. Ik snap niet wat je hier doet.'

'Ik ben hier omdat ik net een vreselijke dienst van zestien uur achter de rug heb en Donna net in de buurt heb afgezet en ik dacht dat ik dan maar eens bij jou langs moest om te vragen wat er nou precies is gebeurd tussen ons. Ik snap er namelijk geen moer van.'

'Echt niet?'

'Echt niet.'

We keken elkaar boos aan. Waarom was het me niet eerder opgevallen hoe nors hij was? Hoe onaardig. Onvoorstelbaar dat ik zo verblind was geweest door mijn lust, terwijl ik nu alleen maar bij hem weg wilde. Ik deed nog een zinloze poging om mijn sleutels te zoeken en moest me inhouden om niet tegen de deur te schoppen.

'Krijg ik dan op zijn minst een beetje uitleg? Ik ben moe, Louisa, en ik hou niet van spelletjes.'

'Jij bent hier degene die graag spelletjes speelt.' De woorden kwamen er met een bitter lachje uit.

Hij haalde diep adem. 'Oké. Eén ding nog. Eén ding en dan ga ik. Ik wil graag weten waarom je me niet teruggebeld hebt.'

Ik keek hem vol ongeloof aan. 'Omdat er van alles mis met me is, maar ik ben niet dom. Ik bedoel, dat ben ik waarschijnlijk wel even geweest – ik heb de waarschuwingstekens allemaal gezien en ik heb ze genegeerd – maar de reden waarom ik niet terugbel is dat jij een ongehoorde klootzak bent. Nou goed?'

Ik boog om de dingen op te rapen die op de grond gevallen waren en voelde mijn hele lichaam heet worden, alsof de thermostaat ineens op hol geslagen was. 'O, en je bent er zo goed in. Zo verdomd goed. Als het niet allemaal zo ziek en sneu was, zou ik het nog knap vinden ook.' Ik kwam overeind en ritste mijn tas dicht. 'Moet je die Sam zien, de goede vader. Zo *zorgzaam*, zo'n *gevoelsmens*. Maar hoe het echt zit? Je hebt het zo druk met half vrouwelijk Londen dat je niet eens ziet hoe ongelukkig je zoon is.'

'Mijn zoon.'

'Ja! Wij luisteren namelijk echt naar hem. Ik bedoel, we mogen eigenlijk niet vertellen wat er in de groep wordt besproken en hij zal het je niet zelf zeggen omdat hij een puber is. Maar hij is diep ongelukkig, niet alleen omdat hij zijn moeder kwijt is, maar ook omdat jij het te druk hebt met het hele leger aan vrouwen die je bed in en uit stappen.'

Ik schreeuwde inmiddels en mijn woorden buitelden over elkaar heen terwijl ik met mijn handen zwaaide. Ik zag dat Samir en zijn neef door de winkelruit naar me keken. Het kon me niet schelen. Dit was misschien de laatste kans die ik kreeg om te zeggen wat ik ervan vond.

'En ja, ja, ik weet dat ik zo stom was om ook zo'n vrouw te zijn. Dus zeg ik je, namens hem: je bent een eikel. En daarom wil ik nu niet met je praten. Nooit meer, trouwens.'

Hij streek over zijn haar. 'Hebben we het over Jake?'

'Natuurlijk heb ik het over Jake. Hoeveel zoons heb je?'

'Jake is niet mijn zoon.'

Ik staarde hem aan.

'Jake is de zoon van mijn zus. Was,' verbeterde hij zichzelf. 'Hij is mijn neefje.'

Het duurde even voor deze woorden een vorm aannamen die ik kon begrijpen.

'Maar – maar jij haalt hem altijd op. Hij woont bij jou.'

'Ik haal hem op maandag altijd op omdat zijn vader ploegendiensten draait. En hij logeert inderdaad soms bij me. Maar hij woont niet bij mij.'

'Jake is... niet jouw zoon?'

'Ik heb geen kinderen. Niet dat ik weet, tenminste. Hoewel dat gedoe met Lily wel vragen oproept.'

Ik zag voor me hoe hij Jake knuffelde en speelde in gedachten de gesprekken af. 'Maar ik zag hem toen wij elkaar voor het eerst ontmoetten. Hij rolde met zijn ogen toen wij stonden te praten, alsof...'

Sam boog zijn hoofd.

'O god,' zei ik en ik sloeg mijn hand voor mijn mond. 'Die vrouwen...'

'Niet de mijne.'

Daar stonden we, midden op straat. Samir stond inmiddels in de deuropening en keek toe. Een van zijn andere neven was bij hem komen staan. Links van ons draaiden alle mensen bij de bushalte zich weer om toen ze zagen dat wij hen zagen kijken. Sam knikte naar de deur achter me. 'Kunnen we het hier misschien binnen over hebben?'

'Ja. Ja. O. Nee, dat kan niet,' zei ik. 'Ik geloof dat ik mezelf heb buitengesloten.'

'Reservesleutel?'

'Ligt ook binnen.'

Hij haalde een hand over zijn gezicht en keek toen op zijn horloge. Hij was duidelijk moe tot op het bot. Ik deed een stap naar achteren, de portiek in. 'Hé, ga maar naar huis en ga slapen. We praten morgen wel. Het spijt me.'

Het begon nu heel hard te regenen, zo'n typische zomerse stortbui, en het water kolkte uit de goten over straat. Samir en zijn neef schoten snel naar binnen.

Sam slaakte een zucht. Hij keek naar de lucht en toen keek hij mij recht in de ogen. 'Wacht maar even.'

Sam pakte een grote schroevendraaier die hij bij Samir had geleend en liep achter me aan de brandtrap op. Ik gleed tot twee keer toe uit op het natte metaal en hij ondersteunde me met zijn hand. Toen hij me aanraakte schoot er iets onverwacht warms door me heen. We kwamen op mijn verdieping aan en hij duwde de schroevendraaier stevig in het raamkozijn van de gang en bewoog hem opwaarts. Het raam gaf goddank snel mee.

'Zo.' Hij duwde het raam omhoog, ondersteunde het met één hand, gebaarde dat ik naar binnen moest gaan en keek wat afkeurend. 'Dat ging veel te gemakkelijk voor een alleenstaand meisje, in deze buurt.'

'Je ziet er helemaal niet uit als een alleenstaand meisje.'

'Ik meen het.'

'Er is niks aan de hand, Sam.'

'Jij ziet niet wat ik allemaal zie. Ik wil dat je veilig bent.'

Ik probeerde te glimlachen, maar mijn knieën trilden en mijn handen voelden glibberig op de ijzeren leuning. Ik wilde langs hem stappen, maar zwaaide een beetje op mijn benen.

'Gaat het?'

Ik knikte. Hij pakte mijn arm vast en hielp me, half tillend, terwijl ik onhandig mijn huis in klom. Ik zakte in elkaar op de vloerbedekking voor het raam en wachtte tot ik me weer normaal zou voelen. Ik had al dagen niet goed geslapen en voelde me halfdood, alsof de woede en de adrenaline die me al die tijd op de been hadden gehouden uit me weggestroomd waren.

Sam klom ook naar binnen en deed het raam achter zich dicht, met een blik op het kapotte slot boven het schuifraam. Het was donker in de gang en de regen roffelde op het dak. Terwijl ik toekeek doorzocht hij zijn zakken tot hij tussen alle andere rommeltjes een spijkertje vond. Hij gebruikte het handvat van de schroevendraaier om de spijker er schuin in te tikken, zodat het raam niet van buitenaf open kon. Toen liep hij met logge passen naar waar ik zat en stak een hand uit.

'Dat is een van de voordelen als je parttimebouwvakker bent. Je hebt altijd wel ergens een spijker. Kom,' zei hij. 'Als je daar nu blijft zitten, kom je er nooit meer weg.'

Zijn haar lag plat op zijn hoofd door de regen en zijn huid glom. Toen ik me door hem omhoog liet trekken, vertrok mijn gezicht wat van de pijn, en hij zag het.

'Heup?'

Ik knikte.

Hij zuchtte. 'Ik zou het fijn vinden als je met me wilde praten.' De huid onder zijn ogen was paars van uitputting. Op zijn linkerhand zaten twee lange krassen. Ik vroeg me af wat hij vannacht had meegemaakt. Hij verdween de keuken in en ik hoorde de kraan stromen. Toen hij terugkwam had hij twee pillen bij zich en een beker water. 'Ik mag je deze eigenlijk niet geven, maar dan heb je in elk geval geen pijn vannacht.'

Ik nam ze dankbaar van hem aan. Hij keek naar me terwijl ik ze doorslikte.

'Hou jij je eigenlijk ooit weleens aan de regels?'

'Als ik vind dat ze nut hebben.' Hij nam de beker van me aan. 'Is het nu weer goed, Louisa Clark?'

Ik knikte.

Hij slaakte een diepe zucht. 'Dan bel ik je morgen.'

Achteraf weet ik niet wat me bezielde. Ik stak mijn hand uit en pakte de zijne. Ik voelde zijn vingers zich langzaam om de mijne vouwen. 'Ga maar niet. Het is al zo laat. En motoren zijn gevaarlijk.'

Ik pakte de schroevendraaier uit zijn andere hand en liet hem op de grond vallen. Hij keek me eindeloos lang aan en wreef toen over zijn gezicht. 'Ik denk niet dat ik tot veel in staat ben.'

'Dan beloof ik dat ik je niet zal gebruiken voor mijn seksuele genoegen.' Ik bleef hem aankijken. 'Dit keer niet.'

Het duurde lang voor zijn glimlach doorbrak, maar toen het dan toch gebeurde, viel alles van me af. Alsof ik zonder het te weten een zwaar gewicht met me meetorste.

Je weet nooit wat er gebeurt als je van grote hoogte valt.

Hij stapte over de schroevendraaier heen en ik nam hem zwijgend mee naar mijn slaapkamer.

Ik lag in het donker in mijn huisje, met mijn benen over de grote, slapende man heen, onder het prettige gewicht van zijn arm, en ik staarde naar zijn gezicht.

Fatale hartstilstand, motorongeluk, suïcidale puber en een steekpartij onder bendeleden op de Peabody Estate. Je hebt van die diensten die…

Ssst. Het is goed nu. Ga slapen.

Hij was nauwelijks in staat geweest om zijn uniform uit te trekken. Hij had zijn T-shirt en onderbroek aangehouden, kuste me en viel toen diep in slaap. Ik vroeg me af of ik iets voor hem had moeten koken, of dat ik mijn huis moest opruimen zodat het, als hij weer wakker was, net leek of ik grip op mijn leven had. Maar in plaats daarvan kleedde ik me ook uit tot op mijn ondergoed en ging naast hem liggen. Ik wilde nu alleen even bij hem zijn, met mijn naakte huid tegen zijn T-shirt, mijn adem die zich met de zijne vermengde. Ik lag te luisteren naar zijn ademhaling en vroeg me verwonderd af hoe iemand zo geluidloos kon zijn. Ik bestudeerde de lichte bobbel op zijn neusbrug, de verschillende kleuren stoppels op zijn kin, zijn licht opkrullende, intens donkere wimpers. Ik ging de gesprekken die we hadden gehad na en haalde ze door een nieuw filter. Eentje waar hij een alleenstaande man was, en een liefhebbende oom, en ik moest bijna lachen om hoe krankzinnig het allemaal was. Ik kromp ineen van de stomme vergissing.

Twee keer raakte ik zijn gezicht aan, licht, de geur van zijn huid opsnuivend: het beetje scherpe van de antibacteriële zeep, die primaire, seksuele zweem van mannelijk zweet. Bij de tweede aanraking voelde ik zijn hand in mijn taille in een reflex samentrekken.

Ik ging op mijn rug liggen en staarde naar de lichten buiten, en voor het eerst voelde ik me geen vreemde in deze stad. En toen, eindelijk, dommelde ik in…

Zijn ogen op de mijne gericht. Een tel later dringt het tot hem door waar hij is.

'Ha.'

In één klap wakker. Dat wonderlijk dromerige waar de vroege uurtjes van doortrokken zijn. *Hij ligt in mijn bed. Met zijn been tegen het mijne*. Een glimlach trekt over mijn gezicht. 'Zeker ha.'

'Hoe laat is het?'

Ik draai mijn hoofd om naar het digitale schermpje van mijn wekker. 'Kwart voor vijf.' De tijd schept orde, de wereld neemt langzaam een begrijpelijke vorm aan. Buiten de door lantaarnpalen verlichte straat. De taxi's en bussen ronken voorbij. Hierboven alleen hij en ik in de nacht en het warme bed en het geluid van zijn ademhaling.

'Ik kan me niet eens meer herinneren hoe ik hier terecht ben gekomen.' Hij kijkt opzij, zijn gezicht flauw bijgelicht door het lantaarnpaallicht, en fronst. Ik zie de herinneringen aan de vorige dag zacht bij hem landen en dat hij stilletjes denkt: *O. Da's waar ook.*

Hij draait zijn hoofd weer om. Zijn mond, heel dicht bij de mijne. Zijn adem, warm en zoet. 'Ik heb je gemist, Louisa Clark.'

Dan wil ik het hem vertellen. Ik wil hem vertellen dat ik niet weet wat ik voel. Ik wil hem, maar ik ben bang om hem te willen. Ik wil niet dat mijn geluk volledig afhangt van iemand anders, dat ik gegijzeld ben door het lot van een ander, waar ik helemaal geen vat op heb.

Hij kijkt me aan en leest mijn gezicht. 'Ophouden met denken,' zegt hij.

Hij trekt me tegen zich aan en ik ontspan. Deze man brengt elke dag door op de brug tussen leven en dood. Hij begrijpt me. 'Je denkt te veel na.'

Zijn hand glijdt onder de zijkant van mijn gezicht. Ik draai me naar hem om, in een onwillekeurige reflex, en druk mijn lippen tegen zijn handpalm. 'Dus ik moet gewoon leven?' fluister ik.

Hij knikt en dan kust hij me, lang en traag en lief, tot mijn lichaam zich spant en ik een en al behoefte en willen en verlangen ben.

Zijn lage stem in mijn oor. Mijn naam. Zoals hij hem zegt, alsof het iets heel bijzonders is.

De drie daaropvolgende dagen waren een wazige aaneenschakeling van gestolen nachten en korte ontmoetingen. Ik miste het thema Idealiseren van de En Nu Verder-groep, want hij kwam langs toen ik net weg wilde gaan en op de een of andere manier eindigden we in een gretige kluwen armen en benen en lagen we te wachten tot mijn eierwekker zou afgaan en hij weg moest racen om Jake op tijd te kunnen oppikken. Twee keer stond hij me op te wachten toen ik terugkwam van mijn werk en met zijn lippen in mijn hals, zijn grote handen op mijn heupen, waren de vernederingen van de Shamrock and Clover niet zozeer vergeten, maar wel weggeveegd met het afval van gisteravond.

Ik wilde weerstand aan hem bieden, maar ik kon het niet. Ik was onbezonnen, afgeleid, slapeloos. Ik liep een blaasontsteking op en het kon me niks schelen. Ik neuriede me door mijn werkdag heen, flirtte met de zakenmannen en glimlachte opgewekt als Richard weer iets te klagen had. Mijn manager nam aanstoot aan mijn vrolijkheid: ik merkte het aan hoe hij op zijn wang kauwde en dat hij steeds onnozeler vergrijpen vond om me op af te rekenen.

Het boeide me allemaal totaal niet. Ik zong in de douche, lag dromend wakker. Ik droeg mijn oude jurkjes weer, mijn felgekleurde vesten en satijnen pumps, en ik liet me omsluiten door een bel van geluk, me bewust dat bellen bestaan tot ze uiteenspatten.

'Ik heb het aan Jake verteld,' zei hij. Hij had een halfuur pauze en Donna en hij waren bij mij thuis een lunch komen brengen voor ik wegging voor mijn late dienst. Ik ging naast hem zitten, voor in de ambulance.

'Wat heb je hem verteld?' Hij had sandwiches gemaakt met mozzarella, cherrytomaatjes en basilicum. De tomaten, die uit zijn tuin kwamen, barstten met kleine smaakexplosies in mijn mond. Hij vond het verschrikkelijk wat ik at als ik alleen was.

'Dat je dacht dat ik zijn vader was. Ik heb hem in geen maanden zo hard zien lachen.'

'Je hebt toch niet verteld dat ik heb gezegd dat zijn vader altijd huilt na de seks, hè?'

'Ik heb ooit een man meegemaakt die dat deed,' zei Donna. 'Maar echt snikken. Het was best gênant. De eerste keer dacht ik dat ik zijn piemel had gebroken.'

Ik keek haar met open mond aan.

'Dat kan. Echt waar. We hebben het in de wagen ook een paar keer gezien, toch?'

'Klopt. Het zal je verbazen hoeveel coïtale verwondingen we meemaken.' Hij knikte naar het broodje dat op mijn schoot lag. 'Ik zal je er alles over vertellen als je je mond leeg hebt.'

'Coïtale verwondingen. Leuk zeg. Alsof er al niet genoeg dingen in het leven zijn om je zorgen over te maken.'

Zijn blik gleed opzij terwijl hij in zijn eigen broodje hapte en ik bloosde. 'Geloof me, ik zou het je laten weten.'

'Even voor de duidelijkheid, ouwe viezerik,' zei Donna, die ons een van haar eeuwige energydrinks voorhield, 'als dat gebeurt moet je mij absoluut niet bellen.'

Ik vond het fijn in de wagen. Sam en Donna hadden de wrange no-nonsensehumor van mensen die alles al hadden gezien en behandeld. Ze waren grappig en cynisch en ik voelde me op mijn gemak, zo tussen hen in geperst, alsof mijn vreemde leven eigenlijk best normaal was.

In een paar korte lunchpauzes had ik dit allemaal al geleerd:

- Dat mannen en vrouwen van boven de zeventig bijna nooit over hun pijn of behandeling klaagden, al hing er een been los bij.
- Dat diezelfde oudere dames en heren zich bijna allemaal verontschuldigden voor het 'gedoe' dat ze veroorzaakten.
- Dat de term 'BOM-patiënt' geen zieke bewust ongehuwde moeder was, maar iemand die Bezopen Op zijn Muil gevallen was.
- Dat zwangere vrouwen bijna nooit in de ambulance baarden (wat ik vrij teleurstellend vond).
- Dat niemand de term 'ambulancechauffeur' nog gebruikte. Vooral ambulancechauffeurs niet.
- Dat sommige mannen, als je ze vroeg hoe erg hun pijn was, op een schaal van 1 tot 10, '11' antwoordden.

Maar wat me vooral opviel als Sam terugkwam van een lange dienst, was hoe somber het vaak was: eenzame oude mensen; dikke mannen die voor de televisie vastgeroest zaten, te dik om zelf op te kunnen staan en hun eigen trap af te kunnen lopen; jonge moeders die geen Engels spraken en die met een miljoen kleine kinderen in hun huis opgesloten zaten en niet wisten hoe ze om hulp moesten vragen als ze die nodig hadden; depressieve mensen, chronisch zieken, mensen van wie niemand hield.

Soms, zei hij, voelde het als een virus: je moest de weemoed van je huid schrobben, net als de geur van de antiseptische lotion. En dan had je nog de zelfmoorden, de levens die eindigden onder treinen of in stille badkamers, de lichamen die vaak weken of soms maanden niet gevonden werden totdat iemand iets begon te ruiken of zich afvroeg waarom die en die zo veel post in zijn postvakje had liggen.

'Ben je ooit weleens bang?'

Hij lag met zijn veel te grote lijf in mijn bad. Het water was een beetje roze van het bloed van een patiënt met een schotwond, dat op hem terechtgekomen was. Het verbaasde me hoe snel ik gewend was geraakt aan een naakte man in de buurt. En nog wel eentje die zich zelf kon voortbewegen.

'Je kunt dit werk niet doen als je bang bent,' zei hij alleen.

Voor hij bij het ziekenhuis ging werken had hij in het leger gezeten. Het was geen ongebruikelijke carrièrestap. 'Ze hebben ons graag omdat we niet zo snel ergens van schrikken en omdat we het allemaal al eens hebben gezien. Hoewel ik van sommige dronken kids banger word dan vroeger van de taliban.'

Ik zat naast hem op de wc-bril en staarde naar het verkleurde water. Ondanks zijn kracht en grootte huiverde ik.

'Hé,' zei hij toen hij iets aan mijn gezicht aflas, en hij stak een hand naar me uit. 'Het komt wel goed, hoor. Ik heb een goede neus voor problemen.' Hij sloot zijn vingers om de mijne. 'Maar het is geen geweldige baan voor een relatie. Mijn vorige vriendin trok het niet. De werkuren. De nachten. De puinhoop.'

'Het roze badwater.'

'Ja. Sorry. De douches op het werk deden het niet. Ik had eigenlijk eerst even naar huis moeten gaan.' Hij keek me aan met een blik waaruit bleek dat hij absoluut niet van plan geweest was om eerst naar huis te gaan. Hij trok de stop uit het bad om wat water weg te laten lopen en zette toen de kranen weer aan.

'Wie was eigenlijk je vorige vriendin?' Ik probeerde zo neutraal mogelijk te klinken. Ik wilde niet zo'n soort vrouw lijken, ook al bleek dat hij helemaal niet zo'n soort man was.

'Iona. Werkte op een reisbureau. Goeie meid.'

'Maar je was niet verliefd op haar.'

'Hoe kom je daarbij?'

'Je zegt niet "goeie meid" over iemand waar je verliefd op geweest bent. Het is net zoiets als beweren dat je goede vrienden blijft. Het betekent gewoon dat je niet genoeg voor haar voelde.'

Hij leek geamuseerd. 'En wat had ik dan gezegd als ik wel verliefd op haar was geweest?'

'Dan had je heel serieus gekeken en dan had je gezegd: "Karen. Een nachtmerrie." Of je was dichtgeklapt en je had gezegd dat je het er niet over wilde hebben.'

'Daar heb je waarschijnlijk gelijk in.' Hij dacht even na. 'Eerlijk gezegd wilde ik ook niet zo veel voelen toen mijn zus overleden was. De laatste paar maanden ben ik veel met Ellen geweest, om te helpen bij de verzorging, en daar ben ik nogal van uit mijn evenwicht geraakt.' Hij keek me even aan. 'Kanker kan heel akelig zijn. Jakes vader ging eraan onderdoor. Dat heb je met sommige mensen. Dus ik dacht, ze hebben me nodig. Eerlijk gezegd bleef ikzelf alleen op de been omdat we niet allemaal kapot konden gaan.' We zaten er even zwijgend bij. Ik wist niet of hij rode ogen had van het verdriet of van de zeep.

'Maar goed. Ja, dus. Ik was in die tijd waarschijnlijk niet echt een leuk vriendje. En wie was jouw laatste vriendje?' vroeg hij toen hij zich van zijn gedachten losgemaakt had.

'Will.'

'Ja, tuurlijk. En daarna niemand meer?'

'Niemand waar ik het over zou willen hebben.' Ik huiverde.

'Iedereen mag zo zijn fouten maken, Louisa. Maak je er niet te druk om.'

Zijn huid was warm en nat, zodat het lastig was om zijn vingers vast te blijven houden. Ik liet ze los, en hij begon zijn haar te wassen. Ik zat naar hem te kijken en wachtte tot de bedrukte stemming oploste, en ik bewonderde de spierbundels in zijn schouders, de glans op zijn natte huid. Het was fijn om naar hem te kijken terwijl hij zijn haar waste: krachtig, bijna achteloos, en met zijn hoofd de druppels afschuddend als een hond.

'O. Ik heb een sollicitatiegesprek gehad,' zei ik toen hij klaar was. 'Voor een baan in New York.'

'New York.' Hij trok een wenkbrauw op.

'Ik krijg die baan toch niet.'

'Jammer. Ik heb altijd al een excuus willen hebben om naar New York te kunnen.' Hij gleed langzaam onder water tot alleen zijn mond nog zichtbaar was. Hij glimlachte langzaam. 'Maar je mag toch wel je elfjespakje houden?'

Ik voelde dat de sfeer opklaarde. En gewoon omdat hij het niet verwachtte stapte ik met kleren en al in bad en kuste hem terwijl hij lachte en begon te sputteren. Ik was ineens heel blij om zijn vastigheid in een wereld waar je zo gemakkelijk onderuitging.

Eindelijk deed ik iets aan mijn huis. Op mijn vrije dag kocht ik een leunstoel en een salontafel en een kleine ingelijste poster, die ik bij de televisie ophing. En al die dingen bij elkaar wekten de indruk dat er daadwerkelijk iemand woonde. Ik kocht nieuw beddengoed en twee kussentjes en ik hing al mijn vintage kleding in de klerenkast, zodat er nu een zee van patronen en kleuren te zien was in plaats van een paar spijkerbroeken en een te kort lurex jurkje. Het lukte me om van mijn anonieme appartementje iets te maken wat misschien nog niet als een thuis voelde, maar in elk geval wel enigszins gezellig was.

Door de genadigheid van de inroostergoden hadden Sam en ik een dag tegelijk vrij. Achttien ononderbroken uren waarin hij niet op een sirene hoefde te letten en ik niet hoefde te luisteren naar het geluid van panfluiten of klachten over de schaaltjes pinda's. Het was me opgevallen dat de tijd die ik met Sam doorbracht twee keer zo snel ging als de tijd die ik alleen was. Ik had nagedacht over de talloze dingen die we samen konden gaan doen, maar wees de helft weer van de hand als te 'stellerig'. Ik vroeg me af of het wel verstandig was om zo veel samen te zijn.

Ik stuurde Lily nog één keer een sms.

Lily, neem alsjeblieft contact op. Ik weet dat je boos bent, maar bel me nou maar gewoon. Je tuintje is zo prachtig! Je moet me laten zien hoe ik alles moet verzorgen en wat ik met de tomatenplanten aan moet, want die zijn gigantisch geworden (is dat normaal?). Misschien dat we daarna kunnen gaan dansen? X

Ik drukte op 'verzenden' en staarde naar het kleine schermpje toen er aangebeld werd.

'Hoi.' Hij vulde mijn hele gang en had een gereedschapskist in de ene hand en een tas met boodschappen in de andere.

'O mijn god,' zei ik. 'Je bent de ultieme vrouwenfantasie.'

'Planken,' zei hij met een stalen gezicht. 'Je hebt planken nodig.'

'O, schatje, ga door.'

'En fatsoenlijk eten.'

'Ah. Ik ben zojuist klaargekomen.'

Hij lachte, zette zijn gereedschap in de gang en kuste me, en toen we elkaar eindelijk weer loslieten, liep hij door naar de keuken. 'Ik dacht dat we wel naar de bios konden gaan. Je weet toch dat het grootste voordeel van ploegendiensten draaien is dat je 's middags naar een lege bios kunt?'

Ik keek op mijn telefoon.

'Maar niks met bloed erin. Ik word een beetje moe van bloed.'

Toen ik opkeek zag ik hem naar me staren.

'Wat is er? Geen zin in? Of had je net zo'n zin in *Vleesetende Zombies deel 15*? ... Wat is er nou?'

Ik fronste en liet mijn handen zakken. 'Ik krijg Lily niet te pakken.'

'Je zei toch dat ze weer naar huis was?'

'Klopt, maar ze reageert niet meer op mijn berichten. Ik denk dat ze echt heel kwaad op me is.'

'Haar vrienden hebben jouw spullen gestolen. Dan mag jij juist kwaad zijn.'

Hij begon van alles uit de tas te halen: kroppen sla, tomaten, avocado's, eieren, kruiden. Hij stopte alles in mijn vrijwel lege ijskast. Hij keek achterom terwijl ik net bezig was met nog een sms.

'Kom op. Het kan best zijn dat ze haar telefoon heeft laten vallen of ergens in een club heeft laten liggen, of dat ze geen beltegoed meer heeft. Je weet toch hoe pubers zijn. Of misschien is ze gewoon waanzinnig koppig. Soms moet je ze de tijd geven om dingen uit hun systeem te krijgen.'

Ik pakte zijn hand en duwde de deur van de ijskast dicht. 'Ik moet je wat laten zien.' Zijn ogen lichtten even op. 'Nee, niet dat, stoute man. Dat moet nog even wachten.'

Sam stond op het dak en keek om zich heen naar de bloemen. 'En jij had hier geen idee van.'

'Totaal niet.'

Met een zucht ging hij op het bankje zitten. Ik kwam naast hem zitten en we staarden allebei naar het kleine tuintje.

'Ik voel me zo rot,' zei ik. 'Ik heb haar ervan beschuldigd dat ze alles kapotmaakt waar ze mee in aanraking komt. Terwijl zij al die tijd hiermee bezig was.'

Hij boog zich om aan de bladeren van de tomatenplant te voelen, kwam toen weer overeind en schudde zijn hoofd. 'Oké. Dan gaan we met haar praten.'

'Echt?'

'Ja. Maar eerst lunchen. Dan naar de bios. En dan gaan we naar haar huis. Dan kan ze niet om je heen.' Hij pakte mijn hand en bracht hem naar zijn lippen. 'Hé, niet zo bezorgd kijken. Die tuin is goed nieuws. Het laat zien dat ze niet helemaal van het pad is.'

Hij liet mijn hand los en ik keek naar hem door half dichtgeknepen ogen. 'Hoe kan het toch dat jij altijd alles oplost?'

'Ik vind het gewoon niet fijn als jij verdrietig bent.'

Ik kon hem niet zeggen dat ik nooit verdrietig was als ik bij hem was. Ik kon hem niet zeggen dat hij me zo gelukkig maakte dat het me beangstigde. Ik dacht aan hoe fijn het was dat zijn eten in mijn ijskast lag, en dat ik twintig keer per dag naar mijn telefoon keek of hij me een berichtje had gestuurd, en dat ik me als het rustig was op het werk zijn naakte lichaam voorstelde en dan mezelf moest dwingen om heel hard aan boenwas of kassabonnetjes te denken om mijn blos onder controle te krijgen.

Kalm aan, hoorde ik een waarschuwend stemmetje. Niet te dichtbij laten komen.

Zijn blik verzachtte. 'Je hebt een lieve glimlach, Louisa Clark. Dat is een van de honderden dingen die ik zo leuk aan je vind.'

Ik keek even terug. *Wat een man*, dacht ik. Toen sloeg ik met mijn handen op mijn knieën. 'Kom,' zei ik kordaat. 'We gaan naar de film.'

Er zat bijna niemand in de zaal. We zaten achterin naast elkaar, op stoelen waar iemand de armleuning tussenuit had gehaald, en Sam voerde me popcorn uit een kartonnen emmer zo groot als een vuilnisbak, en ik probeerde niet te denken aan zijn andere hand die op mijn blote been rustte, want anders raakte ik de draad van de plot kwijt.

De film was een Amerikaanse comedy over twee agenten die totaal niet bij elkaar pasten en die zelf voor criminelen aangezien werden. Het was niet erg grappig, maar toch lachte ik. Sams vingers verschenen voor me in beeld met een knobbelig uitsteekstel van zoute popcorn, en ik hapte, en pakte toen zijn vingers tussen mijn tanden. Hij keek naar me en schudde langzaam zijn hoofd.

Ik kauwde de popcorn en slikte hem door. 'Geen mens die het ziet,' zei ik.

Hij keek verbaasd. 'Ik ben er te oud voor,' mompelde hij. Maar toen ik zijn gezicht in mijn handen nam in de warme, donkere lucht en hem begon te zoenen, liet hij zijn popcorn vallen en gleed zijn hand langzaam over mijn rug.

En toen ging mijn telefoon. De twee mensen voorin sisten afkeurend. 'Sorry, sorry jongens!' Ik kroop van Sams schoot en nam op. Het was een nummer dat ik niet herkende.

'Louisa?'

Het duurde even voor ik haar stem herkende.

'Wacht heel even.' Ik trok een gezicht naar Sam en liep de zaal uit.

'Neem me niet kwalijk, mevrouw Traynor. Ik moest even... Bent u daar nog? Hallo?'

Er was geen mens in de foyer, het buffet was uitgestorven en de felgekleurde slushmachines stonden lusteloos rond te draaien achter de toonbank.

'O goddank. Louisa? Ik vroeg me af of ik Lily misschien kon spreken.'

Ik stond met de telefoon tegen mijn oor gedrukt.

'Ik heb nagedacht over laatst en het spijt me zo. Jullie dachten vast dat ik…' Ze aarzelde. 'Enfin. Ik vroeg me af of je denkt dat zij me misschien nog een keer zou willen zien.'

'Mevrouw Traynor –'

'Ik wil het graag aan haar uitleggen. Ik ben de afgelopen tijd zo… nou ja, ik ben mezelf niet geweest. En ik schrok zo toen jullie ineens bij me op de stoep stonden en toen kon ik gewoon niet geloven wat jullie me te vertellen hadden. Het leek allemaal zo onwerkelijk. Maar ik… Nou ja, ik heb Steven gesproken en hij bevestigde het verhaal, en ik zit hier nu al dagen om het allemaal tot me door te laten dringen en ik denk steeds maar… Will had een *dochter. Ik heb een kleindochter*. Ik blijf die woorden maar herhalen. Soms lijkt het wel alsof ik het maar heb gedroomd.'

Ik luisterde naar haar waterval aan woorden. Dat was niets voor haar. 'Ik weet het,' zei ik. 'Ik had precies hetzelfde gevoel.'

'Ik moet steeds maar aan haar denken. Dus ik zou een keer echt met haar willen afspreken. Denk je dat ze dat zou willen?'

'Mevrouw Traynor. Ze logeert inmiddels niet meer bij me. Maar ja.' Ik haalde mijn vingers door mijn haar. 'Ja, ik zal het haar uiteraard vragen.'

Ik kon me niet meer concentreren op de rest van de film. Uiteindelijk, toen hij doorhad dat ik alleen maar een beetje naar het scherm aan het staren was, opperde Sam dat we wel weg konden gaan. We stonden op de parkeerplaats bij zijn motor en ik vertelde hem wat ze had gezegd.

'Zie je nou wel?' zei hij, alsof ik iets had gedaan om trots op te zijn. 'Kom, we gaan.'

Hij wachtte op de motor aan de overkant van de laan toen ik aanklopte. Ik stak mijn kin omhoog, vastbesloten om me dit keer niet door Tanya Houghton-Miller te laten intimideren. Ik keek achterom en Sam knikte bemoedigend.

Er werd opengedaan. Tanya droeg een chocoladebruine linnen jurk en Griekse sandalen. Ze monsterde me zoals toen we elkaar voor het eerste ontmoetten, alsof mijn kleding een of andere geheime toets niet had doorstaan. (Wat vrij irritant was, aangezien ik mijn favoriete geruite schortjurk aanhad). Haar lachje hield een milliseconde aan en verdween toen weer. 'Louisa.'

'Het spijt me dat ik ineens op de stoep sta, mevrouw Houghton-Miller.'

'Is er iets gebeurd?'

Ik knipperde met mijn ogen. 'Ja, eigenlijk wel.' Ik veegde mijn haar van mijn wang. 'Ik ben gebeld door mevrouw Traynor, de moeder van Will. Het spijt me dat ik u ermee lastigval, maar ze zou heel graag in contact komen met Lily en Lily neemt haar telefoon niet op. Ik vroeg me af of u haar wilt vragen om mij te bellen?'

Tanya keek me aan vanonder haar perfect in vorm gebrachte wenkbrauwen.

Ik keek zo neutraal mogelijk. 'Of misschien kan ik nu even met haar praten?'

Het bleef even stil. 'Hoezo zou *ik* het haar moeten vragen?'

Ik haalde diep adem en koos mijn woorden zorgvuldig. 'Ik weet dat u zo uw ideeën hebt over de familie Traynor, maar ik denk echt dat het goed zou zijn voor Lily. Ik weet niet of ze u heeft verteld over hun wat moeilijke ontmoeting, maar mevrouw Traynor zou heel graag de kans krijgen om opnieuw te beginnen.'

'Ze doet maar wat ze niet laten kan, Louisa. Maar ik snap niet hoe je erbij komt dat ik daar een rol in moet hebben.'

Ik probeerde beleefd te blijven. 'Eh... omdat u haar moeder bent?'

'Die ze al ruim een week niet heeft gesproken, want dat is kennelijk te veel moeite.'

Ik stond als aan de grond genageld. Een koud en hard gevoel maakte zich meester van mijn maag. 'Wat zei u nou?'

'Lily. Die heeft niet de moeite genomen iets van zich te laten horen. Ik dacht dat ze op zijn minst even langs zou komen om gedag te zeggen toen we terugkwamen van vakantie, maar nee hoor, daar voelt ze zich duidelijk te goed voor. Ze doet precies waar ze zelf zin in heeft, zoals altijd.' Ze stak haar hand uit om haar nagels te inspecteren.

'Mevrouw Houghton-Miller, ze zou nu eigenlijk bij u moeten zijn.'

'Wat?'

'Lily. Die zou weer teruggaan naar u. Toen u thuiskwam van vakantie. Ze is bij mij weggegaan… tien dagen geleden.'

18

We stonden in de onberispelijke keuken van Tanya Houghton-Miller en ik staarde naar haar glimmende koffiezetapparaat met honderdacht knopjes, dat waarschijnlijk duurder was geweest dan mijn auto, en voor de honderdste keer vertelde ik wat er verleden week was gebeurd.

'Het was rond een uur of halftwaalf. Ik gaf haar twintig pond voor een taxi en vroeg haar om de sleutels terug te geven. Ik ging ervan uit dat ze naar huis zou gaan.' Ik voelde me misselijk. Ik ijsbeerde langs de bar en mijn gedachten schoten alle kanten op. 'Ik had het moeten controleren. Maar ze kwam en ging altijd zoals het haar uitkwam. En we... nou ja, we hadden een beetje ruzie.'

Sam stond bij de deur en wreef over zijn voorhoofd. 'En jullie hebben sindsdien allebei niets meer van haar gehoord.'

'Ik heb haar vier of vijf keer ge-sms't,' zei ik. 'Ik nam aan dat ze gewoon nog kwaad op me was.'

Tanya had ons geen koffie aangeboden. Ze slenterde naar de trap, keek omhoog en keek toen op haar horloge, alsof ze ons weg wilde hebben. Ze leek niet echt op een ouder die er net achter was gekomen dat haar kind vermist werd. Af en toe hoorde ik een stofzuiger loeien.

'Mevrouw Houghton-Miller, is er iemand die nog iets van haar heeft gehoord? Kunt u aan uw telefoon zien of ze uw sms'jes in elk geval heeft gelezen?'

'Ik heb het je gezegd,' zei ze. Haar stem was vreemd kalm. 'Ik heb je gezegd hoe ze is. Maar je wilde niet luisteren.'

'Ik denk dat we –'

Ze stak haar hand op, om Sam het zwijgen op te leggen. 'Dit is niet de eerste keer. O nee. Ze is al eerder dagen achter elkaar verdwenen, terwijl ze op haar kostschool hoorde te zijn. Dat is hun natuurlijk aan te rekenen. Zij hoorden te allen tijde te weten waar ze uithing. Ze belden ons pas toen ze al achtenveertig uur weg was en toen moesten we de politie erbij halen. Klaarblijkelijk had een van die meiden voor haar gelogen. Waarom ze geen idee hadden wie wel en wie niet op school was is mij een groot raadsel, vooral gezien het idioot hoge schoolgeld dat we betalen. Francis had ze het liefst een proces aangedaan. Hij was ervoor uit zijn jaarvergadering geroepen. Het was allemaal vreselijk gênant.'

Boven hoorden we iets op de grond kletteren en iemand begon te huilen. Tanya liep naar de keukendeur. 'Lena! Neem ze in godsnaam mee naar het park!' Toen kwam ze weer terug. 'Je weet dat ze drinkt. En dat ze drugs gebruikt. Ze heeft mijn diamanten oorbellen gestolen. Ze wil het niet toegeven, maar het is zo. Die zijn duizenden ponden waard. Ik heb geen idee wat ze ermee heeft gedaan. En ze heeft ook een digitale camera gepikt.'

Ik dacht aan mijn verdwenen sieraden en kreeg een ongemakkelijk gevoel.

'Dus dit is allemaal nogal voorspelbaar. Ik heb je gewaarschuwd. Maar als jullie het niet erg vinden, moet ik nu naar de jongens. Ze hebben het vandaag een beetje moeilijk.'

'Maar u gaat toch wel de politie bellen? Ze is zestien en ze is al bijna tien dagen zoek.'

'Het interesseert de politie geen bal, zodra ze horen om wie het gaat.' Tanya stak een slanke vinger op. 'Van school gestuurd wegens spijbelen. Opgepakt wegens bezit van verdovende middelen. Openbare dronkenschap. Winkeldiefstal. Mijn dochter heeft een strafblad, zoals dat heet. En om je de waarheid te zeggen, zelfs al vindt de politie haar en komen ze haar hier weer afleveren, dan pakt ze gewoon weer haar biezen zodra ze daar zin in heeft.'

Het voelde alsof iemand een band om mijn borst had gespannen, ik kreeg geen lucht meer. Waar zou ze uithangen? Die jongen die toen voor mijn huis rondhing, had die er soms iets mee te maken? Die stapvrienden die toen met Lily hadden zitten drinken? Hoe had ik dit kunnen laten gebeuren?

'Laten we ze toch bellen. Ze is nog zo ontzettend jong.'

'Nee. Ik wil de politie hier niet bij betrekken. Francis heeft het momenteel heel lastig op de zaak. Hij vecht om zijn plek in de raad van bestuur te behouden. Als die er lucht van krijgen dat hij bij een of andere politiezaak betrokken is, zijn zijn kansen verkeken.'

Sams kaak verstrakte. Hij wachtte even voor hij reageerde. 'Mevrouw Houghton-Miller, uw dochter is kwetsbaar. Ik geloof echt dat het tijd is om er iemand bij te betrekken.'

'Als jullie ze bellen, dan zal ik ze gewoon uitleggen wat ik jullie net heb verteld.'

'Mevrouw Houghton-Miller –'

'Hoe vaak hebt u haar ontmoet, meneer Fielding?' Ze leunde tegen haar fornuis. 'Kent u haar soms beter dan ik? Bent u avond na avond opgebleven tot ze thuiskwam? Hebt u slapeloze nachten gehad? Hebt u haar gedrag moeten verklaren aan leraren en de politie? Uw verontschuldigingen aan moeten bieden aan winkelbedienden als ze weer eens iets had gestolen? Haar creditcardschulden moeten aflossen?'

'De meest chaotische kinderen lopen soms het grootste risico.'

'Mijn dochter kan ontzettend goed manipuleren. Ze zit gewoon bij een van haar vrienden, net als eerst. Ik garandeer u dat Lily hier binnen een paar dagen weer op de stoep staat, dronken en gillend, midden in de nacht, of dat ze weer bij Louisa aanklopt, of om geld smeekt, en dan zou u willen dat ze weer opduvelde. Maar iemand doet wel weer open en dan heeft ze spijt en is ze berouwvol en heel erg verdrietig, en een paar dagen later neemt ze weer een stel vrienden mee naar huis of gaat ze uit stelen. En dan begint de hele ellende weer opnieuw.'

Ze duwde haar goudkleurige haar uit haar gezicht. Zij en Sam staarden elkaar aan. 'Ik heb een therapeut in de arm moeten nemen om te kunnen omgaan met de chaos die mijn dochter in mijn leven brengt, meneer Fielding. Het is al lastig genoeg met haar broertjes en hun… gedragsproblemen. Maar een van de dingen die je leert in therapie is dat je een keer een punt bereikt waarop je voor jezelf moet gaan zorgen. Lily is oud genoeg om haar eigen beslissingen te nemen.'

'Ze is nog maar een kind,' zei ik.

'O ja… da's waar ook. Een kind dat jij zelf vlak na middernacht uit je huis hebt gezet.' Tanya Houghton-Miller hield mijn blik vast met de zelfingenomenheid van iemand die net zijn gelijk bewezen had. 'Het is niet allemaal zo zwart-wit. Al zouden we dat nog zo graag willen.'

'U maakt zich niet eens zorgen, hè?' vroeg ik.

Ze bleef me aankijken. 'Eerlijk gezegd niet, nee. Dat heb ik al veel te vaak gedaan.' Ik wilde weer iets zeggen, maar ze was me voor. 'Goh, je hebt wel een enorm Moeder Teresa-complex, of niet, Louisa? Nou, mijn dochter hoeft niet gered te worden. En als dat wel zo was, geef ik jou niet veel kans, gezien je succes in het verleden.'

Sam had zijn arm al om me heen geslagen voor ik weer kon ademen. Mijn giftige weerwoord vormde zich in mijn mond, maar ze had zich al van me afgekeerd.

'Kom,' zei hij en hij duwde me de gang in. 'We gaan.'

We reden een paar uur door West End en hielden in om tussen de groepjes dronken, joelende meisjes te zoeken en, minder leuk, de zwervers. We parkeerden de motor en liepen zij aan zij door de donkere bogen onder bruggen. We staken onze hoofden om de deuren van nachtclubs en vroegen mensen of ze het meisje op mijn telefoon soms hadden gezien. We gingen naar de club waar ze mij mee uit dansen had genomen en naar nog een paar andere clubs die volgens Sam berucht waren als tenten waar minderjarigen kwamen drinken. We liepen langs bushaltes en fastfoodtenten, en hoe verder we liepen, hoe meer ik inzag dat het belachelijk was om te proberen haar te vinden tussen de duizenden mensen in de gonzende straten van hartje Londen. Ze kon wel overal zijn. Ze leek ook overal te zijn. Ik stuurde haar nog twee sms'jes en probeerde haar duidelijk te maken dat we dringend naar haar op zoek waren. Toen gingen we terug naar mijn huis, en Sam belde een paar ziekenhuizen om te checken of ze soms ergens opgenomen was.

Uiteindelijk gingen we op mijn bank zitten en aten we wat toast, hij zette thee voor me terwijl we een poosje zaten te zwijgen.

'Ik voel me de allerslechtste ouder ter wereld. En ik ben niet eens een ouder.'

Hij leunde voorover, met zijn ellebogen op zijn knieën. 'Je moet jezelf niet de schuld geven.'

'Jawel. Wie gooit er nou een kind van zestien zijn huis uit, midden in de nacht, zonder te controleren waar ze naartoe gaat?' Ik deed mijn ogen dicht. 'Ik bedoel, het feit dat ze al eerder verdwenen is wil nog niet zeggen dat het nu goed met haar gaat. Straks is ze zo'n wegloper die verdwijnt en waar niemand ooit meer iets van hoort, totdat iemand zijn hond uitlaat en op haar botten stuit.'

'Louisa.'

'Ik had sterker moeten zijn. Ik had haar beter moeten begrijpen. Ik had moeten beseffen hoe jong ze is. Was. O god, als er iets is gebeurd, zal ik het mezelf nooit vergeven. En dat daar nu een argeloze man zijn hond uitlaat die geen idee heeft dat hij de schrik van zijn leven gaat krijgen –'

'Louisa.' Sam legde zijn hand op mijn been. 'Hou op. Je denkt in kringetjes. Ze mag nog zo irritant zijn, maar het zou goed kunnen dat Tanya Houghton-Miller gelijk heeft en dat Lily weer binnen komt zeilen, of over een uur of drie bij je aanbelt, en dat wij ons allemaal heel dom voelen en vergeten wat er allemaal is gebeurd, tot het weer van voren af aan begint.'

'Maar waarom neemt ze dan niet op? Ze snapt toch wel dat ik bezorgd ben?'

'Dat is misschien wel de reden waarom ze je negeert.' Hij keek me een beetje spottend aan. 'Ze vindt het waarschijnlijk wel leuk om je een beetje te laten zweten. Luister, we kunnen vannacht toch niks meer doen. En ik moet weg, ik heb een vroege dienst.' Hij zette de borden in de gootsteen en leunde tegen de keukenkastjes.

'Sorry,' zei ik. 'Niet bepaald de leukste start van een relatie.'

Hij keek me aan. 'Dus dit is een relatie?'

Ik voelde dat ik bloosde. 'Nou, ik bedoel niet dat –'

'Geintje.' Hij stak zijn hand uit en trok me naar zich toe. 'Ik vind het wel grappig dat je mij er steeds van probeert te overtuigen dat je me in feite gewoon gebruikt voor seks.'

Hij rook zo lekker. Ook al was er die vage geur van verdovingsmiddelen, hij rook heerlijk. Hij kuste me boven op mijn hoofd. 'We vinden haar wel,' zei hij terwijl hij de deur uit liep.

Toen hij weg was klom ik de trap op naar het dak. Daar zat ik in het donker en snoof de geur op van de jasmijn die ze langs de rand van de regenton had geleid, en liet mijn hand voorzichtig over de piepkleine paarse aubretia gaan die over de terracotta potten tuimelde. Ik keek over de balustrade, naar de knipogende straten van de stad, en mijn benen trilden niet eens meer. Ik stuurde haar nog maar een sms en ging toen tandenpoetsen terwijl de stilte van mijn huis me omsloot.

Ik controleerde mijn telefoon voor de miljoenste keer, en toen ook maar mijn e-mail, voor het geval dat. Niks. Behalve eentje van Nathan:

> Gefeliciteerd! Die ouwe Gopnik vertelde me vanochtend dat hij je de baan gaat aanbieden! Ik zie je in NY, *mate*!

19

Lily

Peter staat weer te wachten. Uit het raam ziet ze hem tegen zijn auto geleund staan. Hij merkt haar op, maakt een gebaar naar boven en zegt geluidloos: *Dit kan je niet maken.*

Lily doet het raam open en kijkt naar de overkant, waar Samir een doos sinaasappelen neerzet. 'Laat me met rust, Peter.'

'Je weet wat er dan gaat gebeuren...'

'Je hebt genoeg van me gehad. Laat me met rust, oké?'

'Niet slim dit, Lily.' Hij trekt een wenkbrauw op. Hij wacht precies lang genoeg om haar een ongemakkelijk gevoel te geven. Lou komt over een halfuur thuis. Hij hangt hier zo vaak rond dat hij dat waarschijnlijk ook weet. Uiteindelijk stapt hij weer in zijn auto en rijdt de weg op zonder te kijken. Bij het wegrijden steekt hij zijn telefoon uit het raam. Een sms'je.

Niet slim, Lily.

Flesje draaien. Het klonk als een onschuldig spelletje. Ze was met vier andere meisjes van school en ze waren in Londen, want ze hadden verlof. Ze hadden lippenstiften gestolen bij Boots en veel te korte rokjes gekocht bij Topshop en ze mochten gratis naar binnen bij clubs omdat ze jong en knap waren en de uitsmijters niet zo veel vragen stelden als je met een groepje van vijf knappe meisjes was, en in zo'n club had ze, met een rum-cola in de hand, Peter en zijn vrienden leren kennen.

Ze waren uiteindelijk om twee uur 's nachts in iemands appartement in Marylebone terechtgekomen. Ze kon zich niet meer precies herinneren hoe. Ze zaten met zijn allen in een kring te roken en te drinken. Ze nam alles aan wat haar werd aangeboden. Uit de boxen klonk Rihanna. Een blauwe zitzak die naar Febreze rook. Nicole had in de plee gekotst, die muts. De tijd ging zo snel: halfdrie, zeventien over drie, vier uur... tot ze geen idee meer had hoe laat het was. Toen had iemand Doen, Durf of de Waarheid geopperd.

De fles tolde rond en botste tegen een asbak op, zodat er peuken en as op de vloerbedekking terechtkwamen. Iemand nam de Waarheid-uitdaging aan, een meisje dat ze niet kende: verleden jaar op vakantie had ze telefoonseks gehad met haar vriendje terwijl haar oma in het tweepersoonsbed naast haar lag te slapen. De anderen rilden zogenaamd van afschuw. Lily had erom gelachen.

'Echt iets voor jou,' zei iemand.

Peter had de hele tijd naar haar zitten kijken. Ze was eerst nog gevleid: hij was verreweg de knapste van alle jongens die er waren. Een man, eerder.

Als hij haar aankeek, keek ze niet weg. Ze wilde niet zo zijn als al die andere meisjes.

'Draaien!'

Ze had haar schouders opgehaald toen de fles naar haar wees. 'Doen,' had ze gezegd. 'Altijd Doen.'

'Lily zegt nooit nee,' zei Jemima. Inmiddels vraagt ze zich af of ze Peter op een bepaalde manier had aangekeken toen ze dat zei.

'Oké. Je weet wat dat betekent.'

'Meen je dat nou?'

'Dat kan echt niet!' Pippa hield haar handen voor haar gezicht zoals altijd als ze dramatisch wilde doen.

'Dan liever Waarheid.'

'Nee man. Ik haat de waarheid.' Wat maakte het uit? Ze wist dat die jongens het in hun broek deden. Ze stond nonchalant op. 'Waar, hier?'

'O mijn god, Lily.'

'Draaien,' zei een van de jongens.

Het was niet bij haar opgekomen om zenuwachtig te zijn. Ze was een beetje duf in haar hoofd en ze vond het wel leuk om daar zo zorgeloos te staan terwijl de andere meisjes klapten en gilden en zich belachelijk aanstelden. Ze waren zo nep. Dezelfde meisjes die op het hockeyveld om zich heen sloegen en die het over politiek hadden en wat voor functie ze later ambieerden, iets met rechten of oceanologie, werden ineens dom en giechelig als er jongens bij waren. Dan gooiden ze hun haar naar achteren en smeerden ze steeds opnieuw lippenstift op, alsof ze spontaan alles wat hen interessant maakte hadden weggesneden.

'*Peter…*'

'O mijn god, Peter. Jij mag.'

De jongens joelden en riepen van alles om hun teleurstelling, of misschien hun opluchting, te verbergen dat zij het niet waren geworden. Peter stond op en zijn smalle kattenogen zochten de hare. Anders dan de anderen: uit zijn accent bleek dat hij ergens vandaan kwam waar het ruiger was.

'Hier?'

Ze haalde haar schouders op. 'Wat je wilt.'

'Hiernaast.' Hij gebaarde naar de slaapkamer.

Ze stapte koket over de benen van de meisjes heen en liep met hem naar de slaapkamer. Een van de meisjes greep haar enkel vast en zei dat ze het niet moest doen, maar ze schudde haar van zich af. Ze zwalkte een beetje en voelde hun blikken toen ze de kamer uit liep. *Doen. Altijd Doen.*

Peter trok de deur achter zich dicht en ze keek om zich heen. Het bed was niet opgemaakt, en het dekbed had zo'n gruwelijk patroontje, je kon van een kilometer afstand zien dat het al in geen vijf jaar gewassen was. Er kwam een nogal muffe geur vanaf. In de hoek lag een stapel vuil wasgoed en er stond een volle asbak naast het bed. Het werd stil in de kamer en de stemmen buiten de deur verstomden even.

Ze stak haar kin in de lucht. Veegde haar haar uit haar gezicht. 'Wil je dit echt doen?' vroeg ze.

Toen glimlachte hij, langzaam en spottend. 'Ik wist wel dat je niet echt durfde.'

'Wie zegt dat?'

Maar ze had er geen zin in. Ze zag niet meer dat hij knap was, ze zag alleen de kille glinstering in zijn ogen, de onprettige trek om zijn mond. Hij legde zijn handen op zijn rits.

Zo bleven ze even staan.

'Het is niet erg als je niet wilt. Dan gaan we gewoon weer naar buiten en dan zeggen we dat je een lafbek bent.'

'Ik heb helemaal niet gezegd dat ik niet wil.'

'Wat zeg je dan *wel*?'

Ze kon niet meer nadenken. Er klonk een lage brom achter in haar hoofd. Was ze maar nooit mee naar de slaapkamer gegaan.

Hij smoorde een theatrale geeuw. 'Je begint me te vervelen, Lily.'

Er werd als een bezetene op de deur geklopt. De stem van Jemima: 'Je hoeft het echt niet te doen, hoor, Lily. Kom, dan gaan we naar huis.'

Ze maakte een berekening. Wat was het ergste wat kon gebeuren – twee minuten, langer zou het toch niet duren. Twee minuten op haar hele leven. Nee, ze was geen lafbek. Ze zou hem weleens even wat laten zien. Ze zou hun allemaal wat laten zien.

Hij hield een fles Jack Daniel's losjes in zijn hand. Ze pakte hem van hem over, draaide hem open, nam er twee slokken uit en keek hem recht in de ogen. Toen gaf ze hem terug en stak haar hand uit naar zijn riem.

Foto's, anders geloven we het niet.

Ze hoort de jongens joelen door het bonken in haar oren heen, door de pijn in haar hoofd heen als hij haar te stevig bij haar haren grijpt. Dan is het te laat. Véel te laat.

Ze hoort de camera op iemands telefoontje klikken als ze opkijkt.

Een paar oorbellen. Vijftig pond contant. Honderd. Weken later en hij blijft dingen eisen. Hij stuurt haar sms'jes:

Benieuwd wat er zou gebeuren als ik dit op Facebook zou zetten?

Ze kan wel huilen als ze de foto ziet. Hij stuurt hem eindeloos vaak naar haar: haar gezicht, haar bloeddoorlopen ogen, de vegen mascara. Dat ding in haar mond. Als Louisa thuiskomt, moet ze haar telefoon onder de kussens van de bank verstoppen. Hij is radioactief, een giftig ding dat ze niet kwijt mag raken.

Wat zouden je vriendinnen ervan vinden?

De andere meisjes praten erna niet meer met haar. Ze weten wat ze heeft gedaan, omdat Peter de foto aan iedereen heeft laten zien toen ze zich weer bij de anderen voegden en hij demonstratief zijn gulp dichttrok, al had hij dat al veel eerder kunnen doen. Ze moest net doen alsof het haar niets kon schelen. De meisjes hadden haar aangegaapt en toen hun blikken afgewend en ze wist meteen dat hun eerdere verhalen over blowjobs en seks met vriendjes die nog nooit iemand had gezien verzonnen waren. Ze waren nep. Ze hadden over alles gelogen.

Niemand vond haar stoer. Niemand bewonderde haar omdat ze niet laf was geweest. Ze was gewoon Lily, de sloerie, een meisje met een lul in haar mond. Ze werd al misselijk als ze eraan dacht. Ze had nog wat Jack Daniel's genomen en gezegd dat ze allemaal de pot op konden.

Ik zie je in de McDonald's op Tottenham Court Road.

Inmiddels had haar moeder de sloten van het huis laten vervangen. Ze kon geen geld meer uit haar portemonnee jatten. En ze hadden ervoor gezorgd dat ze niet meer bij haar spaarrekening kon.

Ik heb niks meer.

Denk je soms dat ik op mijn achterhoofd gevallen ben, prinsesje?

Haar moeder had die diamanten oorbellen nooit mooi gevonden. Lily hoopte dat ze niet eens zou merken dat ze weg waren. Toen

Francis de Fucker ze aan haar gaf, had ze gedaan of ze in katzwijm was, maar achteraf had ze gemompeld dat ze er niet bij kon dat hij haar hartvormige diamanten had gegeven terwijl iedereen wist dat dat ordinair was en dat een druppelvorm veel beter bij haar jukbeenderen paste.

Peter had de glinsterende oorbellen bekeken alsof ze hem wisselgeld gaf en toen had hij ze in zijn zak gestopt. Hij zat een Big Mac te eten en er zat mayonaise in zijn mondhoek. Elke keer als ze hem zag, werd ze misselijk.

'Zin om mee te gaan naar mijn vrienden?'

'Nee.'

'Wat drinken?'

Ze schudde haar hoofd. 'Dit was het. Dit was het laatste. Die oorbellen zijn duizenden ponden waard.'

Hij trok een gezicht. 'De volgende keer wil ik cash. Gewoon contant geld. Ik weet waar je woont, Lily. Ik weet dat je het hebt.'

Ze had het gevoel dat ze nooit van hem kon loskomen. Hij stuurde haar elk moment van de dag sms'jes, hield haar uit haar slaap. Steeds maar weer die foto. Ze zag hem in negatief, op haar netvlies gebrand. Ze ging niet meer naar school. Ze werd dronken met onbekenden en ging naar clubs, ook al had ze daar helemaal geen zin meer in. Alles om maar niet alleen te hoeven zijn met haar gedachten en het genadeloze *ping* van haar telefoon. Ze was ergens gaan wonen waar hij haar niet kon vinden, maar hij had haar toch gevonden en stond urenlang voor Louisa's appartement geparkeerd, bij wijze van stilzwijgende boodschap. Ze had een paar keer op het punt gestaan om het aan Louisa te vertellen. Maar wat kon die eraan doen? Ze was zelf al de helft van de tijd een eenpersoonsrampgebied. Dus dan deed Lily haar mond open, maar kwam er niets uit en dan begon Louisa te ratelen over een bezoek aan haar grootmoeder en of ze al iets had gegeten, en dan besefte ze dat ze hier helemaal alleen in stond.

Soms lag Lily wakker en dacht ze erover na hoe het zou zijn geweest als haar vader er nog was geweest. Ze zag het voor zich. Hij zou naar buiten zijn gelopen, Peter bij zijn nek hebben gegrepen en gezegd dat hij het niet moest wagen ooit nog bij zijn kleine meisje in de buurt te komen. Hij zou zijn armen om haar heen slaan en zeggen dat het allemaal goed zou komen, dat ze nu veilig was. Maar dat zou natuurlijk nooit gekund hebben. Want hij was een boze man in een rolstoel die niet eens meer wilde leven. En als hij de foto's had gezien, zou hij ervan gewalgd hebben.

Ze kon het hem niet kwalijk nemen.

De vorige keer, toen ze niets voor hem had, had hij haar op de stoep achter Carnaby Street de huid vol gescholden en haar uitgemaakt voor waardeloze hoer en stomme snol. Hij was aan komen rijden en zij had twee dubbele whisky's genomen omdat ze bang was om hem te zien. Toen hij zo tekeer was gegaan en haar voor leugenaar had uitgemaakt, was ze gaan huilen.

'Louisa heeft me eruit gegooid. Mijn moeder heeft me eruit gegooid. Ik heb helemaal niks meer.'

Mensen liepen haastig voorbij, met afgewende blikken. Niemand bleef staan. Niemand zei iets, want een man die op vrijdagavond tegen een dronken meisje stond te schreeuwen was niks bijzonders. Peter vloekte en draaide zich om alsof hij weg wilde lopen, maar ze wist ook wel dat hij dat niet zou doen. En toen was de grote zwarte auto midden op straat blijven staan en teruggereden, met witgloeiende lichten. Het elektrische raampje kwam zoemend naar beneden. 'Lily?'

Het duurde een paar seconden voor ze hem herkende. Meneer Garside van het bedrijf van haar stiefvader. Zijn baas? Een partner? Hij keek eerst naar haar en toen naar Peter. 'Gaat het wel?'

Ze keek even naar Peter en knikte toen.

Hij geloofde haar niet. Dat zag ze best. Hij had de auto op de stoep geparkeerd, voor die van Peter, en liep langzaam op hen af in zijn donkere pak. Hij had een autoritaire uitstraling, alsof hij door niks van zijn stuk te brengen was. Ze herinnerde zich ineens dat haar moeder had gezegd dat hij zijn eigen helikopter had. 'Zal ik je een lift naar huis geven, Lily?'

Peter tilde zijn hand met de telefoon erin een fractie op. Om het haar in te peperen. En ze deed haar mond open en het kwam er allemaal uit. 'Hij heeft een vreselijke foto van mij op zijn telefoon en hij dreigt om die aan iedereen te laten zien en hij wil geld en ik heb helemaal niks meer. Ik heb hem alles gegeven wat ik kon en nu heb ik helemaal niets meer over. Help me, alstublieft.'

Peter zette grote ogen op. Dat had hij niet verwacht. Maar het kon haar niet schelen wat er zou gebeuren. Ze was zo wanhopig, en zo moe, en ze wilde dit niet meer allemaal alleen hoeven dragen.

Meneer Garside nam Peter even in zich op. Peters schouders verstijfden en hij trok ze recht, alsof hij overwoog om naar zijn auto te rennen.

'Is dat waar?' vroeg meneer Garside.

'Het is geen misdaad om foto's van meisjes op je telefoon te hebben.' Peter grijnsde vol bravoure.

'Daar ben ik me van bewust. Het is alleen wel een misdaad om ze te misbruiken om geld los te krijgen.' Meneer Garsides zware stem klonk kalm, alsof het volkomen normaal was om het midden op straat over naaktfoto's te hebben. Hij stak zijn hand in zijn zak. 'Wat had je in gedachten?'

'Wat?'

'Je telefoon. Hoeveel wil je ervoor hebben?'

Lily's adem stokte in haar keel. Ze keek van de een naar de ander. Peter staarde haar ongelovig aan.

'Ik bied je geld voor je telefoon. Ervan uitgaande dat er verder geen kopieën van de foto zijn.'

'Ik verkoop mijn telefoon niet.'

'In dat geval zal ik contact opnemen met de politie, jongeman, en melding maken van je kenteken. Ik heb veel vrienden bij de politie. Mensen met hoge functies.' Hij toonde een glimlach die niet echt een glimlach was.

Aan de overkant van de straat kwam een groepje mensen lachend een restaurant uit gelopen. Peter keek van haar naar meneer Garside. Hij tilde zijn kin een fractie op. 'Vijf ruggen.'

Meneer Garside pakte iets uit zijn binnenzak. Hij schudde zijn hoofd. 'Dat dacht ik niet.' Hij haalde zijn portemonnee tevoorschijn en telde een stapeltje biljetten. 'Mij dunkt dat dit voldoende is. Zo te horen heb je al ruim voldoende gekregen. De telefoon, graag.'

Het was alsof Peter gehypnotiseerd was. Hij aarzelde maar heel even en overhandigde toen zijn mobieltje aan meneer Garside. Zomaar. Meneer Garside controleerde of de simkaart erin zat en hield het portier open. 'Ik geloof dat het tijd is om te gaan, Lily.'

Ze stapte in als een gehoorzaam kind en hoorde het autoportier achter zich dichtklikken. En daar gleden ze de smalle straat door, de verblufte Peter achterlatend – ze kon hem in de zijspiegel zien staan – alsof hij ook niet kon geloven wat er net gebeurd was.

'Gaat het?' Meneer Garside keek haar niet aan terwijl hij het vroeg.

'Was... was dat het?'

Hij keek even opzij en keek toen weer naar de weg. 'Ik geloof het wel, ja.'

Ze kon het niet geloven. Ze kon niet geloven dat dat wat nu al weken boven haar hoofd hing zo snel geregeld was. Ineens zei ze dringend: 'Wilt u het alstublieft niet tegen mijn moeder en Francis zeggen.'

Hij fronste licht. 'Als je dat liever wilt.'

Ze slaakt een lange, stille zucht. 'Dank u wel,' zei ze zachtjes.

Hij gaf haar een klopje op haar knie. 'Akelig gastje. Je moet je vrienden zorgvuldiger uitkiezen, Lily.' Zijn hand lag alweer op de versnellingspook nog voor ze zelfs maar doorhad dat hij haar aanraakte.

Hij had totaal niet verbaasd gereageerd toen ze hem vertelde dat ze nergens naartoe kon. Hij had haar naar een hotel in Bayswater gebracht en zachtjes een paar woorden gewisseld met de receptionist, die haar een kamersleutel had gegeven. Ze was opgelucht dat hij niet had geopperd haar mee naar huis te nemen: ze had geen zin om het verhaal aan anderen uit te leggen.

'Ik kom je morgen halen als je weer nuchter bent,' zei hij, en hij stak zijn portemonnee weer in zijn jaszak.

Ze liep moeizaam naar boven, naar kamer 311, ging met kleren en al op bed liggen en sliep veertien uur aan één stuk.

Hij belde om te zeggen dat hij met haar kwam ontbijten. Ze douchte, pakte wat kleren uit haar rugzak en haalde er een strijkbout overheen in de hoop dat ze er zo iets toonbaarder uitzag. Ze was niet zo goed in strijken – Lena deed die dingen altijd.

Toen ze beneden in het restaurant kwam, zat hij er al, met een krant en een halflege kop koffie. Hij was ouder dan ze zich herinnerde. Zijn haar werd al wat dunner en de huid in zijn nek was een beetje lubberig. De laatste keer dat ze hem had gezien was tijdens een feest van het bedrijf, tijdens de paardenrennen. Francis had toen te veel gedronken en haar moeder had woedend tegen hem gesist toen er even niemand in de buurt was en meneer Garside, die het wel had gezien, had zijn wenkbrauwen opgetrokken naar Lily alsof hij wilde zeggen: *Ouders, wat moet je ermee.*

Ze ging vlug in de stoel tegenover hem zitten en hij sloeg zijn krant neer. 'Aha. Hoe gaat het nu?'

Ze schaamde zich, alsof ze gisteravond onnodig theatraal had gedaan. Alsof het een hoop gedoe om niks was geweest. 'Een heel stuk beter, dank u.'

'Heb je lekker geslapen?'

'Heel goed, dank u.'

Hij bestudeerde haar even over de rand van zijn brillenglazen. 'Wat zijn we formeel.'

Ze glimlachte. Ze wist niet hoe ze anders moest reageren. Het was gewoon te raar om hier met een collega van haar stiefvader te zitten. De serveerster bood haar koffie aan, die ze opdronk. Ze wierp een blik op het ontbijtbuffet en vroeg zich af of ze daarvoor moest betalen. Hij leek haar ongemak te voelen. 'Eet wat. Maak je geen zorgen, het is al betaald.' Hij richtte zijn aandacht weer op zijn krant.

Ze vroeg zich af of hij het aan haar ouders zou vertellen. Ze vroeg zich ook af wat hij met Peters telefoon had gedaan. Ze hoopte maar dat hij wat langzamer was gaan rijden in die grote, zwarte auto van hem toen hij langs de Thames reed, dat hij zijn raampje naar beneden had gedaan en dat hij hem daarin geslingerd had. Ze wilde die foto nooit meer zien. Ze stond op en ging een croissant halen met wat fruit. Ze was uitgehongerd.

Hij las door terwijl zij at. Ze vroeg zich af hoe het er voor een buitenstaander uit zou zien – gewoon als een vader met zijn dochter, waarschijnlijk. Ze vroeg zich af of hij kinderen had.

'Hoeft u niet op uw werk te zijn?'

Hij glimlachte en liet zich nog wat koffie inschenken door de serveerster. 'Ik heb ze gezegd dat ik een belangrijke vergadering had.' Hij vouwde de krant keurig op en legde hem neer.

Ze schoof ongemakkelijk heen en weer op haar stoel. 'Ik heb een baantje nodig.'

'Een baantje.' Hij leunde achterover. 'Aha. Wat voor soort baantje?'

'Geen idee. Ik heb mijn examens nogal verknald.'

'En wat vinden je ouders daarvan?'

'Die... Ik kan niet... Die zijn momenteel niet zo blij met me. Ik heb de afgelopen tijd bij een vriendin gelogeerd.'

'En daar kan je niet meer naar terug?'

'Nog niet, nee. Die vriendin is ook niet zo blij met me.'

'O, Lily,' zei hij en hij slaakte een zucht. Hij keek door het raam naar buiten, dacht even na en wierp toen een blik op zijn dure horloge. Hij dacht nog wat langer, belde toen naar kantoor en zei tegen iemand dat hij wat later terug zou komen van zijn vergadering.

Ze wachtte af wat hij te zeggen had.

'Uitgegeten?' Hij stopte zijn krant in zijn koffertje en stond op. 'Kom, dan gaan we een plan trekken.'

Ze had niet verwacht dat hij mee zou komen naar haar kamer en schaamde zich voor de bende: de natte handdoeken op de grond, de televisie die keihard aanstond op een sneue zender. Ze dumpte de ergste troep in de badkamer en propte de rest van haar spullen snel in haar rugzak. Hij deed alsof zijn neus bloedde en stond alleen maar uit het raam te staren. Toen ze ging zitten op de stoel draaide hij zich weer om, alsof hij de kamer nu pas zag.

'Dit is geen beroerd hotel,' zei hij. 'Ik logeerde hier altijd als ik geen zin had om nog naar Winchester te rijden.'

'Woont u daar?'

'Mijn vrouw woont daar, ja. Mijn kinderen zijn allang volwassen.' Hij zette zijn koffertje op de grond en ging op de rand van het bed zitten. Ze stond op en pakte het gratis notitieblokje van het nachtkastje, voor het geval ze aantekeningen moest maken. Haar telefoon piepte en ze keek er even naar.

Lily, bel me nou gewoon. Louisa x

Ze stak hem in haar zak en ging zitten met het notitieblokje op schoot.

'En, wat denkt u?'

'Dat je in een lastige situatie zit, Lily. Je bent een beetje jong voor een baan. Ik weet niet of ik je zou aannemen.'

'Maar ik kan wel van alles. Ik kan hard werken. Ik kan tuinieren.'

'Tuinieren! Nou, dan kan je misschien ergens een baan als hovenier krijgen. Of je daar genoeg mee verdient om in je onderhoud te kunnen voorzien is weer een ander verhaal. Heb je referenties? Weleens een vakantiebaantje gehad?'

'Nee. Mijn ouders gaven me altijd zakgeld.'

'Hm.' Hij tikte met zijn handen op zijn knieën. 'Je hebt een lastige relatie met je vader, of niet?'

'Francis is niet mijn echte vader.'

'Ja, dat weet ik. Ik weet ook dat je een paar weken geleden van huis bent weggegaan. Het is een droevige situatie. Heel droevig. Je zult je wel heel geïsoleerd voelen.'

Ze voelde de brok in haar keel opzwellen en dacht even dat hij een zakdoekje uit zijn jas wilde pakken, maar wat hij pakte was een mobieltje. Peters mobieltje. Hij tikte er een keer op, en nog een keer, en ze zag een flits van de foto. Haar adem stokte.

Hij klikte erop om hem te vergroten. Haar wangen werden vuurrood. Hij staarde naar de foto en het leek wel een eeuwigheid te duren. 'Jij bent echt een heel stoute meid geweest, of niet soms?'

Lily's vingers balden zich tot een vuist om de hotelsprei. Ze keek op naar meneer Garside, met een knalrood hoofd. Hij hield zijn ogen niet van de foto af.

'Een heel stoute meid.' Toen keek hij haar eindelijk aan, zijn blik uitgestreken, zijn stem zacht. 'Dus ik denk dat we eerst maar eens moeten afspreken hoe jij me kunt terugbetalen voor de telefoon en de hotelkamer.'

'Maar,' begon ze, 'u hebt helemaal niet –'

'Ach toe nou, Lily. Voor niks gaat de zon op, dat weet een blij meisje als jij natuurlijk best.' Hij keek weer naar de foto. 'Daar ben je een poos geleden al achter gekomen… En je hebt duidelijk talent.'

Lily's ontbijt kwam omhoog in haar keel.

'Je zou veel aan mij kunnen hebben. Ik kan je onderdak geven tot je jezelf kunt redden en ik kan je helpen in je carrière. Je hoeft er bijna niets voor terug te doen. Quid pro quo – ken je die uitdrukking? Je had toch Latijn op school?'

Ze stond ineens op en greep haar rugzak. Zijn hand schoot uit en pakte haar bij de arm. Met zijn vrije hand stopte hij de telefoon langzaam terug in zijn zak. 'Niet zo haastig, Lily. Je wilt toch niet dat je ouders dit te zien krijgen, of wel? Wat zouden die hier niet van denken?'

Haar woorden bleven steken.

Hij klopte op de sprei naast zich. 'Ik zou heel goed nadenken over wat je nu gaat doen. Zo. Als we nu eerst eens –'

Lily's arm schoot uit en ze schudde zich van hem los. En toen holde ze naar de deur van de hotelkamer en weg was ze, keihard de gang door; haar tas vloog achter haar aan.

Londen bleef tot diep in de nacht vol leven. Ze liep door terwijl auto's en bussen ongeduldig door de drukke straten bewogen, taxi's door het verkeer meanderden, mannen in pakken op weg naar huis gingen of in helverlichte kantoortjes ergens halverwege in de lucht aan het werk waren, de schoonmakers negerend die om hen heen stilletjes hun eigen werk deden. Ze liep met gebogen hoofd en haar rugzak over haar schouder geslagen en als ze 's avonds laat ergens in een hamburgertent iets te eten nam, zorgde ze er altijd voor dat haar capuchon op haar hoofd zat en dat ze een gratis krantje bij de hand had om zogenaamd in te lezen: er was anders altijd wel iemand die bij je aan tafel kwam zitten die je aan het praten wilde krijgen. *Kom op, schat, doe eens gezellig.*

Ze bleef de gebeurtenissen van die ochtend maar herkauwen. Wat had ze gedaan? Wat voor signaal had ze afgegeven? Deed ze iets waardoor mensen er maar van uitgingen dat ze een slet was? Ze kon wel huilen om de woorden die hij had gebruikt. Ze voelde zich ineenkrimpen onder haar capuchon, en haatte hem. Haatte zichzelf.

Ze gebruikte haar studentenpas en reed mee met de metro tot de sfeer alcoholisch en koortsachtig werd. Daarna was het veiliger om bovengronds te blijven. De rest van de tijd liep ze – door de spetterende neonlichten van Piccadilly, over de met fijnstof beslagen Marylebone Road, langs de pulserende kroegen in Camden, met flinke passen, alsof ze ergens naar op weg was, pas vaart minderend toen haar voeten pijn begonnen te doen van de genadeloze stoep.

Toen ze te moe geworden was, vroeg ze mensen om een gunst. Ze logeerde een nacht bij haar vriendin Nina, maar Nina stelde te veel vragen en toen ze in bad zat om het vuil uit haar haar te wassen hoorde Lily haar beneden met haar ouders kletsen. Ze voelde zich eenzamer dan ooit. Na het ontbijt ging ze weer weg, ook al zei Nina's moeder dat ze best nog een nachtje mocht blijven terwijl ze haar met een moederlijke, bezorgde blik aankeek. Ze bracht twee nachten door op de bank van een meisje dat ze tijdens het stappen had leren kennen, maar die deelde haar appartement met drie mannen en ze kon zich er niet voldoende ontspannen om te kunnen slapen, en zat volledig aangekleed met haar armen om haar knieën televisie te kijken, met het geluid uit, tot het ochtend werd. Ze bracht een nacht door in het hostel van het Leger des Heils, waar ze luisterde naar twee meisjes in het hokje naast haar die ruzie aan het maken waren. Ze hield haar tas onder haar deken tegen zich aan gedrukt. Ze zeiden dat ze kon gaan douchen, maar ze wilde haar spullen niet in de kast achterlaten. Ze dronk de gratis soep en vertrok weer. Maar meestal liep ze en ze gaf haar laatste geld uit aan goedkope koffie en een Egg McMuffin en werd steeds vermoeider en hongeriger, tot ze bijna niet meer kon nadenken en nauwelijks nog snel genoeg kon reageren als mannen smerige dingen naar haar riepen vanuit een portiek, of het personeel in de lunchroom zei dat ze nu wel lang genoeg had gedaan met die ene kop thee en het tijd was om weer verder te gaan.

En al die tijd vroeg ze zich af wat haar ouders op dat moment zouden zeggen, en wat meneer Garside hun zou vertellen als hij hun de foto zou laten zien. Ze zag het geschokte gezicht van haar moeder voor zich en hoe Francis langzaam zijn hoofd zou schudden, alsof deze nieuwe Lily voor hem totaal geen verrassing was.

Ze was zo stom geweest.

Ze had de telefoon moeten jatten.

Ze had hem kapot moeten stampen.

Ze had die man moeten stampen.

Ze had nooit naar het huis van die jongen moeten gaan en zich zo belachelijk gedragen en haar eigen leven zo kapotmaken. En dat was meestal het moment waarop ze weer begon te huilen en haar capuchon nog verder over haar gezicht trok en –

20

'Ze is wat?'

In de stilte die mevrouw Traynor liet vallen hoorde ik ongeloof en misschien (of het was mijn overgevoeligheid) een flauwe echo van al weer een falen van mijn kant om iets wat van haar was te beschermen.

'En je hebt geprobeerd te bellen?'

'Ze neemt niet op.'

'En ze heeft ook geen contact gezocht met haar ouders?'

Ik deed mijn ogen dicht. Tegen dit gesprek had ik verschrikkelijk opgezien. 'Ze heeft dit kennelijk al vaker gedaan. Mevrouw Houghton-Miller is ervan overtuigd dat Lily elk moment weer boven water kan komen.'

Mevrouw Traynor liet dit op zich inwerken. 'Maar jij niet.'

'Er klopt iets niet, mevrouw Traynor. Ik weet dat ik haar moeder niet ben, maar ik heb gewoon...' Mijn woorden stierven weg. 'Maar goed. Ik doe liever iets dan dat ik afwacht, dus ik ga de straten maar weer afzoeken. Ik wilde alleen graag dat u de waarheid wist over wat er aan de hand is.'

Mevrouw Traynor bleef even stil en zei toen met een afgemeten en vreemd vastberaden stem: 'Louisa, wil je me voor je ophangt het nummer van mevrouw Houghton-Miller nog even geven?'

Ik meldde me ziek en hoorde dat Richard Percivals koele 'Aha' dreigender klonk dan zijn vorige bulderende protesten. Ik printte foto's uit – eentje van Lily's Facebook-profiel en een van de selfies die ze van ons had genomen. De hele morgen reed ik door het centrum van Londen rond. Ik parkeerde overal op de stoep, met de knipperlichten aan, om pubs en fastfoodrestaurants in te gaan en nachtclubs waar de schoonmakers, die er aan het werk waren in de schrale lucht en bij de slechte verlichting, me allemaal achterdochtig aankeken.

Hebt u dit meisje misschien gezien?

Hoezo?

Hebt u dit meisje misschien gezien?

Ben je van de politie? Ik heb geen zin in gedoe.

Sommigen vonden het blijkbaar leuk om me nog een poosje aan het lijntje te houden – 'O, dat meisje! Bruin haar? Ja, hoe heette ze ook alweer...? Nee, nooit gezien.' Niemand leek haar te hebben gezien. En hoe verder ik reed, hoe hopelozer het voelde. Was er een betere plek om van de radar te verdwijnen dan Londen? Een overvolle metropool met miljoenen portieken om in weg te glippen, eindeloze mensenmassa's om in op te gaan. Ik keek omhoog naar de hoge gebouwen en vroeg me af of ze misschien in haar pyjama bij iemand op de bank lag. Lily legde zo gemakkelijk contact en was nooit bang om ergens om te vragen – ze kon wel overal zijn.

En toch.

Ik wist niet zeker wat me ertoe zette om door te blijven zoeken. Misschien was het mijn blinde woede op Tanya Houghton-Millers halfslachtige moederschap. Misschien was het wel mijn schuldgevoel omdat ik precies had gedaan wat ik Tanya kwalijk nam. Misschien kwam het wel doordat ik maar al te goed wist hoe kwetsbaar een jong meisje kan zijn.

Maar het was vooral vanwege Will. Ik liep en reed rond en stelde vragen en hield eindeloze gesprekken met hem terwijl mijn heup pijn begon te doen. Dan zat ik even in mijn auto te kauwen op oudbakken boterhammen en pompstationchocolade en ik slikte pijnstillers om door te kunnen gaan.

Waar kan ze zijn, Will?

Wat zou jij doen?
En – al weer – *Het spijt me. Ik heb je in de steek gelaten.*

Nog nieuws?

Het voelde vreemd om Sam te sms'en terwijl ik in mijn hoofd de hele tijd met Will in gesprek was. Een vreemd soort ontrouw. Ik wist alleen niet precies wie ik ontrouw was.

Nee. Ik heb alle EHBO's in Londen gebeld. En jij?

Beetje moe.

Heup?

Gewoon een pil erin en klaar.

Zal ik bij je langskomen na mijn dienst?

Ik denk dat ik beter kan blijven zoeken.

Nergens naartoe gaan waar ik ook niet zou komen X

Heel grappig XXX

'Heb je de ziekenhuizen al geprobeerd?' Mijn zusje belde vanaf de universiteit, tijdens het kwartiertje pauze tussen *Inkomstenbelasting: de toekomst in kaart* en *Btw: een Europees perspectief*.

'Sam zegt dat er niemand die zo heet is opgenomen in de academische ziekenhuizen. Hij heeft mensen gevraagd om naar haar uit te kijken.' Ik keek achter me, alsof ik dacht dat Lily uit de mensenmassa naar me toe zou komen lopen.

'Hoelang ben je nu al op zoek?'

'Een paar dagen.' Ik vertelde haar niet dat ik nauwelijks nog sliep. 'Ik – eh – ik heb vrij genomen van mijn werk.'

'Dacht ik het niet! Ik wist wel dat ze je in de problemen zou brengen. Wat vindt je baas hiervan? En hoe zit het trouwens met die andere baan? Die in New York? Heb je dat sollicitatiegesprek nog gehad? Zeg nou alsjeblieft niet dat je het bent vergeten.'

Het duurde even voor ik wist waar ze het over had. 'O, dat. Ha – die heb ik gekregen.'

'*Wat?*'

'Nathan zei dat ze mij de baan gaan aanbieden.'

Westminster werd overstroomd door toeristen die bleven hangen bij schreeuwerige stalletjes met Union Jack-troep, hun mobiele telefoons en dure camera's in de lucht gestoken om de boven hen uittorenende Houses of Parliament op de foto te kunnen krijgen. Ik zag dat er een parkeerwacht op me afkwam en vroeg me af of er soms een of andere antiterrorismewet was die het me verbood om daar te parkeren. Ik stak een hand op om aan te geven dat ik al weg wilde.

Het bleef even stil aan de andere kant van de lijn.

'Wacht even – je wilt toch niet zeggen dat je –'

'Ik kan er nu niet over nadenken, Treen. Lily is weg en ik moet haar vinden.'

'Louisa, nu luister je eens naar mij. Je moet die baan nemen.'

'Wat?'

'Dit is de kans van je leven. Je hebt geen idee wat ik ervoor over zou hebben om de kans te krijgen om naar New York te verhuizen… met gegarandeerd werk? En kost en inwoning? En dan kan je "er nu niet over nadenken"?'

'Zo simpel is het niet.'

De parkeerwacht bleef mijn kant op lopen.

'O mijn god. Dit is het dus. Dit is wat ik je duidelijk probeerde te maken. Altijd als jij de kans krijgt om vooruit te komen, help je je eigen toekomst om zeep. Het is net – het is alsof je het helemaal niet wilt.'

'Lily wordt *vermist*, Treen.'

'Een meisje van zestien dat je nauwelijks kent, met twee ouders en minstens twee grootouders, is een paar dagen aan de boemel, iets wat ze wel vaker heeft gedaan. Iets wat sommige pubers nu eenmaal doen. En jij gebruikt het als excuus om de mooiste kans die je ooit nog krijgt weg te gooien? Jezus. Je wilt er eigenlijk helemaal niet heen, of wel?'

'Wat wil je daar nou weer mee zeggen, verdomme?'

'Het is veel gemakkelijker om dat deprimerende baantje van je te houden en daarover te blijven klagen. Veel gemakkelijker om te blijven zitten waar je zit en geen risico te nemen en te doen alsof alles je maar overkomt en jij er zelf niks aan kunt doen.'

'Ik kan niet maar gewoon mijn biezen pakken terwijl dit speelt.'

'Je bent de baas over je eigen leven, Lou. Maar je doet alsof je permanent geteisterd wordt door dingen waar je geen controle over hebt. Waarom? Komt het door je schuldgevoel? Vind je dat je Will iets verplicht bent? Of is het soms een soort boetedoening? Dat je je eigen leven opgeeft omdat je het zijne niet hebt kunnen redden?'

'Je begrijpt het niet.'

'Nee. Ik begrijp het prima. Ik begrijp jou beter dan jij. Zijn dochter is *niet jouw verantwoordelijkheid*. Hoor je me? Dit is allemaal niet jouw verantwoordelijkheid. En als je niet naar New York gaat, dan praat ik niet meer met je. Nooit meer. Sterker nog, dan vermoord ik je.'

De parkeerwacht stond nu voor mijn raam. Ik draaide het omlaag en trok het universele gezicht dat je trekt als je zus tegen je tekeergaat aan de telefoon en het je echt heel erg spijt maar je niet kunt ophangen. Hij tikte op zijn horloge en ik knikte geruststellend.

'Zo is het, Lou. Denk er maar eens heel goed over na. Lily is niet jouw dochter.'

Ze hing op en ik staarde naar mijn telefoon. Ik bedankte de parkeerwacht en draaide mijn raampje weer omhoog. En er schoot me een zin te binnen: *...omdat hij niet eens mijn echte vader was.*

Ik sloeg de hoek om, parkeerde bij een pompstation en bladerde door een bijna uit elkaar vallende stratengids die ik onder mijn stoel bewaarde terwijl ik me de naam van de straat probeerde te herinneren die Lily had genoemd. Pyemore, Pyecrust, *Pyecroft*. Ik legde de afstand tot St John's Wood af met mijn vinger – hoelang zou dat lopen zijn? Een kwartier? Het moest wel kloppen.

Ik pakte mijn telefoon en zocht zijn achternaam op in combinatie met de straatnaam en daar stond het. Nummer 56. Mijn maag kromp ineen van opwinding. Ik startte de motor, schakelde en reed de weg weer op.

Hoewel ze nog geen twee kilometer bij elkaar vandaan lagen, waren er geen woorden om het verschil tussen het huis van Lily's moeder en dat van haar voormalige stiefvader te omschrijven. Bestond de straat van de familie Houghton-Miller uit uniforme grootse witgestuukte of roodbakstenen huizen, met in vormen gesnoeide buxushagen ertussen en grote auto's die nooit vuil leken te worden ervoor, de straat van Martin Steele was nog volkomen onaangetast door yuppen: het was een hoekje van Londen met huizen van twee verdiepingen waar de huizenprijzen weliswaar steeds verder stegen, maar dat was totaal niet af te lezen aan het uiterlijk van die huizen.

Ik reed langzaam, langs auto's onder zeildoek en een omvergegooide vuilniscontainer, en vond uiteindelijk een parkeerplek vlak bij een klein victoriaans rijtjeshuis zoals die ooit overal in Londen uit de grond gestampt waren. Ik zat ernaar te kijken en zag de bladderende verf op de voordeur, een kindergietertje op de stoep ervoor. *Laat haar alsjeblieft hier zijn*, bad ik. Veilig binnen die muren.

Ik stapte de auto uit, sloot hem af en liep naar de deur.

Binnen hoorde ik een piano, een gebroken akkoord dat steeds maar weer werd herhaald, en weer verstomde stemmen. Ik aarzelde, heel even maar, belde toen aan en hoorde dat de muziek stopte.

Voetstappen in de gang, en toen ging de deur open. Een man van in de veertig, houthakkershemd, spijkerbroek en een stoppelbaardje, stond in de deuropening.

'Ja?'

'Ik vroeg me af... is Lily hier misschien?'

'Lily?'

Ik glimlachte en stak een hand uit. 'U bent Martin Steele, toch?'

Hij bestudeerde me even voor hij antwoordde: 'Dat zou kunnen. En wie bent u?'

'Ik ben een vriendin van Lily. Ik... ik probeer haar te vinden en ik had begrepen dat ze misschien hier kon zijn. Of dat u misschien zou weten waar ze is.'

Hij fronste. 'Lily? Lily Miller?'

'Eh, ja.'

Hij wreef met zijn hand over zijn kaak en keek achterom de gang in. 'Kunt u misschien heel even wachten?' Hij liep de gang weer door en ik hoorde hem instructies geven aan wie er ook maar achter de piano zat. Toen hij weer terugkwam klonk er een toonladder, eerst aarzelend en toen wat nadrukkelijker.

Martin Steele deed de deur half achter zich dicht. Hij boog zijn hoofd even alsof hij probeerde te plaatsen wat ik hem net had gevraagd. 'Sorry, ik begrijp het even niet. U bent een vriendin van Lily Miller? En waarom bent u precies hier?'

'Omdat Lily zei dat ze u hier weleens opzocht. U bent – of was – toch haar stiefvader?'

'Technisch gesproken niet, maar, ja. Heel lang geleden.'

'En u bent muzikant? U bracht haar altijd naar de crèche? Maar jullie hebben nog wel contact. Ze vertelde me dat jullie nog steeds heel close zijn. En dat dat haar moeder heel erg dwarszat.'

Martin keek me aan door half toegeknepen ogen. 'Mevrouw...'

'Clark. Louisa Clark.'

'Mevrouw Clark. Louisa. Ik heb Lily Miller sinds haar vijfde nooit meer gezien. Toen we uit elkaar gingen vond Tanya dat het beter voor ons allemaal was om het contact helemaal te verbreken.'

Ik staarde hem aan. 'Dus ze is hier nooit geweest.'

Hij dacht even na. 'Ze is hier één keer geweest, een paar jaar geleden, maar de timing was niet zo geslaagd. We hadden net een baby en ik moest lesgeven en eerlijk gezegd wist ik ook niet zo goed wat ze van me wilde.'

'Dus u hebt haar sindsdien nooit meer gezien of gesproken?'

'Los van die ene keer, even kort, nee. Is er iets met haar? Zit ze in de problemen?'

Binnen speelde de piano door – *do re mi fa sol la si do. Do si la sol fa mi re do*. Op en neer.

Ik zwaaide met mijn hand en was zijn stoep al af. 'Nee. Er is niks. Ik heb me gewoon vergist. Het spijt me dat ik u heb lastiggevallen.'

Ik bleef nog een avond door Londen rondrijden en negeerde de dringende telefoontjes van mijn zus en de e-mail van Richard Percival getiteld: URGENT en PERSOONLIJK. Ik reed tot mijn ogen rood waren van de verblindende koplampen en ik besefte dat er geen plek was waar ik niet al gezocht had en dat ik geen cash meer bij me had voor benzine.

Ik reed iets na middernacht naar huis en beloofde mezelf dat ik mijn bankpas zou gaan halen, een kop thee zou drinken, mijn ogen een halfuurtje tot rust zou laten komen en dan weer op weg zou gaan. Ik trok mijn schoenen uit en roosterde brood, dat ik vervolgens niet door mijn keel kreeg. In plaats daarvan slikte ik twee pijnstillers en ging peinzend op de bank liggen. Ik zag iets over het hoofd, maar wat? Er moest toch ergens een aanwijzing zijn. Mijn hersenen gonsden van uitputting en mijn maag zat in een onontwarbare knoop van de spanning. Welke straten had ik overgeslagen? Was er een kans dat ze niet meer in Londen was?

Ik had geen andere keuze, besloot ik. We moesten de politie er wel bij halen. Ik had liever dat ze me stom en aanstellerig vonden dan dat ik het risico nam dat haar toch echt iets zou overkomen. Ik ging liggen en deed mijn ogen een minuut of vijf dicht.

Drie uur later werd ik wakker van de telefoon. Ik schoot omhoog en wist even niet precies waar ik was. Toen staarde ik naar het oplichtende schermpje naast me en bracht hem onhandig naar mijn oor. 'Hallo?'

'We hebben haar.'

'Wat?'

'Met Sam. We hebben Lily. Kan je komen?'

Engeland had een voetbalwedstrijd verloren en in het daaropvolgende chagrijn en de door de drank veroorzaakte verwondingen zag niemand het figuurtje dat in de hoek op twee stoelen lag te slapen, met haar capuchon diep over haar gezicht getrokken. Pas toen de triageverpleegkundige iedereen afliep om aan de wachttijdmaatstaven te kunnen voldoen, schudde iemand het meisje wakker. Ze biechtte met tegenzin op dat ze er alleen maar zat omdat het er warm en droog en veilig was.

De verpleegkundige was haar aan het ondervragen toen Sam, die binnenkwam met een vrouw met ademhalingsproblemen, haar zag zitten. Hij had de verpleegkundigen achter de balie de opdracht gegeven om haar niet te laten gaan en was toen snel naar buiten gegaan om mij te bellen voor ze hem zou zien. Dat vertelde hij me allemaal toen we de EHBO in holden. De wachtkamer begon eindelijk uit te dunnen: de koortsige kinderen zaten veilig in de spreekkamertjes met hun ouders, de dronkenlappen waren naar huis gestuurd om hun roes uit te gaan slapen. Alleen verkeersslachtoffers en mensen met steekwonden op dit tijdstip.

'Ze hebben haar een kop thee gegeven. Ze ziet er uitgeput uit. Volgens mij is ze blij dat ze even rustig kan zitten.'

Waarschijnlijk keek ik toen heel bang, want hij zei: 'Het is oké. Ze laten haar niet vertrekken.'

Ik kwam half lopend, half rennend de met tl-buizen verlichte gang in, met Sam achter me aan. En daar zat ze. Ze zag er op de een of andere manier kleiner uit dan eerst, met haar haar in een rommelige vlecht en een plastic bekertje tussen haar magere handen. Er zat een zuster naast haar met een stapel statussen, en toen die mij zag en Sam opmerkte, glimlachte ze hartelijk en stond op om weg te gaan. Ik zag dat Lily's nagels vieszwart waren.

'Lily?' zei ik. Haar donkere, dodelijk vermoeide ogen keken me aan. 'Wat... wat is er gebeurd?'

Ze keek naar mij, en toen naar Sam, met grote en een beetje bange ogen.

'We hebben je overal gezocht. We waren zo... Mijn god, Lily. Waar was je nou?'

'Sorry,' fluisterde ze.

Ik schudde mijn hoofd en probeerde haar duidelijk te maken dat het niet gaf. Dat het allemaal helemaal niet gaf en dat het enige wat ertoe deed was dat ze veilig was, dat ze hier nu was.

Ik stak mijn armen uit. Ze keek me aan, deed een stap naar voren en kwam voorzichtig tegen me aan staan. En ik hield haar stevig vast en voelde haar stille, schokkende snikken overgaan in die van mij. Het enige wat ik kon doen was een onbekende God danken en in stilte zeggen: *Will. Will – we hebben haar gevonden.*

21

Die eerste nacht thuis stopte ik Lily in mijn bed, waar ze achttien uur sliep, 's avonds wakker werd voor wat soep en een bad, en toen weer instortte en nog eens acht uur sliep. Zelf sliep ik op de bank, met de voordeur op slot, bang om de deur uit te gaan of zelfs maar van mijn plek te komen, voor het geval ze weer verdween. Sam kwam twee keer langs, voor en na zijn dienst, om melk te brengen en te checken hoe het met haar ging, en we spraken op fluistertoon in de gang, alsof we het over een zieke hadden.

Ik belde Tanya Houghton-Miller om haar te vertellen dat haar dochter weer boven water was. 'Dat zei ik toch. Maar jij wilde niet luisteren,' kraaide ze triomfantelijk, en ik hing op voor ze verder nog iets kon zeggen. En voor ik zelf nog iets zou zeggen.

Daarna belde ik mevrouw Traynor, die een lange, bevende zucht van opluchting slaakte. Het klonk alsof die van heel diep kwam. 'Wanneer mag ik langskomen?'

Eindelijk opende ik de e-mail van Richard Percival, waarin hij me informeerde dat: *Aangezien je de vereiste drie maal bent gewaarschuwd, stellen we je hierbij op de hoogte van het feit dat, gezien je veelvuldige afwezigheid en het feit dat je niet aan je contractuele verplichtingen voldoet, je arbeidsovereenkomst met Shamrock and Clover (Locatie Luchthaven) met onmiddellijke ingang wordt ontbonden.* Hij vroeg me het uniform *inclusief pruik* zo snel mogelijk te retourneren, omdat me anders *de volledige winkelprijs* in rekening zou worden gebracht.

Ik opende een e-mail van Nathan.

Waar hang je in godsnaam uit? Heb je mijn vorige mailtje soms niet gelezen?

Ik dacht aan het aanbod van meneer Gopnik en klapte met een zucht mijn laptop dicht.

Op de derde dag werd ik wakker op de bank en zag dat Lily niet in huis was. Mijn hart kromp als in een reflex ineen, tot ik het raam open zag staan in de gang. Ik klom de brandtrap op en daar zat ze, op het dak, uitkijkend over de stad. Ze droeg haar pyjamabroek, die ik had gewassen, en Wills grote trui.

'Hoi,' zei ik, terwijl ik over het dak naar haar toe liep.

'Je hebt eten in de ijskast,' merkte ze op.

'Sam de Ambulanceman.'

'En je hebt alles water gegeven.'

'Ook grotendeels zijn werk.'

Ze knikte, alsof dat te verwachten viel. Ik ging op mijn vaste plek op het bankje zitten en we zaten een poosje kameraadschappelijk te zwijgen, in de geur van de lavendel, waarvan de paarse bloemetjes uit de kleine groene knoppen gebarsten waren. Alles in het daktuintje was inmiddels in felle kleuren tot leven gekomen; de bloemen en fluisterende blaadjes gaven kleur en beweging en geur aan het stuk grauwe asfalt.

'Het spijt me dat ik je bed heb ingepikt.'

'Jij had er meer behoefte aan dan ik.'

'Je hebt al je kleren opgehangen.' Ze trok haar benen onder zich en veegde haar haren achter een oor. Ze zag nog steeds bleek. 'De leuke kleren.'

'Nou ja, ik dacht dat ik ze maar niet meer moest verstoppen, door wat jij zei.'

Ze keek me even aan van opzij en haar kleine, treurige glimlach gaf me een droeviger gevoel dan als ze helemaal niet had gelachen.

De lucht beloofde dat het een warme dag zou worden en de straten klonken al verstomd door de warmte van de zon. Je voelde nu al hoe het door de ramen naar binnen sijpelde en de lucht deed verbleken. Beneden ons reed een vrachtwagen rammelend langs de stoep, ritmisch begeleid door getoeter en mannenstemmen.

'Lily,' zei ik zachtjes toen het eindelijk in de verte wegstierf, 'wat is er aan de hand?' Ik deed mijn best het niet als een verhoor te laten klinken. 'Ik weet dat ik je niks mag vragen en dat ik geen echte familie van je ben en zo, maar ik zie wel dat er iets heel erg mis is en ik vind... ik vind dat... nou ja, ik vind dat we *wel* een soort familie zijn en ik wil gewoon dat je mij vertrouwt. Dat je het gevoel hebt dat je met me kunt praten.'

Ze bleef strak naar haar handen staren.

'Ik zal je niet veroordelen. Ik zal niets doorvertellen. Ik wil alleen... Ik vind dat je moet weten dat het helpt om iemand de waarheid te vertellen. Dat is echt zo. Dingen worden er beter door.'

'Wie zegt dat?'

'Ik. Er is echt niets wat je me niet kunt vertellen, Lily. Echt waar.'

Ze keek me even aan en wendde haar blik toen weer af. 'Je begrijpt het toch niet,' zei ze zachtjes.

En toen wist ik het. Ik wist het.

Het werd beneden wonderlijk stil, of misschien kon ik niets meer horen buiten wat zich in de paar decimeter tussen ons afspeelde. 'Ik zal je iets vertellen,' zei ik. 'Er is maar één iemand die ik dit verhaal ooit heb verteld, omdat ik jarenlang heb gedacht dat ik het met niemand kon delen. En door het hem te vertellen ben ik er anders naar gaan kijken. Dus laten we dit dan afspreken – jij hoeft me helemaal niets te vertellen, maar ik vertrouw erop dat ik jou wel mijn verhaal kan vertellen, voor het geval je er iets aan hebt.'

Ik wachtte even af, maar Lily sputterde niet tegen, rolde niet met haar ogen en zei niet dat het vast heel *saai* zou zijn. Ze sloeg haar armen om haar knieën en ze luisterde. Ze luisterde terwijl ik haar vertelde over het meisje dat op een heerlijke zomeravond iets te hard had gefeest op een plek waar ze zich veilig waande. Dat ze met al haar vriendinnen was en met een stel aardige jongens die allemaal van goeden huize leken te komen. Jongens die de regels kenden. Dat ze ontzettend veel lol hadden gehad en dat iedereen zo grappig was en uit zijn dak was gegaan, totdat ze zich een paar drankjes later realiseerde dat bijna alle andere meisjes weg waren en dat het lachen was verhard, en dat zij het mikpunt was geworden. En ik vertelde haar zonder te veel in details te treden hoe die avond was geëindigd: met een zus die het meisje naar huis had gebracht, dat ze haar schoenen kwijt was en blauwe plekken had op plaatsen die je niet kon zien en een groot zwart gat waar die uren hadden moeten zitten. En de herinneringen, die als een schaduw over haar heen hingen en haar er elke dag weer aan herinnerden dat ze dom en onverantwoordelijk was geweest en dat het allemaal haar eigen schuld was. En dat ze die gedachte jarenlang alles wat ze deed, waar ze naartoe ging en wat ze dacht te kunnen, had laten kleuren. Terwijl het enige wat ze had moeten horen was dat iemand nee zei. *Nee. Het was niet jouw schuld. Het was echt niet jouw schuld.*

Ik was uitgepraat en Lily zat nog steeds naar me te kijken. Haar reactie viel niet van haar gezicht te lezen.

'Ik weet niet wat er met jou aan de hand was – of is, Lily,' zei ik voorzichtig. 'Misschien heeft het wel helemaal niks te maken met wat ik je net heb verteld. Ik wil alleen dat je weet dat er niks te erg is om aan mij te vertellen. Ik doe de deur nooit meer voor je dicht.'

Ze zei nog steeds niets. Ik staarde over het dakterras en keek haar expres niet aan.

'Weet je, je vader heeft iets tegen me gezegd wat ik goed in mijn oren heb geknoopt: "Je hoeft die ene gebeurtenis niet te laten bepalen wie je bent."'

'Mijn vader.' Ze tilde haar kin op.

Ik knikte. 'Wat er ook is gebeurd, ook al wil je het mij niet vertellen, je moet weten dat hij gelijk had. De afgelopen weken, maanden, hoeven niet te bepalen wie jij bent. Ik weet nog maar weinig over jou, maar ik zie wel dat je slim en grappig en lief en verstandig bent en dat je het in je hebt om dit, wat het ook maar is, achter je te laten. En dat je, als je dat doet, een geweldige toekomst voor je hebt.'

'Hoe kun je dat nou weten?'

'Omdat je op hem lijkt. Je hebt zelfs zijn trui aan,' voegde ik er zachtjes aan toe.

Ze bracht haar arm langzaam naar haar gezicht, legde de zachte wol tegen haar wang en dacht na.

Ik leunde achterover tegen het bankje. Ik vroeg me af of ik te ver was gegaan, door Will erbij te halen.

Maar toen haalde Lily diep adem en met een rustige, ongewoon vlakke stem vertelde ze me waar ze was geweest. Ze vertelde over de jongen, en over de man, en over de foto op een mobiele telefoon die haar achtervolgde, en de dagen die ze als een schaduw op de helverlichte straten van de stad had doorgebracht. Terwijl ze het vertelde, begon ze te huilen. Ze dook ineen en haar gezicht leek op dat van een kind van vijf. Dus ging ik verzitten en trok haar dicht tegen me aan en streelde haar over haar haren terwijl ze doorpraatte. Haar woorden tuimelden inmiddels over elkaar heen, te snel, te veel, onderbroken door gesnik en gehik. Toen ze bij de laatste dag aanbeland was kroop ze dicht tegen me aan, opgeslokt door de trui en door haar eigen angst en schuldgevoel en verdriet.

'Het spijt me,' huilde ze. 'Het spijt me zo.'

'Dat hoeft niet,' zei ik fel, met mijn armen om haar heen. 'Jij hoeft helemaal niet te zeggen dat het je spijt.'

Die avond kwam Sam. Hij was vrolijk, lief en heel gewoon met Lily en maakte pasta met room, spekjes en champignons voor ons klaar, want ze wilde niet buiten de deur eten. En we keken met onze wonderlijke schijnfamilie naar een comedy over een familie die in de jungle verdwaald raakte. Ik lachte en zette thee, maar vanbinnen raasde een woede die ik niet durfde te tonen.

Toen Lily naar bed was, wenkte ik Sam om mee naar boven te komen. We klommen naar het dakterras, want daar kon ze ons zeker niet horen. En toen hij op het gietijzeren bankje ging zitten, vertelde ik hem wat ze mij precies op die plek had verteld, een paar uur eerder. 'Ze denkt dat dit haar voor eeuwig zal achtervolgen. Hij heeft die telefoon nog, Sam.'

Ik was nog nooit zo woest geweest. De hele avond, terwijl ik voor de leuterende televisie zat, zag ik de afgelopen weken in een nieuw licht: ik dacht aan de keren dat die jongen beneden voor de deur had gehangen en hoe Lily haar telefoon steeds onder kussens stak als ze bang was dat ik hem zou zien, hoe ze steeds ineenkromp als er een nieuw bericht binnenkwam. Ik dacht aan haar gestamelde woorden – over de opluchting die ze voelde toen ze dacht dat ze gered was – en hoe ontzet ze was toen bleek wat er echt aan de hand was. Ik dacht aan de arrogantie van een man die een jong meisje in nood had zien staan en zijn kans schoon had gezien.

Sam gebaarde dat ik moest gaan zitten, maar ik had geen rust. Ik ijsbeerde met gebalde vuisten en een verstijfde nek over mijn dakterras. Ik wilde van alles over de rand smijten. Ik wilde die meneer Garside opzoeken. Hij stond op en kwam achter me staan en wreef over de spierknopen in mijn schouders. Ik vermoedde dat het zijn manier was om me tot stilstaan te dwingen.

'Ik kan hem wel vermoorden.'

'Dat kan geregeld worden.'

Ik keek om naar Sam om te zien of hij een grapje maakte, en was licht teleurgesteld toen ik zag dat dat zo was.

Het was nu kil in de felle avondbries en ik wenste dat ik een jasje mee naar boven had genomen. 'Misschien moeten we ermee naar de politie. Want het is toch chantage?'

'Hij zal het ontkennen. Hij kan dat mobieltje God-weet-waar verstopt hebben. En als het klopt wat haar moeder zei, zullen ze een zogenaamde pijler van de samenleving eerder geloven dan Lily. Zo komen dat soort lui altijd overal mee weg.'

'Maar hoe krijgen we die telefoon dan te pakken? Zij kan niet verder zolang ze weet dat dat ding nog ergens is, met die foto erop.' Ik huiverde. Sam trok zijn jasje uit en hing het om mijn schouders. Het was nog warm van zijn lijf en ik probeerde niet zo dankbaar te kijken als ik eigenlijk was.

'We kunnen moeilijk naar zijn kantoor gaan, want dan komen haar ouders erachter. Kunnen we hem mailen? Dat we zeggen dat hij het ding moet opsturen, omdat we anders...'

'Hij gaat het echt niet zomaar aan ons geven. Hij zal zijn mail waarschijnlijk niet eens beantwoorden – dat zou maar als bewijs tegen hem kunnen worden gebruikt.'

'O, het is hopeloos.' Ik kreunde. 'Misschien moet ze er maar mee leren leven. Misschien kunnen we haar ervan overtuigen dat het net zozeer in zijn belang is om te vergeten wat er is gebeurd als in het hare. Want dat is het toch ook? Misschien dumpt hij die telefoon zelf wel ergens.'

'Denk je dat ze daarin trapt?'

'Nee.' Ik wreef in mijn ogen. 'Ik trek dit niet. Ik trek het niet dat hij ermee wegkomt. Die enge, gemene, manipulatieve klootzak, met zijn limousine...' Ik stond op, staarde naar de stad onder me en voelde me heel even wanhopig. Ik zag de toekomst al voor me: Lily, wild in de verdediging, terwijl ze aan de schaduw van haar verleden probeerde te ontkomen. Die telefoon was de sleutel tot haar gedrag, tot haar toekomst.

Denk na, maande ik mezelf. *Wat zou Will doen?* Hij zou deze kerel nooit laten winnen. Ik moest strategisch denken, zoals hij zou doen. Ik zag het verkeer langzaam langs mijn voordeur kruipen. Ik dacht aan de grote zwarte auto van meneer Garside, suizend door Soho. Ik dacht aan een man die stilletjes en met groot gemak door het leven bewoog in de zekere wetenschap dat hij altijd alles naar zijn hand kon zetten.

'Sam?' vroeg ik. 'Is er een medicijn waardoor je iemands hart kunt laten stoppen?'

Hij liet de vraag even in de lucht hangen. 'Zeg alsjeblieft dat je een grapje maakt.'

'Nee. Luister. Ik heb een idee.'

Ze zei eerst niets. 'Er kan je niks gebeuren,' zei ik. 'En op deze manier hoeft niemand er ooit iets van af te weten.' Wat me het meest aangreep, was het feit dat ze me niet de vraag stelde die ik mezelf al de hele tijd stelde sinds ik mijn plan aan Sam uit de doeken had gedaan: *Hoe weet ik nou zeker dat dit echt werkt?*

'Ik heb het allemaal geregeld, kindje,' zei Sam.

'Maar verder weet niemand –'

'Niemand weet er iets van af. Ze weten alleen dat hij je lastig heeft gevallen.'

'En krijg jij er geen last mee?'

'Maak je over mij nu maar geen zorgen.'

Ze trok me aan mijn mouw en mompelde: 'En jij laat me niet met hem alleen, hè? Helemaal niet?'

'Geen seconde.'

Ze beet op haar lip. Toen keek ze naar Sam en toen weer naar mij. En ze leek haar besluit te hebben genomen: 'Oké. We doen het.'

Ik kocht een goedkope telefoon met een prepaid kaart, belde naar het kantoor van Lily's stiefvader en vroeg het mobiele nummer van meneer Garside aan zijn secretaresse omdat we zogenaamd nog een borrelafspraak zouden maken. Die avond wachtte ik tot Sam er was en stuurde toen een sms naar Garside.

Meneer Garside, het spijt me dat ik u een klap heb gegeven. Ik raakte gewoon in paniek. Ik wil het rechtzetten. L

Het duurde een halfuur voor hij reageerde, waarschijnlijk om haar te laten zweten.

Waarom zou ik jou nog willen spreken, Lily? Je bent heel onbeschoft geweest, na alle hulp die ik je heb geboden.

'Lul,' mompelde Sam.

Ik weet het, het spijt me. Maar ik heb echt uw hulp nodig.

Dit is geen eenrichtingsverkeer, Lily.

Dat weet ik. Maar u liet me ook zo schrikken. Ik moest er een poosje over nadenken. Laten we afspreken. Ik zal u geven wat u wilt, maar dan wil ik wel eerst de telefoon.

Ik geloof niet dat jij degene bent die hier voorwaarden kan stellen, Lily.

Sam keek me aan. Ik keek hem aan en begon toen weer te typen.

Zelfs niet… als ik een heel stout meisje ben?

Er kwam even geen reactie.

Kijk, nu heb je mijn interesse gewekt.

Sam en ik wisselden een blik. 'Ik moet overgeven,' zei ik.

Morgenavond dan, **typte ik.** Ik stuur u het adres als ik zeker weet dat mijn vriendin weg is.

Toen we zeker wisten dat hij niet meer zou reageren, stopte Sam de telefoon in zijn zak, zodat Lily hem niet zou vinden, en hield me toen heel lang in zijn armen.

De volgende dag was ik bijna misselijk van de zenuwen, en Lily was er nog erger aan toe. We prikten wat in ons ontbijt, en Lily mocht binnenshuis roken. Sterker nog, ik was bijna in de verleiding om er zelf ook eentje op te steken. We keken een film en deden halfbakken wat klusjes, en tegen halfacht die avond, toen Sam arriveerde, gonsde het zo in mijn hoofd dat ik nauwelijks nog kon praten.

'Heb je het adres al verstuurd?' vroeg ik hem.

'Yep.'

'Laat zien.'

De sms bestond alleen uit mijn adres, ondertekend met 'L'.

Zijn reactie kwam al snel.

Ik heb een vergadering in de stad en ik ben er iets na achten.

'Gaat het?' vroeg hij.

Mijn maag verkrampte. Ik kreeg nauwelijks lucht. 'Ik wil je niet nog verder in de nesten werken. Ik bedoel – stel dat ze erachter komen. Dan raak je je baan kwijt.'

Sam schudde zijn hoofd. 'Gebeurt niet.'

'Ik had je nooit bij al deze ellende moeten betrekken. Je bent zo ontzettend lief geweest en dan betaal ik je terug door je zo'n risico te laten lopen.'

'Het komt goed, voor ons allemaal. Blijven ademhalen.' Hij schonk me een geruststellende glimlach, maar ik zag de lichte spanning rond zijn ogen.

Hij wierp een blik over mijn schouder en ik draaide me om. Lily droeg een zwart T-shirt, een korte spijkerbroek met een zwarte panty, en door haar make-up leek ze zowel heel erg mooi als heel erg jong. 'Gaat het, meisje?'

Ze knikte. Haar huid, die normaal net als die van Will licht olijfkleurig was, zag nu vreemd bleek. Haar ogen leken enorm in haar kleine gezicht.

'Het komt allemaal goed. Het zal me verbazen als we langer dan vijf minuten nodig hebben. Lou heeft het allemaal met je doorgenomen, toch?'

We hadden het talloze keren geoefend. Ik wilde dat ze het punt zou bereiken waarop ze niet meer zou haperen en ze haar zinnetjes zonder na te hoeven denken kon opdreunen.

'Ik weet wat ik doe.'

'Goed zo,' zei hij, en hij klapte in zijn handen. 'Kwart voor acht. Laten we de boel klaar gaan maken.'

Hij was stipt op tijd, dat moest ik hem nageven. Om een minuut over acht ging mijn bel. Lily haalde hoorbaar adem, en ik kneep in haar hand voor ze naar de intercom liep. *Ja. Ja, ze is weg. Kom maar boven.* Het leek niet bij hem op te komen dat hij misschien niet aan zou treffen wat hij verwachtte.

Lily liet hem binnen. Door de kier van mijn slaapkamerdeur zag ik hoe haar hand trilde toen ze de deurklink vastpakte. Garside haalde zijn hand door zijn haar en keek even om zich heen in de gang. Hij droeg een net grijs pak en stak zijn autosleutels in zijn binnenzak. Ik kon mijn ogen niet van hem afhouden, met zijn dure overhemd en de inhalige kraaloogjes waarmee hij mijn appartement opnam. Mijn kaak verstrakte. Wat voor een vent vond dat hij het recht had zich op te dringen aan een meisje dat veertig jaar jonger was dan hij? Om het kind van zijn collega zo te chanteren?

Hij leek niet op zijn gemak, was verre van ontspannen. 'Ik heb de auto hierachter geparkeerd. Staat hij daar wel veilig?'

'Ik denk van wel.' Lily slikte.

'Je *denkt* van wel?' Hij deed een stap naar achteren, in de richting van de deur. Hij was dus zo'n man die zijn auto zag als een verlengstuk van een piepklein onderdeel van zichzelf. 'En je vriendin? Degene die hier woont? Komt die niet zo weer terug?'

Ik hield mijn adem in. Achter me voelde ik Sams kalmerende hand op mijn onderrug.

'O. Nee. Dat zit wel goed.' Ze glimlachte plotseling geruststellend.

'Die komt nog lang niet terug. Kom binnen. Wilt u misschien iets te drinken, meneer Garside?'

Hij keek haar aan alsof hij haar voor het eerst zag. 'Wat doe je formeel.' Hij zette een stap naar voren en deed eindelijk de voordeur dicht. 'Heb je whisky?'

'Ik kijk wel even. Kom maar mee.'

Ze liep naar de keuken, met hem achter zich aan. Hij trok zijn jasje uit. Toen ze de zitkamer binnenkwamen, liep Sam langs me heen de slaapkamer uit, beende op zijn zware werkschoenen de gang door en draaide de voordeur vanbinnen op slot, om vervolgens de rinkelende sleutelbos in zijn zak te steken.

Garside draaide zich geschrokken om en zag hem staan, inmiddels met Donna naast zich. Daar stonden ze, in uniform, tegen de deur geleund. Hij keek naar hen en draaide zich toen om naar Lily, aarzelend, alsof hij probeerde in te schatten wat er aan de hand was.

'Dag meneer Garside,' zei ik, toen ik ook achter de deur vandaan kwam. 'Ik denk dat u iets hebt wat u aan mijn vriendin moet teruggeven.'

Het zweet brak hem letterlijk spontaan uit. Tot dan toe had ik altijd gedacht dat zoiets fysiek onmogelijk was. Zijn ogen schoten door de kamer, op zoek naar Lily, maar toen ik de gang in gestapt was, was zij snel achter mij gaan staan.

Sam stapte op hem af. Het hoofd van meneer Garside kwam net tot zijn schouder. 'De telefoon, graag.'

'Je kunt mij niet zomaar bedreigen.'

'We bedreigen u niet,' zei ik met bonzend hart. 'We willen alleen graag die telefoon.'

'Het feit dat jullie de uitgang blokkeren is al een bedreiging.'

'O nee, meneer,' zei Sam. 'Wat een bedreiging zou zijn, is als wij zouden zeggen dat mijn collega en ik u, als we dat zouden willen, op de grond zouden dwingen om u met dihypranol te injecteren, wat uw hartslag zou vertragen en uiteindelijk zou doen stoppen. *Dat* zou een bedreiging zijn, vooral omdat niemand het woord van ambulancemensen, die juist zo hard bezig zijn geweest om u te redden, in twijfel zou trekken. En aangezien dihypranol een van de weinige medicijnen is die niet meer in het bloed zijn op te sporen…'

Donna stond met haar armen over elkaar en schudde haar hoofd bedroefd. 'Het is vreselijk, maar die zakenlui vallen echt bij bosjes.'

'Allerlei gezondheidsproblemen. Ze drinken te veel, ze eten te goed, ze sporten onvoldoende.'

'Maar deze meneer toch niet?'

'Ik hoop het. Wie zal het zeggen?'

Meneer Garside leek een paar decimeter te zijn gekrompen.

'En waag het al helemaal niet om Lily te bedreigen. We weten waar u woont, meneer Garside. Alle ambulancemedewerkers kunnen over dat soort gegevens beschikken. Het zal u verbazen wat er allemaal kan gebeuren als u die tegen zich in het harnas jaagt.'

'Dit is krankzinnig,' bulderde hij, en alle kleur was uit zijn gezicht getrokken.

'Yep, totaal krankzinnig.' Ik hield mijn hand op. 'De telefoon, graag.'

Garside keek om zich heen, stak toen eindelijk zijn hand in zijn zak en gaf me de telefoon.

Ik gooide hem naar Lily. 'Eerst controleren, Lily.'

Ik keek weg, om haar gevoelens te sparen terwijl zij daarmee bezig was. 'Wissen,' zei ik. 'Gewoon wissen.' Toen ik weer omkeek, had ze de telefoon met een leeg scherm in haar hand. Ze knikte licht. Sam gebaarde haar dat ze hem naar hem moest gooien. Hij gooide hem op de grond en vermorzelde hem onder zijn rechtervoet, zodat het plastic versplinterde. Hij deed het met zo veel geweld dat de vloer ervan trilde. Elke keer als Sam stampte met zijn zware werkschoen, kromp ik, net als meneer Garside, ineen.

Uiteindelijk boog Sam zich voorover en pakte voorzichtig het piepkleine simkaartje op, dat onder de radiator was geschoven. Hij bekeek het en hield het de oudere man voor. 'Was dit de enige kopie?'

Garside knikte. Zijn kraag was donker van het zweet.

'Natuurlijk is het de enige kopie,' zei Donna. 'Een verantwoordelijk lid van de samenleving zou nooit het risico nemen dat zoiets ergens anders opduikt, of wel soms? Stel je eens voor wat de familie van meneer Garside zou zeggen als zijn smerige geheimpje uitkwam.'

Garside had zijn mond tot een smalle streep samengeperst. 'Jullie hebben wat jullie van me wilden. Laat me nu gaan.'

'Nee. Ik wil u nog iets zeggen.' Ik hoorde dat mijn stem licht beefde van de ingehouden woede. 'U bent een smerige, sneue man, en als ik –'

Meneer Garside trok smalend zijn mondhoeken omhoog. Hij was het soort man dat zich nog nooit bedreigd had gevoeld door een vrouw. 'Ach hou je toch koest, jij belachelijk stuk –'

Er kwam een harde glinstering in Sams ogen en hij deed een sprong naar voren. Mijn arm schoot uit om hem tegen te houden. Ik kan me niet heugen dat mijn andere vuist uitschoot. Wat ik me wel herinner is de pijn die door mijn knokkels schoot toen hij contact maakte met de zijkant van Garsides gezicht. Hij wankelde achterover, en zijn bovenlichaam kwam tegen de deur terecht. Zelf struikelde ik naar voren, niet beducht op de kracht van de slag. Toen hij weer rechtop stond, zag ik tot mijn schrik bloed uit zijn neus druppelen.

'Laat me eruit,' siste hij door zijn vingers. 'Onmiddellijk.'

Sam keek me verbluft aan en draaide de deur toen van het slot. Donna stapte net ver genoeg opzij om hem door te laten. Ze neeg naar hem toe. 'Weet u zeker dat u niet eerst even een verbandje wilt voor u weggaat?'

Garside liep met afgemeten passen de deur uit, maar zodra die achter hem in het slot viel, hoorden we het geluid van zijn dure schoenen die het op een lopen zetten. We stonden er zwijgend bij, tot we hem niet meer konden horen. En toen: het geluid van meerdere mensen die tegelijk hun adem uitbliezen.

'Goeie linkse directe, Cassius Clay,' zei Sam na een paar tellen. 'Zal ik even naar die hand kijken?'

Ik kon geen woord uitbrengen. Ik stond voorovergebogen en vloekte zachtjes tegen mijn borst.

Donna klopte me op mijn rug. 'Het doet altijd meer pijn dan je denkt, hè? Maak je niet druk, schat,' zei ze tegen Lily. 'Wat hij ook tegen je gezegd heeft, die ouwe vent stelt niks voor. Hij is weg.'

'En hij komt echt niet meer terug,' zei Sam.

Donna schoot in de lach. 'Hij deed het zowat in zijn broek. Ik denk dat hij voortaan met een grote boog om je heen loopt. Dus zet hem maar uit je hoofd.' Ze gaf Lily een stevige knuffel, zoals je zou doen bij iemand die van zijn fiets gevallen is, en gaf toen de stukken van de telefoon aan mij, zodat ik ze kon weggooien. 'Zo.

Ik had mijn vader beloofd om nog even bij hem langs te gaan voor onze dienst begon. Tot straks.' Toen zwaaide ze en weg was ze. Haar werkschoenen stommelden vrolijk de gang door.

Sam zocht in zijn werkkoffer naar een verband voor mijn hand. Lily en ik liepen de zitkamer in, waar ze op de bank plofte. 'Je hebt het geweldig gedaan,' zei ik tegen haar.

'Jij was anders zelf ook behoorlijk *badass*.'

Ik inspecteerde mijn bebloede knokkels. Toen ik opkeek, zag ik haar heel voorzichtig grijnzen. 'Die zag hij echt niet aankomen.'

'Ikzelf ook niet. Ik had nog nooit iemand geslagen.' Ik trok mijn gezicht weer in de plooi. 'Niet dat je mij als een soort moreel voorbeeld moet zien of zo.'

'Ik zou jou überhaupt nooit als wat voor voorbeeld dan ook zien, Lou.' Ze lachte ondanks alles. En toen kwam Sam binnen met steriel gaas en een schaartje.

'Alles goed, Lily?' Hij keek vragend.

Ze knikte.

'Mooi zo. Laten we het eens over wat boeienders hebben. Wie heeft er zin in spaghetti carbonara?'

Toen ze de kamer uit liep, slaakte hij een diepe zucht en staarde toen heel even naar het plafond, alsof hij tot bedaren moest komen.

'Wat is er?' vroeg ik.

'Goddank sloeg jij hem eerst. Ik was bang dat ik hem zou vermoorden.'

Een poosje later, toen Lily al naar bed was, ging ik bij Sam in de keuken staan. Voor het eerst in weken hing er weer een soort rust in mijn huis. 'Ze is nu al gelukkiger. Ik bedoel, ze zat te zeuren over de nieuwe tandpasta en liet haar handdoek op de grond liggen, maar dat betekent voor Lily juist dat het weer de goede kant op gaat.'

Hij knikte om dit te beamen en liet de gootsteen leeglopen. Het was fijn om hem in mijn keuken te hebben. Ik keek even naar hem en vroeg me af hoe het zou voelen om naar hem toe te gaan en mijn armen om hem heen te slaan. 'Dank je wel,' zei ik in plaats daarvan. 'Voor alles.'

Hij draaide zich om en droogde zijn handen af aan de theedoek. 'Je was zelf ook behoorlijk indrukwekkend, Stampertje.' Hij trok me naar zich toe. We kusten elkaar. Zijn kussen waren zo heerlijk; zo zacht, ondanks al die brute kracht van hem. Eventjes ging ik er helemaal in op. Maar –

'Wat is er?' zei hij, terwijl hij me losliet. 'Wat is er mis?'

'Dit vind je vast heel raar.'

'Eh, raarder dan vanavond?'

'Ik moet steeds aan dat dihypranolspul denken. Hoeveel is ervoor nodig om iemand echt om te leggen? Hebben jullie dat spul standaard bij je? Want het klinkt echt… heel link.'

'Ik zou me er geen zorgen om maken,' zei hij.

'Dat kun je makkelijk zeggen, maar wat nou als iemand jou heel erg haat? Kunnen ze het dan in je eten stoppen? Of stel dat het in handen van terroristen valt. Ik bedoel, hoeveel zouden ze daarvan nodig hebben?'

'Lou, dat spul bestaat helemaal niet.'

'Wat?'

'Ik heb het verzonnen. Er bestaat helemaal niet zoiets als dihypranol. Volkomen uit mijn duim gezogen.' Hij grinnikte toen hij mijn geschokte gezicht zag. 'Maar gek genoeg heb ik nog nooit een medicijn gehad dat zo goed werkte.'

22

Ik kwam als laatste binnen bij de En Nu Verder-bijeenkomst. Mijn auto wilde niet meer starten, dus moest ik wachten op de bus. Toen ik er eindelijk was, ging de koektrommel net dicht, het signaal dat het echte werk van die avond ging beginnen.

'Vandaag gaan we het hebben over ons vertrouwen in de toekomst,' zei Marc. Ik mompelde mijn excuses en ging zitten. 'O, en we hebben vandaag maar een uur, vanwege een ingelaste spoedvergadering van de scouting. Het spijt me, jongens.'

Marc schonk ons stuk voor stuk zijn Speciale Meelevende Blik. Hij was zelf heel dol op zijn Speciale Meelevende Blik. Soms staarde hij me zo lang aan dat ik me afvroeg of er soms iets geks uit mijn neusgat stak. Hij sloeg zijn ogen neer alsof hij zijn gedachten op een rijtje wilde zetten – of misschien wel om de eerste regel van zijn van tevoren uitgeschreven script voor te lezen.

'Als iemand van wie we houden ons ontvalt, voelt het vaak moeilijk om plannen te maken. Mensen hebben weleens het gevoel alsof ze het vertrouwen in de toekomst kwijt zijn, of ze worden bijgelovig.'

'Ik dacht dat ik dood zou gaan,' zei Natasha.

'Dat is ook zo,' zei William.

'Dit is niet zinvol, William,' zei Marc.

'Nee, ik meen het. Tot anderhalf jaar na Olafs overlijden dacht ik dat ik kanker had. Ik ben wel tien keer bij de dokter geweest omdat ik ervan overtuigd was dat ik het zou krijgen. Hersentumoren, alvleesklierkanker, baarmoederhalskanker, zelfs pinkkanker.'

'Dat bestaat niet eens, pinkkanker,' zei William.

'Hoe weet jij dat nou, man?' bitste Natasha. 'Jij hebt altijd overal een antwoord op, William, maar soms moet je gewoon even je mond houden, oké? Als iemand iets zegt kom je altijd met een rotopmerking. En ik dacht echt dat ik kanker in mijn pink had. Mijn huisarts heeft me laten testen en toen bleek dat het niet zo was. Het was misschien inderdaad een irrationele angst, maar je hoeft niet alles wat ik zeg onderuit te halen, want jij weet ook niet alles.'

Het bleef even stil.

'Nou,' zei William, 'ik werk op de afdeling Oncologie.'

'Dat maakt niet uit,' zei ze na een microseconde. 'Je bent onuitstaanbaar. Je zit altijd expres te stoken.'

'Dat klopt.'

Natasha staarde naar de grond. Of misschien deden we dat allemaal wel. Ik wist het niet zeker, want ik keek in ieder geval wel naar de grond. Ze legde even haar hoofd in haar handen en keek hem toen weer aan. 'Sorry, William, dat meende ik niet. Ik heb gewoon mijn dag niet. Het was niet mijn bedoeling om zo uit mijn slof te schieten.'

'Toch kan het echt niet, pinkkanker,' zei William.

'Maar goed...' zei Marc terwijl we Natasha's scheldende gemompel probeerden te negeren, '...ik vroeg me af of iemand hier al op het punt is dat hij vijf jaar vooruit durft te denken. Waar zie je jezelf dan? Wat denk je dat je tegen die tijd aan het doen bent? Voelt het oké om al met de toekomst bezig te zijn?'

'Ik zal blij zijn als mijn rikketik het dan nog doet,' zei Fred.

'Krijg je het soms aan je hart van al die internetseks?' vroeg Sunil.

'O dat!' riep Fred uit. 'Dat was dus complete geldverspilling. Op die eerste site zat ik twee weken te mailen met een vrouw uit Lissabon – een stoot van een vrouw – en toen ik wilde afspreken voor een beetje van dattum, probeerde ze me een timeshare in Florida te verkopen. En toen kreeg ik een privébericht van een kerel die zich Gespierde Adonis noemde en die me wilde waarschuwen dat zij eigenlijk een eenbenige Porto Ricaan was die Ramirez heette.'

'En die andere websites dan?'

'De enige vrouw die met me wilde afspreken leek op mijn oudtante Elsie, die haar sleutelbos altijd in haar onderbroek bewaarde. Ik bedoel, ze was heel lief, hoor, maar het mens was zo stokoud, dat ik bijna had gevraagd hoe het met *haar* sleutels zat.'

'Geef de moed niet op, Fred,' zei Marc. 'Misschien zoek je gewoon op de verkeerde plek.'

'Naar mijn sleutels? Nee hoor. Die hangen altijd netjes bij de deur.'

Daphne zou graag over een paar jaar naar het buitenland verhuizen – 'Het is die kou hier. Daar krijg ik gewrichtspijn van.'

Leanne zei dat ze hoopte dat ze haar master in filosofie zou afronden. We keken elkaar aan met die expres uitgestreken blik die je opzet als je niet wilt toegeven dat je eigenlijk dacht dat iemand in een supermarkt werkte. Of een abattoir, misschien. William zei: '*Yes you Kant*.'

Niemand lachte, en toen hij zich realiseerde dat dat ook niet meer ging gebeuren, ging hij achteroverzitten, en het kan aan mij liggen, maar Natasha leek zachtjes te mompelen: 'Ha ha,' zoals Nelson uit *The Simpsons*.

Sunil wilde eerst niets zeggen, maar liet zich toen toch ontvallen dat hij over vijf jaar graag getrouwd zou willen zijn. 'Ik heb het gevoel alsof ik mezelf de afgelopen twee jaar uitgeschakeld heb. Alsof ik niemand meer dichtbij wilde laten komen, door wat er is gebeurd. Ik bedoel, wat heeft het voor zin om iets met iemand op te bouwen als je haar toch weer kwijtraakt? Maar laatst zat ik te denken aan wat ik nou eigenlijk wil in mijn leven, en toen besefte ik dat ik graag iemand zou willen om van te houden. Want je moet toch verder, of niet? Je moet toch iets van een toekomst bouwen.'

Ik had Sunil nog nooit zo veel horen praten sinds ik naar deze bijeenkomsten kwam.

'Dat is heel positief, Sunil,' zei Marc. 'Dank je dat je dit wilde delen.'

Ik luisterde naar Jake, die graag wilde studeren en animator wilde worden, en vroeg me afwezig af waar zijn vader nu uithing. Zat die nog steeds te huilen om zijn overleden vrouw, of was hij gezellig een nestje aan het bouwen met een of andere nieuwere versie? Ik vermoedde dat laatste. Toen dacht ik aan Sam en vroeg me af of mijn achteloze opmerking over een relatie wel verstandig was. Vervolgens vroeg ik me af wat we eigenlijk hadden als je dit *geen* relatie mocht noemen. Want je had relaties en je had relaties. En terwijl ik dit zo zat te overpeinzen drong het tot me door dat ik niet zeker wist in welk vakje wij pasten, als hij me daarnaar zou vragen. Onwillekeurig vroeg ik me af of de intensiteit van onze zoektocht naar Lily niet als een soort goedkope lijm had gewerkt, die ons te snel aan elkaar had gebonden. Wat hadden we verder met elkaar gemeen, behalve die val van het dak?

Twee dagen ervoor was ik naar het ambulancestation gegaan om Sam op te wachten en Donna bleef nog een paar minuten met me staan kletsen bij haar auto terwijl Sam zijn spullen ging pakken. 'Je moet geen spelletjes met hem spelen,' had ze gezegd.

Ik draaide me om, want ik dacht dat ik haar niet goed had verstaan.

Ze keek naar een ambulance die bij de luiken werd uitgeladen en wreef toen over haar neus. 'Hij is oké. Voor zo'n grote loebas. En hij is echt heel gek op jou.'

Ik wist niet hoe ik daarop moest reageren.

'Echt. Hij heeft het steeds over je. En hij praat nooit over vrouwen. Niet zeggen dat ik het erover heb gehad, maar ik wilde maar zeggen... hij deugt. Ik wil dat je dat weet.' Toen trok ze haar wenkbrauwen op en knikte, alsof ze iets bij zichzelf bevestigde.

'Nu valt het me pas op: je hebt je danspakje helemaal niet aan,' zei Daphne.

Er werd instemmend gemompeld.

'Heb je soms promotie gekregen?'

Ik moest mijn gedachten van me afschudden. 'O. Nee. Ik ben ontslagen.'

'Waar werk je nu dan?'

'Nog nergens.'

'Maar je uniform dan...'

Ik had mijn zwarte jurkje met het witte kraagje aan. 'O, dit. Dit is gewoon een jurk.'

'Ik dacht, je werkt vast in zo'n themabar met secretaresses. Of misschien Franse kamermeisjes.'

'Jij houdt ook nooit op, hè, Fred.'

'Je snapt het niet. Op mijn leeftijd heb ik misschien nog een erectie of twintig in me. De tijd dringt.'

'Ik zou niet graag twintig erecties in me hebben.'

We bleven stil tot Fred en Daphne uitgegiebeld waren.

'En hoe zit het met jouw toekomst? Zo te horen is het bij jou een en al verandering,' zei Marc.

'Ja... ik heb een andere baan aangeboden gekregen.'

'Echt waar?' Er klonk een bescheiden applausje, waar ik van ging blozen.

'O, ik neem hem niet, maar dat geeft niet. Ik heb wel het gevoel dat ik wat verder ben met mijn leven, alleen al door het feit dat iemand me een baan aangeboden heeft.'

William vroeg: 'Wat was de baan?'

'Gewoon, iets in New York.'

Ze staarden me allemaal aan.

'Je hebt een baan aangeboden gekregen in New York?'

'Ja.'

'Voor geld?'

'Ja, met kost en inwoning,' zei ik zachtjes.

'En je hoeft niet meer zo'n spuuglelijke groene glimjurk aan?'

Ik lachte. 'Mijn uniform lijkt me geen goede reden om te emigreren.' Niemand lachte mee. 'O kom op,' zei ik.

Ze zaten me nog steeds aan te gapen. Leannes mond hing zelfs een beetje open.

'New York, als in: New York?'

'Je kent het verhaal niet. Ik kan nu niet weg. Ik moet eerst Lily op de rit zien te krijgen.'

'De dochter van je voormalige werkgever.' Jake keek me fronsend aan.

'Hij was wel wat meer dan alleen mijn werkgever, maar inderdaad.'

'Heeft ze dan zelf geen familie, Louisa?' Daphne leunde naar me toe.

'Het is ingewikkeld.'

Ze keken elkaar allemaal aan.

Marc legde zijn notitieblok op zijn schoot. 'Wat heb je eigenlijk geleerd van deze sessies, Louisa?'

Er was een pakje voor me gekomen uit New York: een stapel documenten, waaronder formulieren van de immigratiedienst en de ziektekostenverzekering, en een dik vel crèmekleurig papier waarop dhr. Leonard M. Gopnik mij een formeel aanbod deed om voor zijn gezin te komen werken. Ik had mezelf in de badkamer opgesloten om het te lezen, twee keer, en ik had het salaris omgerekend van dollars in ponden, een zucht geslaakt en mezelf beloofd dat ik het adres niet zou googelen.

Toen ik het adres had gegoogeld, had ik even de neiging om in foetushouding op de grond te gaan liggen. Maar toen riep ik mezelf tot de orde, stond op en trok door (voor het geval Lily zich afvroeg wat ik daar uitspookte), waste mijn handen (uit gewoonte) en nam de hele handel mee naar mijn slaapkamer, waar ik het in de la onder mijn bed propte en mezelf voorhield dat ik er nooit meer naar zou kijken.

Die avond had ze iets voor twaalf uur op mijn deur geklopt.

Mag ik hier blijven? Ik wil eigenlijk niet meer terug naar mijn moeder.

Je kunt blijven zolang je wilt.

Ze was aan de andere kant van mijn bed gaan liggen, met opgetrokken benen. Ik keek naar haar terwijl ze sliep en trok toen het dekbed over haar heen.

Wills dochter had me nodig. Zo simpel was het. En wat mijn zus ook zei, ik vond wel degelijk dat ik het hem verplicht was. Bovendien voelde ik me nu niet helemaal nutteloos. Zo kon ik toch nog iets voor hem doen.

En die envelop bewees dat ik best een fatsoenlijke baan kon krijgen. Dit was een stap vooruit. Ik had vrienden, zelfs een soort van vriendje. Dat was ook vooruitgang.

Ik negeerde Nathans gemiste telefoontjes en wiste zijn voicemails. Ik zou het hem over een dag of twee wel uitleggen. Het was misschien niet echt een plan, maar het moest maar.

Toen ik die dinsdagavond thuiskwam, zou Sam ook elk moment kunnen komen. Om zeven uur sms'te hij dat hij wat later zou komen. Om kwart over acht sms'te hij nog eens, met de mededeling dat hij niet wist hoe laat het precies zou worden. Ik voelde me de hele dag al een beetje down en worstelde met de verveling die je voelt als je geen werk hebt om naartoe te gaan. Ik maakte me zorgen over hoe ik mijn rekeningen nu moest betalen en ik voelde me gevangen in een huis waar nog iemand zat die nergens naartoe hoefde en die ik niet alleen wilde laten. Om halftien werd er aangebeld. Sam stond beneden voor de deur, nog in uniform. Ik drukte de deur voor hem open en ging in de gang staan wachten, met mijn deur dicht. Hij kwam de trap op gelopen en liep met gebogen hoofd op me af. Hij zag grauw van vermoeidheid en stond strak van een vreemd soort energie.

'Ik dacht dat je niet meer zou komen. Wat is er gebeurd? Gaat het wel?'

'Ik moet voor de disciplinaire commissie komen.'

'Wat?'

'Een ander team heeft mijn wagen hier zien staan toen we met Garside hadden afgesproken. Die hebben het gemeld aan mijn manager. Ik had geen goede verklaring waarom we ergens naartoe waren wat niet via de centrale was binnengekomen.'

'En nu?'

'Ik heb een of ander smoesje verzonnen dat iemand naar buiten was komen rennen die ons om hulp vroeg. En dat het een geintje bleek te zijn. Donna dekte me, godzijdank. Maar ze zijn niet blij met me.'

'Zo erg kan het toch niet zijn?'

'En een van de zusters van de EHBO had aan Lily gevraagd waar ze me van kende. Ze zei dat ik haar een keer een lift had gegeven toen ze was wezen stappen.'

Mijn hand schoot naar mijn mond. 'En nu?'

'Ik heb de vakbond ingeschakeld, maar het kan zijn dat ik op non-actief word gesteld. Of erger.' Tussen zijn wenkbrauwen zat een nieuwe, diepe frons.

'Door ons. Sam, het spijt me zo verschrikkelijk.'

Hij schudde zijn hoofd. 'Dat kon zij ook niet weten.'

Ik wilde een stap naar voren doen, mijn armen om hem heen slaan en mijn gezicht tegen het zijne leggen. Maar iets hield me tegen: een onverwacht beeld van Will, die zijn gezicht van me afwendde, onbereikbaar in zijn ongeluk. Ik aarzelde en pakte toen, net een seconde te laat, Sams hand en in plaats van mijn armen om hem heen te slaan, raakte ik zijn arm even aan. Hij keek ernaar, fronste licht, en ik had het akelige gevoel dat hij wist waar ik net aan dacht.

'Je kunt altijd stoppen met werken en je op je kippen gaan storten. Je huis afbouwen.' Ik hoorde mijn stem, te overdreven. 'Je hebt allerlei opties! Een man zoals jij kan overal wel aan de slag.'

Hij glimlachte flauw, maar zijn ogen lachten niet mee. Hij bleef maar naar mijn hand staren.

Zo stonden we er even ongemakkelijk bij. 'Ik moet gaan. O,' zei hij, en hij hield een pakje voor me op. 'Dit had iemand bij de deur neergelegd. Ik heb het maar meegenomen, want anders pikt iemand het nog uit de lobby.'

'Kom alsjeblieft even binnen.' Ik nam het pakje aan, maar had het gevoel dat ik hem in de steek had gelaten. 'Laat me alsjeblieft iets heel vies voor je koken. Kom.'

'Ik ga echt liever naar huis.'

Voor ik nog iets kon zeggen, liep hij de gang alweer in. Door het raam keek ik hem na. Hij liep stijfjes naar zijn motor en ik voelde weer die wolk over me heen trekken. *Niet te dichtbij laten komen.* Toen hoorde ik Marcs advies aan het eind van onze laatste bijeenkomst: 'Je moet leren inzien dat je rouwende, gespannen hersenen simpelweg een reactie zijn op pieken in je cortisolproductie. Het is volkomen natuurlijk om bang te zijn dat iemand te dichtbij komt.' Ik had tegenwoordig weleens het gevoel dat ik aan elke kant van mijn hoofd een stripfiguurtje had dat me advies gaf, en dat die twee figuurtjes de hele tijd liepen te bekvechten.

In de zitkamer keerde Lily zich om van de televisie: 'Was dat Sam de Ambulanceman?'

'Yep.'

Ze draaide zich weer naar het scherm. Toen trok het pakje ineens haar aandacht. 'Wat heb je daar?'

'O. Dat lag in de lobby. Het is voor jou.'

Ze staarde er argwanend naar, alsof ze nog steeds bedacht was op onaangename verrassingen. Toen trok ze de lagen pakpapier weg tot er een leren fotoalbum tevoorschijn kwam, met daarop in reliëf: 'Voor Lily (Traynor)'.

Ze sloeg het langzaam open en daar, op de eerste met vloeipapier afgedekte bladzijde, stond een zwart-witfoto van een baby. Eronder stond met pen geschreven:

Je vader woog 4400 gram. Ik was woest op hem dat hij zo groot moest zijn, want men had beweerd dat ik een mooi klein kindje zou krijgen! Hij was een heel boze baby en ik was maandenlang doodop van hem. Maar als hij naar je lachte... O! Oude dametjes staken speciaal de straat over om hem in zijn wangetjes te knijpen (wat hij natuurlijk vreselijk vond).

Ik ging naast haar zitten. Lily sloeg twee bladzijden om en daar stond Will, in een donkerblauw kostschooluniform, met pet, en een woeste blik in de camera. Het onderschrift luidde:

Will had zo'n hekel aan die pet dat hij hem in de mand van de hond verstopte. De tweede 'verloor' hij in de vijver. Toen hij ook de derde kwijtraakte, dreigde zijn vader zijn zakgeld in te houden, maar toen heeft hij gewoon een paar van zijn voetbalplaatjes verkocht. Zelfs de school lukte het niet om hem die pet te laten dragen – volgens mij moest hij tot zijn dertiende nablijven.

Lily raakte zijn gezicht aan. 'Ik leek op hem toen ik klein was.'

'Nou ja,' zei ik, 'hij is tenslotte je vader.'

Ze glimlachte heel even, en bladerde door. 'Kijk. Moet je deze zien.'

Op de volgende bladzijde lachte hij recht in de camera – het was de skivakantiefoto die in zijn slaapkamer stond toen ik hem pas leerde kennen. Ik staarde naar zijn mooie gezicht en werd overspoeld door die vertrouwde golf verdriet. En toen begon Lily ineens te lachen: 'Moet je deze zien!' Will, met zijn gezicht onder de modder van een potje rugby, en nog een foto waarop hij verkleed als duivel van een baal hooi sprong. Een bladzijde vol belachelijke foto's –Will als een grappenmaker, lachend, menselijk. Ik dacht aan het getypte blaadje dat Marc me had gegeven toen ik het thema Idealiseren had gemist: *Het is belangrijk om de overledene niet als heilige te gaan zien. Geen mens kan in de schaduw van een heilige staan.*

> *Ik vond het belangrijk dat je ziet hoe je vader was voor zijn ongeluk. Hij was geweldig ambitieus en professioneel, dat is zo, maar ik herinner me ook momenten waarop hij van zijn stoel gleed van het lachen, of een dansje deed met de hond, of onder de blauwe plekken thuiskwam vanwege een of andere idiote weddenschap. Hij heeft zijn zusje ooit met haar gezicht in een kom sherrytrifle geduwd (foto rechts), omdat zij hem uitdaagde dat hij dat toch nooit zou doen, en ik wilde wel boos op hem zijn, want ik was er uren mee bezig geweest, maar op Will kon je nooit lang boos blijven.*

Nee, dat klopte. Lily bladerde door de rest van de foto's, die allemaal een kort onderschrift hadden. De Will die van deze pagina's af spatte, was geen tweeregelig krantenberichtje, een zorgvuldig samengesteld in memoriam, een ernstige foto ter illustratie van een treurig verhaal over een slepende rechtszaak; dit was een man – vol leven, driedimensionaal. Ik staarde naar elke foto en was me vaag bewust van elke brok die in mijn keel schoot en weer weggeslikt werd.

Er gleed een kaartje op de grond. Ik pakte het op en scande het korte bericht. 'Ze wil met je afspreken.'

Lily kon haar blik nauwelijks van het album afwenden.

'Wat vind je, Lily? Heb je er zin in?'

Het duurde even voor ze me hoorde. 'Ik geloof het niet. Ik bedoel, het is heel lief, maar...'

De stemming sloeg om. Ze sloeg het leren album dicht, legde het keurig naast de bank en richtte zich weer op de televisie. Een paar minuten later kwam ze zonder een woord te zeggen iets dichter bij me zitten op de bank en legde ze haar hoofd op mijn schouder.

Toen Lily die avond naar bed was, mailde ik Nathan.

Het spijt me. Ik kan de baan niet aannemen. Het is een heel verhaal, maar Wills dochter woont bij me en er is veel gebeurd en ik kan haar niet zomaar in de steek laten. Ik moet de juiste keuze maken. Ik zal het kort proberen uit te leggen…

Ik besloot met:

Ontzettend bedankt dat je aan me hebt gedacht.

Ik mailde meneer Gopnik, bedankte hem voor zijn aanbod en meldde hem dat ik tot mijn spijt wegens een verandering in mijn omstandigheden niet in staat was de baan te accepteren. Ik wilde meer schrijven, maar een enorme knoop in mijn maag leek alle energie uit mijn vingertoppen te hebben gezogen.

Ik wachtte een uur, maar ze reageerden geen van beiden. Toen ik mijn lege zitkamer weer in liep om de lichten uit te doen, was het fotoalbum verdwenen.

23

'Tjongejonge… daar hebben we de medewerker van het jaar.'

Ik zette de tas met mijn uniform en pruik op de bar. De tafeltjes in de Shamrock and Clover zaten al vol rond het ontbijt; een stevige zakenman van in de veertig, wiens afhangende hoofd suggereerde dat hij vroeg aan de sterkedrank begonnen was, keek op en staarde me wazig aan, met zijn glas tussen zijn vlezige handen. Vera stond aan het andere eind van de bar en schoof boos met tafeltjes en vroeg mensen hun voeten op te tillen om te kunnen vegen. Het leek wel of ze op muizenjacht was.

Ik droeg een blauw mannenoverhemd – in mannenkleren voel je je nu eenmaal zekerder, had ik bedacht – en zag dat het bijna dezelfde kleur had als dat van Richard. 'Richard – ik wilde het met je hebben over wat er vorige week is gebeurd.'

De helft van de reizigers om ons heen op de luchthaven waren mensen die een lang weekend weggingen; er waren minder pakken dan normaal, en er klonk een onderstroom van kleine, huilende kinderen. Achter de kassa bood een nieuw bord de kans op 'Een goede start van uw tripje! Koffie, croissant en een drankje!' Richard liep met kordate passen om de bar en zette net gevulde kopjes koffie en in plastic verpakte mueslirepen op een blad, zijn wenkbrauwen in een geconcentreerde frons getrokken. 'Laat maar. Is het uniform schoon?'

Hij reikte langs me naar de tas en trok mijn groene jurk eruit. Hij bekeek hem zorgvuldig onder de tl-balken, zijn gezicht in een halve grimas getrokken, alsof hij zich schrap zette voor vieze vlekken. Ik dacht half dat hij er ook nog aan zou gaan snuiven.

'Natuurlijk is hij schoon.'

'Hij moet geschikt zijn voor de nieuwe medewerker.'

'Ik heb hem gisteren gewassen,' zei ik boos.

Ineens viel het me op dat er een nieuwe versie van *Celtic pipes* speelde. Minder harp. Meer fluit.

'Goed. Er liggen nog wat papieren in mijn kantoortje die je moet ondertekenen. Ik zal ze meteen even halen, dan kun je dat hier doen. En dan zijn we klaar.'

'Misschien kunnen we dit ook wat meer... privé afhandelen?'

Richard Percival keek me niet aan. 'Te druk, vrees ik. Ik heb nog honderd dingen te doen en ik heb vandaag maar één persoon in de bediening.' Hij liep overgedienstig langs me en telde hardop de resterende zakjes scampichips die bij de drankencarrousel hingen. 'Zes, zeven... Vera, wil jij die meneer even helpen, alsjeblieft?'

'Ja, dat is dus precies waar ik het met je over wilde hebben. Ik vroeg me af of je misschien toch –'

'Acht... negen... De pruik.'

'Wat?'

'Waar is de pruik?'

'O. Hier.' Ik stak mijn hand in de tas en trok hem eruit. Ik had hem nog gekamd en in een speciaal zakje gestopt. Het was net een overreden blond dier, klaar om het hoofd van een ander jeuk te bezorgen.

'Heb je die ook gewassen?'

'De pruik? Gewassen?'

'Ja. Het is onhygiënisch als een ander hem ongewassen op moet.'

'Dat synthetische materiaal is nog goedkoper dan het haar van de goedkoopste barbie. Ik was bang dat hij in de wasmachine zou smelten.'

'Als hij niet in een staat is waarin een toekomstig personeelslid hem zou kunnen dragen, zal ik je de kosten voor een nieuwe pruik in rekening moeten brengen.'

Ik staarde hem aan. 'Je gaat me geld vragen voor de pruik?'

Hij hield hem op en propte hem toen weer in de tas. 'Achtentwintig pond en veertig pence. Je krijgt een bonnetje, uiteraard.'

'O mijn god. Je gaat me serieus laten betalen voor die pruik.'

Ik schoot in de lach. Daar stond ik, midden op de luchthaven, terwijl de vliegtuigen opstegen, en ik dacht aan wat er van mijn leven was geworden dat ik voor deze man had moeten werken. Ik trok mijn portemonnee uit mijn tas. 'Prima,' zei ik. 'Achtentwintig veertig, zei je? Weet je wat, ik rond het af naar dertig, voor de administratiekosten.'

'Het is niet nodig om –'

Ik telde de biljetten uit en smeet ze voor hem op de bar. 'Zal ik jou eens wat vertellen, Richard? Ik hou van werken. Als je ooit vijf minuten verder had gekeken dan die verdomde targets van je, dan had je gezien dat ik iemand was die gewoon goed haar werk wilde doen. Ik heb altijd hard gewerkt. Ik heb dat gruwelijke uniform aangetrokken, ook al werd mijn haar er statisch van en werd ik door kleine kinderen op straat uitgejouwd. Ik heb alles gedaan wat je van me vroeg, inclusief het schoonmaken van de herenplee, wat absoluut niet in mijn contract staat en waar volgens arboregels minstens speciale beschermende kleding voor moet worden verstrekt, zou ik zeggen. Ik heb extra diensten gedraaid toen jij op zoek was naar nieuwe barkeepers, omdat je alle mensen die tot nu toe voor je hebben gewerkt tegen je in het harnas hebt gejaagd, en ik heb mensen die verdomde pinda's van je door de strot geduwd, ook al ruiken ze naar poep.

'Maar ik ben geen robot. Ik ben een mens en ik heb een leven, en ik had toevallig heel even bepaalde verantwoordelijkheden waardoor ik niet de medewerker kon zijn die ik wilde zijn – of die jij wilde dat ik was. Ik ben hier vandaag gekomen om mijn baan terug te vragen – te smeken zelfs, want ik heb nog altijd verantwoordelijkheden en ik wil een baan. Ik heb een baan *nodig*. Maar ik zie nu ineens in dat ik deze baan helemaal niet wil. Ik werk nog liever voor niks dan dat ik nog één dag in deze ellendige panfluitbar moet werken, die alle leven uit je zuigt. Ik zou nog liever *gratis* wc's schoonmaken dan dat ik nog één dag voor jou werk.

'Dus dank je, Richard. Dankzij jou heb ik voor het eerst sinds een heel lange tijd weer een positieve beslissing kunnen nemen.' Met een driftig gebaar propte ik mijn portemonnee weer in mijn tas, schoof de pruik zijn kant op en liep weg. 'Dat baantje steek je maar waar je die pinda's van je ook mag steken.' Ik liep terug. 'O, en dat kapsel van je? Dat gedoe met die gel en die perfect rechtopstaande haartjes? Afschuwelijk. Je lijkt net Action Man.'

De zakenman stond op van zijn barkruk en gaf een applausje. Richards hand schoot onwillekeurig naar zijn hoofd.

Ik keek naar de zakenman, toen weer naar Richard. 'Dat laatste moet je maar weer vergeten. Dat was gemeen van me.'

En toen vertrok ik.

Ik beende met een bonzend hart door de hal toen ik hem hoorde roepen: 'Louisa! Louisa!'

Richard kwam half lopend, half rennend achter me aan. Ik overwoog hem te negeren, maar uiteindelijk bleef ik staan bij de parfumwinkel. 'Wat is er?' vroeg ik. 'Ben ik vergeten een kruimel pinda terug te geven?'

Hij bleef staan en hijgde een beetje. Hij bestudeerde de etalage een paar seconden, alsof hij nadacht. Toen keek hij me aan. 'Je hebt gelijk. Oké? Je hebt gelijk.'

Ik staarde hem aan.

'De Shamrock and Clover. Het is een verschrikkelijke tent. En ik weet dat ik niet zo'n geweldige baas ben geweest. Maar al die belachelijke regels die ik jou opleg, krijg ik nog tien keer erger op mijn brood van het Hoofdkantoor. Mijn vrouw is kwaad omdat ik nooit thuis ben. De leveranciers haten me omdat ik week in, week uit in hun marges moet snijden, omdat we onder druk staan van de aandeelhouders. Mijn regiomanager zegt dat ik niet genoeg omzet maak en als ik niet snel voor verbetering zorg, verplaatsen ze me naar de bar op de veerboot naar Wales. En als dat gebeurt, gaat mijn vrouw zeker bij me weg. En dat kan ik haar niet kwalijk nemen.

'Ik vind leidinggeven afschuwelijk. Ik heb de sociale vaardigheden van een lantaarnpaal en daarom wil niemand voor me blijven werken. Vera blijft alleen maar omdat ze een olifantenhuid heeft en ik vermoed dat ze stiekem zit te vlassen op mijn baantje. Dus ja – het spijt me. Ik zou je eigenlijk heel graag je baan weer teruggeven, want wat ik ook gezegd heb, je was eigenlijk heel goed. De klanten vonden je leuk.'

Hij slaakte een zucht en keek naar de rondzwalkende mensen om ons heen. 'Maar zal ik je eens wat vertellen, Louisa? Ga weg nu je nog kan. Je bent knap, slim, je werkt hard – jij kan iets veel beters krijgen dan dit. Als ik niet vastzat aan een hypotheek die ik nauwelijks kan betalen, en er geen baby op komst was, en ik de aanschaf van die verdomde Honda Civic niet moest aflossen waar ik me honderdtwintig in voel, geloof me, dan was ik hier sneller weg dan al die vliegtuigen.' Hij stak een hand uit met een loonstrookje erin. 'Je vakantiegeld. Ga nou maar. Ik meen het, Louisa. Wegwezen.'

Ik keek naar het kleine bruine envelopje in mijn hand. Om ons heen slenterden de passagiers langs outletetalages, of stonden te zoeken naar verdwenen paspoorten, zich onbewust van wat er zich hier in hun midden afspeelde.

'Richard? Bedankt, maar... mag ik toch die baan weer terug? Al is het maar voor eventjes? Ik heb hem namelijk echt nodig.'

Richard keek me aan alsof hij me niet kon geloven. Toen slaakte hij nog een zucht. 'Als je nog een paar maanden kunt blijven, zou me dat ongelofelijk opluchten. Ik zit echt diep in de shit. Sterker nog, als je nu zou kunnen beginnen, kan ik nog naar de groothandel om nieuwe onderzetters te gaan halen.'

We wisselden van plek; een klein walsje van wederzijdse teleurstelling.

'Ik bel even naar huis,' zei ik.

'O. Hier,' zei hij. We staarden elkaar even aan en toen gaf hij me de plastic tas met mijn uniform. 'Deze heb je weer nodig, geloof ik.'

Richard en ik ontwikkelden een soort routine. Hij behandelde me iets vriendelijker, en vroeg me alleen om de herenwc's schoon te maken op de dagen dat Noah, de nieuwe schoonmaker, niet was komen opdagen en zei er niets van als hij vond dat ik te lang met de klanten bleef kletsen (al keek hij wel vrij gekweld). Op mijn beurt was ik vrolijk en stipt en deed ik mijn best om extra dingen te slijten aan de klanten als ik daar de kans toe zag. Ik voelde me gek genoeg verantwoordelijk voor zijn noten.

Op een dag nam hij me apart en zei dat het misschien nog wat prematuur was, maar het hoofdkantoor had hem verteld dat ze iemand van het vaste personeel de positie van assistent-manager wilden geven en dat hij mijn naam zou willen noemen als dingen zo bleven gaan als ze nu gingen. ('Ik kan het risico niet nemen om Vera promotie te geven. Ze is in staat om vloerreiniger in mijn thee te stoppen om mijn baan in te kunnen pikken.') Ik bedankte hem en probeerde blijer te kijken dan ik me voelde.

Ondertussen had Lily aan Samir gevraagd of hij een baantje voor haar had, en hij zei dat hij haar een halve dag op proef zou nemen, als ze bereid was dat gratis te doen. Ik gaf haar om halfacht een kop koffie en zorgde ervoor dat ze zich aankleedde en op tijd het huis uit ging om om acht uur te beginnen. Toen ik die avond thuiskwam had ze de baan kennelijk gekregen, al was het voor maar twee pond drieënzeventig per uur, wat het allerlaagste loon was waar hij wettelijk mee wegkwam. Ze was het grootste deel van de dag bezig geweest met het verplaatsen van kratten in het magazijn en het prijzen van blikjes met een stokoud prijspistool, terwijl Samir en zijn neef voetbal zaten te kijken op zijn iPad. Ze was smerig en doodop, maar gek genoeg heel blij. 'Als ik het een maand volhoud, mag ik misschien achter de kassa.'

Ik had een ander dienstrooster gekregen, dus reden we op donderdagmiddag naar het huis van Lily's ouders in St John's Wood, en ik wachtte in de auto terwijl Lily naar binnen ging om nog wat kleren te halen en de Kandinsky-poster die volgens haar zo goed zou staan bij mij thuis. Twintig minuten later kwam ze weer naar buiten, met een woedend en gesloten gezicht. Tanya kwam de veranda op, met haar armen over elkaar, en ze keek zwijgend toe terwijl Lily het autoportier opende, de overvolle weekendtas naar binnen mikte en, iets voorzichtiger, de poster. Toen kwam ze voorin zitten en staarde recht voor zich uit naar de lege laan. Terwijl Tanya de deur achter zich dichttrok, leek het alsof ze in haar ogen wreef.

Ik stak de sleutel in de ontsteking.

'Ik word later *totaal* anders dan mijn moeder,' zei Lily, en ik hoorde de lichte trilling in haar stem.

Ik wachtte even, startte de auto, en we reden in stilte terug naar mijn appartement.

Zin om vanavond naar de film te gaan? Ik kan wel wat escapisme gebruiken.
Ik denk niet dat ik Lily alleen kan laten.
Neem haar anders mee?
Is beter van niet. Sorry, Sam. X

Die avond vond ik Lily buiten op de brandtrap. Ze keek op bij het geluid van het raam en zwaaide met een sigaret. 'Ik vond het niet kunnen om er binnen een op te steken, aangezien jij niet rookt.'

Ik duwde het raam open, klom voorzichtig naar buiten en ging op de ijzeren treden naast haar zitten. Beneden ons zinderde de parkeerplaats in de augustushitte, de geur van warm asfalt steeg op door de stille lucht. Uit de geluidsinstallatie van een auto, waar de motorkap van omhoog stond, klonk een stampende bas. Het metaal van de treden had de warmte van een maand vol zonnige middagen vastgehouden, en ik leunde achterover terwijl ik mijn ogen dichtdeed.

'Ik dacht dat het allemaal goed zou komen,' zei Lily.

Ik deed ze weer open.

'Ik dacht dat al mijn problemen zich vanzelf op zouden lossen als ik van Peter af was. Ik dacht dat ik het gevoel zou hebben dat ik ergens thuishoorde als ik mijn vader gevonden had. En nu is Peter weg, en Garside is weg, en ik weet over mijn vader en ik heb jou. Maar het is allemaal niet wat ik ervan had verwacht.'

Ik wilde eerst zeggen dat ze niet zo raar moest doen. Ik wilde haar erop wijzen dat ze in zo'n korte tijd van zo ver was gekomen, dat ze haar eerste baantje had, vooruitzichten, een zonnige toekomst – de standaardreactie van volwassenen. Maar het klonk allemaal afgezaagd en badinerend.

Aan het eind van de weg stond een stel kantoorlui op een kluitje rond een metalen tafeltje bij de achteringang van de pub. Later op de avond zou de stoep er vol staan met hipsters en verdwaalde mensen uit de City, zou hun gebral door mijn open raam naar binnen drijven.

'Ik weet wat je bedoelt,' zei ik. 'Ik zit al sinds je vader is overleden te wachten tot ik me weer normaal voel. Ik heb het gevoel dat ik op de automatische piloot leef. Ik heb nog steeds die rotbaan. Ik woon nog steeds in dit huis, wat volgens mij nooit als mijn thuis gaat voelen. Ik had een bijna-doodervaring, maar ik kan niet zeggen dat die me wijsheid of dankbaarheid voor het leven heeft opgeleverd of zo. Ik ga naar een rouwverwerkingsgroepje vol met mensen die al even vast zitten als ik. En ik heb nog steeds niets gedaan.'

Lily dacht even na. 'Je hebt mij geholpen.'

'Dat is dan ook het enige waar ik me tegenwoordig aan vasthoud.'

'En je hebt een vriend.'

'Hij is niet mijn vriend.'

'Tuurlijk niet, Louisa.'

We keken naar het verkeer dat langzaam in de richting van de City kroop. Lily nam een laatste trek van haar sigaret en drukte hem toen uit op de metalen traptrede.

'Dat is mijn volgende doel.'

Ze was zo goed om een tikje schuldbewust te kijken. 'Oké, ik ga stoppen. Echt.'

De zon was gaan zakken boven de daken, en de oranje gloed leek diffuus door de loodgrijze avondlucht, hier in de stad.

'Weet je, Lily, misschien duren dit soort dingen gewoon wat langer. Ik denk dat we er uiteindelijk wel komen.'

Ze haakte haar arm door de mijne en legde haar hoofd op mijn schouder. We keken naar de zon die zachtjes onderging en de langer wordende schaduwen die op ons af kropen, en ik dacht aan de skyline van New York en dat niemand ooit echt vrij was. Misschien ging vrijheid – fysiek, emotioneel – wel altijd ten koste van iets of iemand anders.

De zon verdween en de oranje hemel kleurde langzaam groenblauw. Toen we opstonden, streek Lily haar rok glad en staarde toen naar het pakje in haar hand. Opeens trok ze de rest van de sigaretten uit het papiertje, brak ze in tweeën en gooide ze in de lucht, als confetti van tabak en wit papier. Ze keek me triomfantelijk aan en stak haar hand op. 'Zo. Ik ben officieel een rookvrije zone.'

'Zomaar.'

'Waarom niet? Je zei dat het misschien wat langer zou duren dan we dachten. Nou, dit is mijn eerste stap. Wat is jouw eerste stap?'

'O god. Misschien ga ik Richard wel overhalen om die gruwelijke nylon pruik te dumpen.'

'Dat zou een uitstekende eerste stap zijn. Het zou leuk zijn als je geen elektrische schok krijgt telkens als je de deurkruk van je voordeur vastpakt.'

Haar glimlach was aanstekelijk. Ik nam het lege sigarettenpakje van haar over voor ze dat ook op de parkeerplaats liet vallen en deed een stap naar achteren zodat zij door het raam kon klimmen. Ze bleef staan en keek me aan, alsof ze zich ineens iets realiseerde. 'Weet je, dat je op iemand anders verliefd wordt, wil niet zeggen dat je minder van mijn vader hebt gehouden. Je hoeft niet verdrietig te blijven om je verbonden te voelen met hem.'

Ik staarde haar aan.

'Dat zat ik me gewoon te bedenken.' Ze haalde haar schouders op en klom weer door het raam naar binnen.

Toen ik de volgende dag wakker werd, was Lily al naar haar werk. Ze had een briefje achtergelaten om te zeggen dat ze met de lunch wat brood mee zou nemen, omdat we niet meer genoeg hadden. Ik dronk een kop koffie, ontbeet wat en trok net mijn gympen aan om een stukje te gaan lopen (Marc: 'Lichaamsbeweging is even goed voor het humeur als voor de conditie!') toen mijn telefoon ging – een nummer dat ik niet herkende.

'Hallo!'

Het duurde even voor ik het door had. 'Mam?'

'Kijk eens naar buiten!'

Ik liep mijn kamer door en tuurde uit het raam. Daar stond mijn moeder op de stoep, heftig zwaaiend.

'Wat – wat doe je daar? Waar is pa?'

'Die is thuis.'

'En opa dan?'

'Opa redt zich wel.'

'Maar je bent nog nooit alleen naar Londen gekomen. Je komt zelfs niet verder dan het pompstation, zonder pa.'

'Nou ja, dan was het hoog tijd dat daar eens verandering in kwam, vind je ook niet? Zal ik even bovenkomen? Ik wil niet alle belminuten van mijn nieuwe telefoon opmaken.'

Ik drukte op de bel en liep vlug de kamer door om de ergste afwas van gisteravond op te pakken, en tegen de tijd dat ze boven was, stond ik bij mijn voordeur met open armen op haar te wachten.

Ze droeg haar nette parka, haar tas hing schuin over haar schouder (*Dan is hij moeilijker te stelen door tasjesdieven*) en haar haar hing in zachte golven om haar nek. Ze straalde, had haar lippen zorgvuldig koraalroze gestift en hield onze stratengids, die ergens rond 1983 was aangeschaft, stevig tegen zich aan gedrukt.

'Niet te geloven dat je helemaal alleen bent gekomen.'

'Fantastisch, hè? Ik ben er helemaal wiebelig van. Ik zei nog tegen een jongeman in de metro dat dit de eerste keer in dertig jaar was dat ik in de metro zat zonder dat er iemand bij was om mijn hand vast te houden. Toen ging hij vier hele stoelen verderop zitten. Zet jij even water op?' Ze ging zitten, trok haar jas uit en keek naar de muren om haar heen. 'Aha. Grijs. Wat... interessant.'

'Dat heeft Lily gekozen.' Ik vroeg me even af of het soms een grote grap was, en of pa misschien zo binnen kwam stormen, me keihard uitlachend dat ik erin getrapt was. *Alsof Josie ooit alleen ergens naartoe zou gaan.* Ik zette een beker voor haar neer. 'Ik snap het niet helemaal. Waarom ben je zonder pa gekomen?'

Ze nam een slokje van haar thee. 'Hè, lekker zeg. Jij maakt altijd zulke goeie thee.' Ze zette de beker op tafel en schoof er eerst voorzichtig een boek onder. 'Nou, ik werd vanochtend wakker en ik dacht aan alles wat ik moest doen – de was in de machine, de ramen achter, opa's bed verschonen, tandpasta kopen – en ik dacht ineens, nee. Ik heb er geen zin in. Ik ga geen heerlijke zaterdag verdoen met wat ik al dertig jaar doe. Ik ga op avontuur.'

'Op avontuur.'

'Dus toen dacht ik, we kunnen wel naar het theater.'

'Het theater.'

'Ja – het theater. Wat is dat voor gepapegaai, Louisa? Mevrouw Cousins van het verzekeringskantoor zegt dat er op Leicester Square een stalletje is waar je goedkoop aan kaartjes kunt komen voor voorstellingen die nog niet uitverkocht zijn.'

'En Treena dan?'

Ma wapperde met haar hand. 'O, die had het druk. Nou, wat zeg je ervan? Zullen we gaan kijken of we ergens kaartjes voor kunnen krijgen?'

'Dan moet ik dat wel tegen Lily zeggen.'

'Ga maar even zeggen. Ik drink mijn thee op, dan kan jij daarna nog even iets aan je haar doen, en dan gaan we. Ik heb een openbaarvervoerkaart voor een dag, dus ik kan de hele dag metro in, metro uit!'

We konden voor de helft van de prijs kaartjes voor *Billy Elliot* krijgen. Het was dat of een Russische tragedie, en ma zei dat ze niks had met Russen sinds iemand haar een keer koude bietensoep had voorgezet en deed alsof de Russen het allemaal zo aten.

Ze zat de hele voorstelling in vervoering naast me te kijken, gaf me af en toe een por en zei: 'Ik herinner me die mijnwerkersstaking nog goed, Louisa. Het was zwaar voor die gezinnen. Margaret Thatcher! Weet je nog? O, wat een naar mens was dat. Maar wel altijd een prachtige handtas.' Toen de jonge Billy door de lucht vloog, aangevuurd door zijn ambitie, zat ze zachtjes naast me te huilen, met een schone witte zakdoek tegen haar neus gedrukt.

Ik keek naar de balletlerares van de jongen, mevrouw Wilkinson, een vrouw die het aan ambitie had ontbroken, zodat ze nooit buiten de grenzen van haar stadje was geweest, en probeerde om daar niet mijn eigen leven in te zien. Ik was een vrouw met een baan en een soort van vriendje, die op zaterdagmiddag in een theater in West End zat. Ik telde al die dingen bij elkaar op alsof het kleine overwinningen waren op een of andere vijand die ik niet precies wist te identificeren.

We stapten het theater uit, de middagzon in, en waren emotioneel helemaal op. 'Goed,' zei ma, en ze stak haar tas stevig onder haar arm (sommige gewoonten zijn nu eenmaal te zeer ingesleten). 'Thee in een hotel. Kom op. Dan maken we er een dagje uit van.'

In de grote hotels was geen plek meer, maar we vonden een leuk hotelletje vlak bij Haymarket, met een breed assortiment thee dat mijn moeders goedkeuring kon wegdragen. Ze vroeg om een tafeltje in het midden, en vanaf die plek had ze over iedereen die binnenkwam wat op te merken: hun kleren, of ze er 'buitenlands' uitzagen, het feit dat het niet verstandig was om kleine kinderen mee te nemen, of kleine hondjes die eerder op ratten leken.

'Moet je ons nou eens zien zitten!' riep ze af en toe, als het even stilviel. 'Gezellig, toch?'

We bestelden English breakfast tea (Ma: 'Dat is toch gewoon gewone thee, hè? Niet iets met een raar smaakje?') en de uitgebreide Afternoon Tea en we aten piepkleine sandwiches zonder korst, scones die niet zo lekker waren als die van mijn moeder, en taartjes in goudfolie. Mijn moeder praatte een halfuur door over *Billy Elliot*, en dat ze vond dat we elke maand zoiets zouden moeten doen, en dat ze zeker wist dat mijn vader het ook geweldig zou vinden, als ze hem mee kon krijgen.

'Hoe is het met pa?'

'O, best. Je kent je vader toch.'

Ik wilde het vragen, maar durfde niet. Toen ik opkeek, bekeek ze me met kleine kraaloogjes. 'Nee, Louisa, ik doe niks aan mijn benen. En nee, daar is hij niet blij mee. Maar er zijn wel belangrijkere dingen in het leven.'

'Wat vond hij ervan dat je vandaag hier bent?'

Ze snoof en verborg dat onder een hoestje. 'Hij dacht dat ik het niet zou durven. Ik zei het vanochtend tegen hem toen ik hem zijn thee bracht, en hij begon te lachen. En om je de waarheid te zeggen irriteerde dat me *zo* dat ik me heb aangekleed en gewoon weggegaan ben.'

Ik keek verbijsterd. 'Je hebt het hem niet verteld?'

'Ik had het toch al verteld? Hij stuurt me al de hele dag sms'jes, die sukkel.' Ze keek op haar schermpje en stak de telefoon toen gedecideerd in haar zak.

Ze prikte behoedzaam nog een scone aan haar vork en legde die op haar bordje. Genietend deed ze haar ogen dicht en nam een hapje. 'Wat is dit heerlijk.'

Ik slikte. 'Ma, jullie gaan toch niet scheiden?'

Haar ogen schoten open. 'Scheiden? Ik ben een keurig katholiek meisje, Louisa. Wij doen niet aan scheiden. Wij laten onze mannen gewoon tot in de eeuwigheid lijden!'

Ik betaalde de rekening en we verdwenen het damestoilet in, een soort spelonkachtige ruimte met walnootkleurig marmer, dure bloemen en een zwijgende toiletjuffrouw die bij de wasbakken de wacht hield. Ma waste haar handen twee keer heel grondig en rook toen aan de diverse handlotions die er uitgestald stonden, een gezicht trekkend als de geur haar niet beviel. 'Ik mag het eigenlijk niet zeggen, gezien mijn mening over mannelijke onderdrukking en zo, maar ik zou het toch heel fijn vinden als jullie allebei een leuke man vonden.'

'Ik heb iemand ontmoet,' zei ik voor ik er erg in had.

Ze draaide zich naar me om, met de fles lotion nog in haar hand. 'Dat meen je niet!'

'Hij werkt op de ambulance.'

'Nou, dat is toch fantastisch! Een broeder! Dat is bijna even nuttig als een loodgieter. Wanneer krijgen we hem te zien?'

Ik aarzelde. 'Hem zien? Ik weet niet of...'

'Of wat?'

'Nou ja, het is nog pril. Ik weet niet of het wel zo'n soort –'

Mijn moeder trok de dop van haar lippenstift en staarde in de spiegel. 'Het is alleen voor de seks, wil je dat soms zeggen?'

'Mam!' Ik keek even naar de toiletjuffrouw.

'Wat bedoel je dan?'

'Ik weet niet of ik al aan een echte relatie toe ben.'

'Hoezo niet? Wat heb je verder allemaal te doen dan? Die eierstokken van je kunnen niet in de vriezer, hoor.'

Ik begon snel over iets anders: 'Waarom is Treena nou eigenlijk niet meegekomen?'

'Ze kon geen oppas vinden voor Thom.'

'Net zei je nog dat ze het druk had.'

Ma's ogen schoten naar mijn spiegelbeeld. Ze klemde haar lippen op elkaar en stak de lippenstift weer in haar tas. 'Ik geloof dat ze een beetje boos op je is, Louisa.' Ze activeerde haar Moederlijke Röntgenogen en vroeg: 'Hebben jullie soms ruzie gehad?'

'Ik snap niet waarom ze altijd een mening moet hebben over mijn doen en laten.' Ik hoorde mijn eigen stem, die klonk als die van een dreinend kind van twaalf.

Ze fixeerde me met haar blik.

Dus toen vertelde ik het haar. Ik ging op de marmeren wastafel zitten, en ma nam het stoeltje en ik vertelde haar van de baan die me aangeboden was, en waarom ik die onmogelijk kon aannemen. Dat we Lily kwijt waren en dat we haar weer hadden gevonden, en dat ze eindelijk een beetje tot bedaren aan het komen was. 'Ik heb weer met haar afgesproken bij mevrouw Traynor. Dus dat is een stap in de goede richting. Maar Treena wil gewoon niet luisteren, hoewel zij de eerste zou zijn om te zeggen dat ik Thom niet in de steek kon laten als die ook maar de helft zou doormaken.'

Het luchtte op om het aan mijn moeder te vertellen. Uitgerekend zij zou toch wel begrijpen dat deze verantwoordelijkheid me met handen en voeten gebonden hield. 'Dus dat is de reden waarom ze niet met me wil praten.'

Mijn moeder staarde me aan. 'Moeder Maria, ben je soms gek geworden?'

'Wat bedoel je?'

'Een baan in New York, met alles erop en eraan, en jij blijft hier om in die vreselijke tent op de luchthaven te blijven werken? Hoort u dat nou?' Ze wendde zich tot de toiletjuffrouw. 'En dat is dan mijn dochter. Ongelofelijk. Wat is er in vredesnaam gebeurd met het verstand waar ze mee geboren werd?'

De toiletjuffrouw schudde langzaam haar hoofd. 'Is niet goed,' zei ze.

'Mam! Ik heb de enige juiste keus gemaakt!'

'Voor wie?'

'Voor Lily!'

'Dus jij denkt dat er verder niemand was die het kind had kunnen helpen? Heb je die man in New York dan op zijn minst gevraagd of hij die baan nog een paar weken voor je kan vasthouden?'

'Zo'n soort baan is het niet.'

'Hoe weet je dat nou? Nee heb je, ja kan je krijgen. Toch?'

De toiletjuffrouw knikte langzaam.

'Jezus. Ik wil er gewoon niet eens over *nadenken*...'

De toiletjuffrouw gaf mijn moeder een handdoekje en ze wapperde er hevig mee in de richting van haar nek. 'Luister goed, Louisa. Ik heb één briljante dochter die vastzit aan huis vanwege een verkeerde keus in het verleden die haar deze zware verantwoordelijkheid heeft opgeleverd – niet dat ik niet stapelgek ben op Thom, maar ik kan je wel zeggen dat ik mijn ogen uit mijn hoofd huil als ik bedenk wat Treena allemaal had kunnen bereiken als ze die jongen net wat later in haar leven had gekregen. Ik ben met de zorg voor je vader en je opa opgezadeld. Niet dat ik dat een drama vind. Ik red me inmiddels wel. Maar dit is niet waar je leven uit zou moeten bestaan, hoor je me? Er moet meer zijn dan een paar goedkope theaterkaartjes en taartjes in een duur hotel zo nu en dan. Jij hoort nu daar te zitten! Jij bent verdomme de enige in de hele familie die dit soort kansen krijgt! En dat je dat allemaal weggooit voor een of ander kind dat je niet eens goed kent!'

'Ik heb gedaan wat ik *hoorde* te doen, ma.'

'Misschien. Maar misschien was het wel helemaal niet een kwestie van het een *of* het ander.'

'Ja heb je, nee kan je krijgen,' zei de toiletjuffrouw.

'Nou hoor je het eens van een ander! Jij gaat die Amerikaan weer bellen en vragen of het misschien mogelijk is dat je wat later komt... Kijk niet zo naar me, Louisa. Ik ben veel te soft voor jou geweest. Ik heb je niet gepusht toen ik dat had moeten doen. Je moet van die baan zonder enige vooruitzichten af, en je moet eens echt gaan leven.'

'De baan is weg, ma.'

'De pot op, met je "de baan is weg, ma". Heb je ze überhaupt gevraagd hoe het zat?'

Ik schudde mijn hoofd.

Mijn moeder maakte een verongelijkt geluid en trok de sjaal om haar nek recht. Ze haalde twee pond uit haar portemonnee en duwde die de toiletjuffrouw in de hand. 'Ik moet zeggen, u hebt uw werk geweldig goed gedaan! Je kunt hier van de vloer eten. En het ruikt allemaal verrukkelijk.'

De toiletjuffrouw schonk haar een warme glimlach en stak toen haar vinger op. Ze keek om het hoekje, liep naar haar kast en maakte hem snel open met haar sleutelbos. Ze kwam tevoorschijn met een bloemenzeepje, dat ze aan mijn moeder gaf.

Mijn moeder snoof eraan en zuchtte. 'Echt *hemels*. De hemel in een stukje zeep.'

'Voor u.'

'Voor mij?'

De vrouw vouwde mijn moeders vingers om de zeep.

'Dat is echt ontzettend lief van u. Mag ik vragen hoe u heet?'

'Maria.'

'Maria, ik ben Josie. Als ik voortaan weer in Londen ben, kom ik zeker weer naar jouw toiletten. Zie je dat nou, Louisa? Wie weet wat er kan gebeuren als je eens een keertje iets anders doet dan anders? Dit is toch een mooi avontuur? En ik heb een verrukkelijk zeepje gekregen van mijn nieuwe vriendin Maria!'

Ze hielden elkaars handen vast met de vurigheid van oude bekenden die afscheid moeten nemen, en toen verlieten we het hotel.

Ik kon het haar niet vertellen. Ik kon haar niet vertellen dat die baan door mijn gedachten spookte vanaf het moment dat ik wakker werd tot ik weer ging slapen. Wat ik er ook tegen anderen over zei, ik wist dat ik er altijd diepe spijt van zou hebben dat ik mijn kans om in New York te wonen en te werken had gemist. Dat hoe vaak ik mezelf ook wijsmaakte dat er nog wel een keer iets anders voorbij zou komen, ik deze gemiste kans voor altijd met me mee zou dragen als een goedkope, lelijke handtas.

Ik zette mijn moeder op de trein op weg naar mijn ongetwijfeld verblufte en mopperende vader. En lang nadat ik een salade voor Lily had gemaakt van dingen die Sam in de ijskast had gezet, bekeek ik mijn e-mail. Het was of de duvel ermee speelde, want Nathan had me een mailtje gestuurd:

> Ik kan niet zeggen dat ik het ermee eens ben, maar ik snap het wel. Ik denk dat Will trots op je zou zijn geweest. Je bent een goed mens, Clark. X

24

Wat ik over het ouderschap heb geleerd, ook al ben ik niet echt iemands moeder, is dit: dat je het, wat je ook doet, waarschijnlijk altijd verkeerd doet. Als je hard of afwijzend of achteloos bent, beschadig je je kind. Als je steun biedt en liefdevol bent, als je het kind aanmoedigt en prijst om zelfs de allerkleinste prestatie – op tijd opstaan, bijvoorbeeld, of een hele dag niet roken – kan je het op allerlei manieren verpesten. Ik leerde dat al deze dingen ook op de plaatsvervangende ouder van toepassing zijn, maar dat die niet het natuurlijke gezag heeft dat je graag zou hebben als je een kind te eten geeft en het verzorgt.

Met dit in gedachten stopte ik Lily in de auto op mijn vrije dag, en kondigde aan dat we gingen lunchen. Het zou waarschijnlijk hopeloos misgaan, dacht ik, maar we waren in elk geval met zijn tweeën om de klappen op te vangen.

Omdat Lily zo druk naar haar telefoon zat te staren, en ze haar oortjes in had, duurde het een dikke veertig minuten voor ze eindelijk naar buiten keek. Ze fronste toen ze een plaatsnamenbord zag naderen. 'Dit is niet de weg naar het huis van je ouders.'

'Klopt.'

'Waar gaan we dan naartoe?'

'Dat zei ik toch. We gaan ergens lunchen.'

Toen ze me lang genoeg aangestaard had om te aanvaarden dat ik er verder toch niets over zou zeggen, tuurde ze een poosje uit het raam. 'Godsamme, wat kan jij irritant zijn.'

Een halfuur later parkeerden we bij de Crown and Garter, een hotel van rode baksteen gelegen in een park van twee hectare, een minuut of twintig ten zuiden van Oxford. Neutraal terrein, had ik besloten, dat was de enige manier. Lily stapte uit en deed de deur met zo veel klem dicht dat het me duidelijk was dat ze me nog steeds 'irritant' vond.

Ik negeerde haar, deed wat lippenstift op en liep het restaurant in, en liet Lily achter me aan lopen.

Mevrouw Traynor zat al aan tafel. Toen Lily haar zag, kreunde ze even.

'Moet dit nou echt nog een keer?'

'Ja, want dingen kunnen veranderen,' zei ik en ik duwde haar naar voren.

'Lily.' Mevrouw Traynor stond op. Ze was duidelijk naar de kapper geweest, en haar haar was als vanouds prachtig geknipt en geföhnd. Ze droeg ook wat make-up en dankzij die twee dingen leek ze weer op de oude mevrouw Traynor: beheerst, iemand die begreep dat het uiterlijk misschien niet het belangrijkste was, maar toch zeker een basis legde.

'Hallo, mevrouw Traynor.'

'Hoi,' mompelde Lily. Ze stak geen hand uit en koos de stoel naast die van mij.

Mevrouw Traynor registreerde dit maar glimlachte even, ging weer zitten en ontbood de ober. 'Je vader kwam graag in dit restaurant,' zei ze en ze legde haar servet over haar schoot. 'De zeldzame keren dat ik hem kon overhalen om Londen uit te komen, spraken we hier altijd af. Het eten is hier behoorlijk goed. Ze hebben Michelinsterren.'

Ik bekeek de menukaart – *quenelles van tarbot met een frangipane van mosselen en langoustine, gerookte eendenborst met cavolo nero en parelcouscous* – en hoopte heel erg dat mevrouw Traynor zou betalen, aangezien zij dit restaurant had geopperd.

'Het ziet er allemaal een beetje moeilijk uit,' zei Lily, zonder op te kijken van de kaart.

Ik keek mevrouw Traynor even aan.

'Dat is letterlijk wat Will zei. Maar het is allemaal erg lekker. Ik denk dat ik de kwartel neem.'

'Ik de zeebaars,' zei Lily, en ze sloeg de in leer gebonden kaart weer dicht.

Ik staarde naar de lijst die ik voor me had. Er stond niets op wat ik herkende. Wat was *koolrabi*? Wat was *een ravioli van merg en zeekraal*? Ik vroeg me af of ik ook gewoon om een broodje kon vragen.

'Hebt u een keuze kunnen maken?' De ober kwam naast me staan. Ik wachtte terwijl de anderen hun keuze meldden.

Toen zag ik iets wat ik herkende uit mijn tijd in Parijs: 'Mag ik de *joues de boeuf confites*?'

'Met de aardappelgnocchi en asperges? Zeker, madame.'

Rundvlees, dacht ik. *Rundvlees lust ik wel.*

Terwijl we op onze voorgerechten zaten te wachten, hadden we het over koetjes en kalfjes. Ik vertelde mevrouw Traynor dat ik nog altijd op de luchthaven werkte, maar dat ik waarschijnlijk promotie zou krijgen, en ik probeerde het te brengen als een positieve carrièrekeuze in plaats van een schreeuw om hulp. Ik vertelde haar dat Lily ook een baan had gevonden, en toen ze hoorde wat Lily precies deed, huiverde mevrouw Traynor niet, zoals ik had gevreesd, maar knikte ze. 'Dat lijkt me zeer verstandig. Het kan nooit kwaad om je handen vuil te maken voor je begint aan het leven.'

'Ik heb anders helemaal geen vooruitzichten,' zei Lily stellig. 'Tenzij je het als promotie ziet dat ik misschien aan de kassa mag werken.'

'Nou ja, een krantenwijk is ook geen topbaan, maar toch heeft je vader er twee jaar eentje gehad voor hij van school ging. Het geeft je een zekere werkethiek.'

'En mensen hebben altijd blikjes knakworst nodig,' merkte ik op.

'Echt?' Mevrouw Traynor keek misprijzend.

We keken naar de mensen die plaatsnamen aan het tafeltje naast ons. Een oudere dame nam met veel misbaar plaats op een stoel, en kreeg gezelschap van twee mannelijke familieleden.

'We hebben uw fotoalbum gekregen,' zei ik.

'O gelukkig! Ik vroeg het me al af. Vond… vond je het leuk?'

Lily's ogen schoten haar kant op. 'Heel leuk. Nog bedankt.'

Mevrouw Traynor nam een slokje van haar water. 'Ik wilde je een andere kant van Will laten zien. Het lijkt soms wel alsof zijn leven in de schaduw is komen te staan van de gebeurtenissen rond zijn overlijden. Ik wilde gewoon laten zien dat hij meer was dan een rolstoel. Meer dan de manier waarop hij is overleden.'

Er viel een korte stilte.

'Het was leuk. Bedankt,' herhaalde Lily.

Ons eten arriveerde, en Lily viel weer stil. De obers vlogen gedienstig af en aan, vulden onze waterglazen bij zodra er ook maar een centimeter uit was. En werd een plankje met brood geserveerd en uitgehaald, en na vijf minuten kwam er weer eentje. Het restaurant liep vol met mensen zoals mevrouw Traynor: goedgekleed, welbespraakt, mensen voor wie *quenelles van tarbot* dagelijkse kost was en geen mijnenveld in de conversatie. Mevrouw Traynor informeerde naar mijn familie en zei iets hartelijks over mijn vader: 'Hij deed het zo geweldig op het kasteel.'

'Het moet vreemd zijn om daar niet meer te komen,' zei ik, en toen kromp ik ineen, bang dat ik een onzichtbare grens overgegaan was.

Maar mevrouw Traynor staarde alleen naar het tafelkleed voor haar. 'Dat is het ook,' beaamde ze, en ze knikte met een wat strakker lachje, en dronk nog wat water.

Zo ging het gesprek verder tijdens de eerste gang (gerookte zalm voor Lily, salade voor mevrouw Traynor en mij), we hielden in, en deden met horten en stoten een stap naar voren, als iemand die leert autorijden. Tot mijn opluchting zag ik de ober aankomen met onze hoofdgerechten. Mijn glimlach verdween meteen toen ik zag wat hij me voorzette. Het leek helemaal niet op rundvlees.

'Pardon, maar ik had het rundvlees besteld,' zei ik tegen de ober.

Hij keek me uitgestreken aan. 'Dit is het rundvlees, madame.'

We staarden allebei naar mijn bord.

'*Joues de boeuf*?' zei hij. 'Runderwangen?'

'*Runderwangen*?!'

We keken weer naar mijn bord en mijn maag keerde zich om.

'O, natuurlijk,' zei ik. 'Ik… Ja. Runderwangen. Dank u.'

Runderwangen. Ik durfde niet te vragen waar die wangen precies hadden gezeten. Ik glimlachte naar mevrouw Traynor en begon met een hapje gnocchi.

We aten zwijgend door. Mevrouw Traynor en ik hadden geen gespreksonderwerpen meer en Lily zei weinig en als ze al iets zei was het iets kattigs, alsof ze haar grootmoeder uit de tent wilde lokken. Ze speelde met haar eten als een puber die tegen haar zin was meegesleept naar een veel te chique lunch met grote mensen. Ik at mijn eten met kleine hapjes en probeerde niet te luisteren naar het stemmetje dat de hele tijd in mijn oor gilde: *Je eet wangen! Echte wangen!*

Uiteindelijk bestelden we koffie. Toen de ober weg was, haalde mevrouw Traynor haar servet van haar schoot en legde het op tafel. 'Dit gaat zo niet.'

Lily tilde haar hoofd op. Ze keek eerst naar mij en toen naar mevrouw Traynor.

'Het eten is heerlijk en het is reuzeleuk om te horen over jullie werk en zo, maar we schieten niet echt wat op.'

Ik vroeg me af of ze weg wilde, of Lily te ver was gegaan. Ik zag de verrassing op Lily's gezicht en begreep dat zij hetzelfde dacht. Maar in plaats daarvan duwde mevrouw Traynor haar kop en schotel van zich af en leunde over tafel. 'Lily, ik ben hier niet gekomen om indruk op je te maken met een goede lunch. Ik ben gekomen om je te zeggen dat het me spijt. Het is moeilijk om uit te leggen hoe ik eraan toe was toen jullie die dag bij mij langskwamen, maar dat die ontmoeting zo ongelukkig verliep was niet jouw schuld, en ik wil mijn excuses aanbieden voor het feit dat je kennismaking met dit deel van je familie zo... teleurstellend was.'

De ober kwam met de koffie, en mevrouw Traynor stak haar hand op zonder hem aan te kijken. 'Geeft u ons nog een paar minuten, alstublieft.'

Hij maakte zich snel uit de voeten met zijn blad. Zelf bleef ik roerloos zitten. Mevrouw Traynor, met haar gespannen gezicht en haar dringende stem, haalde diep adem. 'Lily, ik ben mijn zoon – jouw vader – kwijtgeraakt en eerlijk gezegd is dat waarschijnlijk al lang voor hij overleed gebeurd. Door zijn dood verloor ik alles waar ik mijn leven rond had opgebouwd: mijn rol als moeder, mijn gezin, mijn carrière, zelfs mijn geloof. Eerlijk gezegd voelde het alsof ik in een diep donker gat gevallen was. Maar toen ik hoorde dat hij een dochter had – dat ik een kleindochter heb – wist ik dat ik misschien *toch* niet alles kwijt ben.'

Ze slikte.

'Ik zal niet zeggen dat ik hem weer voor een deel terug heb doordat jij er bent, want dat zou niet eerlijk zijn naar jou toe. Ik heb allang gezien dat jij zelf iemand bent. Je bent een nieuw iemand waar ik om kan geven. Ik hoop dat je me nog een kans gunt, Lily. Want ik zou het ontzettend leuk vinden – ach wat, ik zou het *geweldig* vinden als we samen wat tijd kunnen doorbrengen. Louisa heeft me verteld dat je een sterk karakter hebt. Dat is een familietrek, moet je weten. Dus we zullen ongetwijfeld een paar keer flink botsen, zoals ik ook met je vader botste. Ik wil dat je weet wat ik je nu ga zeggen, ook al leidt deze bijeenkomst verder nergens toe.'

Ze pakte Lily bij de hand en greep hem stevig vast. 'Ik ben zo vreselijk blij dat ik je heb leren kennen. Alles is anders, gewoon omdat je bestaat. Mijn dochter, jouw tante Georgina, komt volgende maand overgevlogen om je te leren kennen, en ze heeft al gevraagd of we een keer samen naar Sydney kunnen komen om bij haar te logeren. Ik heb een brief van haar voor je in mijn handtas.'

Ze vervolgde op zachte toon: 'Ik weet dat we het feit dat je vader er niet meer is nooit goed kunnen maken, en ik weet dat ik niet... Enfin, ik ben nog uit het dal aan het klimmen, maar... denk je dat je misschien... Heb je misschien ruimte voor een tamelijk lastige grootmoeder?'

Lily staarde haar aan.

'Zou je het op zijn minst... een kans willen geven?'

Mevrouw Traynors stem brak een beetje bij die laatste zin. Het bleef lang stil. Lily keek me aan, en na wat een eeuwigheid leek keek ze weer naar mevrouw Traynor. 'Zou u... Zou ik bij u mogen logeren?'

'Als je dat wilt. Ja. Dat zou ik heel graag willen.'

'Wanneer?'

'Wanneer kun je komen?'

Ik kende Camilla Traynor alleen als beheerst, maar nu was ze praktisch in tranen. Haar andere hand gleed over tafel. Lily aarzelde even maar pakte hem toen vast, en hun vingers lagen stevig verstrengeld op het witte tafelkleed, als overlevenden van een scheepsramp, terwijl de ober verderop met zijn blad stond te wachten tot hij nog wat koffie kon serveren.

'Ik breng haar morgenmiddag weer terug.'

Ik stond op de parkeerplaats terwijl Lily bij mevrouw Traynors auto bleef hangen. Ze had twee toetjes gegeten – haar eigen warme chocoladecake en die van mij (want ik had tegen die tijd totaal geen eetlust meer), en ze bestudeerde de tailleband van haar spijkerbroek. 'Zeker weten?' Ik weet niet precies aan wie van beiden ik dat vroeg. Ik was me ervan bewust hoe broos deze nieuwe entente cordiale was, en hoe snel de spanning weer zou kunnen oplaaien.

'Het komt goed.'

'Ik hoef morgen niet te werken, Louisa,' riep Lily. 'Samirs neef doet de zondagen.'

Het voelde vreemd om hen achter te laten, ook al stond Lily te stralen. Ik wilde nog zeggen: *Niet roken*, en *Niet vloeken*. En misschien zelfs: *Als we dit nou eens een andere keer doen?*, maar Lily zwaaide en stapte in de Golf van mevrouw Traynor zonder verder om te kijken.

Het was gebeurd. Het was niet meer in mijn handen.

Mevrouw Traynor keerde zich om en wilde ook instappen.

'Mevrouw Traynor? Mag ik u iets vragen?'

Ze bleef staan. 'Camilla. Ik denk dat jij en ik de beleefdheden wel voorbij zijn, vind je ook niet?'

'Camilla. Heb je Lily's moeder al gesproken?'

'Ah. Ja. Die heb ik gesproken.' Ze boog zich om een piepklein onkruidje uit een border te trekken. 'Ik heb haar gezegd dat ik in de toekomst veel tijd met Lily hoop door te brengen. En dat ik me ervan bewust ben dat ik in haar ogen niet echt een moederlijk rolmodel ben, maar dat we eerlijk gezegd allebei niet erg geschikt leken voor die rol, en dat het haar betaamt om voor de verandering het geluk van haar kind voorrang te geven op haar eigen geluk.'

Mijn mond viel een stukje open. '"Betamen" is een heel goed woord,' zei ik toen ik weer iets kon uitbrengen.

'Ja hè?' Ze ging rechtop staan. Ik zag iets ondeugends in haar ogen glinsteren. 'Enfin. De Tanya Houghton-Millers van deze wereld boezemen mij geen angst in. Ik denk dat Lily en ik het prima kunnen vinden samen.'

Ik wilde naar mijn auto lopen, maar dit keer hield mevrouw Traynor mij tegen. 'Dank je wel, Louisa.' Ze legde haar hand op mijn arm.

'Ik heb niks –'

'Dat heb je wel. Ik ben me ervan bewust dat ik heel veel aan je te danken heb. En ik hoop dat ik ooit iets voor je kan terugdoen.'

'Dat is nergens voor nodig.'

Haar ogen zochten de mijne, en ze glimlachte even. Ik zag dat haar lippenstift perfect aangebracht was. 'Goed, ik bel je morgen hoe laat ik Lily afzet.'

Mevrouw Traynor stak haar handtas onder haar arm en liep terug naar haar auto, waar Lily zat te wachten.

Ik keek de Golf na, en toen belde ik Sam.

Op enorme vleugels zweefde een buizerd traag door de zinderende, azuurblauwe hemel boven het veld. Ik had aangeboden hem te helpen met wat metselwerk, maar we hadden maar één rij stenen gelegd (die ik hem steeds aangaf). Vanwege de zwoele hitte had hij geopperd om een koud biertje te nemen tijdens onze pauze, en op de een of andere manier lukte het maar niet om weer overeind te komen toen we een poosje achterover gingen liggen in het gras. Ik had hem het verhaal van de runderwangen verteld en hij had een volle minuut gelachen en geprobeerd zijn gezicht weer in de plooi te krijgen toen ik protesteerde: 'Waarom zetten ze dat er niet duidelijk bij?' en 'Ik bedoel, het klinkt toch net als "kippenbil", of zo?' Inmiddels lag ik languit naast hem te luisteren naar de vogels en het zacht fluisterende gras en te kijken naar de perzikkleurige zon die zachtjes richting horizon afzakte. En als ik mijn zorgen over of Lily al termen als 'fucking' had gebruikt opzij kon zetten, vond ik het leven best mooi.

'Als het zo is als nu, denk ik weleens dat ik het huis helemaal niet af wil bouwen,' zei Sam. 'Dan blijf ik net zo lief tot mijn oude dag zo liggen.'

'Goed plan.' Ik kauwde op een grasstengel. 'De regendouche is alleen een stuk minder aantrekkelijk in januari.'

Ik voelde zijn lach, een diep geroffel.

Ik was meteen uit het restaurant naar hem toe gegaan, en voelde me onverklaarbaar uit balans door de onverwachte afwezigheid van Lily. Ik wilde niet alleen thuis zijn. Nadat ik de ingang naar Sams veld ingeslagen was, was ik in mijn auto blijven zitten terwijl mijn motor langzaam in slaap tikte, en had gekeken naar hoe hij, tevreden met alleen zichzelf als gezelschap, de cement van elke baksteen schraapte en hem op de volgende steen drukte, hoe hij het zweet van zijn voorhoofd afveegde met zijn vale T-shirt, en ik had iets vanbinnen voelen ontspannen. Hij had niets gezegd over onze eerdere, licht ongemakkelijke gesprekken, en ik was hem dankbaar.

Een eenzame wolk dreef door het blauw. Sam legde zijn been dichter bij het mijne. Zijn voeten waren twee keer zo groot als die van mij.

'Ik vraag me af of mevrouw T haar foto's alweer heeft neergezet. Voor Lily, weet je wel.'

'Foto's?'

'Ja, foto's, in lijstjes. Dat had ik toch verteld. Ze had geen enkele foto van Will meer staan toen Lily en ik bij haar thuis waren. Het verbaasde me nogal dat ze dat album stuurde, want ik dacht ergens dat ze alles had verscheurd.'

Hij bleef stil en dacht na.

'Het is vreemd. Maar toen ik er zo over nadacht, realiseerde ik me dat ik ook nergens een foto van Will heb staan. Misschien duurt het gewoon even voor... voor je het weer trekt dat ze je aankijken. Hoelang heeft het geduurd voor je je zus weer naast je bed kon neerzetten?'

'Ik heb haar nooit weggehaald. Ik vind het fijn dat ze daar staat, vooral... zoals ze er altijd uitzag.' Hij legde zijn arm boven zijn hoofd. 'Ze was altijd heel direct tegen me. Een typische oudere zus. Als ik denk dat ik iets niet goed doe, kijk ik naar die foto en dan hoor ik haar zeggen: 'Sam, ouwe sukkel, doe het nou maar gewoon.' Hij draaide zijn gezicht naar me toe. 'En het is ook goed voor Jake dat hij haar nog zo ziet. Hij moet het gevoel hebben dat hij over haar kan praten.'

'Misschien hang ik er ook wel eentje op. Het is vast fijn voor Lily als er thuis foto's van haar vader hangen.'

De hennen liepen los en een paar meter verderop namen er een paar een zandbad; ze wapperden met hun veren en stonden te wiebelen, waarbij ze kleine stofwolken deden opstuiven. Het waren de bazige kastanjebruine kip, de schattige kip met de gevlekte kam en de kleine krielkip die elke avond uit een boom geplukt moest worden voor ze het hok weer in ging.

'Denk je dat ik haar een sms'je moet sturen? Om te vragen hoe het gaat?'

'Wie?'

'Lily?'

'Laat ze maar. Het komt echt wel goed.'

'Je hebt gelijk. Het is zo vreemd. Ik zat naar haar te kijken in dat restaurant en ze lijkt veel meer op hem dan ik eerst dacht. Ik denk dat mevrouw Traynor – Camilla – het ook zag. Ze keek steeds verbaasd bij Lily's maniertjes, alsof ze zich ineens herinnerde hoe Will was. Lily trok bijvoorbeeld een keer haar wenkbrauw op en we konden onze ogen niet van haar afhouden. Ze deed het precies zoals hij het altijd deed.'

'Wat wil je vanavond doen?'

'O… maakt me niet uit. Zeg jij maar.' Ik rekte me uit en voelde het gras in mijn nek kietelen. 'Misschien blijf ik wel gewoon hier liggen. Als jij dan op een gegeven moment voorzichtig boven op me valt, heb ik daar geen bezwaar tegen.'

Ik had gedacht dat hij zou moeten lachen, maar dat was niet zo.

'Dus… zullen we het dan… over ons hebben?'

'Ons?'

Hij trok een blaadje gras door zijn tanden. 'Ja, Ik dacht… nou ja, ik vroeg me af wat er volgens jou aan de hand is.'

'Het lijkt wel alsof je het over een wiskundig probleem hebt.'

'Ik wil alleen de misverstanden uit de weg ruimen, Lou.' Hij gooide de grasspriet weg en koos een nieuwe uit.

'Volgens mij zit het wel goed,' zei ik. 'Ik zal je er tenminste niet meer van beschuldigen dat je een kind hebt dat je verwaarloost. Of dat je achter denkbeeldige vrouwen aan zit.'

'Maar je houdt me nog wel op afstand.'

Hij zei het vriendelijk, maar het voelde als een klap.

Ik duwde me overeind op mijn elleboog, zodat ik op hem neerkeek. 'Ik ben hier nu toch? Jij bent de eerste die ik bel aan het eind van de dag. We zien elkaar als het maar even kan. Dat vind ik geen afstand houden.'

'Klopt. We spreken af, we hebben seks, en af en toe eten we lekker.'

'Ik dacht dat dat voor elke man de gedroomde relatie was.'
'Ik ben niet elke man, Lou.'

We staarden elkaar een minuut lang zwijgend aan. Mijn relaxte gevoel was verdwenen. Ik voelde me op het verkeerde been gezet, defensief.

Hij slaakte een zucht. 'Kijk niet zo. Ik wil niet trouwen of zo. Ik zeg alleen... ik heb nog nooit een vrouw ontmoet die zo weinig zin heeft om te praten over wat er aan de hand zou kunnen zijn.' Hij hield zijn hand boven zijn ogen en kneep ze een beetje dicht tegen de zon. 'En als je geen relatie wilt voor de lange termijn, dan is dat ook prima. Nou ja, dat is niet prima, maar ik wil gewoon graag weten wat jij denkt. Sinds Ellen is overleden, besef ik dat het leven maar kort is. Ik wil niet...'

'Wat wil je niet?'

'Ik wil geen tijd verdoen met iets wat nergens toe leidt.'

'*Tijd verdoen*?'

'Verkeerde woordkeus. Ik ben niet zo goed in dit soort dingen.' Hij kwam overeind.

'Waarom moet het ergens toe leiden? We hebben toch plezier samen? Waarom kunnen we het niet op zijn beloop laten en, weet ik veel, zien wat er gebeurt?'

'Omdat ik ook maar een mens ben. Oké? En het is moeilijk zat om met iemand te zijn die nog steeds verliefd is op een geest zonder dat diegene zich gedraagt alsof ze je alleen maar voor de seks gebruikt.' Hij sloeg zijn hand voor zijn ogen. 'Jezusmina, dat ik dat hardop zeg.'

Toen ik weer wat kon uitbrengen, brak mijn stem een beetje. 'Ik ben niet verliefd op een geest.'

Dit keer keek hij me niet aan. Hij wreef over zijn gezicht. 'Laat hem dan los, Lou.'

Hij stond moeizaam op, liep naar de treinwagon en liet mij daar zitten.

Lily kwam de volgende avond terug, een beetje verbrand door de zon. Ze liet zichzelf binnen en liep langs de kitchenette, waar ik bezig was om wasgoed uit de machine te halen en me voor de vijftiende keer af te vragen of ik Sam moest bellen, en plofte op de bank. Ik stond bij het aanrecht en keek naar haar terwijl ze haar voeten op de salontafel legde, de afstandsbediening oppakte en de televisie aanzette.

'En, hoe was het?' vroeg ik na even gewacht te hebben.

'Prima.'

Ik wachtte tot er meer kwam en zette me schrap voor het geval ze de afstandsbediening neer zou smijten, weg zou benen onder het mompelen van: 'Die familie is echt verschrikkelijk.' Maar ze begon gewoon te zappen.

'Wat hebben jullie gedaan?'

'Niet zo veel. Beetje gepraat. En in de tuin gewerkt.' Ze draaide zich om en liet haar kin rusten op haar handen, die op de rugleuning van de bank lagen. 'Hé Lou, hebben we nog van die muesli met nootjes? Ik heb honger.'

25

Praten we nog met elkaar?

Ja hoor. Wat wilde je zeggen dan?

Ik kijk weleens naar de levens van de mensen om me heen en dan vraag ik me af of we soms allemaal voorbestemd zijn om een spoor van vernielingen achter te laten. Niet alleen je vader en moeder maken je knettergek, zoals die dichter, Philip Larkin, beweert. Ik keek om me heen als iemand die ineens een nieuwe bril ophad, en zag dat bijna iedereen de brute afdrukken van liefde droeg, of het nu verloren of weggerukte liefde was, of liefde die in het graf verdwenen was.

Will had ons dat allemaal aangedaan, dat zag ik nu wel. Het was niet zijn bedoeling, maar toch had hij het gedaan door te weigeren om in leven te blijven.

Ik hield van een man die een wereld voor me had geopend, maar die niet genoeg van me had gehouden om op die wereld te willen blijven. En nu was ik zelf ook te bang om van een man te houden die misschien van mij zou kunnen houden voor het geval dat... Voor welk geval eigenlijk? Ik bleef erover malen in de stille uren als Lily zich had teruggetrokken naar de lichtgevende digitale afleiding in haar kamer.

Sam belde niet. Ik kon het hem niet kwalijk nemen. Wat had ik trouwens willen zeggen? De waarheid was dat ik niet wilde praten over wat we precies hadden, omdat ik het zelf niet wist.

Het punt was niet dat ik het niet heerlijk vond om bij hem te zijn. Ik vermoedde dat ik nogal belachelijk deed als ik bij hem was – ik ging raar lachen, maakte domme, puberale grappen en was zo hartstochtelijk dat ik mezelf verbaasde. Ik voelde me beter als hij er was, meer als degene die ik wilde zijn. Alles was meer. En toch.

En toch.

Als ik me aan Sam zou binden, zou dat alleen maar tot nog meer verlies leiden. Statistisch gezien liepen de meeste relaties slecht af, en gezien mijn geestelijke staat van de afgelopen twee jaar was de kans dat het bij mij *wel* goed zou aflopen heel erg klein. We konden eromheen leven, we konden ons in korte momenten verliezen, maar liefde betekende uiteindelijk meer pijn. Meer schade – aan mij, of erger, aan hem.

En wie was daar sterk genoeg voor?

Ik kon weer niet goed slapen. Dus sliep ik door mijn wekker heen, en ook al had ik over de snelweg gescheurd, ik kwam toch te laat aan op de verjaardag van mijn opa. Ter gelegenheid van zijn tachtigste verjaardag had mijn vader de partytent van stal gehaald die we voor de doop van Thomas hadden gebruikt. Het ding stond bemost en lusteloos te wapperen aan het eind van de tuin, waar een stoet buren door de openstaande deur trok die uitkwam op het steegje langs het huis om taart of hun beste wensen te brengen. Opa zat te midden van dit alles op een plastic tuinstoel te knikken naar mensen die hij niet meer herkende, met af en toe een verlangende blik op zijn opgevouwen *Racing Post.*

'Zeg, die promotie van je,' Treena had theecorvee en liep rond met een gigantische theepot en bekertjes, 'wat houdt dat precies in?'

'Nou, ik krijg een titel. Ik maak aan het eind van elke dienst de kas op, en ik krijg een eigen sleutelbos.'

'Dit is een hele verantwoordelijkheid, Louisa,' had Richard Percival gezegd toen hij me de bos met veel aplomb overhandigde. Alsof het de heilige graal was. Hij zei letterlijk: 'Spring er verstandig mee om.' Ik had nog willen zeggen: *Waar denk je dat ik een bosje barsleutels nog meer voor zou kunnen gebruiken dan? Om een akker mee te ploegen?*

'Geld?' Ze gaf mij ook een bekertje en ik nam een slok.

'Een pond per uur meer.'

'Hm.' Ze was niet onder de indruk.

'En ik hoef dat uniform niet meer te dragen.'

Ze monsterde de *Charlie's Angels*-achtige jumpsuit die ik die ochtend voor de gelegenheid had aangetrokken. 'Nou ja, dat is tenminste iets.' Ze wees mevrouw Laslow naar de sandwiches.

Wat kon ik er verder over zeggen? Het was werk. En in zekere zin ging ik erop vooruit. Ik vertelde haar niet over de dagen dat het als een vreemde vorm van marteling voelde om ergens te werken waar ik gedwongen werd om vliegtuigen over de startbaan te zien taxiën, hun energie te ballen als een grote vogel en zich vervolgens de lucht in te gooien. Ik vertelde ook niet dat ik elke ochtend als ik mijn groene poloshirt aantrok een gevoel van verlies had.

'Volgens ma heb je een vriendje.'

'Hij is niet echt mijn vriendje.'

'Dat zegt zij ook. Maar wat is hij dan wel? Duik je gewoon af en toe met een lelijkerd in bed?'

'Nee. We zijn goede vrienden.'

'Dus hij is echt spuuglelijk.'

'Nee, helemaal niet. Hij ziet er geweldig uit.'

'Maar wel heel beroerd in bed.'

'Hij is fantastisch. Jezus, Treen. Mag ik het gewoon even uitleggen, alsjeblieft? Ik vind hem heel leuk, maar ik weet niet of ik al klaar ben voor een relatie.'

'Vanwege die eindeloze stoet knappe, sexy vrijgezellen met een baan die je ook allemaal willen schaken?'

Ik keek haar kwaad aan.

'Ik zeg het maar. Een gegeven paard en zo.'

'Wanneer krijg je de uitslag van je tentamens?'

'Niet van onderwerp veranderen.' Ze zuchtte en trok een nieuw pak melk open. 'Over een paar weken.'

'Wat is er? Je krijgt natuurlijk gewoon heel hoge cijfers, dat weet je zelf ook wel.'

'Maar wat maakt het uit? Ik zit vast.'

Ik fronste.

'In Stortfold is geen werk, maar ik kan me de huren in Londen niet veroorloven, niet als ik ook nog opvang voor Thom moet regelen. En niemand krijgt een topsalaris als hij pas begint, al heb je nog zulke hoge cijfers.'

Ze schonk me nog een kop thee in. Ik wilde protesteren, zeggen dat ze ongelijk had, maar ik wist maar al te goed hoe moeilijk het was op de arbeidsmarkt. 'Wat ga je doen dan?'

'Voorlopig blijf ik hier, denk ik. Misschien ga ik forenzen. Hopelijk weerhoudt ma's feministische metamorfose haar er niet van om Thom van school te halen.' Ze lachte erbij, maar het was geen echte lach.

Ik had mijn zusje nog nooit down gezien. En zelfs al was ze het, dan ging ze altijd stug door, als een robot. Ze was een fel voorstander van 'Ga even een stukje lopen en hou op met zeuren' als medicijn tegen een depressie. Ik probeerde te bedenken wat ik moest zeggen, toen er ineens commotie was bij de tafel met eten. We keken op en zagen dat pa en ma ruziemaakten boven een chocoladetaart. Ze praatten met zo'n ingehouden, sissende stem die mensen altijd opzetten als ze niet willen dat anderen horen dat ze ruzie hebben maar toch willen blijven bekvechten.

'Ma? Pa? Alles in orde?' Ik liep naar hen toe.

Pa wees naar de tafel. 'Die taart is niet zelfgemaakt.'

'Wat?'

'Die taart. Die is niet zelfgemaakt. Kijk dan.'

Ik keek ernaar – een enorme chocoladetaart die uitbundig ingesmeerd was met glazuur, en versierd was met chocolaatjes en kaarsjes.

Ma schudde vermoeid haar hoofd. 'Ik moest nog een opstel schrijven.'

'Een opstel! Je zit toch niet op school! Je bakt altijd zelf taart voor opa.'

'Het is een prima taart. Van Waitrose. Papa vindt het niet erg dat ik hem niet zelf heb gebakken.'

'Dat vindt hij wel. Hij is jouw vader. Je vindt het wel erg, hè opa?'

Opa keek van de een naar de ander, en schudde zijn hoofd heel licht. Om ons heen vielen de gesprekken stil. Onze buren keken elkaar gespannen aan. Bernard en Josie Clark maakten nooit ruzie.

'Dat zegt hij alleen omdat hij jou niet wil kwetsen,' zei pa kwaad.

'Als hij er geen probleem mee heeft, waarom zou jij er dan in vredesnaam een probleem mee hebben, Bernard? Het is maar een chocoladetaart. Ik ben zijn verjaardag toch niet vergeten of zo?'

'Ik zou het gewoon prettig vinden als je je gezin op de eerste plaats stelde! Is dat nou echt te veel gevraagd, Josie? Eén zelfgemaakte taart?'

'Ik ben er toch! En er is een taart, met kaarsjes! En die vervloekte sandwiches! Ik lig toch niet op mijn kont op de Bahama's?' Ma zette haar stapel bordjes met een klap op de schragentafel en sloeg haar armen over elkaar.

Pa wilde weer iets zeggen, maar ze legde hem met een opgestoken hand het zwijgen op. 'En, Bernard, toegewijde familieman die je bent, wat heb jij hier precies allemaal aan bijgedragen, als ik vragen mag?'

'O-o...' Treena kwam een stap dichter bij me staan.

'Heb jij papa's nieuwe pyjama soms gekocht? Nou? Heb jij hem ingepakt? Nee. Je weet verdomme niet eens wat voor maat hij heeft. Je weet niet eens wat voor broekmaat je zelf hebt want IK KOOP JOUW BROEKEN VOOR JE. Ben jij vanochtend om zeven uur opgestaan om brood bij de bakker te halen omdat een of andere lummel gisteravond uit de pub kwam en twee keer boterhammen voor zichzelf ging roosteren en vervolgens de broodzak openliet zodat de rest helemaal hard geworden was? Nee. Jij zat op je kont de sportsectie te lezen. Je zit al weken tegen me te katten omdat ik het waag twintig procent van mijn eigen leven op te eisen, omdat ik probeer te kijken of ik nog iets anders met mijn leven kan voor er een eind aan komt, en ook al doe ik nog steeds al jouw was, zorg ik voor opa en doe ik de afwas, toch ga jij lopen mekkeren over een taart die in de winkel is gekocht. Nou, Bernard, die taart, die klaarblijkelijk het toonbeeld van onachtzaamheid en gebrek aan respect is, die mag je in je' – ze slaakte een kreet – 'in je... Weet je wat... Daar is de keuken, en daar staat de beslagkom. Doe je best!'

En daarop pakte mijn moeder de taart op, zette hem omgekeerd voor mijn vader op tafel, veegde haar handen af aan haar schort en beende de tuin door, het huis in.

Toen ze bij het terras kwam, bleef ze staan, trok de schort over haar hoofd en smeet hem op de grond. 'O ja! Treena? Ik zou je vader maar even laten zien waar de kookboeken staan. Hij woont hier namelijk pas achtentwintig jaar, dus dat weet hij nog niet.'

Opa's feestje was daarna snel afgelopen. De buren dropen fluisterend af en bedankten ons uitbundig voor het gezellige feestje, met schichtige blikken in de richting van de keuken. Ik zag dat ze al even verbijsterd waren als ik.

'Het broeit al weken,' mompelde Treena terwijl we de tafel afruimden. 'Hij voelt zich verwaarloosd. Zij begrijpt niet waarom hij het haar niet gunt dat ze zich een beetje ontwikkelt.'

Ik keek naar pa die mokkend servetjes en lege bierblikjes uit het gras viste. Hij zag er diep ongelukkig uit. Ik dacht aan mijn moeder in het hotel in Londen, blakend van nieuwe levenslust. 'Maar ze zijn oud! Dan horen ze al die relatieproblemen toch allang achter de rug te hebben!'

Mijn zusje trok haar wenkbrauwen op.

'Je denkt toch niet dat...'

'Natuurlijk niet,' zei Treena. Maar ze klonk helemaal niet zo overtuigd.

Ik hielp Treena met het opruimen van de keuken en speelde nog tien minuten Super Mario met Thom. Ma bleef in haar slaapkamer, zogenaamd om aan haar opstel te werken, en opa trok zich vrij opgelucht terug naar de betrouwbaardere troost die *Channel 4 Racing* hem te bieden had. Ik vroeg me af of pa weer naar de pub was, maar toen ik de voordeur uit stapte om naar huis te gaan, zat hij daar voor in zijn bestelbus.

Ik klopte op het raampje en hij schrok op. Ik deed het portier open en ging naast hem zitten. Ik dacht dat hij misschien naar de sportuitslagen zat te luisteren, maar de radio was stil.

Hij slaakte een diepe zucht. 'Je zult me wel een oude dwaas vinden.'

'Je bent geen oude dwaas, pa.' Ik gaf hem een porretje. 'Tenminste, je bent niet oud.'

We zaten er zwijgend bij en keken naar de jongens van Ellis die heen en weer raceten op hun fietsjes, en krompen allebei ineen toen de kleinste te hard slipte en zo naar de overkant van de straat schoof.

'Ik wil dat alles bij het oude blijft. Is dat dan te veel gevraagd?'

'Niks blijft ooit hetzelfde, pa.'

'Ik... ik mis mijn vrouw gewoon.' Hij klonk zo somber.

'Weet je, je zou het ook leuk kunnen vinden dat je met iemand getrouwd bent waar nog wat leven in zit. Ma is zo enthousiast. Ze heeft het gevoel alsof ze de wereld door nieuwe ogen ziet. Geef haar gewoon wat de ruimte.'

Zijn mond was vertrokken tot een grimmige streep.

'Ze is nog gewoon jouw vrouw, pa. Ze houdt van je.'

Toen keek hij me eindelijk aan. 'Wat nou als ze vindt dat ik juist geen leven heb? Wat nou als al die nieuwe dingen haar naar het hoofd stijgen en ze...' Hij slikte. 'Wat als ze bij me weggaat?'

Ik kneep in zijn hand. Toen bedacht ik me, neeg naar hem over en gaf hem een knuffel. 'Dat laat jij niet gebeuren.'

De flauwe glimlach die hij me schonk liet me de hele weg naar huis niet meer los.

Lily kwam binnen toen ik net weg moest naar de En Nu Verder-bijeenkomst. Ze was weer bij Camilla geweest en kwam, zoals tegenwoordig wel vaker gebeurde, met zwarte nagels van het tuinieren thuis. Ze hadden een hele nieuwe border aangelegd voor een van de buren, vertelde ze vrolijk, en die vrouw was zo blij dat ze Lily dertig pond had gegeven. 'Ze had ons ook nog een fles wijn gegeven, maar ik zei dat oma die maar moest houden.' Het viel me op hoe als vanzelfsprekend ze 'oma' zei.

'En, en ik heb Georgina gisteravond gesproken via Skype. Of nou ja, het was daar natuurlijk ochtend, want ze zit in Australië, maar het was heel leuk. Ze gaat me allerlei foto's mailen van toen zij en mijn vader klein waren. Ze zei dat ik heel erg op hem lijk. Ze is knap, joh. En ze heeft een hond die Jakob heet, en die jankt als ze pianospeelt.'

Ik zette een schaal met salade en wat brood en kaas op tafel voor Lily, die vrolijk doorkletste. Ik vroeg me af of ik moest vertellen dat Steven Traynor weer had gebeld, voor de vierde keer in evenzoveel weken, in de hoop haar te kunnen overhalen om naar de nieuwe baby te komen kijken. 'We zijn toch familie. En Della is een stuk relaxter over alles nu de baby veilig en wel geboren is.' Misschien was dat een gesprek voor een andere keer. Ik pakte mijn sleutels.

'O,' zei ze. 'Voor je gaat, ik ga weer terug naar school.'

'Wat?'

'Ik ga terug naar die school vlak bij oma. Weet je nog? Die kostschool waar ik je over vertelde? De enige school waar ik het *wel* leuk had? Daar ga ik heen, en ik slaap er alleen doordeweeks. Dan woon ik in het weekend bij oma.'

Ik had een blaadje overgeslagen met de dressing. 'O.'

'Sorry. Ik had het nog willen zeggen. Maar het ging allemaal zo snel. Ik had het erover, en toen heeft oma op goed geluk met de school gebeld en daar zeiden ze dat ik welkom was, en raad eens – mijn vriendin Holly zit er ook nog steeds! Ik heb haar gesproken op Facebook, en ze zei dat ze niet kon wachten tot ik weer terugkwam. Ik bedoel, ik heb haar natuurlijk niet verteld wat er allemaal is gebeurd, en ik denk ook niet dat ik dat doe, maar het was wel heel leuk. Zij kende me voor het allemaal misging. Ze is gewoon… oké, snap je?'

Ik luisterde naar haar levendige geklets en vocht tegen het gevoel dat ze me als een soort overtollige huid van zich af had geschud. 'En wanneer gaat dit allemaal gebeuren?'

'Nou, ik moet er zijn als het schooljaar begint, in september. Oma zei dat ik dan maar het beste snel bij haar in kon trekken. Volgende week misschien?'

'Volgende week?' Het voelde als een klap. 'Wat – wat vindt je moeder hiervan?'

'Die is gewoon blij dat ik weer naar school ga, vooral gezien het feit dat oma betaalt. Ze moest de school het een en ander uitleggen over mijn vorige school en dat ik geen examen heb gedaan, en je kunt wel merken dat ze oma niet zo mag, maar ze zei dat ze het prima vond. "Als jij daar gelukkig van wordt, Lily. En ik hoop van harte dat je je oma niet zo behandelt als je alle anderen hebt behandeld."'

Ze giechelde om haar eigen imitatie van Tanya. 'Ik keek oma even aan toen ze dat zei, en die trok haar wenkbrauwen een heel klein beetje op, maar het was wel duidelijk wat ze dacht. Heb ik al verteld dat ze haar haar heeft geverfd? Een soort kastanjebruin. Ze ziet er goed uit, nu. Minder als een kankerpatiënt.'

'Lily!'

'Geeft niks, ze moest er zelf om lachen toen ik dat tegen haar zei.' Ze glimlachte bij zichzelf. 'Mijn vader zei ook zulke dingen.'

'Nou,' stamelde ik, toen ik weer iets kon zeggen, 'zo te horen heb je het allemaal goed voor elkaar.'

Ze keek me ineens aan. 'Nou zeg.'

'Sorry. Maar... ik zal je gewoon missen.'

Ineens begon ze te stralen. 'Welnee, je gaat me helemaal niet missen, gek, want ik kom nog steeds logeren in de vakanties en zo. Ik ga echt niet de hele tijd tussen die oude mensen in Oxfordshire zitten, want dan word ik knettergek. Maar het is wel leuk. Ze is... Ze voelt gewoon als familie. Het is helemaal niet ongemakkelijk. Dat dacht ik eerst wel, maar het is niet zo. Hé, Lou...' Ze knuffelde me uitbundig. 'Jij blijft gewoon mijn vriendin. Je bent eigenlijk een soort grote zus.'

Ik beantwoordde haar knuffel en probeerde te blijven lachen.

'En trouwens, jij hebt ook je privacy nodig.' Ze maakte zich los en haalde een stukje kauwgom uit haar mond, dat ze behoedzaam in een stukje papier vouwde. 'Het was tamelijk weerzinwekkend om te moeten horen hoe jij en die Lekkere Ambulanceman tekeergingen aan de andere kant van de gang.'

Lily gaat weg.

Waarnaartoe?

Bij haar oma wonen. Het voelt vreemd. Ze is zo gelukkig. Sorry. Het is niet mijn bedoeling om het alweer over iets Will-achtigs te hebben, maar ik weet niet met wie ik dit anders moet bespreken.

Lily pakte haar tas en haalde opgewekt alles uit de logeerkamer wat erop wees dat ze daar ooit was geweest, los van de Kandinskyposter en het kampeerbed, een stapel modetijdschriften en een lege deodorantspuitbus. Ik zette haar af bij het station, luisterde naar haar eindeloze gekwek en probeerde er niet zo verslagen uit te zien als ik me voelde. Camilla Traynor zou haar aan het andere eind van de rit opwachten.

'Kom langs! We hebben mijn kamer heel leuk ingericht. En bij de buren staat een paard waar ik van de boer op mag rijden. O, en er is een superleuke pub.'

Ze keek op naar het bord met vertrektijden, en sprong op en neer toen ze de tijd zag. 'Shit. Mijn trein. Oké. Waar is perron elf?' Ze begon snel tussen de mensen door te rennen, met haar weekendtas over haar schouder. Haar benen leken lang in haar zwarte panty. Ik stond daar als aan de grond genageld en keek naar na. Haar passen werden steeds langer.

Ineens draaide ze zich om en toen ze mij bij de ingang zag staan, zwaaide ze, met een brede glimlach en haar dat om haar gezicht blies. 'Hé Lou!' riep ze. 'Wat ik nog wilde zeggen: verdergaan met je leven wil niet zeggen dat je niet genoeg van mijn vader hield. Ik weet zeker dat hij dat zelf ook zou zeggen.'

En toen was ze weg, opgeslokt door de drukte.

Haar lach leek precies op de zijne.

Ze is nooit jouw kind geweest, Lou.

Dat weet ik ook wel. Maar het punt is dat ze me een doel gaf.

Er is maar één iemand die je een doel kan geven.

Ik liet die woorden even op me inwerken.

Kunnen we afspreken? Alsjeblieft?

Ik heb vanavond dienst.

Kom anders na afloop bij mij langs?

Misschien later deze week. Ik bel je nog.

Het zat hem in dat 'misschien'. Dat had iets definitiefs, iets van een deur die langzaam dichtging. Ik staarde naar mijn telefoon terwijl de forenzen om me heen zwermden en in mij sloeg ook iets om. Ik kon nu naar huis gaan om te treuren over al weer een verlies, of ik kon deze onverwachte vrijheid omarmen. Het was alsof er een licht aangegaan was: de enige manier om te voorkomen dat je je achtergelaten voelde, was om zelf in beweging te komen.

Ik ging naar huis, zette een kop koffie en staarde naar de grijze muur. Toen haalde ik mijn laptop erbij.

Beste meneer Gopnik,

Mijn naam is Louisa Clark en vorige maand was u zo vriendelijk om mij een baan aan te bieden, die ik toen moest afslaan. Ik begrijp dat de functie inmiddels vergeven is, maar als ik u dit niet schrijf, zal ik daar eeuwig spijt van hebben.

Ik wilde de baan ontzettend graag. Als het kind van mijn voormalige werkgever niet bij me aangeklopt had omdat ze in nood was, had ik onmiddellijk ja gezegd. Ik wil haar niet de schuld geven van mijn beslissing, want het was een voorrecht om haar te helpen om haar leven weer op de rit te krijgen, maar ik wilde u graag laten weten dat ik echt hoop dat u weer contact opneemt, mocht u ooit nog eens iemand nodig hebben.

Ik weet dat u drukbezet bent, dus ik zal het kort houden, maar ik wilde u dit graag laten weten.

Hartelijke groet,
Louisa Clark

Ik wist niet precies wat ik deed, maar ik *deed* tenminste iets. Ik drukte op 'verzenden', en dankzij dat piepkleine actietje voelde ik me ineens ontzettend doelgericht. Ik holde naar de badkamer en zette de douche aan. Ik trok mijn kleren uit en struikelde over mijn broekspijpen in mijn haast om ze uit te krijgen en onder het warme water te stappen. Ik zeepte mijn haren in en begon plannen te smeden. Ik zou naar het ambulancestation gaan, en dan zou ik Sam opzoeken en ik zou –

Er werd aangebeld. Ik vloekte en greep een handdoek.

'Ik ben er klaar mee,' zei mijn moeder.

Het duurde even voor het tot me doordrong dat ze daar echt stond, met een reistas in de hand. Ik sloeg mijn handdoek om me heen, terwijl het water van mijn haar op de vloerbedekking drupte. 'Waarmee?'

Ze stapte naar binnen en deed de voordeur achter zich dicht. 'Met je vader. Hij doet niet anders dan mopperen op alles wat ik doe. Alsof ik een soort sloerie bent alleen maar omdat ik ook eens wat tijd voor mezelf wil. Dus ik heb tegen hem gezegd dat ik hier een poosje ga logeren, voor een soort time-out.'

'Een time-out?'

'Louisa, je hebt geen idee. Al dat gezanik en gevit. Ik kan niet eeuwig blijven doen wat ik altijd deed, snap je? Iedereen om me heen verandert. Waarom mag ik dan niet ook eens wat anders?'

Het was alsof ik midden in een gesprek terechtkwam dat al een uur aan de gang was. In een bar. Na sluitingstijd.

'Toen ik met die cursus feministische bewustwording begon, vond ik het grotendeels nogal overdreven. De patriarchale overheersing van de man over de vrouw? Al dan niet onbewust? Nou, de werkelijkheid is nog een heel stuk erger. Je vader ziet me gewoon niet als een mens, die kijkt alleen maar naar wat ik op tafel zet of in bed presteer.'

'Eh...'

'O. Te veel informatie?'

'Misschien iets te veel.'

'Laten we theezetten, dan kunnen we het erover hebben.' Mijn moeder liep langs me de keuken in. 'Nou, dit ziet er zo een stuk beter uit. Zeg, waar zijn je theezakjes?'

Mijn moeder zat op de bank en terwijl haar thee koud werd, hoorde ik haar gefrustreerde klaagzang aan en probeerde ik niet aan de tijd te denken. Sam zou over een halfuur aan zijn dienst beginnen. Het kostte me twintig minuten om bij het ambulancestation te komen.

Maar steeds zwol mijn moeders stem aan en hield ze haar handen tegen haar hoofd aan, en dan wist ik dat ik niet weg kon.

'Weet je wel hoe verstikkend het is als je te verstaan gegeven wordt dat er voor jou nooit iets kan veranderen? Voor de rest van je leven? Omdat toch niemand je wil? Weet je wel hoe verschrikkelijk het is om zo vast te zitten?'

Ik knikte driftig. Dat wist ik. Dat wist ik maar al te goed. 'Ik geloof niet dat pa wil dat jij je zo voelt – maar luister, ik –'

'Ik heb zelf geopperd dat hij ook een cursus kan gaan volgen op de avondschool. Iets wat hij leuk vindt om te doen – antiek restaureren, of tekenen of zo. Ik vind het echt niet erg als hij tussen de naaktmodellen zit! Ik had gedacht dat we ons samen konden ontwikkelen! Zo'n soort echtgenote probeer ik te zijn, het soort echtgenote dat het niet eens erg vindt dat haar man naar naaktmodellen kijkt, als het omwille van de cultuur is... Maar het enige wat hij zegt is: "Wat moet ik daar?" Het is verdomme net of hij in de menopauze zit. En dan dat gezeur over dat ik mijn benen niet scheer! Allemachtig. Hij is zo hypocriet. Weet je wel hoe lang zijn neushaar is, Louisa?'

'N-nee.'

'Dat zal ik je dan eens vertellen. Hij zou er zijn bord mee schoon kunnen vegen. Ik ben al vijftien jaar degene die tegen de kapper moet zeggen dat ze hem daar ook moet trimmen, wist je dat? Alsof hij een kind is. En vind ik dat een probleem? Nee! Want zo is hij nu eenmaal. Hij is een mens! Met neushaar en al! Maar als ik het waag om niet zo glad als babybilletjes te zijn doet hij net of ik Chewbacca ben!'

Het was tien voor zes. Sam zou om halfzeven op pad gaan. Ik zuchtte en trok mijn handdoek om me heen.

'Dus... eh... hoelang had je gedacht te blijven?'

'Nou, dat weet ik nog niet.' Ze nam een slok van haar thee. 'We hebben geregeld dat de maaltijdservice opa elke dag zijn lunch komt brengen, dus ik hoef er echt niet de hele tijd te zijn. Misschien blijf ik wel een paar dagen. De vorige keer was het toch hartstikke gezellig samen? We kunnen morgen wel op bezoek bij Maria, op haar toilet. Zou dat niet leuk zijn?'

'Enig.'

'Goed. Zeg, ik maak het logeerbed even op. Waar staat dat eigenlijk?'

We waren net opgestaan toen er weer aangebeld werd. Ik deed de deur open en verwachtte een verdwaalde pizzakoerier, maar het waren Treena en Thom en achter hen, met zijn handen in zijn broekzakken als een recalcitrante puber, mijn vader.

Mij keek ze niet eens aan. Ze liep regelrecht naar binnen. 'Ma, dit slaat nergens op. Je kunt niet zomaar bij pa weglopen. Hoe oud ben je eigenlijk? Veertien?'

'Ik loop niet weg, Treena. Ik geef mezelf een adempauze.'

'Nou, we blijven hier zitten totdat jullie deze onzin uitgepraat hebben. Wist je dat hij in zijn busje slaapt, Lou?'

'Wat? Dat heb je me helemaal niet verteld.' Ik draaide me om naar mijn moeder.

Ze stak haar kin in de lucht. 'Je hebt me de kans helemaal niet gegeven, met al je geklets.'

Pa en ma keken elkaar niet aan.

'Ik heb je vader helemaal niets te zeggen op dit moment,' zei ma.

'Zitten,' zei Treena. 'Allebei.' Ze schuifelden zwijgend naar de bank en wierpen elkaar blikken vol wrok toe. Toen wendde ze zich tot mij: 'Oké. Laten we theezetten. En dan gaan we dit als gezin uitpraten.'

'Geweldig idee!' zei ik, want ik zag mijn kans schoon. 'Er staat melk in de ijskast. Thee staat daar. Jullie komen er wel uit. Ik moet even een halfuurtje weg.' En voor iemand me kon tegenhouden, trok ik snel een spijkerbroek aan en holde mijn huis uit met mijn autosleutels.

Ik zag hem al voor ik de auto de parkeerplaats van het ambulancestation op draaide. Hij liep met flinke passen op zijn wagen af, zijn tas over zijn schouder geslagen, en binnen in me voelde ik iets een sprongetje maken. Ik kende die goddelijke vastigheid van dat lichaam, de zachte rondingen van dat gezicht. Hij draaide zich om en liep aarzelend verder, alsof ik wel de laatste was die hij daar had verwacht te zien. Toen draaide hij zich weer om naar de ambulance en gooide de achterdeuren open.

Ik liep naar hem toe over het asfalt. 'Kunnen we praten?'

Hij tilde een zuurstoffles op alsof het een bus haarlak was en zette hem in zijn houder. 'Natuurlijk. Een andere keer, alleen. Ik moet nu op weg.'

'Het kan niet wachten.'

Hij vertrok geen spier maar bukte om een pakje gaas op te rapen. 'Luister. Ik wilde je alleen uitleggen... waar we het over hadden. Ik vind je leuk. Echt heel leuk. Ik ben alleen... Ik ben gewoon bang.'

'Bang zijn we allemaal, Lou.'

'Jij bent nergens bang voor.'

'Ja. Dat ben ik wel. Het valt jou alleen niet op.'

Hij staarde naar zijn schoenen. En toen zag hij dat Donna op hem af kwam rennen. 'O shit, we moeten gaan.'

Ik sprong achter in de ambulance. 'Ik ga mee. Dan neem ik wel een taxi naar huis vanaf waar jullie naartoe gaan.'

'Nee.'

'Ah, kom op. Alsjeblieft.'

'Zodat ik nog meer ellende met de baas krijg?'

'Code rood twee, er is een steekpartij gemeld, een jongeman.' Donna gooide haar eigen tas achter in de wagen.

'We moeten weg, Louisa.'

Ik was hem kwijt. Ik kon het voelen aan de toon van zijn stem en het feit dat hij me niet in de ogen keek. Ik stapte uit en vervloekte het feit dat ik te laat was gekomen. Maar Donna pakte me bij de elleboog en nam me mee naar voren. 'In godsnaam,' zei ze terwijl Sam zijn mond opendeed om te protesteren. 'Je loopt de hele week al rond als een beer met koppijn. Praat dit nou toch gewoon uit. We zetten haar wel af voor we er zijn.'

Sam liep snel naar de bijrijderskant en deed de deur open, met een snelle blik achterom naar het kantoortje van zijn baas. 'Ze zou een geweldige relatietherapeut zijn,' zijn stem verhardde, 'als wij tenminste een relatie hadden.'

Ik liet het me geen twee keer zeggen. Sam ging achter het stuur zitten en keek me aan alsof hij iets wilde zeggen maar zich toen bedacht. Donna begon de materialen uit te zoeken. Hij startte de auto en zette het zwaailicht aan.

'Waar gaan we naartoe?'

'*We* gaan naar de wijk waar de steekpartij was. Ongeveer zeven minuten rijden, met zwaailicht en sirene. *Jij* gaat naar de hoofdstraat, twee minuten van Kingsbury.'

'Dus ik heb vijf minuten?'

'En een heel eind lopen voor de boeg.'

'Oké,' zei ik. En toen we wegstoven, drong het tot me door dat ik geen idee had wat ik wilde zeggen.

26

'Dit is het punt,' zei ik. Sam gaf richting aan en draaide de weg op. Ik moest schreeuwen, omdat de sirene zo hard was.

Hij had zijn aandacht bij de weg en keek even op de computeruitdraai op het dashboard. 'Wat hebben we, Don?'

'Mogelijke steekpartij. Twee meldingen. Jongeman is onwel geworden in portiek.'

'Is dit wel zo'n goed moment om te praten?'

'Dat hangt ervan af wat je te zeggen hebt.'

'Het punt is niet dat ik geen relatie wil,' zei ik. 'Ik ben alleen zo in de war.'

'Iedereen is in de war,' zei Donna. 'Elke vent waar ik mee uitga begint de date met de mededeling dat hij het moeilijk vindt om mensen te vertrouwen.' Ze keek Sam aan. 'O. Sorry. Ik ben er niet.'

Sam bleef recht voor zich uit kijken. 'Het ene moment noem je me een eikel omdat je denkt dat ik het met andere vrouwen doe, het volgende moment hou je me op afstand omdat je nog zo aan iemand anders denkt. Het is mij te –'

'Will is er niet meer. Dat weet ik wel. Maar ik kan er niet zomaar in springen zoals jij, Sam. Ik heb het gevoel dat ik net weer een beetje opkrabbel nadat ik een hele poos… ik weet niet… nogal in de prak zat.'

‘Ik weet dat je in de prak zat. Die prak is me niet ontgaan.’

‘Als er al een probleem is, is het dat ik je te leuk vind. Ik vind je zo leuk dat ik weer zo in de prak zou zitten als het fout zou lopen. En ik weet niet of ik daar wel sterk genoeg voor ben.’

‘Waarom zou het mislopen?’

‘Misschien word je me wel zat. Misschien bedenk je je. Je bent een knappe vent. Misschien valt er wel een andere vrouw van een dak boven op je, en misschien bevalt je dat wel. Of je wordt ziek. Of je wordt van je sokken gereden op je motor.’

‘ETA twee minuten,’ zei Donna met een blik op de navigatie. ‘Ik luister niet, ik zweer het.’

‘Dat geldt toch voor iedereen. Nou en? Dus dan blijven we maar binnen en doen we nooit meer iets, voor het geval iemand een ongeluk krijgt? Dat is toch geen leven?’ Hij zwenkte naar links, zodat ik me aan mijn stoel vast moest houden.

‘Ik ben nog steeds een donut, oké!’ zei ik. ‘En ik wil een bolletje zijn. Echt. Maar ik ben nu nog een donut.’

‘Jezus, Lou! We zijn allemaal donuts! Denk je nou echt dat ik kon toekijken terwijl mijn zusje door de kanker wegteerde zonder dat mijn hart brak, niet alleen om haar, maar ook om haar zoon? Denk je dat ik niet weet hoe dat voelt? Er is maar één goede reactie op, en dat weet ik omdat ik het elke dag zie. Je *leeft*. En je stort jezelf overal op en probeert niet stil te staan bij de blauwe plekken.’

‘Ja, mooi hoor,’ zei Donna knikkend.

‘Ik doe mijn *best*, Sam. Je hebt geen idee hoe ver ik al ben.’

En toen waren we er. Het bord dat de wijk Kingsbury aangaf doemde voor ons op. We reden een enorme poort door, langs een parkeerplaats, een verduisterde binnenplaats op, waar Sam parkeerde en zachtjes vloekte. ‘Verdomme. We hadden je moeten afzetten.’

‘Ik wilde niet storen,’ zei Donna.

‘Ik wacht hier tot je terug bent.’ Ik sloeg mijn armen over elkaar.

‘Het heeft geen zin.’ Sam sprong uit de bestuurdersstoel en greep zijn tas. ‘Ik ga me niet in allerlei bochten wringen om jou over te halen om mijn vriendin te worden. Verdomme. Er hangen geen bordjes meer. Hij kan wel overal zijn.’

Ik staarde naar het onheilspellende roodbakstenen gebouw. Er waren waarschijnlijk twintig portieken in de flat en geen van die portieken zou je in willen zonder een heel grote bodyguard.

Donna schoot haar jas aan. 'Toen ik hier de vorige keer was – hartaanval – hadden we pas bij de vierde flat het juiste huis te pakken, maar die portiek zat op slot. Toen moesten we een conciërge zien te vinden om hem open te doen, voor we naar binnen konden met de mobiele unit. Tegen de tijd dat we bij de juiste flat waren, was de patiënt overleden.'

'Twee schietpartijen tussen bendes hier, de afgelopen maand.'

'Zal ik een politie-escorte bellen?' vroeg Donna.

'Nee, geen tijd.'

Het was vreemd stil, ook al was het nog niet eens acht uur 's avonds. Deze flatgebouwen lagen in een deel van de stad waar een paar jaar geleden nog kinderen op fietsjes rondreden, stiekem sigaretjes rookten of de meisjes nafloten tot laat op de avond. Tegenwoordig hadden de bewoners al ver voor de avond viel hun deuren dubbel op slot gedraaid en voor de ramen zaten decoratieve metalen tralies. De helft van de straatlantaarns was kapotgeschoten, en de andere helft flikkerde, alsof ze niet zeker wisten of het wel veilig was om te schijnen.

Sam en Donna stonden inmiddels buiten de wagen en spraken op fluistertoon. Donna deed mijn portier open, stak haar arm naar binnen en gaf me een fluorescerend jack. 'Oké. Aandoen en meekomen. Hij vindt het niet veilig om je hier alleen te laten.'

'Waarom kon hij dat niet –'

'Allemachtig! Hou eens op jullie! Luister, ik ga deze kant op en jij gaat met hem daarheen. Oké?'

Ik gaapte haar aan.

'En dan regelen jullie het straks maar.' Ze beende weg, met haar walkietalkie ruisend in haar hand.

Ik liep vlak achter Sam terwijl we een betonnen pad afliepen, eerste de ene richting op, en toen de andere.

'Savernake House,' mompelde hij. 'Hoe moeten we in godsnaam weten welke flat Savernake House is?' De radio sputterde. 'Centrale, help eens. Er hangen hier geen bordjes op de gebouwen en we hebben geen idee waar de patiënt is.'

'Sorry,' zei de stem verontschuldigend. 'Op onze kaart staan geen namen van de gebouwen.'

'Zal ik die kant op gaan?' vroeg ik, voor me uit wijzend. 'Dan hebben we drie van die paden gehad. Ik heb mijn telefoon bij me.' We bleven staan bij een portiek dat naar urine stonk en waar de vettige lucht van afhaalmaaltijden hing. De paden lagen in de schaduw en alleen uit het verstomde geluid van een televisie dat hier en daar achter een raam te horen viel, bleek dat er diep in elk gebouw nog leven was. Ik had commotie verwacht, een soort trilling in de lucht die ons naar de gewonde zou leiden. Maar het was hier griezelig stil.

'Nee. Je blijft bij me.'

Ik zag dat hij er nerveus van werd dat ik erbij was. Ik vroeg me af of ik niet beter gewoon weg kon gaan, maar ik durfde niet alleen.

Aan het eind van het pad bleef Sam staan. Hij draaide zich om, schudde zijn hoofd en klemde zijn lippen op elkaar. Donna's stem klonk krakerig over de radio: 'Hier niks te zien.' En toen hoorden we iemand schreeuwen.

'Daar,' zei ik, op het geluid afgaand. Aan de andere kant van de binnenplaats, in de schemering, zagen we een gehurkte figuur, een lichaam op de grond onder het licht van de lantaarnpaal.

'Daar gaan we,' zei Sam, en we begonnen te rennen.

Snel was waar het in zijn werk om draaide, had hij me eens verteld. Het was een van de eerste dingen die je leerde als ambulancemedewerker – het verschil dat een paar seconden kunnen maken voor iemands overlevingskansen. Als de patiënt heftig bloedde, of een hersenbloeding of hartaanval had gehad, konden het die kritieke seconden zijn waarin zijn leven gered kon worden. We schoten samen over de betonnen paden, over de stinkende, groezelige traptreden, en we vlogen over het verdorde grasveld naar de liggende figuur.

Donna was al bij haar.

'Een meisje.' Sam liet zijn tas vallen. 'Ik weet zeker dat ze het over een man hadden.'

Terwijl Donna controleerde of ze gewond was, riep hij de centrale op.

'Klopt. Jonge man, tegen de twintig, Afro-Caribisch uiterlijk,' zei degene die de oproep beantwoordde.

Sam klikte zijn radio uit. 'Ze hebben het vast verkeerd begrepen. Het is soms verdomme net een fluisterspelletje.'

Ze was een jaar of zestien, met keurig ingevlochten haar, haar armen en benen lagen gespreid alsof ze net gevallen was. Ze lag er wonderlijk vredig bij. Ik vroeg me en passant af of ik er ook zo uit had gezien toen hij me vond.

'Kan je me horen, lieverd?'

Ze verroerde zich niet. Hij controleerde haar pupillen, haar pols, haar luchtwegen. Ze ademde, en er was geen duidelijk spoor van een verwonding. Toch leek ze helemaal niet te reageren. Hij controleerde haar nog een keer en staarde naar zijn apparatuur.

'Leeft ze?'

Sams blik zocht die van Donna. Hij kwam overeind en keek nadenkend om zich heen. Hij staarde omhoog naar de ramen van het flatgebouw. Die keken ons aan als lege, onvriendelijke ogen. Toen gebaarde hij ons om erbij te komen. 'Er klopt hier iets niet. Luister, ik ga nu haar bewustzijn testen. Als ik daarmee bezig ben wil ik dat jullie naar de wagen teruggaan en de motor aanzetten. Als dit is wat ik denk dat het is, moeten we hier weg.'

'Hinderlaag?' mompelde Donna, en haar blik gleed naar een punt achter mij.

'Kan. Of iets met de bendes. Ze hadden een locatieonderzoek voor ons moeten doen. Ik weet zeker dat dit de plek is waar Andy Gibson die schietpartij had.'

Ik probeerde rustig te klinken. 'Wat is dat voor een bewustzijnstest?'

'Ik til haar hand boven haar hoofd en dan laat ik hem boven haar gezicht vallen. Als ze dit speelt, verplaatst ze haar hand, want dan wil ze niet dat hij in haar gezicht valt. Dat kan niet anders. Het is een reflex. Maar als er iemand naar ons zit te kijken, wil ik niet dat hij weet dat we het doorhebben. Dus Louisa, jij doet alsof je nog wat spullen gaat halen, oké? Ik doe de test zodra jij me hebt ge-sms't dat je bij de wagen bent. Als er iemand bij staat, niet achter het stuur stappen. Dan draai je je weer om en kom je meteen terug naar mij. Donna, pak je tas en sta klaar. Loop maar achter haar aan. Als ze twee man tegelijk zien vertrekken, ruiken ze lont.'

Hij gaf me de sleutels. Ik pakte een tas op alsof hij van mij was en liep in stevige pas richting de ambulance. Ik was me ineens bewust van onzichtbare mensen die ons vanuit de schaduwen in de gaten hielden; mijn hartslag bonsde in mijn oren. Ik probeerde mijn gezicht zo uitdrukkingsloos mogelijk te houden en me zo doelgericht mogelijk te gedragen.

Het stuk lopen over het echoënde pad voelde gruwelijk lang. Toen ik bij de wagen was slaakte ik een zucht van opluchting. Ik pakte de sleutels, deed het portier open, en terwijl ik in wilde stappen, riep een stem vanuit het donker: 'Mevrouw.' Ik keek achter me. Niks te zien. 'Mevrouw.'

Een jonge jongen verscheen vanachter een betonnen zuil, met achter hem nog een jongen, die zijn capuchon over zijn hoofd had getrokken zodat je zijn gezicht niet goed kon zien. Ik deed een stap in de richting van de ambulance en mijn hart sloeg als een bezetene. 'Er is politie onderweg,' zei ik, en ik probeerde zo rustig mogelijk te klinken. 'En we hebben geen drugs in de wagen, oké?'

'Mevrouw. Hij ligt bij de vuilnisbakken. Ze willen niet dat u hem vindt. Hij bloedt heel erg, mevrouw. Daarom ligt Emeka's nichtje daar te doen alsof ze wat heeft. Om jullie allemaal af te leiden. Zodat jullie weer weggaan.'

'Wat? Wat bedoel je?'

'Hij ligt bij de vuilnisbakken. U moet hem helpen, mevrouw.'

'Wat? Waar zijn die vuilnisbakken?'

Maar de jongen keek schichtig achterom, en toen ik me weer omdraaide om het hem nog een keer te vragen, waren ze alweer in de schaduw verdwenen.

Ik keek om me heen en probeerde te bepalen wat hij bedoelde. En toen zag ik het, bij de garages in de buurt – het uitstekende randje van een felgroene kunststof vuilcontainer. Ik liep voorzichtig langs het donkere pad, uit het zicht van de grote binnenplaats, tot ik een open ingang zag naar de plek waar de vuilnis werd verzameld. Ik holde ernaartoe, en daar, achter die groene container, lagen twee benen in een trainingsbroek die doorweekt was van het bloed. Zijn bovenlijf lag ineengezakt tussen de vuilcontainers en ik hurkte bij hem neer. De jongen draaide zijn hoofd om en kreunde zachtjes.

'Hallo, kan je me horen?'

'Ze hebben me te pakken gehad.'

Er droop bloed uit twee wonden in zijn benen. 'Ze hebben me te pakken gehad...'

Ik pakte mijn telefoon en belde Sam, zachtjes en dringend. 'Ik ben bij de vuilnisbakken, rechts van je. Kom alsjeblieft snel.'

Ik kon zien dat hij langzaam om zich heen keek tot hij me zag. Twee oudere mensen, barmhartige samaritanen uit een ander tijdperk, waren bij hem komen staan. Ik zag dat ze hem van alles vroegen over het gevallen meisje, met van bezorgdheid vertrokken gezichten. Hij legde voorzichtig een deken over het fakende nichtje, vroeg hen om bij haar te blijven en liep toen snel met zijn tas in de richting van de ambulance, alsof hij nog meer spullen wilde gaan halen. Donna was verdwenen.

Ik deed de tas open die ze me hadden gegeven en trok een pakje gaas open, dat ik over het been van de jongen legde, maar er was zo ontzettend veel bloed. 'Oké, er komt zo iemand die je gaat helpen. We hebben je zo in de ambulance.' Ik klonk als iemand uit een foute film. Ik had geen idee wat ik verder moest zeggen. *Schiet nou op, Sam.*

'Ik moet hier weg,' kreunde de jongen. Ik legde mijn hand op zijn arm en probeerde hem rustig te houden. *Kom nou, Sam. Waar blijf je nou, verdomme?* Ineens hoorde ik de motor van de ambulance starten, en daar reed hij achteruit op me af, best snel, en de motor piepte protesterend. Hij kwam met een schok tot stilstand en Donna sprong eruit. Ze holde op me af en gooide de achterdeuren open. 'Help me om hem erin te tillen,' zei ze. 'We moeten hier weg.'

Er was geen tijd voor de brancard. Ergens boven me hoorde ik geschreeuw, allerlei voetstappen. We ondersteunden de jongen tot bij de ambulance en schoven hem toen naar binnen. Donna smeet de deuren achter hem dicht en ik holde naar voren met bonzend hart, stapte razendsnel in en deed de portieren op slot. Nu zag ik ze, de bende mannen die vanaf de bovenste verdieping op ons af kwamen lopen, met in hun handen – wat? Pistolen? Messen? Ik voelde iets vanbinnen vloeibaar worden. Ik keek uit het raam. Sam liep over het veld, met zijn gezicht omhoog: hij had ze ook gezien.

Donna zag het voor hij het zelf zag: het pistool in de hand van de man. Ze vloekte hard en zette de ambulance met kracht in zijn achteruit, stuurde hem om de garage en reed recht naar het grasveld waar Sam nog steeds op ons af liep. Ik zag zijn groene uniform steeds groter worden in de zijspiegel.

'Sam!' gilde ik uit het raam.

Hij keek even naar mij en keek toen weer op naar de mannen. 'Blijf van die ambulance af,' riep hij naar de mannen boven het gejank van de achteruitrijdende ambulance uit. 'Donder op, ja? We doen gewoon ons werk.'

'Niet nu, Sam. Niet nu,' zei Donna zachtjes.

De mannen bleven rennen en keken alsof ze probeerden te bepalen wat de snelste weg was, genadeloos voortbewegend, als een golf. Eentje sprong soepel over een muur en rende met gemak een trap af. Ik wilde daar zo graag weg, dat ik me helemaal slap voelde.

Maar Sam bleef op ze af lopen, met opgestoken handen, de palmen naar voren. 'Laat die ambulance nou met rust, jongens, oké? We zijn hier alleen om te helpen.' Zijn stem klonk rustig en gezaghebbend, en verried niets van de angst die ik voelde. En toen zag ik door de achterruit dat de mannen hun pas vertraagden. Ze liepen, renden niet meer. Ergens dacht ik: *O, goddank*. De jongen lag nog steeds achter ons te kreunen.

'Klaar,' zei Donna, achteromkijkend. 'Kom *op*, Sam. Kom de auto in. Kom nu hierheen. Dan kunnen we –'

Pang.

Het geluid sneed door de lucht, versterkt door de lege ruimte zodat ik even het gevoel had alsof mijn hele hoofd opzwol en samentrok met het geluid. En toen, te snel –

Pang.

Ik slaakte een kreet.

'*Godverd–*' gilde Donna.

'We moeten hier weg, man!' schreeuwde de jongen.

Ik keek achterom en dwong Sam in gedachten om in te stappen. *Toe nou, alsjeblieft*. Maar Sam was weg. Nee, niet weg. Er lag iets op de grond. Een fluorescerend jack. Een groene vlek op het grijze beton.

Alles kwam tot stilstand.

Nee, dacht ik. *Nee*.

De ambulance stopte met gierende banden. Toen sprong Donna eruit, en ik rende achter haar aan. Sam lag er roerloos bij en er was bloed, zo ontzettend veel bloed, in een steeds groter wordende poel om hem heen. In de verte zochten de twee oudjes op stramme benen een veilig heenkomen achter hun deur en het meisje dat zogenaamd gewond was sprintte over het gras met de snelheid van een atlete. De mannen bleven op ons afkomen, over het hogergelegen pad. Ik proefde een metaalsmaak in mijn mond.

'Lou! Pak hem vast!' We sleurden Sam naar de achterkant van de ambulance. Hij was loodzwaar, alsof hij zich expres verzette. Ik trok hijgend aan zijn kraag, zijn oksels. Zijn gezicht was krijtwit, met enorme zwarte schaduwen onder zijn halfgesloten ogen, alsof hij al honderd jaar niet had geslapen. Zijn bloed op mijn huid. Waarom wist ik niet hoe warm bloed is? Donna was al in de wagen en stond aan hem te trekken, en we duwden, trokken, met een snik in mijn keel terwijl ik aan zijn armen en benen sjorde. 'Help me!' riep ik, alsof er iemand was die te hulp kon springen. 'Help me!'

En toen was hij binnen, met zijn been in een verkeerde hoek, en de deuren werden achter me dichtgeslagen.

Beng! Er landde iets op het dak van de wagen. Ik gilde en dook ineen. Een deel van me dacht afwezig: *Was dit het? Ga ik zo dood, in mijn lelijke spijkerbroek, terwijl mijn ouders een paar kilometer verderop met mijn zusje zitten te bekvechten over verjaardagstaarten?* De jongen op de brancard gilde met een stem die schril klonk van angst. Toen schoot de ambulance naar voren en stuurde rechtsaf terwijl de mannen ons van links belaagden. Ik zag een opgestoken hand en dacht dat ik een schot hoorde. Ik dook weer instinctief ineen.

'Goddomme!' vloekte Donna en ze week nog een keer uit.

Ik stak mijn hoofd omhoog. Ik kon de uitgang zien. Donna gaf een felle ruk naar links, toen weer naar rechts, en de wagen scheurde bijna op twee wielen de hoek om. De zijspiegel raakte een auto. Iemand dook op ons af, maar Donna gaf nog een keer een slinger aan het stuur en reed door. Ik hoorde het bonken van een boze vuist op de zijkant van de ambulance. En toen reden we op de weg, en vertraagden de jonge mannen hun pas tot een woedend, verslagen joggen terwijl ze ons nakeken.

'*Jezus.*'

Donna deed het zwaailicht aan en informeerde het ziekenhuis via de radio, woorden die ik niet kon verstaan door het gebonk in mijn oren. Ik hield Sams gezicht vast, grauw en bedekt met een fijn waas, zijn ogen glazig. Hij maakte geen enkel geluid.

'Wat moet ik doen?' riep ik naar Donna. 'Wat moet ik *doen*?'

Met piepende banden nam ze een rotonde en haar hoofd draaide even mijn kant op. 'Je moet de wond zoeken. Wat zie je?'

'Het is zijn buik. Er zit een gat in. Twee gaten. Het bloedt verschrikkelijk. O mijn god, zo veel bloed.' Mijn handen werden rood en glanzend. Ik ademde in korte stootjes en was heel even bang dat ik flauw zou vallen.

'Je moet kalm blijven, Louisa. Oké? Ademt hij nog? Voel je een hartslag?'

Ik controleerde het en voelde iets vanbinnen inzakken van opluchting. 'Ja.'

'Ik moet doorrijden. We zijn te dichtbij. Leg zijn voeten omhoog. Duw zijn knieën op. Hou het bloed dicht bij zijn borst. En zorg dat zijn shirt open is. Scheur het maar kapot. Zorg dat je de wond kan zien. Kan je die voor me omschrijven?'

Zijn buik, die warm en glad en solide tegen de mijne aan gelegen had, was nu een rode, gapende puinhoop. Er ontsnapte een snik uit mijn keel. 'O god...'

'Nu niet in paniek raken, Louisa. Hoor je me? We zijn er bijna. Je moet druk op de wond zetten. Kom op, je kunt dit wel. Gebruik gaas uit de tas, zo'n grote. Als je er maar voor zorgt dat hij niet leegbloedt. Oké?'

Ze draaide zich weer om naar de weg en reed via de verkeerde kant een straat met eenrichtingsverkeer in. De jongen op de brancard vloekte zachtjes en was inmiddels opgegaan in zijn eigen pijn. Voor ons weken auto's gehoorzaam uit, als golven die uiteengingen op het asfalt. Die sirene, de hele tijd die sirene.

'Ambulancemedewerker neergeschoten! Ik herhaal: ambulancemedewerker neergeschoten! Schotwond in de buik!' gilde Donna in de radio. 'ETA drie minuten! We hebben een reanimatiekar nodig!'

Met trillende handen pakte ik het verband uit, scheurde Sams shirt open en zette me schrap terwijl de ambulance door bochten scheurde. Niet te geloven dat dit de man was met wie ik nog geen kwartier geleden ruzie had gemaakt. Hoe was het mogelijk dat zo'n solide iemand voor mijn ogen aan het verdwijnen was?

'Sam? Hoor je me?' Ik zat nu op mijn knieën over hem heen gebogen, terwijl mijn spijkerbroek donkerrood optrok. Hij deed zijn ogen dicht. Toen hij ze weer opende, leek het of hij naar een punt in een verre verte staarde. Ik bracht mijn gezicht omlaag zodat ik recht in zijn blikveld was en een seconde lang vonden zijn ogen de mijne en zag ik een flikkering van wat herkenning zou kunnen zijn.

Ik pakte zijn hand, zoals hij ooit mijn hand had vastgehouden, in een andere ambulance, een miljoen jaar geleden. 'Het komt goed, hoor je me? Het komt goed met je.'

Niets. Hij leek mijn stem niet eens te registreren.

'Sam? Sam, kijk me aan.'

Niets.

Daar zat ik, in die kamer in Zwitserland, en Wills gezicht wendde zich van me af. Ik raakte hem kwijt.

'Nee. Waag het niet.' Ik legde mijn gezicht tegen het zijne en mijn woorden vielen in zijn oren. 'Sam. Je blijft bij me, hoor je me?' Ik hield mijn hand op het verband, mijn lichaam hing boven het zijne, trillend van het geschud van de ambulance. Ik hoorde iemand snikken en realiseerde me dat ik het zelf was. Ik draaide zijn gezicht met één hand naar me toe en dwong hem om me aan te kijken. 'Blijf bij me! Hoor je me? Sam? *Sam! Sam!*' Ik was nog nooit zo bang geweest. Dat verstillen van zijn blik, de natte warmte van zijn bloed, een vloedgolf.

Een deur die dichtging.

'*Sam!*'

De ambulance was gestopt.

Donna sprong achterin. Ze scheurde een doorzichtige plastic zak open, trok er medicijnen uit, wit verband, een injectienaald, en ze spoot iets in Sams arm. Met trillende handen sloot ze hem aan op een infuus en legde een zuurstofmasker over zijn gezicht. Ik hoorde buiten iets piepen. Ik trilde hevig. 'Blijf zitten!' beval ze toen ik aan de kant wilde kruipen. 'Blijf druk uitoefenen. Heel goed – goed zo. Je doet het geweldig.' Ze bracht haar gezicht naar het zijne. 'Kom op, man. Kom op, Sam. We zijn er bijna.' Ik hoorde sirenes terwijl ze doorwerkte en doorpraatte, haar handen snel en vaardig bezig met de apparatuur, voortdurend in beweging. 'Het komt goed, ouwe gabber. Hou nou maar gewoon even vol, ja?' De monitor flikkerde groen en zwart. Piepende geluiden.

Toen gingen de deuren weer open en stroomde de ambulance

vol met fel neonlicht, en er waren verpleegkundigen, groene uniformen, witte jassen. De klagende, vloekende jongen werd uit de wagen getild, en toen Sam. Voorzichtig werd hij bij me weggehaald. Er stroomde bloed op de vloer van de ambulance en toen ik op wilde staan gleed ik uit en moest ik een hand uitsteken om me staande te houden. Hij maakte een rode afdruk.

Hun stemmen verdwenen. Ik zag een flits van Donna's gezicht, wit van spanning. Een geblafte instructie: 'Meteen naar de ok!' Ik bleef achter tussen de deuren van de ambulance en keek hen na terwijl ze met hem wegrenden, hun laarzen stampend over het asfalt. De deuren van het ziekenhuis gingen open en slokten hem op, en toen ze weer dichtgingen was ik alleen op de stille parkeerplaats.

27

De uren die je doorbrengt op een stoeltje in het ziekenhuis hebben iets vreemd elastisch. Ik had nauwelijks gemerkt hoe ze voorbijgleden toen ik op Will zat te wachten tijdens zijn controles; ik had tijdschriften gelezen, sms'jes getypt, was naar beneden gewandeld voor veel te sterke ziekenhuiskoffie uit het veel te dure ziekenhuiswinkeltje en had me zorgen gemaakt over de hoge parkeerkosten. Gekreund om hoelang dit soort afspraken duurden, zonder het echt te menen.

Nu zat ik op een voorgevormd plastic stoeltje, mijn gedachten verdoofd, mijn blik gefixeerd op een muur, en ik had geen idee hoelang ik daar al zat. Ik kon niet nadenken. Ik kon niets voelen. Ik bestond alleen: ik, de plastic stoel, het piepende linoleum onder mijn bebloede gympen.

De tl-buizen boven me waren een schrille constante en verlichtten de verpleegkundigen die met snelle passen voorbijliepen en me nauwelijks een blik waardig keurden. Een poosje nadat ik binnengekomen was, was er eentje zo vriendelijk om me naar een toilet te brengen zodat ik mijn handen kon wassen, maar ik zag Sams bloed nog steeds in mijn roestkleurige nagelriemen, en het herinnerde me aan die afschuwelijke gebeurtenis van nog maar zo kort geleden. Deeltjes van hem in delen van mij. Delen van hem die daar niet zouden moeten zijn.

Als ik mijn ogen sloot hoorde ik de stemmen, de harde *pets* van de kogel die het dak van de ambulance raakte, de echo van het schot, de sirene, de sirene, de sirene. Ik zag zijn gezicht, het korte moment waarin hij me had aangekeken en er niets meer was – geen angst, niets behalve misschien een vage verwondering over het feit dat hij daar zelf op de grond lag zonder zich te kunnen bewegen.

En ik zag steeds maar weer die wonden, die geen keurige kleine gaatjes waren, zoals de schotwonden in films, maar levende, pulserende dingen, die het bloed uitstootten alsof ze kwaadaardig probeerden om hem de das om te doen.

Ik zat bewegingloos op die plastic stoel omdat ik niet wist wat ik anders moest doen. Ergens aan het eind van die gang waren de operatiekamers. Daar was hij nu. Hij leefde of hij was dood. Hij werd naar een of andere afdeling gereden, omringd door opgeluchte collega's die elkaar high fives gaven, of iemand trok het groene laken over zijn –

Mijn hoofd zonk in mijn handen en ik luisterde naar mijn ademhaling, in en uit. In en uit. Mijn lichaam rook vreemd: naar bloed en antiseptisch middel en iets zuurs dat was blijven hangen van de intense angst. Af en toe zag ik mijn handen trillen, maar ik wist niet of het door een lage bloedsuikerspiegel kwam of door de uitputting, en het idee om op zoek te gaan naar iets eetbaars was me nu veel te veel. Ik was niet in staat me te bewegen.

Mijn zus had me al een poos geleden ge-sms't.

Waar hang je uit? We gaan pizza eten. Ze praten, maar ik heb je hier nodig als de Verenigde Naties.

Ik had niet gereageerd. Ik had geen idee wat ik zou moeten zeggen.

Hij heeft het weer over haar behaarde benen. Kom nou alsjeblieft. Dit kon weleens verkeerd aflopen. Ze kan akelig goed mikken met een bal deeg.

Ik deed mijn ogen weer dicht en probeerde me te herinneren hoe het voelde, een week geleden, in het gras naast Sam, zijn benen zo veel langer dan de mijne, de geruststellende geur van zijn warme shirt, het lage geronk van zijn stem, de zon op mijn gezicht. Zijn gezicht dat hij af en toe naar me omdraaide voor een zoen en zijn tevreden blik na elke kus. Hoe hij liep, een beetje vooroverhellend en toch met zijn gewicht precies in het midden, de meest solide man die ik ooit had ontmoet – alsof niets hem omver kon krijgen.

Ik voelde mijn mobiel trillen in mijn zak en las het bericht van mijn zus.

Waar ben je? Ma begint zich zorgen te maken.

Ik keek hoe laat het was: 22.48 uur. Ik kon niet geloven dat ik dezelfde persoon was als degene die die ochtend was opgestaan en Lily naar het station had gebracht. Ik leunde achterover in de stoel, dacht even na en typte toen mijn bericht.

Ik ben in het City Hospital. Er is een ongeluk gebeurd. Met mij is alles goed. Ik kom naar huis zodra ik weet

zodra ik weet

Mijn vinger bleef boven de toetsen hangen. Ik knipperde met mijn ogen en drukte op ‘verzenden’.

En toen deed ik mijn ogen dicht en begon te bidden.

Ik schrok op van het geluid van de klapdeuren. Mijn moeder liep met snelle passen de gang in, in haar nette jas, haar armen al uitgestrekt.

‘Wat is er in godsnaam gebeurd?’ Treena liep vlak achter haar, Thom met zich meeslepend. Hij had zijn pyjama al aan en droeg er zijn parka overheen. ‘Ma wilde niet zonder pa gaan en ik had geen zin om alleen achter te blijven.’ Thom keek me slaperig aan en zwaaide met een klam handje.

‘We hadden geen idee wat er met je aan de hand was!’ Ma ging naast me zitten en bestudeerde mijn gezicht. ‘Waarom heb je niks gezegd?’

‘Wat is er gebeurd?’

‘Sam is neergeschoten.’

'Neergeschoten? Je ambulanceman?'

'Met een pistool?' vroeg Treena.

Toen pas zag mijn moeder mijn spijkerbroek. Vol ongeloof staarde ze naar de rode vlekken en ze draaide zich stom geslagen om naar mijn vader.

'Ik was bij hem.'

Ze drukte haar handen voor haar mond. 'Is met jou alles goed?' En toen, toen ze zag dat het antwoord ja was, lichamelijk tenminste: 'En... met hem?'

Daar stonden ze, met zijn vieren, hun gezichten bevroren van schok en bezorgdheid. Ik was onbeschrijfelijk opgelucht dat ze er waren. 'Ik weet het niet,' zei ik en toen mijn vader naar voren stapte om me in zijn armen te nemen, begon ik te huilen.

We bleven een paar jaar op die plastic stoeltjes zitten, mijn familie en ik. Heel lang, in elk geval. Thom viel op Treena's schoot in slaap. Zijn gezicht zag er bleekjes uit in het tl-licht en hij hield zijn sleetse knuffelkat in het zachte holletje tussen zijn nek en kin gedrukt. Pa en ma zaten elk aan een kant van me en hielden de hele tijd mijn hand vast, of streken langs mijn wang en zeiden dat het wel goed zou komen. Ik leunde tegen mijn vader aan en liet mijn tranen stilletjes rollen, terwijl mijn moeder mijn gezicht afveegde met haar eeuwige schone witte zakdoek. Af en toe ging ze op verkenning door het ziekenhuis, op zoek naar iets warms te drinken.

'Dat had ze een jaar geleden nooit in haar eentje gedaan,' zei mijn vader toen ze voor het eerst verdween. Ik wist niet of hij het bewonderend bedoelde of dat het hem speet.

We zeiden weinig. Er viel niets te zeggen. De woorden speelden door mijn hoofd als een mantra – *Hij moet het redden. Hij moet het redden. Hij moet het redden.*

Dat is wat een ramp doet: alle franje en ruis verdwijnen, al het 'wil ik dit wel' en 'maar wat nou als'. Ik wilde Sam. Ik wist het met bijtende zekerheid. Ik wilde zijn armen om me heen voelen, hem horen praten, en met hem in zijn ambulance zitten. Ik wilde dat hij een salade voor me maakte met dingen uit zijn tuin en ik wilde zijn warme, blote borst regelmatig op en neer voelen gaan onder mijn arm terwijl hij sliep. Waarom had ik hem dat nou niet kunnen vertellen? Waarom had ik zo veel tijd verspild met me zorgen maken over dingen die er niet toe deden?

En toen, terwijl mijn moeder aan het eind van de gang door de deuren kwam met een kartonnen houdertje en vier bekers thee, gingen ook de deuren naar de operatiezalen open en kwam Donna naar buiten, haar uniform nog onder het bloed. Ze haalde haar handen door haar haar. Ik stond op. Ze bleef voor ons staan met een ernstig gezicht en roodomrande, uitgeputte ogen. Ik was even bang dat ik flauw zou vallen. Haar ogen zochten de mijne. 'Zo taai als ouwe schoenzolen die man.'

Terwijl ik onwillekeurig snikte, raakte ze mijn arm aan. 'Je hebt het goed gedaan, Lou,' zei ze, en ze slaakte een lange, beverige zucht. 'Je hebt het vanavond goed gedaan.'

Hij bleef die nacht op de intensive care en werd de volgende ochtend naar een mediumcareafdeling overgebracht. Donna belde zijn ouders en zei dat ze eerst wat zou gaan slapen en dan langs zijn huis zou rijden om zijn dieren te voeren. Iets na middernacht gingen we samen bij hem kijken, maar hij sliep, nog altijd asgrauw, met een zuurstofmasker op dat bijna zijn hele gezicht bedekte. Ik wilde dichter bij hem zijn, maar durfde hem niet aan te raken omdat hij aan zo veel draden en slangetjes en monitors vastzat.

'Komt het echt goed met hem?'

Ze knikte. Een verpleegster liep zachtjes om het bed heen, bekeek de metertjes en nam zijn pols op.

'We hadden mazzel dat het een ouder type pistool was. Veel van die kids kunnen tegenwoordig aan semiautomatische geweren komen. Dan was hij er geweest.' Ze wreef in haar ogen. 'Het zal wel op het nieuws komen als er niks anders gebeurt. Hoewel een andere ploeg gisteravond naar de moord op een moeder en haar baby moest, op Athena Road, dus dit is eigenlijk al geen nieuws meer.'

Ik rukte mijn blik los van hem en keek haar aan. 'Ga je door?'

'Of ik doorga?'

'Op de ambulance?'

Ze trok een gezicht alsof ze de vraag niet begreep. 'Natuurlijk. Dit is mijn vak.' Ze gaf me een klopje op mijn schouder en liep naar de deur. 'Ga maar wat slapen, Lou. Hij wordt toch pas morgenochtend wakker. Hij bestaat op dit moment voor zo'n zevenentachtig procent uit fentanyl.'

Mijn ouders zaten te wachten toen ik de gang weer in kwam. Ze zeiden niets. Ik knikte even. Pa pakte me bij de arm en ma klopte me op de rug. 'Kom schat, dan brengen we je naar huis,' zei ze. 'En dan trekken we je wat schoons aan.'

Kennelijk is er een bepaalde toon die een werkgever aanslaat als hij een paar maanden geleden moest aanhoren dat je van de vijfde verdieping van een gebouw was gevallen, en die je nu weer hoort vragen of je een dienst kan ruilen omdat een man die misschien – maar misschien ook niet – je vriend is twee keer in zijn buik is geschoten.

'Je... Hij... Wat?'

'Hij is twee keer in zijn buik geschoten. Hij ligt niet meer op de intensive care, maar ik zou er vanochtend graag bij zijn als hij bijkomt. Dus ik vroeg me af of ik een dienst met jou kon ruilen.'

Het bleef even stil.

'Aha... Eh. Oké.' Hij aarzelde. 'Is hij serieus neergeschoten? Met een echt pistool?'

'Je mag de gaten komen inspecteren als je wilt.' Mijn stem was zo kalm dat ik er bijna door in de lach schoot.

We bespraken wat logistieke details – telefoontjes die gepleegd moesten worden, een bezoek van het hoofdkantoor, en voor ik ophing, bleef Richard even stil. Toen vroeg hij: 'Louisa, is jouw leven altijd... zo?'

Ik dacht aan degene die ik nog maar tweeënhalf jaar geleden was geweest, met dagen die af te meten waren aan de kleine afstand tussen het huis van mijn vader en moeder en het café waar ik werkte; de vaste dinsdagavondroutine van kijken naar Patrick die ging hardlopen of eten met mijn ouders. Ik keek omlaag naar de vuilniszak in de hoek, waar nu mijn bebloede gympen in lagen. 'Momenteel wel, ja. Maar ik zie het zelf graag als een fase.'

Na het ontbijt vertrokken mijn ouders naar huis. Mijn moeder wilde niet gaan, maar ik verzekerde haar dat het geen enkel probleem was en dat ik niet wist waar ik de komende dagen zou zijn, dus dat het toch geen zin had als ze zou blijven. Ik herinnerde haar er ook aan dat opa de vorige keer dat hij langer dan vierentwintig uur alleen was, twee potten frambozenjam en een blikje gecondenseerde melk soldaat gemaakt had in plaats van echte maaltijden.

'Maar jij redt het dus wel.' Ze legde haar hand tegen de zijkant van mijn gezicht en deed alsof het geen vraag was, hoewel dat het duidelijk wel was.

'Mam, het gaat prima.'

Ze schudde haar hoofd en pakte haar tas. 'Ik weet het niet, Louisa. Je zoekt ze wel uit.'

Ze was ontdaan toen ik in de lach schoot. Het kwam misschien door een restantje shock. Maar zelf mag ik graag geloven dat *dat* het moment was waarop ik besefte dat ik nergens meer bang voor was.

Ik douchte, probeerde niet te letten op het roze water dat van mijn benen stroomde, waste mijn haar, kocht het minst verlepte bosje bloemen dat ik kon vinden bij Samir en zorgde dat ik voor tien uur in het ziekenhuis was. Sams ouders waren een paar uur eerder gearriveerd, vertelde de verpleegster me terwijl ze me naar de kamer bracht. Ze waren nu naar de treinwagon met Jake en Jakes vader om Sams spullen te halen.

'Hij was nog niet erg bij zijn positieven toen zij er waren, maar inmiddels is hij een stuk helderder,' zei ze. 'Dat is niet ongebruikelijk als mensen net geopereerd zijn. Sommige mensen veren sneller terug dan anderen.'

Ik vertraagde mijn pas toen we in de buurt van de deur waren. Ik kon hem door het glas zien liggen, met zijn ogen dicht, precies zoals gisteravond, en zijn hand, die aan allerlei monitoren verbonden was, roerloos langs zijn lichaam. Hij had een stoppelbaard en hij was nog wel heel bleek, maar hij leek weer wat meer op zichzelf.

'Je weet zeker dat ik naar binnen kan?'

'Jij bent toch Louise? Hij vroeg al naar je.' Ze glimlachte en trok haar neus op. 'Als je hem beu bent geef je maar een seintje, want ik vind het een geweldige vent.'

Ik duwde de deur langzaam open en hij opende zijn ogen, en draaide zijn gezicht een stukje. Toen keek hij me aan, alsof hij me in zich opnam, en ik werd wee van opluchting.

'Sommige mensen doen ook alles om een groter litteken te hebben dan ik.' Ik deed de deur achter me dicht.

'Ja, nou ja.' Zijn stem klonk raspend. 'Ik heb nu wel genoeg van dat spelletje.' Hij glimlachte vermoeid.

Ik stond daar maar en verplaatste mijn gewicht van de ene voet op de andere. Ik vond ziekenhuizen verschrikkelijk. Ik had er alles voor over om er nooit meer naar binnen te hoeven.

'Kom eens hier.'

Ik legde de bloemen op tafel en liep naar hem toe. Hij bewoog zijn arm en gebaarde dat ik naast hem op bed moest komen zitten. Dat deed ik, en omdat het niet goed voelde om op hem neer te kijken, ging ik liggen, heel voorzichtig, bang dat er een slangetje lossprong, bang om hem pijn te doen. Ik legde mijn hoofd op zijn schouder en voelde het prettige gewicht van zijn hoofd op het mijne leunen. Zijn onderarm kwam omhoog en haakte me voorzichtig tegen hem aan. Zo lagen we even in stilte te luisteren naar het zachte geschuifel van de schoenen van de verpleegkundigen op de gang, verre gesprekken.

'Ik dacht dat je dood was,' fluisterde ik.

'Kennelijk heeft een fantastische vrouw die helemaal niet achter in de ambulance hoorde te zitten ervoor gezorgd dat ik niet al mijn bloed verloor.'

'Wat een vrouw.'

'Vind ik wel.'

Ik deed mijn ogen dicht en voelde de warmte van zijn huid tegen mijn wang, de onaangename geur van chemisch desinfecteermiddel die van zijn lijf sloeg. Ik dacht helemaal nergens aan. Ik liet mezelf gewoon in het moment zijn, het intense, intense genot om daar naast hem te liggen, zijn gewicht naast me te voelen, de ruimte die hij innam in de atmosfeer. Ik verlegde mijn hoofd, kuste de zachte huid aan de binnenkant van zijn arm en voelde zachtjes zijn vingers door mijn haar glijden.

'Ik was heel bang om jou, Sam de Ambulanceman.'

Het bleef lang stil. Ik kon hem de miljoenen dingen horen denken die hij liever niet hardop zei.

'Ik ben blij dat je er bent,' zei hij uiteindelijk.

We bleven nog een poosje zo liggen, in stilte. En toen de zuster binnenkwam en fronste omdat ik zo dicht op al die belangrijke slangetjes en draadjes lag, stapte ik met tegenzin van het bed af en volgde gehoorzaam haar bevel op om wat te gaan ontbijten terwijl zij haar medische dingen deed. Ik kuste hem een beetje verlegen, en toen ik over zijn haar streek zag ik hem schuin opkijken en zag ik iets van wat ik voor hem betekende. Ik was er dankbaar om. 'Ik kom na mijn dienst weer terug,' zei ik.

'Misschien kom je mijn ouders nog tegen.' Het klonk als een waarschuwing.

'Prima,' zei ik. 'Dan zal ik mijn T-shirt met FUCK DA POLICE erop maar niet aandoen.'

Hij lachte, maar trok toen een grimas, alsof het lachen hem pijn deed.

Terwijl de verpleegkundigen met hem bezig waren, deed ik de dingetjes die mensen doen aan het bed van een patiënt als ze gewoon een excuus zoeken om te blijven hangen; ik legde wat fruit voor hem neer, gooide een tissue weg, schikte een stapeltje tijdschriften waarvan ik wist dat hij ze toch niet zou lezen. En toen was het tijd om te gaan. Ik was al bij de deur toen hij begon te praten. 'Ik kon je horen.'

Mijn hand lag al op de deurkruk, klaar om de deur open te duwen. Ik keerde me om.

'Gisteravond. Toen ik lag leeg te bloeden. Ik kon je horen.'

We keken elkaar strak aan. En op dat moment werd alles anders. Ik zag wat ik had gedaan. Ik zag dat ik iemands centrum kon zijn, iemands reden om te blijven bestaan. Ik zag dat ik genoeg kon zijn. Ik liep terug, nam Sams gezicht in mijn handen en kuste hem hevig terwijl mijn tranen ongecontroleerd op zijn gezicht vielen, en hij me met zijn arm stevig tegen zich aan drukte en mijn kus beantwoordde. Ik drukte mijn wang tegen de zijne, half lachend, half huilend, me niet bewust van de zusters, me van niets anders bewust dan van deze man. En toen draaide ik me eindelijk om en liep naar beneden, waar ik mijn gezicht afveegde, lachend om mijn tranen, de nieuwsgierige gezichten van de mensen die ik passeerde negerend.

Het was een prachtige dag, zelfs daar onder de tl-balken. Buiten zongen de vogels, een nieuwe dag was aangebroken, mensen leefden en groeiden en werden beter en verheugden zich op het ouder worden.

Ik kocht een kop koffie en at een veel te zoete muffin; het waren de lekkerste dingen die ik ooit had geproefd. Ik stuurde sms'jes aan mijn ouders, aan Treena, aan Richard, die ik meldde dat ik zo naar mijn werk kwam. En ik stuurde Lily een berichtje:

> Ik dacht, misschien wil je weten dat Sam in het ziekenhuis ligt. Hij is neergeschoten, maar het gaat nu goed met hem. Ik weet zeker dat hij het geweldig zou vinden als je hem een kaartje stuurt. Of anders een sms, als je het druk hebt.

Het antwoord kwam binnen een paar seconden. Ik glimlachte. Hoe was het mogelijk dat meisjes van die leeftijd zo snel typten, terwijl ze verder alles zo langzaam deden?

> OMG. Ik vertelde het net aan de meiden en nu vinden ze me supercool. Maar serieus, doe hem mijn hartelijke groeten. Als je me zijn gegevens sms't, stuur ik hem na school een kaartje. O, en het spijt me dat ik toen in mijn onderbroek rondliep waar hij bij was. Ik bedoelde er niks ranzigs mee. Hoop dat jullie heel gelukkig zijn samen. Xxx

Ik wachtte niet met mijn antwoord. Ik keek naar het restaurant van het ziekenhuis en de schuifelende patiënten en de felblauwe lucht die zichtbaar was door het glazen dak, en mijn vingers vlogen over de toetsen nog voor ik wist wat ik eigenlijk zei.

> Dat ben ik.

28

Jake stond in het voorportaal te wachten toen ik aankwam bij de En Nu Verder-bijeenkomst. Het regende keihard, zware wolken met de kleur van hei, waar plotseling een onweersbui uit was gaan vallen die de goten deed overstromen en me in de tien seconden die het duurde om over de parkeerplaats te rennen had doorweekt.

'Ga je niet naar binnen? Het is zulk smerig –'

Hij deed een stap naar voren en zijn slungelige armen namen me in een snelle, verlegen omhelzing toen ik bij de deur was.

'O!' Ik tilde mijn handen op, want ik wilde hem niet ook natmaken.

Hij liet me los en deed een stap naar achteren. 'Donna heeft ons verteld wat je hebt gedaan. En ik – nou ja – ik wilde je gewoon bedanken.'

Zijn ogen stonden gespannen en hij had kringen onder zijn ogen, dus ik besefte hoe het de afgelopen dagen voor hem moest zijn geweest, zo snel na het verlies van zijn moeder.

'Hij is een taaie,' zei ik.

'Hij is verdomme net teflon,' zei hij, en we lachten ongemakkelijk, zoals Britse mensen altijd doen als ze heftig geëmotioneerd zijn.

Tijdens de bijeenkomst was Jake opvallend spraakzaam, over het feit dat zijn vriendin niet begreep wat rouw voor hem is. 'Ze snapt niet dat er ochtenden zijn dat ik in bed wil blijven, met de dekens over me heen. Of waarom ik een beetje in paniek raak over dingen die gebeuren met mensen waar ik van hou. Haar is letterlijk nog nooit iets ergs overkomen. Nog nooit. Zelfs haar konijn leeft nog gewoon, en die is al negen of zo.'

'Ik denk dat rouw mensen snel verveelt,' zei Natasha. 'Het is net alsof je een bepaalde stilzwijgende periode krijgt – een maand of zes – en dat ze dan lichtelijk geïrriteerd raken dat je er nog steeds niet "bovenop" bent. Alsof je voor je lol in je verdriet blijft hangen.'

'Inderdaad!' Er werd instemmend gemompeld door de hele kring.

'Ik denk weleens dat het gemakkelijker zou zijn als we nog weduwedracht aan moesten,' zei Daphne. 'Dan kon iedereen meteen zien dat je nog in de rouw was.'

'Misschien een soort bordje om je nek, met verschillende kleurcodes. Dat je eerst een jaar een zwart bordje draagt, en dan een donkerpaarse of zo,' zei Leanne.

Natasha grinnikte. 'En dan zo door tot een geel bordje als je weer echt gelukkig bent.'

'O nee. Geel staat me helemaal niet.' Daphne glimlachte voorzichtig. 'Dus dan zal ik toch altijd een beetje verdrietig moeten blijven.'

Ik luisterde in de bedompte kerkzaal naar hun verhalen – de voorzichtige stapjes voorwaarts over kleine emotionele obstakels. Fred was lid geworden van een bowlingvereniging en was blij dat hij weer een reden had om op dinsdagavond het huis uit te kunnen zonder het over zijn overleden vrouw te moeten hebben. Sunil had ingestemd met het voorstel van zijn moeder om hem voor te stellen aan een verre nicht uit Eltham. 'Ik ben niet zo voor een gearrangeerd huwelijk, maar eerlijk gezegd heb ik weinig succes met de andere manieren om een vrouw te vinden. Dus ik hou mezelf maar voor dat mijn moeder me echt niet aan een of ander vreselijk mens gaat koppelen.'

'Ik vind het een geweldig idee,' zei Daphne. 'Mijn moeder had waarschijnlijk allang gezien dat mijn Alan van de verkeerde kant was. Ze had zo veel mensenkennis.'

Het was alsof ik van buitenaf naar hen keek. Ik lachte om hun grapjes, kromp ineen om hun verhalen over tranen op ongewenste momenten of misplaatste opmerkingen. Maar wat me duidelijk werd toen ik daar op mijn kunststof stoeltje zat en mijn oploskoffie dronk, was dat ik het gevoel had dat ik aan de andere kant stond. Ik was een brug overgegaan. Hun strijd was niet meer de mijne. Niet dat ik ooit zou stoppen met rouwen om Will, of met van hem houden, of hem missen, maar mijn leven was op de een of andere manier weer in de tegenwoordige tijd terechtgekomen. En ook al zat ik daar met mensen die ik kende en vertrouwde, ik was er steeds zekerder van dat ik ergens anders wilde zijn: naast een grote man in een ziekenhuisbed die nu al naar de klok lag te kijken, tot mijn intense genoegen, en zich afvroeg hoelang het nog zou duren voor ik weer bij hem was.

'Jij niets te vertellen vanavond, Louisa?' Marc keek me aan met één opgetrokken wenkbrauw.

Ik schudde mijn hoofd. 'Nee, ik heb niets.'

Hij glimlachte, misschien omdat hij iets in mijn toon kon horen. 'Mooi.'

'Ja. Ik denk eigenlijk dat ik hier niet meer hoef te komen. Ik... Het gaat goed met me.'

'Ik dacht al dat er iets anders aan je was,' zei Natasha, en ze leunde voorover en bekeek me bijna achterdochtig.

'Dat komt van al dat van bil gaan,' zei Fred. 'Ik weet zeker dat het helend werkt. Ik durf te wedden dat ik heel wat sneller over mijn verdriet om Jilly heen was geweest als ik ook zo veel had gerotzooid.'

Natasha en William wisselden een vreemde blik.

'Ik zou wel graag willen blijven tot het eind van deze cyclus, als het mag,' zei ik tegen Marc. 'Het punt is... ik ben jullie allemaal als vrienden gaan zien. Ik heb de bijeenkomsten misschien niet meer nodig, maar ik zou toch nog graag een poosje blijven. Voor de zekerheid. En gewoon, om jullie allemaal te zien.'

Jake glimlachte even.

'We moeten eigenlijk een keer ergens gaan dansen,' zei Natasha.

'Je kunt net zo lang blijven komen als je wilt,' zei Marc. 'Daar zijn we voor.'

Mijn vrienden. Een bont gezelschap, maar ja, dat waren de meeste vriendenkringen.

Al dente gekookte orecchiette, pijnboompitten, basilicum, tomaten uit eigen tuin, olijven, tonijn en Parmezaanse kaas. Ik had de pastasalade gemaakt volgens het recept dat Lily me door de telefoon had gegeven, dat ze door haar oma ingefluisterd kreeg.

'Goed eten voor een zieke,' riep Camilla vanuit de keuken, in de verte. 'Licht verteerbaar als hij veel moet liggen.'

'Ik zou gewoon iets afhalen als ik jou was,' mompelde Lily. 'Die arme man heeft al genoeg geleden.' Ze giechelde zachtjes. 'En trouwens, volgens mij heb jij hem het liefst liggend.'

Ik liep door de gang van het ziekenhuis met mijn tupperwaredoosje vol huiselijkheid. Ik had het eten gisteravond voor hem klaargemaakt en droeg het voor me uit als een ereteken, half in de hoop dat iemand me staande zou houden om te vragen wat het was. *Mijn vriend is herstellende, ziet u, en ik breng hem elke dag iets te eten. Gewoon kleine dingen waar hij misschien zin in heeft. Deze tomaten heb ik trouwens zelf gekweekt.*

Sams wonden begonnen te helen en de inwendige schade was aan het genezen. Hij probeerde veel te vaak op te staan en baalde dat hij in bed moest blijven. Hij maakte zich zorgen om zijn dieren, ook al hadden Donna, Jake en ik een behoorlijk doortimmerd verzorgschema opgesteld.

Twee tot drie weken, dachten de specialisten. Als hij deed wat hem werd gezegd. Gezien de ernst van zijn verwondingen had hij geluk gehad. In mijn aanwezigheid waren er meerdere gesprekken geweest met medici die begonnen over: 'Een centimeter ernaast en...' Tijdens dat soort gesprekken zong ik de hele tijd *la-la-la-la-la* in mijn hoofd.

Ik kwam aan bij zijn gang en drukte op de knop om mezelf binnen te laten, maakte mijn handen schoon met het antibacteriële schuim en duwde ondertussen met mijn heup de deur open.

'Goeienavond,' zei de zuster met de bril. 'Wat ben je laat!'

'Ik moest naar een bijeenkomst.'

'Je hebt zijn moeder net gemist. Ze had een fantastische *steak and ale*-pastei voor hem meegebracht. Je kon het over de hele afdeling ruiken. We zaten allemaal te watertanden.'

'O.' Ik hield mijn doosje omlaag. 'Wat fijn.'

'Goed om te zien hoe hij aanviel op het eten. De specialist komt over ongeveer een halfuurtje.'

Ik wilde mijn tupperwaredoosje net in mijn tas stoppen, toen mijn telefoon overging. Ik nam op terwijl ik bleef worstelen met de rits van mijn tas.

'Louisa?'

'Ja?'

'Met Leonard Gopnik.'

Het duurde twee seconden voor ik wist wie ik aan de lijn had. Ik wilde iets zeggen, bleef toen heel stil staan en keek dom om me heen, alsof hij ergens in de buurt zou staan.

'Meneer Gopnik.'

'Ik heb je mail ontvangen.'

'Ah.' Ik zette het bakje met eten op de stoel neer.

'Interessant verhaal. Ik was vrij verbaasd dat je mijn aanbod afsloeg. Nathan trouwens ook. Je leek me er geknipt voor.'

'Het is zoals ik het in mijn mail heb uitgelegd. Ik wilde de baan echt graag, meneer Gopnik, maar ik... nou... er kwam van alles tussen.'

'En is het inmiddels weer goed met dat meisje?'

'Met Lily. Ja. Ze zit op school. Ze is gelukkig. Ze is bij haar familie. Haar nieuwe familie. Ze moest... ze moest nog even wennen.'

'Dat heb je heel serieus genomen.'

'Ik ben niet iemand die gemakkelijk iemand laat zitten.'

Het bleef lang stil. Ik draaide me weg van Sams kamer en keek door het raam naar de parkeerplaats, waar ik een veel te grote terreinwagen tevergeefs zag proberen om in een veel te kleine parkeerplek te draaien. Naar voren en weer naar achteren. Ik zag zo dat het niet zou passen.

'Het punt is, Louisa, het loopt niet lekker met onze nieuwe medewerkster. Ze is hier niet gelukkig. Om de een of andere reden voelen mijn vrouw en zij zich niet bij elkaar op hun gemak. Dus hebben we in gezamenlijk overleg besloten dat ze eind van de maand weer weggaat. Dan heb ik een probleem.'

Ik luisterde.

'Ik zou jou graag de baan aanbieden. Maar ik hou niet van gedoe, vooral niet als het gaat om mijn dierbaren. Dus ik bel omdat ik een duidelijk beeld wil hebben van wat jij precies wilt.'

'O, ik wilde de baan echt graag. Maar ik –'

Ik voelde een hand op mijn schouder. Ik draaide me met een ruk om, en daar stond Sam, tegen de muur geleund. 'Ik eh...'

'Heb je een nieuwe baan?'

'Ik heb promotie gekregen.'

'Is het een baan die je graag wilt houden?'

Sam bestudeerde mijn gezicht.

'N-niet per se. Maar –'

'Maar je moet alles afwegen. Oké. Ik kan me voorstellen dat ik je een beetje overval met mijn telefoontje. Maar gezien je mailtje zou ik je graag de baan willen aanbieden, mocht je nog geïnteresseerd zijn. Tegen dezelfde voorwaarden; je zou zo snel mogelijk kunnen beginnen. Tenminste, als je zeker weet dat je dit wil. Zou je me dat binnen achtenveertig uur willen laten weten?'

'Ja. Ja, meneer Gopnik. Dank u. Dank u voor uw telefoontje.'

Ik hoorde de klik toen hij ophing. Ik keek op naar Sam. Hij droeg een badjas van het ziekenhuis over zijn te korte ziekenhuisnachthemd. We zeiden allebei even niets.

'Je bent uit bed. Je moet weer gaan liggen.'

'Ik zag je door het raam.'

'Eén verkeerd getimed briesje en die zusters hebben genoeg stof om over te kletsen tot Kerstmis.'

'Was dat die man uit New York?'

Gek genoeg voelde ik me betrapt. Ik stopte mijn telefoon in mijn zak en pakte het tupperwarebakje. 'De functie is weer vrij.' Ik zag zijn blik even van me af glijden. 'Maar het is... Ik heb je net weer terug. Dus ik ga nee zeggen. Hé, denk je dat je nog wat pasta wegkrijgt na die fenomenale pastei? Je zult wel vol zitten, maar ik kook zo zelden iets wat ook echt eetbaar is.'

'Nee.'

'Zo vies is het niet. Je kunt op zijn minst even proeven –'

'Niet de pasta. De baan.'

We staarden elkaar aan. Hij haalde zijn hand door zijn haar en wierp een blik de gang in. 'Je moet dit doen, Lou. Jij weet het en ik weet het. Je moet de baan aannemen.'

'Ik heb al eens eerder geprobeerd om van huis te gaan, en toen werd ik alleen nog maar ongelukkiger.'

'Maar toen was het te vroeg. Het was een vlucht. Dit is anders.'

Ik keek naar hem op. Ik wist wat ik wilde en ik vond het vreselijk van mezelf. En ik vond het vreselijk dat hij het ook wist. We stonden in de ziekenhuisgang en zeiden niets. En toen zag ik de kleur uit zijn gezicht trekken. 'Je moet weer gaan liggen.'

Hij protesteerde niet. Ik nam hem bij de arm en we liepen naar zijn bed. Hij vertrok van pijn toen hij weer voorzichtig in de kussens ging liggen. Ik wachtte tot hij weer wat kleur op zijn wangen had, kroop toen naast hem en pakte zijn hand vast.

'Ik heb het gevoel dat het net goed zit. Tussen jou en mij.' Ik legde mijn hoofd op zijn schouder en voelde mijn keel samenknijpen.

'Dat zit het ook.'

'Ik wil niemand anders, Sam.'

'Pfff. Alsof daar ooit twijfel over bestond.'

'Maar langeafstandsrelaties houden bijna nooit stand.'

'Dus we hebben een relatie?'

Ik begon te sputteren en hij glimlachte. 'Ik zit je te stangen. Sommige. *Sommige* relaties overleven het niet. Maar er zijn ook relaties die het wel overleven. Het hangt er, denk ik, ook van af hoe graag beide partijen er iets van willen maken.'

Hij sloeg zijn grote arm om mijn nek en trok me tegen zich aan. Ik merkte dat ik huilde. Hij veegde mijn tranen weg met zijn duim. 'Lou, ik kan ook niet in de toekomst kijken. Dat kan niemand. Je kunt morgen onder een motor terechtkomen en dan is je hele leven anders. Je kunt naar een routineklus gaan en neergeschoten worden door een puber die denkt dat hij daardoor een man lijkt.'

'Je kunt van een hoog gebouw vallen.'

'Inderdaad. Of je kunt op bezoek gaan bij een kerel in een nachtpon en de beste baan aangeboden krijgen die je je ooit had kunnen voorstellen. Zo is het leven. We weten niet wat er gaat gebeuren. Daarom moeten we kansen grijpen zolang we kunnen. En... ik denk dat dit voor jou een kans is.'

Ik kneep mijn ogen dicht want ik wilde hem niet horen. Ik wilde niet erkennen dat het waar was wat hij zei. Ik veegde met de muis van mijn handen in mijn ogen. Hij gaf me een tissue en wachtte tot ik de zwarte vegen van mijn gezicht had gehaald.

'Pandaoogjes passen juist heel goed bij je.'

'Ik geloof dat ik een beetje verliefd op je ben.'

'Dat zeg je vast tegen alle mannen op de medium care.'

Ik boog en kuste hem. Toen ik mijn ogen weer opende, keek hij naar me.

'Ik wil het proberen, als jij dat ook wilt,' zei hij.

Het duurde even voor de brok in mijn keel zo ver gezakt was dat ik weer iets kon zeggen. 'Ik weet het niet, Sam.'

'Wat weet je niet?'

'Het leven is maar kort, dat weten we allebei. Nou, wat nou als jij mijn kans bent? Wat nou als jij datgene bent waar ik het gelukkigst van word?'

29

Als mensen beweren dat de herfst hun favoriete seizoen is, denk ik dat ze het over dit soort dagen hebben: ochtendmist die wegbrandt tot een helderblauwe lucht; hopen met bladeren in hoeken; de prettige vermolmde geur van langzaam vergaand groen. Je hoort mensen weleens beweren dat je niets van de seizoenen merkt in de stad, dat de eindeloze grijze gebouwen en het microklimaat van uitlaatgassen met zich meebrengen dat de verschillen nooit echt groot zijn; je hebt alleen binnen en buiten, nat en droog. Maar op het dak was het heel duidelijk. Het was niet alleen te zien aan de enorme hemel boven me, maar ook aan Lily's tomatenplanten, die wekenlang dikke, rode vruchten hadden gegeven, en aan de potten met hangende aardbeiplanten die met horten en stoten zoet lekkers hadden opgeleverd. De bloemen werden van knoppen tot bloesems en kleurden toen weer bruin, het frisse groen van de vroege zomer maakte plaats voor houtige stengels en ruimte waar eerst nog blad had gezeten. Boven op het dak kon je in het briesje al een klein beetje de aanstaande winter voelen. Een vliegtuig liet een spoor achter in de lucht en ik zag dat de lantaarnpalen nog aanstonden van de vorige avond.

Mijn moeder klom in haar broek de trap op en keek om zich heen naar de gaten terwijl ze vochtdruppels van de brandtrap van haar broekspijpen sloeg. 'Je hebt hier echt ongelofelijk veel ruimte,

Louisa. Je kunt hier wel honderd man kwijt.' Ze droeg een tas met een paar flessen champagne erin en zette hem voorzichtig neer. 'Had ik je al verteld dat ik het heel dapper van je vind dat je de moed hebt gehad om hier toch weer op het dak te komen?'

'Niet te geloven dat je hiervanaf gevallen bent,' merkte mijn zus op, die glazen aan het bijvullen was. 'Typisch iets voor jou, om van zo'n enorme vlakte te vallen.'

'Ze was natuurlijk wel katjelam toen, hè.' Mijn moeder liep terug naar de brandtrap. 'Waar heb je al deze champagne vandaan, Louisa? Het lijkt me heel chic spul.'

'Van mijn baas gekregen.'

Een paar avonden daarvoor waren we bezig om de kas op te maken en we zaten te kletsen (we kletsten inmiddels heel wat af, vooral sinds zijn kind geboren was. Zo wist ik dat mevrouw Percival veel vocht vasthield en ik vroeg me af of zij het wel zo prettig vond ik dat wist). Ik had het over mijn plannen gehad en Richard was ineens weg, alsof hij helemaal niet had geluisterd. Ik zag het maar als een voorbeeld van het feit dat Richard nog steeds eigenlijk een beetje irritant was, maar toen hij een paar minuten later uit de kelder kwam, hield hij een krat met een stuk of zes flessen champagne in handen. 'Hier. Zestig procent korting. Laatste restje van de bestelling.' Hij gaf me het krat en haalde zijn schouders op. 'Ach, wat kan mij het ook schelen. Neem maar gewoon mee. Toe. Je hebt ze verdiend.'

Ik stamelde een bedankje en hij zei iets over dat het toch geen geweldig wijnjaar was, en de laatste in de serie, maar zijn oren waren verdacht roze gekleurd.

'Je kunt weleens wat enthousiaster zijn over het feit dat ik het heb overleefd.' Ik gaf Treena een blad met glazen.

'Joh, over mijn "was ik maar enig kind"-wens ben ik allang heen. Al minstens een jaar of twee.'

Mijn moeder kwam boven met een pak servetten. Ze sprak overdreven fluisterend: 'Denk je dat deze kunnen?'

'Hoezo niet?'

'Nou ja, het zijn toch de Traynors? Die gebruiken geen wegwerpdingen. Die hebben linnen servetten. Waarschijnlijk met een familiewapen erop geborduurd of zoiets.'

'Ma, ze zijn het dak van een voormalig kantoorgebouw in Oost-

Londen op geklommen. Ik geloof niet dat ze zilveren servies verwachten.'

'O,' zei Treena. 'Ik heb Thoms reservedekbed en -kussen meegenomen. Ik dacht dat we maar beter steeds wat spullen mee konden brengen als we hier komen. Ik heb morgen een afspraak om bij die naschoolse opvang te gaan kijken.'

'Geweldig dat jullie het allemaal zo goed hebben geregeld, meisjes. Treena, als je wilt, pas ik wel op Thom. Laat maar weten.'

Samen zetten we de glazen klaar en legden de servetjes neer, totdat ma verdween om nog meer te minne servetjes te gaan halen. Ik zei fluisterend, zodat ze het niet zou horen: 'Treen? Komt pa echt niet?'

Mijn zus trok een gezicht en ik deed mijn best om mijn ontzetting in te slikken.

'Dus het is nog steeds niet beter?'

'Ik hoop dat ze wel gedwongen zijn om met elkaar te praten als ik er niet meer ben. Want nu leven ze langs elkaar heen en praten ze bijna alleen maar met Thom of met mij. Ma doet net alsof het haar niet kan schelen dat hij niet met ons meegekomen is, maar ik weet heus wel dat ze het erg vindt.'

'Ik had echt gedacht dat hij wel zou komen.'

Ik had mijn moeder nog twee keer gezien, sinds de schietpartij. Ze had zich ingeschreven voor een nieuwe cursus – moderne Engelse poëzie – bij de avondschool, en zag nu melancholiek overal symbolen in. Elk dor blad was een teken van naderend verval, elke vogel in de lucht een teken van hoop en dromen. We waren een keer naar een lezing van dichters geweest op de South Bank, waar ze in vervoering zat te luisteren en twee keer had geklapt terwijl het verder stil bleef, en een keer naar de bioscoop, en toen door naar de wc's van een chic hotel, waar ze broodjes had gedeeld met Maria, in de twee gemakkelijke stoelen die daar in de garderobe stonden. Allebei de keren was ze vreemd afstandelijk geweest als we eenmaal alleen waren: 'Gezellig hè?' zei ze steeds, alsof ze me uitdaagde om haar tegen te spreken. En dan viel ze heel stil, of riep ze iets uit over de krankzinnige prijzen van broodjes in Londen.

Treena trok het bankje erbij en klopte de kussens op die ze van beneden had gehaald. 'Ik maak me zorgen om opa. Hij kan niet goed tegen al die spanning. Hij trekt vier keer per dag andere sokken aan en hij heeft al twee keer een knopje van de afstandsbediening gemold doordat hij er te hard op drukte.'

'God – dat is ook wat. Wie moet de voogdij over hem krijgen?'

Mijn zusje staarde me geschrokken aan.

'Ik niet,' zeiden we tegelijk.

We werden onderbroken door de eerste mensen van de En Nu Verder-groep, Sunil en Leanne, die de gietijzeren trap op kwamen, en iets opmerkten over de grootte van het dakterras en het uitzicht over het oostelijke deel van de stad.

Lily arriveerde precies om twaalf uur, gooide haar armen om me heen en gromde even van blijdschap. 'Wat een *geweldige* jurk! Je ziet er *super* uit.' Ze was bruin van de zon, haar gezicht open en vol sproeten, en de haartjes op haar arm waren opgebleekt. Ze droeg een lichtblauwe jurk en gladiatorsandalen. Ik zag haar om zich heen kijken naar het terras, duidelijk blij om er weer eens te zijn.

Camilla, die langzaam achter haar aan de brandtrap op kwam, trok haar jasje recht en liep op ons af, met een licht vermanende blik. 'Je had wel even mogen wachten, Lily.'

'Hoezo, je bent toch geen oud mens?'

Camilla en ik wisselden een spottende blik en toen gaf ik haar impulsief een zoen. Ze rook naar dure warenhuizen en haar haar zat weer perfect. 'Ontzettend fijn dat je er bent.'

'Je hebt zelfs mijn planten verzorgd.' Lily inspecteerde alles. 'Ik had gedacht dat je alles zou laten doodgaan. O, en deze! Die zijn mooi. Nieuw?' Ze wees naar twee potten die ik de week ervoor op de bloemenmarkt had gekocht, om het dak voor vandaag te versieren. Ik wilde geen snijbloemen, of iets anders dat dood kon gaan.

'Dat zijn pelargoniums,' zei Camilla. 'Die moet je daar in de winter niet laten staan.'

'Ze kan ze toch afdekken. Die terracotta potten zijn veel te zwaar om mee naar beneden te slepen.'

'Ze zullen het niet overleven. Ze vangen hier te veel wind.'

'Nou,' zei ik, 'Thom komt hier wonen, en we denken niet dat het veilig voor hem is om op het dak te komen, gezien wat mij is overkomen, dus we houden het dicht. Dus als jullie die straks mee naar huis zouden willen nemen...'

'Nee,' zei Lily toen ze er even over nagedacht had. 'Laat ze maar hier. Ik vind het een fijn idee als het blijft zoals het was.'

Ze hielp me met de schragentafel en vertelde wat over school – ze vond het er leuk, maar wel moeilijk om het bij te benen – en over haar moeder, die kennelijk een flirt had met een Spaanse architect genaamd Felipe, die het huis naast hen in St John's Wood had gekocht. 'Ik heb bijna medelijden met de Fucker. Hij heeft geen idee wat hem boven het hoofd hangt.'

'Maar met jou gaat het goed?' vroeg ik.

'Prima. Ik heb een heel leuk leven.' Ze stak een chipje in haar mond. 'Oma is met me naar de baby wezen kijken – had ik dat al verteld?'

Ik keek blijkbaar verbaasd. 'Gek hè? Maar ze zei dat je je volwassen moest opstellen. Dus ze is met me naar binnen geweest. Ze was een heldin, man. Ik hoorde het eigenlijk niet te weten, maar ze had er expres een heel duur jasje voor gekocht. Ik denk dat ze iets meer zelfvertrouwen nodig had dan ze liet blijken.' Ze keek Camilla's kant op, die met Sam zat te praten bij de tafel met het eten. 'Ik heb eigenlijk een beetje te doen met mijn grootvader. Als hij dacht dat niemand het zag, zat hij steeds naar haar te staren, alsof het hem verdriet deed hoe het allemaal gelopen was.'

'En, hoe was het?'

'Het was een baby. Dat is allemaal één pot nat, toch? Ze sloofden zich wel erg voor me uit. Het was een en al "En hoe is het nu op school, Lily? Zullen we afspreken wanneer je eens komt logeren? Wil je je tante even vasthouden?" Ik bedoel, dat klinkt toch *weird*?'

'Ga je er nog een keer naartoe?'

'Ik denk het wel. Ze zijn best aardig verder.'

Ik keek even naar Georgina, die beleefd met haar vader zat te praten. Hij lachte net iets te hard. Sinds ze gearriveerd was, was hij nauwelijks van haar zijde geweken.

'Hij belt me twee keer per week om te kletsen over van alles en Della zegt steeds dat ze zo graag wil dat de baby en ik "een relatie opbouwen", alsof een baby niet alleen maar eet en jankt en poept.' Lily trok een gezicht.

Ik schoot in de lach.

'Wat nou?' vroeg ze.

'Niks,' zei ik. 'Ik vind het gewoon fijn om je te zien.'

'O, ik heb nog wat voor je.'

Ik wachtte terwijl zij een klein doosje uit haar tas haalde en het aan me overhandigde. 'Dit zag ik liggen op zo'n dodelijk saaie antiekbeurs waar ik met oma naartoe moest, en toen moest ik aan je denken.'

Ik deed het doosje voorzichtig open. Op donkerblauw fluweel lag een art-decoarmbandje, met zwarte en amberkleurige cilindervormige kralen. Ik pakte hem op en hield hem in mijn handpalm.

'Wel een beetje hysterisch, hè? Maar het deed me denken aan –'

'De maillot.'

'De maillot. Het is een bedankje. Gewoon – je weet wel – voor alles. Jij bent de enige die dat ding leuk vindt. En je was ook de enige die mij leuk vond. In die tijd. Hij past trouwens super bij je jurk.'

Ik stak mijn arm uit en ze deed hem om mijn pols. Ik draaide hem langzaam rond. 'Ik vind hem prachtig.'

Ze schopte tegen iets op de grond en keek even heel ernstig. 'Nou ja, ik ben je ook wel iets van een sieraad verschuldigd.'

'Je bent me helemaal niets verschuldigd.'

Ik keek Lily aan, naar haar nieuwe zelfvertrouwen en haar vaders ogen, en ik dacht aan alles wat ze me had gegeven zonder dat ze dat zelf wist. En toen gaf ze me een loeiharde stomp tegen mijn arm. 'Oké. Nou nokken met dat stomme emotionele gedoe. Dan verpest je mijn mascara. Kom, dan gaan we naar beneden om het laatste eten te halen. Getver, wist je dat er een poster van de Transformers in mijn slaapkamer hangt? En eentje van Katy Perry? Wat heb je in godsnaam voor een nieuwe huisgenoot?'

De rest van de En Nu Verder-groep arriveerde, en liep wat angstig of juist wat lacherig de ijzeren trap op – Daphne stapte met luide kreten van opluchting het dak op terwijl Fred haar bij de arm hield, William sloeg nonchalant springend de laatste trede over, en Natasha keek hem na met rollende ogen. Anderen bleven even staan om iets uit te roepen over de bos witte heliumballonnen die in het ijle licht dobberde. Marc kuste mijn hand en zei dat dit voor het eerst was dat er zoiets was georganiseerd sinds hij de groep leidde. Ik zag geamuseerd dat Natasha en William wel heel veel met elkaar zaten te kletsen.

We stalden het eten uit op de schragentafel en Jake had bardienst. Hij schonk de champagne in en leek wonderlijk in zijn sas met die verantwoordelijkheid. Hij en Lily draaiden eerst wat om elkaar heen, en deden alsof de ander onzichtbaar was, zoals pubers altijd doen in een groep en ze zich ervan bewust zijn dat iedereen wacht tot ze met elkaar gaan praten. Toen ze eindelijk naar hem toe liep stak ze haar hand overdreven beleefd uit. Hij keek er even naar en begon toen langzaam te lachen.

'Ergens zou ik het leuk vinden als ze bevriend raakten, maar aan de andere kant kan ik me ook niks angstaanjagenders voorstellen,' zei Sam zachtjes in mijn oor.

Ik liet mijn hand in zijn achterzak glijden. 'Ze is gelukkig.'

'Ze is beeldschoon. En hij heeft het net uitgemaakt met zijn vriendin.'

'Zeg, meneertje, iedereen moest toch altijd alles uit het leven halen van jou?'

Hij kreunde.

'Er kan niks met hem gebeuren. Ze zit tegenwoordig het grootste deel van het jaar veilig in Oxfordshire.'

'Met jullie twee is niemand veilig.' Hij boog zijn hoofd en kuste me, en twee heerlijke seconden lang vergat ik alles om me heen. 'Mooie jurk.'

'Niet te frivool?' Ik hield de plooien van de gestreepte rok uiteen. In dit deel van Londen stikte het van de winkels met vintage kleding. De zaterdag ervoor was ik helemaal opgegaan in de rekken met oude zijde en veren.

'Ik hou wel van frivool. Hoewel ik het wel een beetje jammer vind dat je je sexy elfenpakje niet aanhebt.' Hij stapte bij me weg toen mijn moeder op ons afkwam met al weer een pak servetten.

'Sam, hoe gaat het? Nog steeds goed aan het herstellen?' Ze was twee keer bij Sam op bezoek geweest in het ziekenhuis. Ze maakte zich ernstig zorgen om hen die op ziekenhuiskeukens aangewezen waren en bracht hem zelfgemaakte worstenbroodjes en sandwiches met eiersalade.

'Het schiet aardig op.'

'Maak jij je vandaag maar niet te druk. Niks tillen. De meisjes en ik regelen het allemaal wel.'

'Ik denk dat we maar moeten beginnen,' zei ik.

Ma keek weer op haar horloge en liet haar blik toen nog eens over het dakterras gaan. 'Zullen we nog vijf minuutjes wachten? Dat we zorgen dat iedereen iets te drinken heeft?'

Haar glimlach – vastgebakken en te opgewekt – brak mijn hart. Sam zag het ook. Hij stapte naar voren en nam haar bij de arm. 'Laat me eens zien waar je de salades hebt neergezet, Josie. Ik bedenk me net dat ik de dressing niet mee naar boven heb genomen.'

'Waar is ze?'

De groep bij de tafel ging even uiteen. We keerden ons allemaal om naar het bulderende geluid. 'Jezusmina, is het wel echt hierboven, of haalt Thommo weer een geintje met me uit?'

'Bernard!' Mijn moeder legde de servetjes neer.

Daar had je het gezicht van mijn vader, dat boven de balustrade uitstak en over het terras keek. Hij nam de laatste ijzeren treden en blies zijn wangen op terwijl hij alles in zich opnam. Zijn voorhoofd glom een beetje van het zweet. 'Waarom moest het nou zo nodig helemaal hierboven, Louisa? Het is mij een raadsel. Sjesus.'

'Bernard!'

'Het is hier geen kerk, Josie. En ik heb een belangrijke mededeling.'

Ma staarde om zich heen. 'Bernard. Dit is niet het moment om –'

'En mijn boodschap is – dit.'

Mijn vader boog zich voorover en rolde overdreven zorgvuldig zijn broekspijpen op. Eerst de linker en toen de rechter. Vanwaar ik stond bij de regenton zag ik dat zijn schenen er bleek en licht gebutst uitzagen. Het hele dak viel stil. Iedereen staarde. Hij stak een van zijn benen uit. 'Zo zacht als babybilletjes. Toe dan, Josie, voel maar.'

Mijn moeder deed nerveus een stap naar voren en boog zich, en liet haar vingers over mijn vaders scheenbeen glijden. Toen gaf ze er klopjes op met haar hand.

'Jij zei dat je me weer serieus zou nemen als ik mijn benen zou laten harsen. Voilà. Ik heb het gedaan.'

Mijn moeder keek hem vol ongeloof aan. 'Je hebt je *benen* laten harsen?'

'Inderdaad. En als ik had geweten dat jij dit soort pijn moest doorstaan had ik mijn domme mond wel gehouden, schat. Wat is dat voor een marteling? Wie heeft dat ooit verzonnen?'

'Bernard –'

'Kan me niks schelen. Ik vond het een hel, Josie. Maar ik zou het zo weer doen als ik er daarmee voor kon zorgen dat wij verder kunnen. Ik mis je. Ik mis je *verschrikkelijk*. Het kan me niet schelen, al wil je nog honderd cursussen volgen – feministische politiek, de geschiedenis van het Midden-Oosten, macramé voor honden, of wat dan ook – zolang we maar samen zijn. En om je te bewijzen wat ik daarvoor overheb, heb ik volgende week een afspraak gemaakt om mijn rug en mijn zaakje te laten harsen.'

'O mijn god!' Mijn moeders hand vloog naar haar nek.

Naast me begon Sam zachtjes te schudden. 'Laat ze ophouden,' zei hij zachtjes. 'Mijn hechtingen knappen er straks nog uit.'

'Ik laat de hele boel strippen. Ik ga desnoods als een geplukte kip door het leven, als je dan pas gelooft wat je voor me betekent.'

'Allemachtig, Bernard.'

'Ik meen het, Josie. Zo wanhopig ben ik.'

'En dit is dus waarom we bij ons in de familie niet aan romantiek doen,' mompelde Treena.

'Wat is je zaakje?' vroeg Thomas.

'Ach schat, ik heb je krankzinnig gemist.' Mijn moeder sloeg haar armen om mijn vaders nek en gaf hem een kus. De opluchting op zijn gezicht was bijna voelbaar. Hij begroef zijn hoofd in haar schouder en kuste haar steeds weer, op haar oor, haar haar, met zijn handen in de hare, als een kleine jongen.

'Gatver,' zei Thomas.

'Dus het hoeft niet, dat waxen van mijn –'

Mijn moeder aaide mijn vaders wang. 'Morgenochtend zeggen we die afspraak meteen af.'

Mijn vader ontspande zichtbaar.

'Nou,' zei ik, toen de commotie voorbij was en aan Camilla Traynors wit weggetrokken gezicht was te zien dat Lily had uitgelegd wat mijn vader nu precies van plan was geweest, in naam van de liefde, 'ik denk dat we misschien nog één keer een rondje moeten doen en dat we dan maar misschien… moeten beginnen?'

Met alle vrolijkheid om pa's gebaar, een explosieve luierwissel voor baby Traynor en de onthulling dat Thomas broodjes eiersalade op het balkon van meneer Antony Gardiner had laten vallen (op diens gloednieuwe designtuinstoel, om precies te zijn), duurde het nog twintig minuten voor het stil werd op het dak. Onder wat steelse blikken op aantekeningen en het geschraap van kelen ging Marc in het midden van de aanwezigen staan. Hij was langer dan ik had gedacht – ik kende hem alleen maar zittend.

'Welkom allemaal. Ten eerste wil ik graag Louisa bedanken dat ze ons deze geweldige ruimte heeft aangeboden voor deze afsluitende ceremonie. Het heeft iets heel passends om zo veel dichter bij de hemel te zijn...' Hij wachtte tot men ging lachen. 'Dit is een ongebruikelijke ceremonie voor ons – het is voor het eerst dat er ook wat mensen bij zijn die niet onze sessies hebben bijgewoond – maar ik vind het een geweldig idee om er ook anderen bij te betrekken en dit met vrienden te beleven. Iedereen hier weet hoe het is om een dierbare te verliezen. Dus zijn we vandaag allemaal ereleden van onze groep.'

Jake stond naast zijn vader, een man met sproeten en zandkleurig haar, naar wie ik helaas niet kon kijken zonder hem postcoïtaal te zien huilen. Hij stak zijn arm uit en trok zijn zoon zachtjes tegen zich aan. Jake zag mijn blik en rolde met zijn ogen. Maar hij lachte erbij.

'Ik zou willen zeggen dat ondanks het feit dat de naam van onze groep En Nu Verder is, niemand verder kan zonder achterom te kijken. We gaan verder, maar dragen daarbij altijd dat wat we verloren hebben met ons mee. Het doel van onze groep is om ervoor te zorgen dat dit geen last wordt, iets zwaars waardoor we niet vooruitkomen. We willen juist dat het aanvoelt als een geschenk.

'En wat we leren door het delen van onze herinneringen en ons verdriet en onze kleine overwinningen is dat het oké is om je verdrietig te voelen. Of verloren. Of kwaad. Het is oké om allerlei gevoelens te hebben die andere mensen misschien niet altijd begrijpen, en het is oké dat dat vaak lang duurt. Iedereen heeft zijn of haar pad te gaan. We oordelen niet.'

'Behalve over de koekjes,' mompelde Fred. 'Ik heb wel degelijk een oordeel over die vieze koekjes. Die waren echt niet te hachelen.'

'En dat, al lijkt het in het begin nog zo onmogelijk, we allemaal weer op een punt zullen komen waarop we blij kunnen zijn met het feit dat ieder mens over wie we het hebben gehad, om wie we gerouwd hebben en om wie we verdriet hebben gehad, hier ooit is geweest, hier onder ons – en dat we ons gelukkig mogen prijzen dat we ze hebben gekend, of ze ons nu na zes maanden zijn ontvallen of na zestig jaar.' Hij knikte. 'We mogen ons gelukkig prijzen dat we ze hebben gekend.'

Ik keek om me heen naar de aandachtig luisterende gezichten waar ik van was gaan houden, en ik dacht aan Will. Ik deed mijn ogen dicht en zag zijn gezicht voor me, zijn lach, en ik dacht aan wat het me had gekost om van hem te houden, maar vooral aan wat het me had gebracht.

Marc keek ook naar ons groepje. Daphne bette stiekem haar ooghoek. 'Dus... wat we nu meestal doen is met een paar woorden zeggen hoe het met ons gaat. Het hoeft geen heel verhaal te zijn. Het is bedoeld om dit deel van ons pad af te sluiten. En niemand moet, maar als je ertoe in staat bent, kan het heel fijn zijn.'

De groep wisselde gegeneerde lachjes en even leek het alsof niemand iets zou zeggen. Toen stapte Fred naar voren. Hij trok zijn pochet recht en ging wat rechter staan. 'Ik wil je gewoon bedanken, Jilly. Je was een fantastische echtgenote en ik ben achtendertig jaar lang een gelukkig mens geweest. Ik mis je nog elke dag, liefje.'

Hij stapte weer naar achteren, een beetje verlegen, en Daphnes lippen zeiden geluidloos 'Heel mooi, Fred' tegen hem. Ze schikte haar zijden sjaal en stapte ook in de kring. 'Ik wilde alleen zeggen... dat het me spijt. Tegen Alan. Je was zo'n ontzettend aardige man en ik wou maar dat we eerlijk hadden kunnen zijn over alles. Ik wou dat ik je had kunnen helpen. Ik zou willen... Enfin, ik hoop dat het nu goed met je gaat – dat je een leuke vriend hebt, waar je ook bent.'

Fred klopte op Daphnes arm.

Jake wreef in zijn nek, stapte toen blozend naar voren en keek zijn vader aan. 'We missen je allebei, mama. Maar we redden het wel. Ik wil niet dat je je zorgen maakt of zo.' Toen hij klaar was gaf zijn vader hem een knuffel, en kuste hij hem boven op zijn hoofd, driftig met zijn ogen knijpend. Hij en Sam wisselden even een blik van verstandhouding.

Leanne en Sunil volgden. Ze spraken elk een paar woorden, met hun blik naar de hemel, en knikten elkaar toe als stille aanmoediging.

William stapte naar voren en legde zwijgend een witte roos aan zijn voeten. Anders dan normaal had hij geen woorden, maar staarde met een onbewogen gezicht naar de bloem, en stapte toen weer naar achteren. Natasha knuffelde hem even en hij slikte ineens hoorbaar, en sloeg zijn armen over elkaar.

Marc keek mij aan en ik voelde Sams hand de mijne omsluiten. Ik glimlachte naar hem en schudde mijn hoofd. 'Ik niet, maar Lily wilde graag iets zeggen.'

Lily beet op haar lip terwijl ze de kring in stapte. Ze keek op een vel papier waar ze iets op had geschreven, bedacht zich en verfrommelde het papier tot een bal. 'Eh, ik heb Louisa gevraagd of ik dit mocht doen, ook al, nou ja, ook al hoor ik niet bij jullie groep. Ik heb mijn vader nooit persoonlijk gekend en ik heb nooit afscheid van hem kunnen nemen op zijn begrafenis. En het leek me fijn om nu iets te kunnen zeggen, nu ik het gevoel heb dat ik hem wat beter ken.' Ze lachte nerveus en veegde een lok haar uit haar gezicht. 'Dus. Will... papa. Toen ik erachter kwam dat jij mijn echte vader was, vond ik dat doodeng, dat mag je best weten. Ik had gehoopt dat mijn echte vader een wijze, knappe man was, die me van alles zou willen leren en die me zou willen beschermen en met me op reis zou gaan om me allerlei geweldige plekken te laten zien waar hij zelf graag kwam. Maar wat ik kreeg was een boze man in een rolstoel die, nou ja, die zichzelf van kant heeft gemaakt. Maar vanwege Lou en jouw familie ben ik je de afgelopen maanden wat beter gaan begrijpen.

'Ik zal er altijd verdriet om blijven hebben en misschien zelfs nog wel wat bozer om zijn dat ik je nooit echt heb ontmoet, maar ik wil je nu ook bedanken. Je hebt me veel gegeven, zonder dat je het wist. Ik denk dat ik in een paar goede opzichten op jou lijk – en waarschijnlijk ook in een paar minder goede opzichten. Je hebt me je blauwe ogen gegeven, en mijn haarkleur, en het feit dat ik Marmite weerzinwekkend vind en dat ik op de zwarte pistes kan skiën en... En blijkbaar heb ik ook mijn slechte humeur van jou – vinden anderen, tenminste. Ik niet.'

Er werd even gelachen.

'Maar wat je me vooral hebt gegeven is een familie waar ik nooit van afwist. En dat is cool. Want om eerlijk te zijn ging het niet supergoed met me voor zij allemaal in mijn leven kwamen.' Haar glimlach haperde even.

'We zijn allemaal heel blij dat jij in *ons* leven bent gekomen,' riep Georgina.

Ik voelde Sams vingers in de mijne knijpen. Het was niet goed voor hem om zo lang te staan, maar hij weigerde natuurlijk om te gaan zitten. *Ik ben verdomme niet invalide.* Ik legde mijn hoofd tegen hem aan en vocht tegen de brok die ik in mijn keel voelde.

'Dank je, G. Dus, eh, Will... *papa*, ik hou op want speeches zijn saai en die baby kan elk moment weer gaan krijsen, en dat verpest de stemming maar. Maar ik wilde zeggen: dank je wel van je dochter en... ik hou van je en ik zal je altijd missen. En ik hoop dat als je naar beneden kijkt en je mij kunt zien, dat je blij bent. Dat ik besta. Want het feit dat ik er ben wil ook zeggen dat *jij* hier nog bent, toch?' Lily's stem brak en haar ogen vulden zich met tranen. Haar blik gleed naar Camilla, die kort knikte. Lily snoof en tilde haar kin op.

'Ik dacht dat dit misschien een mooi moment zou zijn om de ballonnen op te laten?'

Mensen bliezen nauwelijks merkbaar hun adem uit, en er werd wat geschuifeld met voeten. Achter me stonden een paar leden van En Nu Verder met elkaar te praten terwijl ze in de zachtjes deinende bos een touwtje uitzochten.

Lily was de eerste die naar voren stapte met haar witte heliumballon. Ze tilde haar arm op en plukte toen, alsof ze ineens de ingeving kreeg, een klein blauw korenbloemetje uit een van haar potten, en bond het zorgvuldig aan het touwtje. Toen stak ze haar hand in de lucht en na een korte aarzeling liet ze de ballon los.

Steven Traynor volgde haar voorbeeld, en ik zag dat Della hem zachtjes in zijn arm kneep. Camilla liet haar ballon los, en toen Fred, Sunil, en Georgina, die haar arm in die van haar moeder had gehaakt. Mijn moeder, Treena, pa, die zachtjes zijn neus in zijn zakdoek snoot, en Sam. We stonden in stilte op het dak en zagen de ballonnen omhoogdrijven, een voor een de heldere blauwe lucht in. Steeds kleiner en kleiner werden ze, tot ze uit het zicht verdwenen waren.

En ik liet de mijne los.

30

De man met het zalmkleurige overhemd was bezig aan zijn vierde koffiebroodje en stak met dikke vingers grote geglazuurde hompen in zijn mond, die hij met een groot glas koud bier wegspoelde. 'Een uitgebalanceerd ontbijt,' mompelde Vera terwijl ze langs liep met een blad vol glazen en een kokhalzend geluid maakte. In een reflex was ik dankbaar dat ik niet meer verantwoordelijk was voor de herentoiletten.

'Nou, Lou! Wat moet je doen om hier bediend te worden?' Pa was een stukje verderop op een kruk gaan zitten en hij leunde over de bar en bekeek de verschillende bieren. 'Heb ik een boardingpass nodig om een drankje te kunnen kopen?'

'Pa –'

'Een kort tripje naar Alicante? Wat denk je ervan, Josie? Zin in?'

Mijn moeder gaf hem een por. 'Daar moeten we dit jaar eens naar kijken. Echt.'

'Zal ik je eens wat zeggen? Dit is eigenlijk helemaal niet zo'n slechte tent. Als je je eenmaal over het idee heen gezet hebt dat er *kinderen* bij een pub naar binnen mogen.' Pa huiverde en keek achter zich naar een jong gezin dat duidelijk wachtte op een vertraagde vlucht en een mengeling van lego en rozijntjes op tafel had gekiept, waardoor er krap plaats was voor twee koppen koffie.

‘Dus, wat raad je aan, schat? Wat voor lekkers zit er hier in de tap?’

Ik keek naar Richard, die aan kwam lopen met zijn klembord. ‘Alles is hier lekker, pa.’

‘Alleen die pakjes,’ zei ma, met een blik op Vera’s veel te korte jurkje van groene lurex.

‘Hoofdkantoor,’ zei Richard die al twee gesprekken met mijn moeder had doorstaan over de objectivering van vrouwen op de werkplek. ‘Het was niet mijn beslissing.’

‘Heb je ook stout, Richard?’

‘We hebben Murphy’s, meneer Clark. Dat lijkt veel op Guinness, maar dat moet ik natuurlijk niet zeggen tegen een purist.’

‘Ik ben geen purist, jongen. Als het nat is en er staat “bier” op het etiket is het voor mij goed genoeg.’

Pa smakte goedkeurend met zijn lippen en het glas werd voor hem neergezet. Mijn moeder bedankte voor de koffie met haar ‘nettemensen’-accent. Dat gebruikte ze tegenwoordig bijna altijd als ze in Londen was, alsof ze een hoogwaardigheidsbekleder was die op werkbezoek was in een fabriek. ‘Dus dit is een lah-té? Tjonge, dat ziet er *overheerlijk* uit. En wat slim, zo’n koffiezetapparaat.’

Mijn vader klopte op de barkruk naast de hare. ‘Ga nou even zitten, Lou. Toe. Dan koop ik een drankje voor mijn dochter.’

Ik keek naar Richard. ‘Een koffie graag, pa,’ zei ik. ‘Dank je wel.’

We zaten zwijgend in de bar terwijl Richard ons bediende en mijn vader maakte het zich gemakkelijk, zoals hij in elke bar deed waar hij kwam. Hij knikte naar zijn medebarbezoekers en zat erbij op zijn kruk alsof het zijn luie stoel was. Het was net of de aanwezigheid van een rij op hun kop hangende drankflessen en een stuk hout waar hij zijn ellebogen op kon laten rusten voor hem meteen een soort spiritueel thuis vormde. Hij bleef ondertussen de hele tijd heel dicht bij mijn moeder, gaf haar goedkeurende klopjes op haar been of hield haar hand vast. Ze konden tegenwoordig nauwelijks van elkaar afblijven, altijd met hun hoofden dicht bij elkaar, giebelend als een stel pubers. Het was weerzinwekkend, volgens mijn zusje. Toen ze me afzette voor het werk zei ze dat ze het bijna nog prettiger vond toen ze niet met elkaar praatten. ‘Ik moest afgelopen zaterdag met oordoppen in slapen. Dat is toch stuitend? Opa zag helemaal wit bij het ontbijt.’

Buiten kwam een klein passagierstoestel langzaam aanrijden, en taxiede naar de terminal, achter een man aan in een reflecterend jack met zwaaiende bordjes. Ma zat er met een handtas op haar schoot naar te staren. 'Thom zou dit geweldig vinden,' zei ze. 'Denk je ook niet, Bernard? Hij zou de hele dag voor dat raam staan.'

'Nou ja, dat kan nu toch, nu hij hier vlak om de hoek woont? Treena kan hier met hem naartoe in het weekend. Misschien ga ik wel mee, als dat bier inderdaad goed is.'

'Heel lief van je, dat ze bij jou in huis mogen wonen.' Ma keek het vliegtuig na tot het uit het zicht verdween. 'Dit maakt zo veel uit voor Treena, met dat startsalaris van haar.'

'Nou ja, het leek me logisch.'

'We zullen ze natuurlijk vreselijk missen, maar we weten best dat ze niet eeuwig bij ons kan blijven wonen. Ik weet dat ze het waardeert, schat, al laat ze het niet altijd blijken.'

Het kon me niet echt schelen dat ze het niet liet blijken. Zodra zij en Thom binnenliepen met hun dozen vol spullen en posters, met pa achter hen aan met een plastic krat vol met Thoms favoriete Predacons en Autocons, wist ik het. Dat was het moment waarop ik eindelijk vrede kon hebben met het feit dat het appartement met Wills geld betaald was.

'Heeft Louisa al verteld dat haar zusje hier komt wonen, Richard?' Mijn moeder ging ervan uit dat zo ongeveer iedereen die ze in Londen tegenkwam haar vriend was, en om die reden deelde ze graag alle ontwikkelingen binnen de familie Clark. Ze had Richard die ochtend tien minuten lang advies gegeven over de melkklierontsteking van zijn vrouw en ze zag geen enkele reden waarom het raar zou zijn als zij een keertje langs zou gaan om de baby te zien. Maar ja, Maria van de toiletten kwam over twee weken op de thee in Stortfold, met haar dochter, dus helemaal ongelijk had ze niet. 'Onze Katrina is zo'n geweldige meid. Superslim. Als je ooit hulp nodig hebt met je boekhouding, dan moet je haar bellen.'

'Ik zal het onthouden.' Richards blik ontmoette de mijne en gleed weer weg.

Ik keek op naar de klok. Kwart voor twaalf. Ik voelde iets vlinderen in mijn buik.

'Gaat het, schat?'

Ik moest het haar nageven: mijn moeder ontging niets.

'Het gaat prima, mam.'

Ze kneep me in mijn hand. 'Ik ben zo trots op je. Dat weet je wel, hè? Alles wat je de afgelopen maanden voor elkaar hebt gekregen. Ik weet dat het niet gemakkelijk was.' En toen wees ze. 'O kijk! Ik wist wel dat hij zou komen. Toe maar, schat. Het is zover!'

En daar was hij. Een kop groter dan alle anderen en een beetje voorzichtig tussen de mensen door lopend, met zijn arm voor zich uit alsof hij bang was dat er iemand tegen hem op zou botsen. Ik zag hem voor hij mij zag, en ik begon spontaan te lachen. Ik zwaaide enthousiast, en toen zag hij mij ook, en knikte.

Toen ik me weer omdraaide naar mijn moeder zat zij naar me te kijken, met een klein lachje om haar mond. 'Een goede vent.'

'Ik weet het.'

Ze bleef me heel lang aankijken, haar gezicht een mengeling van trots en iets complexers. Ze gaf me een klopje op mijn hand. 'Zo,' zei ze, terwijl ze van haar barkruk af stapte. 'Tijd voor je avonturen.'

Ik liet mijn ouders achter in de bar. Zo was het beter. Het was moeilijk om emotioneel te worden in aanwezigheid van een man die graag hele paragrafen uit managementhandboeken citeerde, voor de lol. Sam kletste even met mijn ouders – waarbij mijn vader steeds af en toe een tè-tu-tè-tu-geluid maakte – en Richard informeerde naar Sams verwondingen en lachte nerveus toen mijn vader zei dat hij het er in elk geval beter van afbracht dan mijn vorige vriendje. Pa moest hem wel drie keer vertellen dat hij geen grapje maakte over Dignitas, en dat dat allemaal verschrikkelijk verdrietig was geweest. Misschien was Richard op dat moment juist wel blij dat ik wegging.

Ik maakte me los uit mijn moeders omhelzing en we liepen zwijgend door de hal, ik met mijn arm door die van Sam, en ik probeerde te negeren dat mijn hart bonkte en mijn ouders me waarschijnlijk nog steeds nakeken. Ik keek Sam aan, en voelde wat paniek opkomen. Ik had gedacht dat we meer tijd zouden hebben.

Hij keek op zijn horloge en wierp toen een blik op het bord met de vertrektijden. 'Je bent aan de beurt.' Hij gaf me mijn kleine rolkoffertje. Ik nam het over en probeerde te glimlachen.

'Leuk reiskostuum.'

Ik keek omlaag naar mijn bloes met luipaardprint en de Jackie O-zonnebril die ik in het borstzakje had gestopt. 'Ik ging voor een jarenzeventigjetsetstijl.'

'Ziet er goed uit. Voor een jetsetter.'

'Dus,' zei ik. 'Dan zie ik je over vier weken... New York schijnt heel leuk te zijn in de herfst.'

'Het is hoe dan ook leuk.' Hij schudde zijn hoofd. 'Jezus. "Leuk". Wat een vreselijk woord is dat, "leuk".'

Ik keek omlaag naar onze handen, die nu verstrengeld waren. Ik bleef ernaar staren, alsof ik me wilde inprenten hoe het voelde, zijn hand in de mijne, alsof ik niet had geleerd voor een of ander cruciaal examen dat ik veel te snel al moest doen. Een wonderlijke paniek welde in me op, en ik denk dat hij het voelde, want hij kneep in mijn vingers.

'Heb je alles?' Hij knikte naar mijn andere hand. 'Paspoort? Boardingpass? Adres waar je moet zijn?'

'Nathan haalt me op van JFK.'

Ik wilde hem niet loslaten. Ik voelde me als een dolle magneet waar twee polen aan trokken. Ik ging aan de kant voor andere stelletjes die samen naar de vertrekhal liepen, op weg naar hun avonturen, of zich met betraande gezichten losmaakten uit elkaars armen.

Hij keek er ook naar. Hij deed voorzichtig een stap bij me vandaan en kuste mijn vingers voor hij mijn hand losliet. 'Tijd om te gaan,' zei hij.

Ik had hem nog miljoenen dingen te zeggen, maar er kwam nu niks boven. Ik stapte op hem af en kuste hem, zoals mensen elkaar kussen op luchthavens, vol liefde en wanhopig verlangen, kussen die een afdruk op de ontvanger moeten achterlaten voor de reis, de weken, de maanden die gaan komen. Met die kus probeerde ik hem duidelijk te maken hoe ongelofelijk veel hij voor me betekende. Ik probeerde hem te laten voelen dat hij het antwoord op een vraag was die ik mezelf onbewust had gesteld. Ik probeerde hem te bedanken voor het feit dat hij liever wilde dat ik mezelf was dan dat ik bleef. Waarschijnlijk was de boodschap die hij doorkreeg vooral dat ik net twee grote bakken koffie had gedronken en mijn tanden niet had gepoetst.

'Zorg goed voor jezelf,' zei ik. 'Ga niet te snel weer aan het werk. En niets bouwen!'

'Mijn broer komt morgen om het metselen over te nemen.'

'En als je wel weer aan de slag gaat, zorg dan dat je niet gewond raakt. Je laat je veel te makkelijk neerschieten.'

'Lou. Het komt goed met me.'

'Ik meen het. Ik mail Donna als ik in New York ben en dan zal ik schrijven dat ik haar persoonlijk verantwoordelijk hou als jou nog wat overkomt. Of misschien zeg ik wel tegen je baas dat hij je achter een bureau moet zetten. Of dat hij je naar een of ander slaperig ambulancestation in het noorden van Norfolk stuurt. Of dat je een kogelvrij vest aan moet. Hebben ze daar weleens aan gedacht: kogelvrije vesten? Ik kan er vast eentje kopen in New York, als –'

'Louisa.' Hij veegde een lok haar voor mijn ogen weg. En ik voelde mijn gezicht vertrekken. Ik legde mijn hoofd tegen het zijne, klemde mijn kaken op elkaar en snoof zijn geur op terwijl ik probeerde iets van zijn rotsvastheid in me op te nemen. Voor ik op andere gedachten kon komen, zei ik gesmoord: 'Dag.' Het klonk misschien als een snik, of een hoestje of een dom half lachje, ik wist het zelf niet eens. En toen draaide ik me om en liep snel richting douane, met mijn koffertje achter me aan, voor ik me bedacht.

Ik toonde mijn nieuwe paspoort, het visum dat de sleutel naar mijn toekomst vormde, aan een beambte in uniform, wiens gezicht ik door mijn tranen nauwelijks kon zien. Toen ik door mocht, draaide ik me met een ruk om, bijna uit een impuls. Daar stond hij, tegen het hek, nog steeds te kijken. We zochten elkaars blik en hij stak een hand op, met zijn handpalm naar me toe, en ik tilde de mijne langzaam op. Dat beeld fixeerde ik in mijn gedachten – zoals hij iets vooroverleunde, het licht op zijn haar, de kalme blik waarmee hij me altijd aankeek – zodat ik iets had om op terug te vallen op eenzame dagen. Want die zouden er komen. Eenzame dagen. En slechte dagen. En dagen dat ik me afvroeg waarom ik me dit in godsnaam op de hals had gehaald. Want dat hoorde ook allemaal bij het avontuur.

Ik hou van jou, zei ik geluidloos, niet zeker of hij de woorden van die afstand zou zien.

En toen, met mijn paspoort stevig in mijn hand geklemd, liep ik weg.

Hij zou blijven om mijn vliegtuig na te kijken terwijl het vaart maakte en opsteeg, de blauwe lucht in. En met een beetje geluk zou hij daar staan wachten als ik weer thuiskwam.

Dankwoord

Als altijd dank ik mijn agent, Sheila Crowley, en mijn redacteur Louise Moore voor hun niet-aflatende vertrouwen en steun. Dank aan de vele getalenteerde mensen bij Penguin Michael Joseph die hebben geholpen van een ruwe versie iets prachtigs te maken dat op talloze boekenplanken prijkt, en dan vooral Maxine Hitchcock, Francesca Russell, Hazel Orme, Hattie Adam-Smith, Sophie Elletson, Tom Weldon, en al die anonieme helden die ons als auteurs de wereld in helpen. Ik vind het fantastisch om deel uit te maken van jullie team.

Iedereen die met Sheila bij Curtis Brown werkt bedank ik heel erg voor jullie steun, met name Rebecca Ritchie, Katie McGowan, Sophie Harris, Nick Marston, Kat Buckle, Raneet Ahuja, Jess Cooper, Alice Lutyens, Sara Gad en natuurlijk Jonny Geller. In de VS bedank ik de onnavolgbare Bob Bookman. Hij zit erin, Bob!

Voor hun vriendschap, advies en lunches vol wijsheid over dingen die er hier toe doen bedank ik Cathy Runciman, Maddy Wickham, Sarah Millican, Ol Parker, Polly Samson, Damian Barr, Alex Heminsley, Jess Ruston en iedereen bij Writersblock. Jullie zijn allemaal geweldig.

Dichter bij huis bedank ik Jackie Tearne (ik ga mijn e-mail bijhouden, ik beloof het!), Claire Roweth, Chris Luckley, Drew Hazell, en iedereen die me in staat stelt te doen wat ik doe.

Ook bedank ik de cast en crew van *Me Before You*, de verfilming van mijn boek *Voor jou*. Het was een ongelofelijk voorrecht om erbij te mogen zijn terwijl mijn karakters tot leven kwamen; onvergetelijk. Jullie waren allemaal even briljant (maar vooral jullie, Emilia en Sam).

Veel dank en liefs voor mijn ouders – Jim Moyes en Lizzie Sanders – en vooral voor Charles, Saskia, Harry en Lockie. Mijn wereld.

En tot slot bedank ik de talloze mensen die me via Twitter of Facebook of mijn website hebben geschreven, omdat Lou hun zo dierbaar was dat ze wilden weten hoe het verderging met haar. Ik zou er misschien nooit aan hebben gedacht om dit boek te schrijven als ze niet zo levendig voortleefde in jullie gedachten. Daar ben ik heel erg blij om.

Lees het verhaal van Lou en Will:

Louisa's wereld is klein. Ze werkt in een café om de hoek en woont nog bij haar ouders, en hoewel ze ergens wel weet dat haar vriend Patrick niet de liefde van haar leven is, passen ze goed genoeg bij elkaar. Lekker overzichtelijk.

Wills wereld is ook klein. Vroeger had hij alles wat hij zich kon wensen – een goede baan, avontuurlijke vakanties, een mooie vriendin – maar door een ongeluk zit hij in een rolstoel, verlamd vanaf zijn nek. Door de chronische pijn en zijn wanhoop ziet hij maar één uitweg.

Wanneer Louisa haar baan kwijtraakt, gaat ze aan de slag als Wills verzorger, en het duurt niet lang voor de tegenpolen botsen. Als ze ontdekt wat Will voor ogen heeft, besluit Louisa alles op alles te zetten om hem van gedachten te doen veranderen. Maar hoe overtuig je iemand dat er nog zo veel avonturen te beleven zijn, als je zelf de wereld niet durft te ontdekken?

Voor jou is de internationale bestseller die harten over de hele wereld verovert. Deze roman is voor iedereen die geraakt werd door *Intouchables* en *Mar adentro*.

Paperback, 432 blz. | ISBN 978 90 261 4146 1
ISBN e-book 978 90 325 1429 7

Lees ook deze heerlijke roman van Jojo Moyes:

In een vergeten hoekje van Londen leert de 14-jarige Sarah op haar geliefde paard Boo te rijden alsof zij samen dansen. Hun leermeester is Sarahs grootvader Henri, die zelf heeft gestudeerd aan le Cadre noir, een van de meest prestigieuze rijscholen in Frankrijk. Hij hoopt dat het Sarah een kans in het leven zal geven. Maar als het noodlot toeslaat, staat Sarah er alleen voor.

Natasha is advocate Jeugdrecht en raakt vaak te nauw betrokken bij haar zaken. Ze leeft gescheiden van haar bijna ex-man Mac, maar nu komt hij tijdelijk weer wonen in het huis, dat nog van hen beiden is. Als ze bij toeval Sarah ontmoet en haar een helpende hand biedt, zet dit haar leven pas echt op zijn kop.

Paperback met flappen, 496 pagina's
ISBN 9789026141386 | ISBN e-book 9789026141409
verschijnt oktober 2016

Lees ook deze schitterende roman van Jojo Moyes:

Terwijl de Eerste Wereldoorlog Frankrijk verscheurt en haar grote liefde Édouard vecht aan het front, is Sophie de steun en toeverlaat van haar familie. Wanneer in 1916 de Duitsers hun intrek nemen in het familiehotel dat Sophie runt met haar zus, raakt de *Kommandant* gefascineerd door Sophie en door het schilderij dat Édouard van haar maakte vóór de oorlog. Maar de aandacht van een *Kommandant* zet Sophies leven en reputatie op het spel…

Bijna een eeuw later krijgt Liv een schilderij van haar man David, kort voor zijn plotselinge dood. Het betekent alles voor haar, want dit portret van een jonge vrouw is een herinnering aan hun gelukkige, korte samenzijn. Maar dan komt de donkere en door passie verscheurde geschiedenis van het schilderij aan het licht, en opeens dreigt Liv opnieuw alles kwijt te raken…

Paperback met flappen, 432 pagina's
ISBN 9789026137587 | ISBN e-book 9789026137594

Lees meer over Sophie en Liv…

Een heerlijke korte roman over Sophie en Liv, de hoofdrolspelers uit *Portret van een vrouw*. Twee vrouwen beleven een eeuw na elkaar hun wittebroodsweken in Parijs – maar hun tijd daar blijkt niet zo romantisch als de setting zou doen vermoeden…

In het Parijs van de belle époque brengt Sophie de eerste romantische weken na hun trouwen door met haar geliefde, de schilder Édouard Lefèvre. Het is een opwindende tijd, hoewel het leven aan de zijde van een arme kunstenaar ook zijn schaduwkanten kent...

Meer dan een eeuw later komen Liv en David aan in Parijs voor hun huwelijksreis. De stad is prachtig, maar de romantiek is ver te zoeken, vooral doordat Liv steeds alleen is omdat David de ene zakelijke afspraak na de andere heeft. Heeft Liv de fout van haar leven gemaakt?

Voor iedereen die genoot van *Voor jou, De laatste liefdesbrief* en *Vier plus één* is deze novelle de perfecte manier om de voorgeschiedenis van de gebeurtenissen in *Portret van een vrouw* te ontdekken!

Gebonden, 112 blz. | ISBN 978 90 261 3882 9
ISBN e-book 978 90 261 3883 6

Lees ook van Jojo Moyes:

Jess is een alleenstaande moeder van twee kinderen. Haar dochtertje Tanzie is briljant als het op cijfers aankomt, maar komt op de openbare school waar ze nu zit niet verder. Haar stiefzoon Nicky wordt genadeloos afgestraft door de pestkoppen in de buurt omdat hij anders is. Hoezeer Jess ook probeert de eindjes aan elkaar te knopen, het lukt elke keer net niet.

Ed had alles goed voor elkaar. Een goedlopend bedrijf samen met zijn beste vriend, twee huizen en een garage vol auto's. Maar als hij in een situatie verzeild raakt die hem boven het hoofd groeit, adviseren zijn advocaten hem om zich voorlopig schuil te houden voor de pers. Na twee weken gedwongen 'rust' vliegt hij tegen de muren op.

Als Tanzie mee mag doen aan een wiskundewedstrijd met een behoorlijke prijzenpot, grijpt Jess de mogelijkheid om haar daarmee naar een betere school te sturen met beide handen aan. Maar als hun auto het begeeft, lijkt ook die kans verkeken. Tot Ed langsrijdt, en stopt, en hun een lift aanbiedt.

Vier plus één is een heerlijke roman over hoe de kleinste keuzes het grootste verschil kunnen maken.

Paperback, 400 blz. | ISBN 978 90 261 3857 7
ISBN e-book 978 90 325 1472 3

Lees ook deze heerlijke roman van Jojo Moyes:

Wanneer journaliste Ellie door de archieven van de krant snuffelt op zoek naar een goed verhaal, stuit ze op een brief uit 1960, waarin een man aan zijn geliefde vraagt om haar echtgenoot voor hem te verlaten. Het raakt een gevoelige snaar bij Ellie, die zelf verwikkeld is in een relatie met een getrouwde man, en ze gaat op zoek naar het verhaal achter deze brief.

In 1960 wordt Jennifer wakker in een ziekenhuis. Ze heeft een ongeluk gehad en kan zich niets herinneren van haar man, haar vrienden, wie ze was. Als ze thuiskomt ontdekt ze een verborgen liefdesbrief en ze begint een zoektocht naar de man voor wie ze alles wilde opofferen…

De laatste liefdesbrief is een hartverwarmende roman over verloren en hervonden liefde, en combineert hedendaagse liefdesperikelen met de glamour van de jaren zestig.

‘Een fantastisch romantisch verhaal waardoor je zin krijgt om zelf liefdesbrieven te schrijven.’ *Glamour*

Paperback, 480 blz. | ISBN 978 90 261 3802 7
ISBN e-book 978 90 325 1282 8